K.

Kathrin Lange

# Das achte Astrolabium

Roman

Kindler

1. Auflage September 2006

Satz aus der Sabon PostScript (InDesign)
bei Pinkuin Satz und Datentechnik, Berlin
Abbildungen im Innenteil: Martin Brunold,
www.astrolabe.ch
Druck und Bindung GGP Media GmbH, Pößneck
Printed in Germany
ISBN 13: 978 3 463 40496 7
ISBN 10: 3 463 40496 6

Zwei Menschen waren wichtig,
um dieses Buch zu schreiben:
Stefan, mein Mann,
mit dem ich auf festem Grund wandere,
und Martin Brunold,
der mir den Weg zu den Sternen zeigt.
Danke euch beiden!

«Die Wissenschaft kann nämlich erst durch Erfahrung ergriffen werden.»

*(Petrus Alfonsi, Brief über das Studium)*

# PROLOG

***Ein Dorf in der Nähe von Béziers,***
***Herbst 1208***

Der Gestank in der Kammer war unerträglich. Zwar brannten in allen Ecken Binsenlichter, flackerten an gegen die trübe Finsternis des Raums, aber auch ihr Rauch konnte die Ausdünstungen des Sterbenden nicht vertreiben.

Eine Frau mit schmalen, fein gemeißelten Gesichtszügen betrat die Kammer und verzog das Gesicht. Sie bedeckte Mund und Nase mit einer Hand und sah sich um. Die hellblonden, glatten Haare, die ihr wie feine Vogelfedern ins Gesicht hingen, wirkten stumpf.

Die Kammer enthielt nichts als ein einfaches Lager aus einem Strohsack in einem grob gezimmerten Bettkasten. Auf ihm lag der Sterbende.

Bleich war er, seine Wangen wirkten eingefallen, und die Hände, die er auf der grauen Decke ausgestreckt hatte, waren zu knotigen Fäusten geballt. Ab und zu hustete er. Es war ein trockener, gequälter Husten, der die Frau zusammenzucken ließ.

Sie zögerte einen Augenblick, dann trat sie an das Lager.

«Vater?» Sie beugte sich steif über den Sterbenden, voller Abwehr, als müsse sie ihren Oberkörper dazu zwingen, sich ihm zu nähern. «Du wolltest mich sehen?»

Der Mann reagierte nicht sofort. Seine Augen waren geschlossen, die Wimpern ruhten auf den spitzen Wangenknochen wie Schatten. Seine Haut hatte den Farbton von altem Pergament.

«Komm her.» Seine Faust klopfte auf die Bettkante, ohne sich zu öffnen.

Die Frau folgte der Bewegung mit den Augen. Zögernd ließ sie sich seitlich auf der Bettkante nieder, die Hände hielt sie im Schoß gefaltet. Ihr einfaches, bäurisches Gewand rutschte hoch und enthüllte ihre bloßen Füße.

Wieder hustete der Sterbende. Diesmal zuckte die Frau nicht zusammen.

Die Tür öffnete sich, und ein Mann im Gewand eines Priesters trat herein. Er musterte die Szene, die sich ihm bot, und nickte. «Gut, dass du gekommen bist.»

Die Frau erwiderte den Blick des Priesters. Um ihren Mundwinkel zeigte sich ein Zug von Härte, verschwand jedoch sofort wieder. Ihr Blick heftete sich erneut auf den Sterbenden.

Der öffnete die Augen. Seine Lider flatterten, und kurz sah es so aus, als wollten sie sich dem Willen des Mannes widersetzen und wieder nach unten sinken. Dann jedoch klärte sich der Blick des Sterbenden. Seine Faust wanderte auf die Frau zu, erreichte ihren Oberschenkel und blieb liegen.

Die Frau warf einen weiteren Blick in Richtung des Priesters. Der hatte inzwischen die Tür geschlossen und sich mit vor der Brust verschränkten Armen dagegen gelehnt.

Die Frau nahm die Hand des Sterbenden, und er umklammerte ihre Finger mit solcher Kraft, dass seine Knöchel weiß wurden.

«Clothilde!» Wie ein Hauch kam der Name von seinen Lippen. «Komm näher.»

Die Frau schluckte, aber schließlich beugte sie den Nacken und neigte ihr Gesicht zu dem Sterbenden hinab. Sie holte durch den Mund Luft, als der Atem des Mannes sie streifte.

«Ich muss dir etwas Wichtiges sagen, bevor Gott mich zu sich nimmt.» Kurz schlossen sich die Augen des Mannes, aber er riss sie mit einem Ruck wieder auf. Es sah aus, als wollten seine Augäpfel sie anspringen.

Die Frau fuhr zurück, dann beugte sie sich wieder vor.

Ein Binsenlicht zischte leise, und seine Flamme begann zu zittern.

«All die Jahre, die vergangen sind», begann der Sterbende, «habe ich dich meine liebe Tochter genannt. Ich habe zugesehen, wie du aufwuchst, wie du zur Frau wurdest. Du bist hübsch geworden, meine Tochter, das weißt du, nicht wahr?» Er wartete auf Zustimmung und fuhr dann fort: «Dennoch liegt über deinem Leben eine Lüge, und dieser Pfaffe da, der mir seit Tagen seine Anwesenheit aufzwingt, hat mich gedrängt, diese Lüge nicht mit mir ins Grab zu nehmen.»

Der Priester schnaubte.

Die Frau strich sich mit der freien Hand ihre Haare hinter das Ohr. «Wovon sprichst du?»

«Deine Mutter, Clothilde – sie war nicht mein Eheweib!»

Clothilde zog die Nase kraus. Sie hatte eine sehr schmale Nase, deren Rücken scharf gezeichnet war wie eine Messerklinge. «Das weiß ich längst! Glaubst du, die Leute im Dorf hätten nicht dafür gesorgt, dass ich es erfahre?»

Der Sterbende lachte, und das Geräusch war kaum von seinem Husten zu unterscheiden. «Doch, natürlich. Deine Mutter kam in das Dorf, als du noch sehr klein warst.»

Schweigen tropfte in die Kammer. Das Binsenlicht zischte lauter und verlosch dann. Der Priester stieß sich von der Tür ab, zündete ein neues an und stellte es an die Stelle des alten.

«Ich – klein? Was soll das heißen?», flüsterte Clothilde.

«Es heißt ...» Explosionsartiges Husten riss dem Sterbenden die Worte von den Lippen. «... es heißt, dass du nicht meine Tochter bist.»

Clothilde wollte aufstehen, aber die Hand des Sterbenden ließ es nicht zu. Mit erstaunlicher Kraft zog er sie zurück auf die Bettkante. «Lauf nicht weg! Es gibt noch so viel, was ich dir sagen muss.»

Ein Wirbel von Gefühlen zeichnete sich auf den Zügen der

Frau ab, Erschrecken, Zweifel, Angst, aber auch Neugierde und etwas Helles, Leuchtendes. Etwas wie Hoffnung.

«Dein Vater ist ein Mann namens Jehuda ben Moïse.»

«Ein Jude?»

«Nein. Er konvertierte bereits vor vielen Jahren zum Christentum.»

«Lebt er noch?»

«O ja.»

«Kennst du ihn? Wo wohnt er?»

Hilfe suchend drehte der Sterbende dem Priester das Gesicht zu, doch der nickte und stieß das Kinn vor, als wolle er den Mann vorantreiben.

«Er wohnt nirgends. Er sitzt in einem Verlies in Maraussan. Seit vielen Jahren schon.»

Düsternis fiel über Clothildes Gesicht und löschte das Helle aus. «Was hat er getan?»

«Das weiß ich nicht. Deine Mutter hat mir nur einmal erzählt, dass seine eigene Familie ihn gefangen hält. Sie war überzeugt davon, dass er unschuldig eingesperrt wurde.»

«Dann war er der Grund, dass sie ...» Clothilde presste die Lippen aufeinander, bis sie nur noch ein blutleerer Strich waren. Dann holte sie tief Luft. «... dass sie sich erhängt hat?»

Der Priester hüstelte leise, aber der Sterbende beachtete ihn nicht. Clothilde machte einen neuen Versuch aufzustehen, doch der Sterbende ruckte hoch. Seine freie Hand krallte sich in ihren Oberarm und zerrte sie gegen ihren Willen herab, so weit, dass ihre Wange seine Lippen berührte, als er antwortete: «Möglich. Ich weiß es nicht. Ich weiß überhaupt nicht viel, außer, dass du aufhören solltest, einen Schuldigen für den Tod deiner Mutter zu suchen. Was geschehen ist, ist ganz allein ihre Schuld. *Sie* hat den Knoten geknüpft, und *sie* ist von dem Schemel gesprungen. Gott hat längst über sie gerichtet!»

Clothilde machte sich los. Hastig trat sie einen Schritt zurück, rieb sich den Oberarm und schaute mit steinerner Miene auf den Sterbenden hinunter. «Nein!», zischte sie. «Das ist nicht wahr! Jemand hat sie dazu getrieben!» Dann, als hätte sich ein unsichtbarer Bann gelöst, der sie an den Sterbenden gekettet hatte, fuhr sie herum und eilte zur Tür.

Der Priester trat ihr in den Weg und legte die Hand auf den Türriegel. Er blickte ihr ernst und ein wenig traurig ins Gesicht. «Euer Vater wird bald sterben!», sagte er leise. «Verlasst ihn nicht so.»

Clothildes Blick war starr. «Er ist nicht mein Vater!», knurrte sie heiser. Sie griff nach dem Riegel, und der Priester nahm die Hand fort. Mit einem harten Ruck riss sie die Tür auf.

«Zum Teufel mit ihm!», fügte sie hinzu.

## April, 1209 n. Chr.

# Buch 1

## *Saturn*

«Ein alter, großer, müder Planet der Verachtungen, der Pein und der Traurigkeiten.»

*Ali ben Ragel, Über die Urteile der Sterne,*
*11. Jahrhundert*

♄

# 1. Kapitel

In der Nacht vor St. Notker leuchteten die Sterne über Béziers an der Himmelskugel, als habe jemand einen perlenbesetzten Schleier über sie gebreitet. Am nördlichen Horizont glänzte Kassiopeia mit solch schimmernder Eleganz, dass es Anne schwer fiel, den Blick von ihr abzuwenden. Zwischen zwei Atemzügen war es ihr, als schwebe sie inmitten all der Sterne, eines festen Halts beraubt und gewichtslos wie ein Engel. Die Milchstraße lag wie ein heller Schal auf dem Horizont und umfing die dunklen Schatten der weit entfernten Berge wie mit der zartesten Spitze. Andromeda war vor einer guten Stunde untergegangen, und Perseus, der seiner Geliebten auf alle Ewigkeit folgt, schickte sich gerade an, es ihr gleichzutun.

Anne unterdrückte einen Seufzer der Zufriedenheit. Wie immer, wenn sie nachts unter freiem Sternenhimmel stand, auf der Dachterrasse ihres Hauses, die ihr Vater eigens für die Beobachtung der Sterne hatte bauen lassen, spürte sie eine große innere Ruhe. Dann glaubte sie, einen winzigen Zipfel der Schöpfung nicht nur mit ihren eigenen Augen sehen zu können, sondern ihn auch zu verstehen. Tief in ihrem Innersten. Es war ein Verstehen mit dem Herzen, und jeden Abend genoss Anne dieses kurze Gefühl aufs Neue, bevor sie sich an ihre Arbeit machte.

Heute jedoch kam sie gar nicht erst dazu, denn hinter ihr auf der Treppe ertönten Schritte. Leichte Schritte waren es, nicht das schwerfällige Poltern, mit dem ihr Vater normalerweise die steile Stiege erklomm. Eine Frau.

«Anne?» Ein Haarschopf erschien über der Brüstung. Das

Gesicht darunter, schmal und ein wenig kantig, schimmerte im Licht der Sterne.

«Ich bin hier, Madeleine.» Anne ließ sich auf die Bank fallen, die ihr Vater sich vor einigen Monaten gekauft hatte, damit er sich in den langen Nächten der Sternenbetrachtung hin und wieder setzen und seine alten, müden Beine ausruhen konnte.

Die Frau überwand die letzten Stufen der Treppe und betrat die Dachterrasse. Nach einem kurzen Blick in den Himmel kam sie zu Anne und setzte sich neben sie. Madeleine war, ebenso wie Anne, gerade zwanzig geworden, aber im Gegensatz zu ihr, die noch bei ihrem Vater lebte, war Madeleine bereits seit einem Jahr Witwe. Ihr Mann, ein angesehener Tuchhändler aus Castres, war auf einer seiner Reisen in den Alpen in einen Fluss gefallen und anschließend an einer Lungenentzündung gestorben. Er hatte Madeleine nicht nur das Haus neben dem von Annes Vater vermacht, sondern dazu zwei prall gefüllte Lagerschuppen, einen in Montpellier und einen in Albi. Madeleine war durch seinen Tod nicht nur zu einer reichen, sondern auch zu einer höchst begehrten Frau geworden. Béziers Junggesellen standen Schlange, um sie zu ehelichen, doch obwohl das offizielle Trauerjahr seit fast einem Monat abgelaufen war, machte Madeleine nur wenig Anstalten, sich für einen von ihnen zu interessieren.

«Puh!» Sie blies gegen die Strähnen, die ihr verschwitzt ins Gesicht hingen. «Was für ein Tag!»

Anne lächelte in die Dunkelheit. Madeleine liebte es, wenn ihr Geschäft brummte, aber fast noch mehr liebte sie es, darüber zu klagen, wie viel sie zu tun hatte.

«Drei Ballen Croisé, drei Ballen Finette, natürlich beides aus Utrecht, dazu ein halber Ballen Triester Seide und ein halber Ballen dunkelblauer Samt aus Venedig – und was macht der Tölpel? Lässt die Ochsen durchgehen, der Karren kippt um, und alles landet im Dreck der Ruelle Pézenas! Kannst du dir das vorstellen?»

Anne lachte. *Der Tölpel,* das konnte nur Jérome sein, Madeleines Lagerverwalter, über den sie mit solcher Hingabe Tag für Tag herzog, dass sich in Anne der Verdacht regte, Madeleine könne ihn als neuen Ehemann ins Auge gefasst haben. Sie unterdrückte ein Seufzen. Insgeheim beneidete sie Madeleine um die Leichtigkeit, mit der sie sich damals für den Tuchhändler aus Castres entschieden hatte und mit der sie über kurz oder lang auch einen neuen Mann aussuchen würde. Madeleine verwandte nicht viel Eifer auf die Frage, ob die Männer sie auch liebten. Sie war durch und durch praktisch veranlagt und würde den Bewerber wählen, der ihr am meisten Vorteile einbrachte.

«Ich habe heute Nachmittag Charles auf dem Markt von Maureilhan gesehen», berichtete die Tuchhändlerin, als hätte sie Annes Gedanken gelesen.

Anne brummte etwas Unverständliches.

Madeleine beugte sich vor und spähte in ihr Gesicht, aber es war zu dunkel, um sie etwas erkennen zu lassen. Mit einer wegwerfenden Geste lehnte sie sich wieder zurück und streckte die Beine aus. «Ich frage mich immer wieder, was du gegen ihn hast!»

«Nichts.» Anne hatte wirklich nichts gegen Charles de Lespignian. Als Sohn eines Hauptmanns der Stadtwache diente er seit zwei Jahren selbst dort. Er hatte eine glänzende Karriere vor sich und sah recht gut aus mit seinen tief liegenden, fast glühenden Augen und dem schwarzen, lockigen Haar. Er war charmant, humorvoll und aller Wahrscheinlichkeit nach auch noch treu. Er hatte nur einen einzigen Nachteil.

Er war dumm.

Anne zog die Nase kraus, denn ihr fiel das letzte Zusammentreffen mit Charles ein. Sie hatten sich zufällig getroffen, ebenfalls auf dem Markt in Maureilhan. Anne war auf dem

Weg zu einem ihrer eigenen Kunden gewesen. Zwar half sie ihrem Vater bei dessen Tätigkeit als Messingschmied, aber nebenbei verdiente sie sich ab und an ein wenig Geld mit der Niederschrift von Briefen für Menschen, die des Schreibens nicht mächtig waren. Nach einem Augenblick peinlichen Schweigens hatte Charles angeboten, sie zu begleiten, und sie hatte keinen Grund gesehen, es ihm zu verweigern. Bei dem Kunden jedoch, einem steinalten Töpfermeister, hatte er sich dann so dämlich angestellt, dass Anne der Auftrag beinahe durch die Lappen gegangen wäre. Sie erinnerte sich noch deutlich daran, wie er dem Alten jovial auf die Schulter geklopft und gedröhnt hatte, ein Mann habe es nicht nötig, sich mit der niederen Tätigkeit des Lesens und schon gar nicht mit dem Schreiben zu befassen. Er, der Töpfermeister, sei schließlich der beste Beweis dafür, dass man zu Wohlstand und Ansehen gelangen konnte, ohne es zu beherrschen. Anne hatte Charles gegen das Schienbein getreten, aber das hatte ihn nicht davon abgehalten nachzuschieben, das Schreiben sei ohnehin eine Tätigkeit für Pfaffen und Weibsleute.

Erst nach Annes wütender Zurechtweisung auf der Straße hatte er begriffen, dass der Töpfermeister zeit seines Lebens mit großer Begeisterung gelesen und auch selbst seine Geschäftsbriefe geschrieben hatte. Er war nun bloß halb blind und konnte es zu seinem großen Bedauern nicht mehr selbst tun.

Anne lehnte sich zur Seite und grub die Finger in die Erde eines Topfes, in dem sie im Frühjahr Kräuter zog.

«Was hat er gesagt?», fragte sie.

«Nicht viel. Ich glaube, sein Missgeschick von neulich ist ihm peinlich. Er will dir offenbar ein Geschenk machen und hat mich gefragt, was du wohl gerne hättest.»

«Ein hellblaues Seidentuch.»

Madeleine lachte. Sie wusste, dass Charles Anne bereits zwei dieser Tüchlein geschenkt hatte, für die diese keinerlei

Verwendung hatte. Sie zerrissen ihr allenfalls unter den Händen, weil sie durch ihre Arbeit oftmals so raue Haut hatte.

Anne schüttelte sich. «Ich hasse Hellblau!»

«Ich weiß. Vielleicht sollte ich ihm sagen, dass du Grün bevorzugst.»

«Wenn du das tust, dann ...» Anne schlug spielerisch nach Madeleine, traf sie aber nicht. «Obwohl ...» Sie überlegte. «Vielleicht solltest du es doch tun, sonst kommt er nächstens noch mit einem Ring daher.» Sie prustete los, und Madeleine fiel ein.

«Genau», kicherte sie. «Weil du dir keinen selber machen kannst.»

Robert, Annes Vater, hatte sich als Messingschmied darauf spezialisiert, aus dem goldähnlichen Metall Schmuckstücke herzustellen, die sich auch weniger wohlhabende Händler und Handwerker für ihre Frauen und Töchter leisten konnten. Im Laufe der letzten acht Jahre hatte er in Ermangelung eines Sohns Anne die Feinheiten seines Handwerks beigebracht. Gerade vor wenigen Tagen hatte er gestichelt, wenn sie so weitermachen würde wie bisher, würde sie ihn in ihrer Kunstfertigkeit bald überholt haben. Anne drehte an einem schmalen Goldring, den sie an ihrer linken Hand trug. Eine feine Lorbeerranke war in ihn eingraviert. Robert hatte ihn ihr geschenkt, nachdem sie ihr erstes Buch in lateinischer Sprache durchgelesen – und auch verstanden – hatte.

*Ein goldener Lorbeer für meine gelehrte Tochter!*

Das waren seine Worte gewesen, als er ihn ihr überreicht hatte. Und François, ihr Pate, hatte strahlend vor Stolz daneben gestanden.

Der Ring war der einzige Schmuck, den Anne trug.

«Nein, dann doch lieber ein Seidentuch, schließlich ist meine beste Freundin ja auch keine Tuchhändlerin.»

Sie kicherten noch eine Weile, doch verstummten sie schließlich und saßen schweigend nebeneinander.

«Trotzdem solltest du dir bald darüber klar werden, ob du ihn willst oder nicht», sagte Madeleine mit ernster Stimme.

«Ich weiß.» Anne blies Luft durch die gespitzten Lippen. «Manchmal liege ich nachts wach und zermartere mir den Kopf darüber, was ich will.»

«Erzähl mir nicht, dass du das nicht genau weißt!»

Anne hob die Hände und fuhr sich durch ihr lockiges Haar. Wie immer auf der Dachterrasse hatten sich die einzelnen Strähnen durch den Nachtwind zu festen Knoten versponnen, und sie blieb mit den Fingern in ihnen hängen. «Ja, im Grunde weiß ich es.» Sie wollte einen Mann, der ihr gewachsen war, der sich für die Dinge interessierte, die sie begeisterten: ihre Arbeit als Messingschmiedin. Die gelegentlichen Aufträge als Schreiberin. Und den nächtlichen Sternenhimmel.

Besonders der Sternenhimmel, denn mit ihm hing jener Teil ihres Lebens zusammen, den sie am meisten mochte, den sie auf gar keinen Fall missen wollte.

Ihre Arbeit als Astrolabienbauerin.

Messing war das ideale Metall für sternenkundliche Instrumente aller Art, für tragbare Sonnenuhren, für Säulchenuhren, aber auch für Armillarsphären und Astrolabien, die man benötigte, um die Sterne zu beobachten und ihre Stellung am Himmel zu vermessen. Irgendwann im Laufe seines Lebens hatte Annes Vater begonnen, sich für diese Geräte zu interessieren, die hauptsächlich in den geistigen Zentren der arabischen Welt hergestellt wurden. Er hatte angefangen, Schriften über die Betrachtung und die Vermessung des Himmels zu sammeln, und alles über den Bau solcher Instrumente gelernt. Dann hatte er sich darangemacht, sie selbst zu konstruieren. Schnell hatte er sich weit über die Grenzen Béziers hinaus einen Ruf erworben – ja, er war stolz, das sagen zu können –, sogar weit über die Grenzen des Königreiches hinaus. Inzwischen zählten Gelehrte aus allen Teilen der Welt zu seinen Kunden, Männer aus den großen Klöstern im Norden des Heiligen Römischen Reiches, aus den Herzogtümern Sachsen und Franken, aber auch aus Apulien oder Sizilien. Ein Astrolabium hatte er sogar an einen Händler aus Byzanz verkauft, nachdem er dem Mann zufällig in Montpellier begegnet war.

Ebenso wie mit der Fertigkeit des Messingschlagens hatte Robert Anne mit der Kunst des Astrolabienbaus vertraut gemacht. Mit seiner Faszination für den Sternenhimmel hatte er sie ohnehin bereits als Kind angesteckt. Das Studium des Himmels und das Handwerk, Anne wollte keines von beiden missen, um welchen Preis der Welt auch immer.

«Aber abgesehen davon», nahm sie das Gespräch wieder auf, das durch ihr Schweigen ins Stocken geraten war, «kann ich Vater ohnehin nicht einfach allein lassen. Wer kümmert sich um ihn, wenn ich heirate und fortgehe?»

«Wenn du Charles heiraten würdest, müsstest du nicht fortgehen. Ihr könntet deinen Vater zu euch nehmen, wenn es nötig wird – aber so weit ist es ja noch lange nicht, oder?»

Anne ließ die Frage in der Finsternis stehen. Sie wollte Madeleine gegenüber nicht zugeben, dass sie sich um ihren Vater Sorgen machte. Sicher, er war ein alter Mann. Er war bereits alt gewesen, als sie auf die Welt gekommen war, über vierzig Jahre. Früher hatte sie es nur nie wahrgenommen. Robert war genauso schnell und leichtfüßig die Treppe zum Dach hinaufgestürmt wie sie, wenn es darum ging, eine neue Beobachtung zu machen. Und er hatte jeden einzelnen Stern genau erkennen können. In der letzten Zeit jedoch war sein Gang schwerfällig geworden. Manchmal klagte er über Schmerzen in den Gelenken, und beim Sterneschauen musste er immer häufiger die Augen zusammenkneifen, um überhaupt etwas erkennen zu können.

«Ach, Anne!» Madeleine tastete nach Annes Hand. «Du wirst mir ewig ein Rätsel bleiben!» Die Haut der Tuchhändlerin war weich und ein bisschen glitschig, so als habe sie sich die Hände mit einer Art Öl eingerieben. Anne beschloss, sich mehr um die Pflege ihrer eigenen Finger zu kümmern. Sie erwiderte Madeleines Händedruck und legte den Kopf in den Nacken. Die alte Giebelwand hinter der Bank hatte noch ein wenig von den Sonnenstrahlen des vergangenen Tages gespeichert. Die Wärme ließ Annes Scheitel prickeln.

Zwei besonders helle Sterne standen direkt über ihnen, einer im Bild des Großen Bären, einer in seinem Hüter.

«Schön sind sie», murmelte Madeleine plötzlich und ließ Annes Hand wieder los. Anne blickte aus den Augenwinkeln zur Seite und sah, dass auch ihre Freundin in den Himmel schaute. «Aber was beim Bild der Heiligen Jungfrau fasziniert dich so an ihnen?»

Anne verschränkte die Arme hinter dem Kopf. «Manchmal sehe ich die Geschichten, die sie erzählen, und manchmal sehe ich nur ihr Funkeln und Leuchten. Ist dir mal aufgefallen, dass einige von ihnen nicht weiß sind?» Sie wartete, bis Madeleine zustimmend brummte, dann fuhr sie fort: «Der da zum Beispiel, sieh mal, wie er schillert.»

«Rot, jetzt ein bisschen gelblich. Hmhm.» Madeleines Finger fuhr von dem bezeichneten Stern ein Stück nach links über den Himmel. «Schau mal, der da. Der ist noch viel bunter.» Madeleine zeigte auf einen Lichtpunkt, dessen Farbe zwischen Weiß und Blau changierte.

«Saturn.» Anne lächelte leicht. «Ja, der ist auffällig, nicht wahr? Aber er ist kein Stern.»

«Nicht?» Madeleine kratzte sich im Nacken.

«Nein, er ist ein Planet.»

«So.»

In der Dunkelheit wurde Annes Lächeln breiter. «Man nennt die Planeten auch Wandelsterne.»

«Und warum?»

«Weil sie sich anders bewegen als die anderen.»

Madeleine schniefte leise. «Die Sterne bewegen sich?»

So ungläubig klang sie, dass Anne laut auflachte. «Natürlich! Sag nicht, das ist dir noch nie aufgefallen!?»

«Sterne sind helle Punkte am Himmel. Da bewegt sich doch nichts!»

«Wann hast du schon mal länger als ein, zwei Augenblicke in den Himmel geschaut?» Anne nahm die Hände aus dem Nacken. «Man sieht es nur, wenn man Geduld hat. Die Sterne wandern ebenso über den Himmel wie die Sonne. Sie gehen im Osten auf und im Westen unter, und dabei ziehen sie jede Nacht eine kreisrunde Bahn quer über den Himmel.» Sie überlegte, ob sie genauer auf die Bewegungen des Himmels eingehen sollte, als Madeleine laut gähnte.

Anne nahm es als Zeichen dafür, dass ihr Gespräch über Sterne und Planeten beendet war. Inzwischen musste es fast auf Mitternacht zugehen. Sie setzte sich auf, um die Freundin zu verabschieden, aber Madeleine machte keine Anstalten, sich zu erheben.

«Hast du schon gehört, wer gestern Nacht gestorben ist?», fragte sie.

«Nein, wer denn?»

«Moïse ben Tibbon.»

«Wie schade!» Anne teilte Madeleines Vorliebe für Klatschgeschichten über die Reichen und Mächtigen der Stadt nicht. Moïse ben Tibbon war ein extrem wohlhabender jüdischer Kaufmann mit einer Leidenschaft für die Schriften der alten griechischen Gelehrten gewesen. Einmal, vor vielleicht zehn Jahren, hatte er bei Robert eine Armillarsphäre in Auftrag gegeben. Nachdem Robert sie ihm geliefert hatte, war er mit glühenden Wangen nach Hause zurückgekehrt und hatte von der Bibliothek des Mannes berichtet. Er besaß offenbar eine stattliche Sammlung arabischsprachiger Texte von Aristoteles-Schülern wie Eudemos von Rhodos oder Callipos von Cyzicus, darüber hinaus Texte von Platon, Plinius und vielen anderen Gelehrten.

«… immerhin hat die alte Maria aus der Ruelle des Halles mir erzählt, dass das Erbe unermesslich sein soll.» Die Art, wie Madeleine den Satz beendete, ließ Anne begreifen, dass sie eine Antwort erwartete, und sie erkannte, dass sie der Freundin eine ganze Weile nicht zugehört hatte.

«Ja? Kann sein.»

Madeleine boxte sie in die Seite. «Ich meine, es ist doch zu aufregend! Moïses Sohn Samuel wird das gesamte Vermögen erben. Er muss mit niemandem teilen, Anne, stell dir das mal vor! Obwohl: Es geht ja das Gerücht, dass er noch einen Bruder haben soll, aber der ist seit vielen Jahren verschollen.»

«Kann schon sein. Was weiß ich.» Anne hatte keine Lust auf ein solches Gespräch, und sie hoffte, dass die Freundin das begreifen würde.

Madeleine begriff. Sie verstummte und starrte einige Herzschläge lang schweigend vor sich hin. Dann stand sie auf und streckte sich. «Es ist spät! Du solltest auch wieder hineingehen.»

«Gleich.»

Madeleine war schon mit einem Fuß auf der Treppe, da schien ihr etwas einzufallen. Sie schlug sich vor die Stirn. «Ich Esel! Da hätte ich doch fast vergessen, warum ich eigentlich gekommen bin! Ich wollte dir sagen, dass ich morgen mit Jérome und Nadir für ein paar Tage nach Narbonne reisen muss. Kümmerst du dich um die Hühner, und vielleicht auch ein bisschen um die Katze?»

«Natürlich. Ist es etwas Geschäftliches?» Madeleine hatte zwei Cousinen in Narbonne, aber sie besuchte sie so gut wie nie.

«Ja. Nadir hat erzählt, dass im Hafen von Saint-Sebastien zwei Schiffe mit Wolle aus Korsika eingetroffen sind. Ich habe eine große Bestellung über eine halbe Karrenladung Köper angenommen, und der Kunde ist wählerisch. Er besteht auf erstklassiger Qualität.»

Anne erhob sich. Die beiden Frauen umarmten sich zum Abschied, dann lief Madeleine die Treppe hinunter.

Anne lauschte, wie die Schritte ihrer Freundin und deren leises Summen unten in der Ruelle des Artisans verklangen. Dann richtete sie den Blick wieder auf Saturn. Dicht über dem Horizont stand er, bald würde er von einem der beiden Türme an der Porte Olivier verdeckt werden. Sie ließ ihren Blick über den Himmel wandern, tastete mit den Augen über die bekannten Bilder, formte unsichtbare Verbindungslinien, die ihr als Pfade dienten, und schließlich hatte sie gefunden, was sie suchte.

Jupiter.

Sie stieß einen leisen Seufzer aus. Der Planet funkelte dicht neben einem der hellsten Sterne des Bilds Löwe.

«Du kleiner Mistkerl!», murmelte sie durch zusammengebissene Zähne. «Wie lange willst du mich noch an der Nase herumführen?»

«Vater?» Annes Nacken schmerzte ein wenig von der unbequemen Haltung, in der sie die letzte Stunde verbracht hatte. Sie lockerte die Schultern und betrat die Küche.

Ihr Vater war nicht dort. Anne trat an den Herd, schürte das Feuer und stellte sich einen kleinen Messingtopf in die Glut, in den sie einen Becher Wasser füllte. Sie hatte Lust auf einen starken Kräutersud vor dem Zubettgehen. Das Getränk würde sie schläfrig machen und sie die Frustration über Jupiter und sein unerklärliches Verhalten vergessen lassen.

Über die Schulter rief sie ein zweites Mal: «Vater?»

Ein leises Scharren über ihrem Kopf antwortete ihr. Sie blickte zur Decke und lächelte. Obwohl es inzwischen weit nach Mitternacht sein musste, arbeitete Robert noch in seiner Werkstatt, die sich genau über der Küche befand.

Anne legte noch ein Holzscheit auf das Feuer und ging dann nach oben. Die schmale Treppe, die direkt aus der Küche ins obere Stockwerk führte, endete auf einem winzigen Absatz, von dem drei Türen abgingen. Zwei davon führten zu Annes und Roberts Schlafräumen, die dritte rechter Hand in Roberts Werkstatt.

Anne klopfte an, dann öffnete sie vorsichtig die Tür. Robert saß auf einem dreibeinigen Schemel an seiner Werkbank, über etwas gebeugt, das Anne von ihrem Standort aus nicht sehen konnte. Ein leises Quietschen ertönte, und sie wusste, dass er an dem Instrument herumfeilte.

«Was ist?», fragte er, ohne sich umzuwenden.

«Hast du einen Moment Zeit?» Anne trat ein und schloss die Tür hinter sich. Im Raum, der von einem ganzen Dutzend Kerzen recht gut erhellt wurde, roch es nach Wachs und dem feinen, kaum wahrnehmbaren Aroma von Messing. Seit sie ein Kind war, hatte Anne versucht, für dieses Aroma Worte zu finden, und es war ihr nie gelungen. Es legte sich auf ihre Zunge wie ein kühler Belag, und manchmal glaubte sie, es an den Zähnen zu spüren, aber sie hätte nicht zu sagen vermocht, wie es roch.

Robert zog die Feile noch zweimal über sein Werkstück und legte sie dann zur Seite. Anne sah, dass es ein recht grobes Werkzeug war. Offenbar war Roberts Arbeit noch nicht sehr weit gediehen.

Sie trat neben ihn. Er hielt eine flache Messingplatte in Händen, aus der ein Halbkreis ausgesägt war. An ihrer Stärke – sie war fast so dick wie ein kleiner Finger – erkannte Anne, dass es sich bei dem Werkstück um ein Dorsum handelte, um die Grundplatte eines Astrolabiums, auf der später alle anderen Teile befestigt werden würden.

«Du feilst schon, obwohl du noch gar nicht mit dem Ausbohren fertig bist?» Anne tippte gegen das Messing. Üblicherweise achtete Robert darauf, seine Arbeitsschritte in exakt der richtigen Reihenfolge durchzuführen: Erst übertrug er mit einem Eisenzirkel von einer seiner Konstruktionszeichnungen einen Kreis auf die Messingplatte, dann bohrte er auf diesem Kreis dicht an dicht feine Löcher, anschließend brach er die auf diese Weise hergestellte Scheibe heraus und feilte die feinen Zähne glatt. Dass Robert mit dem Feilen angefangen hatte, bevor er mit dem Bohren fertig war, erschien Anne ungewöhnlich.

Er wischte sich über Gesicht und Stirn und blies sich einige weiße Haarsträhnen aus den Augen. «Ja. Ich konnte den Bohrer nicht mehr halten.» Er präsentierte Anne seine zu Fäusten geballten Hände, an denen die Knöchel heute dicker waren als sonst.

«Soll ich dir helfen?» Es wäre nicht das erste Dorsum, das Anne ausgebohrt hätte. Sie hatte bereits eine ganze Hand voll von ihnen hergestellt, sie mit dem ebenfalls aus dickem Messing bestehenden Limbus verlötet und auf diese Weise die Matern hergestellt, die Robert dann mit den restlichen Einzelteilen zu kompletten Astrolabien vervollständigte. Ihre Finger waren die harte Arbeit gewohnt.

«Nein, nein. Schon gut. Ich wollte ohnehin Schluss machen für heute.» Robert legte das halbfertige Dorsum fort. Anne sah die feinen, kreisförmigen Linien darauf, die später das Himmelsgewölbe abbilden würden. Der Anblick beruhigte sie. Beim letzten Astrolabium hatte er diese wichtige Arbeit vergessen, bevor er mit dem Bohren angefangen hatte. Die Scheibe war für seine Zwecke unbrauchbar gewesen und Robert danach eine Woche lang entsetzt über sich selbst, weil ihm ein so dummer Fehler unterlaufen war.

Nachdem Robert die Fäuste zweimal geöffnet und wieder geschlossen hatte, sah er zu Anne auf. Seine Augen schienen gerötet, aber das waren sie oft, wenn er bei Kerzenlicht arbeitete. «Nun?»

«Ich war gerade oben auf dem Dach.»

«Ich weiß. Hat Madeleine dich gefunden?»

«Ja. Hast du sie zu mir hochgeschickt?»

«Mhm. Was wollte sie?»

«Mir nur sagen, dass sie morgen für ein paar Tage nach Narbonne fährt.» Anne verzog das Gesicht. «Und mir wegen Charles ins Gewissen reden.»

Robert hatte damit begonnen, seine Knöchel zu massieren, aber jetzt hielt er inne. «Du kannst nicht für den Rest deines ... meines Lebens hier bei mir bleiben, Anne! Madeleine hat schon Recht. Du musst dir endlich einen Mann suchen.»

Anne presste die Lippen zusammen und erwiderte nichts. *Ein anderer Vater hätte das längst für mich getan,* dachte sie und spürte einen Stich im Herzen. *Du willst nicht, dass ich fortgehe, Vater, und du weißt genau, dass ich das weiß.* Die Gedanken fühlten sich falsch an. Hatte sie nicht eben noch gedacht, dass sie gar nicht heiraten wollte? Konnte es sein, dass sie sich insgeheim doch danach sehnte?

«Möglich», wehrte sie dieses Thema ab. «Aber darum geht es mir nicht.»

Robert lächelte. «Nein. Darum geht es dir nie. Es geht dir immer nur um die Sterne, nicht wahr?»

«Wie dir.»

Sie lachten gemeinsam, aber es war ein angespanntes, beinahe trauriges Lachen. «Was wolltest du fragen?»

Anne holte tief Luft. Jetzt musste sie es ihm beichten. «Ich habe vor zwei Monaten damit begonnen, die Planeten zu studieren.»

Robert drehte sich mit seinem Schemel ganz zu ihr um, und die Beine des Möbels schrammten laut über den hölzernen Fußboden. «So? Ich kann mich erinnern, dass ich dich gebeten hatte, es nicht zu tun.»

Anne schämte sich, weil sie seiner Bitte – nein, seinem Befehl, denn das war es gewesen – nicht nachgekommen war. Kurz vor Weihnachten hatte sie ihn nach den Eigenarten der Planeten gefragt. Damals hatte sie in einem Brief, der aus einem seiner Bücher gefallen war, einen Hinweis auf seltsame

Anomalien der Planetenbewegung gelesen und war neugierig geworden. Umso erstaunter war sie gewesen, als Robert ihr auf ihre Frage hin harsch über den Mund gefahren war. Zwar hatte er sofort eingelenkt und sich für seinen groben Ton entschuldigt, aber er hatte keine weiteren Fragen nach den Planeten geduldet und jene Worte ausgesprochen, die ihr noch allzu gut in den Ohren klangen: *Die Sternenkundigen vor uns haben es vermieden, diesem Problem mehr Beachtung zu schenken als unbedingt nötig. So werden wir es auch halten!*

Anne hatte noch am selben Tag begonnen, die Bahn des Jupiters zu studieren.

«Ich weiß, du musst deine Gründe haben, es mir zu verbieten», sagte sie jetzt und trat einen Schritt näher an ihren Vater heran. «Aber ich konnte mich nicht beherrschen, Vater! Dein Verbot hat mich so neugierig gemacht.»

Robert seufzte. «Ich hätte es wissen müssen.» Er hob beide Hände, um Anne am Näherkommen zu hindern. Was war das für eine Miene, fragte sie sich. War er wütend? Nein, eher zutiefst erschöpft.

Anne schluckte. Sie hatte nicht damit gerechnet, dass ihr Ungehorsam ihn derart treffen würde. «Diesmal geht es dir nicht darum, dass ich noch nicht genug weiß, um zu begreifen, nicht?»

Manche Beobachtungen hatte er ihr früher aus diesem Grund verwehrt, aber die Planetenstudien, das begriff sie plötzlich, sollte sie aus einem anderen Grund nicht durchführen.

Sie sah ihn den Kopf schütteln.

Rasch senkte sie den Blick. «Darf ich dich trotzdem fragen?»

Robert lachte wieder, aber diesmal klang es überhaupt nicht fröhlich. «Ich werde dich im Keller anbinden müssen, um dich davon abzuhalten, fürchte ich.»

Kurz erwog sie zu behaupten, es sei gar nicht so wichtig,

es würde sie schon nicht mehr interessieren. Das wäre jedoch eine Lüge gewesen.

«Jupiter wandert über den Himmel», begann sie vorsichtig und tastete dabei mit den Blicken über die tiefen Linien im Gesicht ihres Vaters. «Aber sein Abstand zu den Sternen verändert sich, und zwar auf seltsame Weise.»

Robert erhob sich und begann, in der Werkstatt hin und her zu gehen. Die Metallspäne knackten leise unter seinen Schuhen. Anne griff nach dem halbfertigen Dorsum, ließ ihren Zeigefinger über die gefeilte, messerscharfe Kante wandern und wartete. *Er weiß es nicht!*, schoss es ihr plötzlich durch den Kopf. *Er hat sich selbst nie mit den Planeten beschäftigt, und jetzt ist es ihm unangenehm, das zuzugeben. Oder er ist kläglich gescheitert.* Beides schien Anne nicht sehr wahrscheinlich.

Endlich seufzte ihr Vater, blieb mitten im Raum stehen und wandte sich zu ihr um. Sie erschrak. Ein Ausdruck war in seinen Augen erschienen, der sie frösteln ließ. Er sah traurig aus. Unendlich traurig, wie nach einem schweren Verlust. «Wenn du möchtest, dann werde ich dir morgen eine weitere Lehrstunde über den Astrolabiumbau geben, ja?»

Anne sog die Wangen zwischen ihre Zähne. «Du weichst mir aus, Vater. Das funktioniert schon lange nicht mehr.»

Robert setzte sich wieder. «Ich weiß, dass das, was ich jetzt sage, sehr unbefriedigend für dich ist. Aber es wäre mir überaus wichtig, dass du aufhörst, dich mit den Planeten zu beschäftigen.»

Anne runzelte die Stirn. «Und warum?»

Robert rieb sich über das Kinn, wobei seine Bartstoppeln ein schabendes Geräusch verursachten. «Ich möchte es nicht. Kannst du das nicht akzeptieren?»

Anne ließ sich Zeit mit einer Antwort. Dann zuckte sie die Achseln. Was blieb ihr auch anderes übrig?

*Der Mann, der sich nicht an seinen Namen erinnern konnte, lag auf einem schmutzigen Strohsack, als die Tür zu seinem Verlies aufschwang. Das Quietschen der rostigen Angeln drang ihm durch Mark und Bein.*

*Er hob den Kopf. Ein rötlicher Lichtschein malte einen schmalen Balken auf den steinernen Fußboden. Fackellicht, dachte der Mann, der sich nicht an seinen Namen erinnern konnte.*

*«Dein Vater ist tot.» Es war eine kühle, barsche Stimme, und sie überbrachte die Nachricht ohne die geringste Regung.*

*Der Mann, der sich nicht an seinen Namen erinnern konnte, schloss die Augen und sandte seinen Dank gen Himmel. Warum er das tat, wusste er nicht genau, aber er wusste, dass er lange auf diese Nachricht gewartet hatte.*

*Sehr lange.*

*Die Tür schwang ein wenig weiter auf, und der Mann, der sich nicht an seinen Namen erinnern konnte, setzte sich auf.*

*Es dauerte einen Moment, bevor die Stimme wieder erscholl: «Komm endlich!»*

*«Sagt mir erst, wie ich heiße!» Die Stimme des Mannes, der sich nicht an seinen Namen erinnern konnte, war rau, sie klang wie eingerostet. Wie lange hatte er nicht mehr gesprochen?*

*«Du scherzt, nicht wahr?» Ein Kopf erschien in der Lichtspalte. Ein Helm, glänzendes Metall von einem Kettenhemd, braune Haare und Augen. Der Wachmann war jung.*

*«Ich scherze nicht. Ich kann mich nicht an meinen Namen erinnern.»*

*«Jehuda. Jehuda ben Moïse ben Tibbon.»*

*Der Mann, der sich nicht an seinen Namen erinnert hatte, lauschte dem Klang der Worte nach. Sie hörten sich vertraut an. Er formte sie mit den Lippen. Seine Zunge sprach den Namen und stolperte über das Wort* Moïse. *Der Sohn*

*Moïses. Etwas in ihm regte sich. Er spürte, wie Zorn in ihm aufwallte.*

*Er war nicht Moïses Sohn.*

*In diesem Verlies hatte er aufgehört, es zu sein.*

*Jehuda ben Tibbon.* Das *war sein Name!*

*Er stemmte sich aus seiner sitzenden Position in die Höhe. Seine Hüftgelenke protestierten mit dumpfem Schmerz, aber schließlich stand er. Seine ersten zwei, drei Schritte waren unbeholfen. Er humpelte, dann wurde es besser. Vor den drei Stufen zur Verliestür blieb er stehen. «Warum lasst Ihr mich frei?»*

*«Mach endlich!»*

*Der Mann, der Jehuda ben Tibbon hieß, knurrte leise, wie er es immer getan hatte, wenn einer seiner Bewacher ihn durch das Fensterchen in der Tür angesprochen hatte. Jetzt jedoch hielt er inne. Er war kein Tier mehr. Er hatte einen Namen. Und man ließ ihn frei. Er setzte einen Fuß auf die unterste der Stufen.*

*Der Wachmann streckte ihm die Fackel entgegen, um ihm zu leuchten, und das Licht blendete ihn. Er kniff die Augen zusammen und rührte sich nicht.*

*«Oh, zu hell? Warte.» Die Fackel wurde gesenkt.*

*«Danke.» Das Wort lag so schwer auf seiner Zunge, als sei es aus Stein.*

*«Schon gut. Komm jetzt, alter Mann.»*

*«Wartet! Wer hat Euch den Auftrag gegeben, mich freizulassen?»*

*«Du weißt es nicht?» Der Wachmann klang ehrlich erstaunt.*

*Er wusste es. «Meine Tochter.» Er war Jehuda ben Tibbon, und er hatte eine Tochter. Wie lange war es her, dass sie das erste Mal zu ihm gekommen war? Dass sie durch die Klappe in der Tür mit ihm gesprochen hatte? Er hatte keine Zeitvorstellung, aber er erinnerte sich, dass er nur den allerkleinsten*

*Teil der langen Jahre seiner Kerkerhaft gewusst hatte, dass er eine Tochter besaß.*

*«Ja. Jetzt beweg dich endlich.»*

*Bevor der Wachmann sich abwenden konnte, gelang es dem Mann, der Jehuda ben Tibbon hieß, einen Blick in sein Gesicht zu werfen. Es war ein hübsches Gesicht. Jehudas Hand wanderte hinab zu seinen eigenen zerlumpten Beinlingen, die ihn nur unvollkommen verhüllten. Die Fingerspitzen stießen gegen den Griff eines Messers.*

*Der Wachmann sah die Bewegung. «Mach keine Dummheiten!», warnte er. «Deine Tochter hat mir erzählt, dass sie dir ein Messer gegeben hat. Sie hat gesagt, ich soll mich vor dir vorsehen.»*

*Der Mann, der Jehuda hieß, ließ den Messergriff los, hob die Hand und erstarrte. War das wirklich seine Hand, dieses gekrümmte, gichtige Ding, das mehr einer Kralle glich als einem menschlichen Körperteil? Er versuchte, die knotigen Finger zu einer Faust zu ballen, und sie reagierten mit dem altvertrauten brennenden Schmerz. Ja, es war seine Hand!*

*Er schluckte schwer.*

*Sein Oberkörper sackte wie von selbst nach vorne, er ließ den Kopf sinken. Rechts und links neben seinem Gesicht sah er weiße Haare herunterhängen. Schneeweiß! Wie lange hatte er im Finstern gehockt, dass seine Haare weiß geworden waren, ohne dass er es bemerkt hatte? Er erinnerte sich daran, dass sie einmal schwarz gewesen waren, schwarz wie die Nacht, die er liebte. Er tastete über sein Gesicht. Seine schmale Nase. Ob die Wimpern ebenfalls weiß geworden waren? Er befühlte sie. Lang waren sie noch. Lang und seidig.*

*Um seinen Hals baumelte eine Kette mit einem fast handtellergroßen Anhänger. Er griff danach. Es war eine goldene Scheibe, in die fünf verschiedenfarbige Steine eingelassen waren. Ihr Glanz war unter all dem Dreck nur schwer zu erkennen.*

Sein Befreier drehte sich zu ihm um und schaute auf seine knotigen Hände. «Was ist?»

Er schüttelte den Kopf. «Nichts. Ich bin alt geworden.»

Der Befreier nickte schlicht. «Ja, das bist du. Zweiunddreißig Jahre sind eine sehr lange Zeit. Jetzt komm endlich, bevor wir bemerkt werden.»

Langsam sank sein Arm nach unten. Auch diese Bewegung schmerzte, ebenso wie der nächste Schritt die Stufen hinauf. Er spürte, wie ihn das Gehen anstrengte. Sein Herz jagte, und seine Lunge brannte, und dennoch konnte er sich auf nichts anderes konzentrieren als auf die Worte seines Befreiers. Zweiunddreißig Jahre!

«Komm schon!»

Zorn wallte in ihm auf. Hatte der Mann nicht genügend Geld erhalten, um ihn mit der gebührenden Achtung anzusprechen? Er überwand die letzte Stufe. «Junger Mann?»

Der Befreier blieb erneut stehen. «Was ist denn?»

«Ihr kennt meinen Namen.»

«Natürlich.»

«Ihr wisst also, wer ich bin.»

Der Befreier blinzelte erstaunt. Seine Fackel hielt er jetzt wieder hoch erhoben, aber inzwischen war das Licht nur noch halb so schmerzhaft. «Natürlich weiß ich, wer du …»

Der Mann, der Jehuda hieß, näherte sein Gesicht dem des Befreiers. Ekel zeichnete sich in dessen Zügen ab. Er wich dem bohrenden Blick aus.

«Also?» Der Zorn wallte heiß und befriedigend durch Jehudas Körper.

«Natürlich weiß ich, wer Ihr seid», wiederholte der Bewacher tonlos.

Jehuda grinste. Seine verkrampften Muskeln entspannten sich.

Er wies mit dem Kinn den Gang hinauf, an dessen Ende

*sich eine weitere Tür befand. «Wenn ich da hindurch bin, dann bin ich ein freier Mann.»*

*Der Blick des Wachmanns zuckte zu dem Messer an Jehudas Hüfte. Jehuda nahm den Griff in die Faust. Es fühlte sich gut an. Richtig. War es nicht erst gestern gewesen, dass er eine Waffe wie diese geführt hatte? Bilder flammten vor seinem inneren Auge auf, ein junger Mann, abwehrend erhobene Hände, eine Blutspur, die sich in weitem Bogen über eine weiße Wand zog.*

*Jehuda steckte das Messer fort und verneigte sich leicht vor dem Befreier. «Ich danke Euch.»*

*Dann wandte er sich um und ging.*

# 2. Kapitel

Der Fremde, der Galien de Montgris gegenübertrat, besaß das Gesicht aus seinen Albträumen. Bleiche Züge, eine schmale Nase, große, braun-schwarze Augen mit langen, seidigen Wimpern. Glatte, glänzende Haare in bläulich schimmerndem Schwarz.

Galien prallte zurück und suchte mit seinen Augen über der Schulter des Fremden nach Jean, seinem Großknecht, der mit gesattelten Pferden bereitstand und auf ihn wartete. Dann heftete er den Blick wieder auf den Fremden. Mit nichts hatte er weniger gerechnet, als ausgerechnet hier in Épernon an die Albträume aus seiner Kindheit erinnert zu werden! Er war im Auftrag seines Halbbruders, des Grafen von Montfort, hier, um Gäste im Empfang zu nehmen, denen sie bis Épernon entgegengeritten waren.

«Entschuldigt!», sagte der Fremde mit leiser, sanft klingender Stimme in schlecht verständlichem Französisch. «Ich wollte Euch nicht erschrecken!»

Galien fasste sich, aber er musste dazu beide Hände zu Fäusten ballen. Sein Herzschlag, der sich beim Anblick des Mannes unwillkürlich beschleunigt hatte, beruhigte sich wieder. «Ihr habt mich nicht erschreckt. Ich dachte nur einen Moment lang, Euer Gesicht schon einmal gesehen zu haben.»

Der Fremde lächelte und entblößte dabei ebenmäßige und sehr weiße Zähne. «Seid Ihr schon einmal in Béziers gewesen, oder in Montpellier?»

«Nein, warum?»

«Dann können wir uns noch nicht begegnet sein. Ich bin zum ersten Mal in Épernon.»

Galien nickte gemessen. Es war wohl besser, dachte er, dem Mann nicht zu erzählen, dass sein Erscheinen Erinnerungen in ihm wachgerufen hatte, die er längst vergessen geglaubt hatte. Erinnerungen an schweißgebadete Nächte, in denen ihn das Gesicht des Fremden aus den Schatten heraus angestarrt hatte.

«Mein Name ist Elias ben Aaron ben Tibbon. Ich bin unterwegs nach Montfort.»

«Ich stamme aus der Nähe von Montfort.» Galien leckte sich über Lippen, die mit einem Mal trocken waren. Fast hätte er auf Okzitanisch geantwortet, aber etwas hielt ihn davon ab, obwohl er die Sprache wahrscheinlich besser beherrschte als Elias das Französische. Seine Mutter hatte es ihm beigebracht, und sie hatte darauf bestanden, dass er es flüssig sprechen lernte, obwohl sie seit 32 Jahren nicht mehr in ihrer Heimat im Süden gewesen war.

«Ich weiß. Ich habe mit Eurem Diener gesprochen, und er sagte es mir.» Elias wies hinter sich auf Jean. Als dieser bemerkte, dass Galien den Blick auf ihn richtete, grinste er breit und entblößte dabei seine Zahnlücke.

«Ah, ja.» Galien zwang sich, Jeans Feixen zu ignorieren. «Wenn ich Euch in irgendeiner Weise behilflich sein kann, so lasst es mich wissen. Allerdings: Solltet Ihr Euch entscheiden, uns bis Montfort zu begleiten, müsst Ihr Euch noch einige Tage gedulden. Ich bin hier, um auf die Gesandtschaft von Abt Arnaud zu warten.»

Elias schüttelte den Kopf. «Danke. Bevor ich mich an Graf Simon wende, habe ich hier in der Gegend noch einiges zu erledigen.»

Galien musterte den Fremden. Er trug Kleidung, die hier oben im Norden ungewöhnlich war; sein Gewand fiel weit und faltenreich herab, beinahe wie das eines Sarazenen. An seinem breiten, durchbrochenen Gürtel hingen mehrere bunte Beutel, einige aus Samt, einige aus grobem Leinenstoff. Dazu trug er ein langes, leicht gekrümmtes Schwert, einen Dolch und einen Gegenstand, der in Galiens Augen wie ein eigenartig geformter Schlüsselbund aussah. «Wie der Zufall es will, befindet sich der Graf selbst ebenfalls hier. Zumindest wird er morgen in Épernon sein, heute ist er mit einigen seiner Männer auf der Jagd. Wenn Ihr also einen Tag wartet, könntet Ihr ihn hier antreffen.»

«Wie bedauerlich! Ich habe eine Verabredung in Rambouillet, die ich unbedingt einhalten muss.»

«Das ist von hier einen guten Tagesritt entfernt. Einen knappen, wenn Ihr ein schnelles und ausdauerndes Pferd habt.»

«Das habe ich.» Elias deutete mit dem Kinn über Galiens Schulter, der sich umwandte. Dort stand ein Pferd, wie er noch nie zuvor eines gesehen hatte. Ein Hengst, klein und zierlich. Seine Sehnen und Muskeln zeichneten sich unter dem dünnen, rötlichen Fell deutlich sichtbar ab. Ein schlanker Kopf reckte sich stolz in die Luft, seine Augen waren riesig und glänzten feucht. Für Galien sah es aus, als beobachte das Pferd seinen Herrn genau.

«Ist das eines dieser Wüstenpferde?» Galien hatte von den zierlichen, aber zähen und ausdauernden Tieren der Sarazenen gehört, bis heute aber niemals eines zu Gesicht bekommen.

Elias nickte. «In der Tat! Ihr habt ein gutes Auge für Pferde! Die meisten Menschen, die Tariq zum ersten Mal sehen, machen sich über ihn lustig.»

Galien zuckte die Achseln. Zu gerne hätte er das ungewöhnliche Tier, das noch dazu einen sarazenischen Namen trug, genauer in Augenschein genommen, aber er wollte Elias nicht um Erlaubnis bitten. Wenn dieser Mann mit seinem bleichen Gesicht auch eindeutig kein Sarazene war, so hatte

Galien doch genug Geschichten darüber gehört, wie heikel ihre Besitzer mit den Wüstenpferden waren. «Verlasst Épernon in Richtung Osten. Die Straße wird Euch bis vor die Tore von Rambouillet führen.»

Elias neigte den Kopf. «Ich danke Euch. In Montfort werden wir uns vielleicht erneut begegnen. Es wäre mir eine Ehre.»

Galien lächelte dem Fremden zu. «Mir ebenso.» Mit den Augen folgte er dem Mann, der zu seinem Tier ging. Der Hengst begrüßte ihn, indem er den Kopf senkte und ihm gegen die Brust stieß.

«Na? Begehrliche Blicke?» Jean hatte sich Galien genähert, ohne dass dieser es bemerkt hatte.

Jetzt stupste Galiens eigenes Pferd, ein kräftiger Dunkelbrauner mit breiter Blesse, ihn an die Schulter und prustete ihm ins Genick.

«Schluss jetzt!» Galien nahm Jean die Zügel aus der Hand und verzichtete darauf klarzustellen, ob er mit seinem Großknecht oder dem Pferd gesprochen hatte. «Freilich», beantwortete er dann Jeans Frage. «So ein Pferd zu reiten, muss der Himmel auf Erden sein!»

«Vielleicht könnt Ihr den Grafen überreden, auf dem Markt in Rochefort nächste Woche eines zu kaufen.» Auch Jean blickte Elias ben Tibbon nach, als dieser den hellen Hengst wendete und in einer der Gassen verschwand.

«Baptiste und Lothar würden Augen machen! Aber ich glaube nicht, dass es in Rochefort solche Pferde zu kaufen gibt.» Galien riss sich vom Anblick der leeren Gasse los. «Komm. Wir müssen uns beeilen, wenn wir den Abt nicht warten lassen wollen.»

Die Abtei von St. Thomas in Épernon war reich. Ihre Kirche ragte massiv und trutzig in die Höhe, als wolle sie Reisende schon von weitem darauf aufmerksam machen, dass hier einflussreiche Mönche lebten. Um die Kirche standen weit verstreut Dutzende von Wirtschaftsgebäuden, die meisten aus Fachwerk und mit holzschindelgedeckten Dächern. Dank der frühen Jahreszeit sahen die Wiesen um das Anwesen grün und saftig aus – sie würden erst später im Jahr verdorren und wie braune Flecken unter der sengenden Sonne liegen. Die Apfel- und Birnbäume standen in voller Blüte.

Die Kirche war von einer Mauer umgeben. Als Galien und Jean durch das Rundbogentor auf den Platz vor ihr ritten, erblickten sie eine Gruppe von ungefähr zwanzig Mönchen und Kriegern. Einige der Mönche saßen noch auf ihren Pferden, auf denen sie mit ihren nackten Beinen seltsam fehl am Platze wirkten, andere waren bereits abgestiegen und unterhielten sich mit den Domherren und den Laienbrüdern des Klosters.

Mitten unter den Mönchen, von denen die meisten das graue Gewand und Skapulier der Zisterzienser trugen, stand ein Mann, der die anderen um Haupteslänge überragte. Er war schlank und beinahe kahl, was seinem Gesicht mit der langen Nase ein gestrenges Aussehen gab. Auch er war wie ein Zisterziensermönch gekleidet, aber alles, seine Haltung, sein Gebaren und auch die selbstbewusste Rede, die er führte, zeigte Galien, dass dies der Mann war, den zu treffen er hergeschickt worden war.

Er lehnte sich zu Jean hinüber. «Sieh mal, das ist Arnaud Amaury, Abt von Cîteaux. Päpstlicher Gesandter und Herr über ein ganzes Heer von Legaten, die hier im Norden unterwegs sind, um den Kreuzzug gegen die Ungläubigen zu predigen.»

«Steht wirklich ein Kreuzzug bevor?» Jean riss die Augen auf, was seinem Gesicht ein jungenhaftes Aussehen gab. Obwohl er mit seinen vierundzwanzig Jahren nur etwa zwei Jahre jünger war als Galien, wuchs ihm noch immer kein richtiger Bart.

«Innozenz will es so, aber derzeit sieht es wohl danach aus, als bliebe es ein frommer Wunsch.»

«Ich glaube, mein Lieber, da täuschst du dich.» Die Worte ließen Galien und Jean herumfahren. Hinter ihnen stand ein weiterer Mönch. Sein Habit war schmutzig und an einer Stelle bis fast hinauf zum Knie eingerissen. Er hatte ein rundes Gesicht, das von ungewöhnlich großen braunen Augen dominiert wurde. Kuhaugen, hatte Galien als Junge gespottet, und der so Verspottete hatte es gutmütig über sich ergehen lassen.

«Pierre!» Galien stieg aus dem Sattel und erwiderte die herzliche Umarmung des Mönchs. «Ich wusste gar nicht, dass du auch hier bist! Was ist dir geschehen?»

Pierre lächelte schmerzlich und rieb sich die Hüfte. «Ein Sturz vom Pferd. Ich fürchte, diese Biester und ich, wir werden in dieser Welt niemals Freunde werden.»

Galien lachte. «Das glaube ich auch nicht. Aber sag: Was tust du hier?»

«Ich begleite Onkel Guy.» Pierres Stimme war sanft und voll. «Simon hat ihn herbefohlen. Ebenso wie dich, vermute ich? Hat er dich gebeten, die päpstliche Delegation nach Montfort zu geleiten?»

Galien nickte. «Es war allerdings mehr ein Befehl.»

«Ich kann mir nicht vorstellen, dass du einem Befehl Folge geleistet hättest.» Forschend sah Pierre Galien ins Gesicht. Der Mönch war nur wenige Jahre älter als er, knapp dreißig, aber sein hellbraunes Haar wurde bereits schütter. Das Leben im Kloster hatte jedoch noch keine einzige Falte in sein freundliches Gesicht gezeichnet.

«Nein, wohl eher nicht.» Galien schmunzelte. Graf Simon hatte in der Tat erneut versucht, ihm zu beweisen, wer der mächtigere von ihnen beiden war, indem er die Reise nach Épernon angeordnet hatte. Galien hatte sich nur gefügt, weil seine Mutter ihn gebeten hatte, nicht immer wieder Öl ins

Feuer ihres alten Streits zu gießen. «Simon ist übrigens mit seinen Männern auf der Jagd.»

Pierre verzog das Gesicht. «Ohne dich.» Es war eine Feststellung, aber Galien ahnte die Frage dahinter.

«Ja. Du weißt, dass ich es vorziehe, mich nicht unter Simons Getreue zu mischen.»

«Warum nicht? Immerhin bist du sein Bruder!»

«Sein Halbbruder», korrigierte Galien. «So Leid es mir tut, an unserem Verhältnis hat sich in den letzten Jahren nichts geändert.»

Simon war der älteste Sohn des vierten Grafen von Montfort und dessen Gattin Amicie. Galien dagegen, ebenfalls ein Sohn des Grafen, war unehelich geboren – der alte Graf hatte sich in seine Mutter verliebt, lange nachdem Simon geboren worden war. Zeit ihres Lebens hatte Simon Galien dafür verantwortlich gemacht, dass Amicie so beleidigt worden war. Er empfand seinen Halbbruder als lästigen Nebenbuhler.

Pierre starrte auf die schmale Narbe an Galiens Unterlippe. Sie war das Überbleibsel einer Prügelei, die Galien mit dem Grafensohn ausgetragen hatte, als sie beide noch Kinder gewesen waren; ein kleines äußeres Zeichen ihres schwelenden Konflikts.

Galiens Mittelfinger tastete über die Narbe, und er grinste den Mönch an. «Sagen wir, wir können es miteinander aushalten, seit Vater tot ist und Simon die Grafschaft geerbt hat. Lieben wird er mich nie, aber ich ihn auch nicht.»

«Nein.» Pierre klang traurig. «Wie schade.»

Galien erkannte in ihm mühelos den Träumer wieder, der er als Junge gewesen war. Bevor Pierre mit vierzehn Jahren als Novize ins Kloster von Vaux-de-Cernay eingetreten war, hatte er eine Zeit lang auf der Burg gelebt. Sein Vater hatte mit dem Gedanken gespielt, ihn zum Ritter ausbilden zu lassen, und so hatte Pierre viel Zeit an Simons Seite verbracht, um von ihm zu lernen. Er hatte den deutlich älteren Grafensohn mit der glühenden Bewunderung eines kleinen Bruders angehimmelt. Als Pierre sich schließlich doch entschieden hatte, Novize zu werden, hatte Simon kein Verständnis dafür aufbringen können. Im Kloster, wo die gräflichen Söhne seit Generationen eine Ausbildung im Lesen und Schreiben erhielten, hatte Pierre dann Galien kennen gelernt. Sie waren beste Freunde geworden. Bis heute wünschte sich Pierre nichts mehr, als dass die beiden Männer, denen er in Freundschaft und brüderlicher Liebe zugetan war, einander mehr als widerwillige Duldung entgegenbrächten.

«Und wobei täuschte ich mich?», fragte Galien fröhlich, um von dem unangenehmen Thema abzulenken.

«Nun, es ist richtig, dass der Papst den Kreuzzug seit Jahren vergeblich predigt. Es blieb sein frommer Wunsch, wie du sagst. Bisher jedenfalls. Aber vermutlich bist du nicht darüber informiert, dass König Philipp vor wenigen Tagen die drei weltlichen Anführer des Kreuzzugs ernannt hat.»

Galien war verblüfft. «Nein, das wusste ich nicht. Der Papst bittet doch seit Jahren um Unterstützung, und seit Jahren lehnt der König ab, weil er zu sehr mit seiner Fehde gegen England beschäftigt ist. Und auf einmal hilft er doch? Und wem hat er die Leitung des Kreuzzugs übertragen?»

«Dem Grafen von Nevers, Herzog Odo von Burgund und Graf Gaucher von Saint-Pol. Abt Arnaud wurde damit beauftragt, den Kreuzzug den Adligen hier oben im Norden zu predigen.»

«Das wissen wir bereits.»

«Dann ist Arnauds Schreiben bei Simon eingetroffen?»

«Ja. Montfort ist vorbereitet auf seinen Besuch, und Simon hat mir befohlen, dem Abt seine Freude und die Ehre darüber auszudrücken, dass er unter seinem Dach einzukehren beliebt.» Bei diesen Worten verzog Galien das Gesicht.

«Weißt du, warum er sich entschieden hat, ausgerechnet

heute auf die Jagd zu gehen und dem Abt erst morgen seine Aufwartung zu machen?»

Galien zuckte die Achseln. Natürlich war es eine Taktik des Grafen, am Tag von Arnauds Ankunft nicht anwesend zu sein. Zwar hatte er sich selbst auf den Weg gemacht, um die Abordnung nach Montfort zu geleiten, was deutlich machte, dass er Arnauds Rang anerkannte. Doch nun gab er dem Bedürfnis nach, dem Abt seinen eigenen Rang zu demonstrieren, indem er ihn einen Tag warten ließ.

Galiens Blick wanderte über die Gesandtschaft und die Krieger, die sie begleiteten. Auch wenn Abt Arnaud das schlichte graue Gewand seines Ordens trug, so eilte ihm doch der Ruf voraus, ein Mann zu sein, der das gute Leben zu schätzen wusste. Genau in diesem Moment sah der Abt auf, und ihre Blicke trafen sich. Er löste sich aus der Menge seiner Begleiter und kam auf Galien zu.

«Ihr müsst der Graf von Montfort sein!» Er breitete seine Arme aus, als wolle er Galien umarmen, hielt jedoch einen Schritt vor ihm an und reichte ihm seine ringgeschmückte Hand.

Galien küsste den größten der bunten Steine. «Nein, ehrwürdiger Vater», sagte er, als er sich wieder aufrichtete. «Ich bin Galien de Montgris. Graf Simon ist heute leider verhindert, obgleich er sich in der Stadt befindet. Er schickt mich, Euch die Ehre zu erweisen.»

Wenn Arnaud mit diesem Empfang unzufrieden war, so ließ er es sich nicht anmerken. Ein strahlendes Lächeln glitt über seine Züge und verursachte unter seinem Kinn eine dicke Hautfalte. «Sehr schön! Wir sind vor einer halben Stunde erst eingetroffen. Wir kommen vom Herzog von Burgund. Er hat bereits das Kreuz genommen, und mit ihm einige andere, wie die Grafen von Dreux, Nevers und Auxerre. Und es heißt, der Bruder des Erzbischofs von Canterbury, Walter Langton, sei ebenfalls bereit. Meine Soldaten müssen sich nun erst einmal um die Pferde kümmern, außerdem warten wir noch auf eine Gesandtschaft aus Paris. Sie soll dieser Tage hier eintreffen. Sobald Euer Herr bereit ist, können wir nach Montfort aufbrechen.»

«Natürlich.» Widerwille stieg in Galien hoch, und er biss die Zähne zusammen. Simon war nicht sein Herr!

# 3. Kapitel

Die Porte Saint-Saturnin ragte düster in den blauen Himmel. Die beiden Türme, die das Tor flankierten, warfen scharfe Umrisse vor die Füße des Priesters. François de Lunel blieb stehen. Eigentlich hatte er es eilig, denn obwohl er als Seelsorger an der Sainte-Madeleine tätig war, forderte der Bischof von Béziers in regelmäßigen Abständen seine Dienste als Sekretär an. Meist arbeitete er an zwei Tagen in der Woche für den bischöflichen Palast, und heute hatte man ihn mit einer Botschaft zum Pfarrer von Saint-Saturnin geschickt, einer Kirche östlich der Stadtmauern.

Ihm blieb nur eine knappe Stunde für den Weg, für das Gespräch mit dem Pfarrer und die Rückkehr in den Palast. Dort warteten zwei Schreiben auf ihn, die beantwortet werden mussten. Und dann hatte er sich vorgenommen, heute Abend endlich einmal wieder seinem alten Freund Robert und dessen Tochter Anne einen Besuch abzustatten. Er hatte seine Patentochter seit Wochen nicht gesehen, und er sehnte sich nach einem Abend bei gutem Essen und einem gelehrten Gespräch mit lieben Menschen.

Trotz seiner Eile gelang es ihm jedoch nicht, die Porte Saint-Saturnin zu durchschreiten, ohne den Blick an ihrem Tor hinaufwandern zu lassen.

*Hier hatte er damals gestanden, als Elaine die Stadt verlassen hatte …*

Mit einem Mal kehrte das Jahr 1177 in ganzer Unmittelbarkeit zurück. Und da stand sie vor ihm: Elaine, seine Schwester. Tränen schimmerten in ihren Augen, als sie ihm eine Hand an die Wange legte. Er fühlte den Schmerz, der ihm die Brust zerriss, die Vorahnung, sie niemals wiederzusehen, die Angst, sie ins Ungewisse zu schicken, sie einer fremden, schrecklichen Gefahr auszuliefern. Schlimmer war diese Qual in seinem Innersten als das Brennen der frischen Wunde, die sich quer über sein Gesicht zog und die ihn daran erinnerte, wie gefährlich es für Elaine wäre, hier zu bleiben.

«Ich bin bald wieder da», flüsterte sie mit erstickter Stimme. Sie war immer die stärkere von ihnen beiden gewesen, und sie war es auch jetzt. François rannen längst die Tränen das Gesicht hinunter.

«Ja.» Vor Zittern konnte er kaum sprechen. Er sah auf ihren schweren Beutel. Das Gewicht des Buches zog an dem Riemen auf ihrer Schulter.

Elaine folgte seinem Blick und klopfte gegen die Last, die sie trug. «Ich bringe es in Sicherheit. Sag Robert, ich liebe ihn, und dass ich bald wieder da bin.»

Er konnte nur noch nicken. Unvorstellbar, seinem besten Freund diese Botschaft zu überbringen. Wie würde er reagieren? Elaine wandte sich ab, stieg auf das Pferd, das hinter ihr angebunden war, wendete es und lenkte es auf die Straße hinaus aus Béziers.

François stand noch da und sah ihr nach, als sie längst die Wegkreuzung erreicht hatte, die sie nach Pézenas führen würde und von dort aus nach Norden, nach Montfort.

Eine Hand legte sich schwer auf seine Schulter. Dunkle, von langen, seidigen Wimpern beschattete Augen sahen ihn an. «Es ist besser so», sagte Moïse ben Tibbon. «Das Buch ist zu wertvoll. Wir dürfen es nicht in der Stadt behalten.»

François nickte. Mit dem Ärmel wischte er sich die Tränen aus dem Gesicht. «Natürlich nicht.»

«Macht doch mal Platz, guter Mann!» Der barsche Ruf fügte sich so nahtlos in seine Erinnerung, dass François eine Weile brauchte, bis er begriff, dass er sich in der Gegenwart befand und die Worte nicht zur Vergangenheit gehörten. Hastig stolperte er zur Seite und ließ ein Ochsenfuhrwerk durch das Tor, dem er den Weg versperrt hatte.

«Danke!» Der Mann auf dem Bock lüftete seine Kappe und trieb seine Tiere vorwärts. Nachdenklich starrte François ihm nach. Seine Hand hatte sich in den Stoff seines Ärmels gekrallt, als wolle sie noch einmal die Tränen von damals fortwischen. Er löste die Verkrampfung seiner Finger. Seine Gewänder waren feiner heute, die Falten in seinem Gesicht tiefer, durchkreuzt von einer wulstigen Narbe, aber in seinem Inneren war er derselbe geblieben.

Er hatte Elaine niemals wiedergesehen, obwohl die Gefahr für sie und das Buch kurz nach ihrem Fortgehen gebannt worden war. Er war zu feige gewesen, denn sie zurückzuholen hätte bedeutet, sich dem Sog des Buches erneut auszusetzen ...

Ein harter Stoß ließ den Gedanken zersplittern, bevor er zu Ende gedacht war. François taumelte vorwärts, fing sich und fuhr wütend herum. «Was fällt Euch ...» Er verstummte.

Vor ihm stand ein Bettler und schwankte so sehr hin und her, dass es den Anschein hatte, er müsse im nächsten Moment stürzen. Sein Gesicht war nicht zu erkennen, so viel Dreck hatte sich im Laufe der Jahre darauf abgelagert. Die Hände waren zu gichtigen Krallen verkrümmt, und der Blick, mit dem der Mann François musterte, flackerte vor Irrsinn.

«Vergebt», nuschelte der Mann aus einem zahnlosen Mund und suchte Halt an der Stadtmauer. Sein Blick hatte sich an François' Narbe festgesaugt.

«Schon gut!» François verzog angewidert das Gesicht, als die Ausdünstungen des Mannes über ihm zusammenschlugen. Er wedelte ihn fort, und der Mann wankte seines Weges.

François wollte seinen eigenen Weg schon fortsetzen, als ihn eine innere Eingebung sich noch einmal umwenden ließ. Der

Bettler war bereits ein ganzes Stück entfernt. Seine gebeugte Gestalt verschwand um eine Hausecke, und das Letzte, was François wahrnahm, waren dünne, weiße Haarsträhnen, die ihm bis auf die Schulter herunterhingen.

# 4. Kapitel

«Anne?»

Madeleines Ruf ließ Anne von ihrer Arbeit aufblicken. «Ich bin hier oben!», rief sie über die Schulter.

Auf der Treppe ertönten Schritte, und Anne musste lächeln. Ganz anders als sie selbst, die meist zwei Stufen auf einmal nahm, erklomm ihre Nachbarin die Stiege langsam, beinahe bedächtig.

Die Schritte verstummten oben auf dem Treppenabsatz, dann wurde die Tür aufgeschoben, so sachte, als fürchte Madeleine, irgendein mysteriöses sternenkundliches Instrument könnte sich verselbstständigen und ihr ins Gesicht springen. Ein Messingspan stellte sich unter der Türkante quer und verursachte ein leise quietschendes Geräusch.

Madeleine hielt die Tür auf halbem Wege an und schlüpfte durch den entstandenen Spalt. Sie runzelte missbilligend die Stirn, als sie die zahllosen Raspeln sah, die den gesamten Boden im Raum bedeckten.

Anne legte den Bohrer aus der Hand. «Schau nicht so!», sagte sie, ohne sich umzuwenden. «Ich mache es nachher sauber.»

«Hmhm. Und die Fenster putzt du gleich mit, ja?»

Anne grinste. Dann drehte sie sich auf ihrem Schemel herum. Das blasse Frühlingslicht schien durch die kleinen, runden Scheiben, die Robert vor vielen Jahren einmal von einem seiner reichsten Kunden als Bezahlung erhalten hatte. Sie waren praktisch, weil sie Kälte genauso gut abhielten wie Ziegenhaut, aber gleichzeitig viel mehr Licht hereinließen. Nur die Tatsache, dass sie auch geputzt werden wollten, behagte Anne gar nicht. «Dafür hole ich dich, du kannst das ohnehin besser. Wolltest du nicht heute nach Narbonne reisen?»

Madeleine schnaubte spöttisch. Der missmutige Ausdruck war aus ihrem Gesicht verschwunden. «Ja. Die Abreise hat sich verzögert, weil Jéromes Pferd ein neues Eisen braucht. Ich dachte mir, ich nutze die Gelegenheit, um noch ein bisschen zu plaudern. Meine Sachen sind alle gepackt. Was machst du gerade?»

«Ich feile eine Rete für meinen Vater.»

«Aha.»

Anne hielt das halbfertige Werkstück hoch. Es war eine Messingplatte, dünner als die, aus der Robert am Vortag das Dorsum gebohrt hatte. Robert hatte ein filigranes Muster darauf abgetragen und es dann mit einem sehr feinen Bohrer so bearbeitet, dass in der Mitte ein Großteil der Platte fortgebrochen war. Die Zähne, die durch die Bohrlöcher entstanden waren, mussten nun weggefeilt werden, und Robert hatte Anne gebeten, dies für ihn zu erledigen. Anne drehte das Werkstück hin und her und betrachtete es. Ein wenig ähnelte Roberts Arbeit einem Schmuckstück, einer Fibel vielleicht oder einem goldenen Kettenanhänger. Es war jedoch alles andere als das.

«Es ist Teil eines Astrolabiums», erklärte Anne Madeleine. «Der wichtigste sogar. Sieh her, diese Spitzen hier, sie stehen für die Sterne des Himmels.»

Madeleine rümpfte die Nase, und Anne wusste, dass sie ihre Ausführungen nicht im mindesten interessierten. Seufzend legte sie die Rete auf der Werkbank ab. «Also, dann wähle ein anderes Thema, über das du plaudern willst.»

«Heute Abend kommt ein Sänger aus dem Norden in den *Sanglier blanc*. Es heißt, er sei in Paris gewesen und habe am Hof gesungen. Ich dachte, du könntest vielleicht ein bisschen Abwechslung gebrauchen. Und Robert auch.»

«Und ganz zufällig ist Charles auch da, ja?»

Da Madeleine nicht widersprach und zudem noch leicht errötete, wusste Anne, warum sie auf diesen Sänger aufmerksam gemacht wurde. Sie wies auf einen Stapel Pergamente und Bücher, der neben ihr auf der Werkbank lag. «Ich kann nicht. Ich muss heute noch diese Tabellen durchgehen und für einen Kunden die Höhenkreise für eine neue Einlegescheibe berechnen.»

Madeleine schob die Unterlippe vor. «Ich habe keine Ahnung, wovon du redest.»

«Schau», sagte Anne und holte das halbfertige Dorsum vom Vorabend aus einer Schublade der Werkbank. Sie tippte auf die exzentrischen Kreise, die Himmelslinien, deren Einzeichnung sie am Abend vorher so erleichtert hatte. «Das hier sind die so genannten Höhenkreise. Sie zeigen an, wie hoch ein Stern über dem Horizont steht.» Sie kratzte mit dem Fingernagel über die äußere der Linien. «Sechs Grad.» Dann kratzte sie über die zweite. «Zwölf Grad und so weiter. Hier genau in der Mitte, das ist der Zenit.» Sie musterte Madeleines ratloses Gesicht. «Der Zenit ist der Punkt des Himmels, der sich genau über deinem Kopf befindet. Die Sterne drehen sich über den Himmel, das habe ich dir ja gestern Abend erklärt, weißt du noch?»

«Sicher.»

«Schön. Sie drehen sich um einen Mittelpunkt, den so genannten Himmelspol. Dort steht ein einzelner Stern, der Nordstern. Auf einem Astrolabium ist dieser Punkt genau in der Mitte. Hier.» Robert hatte an dieser Stelle bereits die Bohrung gesetzt, durch die später der Stift führen würde, der das ganze Instrument zusammenhielt. «Heute Morgen hat mein Vater mir beigebracht, dass der Abstand zwischen Zenit und Himmelspol nicht überall auf der Welt gleich ist. Darum muss man für ein Astrolabium, das woanders funktionieren soll, eine Einlegescheibe mit anderen Höhenkreisen konstruieren.»

An Madeleines gelangweiltem Nicken sah Anne, dass sie ihren Ausführungen schon längst nicht mehr folgte. Sie legte das halbfertige Dorsum wieder in seine Schublade, nahm eines der Bücher vom Stapel und schlug es auf. Dutzende von Seiten, voll geschrieben mit schwer lesbaren Tabellen und Listen, sprangen ihr ins Auge. Plötzlich war sie sich gar nicht mehr so sicher, dass sie diese neue Aufgabe würde meistern können, so wie sie es am Morgen ihrem Vater gegenüber noch behauptet hatte.

Madeleine, die offenbar noch nicht begriffen hatte, dass Anne das Gespräch beendet hatte, räusperte sich vorsichtig.

Anne sah auf. «Was noch?»

Die Nachbarin hob eine Hand, wie um Anne für ihr rüdes Verhalten zu züchtigen. «Du bist unmöglich!»

Anne schluckte. Madeleine hatte ja Recht! Sie nahm sich ein Herz. «Ich möchte Charles nicht zum Mann nehmen, Madeleine ... ich möchte noch so vieles lernen, und das kann ich nur hier bei meinem Vater, verstehst du das nicht?»

«Doch, natürlich.» Madeleine war anzusehen, dass sie es nicht verstand.

Anne knirschte mit den Zähnen. Erleichtert vernahm sie, wie Robert die Treppe heraufkam. «Ich habe noch so vieles zu lernen», sagte sie absichtlich so laut, dass ihr Vater es hören musste.

Robert betrat die Werkstatt. Sein Blick wanderte von Anne zu Madeleine und wieder zurück.

«Ich weiß erst die Hälfte darüber, wie man funktionstüchtige Astrolabien baut», ergänzte Anne. «Und dann gibt es noch viele Dinge am Himmel, von denen ich bisher gar keine Ahnung habe.»

*Planetenbewegungen zum Beispiel,* setzte sie in Gedanken hinzu, und an der Art, wie Roberts Augenbrauen sich unwillig zusammenzogen, erkannte sie, dass er genau das Gleiche gedacht hatte.

«Manchmal sollte man vorsichtig mit dem sein, was man sich wünscht», brummte er.

Kurz nachdem Madeleine gegangen war und Anne damit begonnen hatte, die Pergamentstapel nach den benötigten Zahlen zu sichten, klopfte es unten an der Haustür.

Robert trat ans Fenster, um nachzusehen, wer es war. «Du liebe Güte!», rief er. «François! Den habe ich ja ganz vergessen.»

Anne erhob sich. «Hast du ihn etwa zum Essen eingeladen?»

«Ja. Natürlich. Er hat die letzte Zeit so hart für den Bischof gearbeitet, da habe ich ihm vorgeschlagen, zum Abendessen zu uns zu kommen. Entschuldige, Kind. Ich bin auch wirklich zu vergesslich!»

Anne musste angesichts seiner Zerknirschung lächeln. «Stimmt. Aber es macht nichts. Madeleine ist noch da. Sie hat Jérome gestern zwei Hühner schlachten lassen und sie eingesalzen. Sicher wird sie mir eines leihen. Ich kann ja morgen auf dem Markt ein neues für sie kaufen.» Sie schob die Pergamente zusammen. Zwar liebte sie das Kochen auch nicht gerade, aber es war jetzt allemal besser als das Wälzen von Zahlen und Tabellen. «Ich mache ihm auf.»

Sie verließ die Werkstatt, lief die Treppe hinunter und öffnete. «Guten Tag, Onkel!»

Draußen stand ein hoch gewachsener, schlanker Mann mit blassen Lippen. Das Auffälligste an ihm war jedoch nicht sein beherrschtes, fast unnahbar wirkendes Auftreten, sondern eine große Narbe, die sich quer über seine Wange und über sein rechtes Auge zog. François de Lunel war nicht wirklich Annes Onkel, sondern nur ihr Pate, aber sie nannte ihn seit Kindesbeinen so. Schon vor Jahren hatte sie erkannt, dass sie ihn beinahe ebenso sehr liebte wie ihren eigenen Vater.

«Anne! Nanu?» François trat ein, ließ seinen mit winzigen Schlammspritzern bedeckten Umhang von den Schultern gleiten und hängte ihn auf. Darunter kam der Habit eines Priesters zum Vorschein. «Heute ein so hübsches Empfangskomitee? Ist dein Vater krank oder nur zu beschäftigt?»

Anne bat François in die Küche. «Keines von beidem. Aber stelle dir vor, er hat vergessen, dass du kommen wolltest! Ich habe bis eben oben gearbeitet. Kommst du direkt aus dem Bischofspalast?»

«Mich vergessen?» François ließ sich auf einem Schemel nieder. «So, so.» Er lächelte. Die Narbe verzog sich dabei zu einem hakenförmigen Gebilde, das Anne an einen dünnen, rosafarbenen Wurm denken ließ. «Aber, um deine Frage zu beantworten: Ja. Der Bischof hat mich heute den ganzen Tag durch die Stadt geschickt, und danach bin ich auf direktem Wege hierher gekommen.»

«Ich dachte, du seist Sekretär. Wieso schickt er dich auf Botengänge?»

«Ab und zu eine niedere Arbeit zu tun, ist gut für das Seelenheil. Behauptet er zumindest.» François erhob sich, weil Robert den Raum betrat. Die beiden Männer umarmten sich. «Wie ich höre», frotzelte der Priester, «werde ich heute Abend mit Brot und Käse vorlieb nehmen müssen.»

«Unsinn! Wenn ich meinen Freund zum Abendessen einlade, dann bekommt er auch ein Abendessen. Anne, meine Liebe?» Robert wies mit dem Kopf auf die Tür.

«Ich bin gleich wieder da.» Anne lief rasch zu Madeleine hinüber und erwischte sie gerade noch, als sie die Tür abschließen wollte. Als sie mit dem Huhn das Haus wieder betrat, hörte sie erregte Stimmen.

Ihr Fuß stockte. Sie wollte nicht lauschen, aber plötzlich wurde Roberts Stimme so laut, dass sie erstarrte.

«Ich will es einfach nicht, und dabei bleibt es!»

François sprach sehr viel leiser, und Anne musste sich anstrengen, etwas zu verstehen. «Du kannst es ihr nicht ewig verheimlichen, Robert. Ich wundere mich schon seit längerem, dass sie noch nicht von selbst darauf gekommen ist.»

«Elaine hat damals auch ...»

«Elaine ist seit vielen Jahren fort!» François machte eine kleine Pause, und als er weitersprach, klang seine Stimme flach. «Die Planetenbewegungen gehören zu den interessantesten Vorgängen am Himmel, und Anne wird sich früher oder später damit beschäftigen, ob du es willst oder nicht.»

«Es ist nur ...» Schweigen. «Wenn ich bloß wüsste, was damals geschehen ist, François!»

Anne lief ein Schauer über den Rücken, als sie die Wehmut in der Stimme ihres Vaters wahrnahm. Sie gab sich einen Ruck und öffnete die Küchentür. «Wann, damals?», fragte sie. «Wovon sprecht ihr?»

Robert und François richteten sich erschrocken auf.

«Was hast du gehört?» François sah zu, wie sie das Huhn auf dem Herd ablegte und einen Topf mit Wasser auf das Feuer stellte.

«Nicht viel. Nur, dass etwas geschehen ist, damals. Was hast du gemeint, Vater?»

Einen Augenblick lang sahen sich die beiden Männer an. Robert öffnete den Mund, doch François hob warnend die Augenbrauen. Anne trat an den Tisch. «Behandelt mich nicht wie ein kleines Kind!»

«Komm schon. Natürlich nicht.» Robert wischte sich über die Stirn.

Täuschte sich Anne, oder zitterten tatsächlich seine Hände? Ein ungutes Gefühl beschlich sie.

«Lange vor deiner Geburt, Anne, war dein Vater mit einer Frau verlobt», begann François zögernd.

Anne sah Robert an. «Spricht er von Elaine?»

«Sie weiß von ihr?»

Robert wedelte mit der rechten Hand vor seinem Gesicht herum, als müsse er lästige Fliegen verscheuchen. «Sie weiß nur, dass es einmal eine Frau namens Elaine gab, die ich gerne geheiratet hätte.»

«Du hast mir gesagt, dass das lange war, bevor du Mutter kennen gelernt hast», ergänzte Anne. «Aber du hast mir nie verraten, warum du sie nicht geheiratet hast. Ich habe mir meine Gedanken gemacht, und ich vermutete, dass sie dich entweder nicht wollte oder früh gestorben ist.» Plötzlich wusste Anne, woher sie den Ausdruck kannte, den Robert am Vorabend in den Augen gehabt hatte, diesen Ausdruck von Trauer und Verlust. Genauso hatte er ausgesehen, als sie versucht hatte, ihn nach dieser geheimnisvollen Elaine zu fragen!

Neugierig schaute Anne François ins Gesicht. «Sie ist gestorben, nicht wahr?»

François schüttelte den Kopf. Es war eine langsame Bewegung, so als müsse er sie ganz bewusst ausführen. «Nein.»

Anne setzte sich. Das Huhn auf dem Herd war für den Augenblick vergessen. «Sondern?»

Robert stöhnte leise auf. «Es ist über dreißig Jahre her, François! Wir sollten es nicht aufwühlen!» Dann auf einmal schien er zu begreifen, was François gesagt hatte. «Wie – nein?», stammelte er.

François hatte die Hände ineinander verschränkt und beide Daumennägel zwischen die Zähne geschoben. Eine Weile kaute er mit gesenktem Blick darauf herum, dann ließ er die Hände in den Schoß sinken. «Vielleicht ist es an der Zeit, einige Lügen aus der Welt zu schaffen», murmelte er.

«Lügen?» Plötzlich war die Spannung im Raum mit Händen zu greifen.

«Damals, als du in Montpellier gewesen bist.» François stockte. «Ich habe Elaine nach unserem letzten gemeinsamen Treffen noch einmal gesehen.»

Robert sog Luft durch die Zähne. «Wovon redest du?»

Statt ihm zu antworten, wandte sich François an Anne: «Es

ist mehr als dreißig Jahre her, dass dein Vater zu einem Kunden nach Montpellier fahren musste. Als er von dort zurückkam, war Elaine verschwunden.» Er wandte sich Robert zu. «Bis heute habe ich geschwiegen, aber jetzt habe ich plötzlich das Gefühl, reden zu müssen. Ich weiß mehr über das, was damals passiert ist, Robert. Und ich kann dich für mein Schweigen nur um Verzeihung bitten.»

Roberts Stimme hatte jegliche Kraft verloren. «Was?», krächzte er.

«Erinnerst du dich an den Mord, der während deiner Abwesenheit geschah?»

«An deinem Schüler? Hieß der Mörder nicht Jehuda?»

«An Johann. Ja, Jehuda. Kurz nach Johanns Tod traf ich Elaine noch einmal.» An Anne gewandt fügte François hinzu: «Sie war meine Schwester. Der Tod meines Schülers machte sie völlig kopflos. Ich versuchte herauszubekommen, was sie hatte, aber sie weigerte sich, es mir zu sagen. Sie war wie erstarrt vor Angst. Als fürchte sie, das nächste Opfer zu sein. Sie wollte fort, Robert. Ich konnte es ihr nicht ausreden, und vielleicht war das der Grund, warum ich stets so getan habe, als sei ich über ihr Verschwinden genauso im Unklaren wie du. Es tut mir so Leid.»

Eine Weile war Roberts schwerer Atem das einzige Geräusch, das zu vernehmen war. «Fortgegangen? Dann weißt du wohin?»

François räusperte sich. «Nein.»

«Johanns Mörder wurde kurz darauf gefasst, oder?»

«Ja.»

«Aber du wusstest nicht, wo sie war. Du konntest sie nicht zurückholen.»

François schloss die Augen. Verbarg er etwas, obwohl er behauptete, reinen Tisch zu machen? Anne runzelte die Stirn.

Robert setzte nach. «Das Verschwinden des Buches. Hatte Johanns Tod damit zu tun?»

«Was für ein Buch?» Anne konnte nicht mehr an sich halten.

«Gleichzeitig mit Elaine verschwand eines meiner Bücher», erklärte Robert. «Es ...» Er wurde unterbrochen, weil François mit der flachen Hand auf den Tisch schlug.

«Es ist lange her! Vielleicht hast du Recht, und wir sollten es nicht wieder aufwühlen.»

Anne schaute von ihrem Vater zu dem Priester und wieder zurück. Noch immer war die Spannung spürbar.

«Nein, das sollten wir nicht», murmelte Robert. «Aber du hättest mir davon erzählen müssen. Elaine in Gefahr, ermordet zu werden? – Nein, du musst dich getäuscht haben. Sie ist mit einem anderen durchgebrannt, François. Mit dem Buch hat ihr Verschwinden nichts zu tun.»

Schwer hing das Schweigen zwischen ihnen, bis François mit dem Kinn zum Herd deutete. «Du solltest dich jetzt besser um das Essen kümmern», sagte er, und da erst bemerkte Anne, dass das Wasser im Kessel längst kochte.

Die lastende Stille in der Küche wurde nur dadurch ein wenig erträglicher, dass Anne mit Töpfen und Schüsseln klapperte.

Sie bemühte sich, mehr Lärm als sonst zu machen.

Robert trank zwei Becher Wein aus und stand dann auf, um aus dem Keller einen neuen Krug voll zu holen.

Anne lehnte sich gegen den Herd. «Onkel François, was ist geschehen? Hatte Elaine irgendwas mit Johanns Tod zu tun?» Sie kannte die Geschichte um François' Schüler. Eines Abends war er mit durchschnittener Kehle im Studierzimmer seines Magisters gefunden worden. Aber sie hatte gedacht, der Mörder sei nie gefunden worden.

«Ich weiß es nicht, Anne!» François wirkte angestrengt und müde, und Anne begriff, dass sie zu diesem Thema nicht viel aus ihm herausbringen würde. Also beschloss sie, Roberts Abwesenheit anderweitig zu nutzen.

«Warum will er nicht, dass ich mich mit den Planeten beschäftige?», fragte sie rasch.

François blickte zur Tür, aber für den Augenblick waren sie allein. «Es ist zu schmerzhaft für ihn. Bevor Elaine damals verschwand, arbeiteten sie gemeinsam sehr intensiv an Planetenstudien.»

«Dann war sie sternenkundig?»

«Ja. Sie wusste über die Bewegungen des Himmels ebenso viel wie dein Vater und ich. Wir hatten es ihr gemeinsam beigebracht.» Ein abwesendes Lächeln glitt über François' Gesicht.

«Glaubst du, dass es gefährlich ist, sich mit den Planeten zu beschäftigen?»

«Nein. Nur unbefriedigend.» War seine Antwort nicht eine Spur zu schnell gekommen?

«Warum das?»

«Nun, sie bewegen sich auf sehr eigenartige Weise, und es ist bisher keinem Gelehrten gelungen, eine befriedigende Erklärung dafür zu finden. Es gab einmal in Ägypten einen Mann mit Namen Ptolemäus. Er hat eine lange Abhandlung über den Sternenhimmel geschrieben, doch er musste irgendwann zu dem Schluss kommen, dass auch er die Planetenbahnen nicht zufrieden stellend erklären konnte.»

«Ptolemäus.» Anne hatte den Namen noch nie gehört.

«Er lebte vor mehr als tausend Jahren, aber sein Werk ist wahrhaft wegweisend.» François' Worte klangen jetzt wieder sicherer, weniger hastig. «In der letzten Zeit sind einige Übersetzungen seines Texts angefertigt worden, unter anderem in Spanien und Sizilien. Ein Bekannter von mir hat mir neulich erzählt, dass es ihm gelungen ist, die Abschrift einer Übersetzung eines gewissen Gerhard aus Cremona zu erwerben.»

«Ein Bekannter von dir?» Robert betrat die Küche wieder und stellte den dickbauchigen Krug mit beiden Händen auf dem Tisch ab. Er wirkte gefasster als eben. «Wovon redet ihr?»

«Ich habe Onkel François nach den Planetenbewegungen gefragt», gab Anne zu. Langsam begann das kochende Huhn den Raum mit einem angenehmen, appetitanregenden Duft zu füllen.

Robert musterte den Priester schweigend. Dann setzte er sich und nickte einfach.

«Wie heißt dein Bekannter?», erkundigte sich Anne über die Schulter, während sie die Suppe umrührte.

«Moïse. Moïse ben Tibbon.»

Hatte sie diesen Namen nicht vor kurzem erst gehört? Sie erinnerte sich jedoch nicht an den Zusammenhang, also brachte sie das Gespräch wieder auf die Planeten.

Viel bekam sie an diesem Abend allerdings auch zu diesem Thema weder aus François noch aus ihrem Vater heraus.

# 5. Kapitel

Das Haus, das die Familie ben Tibbon in Béziers unterhielt, war eines der ältesten der Stadt, und es stand den beiden anderen Familiendomizilen in Lunel und Montpellier an Pracht in nichts nach. Obwohl Moïse es zeit seines Lebens vorgezogen hatte, sein Geld für Bücher und Schriftrollen auszugeben, hatte er doch einen Teil davon in die Annehmlichkeit seines Hauses investiert. Man sah den Räumen den Reichtum und Einfluss ihres Besitzers an. Die Fassade führte hinaus auf die Rue Droite, und im Sommer legte sich zu ganz früher Tagesstunde der Schatten der alten Stadtmauer auf sie. Ein doppelflügeliges Tor aus rötlichem Holz, verziert mit Riegeln in Löwenkopfform, verbarg den kleinen, mit bunten Fliesen ausgelegten Innenhof vor den Blicken der Vorübergehenden. In der Mitte des Hofes stand ein Brunnen, den man in einem Stück aus schneeweißem, italienischem Marmor geschlagen hatte und dessen Wasser aus den Schnäbeln von vier Schwänen mit geschwungenen Hälsen rann. Rings um den Brunnen befand sich ein Beet mit duftenden Kräutern, und in diesem Beet stolzierte ein einzelner Pfau umher.

Vier Türen wiesen auf den Innenhof, und diejenige, die dem Eintretenden zur Rechten lag, führte in einen weitläufigen Saal, dessen Bauweise noch immer den Einfluss der nunmehr fast fünfhundert Jahre zurückliegenden arabischen Herrschaft zeigte. Ein flaches Bassin dominierte die Mitte des Saales, und über seinen blaugrünen Kacheln schimmerte das darin enthaltene Wasser.

Für all diesen Luxus hatte François keinen Blick.

Er hastete quer über den Hof, kaum dass ihm ein Diener auf sein Klopfen hin geöffnet hatte. Ohne sich um den schwachen Protest des Mannes zu kümmern, stürzte er durch die Tür in den Saal und kam nur mit knapper Not vor dem Bassin zum Stehen.

Ein Mann, der bis zu diesem Moment in einem geflochtenen Lehnstuhl gesessen und ein großformatiges Schreiben studiert hatte, ließ seine Lektüre sinken und erhob sich. «François! Was führt dich zu so ungewöhnlicher Zeit zu uns?» Es war kurz nach Mittag.

Der Diener tauchte ein wenig atemlos hinter François auf. «Verzeiht, Herr, er war zu schnell, ich konnte ihn nicht aufhalten.»

Der Mann nickte nur und schickte den Diener mit einer knappen Geste davon. Erst als die Tür sanft ins Schloss gefallen war, richtete er seinen Blick wieder auf François. «Du hast vom Tod meines Vaters erfahren, nehme ich an.»

Er nahm den Priester am Arm, führte ihn zu dem Lehnstuhl, in dem er selbst eben noch gesessen hatte, und drückte ihn sanft hinein. Schwer fiel François in die bunt bestickten Polster. Er nickte. «Ja.» Mehr brachte er nicht hervor, zu sehr hatte ihn der Lauf durch die Gassen angestrengt. «Es ist ein Gerücht, nicht? Sag mir, dass es nur ein böses Gerücht ist, Samuel!»

Samuel ben Tibbon trat an ein kleines Tischchen, auf dem neben einer großen, silbernen Kanne auch einige gläserne Karaffen standen. Er nahm eine davon, zog den Stopfen heraus und goss dunkelroten Wein in eines der bereitstehenden Gläser. Dann stellte er die Karaffe wieder fort, verstöpselte sie und brachte François das Getränk. Seine Fingernägel waren lang, wie die einer vornehmen Frau. «Leider ist es das nicht.»

François trank gierig und verschluckte sich dabei fast. «Herr im Himmel!», ächzte er.

Samuel holte einen zweiten Lehnstuhl und ließ sich auf dessen Kante nieder. Er war um einiges hagerer, als François ihn in Erinnerung hatte. Seine Wangen wirkten eingefallen, was die Intensität von Samuels dunklen Augen mit den langen, schwarzen Wimpern noch verstärkte. Seine glatten schwarzen Haare glänzten im Licht der Sonne, die durch einen Fensterladen aus fein durchbrochenem Kirschholz fiel. Die Zungenspitze erschien zwischen Samuels Zähnen und ruhte einen Augenblick auf seiner Unterlippe.

«Ja», sagte er. «Genau.»

François warf beide Arme in die Luft, ungeachtet der Tatsache, dass der letzte Rest seines Getränks dabei den Fußboden netzte. Stirnrunzelnd nahm er die rote Lache zur Kenntnis und heftete den Blick dann auf Samuel. «Verzeih! Ich bin außer mir. Du sollst wissen, wie sehr mich dein großer Verlust schmerzt. Dein Vater und ich, wir waren gute Freunde und Gleichgesinnte.»

Samuel lächelte traurig und neigte die Stirn. «Ich danke dir. Ja, es ist schwer für uns alle.»

«Wie ist er gestorben?»

«Ein plötzliches Fieber, ganz unerwartet. Am Morgen war er noch gesund, und am Abend lag er tot auf seinem Lager.» In Samuels Mundwinkel gruben sich tiefe Falten. François sah ihn schlucken.

«Wann ist das geschehen?»

«Vorgestern. Ich habe dir eine Nachricht schicken lassen, aber der Bote traf dich zu Hause nicht an.»

«Ich war im Bischofspalast.»

Samuel beugte sich vor und griff nach dem Pergament, das er achtlos neben François' Stuhl hatte auf den Boden sinken lassen. Er warf einen Blick darauf, presste die Lippen zusammen und legte das Schreiben dann zur Seite. Er sah müde aus. Seine Lider flatterten leicht, und François fragte sich, ob er seit seines Vaters Tod überhaupt ein Auge zugemacht hatte. «Als das alles damals geschah … du warst dabei, nicht wahr?»

François musste an den vergangenen Abend denken. Was hatte ihn bewogen, nach all den Jahren seinem Freund reinen Wein einschenken zu wollen und seine eigene, unrühmliche Rolle in dem Spiel zu offenbaren? Er hätte doch wissen müssen, dass er nicht stark genug dafür wäre. Wieder hatte er Robert nichts als Lügen aufgetischt. Doch Samuel hier würde sich damit nicht zufrieden geben.

Er sah ihn an und nickte. Samuel hielt seinem Blick einen Augenblick lang stand. Er hatte das Pergament wieder zur Hand genommen, und jetzt faltete er es, einmal, zweimal, dreimal, bis es ein kleines Paket war, das er zwischen den Fingern hin- und herdrehte. «Mein Vater sprach nicht gern über das, was damals geschah.»

François rieb sich die Nase. «Er hat zeit seines Lebens darunter gelitten.» *So wie ich!*

«Den eigenen Sohn in ein Verlies zu werfen ... Erzählst du mir, was geschehen ist?»

Etwas in François bäumte sich auf bei dem Gedanken, alles noch einmal durchleben zu müssen. Wie einen Widerhaken spürte er den alten Schmerz in seinem Herzen. War nun die Zeit gekommen, da ihn die Vergangenheit einholen würde?

*«Praesens de praeteritis memoria»*, murmelte er.

Samuel sah ihn fragend an. «Erinnerung ist die Gegenwart von Vergangenem. Von wem stammt das?»

«Von Augustinus. Mich graust der Gedanke, dass das Vergangene nicht vorbei sein könnte.» Er spürte, wie zwischen seinen Schulterblättern Schweiß ausbrach.

«Wenn ich mich recht erinnere, hat Augustinus auch gesagt, dass Erinnerung das Bild des Vergangenen ist, das wir in der Gegenwart schauen.»

François nickte. «Ein Bild nur.» Er sah Samuel in die Augen. «Es gibt schreckliche Bilder.»

«Erzähl mir, was geschehen ist!»

Zweiunddreißig Jahre waren seit jener Zeit vergangen.

Samuel war erst achtundzwanzig. Er hatte die Ereignisse nicht erlebt, so wie sein Vater und François sie hatten erleben müssen.

Tief holte der Priester Luft, bevor er zu sprechen begann: «Ich hatte das Buch bei mir zu Hause, in jener Nacht, in der Johann starb. Ich hatte es deinem Vater gegeben und ihn gebeten, mir zu sagen, was damit geschehen sollte. Aber er gab es mir zurück und sagte, ich müsse selbst entscheiden. Aus Angst vor den Folgen einer Entscheidung taten wir gar nichts. Und dadurch luden wir beide eine Schuld auf uns, mit der wir bis zu unserem Tod leben müssen.»

«Denn in dieser Nacht wollte mein Bruder das Buch in seine Finger bekommen», vermutete Samuel.

«Jehuda.» François machte sich mit Mühe klar, dass Samuel Jehudas jüngerer Bruder war. Er biss die Zähne zusammen. «Dein Bruder. Zu gerne hätte ich ihn zur Rede gestellt nach allem, was geschehen war, aber dein Vater gestattete es mir nicht.»

«Nach allem, was geschehen war.» Samuel schloss die Augen. «Aber was *ist* passiert? Jehuda hat Johann ermordet, nicht?»

«Seine Eltern hatten Johann in meine Obhut gegeben, damit er Mathematik und Sternenkunde studieren konnte. Als ich an diesem Abend nach Hause kam, fand ich ihn an die Wand ge…» Die Stimme versagte ihm, und die Erinnerungen stürzten auf ihn ein.

Die Tür war nur angelehnt gewesen.

Langsam hatte er die Hand auf das dunkle Holz gelegt. Unter seinen Fingern fühlte es sich glatt und kalt an. Das obere Scharnier quietschte ein wenig, als er die Tür aufstieß.

«Johann?» Seine Stimme hallte seltsam – als sei der Raum hinter der Tür plötzlich völlig leer. «Johann?», fragte er noch einmal, diesmal sehr viel leiser.

Er hob die Laterne und leuchtete in den Flur. Das Erste,

was das Licht aus der Finsternis riss, war eine große, dunkel glänzende Blutlache. Dann sah er die umgestürzten Regale, die zertrümmerten Möbel, das zerstörte Geschirr …

Der Schreck sog die Kraft aus François' Arm, und er ließ die Laterne sinken. Der Kerzenschein flackerte über leere Wände, über einen grausigen, dunklen Streifen am gegenüberliegenden Türrahmen und dann über den Vorhang, der den Flur und den Rest der Wohnung voneinander trennte. Unter ihm sickerte die Blutlache hervor. Die Falten des dunkelgrünen Stoffes hingen schwer und nass herab.

Ein durchdringender, metallischer Geruch stand in der Luft, der den Priester würgen ließ. Langsam machte er einen Schritt in den Flur hinein. Es war schwierig, die Füße zu setzen, ohne auf Scherben oder zersplittertes Holz zu treten. Seine Hände zitterten, und die Kerzenflamme warf zuckende Schatten.

Er tastete nach dem Vorhang und glaubte, etwas Feuchtes an seiner Haut zu spüren. Sein Kehlkopf hob und senkte sich, und dann, mit einem Ruck, riss er den schweren Stoff zur Seite.

Sein Studierzimmer war völlig verwüstet.

Er machte einen Schritt vorwärts, hinein in das Chaos, das die Einbrecher hinterlassen hatten. Sein Schreibpult lag auf der Seite, Federn, Tintenfass und Sandbüchse daneben. Seine zwei Regale waren einfach von der Wand in den Raum gekippt worden. Die Bücher lagen auf dem Fußboden verstreut, einige mit geborstenem Rücken und einige aufgeschlagen. Ihre Seiten bewegten sich sachte in einem kalten Lufthauch.

François fröstelte. Und dann, mit etlichen Lidschlägen Verzögerung, drehte er sich um, sodass sein Blick auf die Wand neben dem Vorhang fiel.

Dort lag Johann. Sein Oberkörper lehnte an der Wand, als wolle er sich nur ein wenig ausruhen. Sein rechter Arm ruhte neben seinem Oberschenkel, die Finger wiesen wie verkrampfte Krallen nach oben. Jede Hautfalte auf der Handfläche war mit dunklem, halb getrocknetem Blut gefüllt. Seine Lider waren ein Stück nach unten gesunken.

Der klaffende Schnitt, der sich von einem Ohr bis zum anderen quer über seine Kehle zog, und der bogenförmige Streifen an der weißen Wand über ihm ließen keinerlei Zweifel daran aufkommen, dass sein Schüler tot war.

«François?»

Sein Kopf dröhnte wie eine Bronzeglocke, als er zu sich kam. Samuel hatte sich über ihn gebeugt und rüttelte ihn an der Schulter. Sein blasses Gesicht sprang François entgegen, verschwommen, unscharf, und er musste die Lider zusammenkneifen, um wieder klar zu sehen.

«Geht es wieder?» Samuel ließ ihn los und zog sich ein Stück zurück.

François nickte matt. «Ja, ja. Die Erinnerung hat mich übermannt. Verzeih.» Er rieb über die Narbe in seinem Gesicht, als könne er sie fortwischen.

«Ich bitte dich!» Samuel trat an den Tisch und füllte François' Glas auf, diesmal mit etwas Klarem, Zähflüssigem. «Hier.» Er deutete auf die Narbe. «Jehuda hat sie dir beigebracht, oder?»

François ließ die Hand sinken. «Ja. Er befand sich noch in meinem Studierzimmer. Ich hatte ihn nicht bemerkt.»

*Urplötzlich war ein Schatten hinter der Tür hervorgestürzt und hatte sich auf François geworfen ...*

Er hob das Gefäß an die Lippen. Ein scharfer Geruch stieg ihm in die Nase, und er kippte das Getränk mit einem Schluck hinunter. Seine Kehle stand augenblicklich in Flammen, aber der Schmerz tat ihm wohl, denn er holte ihn endgültig zurück in die Gegenwart. «Nachdem er mich verletzt hatte, konnte er fliehen. Irgendwie ahnte ich, dass Johann wegen des Buches gestorben war, denn obwohl das Studierzimmer völlig verwüstet war, fehlte nichts. Keines der vielen, recht kostbaren Bücher, auch nicht die vergoldete Armillarsphäre, die mir Robert einmal geschenkt hat. Sogar das Geld, das ich in einem Beutel unter meiner Matratze aufbewahrte, war noch da.»

«Der Mörder hatte nicht gefunden, was er suchte», vermutete Samuel.

Es war ein seltsames Gefühl, ihn *der Mörder* sagen zu hören, ein unbehagliches Gefühl, denn sie beide wussten, wer gemeint war.

«Nein.» Ein Bild flammte in François' Kopf auf. Johanns Hände. Das Blut zwischen den Fingern, das sich grell gegen die weiße Haut abzeichnete. Das Muster der Hautlinien, die wie winzige Gräben mit der roten Flüssigkeit voll gelaufen waren. Er schloss die Augen. «Es ist meine Schuld. Ich hätte es wissen müssen, Samuel. Ich hatte miterlebt, wie ihn das Buch in seinen Bann gezogen und verhext hat.»

«Du solltest dir nicht zu viele Vorwürfe machen.»

«Ich habe genug Grund dazu, das kannst du mir glauben!» Die Erinnerungen trieben jetzt mit Macht an die Oberfläche, sodass es François vorkam, als sei sein Geist ins Kochen geraten ... seine eigene Hoffnung, durch sein Handeln Jehudas Seelenheil zu retten ... sein Entsetzen, als er begreifen musste, dass er alles falsch gemacht hatte ... Jehuda mit dem Messer in der Hand ... der sengende Schmerz, als sich die Klinge in sein Gesicht fraß ... Elaine an der Porte Saint-Saturnin ... Roberts Trauer und Verzweiflung ... Er fasste sich an die Kehle und spürte das schnelle Pochen seines Herzens an den Fingerspitzen. «Ich war dem nicht gewachsen. Und so habe ich Elaines Leben zerstört.»

«Ihr habt sie und das Buch aus der Stadt geschafft.»

«Moïse hielt es für besser.» François drückte zu, bis ihm der Kehlkopf zu schmerzen begann. Noch immer belog er sich und andere. Wann würde es ein Ende nehmen? «In Béziers waren kurz zuvor häretische Schriften aufgetaucht, und der Bischof versuchte, so viele wie möglich davon zu vernichten. Die Gefahr, dass das Wissen aus dem Buch ebenfalls als ketzerisch verdammt werden könnte, war deinem Vater zu groß.»

«Sie ist in Montfort, nicht wahr?», fragte Samuel.

«Woher weißt du das?»

Samuel stieß einen Seufzer aus. «Kurz vor seinem Tod kam Vater zu der Ansicht, dass das Buch lange genug fort gewesen ist.»

«Was soll das heißen?» François bemerkte, dass er noch immer das Glas in der Hand hielt. Unruhig begann er, es zwischen seinen Fingern hin und her zu rollen.

«In Toulouse gibt es Bestrebungen, eine Schule aufzubauen, ähnlich denjenigen in Bologna oder Parma. Es heißt, dort sollen nicht nur Rechtsgelehrte ihr Wissen weitergeben, sondern auch Sternenkundige. Vater war der Meinung, dass das Buch dort am besten aufgehoben sei.»

«Was hat er getan?» Die Vorstellung, dass Moïse das Buch in die Hand von Männern gegeben hatte, die es nicht nur lesen, sondern seinen Inhalt möglicherweise auch *lehren* würden, schnürte ihm den Hals zu. Alles in ihm wehrte sich dagegen, dass es wieder von vorne anfing.

«Er hätte mich fragen müssen!», knurrte er.

Samuel hob beschwichtigend die Hände. «Er hat völlig im Sinne des Buches gehandelt, glaub mir. Er hat meinen Vetter nach Toulouse geschickt, um sich einen Eindruck zu verschaffen.»

«Elias?»

«Ja. Er sollte versuchen herauszufinden, ob die Zeit reif ist, das Wissen aus dem Buch öffentlich zu machen …»

«Er sollte das Buch nach Toulouse bringen!» Aufgebracht stellte François sein Glas auf den Boden.

«Er wollte dich ja um Rat fragen, aber er wagte es nicht. Zuletzt war er zögerlicher geworden, nicht mehr so entschlussfreudig wie früher. Er hatte Angst, du würdest es ihm ausreden.»

Samuel wirkte betreten, doch in seinen Augen sah François die Entschlossenheit, die Entscheidung seines Vaters vor ihm zu verteidigen. «Und so, wie es aussieht, ist uns dieser Einfall jetzt von großem Nutzen.»

François lehnte sich zurück. Mit einem Mal wollte er nur noch schlafen.

«Wie es aussieht, hat Jehuda eine Tochter.»

Es dauerte eine Weile, bis die Bedeutung von Samuels Worten in François' Bewusstsein gesickert war.

«Unmöglich!»

«Leider nicht.»

«Er hat seit Johanns Tod in einem Verlies gesessen!»

«Nun, um die Wahrheit zu sagen, das stimmt nicht so ganz.»

François stemmte sich in die Höhe. «Was heißt das?» Er klang heiser jetzt.

«Das heißt, dass Vater es am Anfang nicht übers Herz gebracht hat, Jehuda in einen Kerker zu sperren. Er war immerhin sein Sohn, François, auch wenn er sich vom Glauben seiner Väter abgewandt hatte und zum Christen geworden war. Man hat ihn eingesperrt, ja, aber nicht in ein Verlies, sondern in dem Landhaus bei Maraussan. Vater billigte ihm anfangs sogar eine Dienerin zu, bis Jehuda einen Ausbruchsversuch wagte. Erst danach ließ Vater ihn in den Kerker von Maraussan werfen.»

«Wann war das?»

«Vier oder fünf Jahre nach Johanns Tod.»

«Er war vier oder fünf Jahre nicht in sicherer Verwahrung?» François konnte es nicht glauben. Wütend ließ er beide Handflächen auf Samuels Armlehnen krachen.

«Doch, das war er! Er wurde gut bewacht.»

«Dennoch konnte er fliehen.»

«Nein, er hat es *versucht*. Und daraufhin kerkerte Vater ihn ein. Schweren Herzens, darf ich dazu sagen.»

François' Gedanken wirbelten durcheinander. «Und diese Dienerin? Sie ist die Mutter seiner Tochter?»

«Genau. Soweit ich weiß, war sie eine Frau aus dem Norden.»

«Was verschweigst du mir, Samuel? Sag nicht, Jehuda ist freigekommen!»

«Nein! Natürlich nicht. Aber es besteht Grund zu der Annahme, dass er seine Tochter nach Montfort geschickt hat, um ihm das Buch zu holen.»

«Unmöglich! Er weiß nicht, wo es sich befindet. Abgesehen davon hat mir dein Vater versichert, er sei geistig so zerrüttet, dass er keinem mehr gefährlich werden kann. Angeblich erinnert er sich an nichts, nicht einmal an seinen Namen.»

«Ich vermute, dieser Eindruck täuscht. Vielleicht will Jehuda, dass wir das glauben, sicher ist aber, dass er lichte Momente hat. Dann weiß er alles, was wir wissen. Und noch ein bisschen mehr.»

«Wie meinst du das?» François spürte, wie ihm schlecht wurde.

Samuel sog die Wangen zwischen die Zähne und kaute darauf herum.

Ungeduldig wies François mit dem Zeigefinger auf ihn. «Rede schon!»

«Clothilde.» Samuel sann dem Klang des Namens nach wie einem Lied. «Der Name von Jehudas Tochter ist Clothilde. Und ich nehme an, dass sie meinen Vater getötet hat.»

# 6. Kapitel

Aus der Dunkelheit starrten Galien die schwarzbraunen Augen mit den langen Wimpern an. Das kalkweiße Gesicht schwebte wie ein Irrlicht vor ihm, körperlos und bedrohlich. Ein Atmen drang an sein Ohr, regelmäßig in seinem Auf und Ab, und im selben Rhythmus schien es ihm, als streiche eine eisige Hand über seine Kehle. Er bekam keine Luft mehr.

Jemand war bei ihm!

Mit einem Schrei fuhr er hoch.

«Herr?» Jeans Stimme kam verschlafen aus dem Bündel aus Decken und Fellen neben ihm. «Herr, ist alles in Ordnung?»

Galien saß aufrecht auf seinem Lager. Die kühle Nachtluft strich ihm sanft über Hals und Brustkorb. Sein gesamter Körper war schweißbedeckt, und sein Atem kam stoßweise.

«Ja», keuchte er. «Ja. Alles in Ordnung. Es war nur ein Traum.»

Jetzt schälte Jean sich aus seinen Decken. Der Mond warf sein silbriges Licht durch eine Ritze zwischen den Deckenbalken des Gasthauses, in dem sie Unterkunft gefunden hatten. Winzige Staubkörnchen tanzten in den bleichen Strahlen auf und ab. «Ein Albtraum? Ihr habt seit Jahren keine Albträume mehr gehabt.»

Galien rieb sich die Stirn. Seine Finger zitterten. Er ballte sie zur Faust, und dabei fiel sein Blick auf den schmalen, goldenen Ring, den er am kleinen Finger trug. Er war ein Geschenk seines Vaters, das Zeichen der Herrschaft über die Ländereien von Montgris. Das Wappen zeigte einen Ritter in voller Rüstung auf einem Pferd. Galien kam es unpassend vor. Er war kein Ritter, auch wenn er den Schlag erhalten hatte. Er fühlte sich nicht wie einer.

Jean beugte sich zu ihm hinüber. «Meine Mutter sagte immer, wenn man Albträume erzählt, verlieren sie ihren Schrecken.»

Galien zerrte sein Hemd vor der Brust zurecht. «Es war nichts.» Er versuchte sich zu erinnern, was genau er geträumt hatte, aber es gelang ihm nicht. Geblieben war nur dieses allumfassende Gefühl einer tödlichen Bedrohung. *Dieses Gesicht* ... Er biss die Zähne zusammen.

«Dieser Maure gestern hat Euch mächtig durcheinander gebracht, was?», fragte Jean.

Galien ließ sich zurücksinken und legte einen Arm über die Augen. Hinter seinen Lidern zuckten silbrige Blitze. «Welcher Maure?»

«Na, der mit dem roten Pferd.»

«Ach so. Das war doch kein Maure.»

«Er war schneeweiß, das stimmt, aber fandet Ihr nicht auch, dass er sich wie ein Maure benommen hat?»

Galien lachte trocken. «Du weißt selbstverständlich genau, wie sich ein Maure benimmt, was? Du bist ja auch schon in der halben Welt herumgekommen.»

Er sah nicht hin, wusste aber genau, was Jean für ein Gesicht machte: den Mund zu einem breiten Grinsen verzogen, steckte er die Zungenspitze durch die Zahnlücke in seinem Kiefer.

«Sein Auftauchen war schuld an Eurem Traum, nicht?»

Galien seufzte. Jean würde keine Ruhe geben, bis er ihm Antwort gab. «Möglich.»

«Er sah wirklich genauso aus wie die Geister, die Ihr mir früher beschrieben habt. Ich dachte schon ...»

Galien stemmte sich auf einen Ellenbogen hoch und starrte Jean an. «Diese Geschichten solltest du lieber schön tief in deinem Herzen vergraben», sagte er streng. «Ich habe dir niemals von Geistern erzählt!» Wie oft hatte er es schon bereut, in jungen Jahren jedes seiner Geheimnisse mit Jean geteilt zu haben. Sein Vater hatte ihn so manches Mal davor gewarnt. *Sei vorsichtig!*, hatte er gesagt. *Später einmal wirst du sein Herr sein, und wenn er zu viel über dich weiß, hat er dich in der Hand!*

«Was sind dann die bleichen Gesichter, die Euch im Schlaf verfolgen?»

Galien rollte zurück auf den Rücken. «Bleiche Gesichter. Keine Geister.»

«Schon gut. Aber ich habe sie mir immer genauso vorgestellt wie den Kerl gestern. Bleiche, schmale Züge, dunkle Augen mit den Wimpern einer Frau, eine schmale N...»

«Schluss jetzt!»

Das Bild des Fremden flackerte hinter Galiens Stirn auf wie ein greller, schmerzhafter Blitz. Eine Gänsehaut breitete sich auf seinen Armen aus, und er konnte sich nicht erklären, warum er so übersteigert reagierte. Schon wahr, der Fremde gestern hatte den Gesichtern ähnlich gesehen, die Galien als Junge in seinen Träumen gesehen hatte. Aber es waren nur Träume gewesen. Trotzdem wollte das Gefühl der Panik, das aus seinem Traum in die Wirklichkeit hinübergeglitten war, einfach nicht vergehen.

Jean hatte offensichtlich nicht vor, so schnell den Mund zu halten. «Wisst Ihr, was ich denke? Ihr solltet Frau Elaine davon erzählen. Immerhin kommt sie ursprünglich aus einer Gegend, in der es eine Menge Mauren gibt. Vielleicht ...»

Mit einem wütenden Ruck langte Galien zu seinem Großknecht hinüber und gab ihm einen Klaps auf den Hinterkopf. «Halt endlich deinen Mund», zischte er. Dann drehte er sich um, bettete den Kopf auf dem angewinkelten Arm und schloss die Augen. Sofort war das bleiche Gesicht wieder da.

«Und lass meine Mutter aus dem Spiel!», fügte er hinzu.

Das Gasthaus, das Graf Simon für seine Männer ausgesucht hatte, bot keine Küche, und so waren sie gezwungen, sich selbst zu verpflegen. Galien und Jean frühstückten in der Gaststube einen mitgebrachten Laib Brot und zwei Vorjahresäpfel.

«Die Pariser Gesandtschaft ist schon auf dem Weg hierher», sagte Galien und nahm einen letzten Bissen seines Apfels. Ein Kern hing ihm zwischen den Zähnen. Er zerbiss ihn und schluckte den bitteren Geschmack hinunter. «Abt Arnaud ging davon aus, dass sie noch einige Tage auf sich warten lassen würde, aber er hat sich getäuscht. Er hat ihnen einen Mann entgegengeschickt, und es sieht so aus, als seien sie in einigen Stunden hier. Für uns eine gute Gelegenheit, nach einem Schmied zu suchen und bei deinem Pferd das Hufeisen ausbessern zu lassen.»

«Warum hier?» Jean betrachtete seinen eigenen Apfel, befand den Rest für ungenießbar und warf ihn auf den Tisch. «Es hält bestimmt noch bis nach Hause. Und Timotheus in Montfort wird uns einen besseren Preis machen.»

«Stimmt», meinte Galien. «Aber er ist ein Trottel. Hier bekommen wir bessere Arbeit.»

Jean wollte gerade etwas erwidern, als sein Blick über Galiens Schulter wanderte und sein Mund zuklappte.

«Wer ist ein Trottel?»

Galien wandte sich um und versteifte sich unwillkürlich. Hinter ihm stand Simon. Sein blondes Haar stand ihm ungebärdig vom Kopf ab, so als sei er eben erst aufgestanden. Wie immer war das Gesicht des Grafen ein kleines bisschen zu rot, und seine schweren Lider blinzelten so häufig, dass er stets ungeduldig wirkte.

«Dein Schmied.» Galien zwang sich zu einem Lächeln und wies auf einen freien Schemel. «Wann seid ihr von der Jagd zurückgekommen?» Aufmerksam forschte er in Simons Miene und Gesten nach Anzeichen dafür, wie der Graf gelaunt war.

Simon setzte sich. «Irgendwann nach Mitternacht.»

«Und? Wart ihr erfolgreich?»

Simon verzog den Mund. In seinem rotblonden Vollbart zeigten sich erste graue Haare. «Wie man es nimmt. Einen Überläufer hat Mauvoisin geschossen.»

Nicht gerade viel, dachte Galien. Allerdings würde er diesen Gedanken nicht aussprechen. Simon war selten so freundlich zu ihm, und er wollte nicht derjenige sein, der ihm die gute Laune verdarb. Er musterte seinen Halbbruder, der ihm so unähnlich war. Während Simon das Aussehen des vierten Grafen von Montfort geerbt hatte, dessen stämmige, breitschultrige Gestalt und die blitzenden Augen unter buschigen Brauen, ähnelte Galien seiner Mutter Elaine. Er besaß ihre hellbraunen Locken und feinen Züge.

«Pierre ist ebenfalls hier, hast du ihn schon gesehen?», fragte Galien und griff nach seinem Messer, mit dem er das Brot geschnitten hatte. Er säuberte die Klinge von Krümeln und schob sie in die Hülle an seinem Gürtel.

Simon nahm das Brot und riss sich ein Stück ab. «Nein, aber ich habe mit ihm gerechnet. Ich habe Abt Guy gebeten, mich hier zu treffen.» Er grinste breit. «Zur geistlichen Unterstützung, sozusagen.» Einer von Simons Männern kam aus dem oberen Stockwerk herunter, und Simon stand auf, um mit ihm nach draußen zu gehen. Er nickte Galien zu.

«Ich bin gleich zurück. Wir müssen etwas besprechen.»

Jean sah ihm nach. «Irgendwie klang das wie eine Drohung, fandet Ihr nicht?»

«Unsinn!», wies Galien ihn zurecht, aber es kam nicht sehr überzeugt heraus. Zu genau hatte der Knecht seinen eigenen Eindruck wiedergegeben. Er schalt sich selbst einen Narren, aber die leise Stimme in seinem Hinterkopf wollte nicht verstummen. *Pass lieber auf! Es wäre nicht das erste Mal, dass Simon sich hinter einer freundlichen Maske versteckt!*

Jean wechselte zu dem Thema, das die Männer mehr als

jedes andere beschäftigte. «Dieser Kreuzzug, den Abt Arnaud hier predigen soll. Meint Ihr, Graf Simon wird sich ihm anschließen?»

«Warum nicht? Es wäre eine gute Gelegenheit für ihn. Der letzte Kreuzzug, an dem er teilgenommen hat, ist gründlich misslungen. Wenn sie diesmal tatsächlich gegen die Häretiker im Süden des Landes ziehen, ist das das Beste, was ihm passieren kann.»

«Wieso?»

«Weil er in den Genuss sämtlicher Privilegien kommt – neue Ländereien, die Sicherung seines Seelenheils, päpstlichen Schutz –, ohne dafür die lange Reise über das Meer antreten zu müssen. Sehr praktisch, nicht? Zumal er nach wenigen Wochen wieder zu Hause sein kann.»

«Wie das?»

Galien lächelte milde. Jean war nur ein einfacher Bauer, wenn auch sein bester Knecht und der getreueste Gefolgsmann, den er sich vorstellen konnte. «Jeder Ritter, der an einem Kreuzzug teilnimmt», erklärte er, «muss nur vierzig Tage Dienst leisten. Danach hat er seine christliche Pflicht erfüllt und kann nach Hause zurückkehren.»

«Aha! Dann werdet Ihr wohl auch mitziehen?»

Galien schürzte die Lippen und blickte seinen Siegelring an. «Die Wahrheit ist», sagte er nachdenklich, «ich weiß es noch nicht.»

«Simon würde es sicher begrüßen. Es wäre eine gute Gelegenheit für ihn, Euch endlich loszuwerden.»

«Du hast zu vielen fahrenden Sängern zugehört! Simon ist nicht der verrückte Graf, der seinem armen Bastardbruder das kleine Stück Land nicht gönnt, das der gemeinsame Vater ihm vererbt hat.» *Nicht?*, flüsterte die Stimme. *Deine Gutgläubigkeit in allen Ehren!* Trotzig fügte Galien hinzu: «Er hat es gar nicht nötig, mir Montgris zu neiden!»

«Tatsächlich?» In diesem Moment war Simon zurück.

«Woher willst du das wissen?» Und er lächelte Galien wölfisch an, begann aber gleich darauf zu lachen. «Du solltest deine Männer besser von diesen Geschichtenspinnern fern halten!»

Galien stimmte in sein Lachen ein. «Wahrscheinlich hast du Recht. Aber du musst zugeben, dass die Geschichte von dem Kerl neulich ziemlich gut auf uns passte.»

Simon zuckte die Achseln. «Wie du so schön gesagt hast, ich brauche Montgris nicht. Aber du vielleicht bald auch nicht mehr.»

«Wie meinst du das?»

Simon hatte sich nicht wieder gesetzt. Er ließ die Frage unbeantwortet. «Ich würde dich gerne mit jemandem bekannt machen. Kommst du?»

«Mit wem?» Galien erhob sich. Jean blieb sitzen und sah die beiden Männer von unten herauf an.

«Warte es ab.» Simon dirigierte Galien aus der Gaststube hinaus auf die Straße. Sie durchquerten einige kleine Gassen, verließen den Ort und gelangten auf einen gewundenen, von Moos und Unkraut überwachsenen Weg. Er führte durch ein Wäldchen, in dem es nach Erde und schwach nach Blumen duftete. Galien sah sich um. Zwischen den Stämmen der noch kahlen Bäume bedeckte ein Teppich aus hellrosa Blüten den Boden.

Kurz darauf erreichten sie ein Nonnenkloster, das St. Thomas geweiht war. Sein Tor stand offen.

Zwei Nonnen waren damit beschäftigt, das Vorjahreslaub von dem Gras neben der Kirche zu harken, und sie blickten Simon und Galien entgegen, als die beiden durch das Tor traten.

Simon sprach eine von ihnen an. «Ich bin der Graf von Montfort. Wir würden gerne mit der jungen Dame sprechen, die seit kurzem bei Euch zu Gast ist.»

Eine der Nonnen nickte eifrig und eilte davon, während

die andere die beiden in ein winziges Gästehaus führte. Der Raum nahm das gesamte Erdgeschoss ein. Der Tisch darin bot vielleicht sechs Personen Platz und war von ein paar Schemeln umringt. Ein leicht verblichener Wandbehang mit einer völlig unreligiös anmutenden Jagdszene schmückte die Wand.

Galien betrachtete die fein gestickte Hundemeute und die großen, schwarzen Augen des gejagten Hirsches, als sich die Tür öffnete und eine Frau hereingeführt wurde.

Sie war ungefähr in Galiens Alter, hoch gewachsen und sehr schlank, fast hager. Feine, hellblonde Haare wehten um ihr Gesicht wie Federn, und eine schmale Nase wurde flankiert von zwei wasserblauen Augen mit blonden Wimpern. Sie trug einen Nonnenhabit, aber keinen Schleier. Als sie Galien und Simon erblickte, senkte sie schüchtern die Lider und sank in einen tiefen Knicks.

Simon nahm ihren Ellenbogen. «Nicht doch! Ich bringe Euch den Mann, von dem ich Euch erzählt habe. Jenen, der Eure Sprache spricht.» Dann wandte er sich zu seinem Begleiter um.

«Galien, das ist Clothilde de Maraussan.»

«Clothilde kommt aus dem Süden des Landes. Sie spricht gut Französisch, aber natürlich ist ihre Muttersprache Okzitanisch. Als ich ihr erzählt habe, dass ich jemanden weiß, der Okzitanisch beherrscht, wollte sie dich unbedingt kennen lernen.» Simon wies auf die Schemel, und alle drei setzten sich. Der Graf nickte der jungen Frau zu. «Das ist Galien de Montgris, Clothilde.»

Die Frau lächelte Galien an.

Er neigte den Kopf. «Ich freue mich, Euch kennen zu lernen», sagte er auf Okzitanisch.

Sie seufzte tief auf. «Ihr habt keine Ahnung, wie gut es tut, meine Muttersprache zu hören.» Jetzt erst sah Galien an ihrem Hals, von den hellen Haaren gut verborgen, einen großen blauen Fleck. Sie bemerkte seinen Blick, und unwillkürlich zuckte ihre Hand zu der Verletzung und schob die Haare darüber.

«Was ist Euch geschehen?» Galien spürte eine eigenartige Befangenheit in der Gegenwart dieser Frau. Lag es an dem intensiven Blick, mit dem sie ihn musterte?

«Mein Gefolge wurde überfallen – auf der Straße kurz vor Épernon.» Etwas Düsteres fiel über ihre schmalen Züge. «Sie wurden alle getötet.»

«Aber Ihr konntet entkommen?»

Sie erzitterte so stark, dass Galien sich beinahe für seine Frage schämte. «Ich möchte lieber nicht darüber sprechen, wenn es Euch nichts ausmacht. – Erzählt mir besser, wo Ihr das Okzitanische gelernt habt.»

«Das ist eine längere Geschichte», sagte Galien. Auch wenn der Graf nicht ein Wort von ihrem Gespräch verstand, hielt Galien es doch für besser, seine Mutter in seiner Gegenwart nicht zu erwähnen.

Clothilde lachte auf, und das Geräusch stand in eigenartigem Kontrast zu der Düsternis, die Galien noch eben auf ihrem Gesicht gesehen hatte. «Nun, dann werden wir dafür sorgen müssen, dass wir genug Zeit haben, damit Ihr sie mir erzählen könnt.»

«Was habt Ihr nun vor? Braucht Ihr Hilfe?» Galien übersetzte Simon seine Frage, und nun wechselte auch Clothilde ins Französische.

«Ich war auf dem Weg nach Paris, um dort zu heiraten. Mein Gatte befand sich unter den Männern, die …» Ihre Stimme versagte, und sie wandte sich ab. «Verzeiht.»

Galien verspürte das Bedürfnis, den Arm um sie zu legen, um sie zu trösten. Er wagte es jedoch nicht und sah stattdessen zu, wie Simon es tat. Ganz kurz, fiel ihm auf, versteifte sich Clothilde, aber Simon schien es nicht zu bemerken.

«Wenn es Euch beliebt, könnt Ihr uns zunächst nach Montfort begleiten. Meine Frau wird sich freuen, Euch behilflich zu sein.»

Clothilde wischte sich mit dem Handrücken über die Wangen. «Ihr seid sehr gütig.»

«Es wäre uns eine große Ehre!»

Clothilde schien noch einen Augenblick zu überlegen. Schließlich nickte sie. «Ich danke Euch.»

Simons Blick glitt über ihr Nonnengewand.

«Oh.» Clothilde sah an sich herab und zupfte an den langen, grauen Falten. «Meine eigene Kleidung haben die Schurken …» Sie schluckte. Dann blinzelte sie. «Wie auch immer. Die Nonnen waren so freundlich, mir etwas Neues zu geben.»

Galien biss die Zähne zusammen. Der Gedanke, die Wegelagerer könnten Clothilde etwas angetan haben, verursachte ein enges Gefühl in seiner Kehle.

# 7. Kapitel

*Er war Jehuda ben Tibbon.*

*An diesem Wissen konnte er sich entlanghangeln, von Bruchstück zu Bruchstück seiner verschütteten Erinnerungen. Bald würde er sie wieder zu einem verständlichen Bild zusammensetzen.*

*Er hatte eine Aufgabe zu erfüllen.*

*Viele Jahre war er davon abgehalten worden, aber jetzt, da er frei war, würde die Zeit der Erfüllung bald kommen.*

*Wenn er bloß wüsste, was für eine Aufgabe es war.*

*«He! Verschwinde von hier!» Die schrille Stimme ließ ihn zusammenzucken. Irgendwo hinter ihm fauchte eine Katze, und dann erscholl ein ohrenbetäubendes Kreischen, das Jehuda erstarren ließ.*

*«So ist es gut!» Die schrille Stimme kam näher. «Hast wohl Respekt vor dem alten Louis, was? Solltest du auch, mein Lieber, denn das hier ist mein Bezirk. Außer mir bettelt hier niemand, ist das klar?»*

*Jehuda drehte sich um und schaute in die Richtung, aus der die Stimme kam. Es war dämmerig geworden, sein erster Tag in Freiheit neigte sich dem Ende zu. Das Sinken der Dunkelheit erfüllte Jehuda mit einer eigenartigen, freudigen Erwartung.*

*Im Schatten eines überstehenden Hausdachs am Ende der Sackgasse kauerte eine Gestalt. Ein Mann, vermutete er, auch wenn in dem Knäuel aus übereinander gezogenen Stoffschichten kaum jemand zu erkennen war.*

*«Die Katzen», sagte er und zeigte in die Richtung, aus der das Fauchen und Kreischen gekommen war.*

«Hast du etwa Angst vor denen? Sicher, wenn du einschläfst, kommen sie und knabbern an dir, Alter!»

Jehuda winkte ab. Er hatte keine Lust, dem Kerl zu erklären, dass er seit drei Jahrzehnten zum ersten Mal wieder Katzengeschrei gehört hatte. Egal, wie schrill und unmelodiös es war, ihm kam es vor wie Engelsgesang.

«Haust du jetzt endlich ab?» Der Mann machte Anstalten, sich auf ihn zuzubewegen, erhob sich aber nicht dabei. Er tat es mit einer Menge Schnaufen und Ächzen, das wohl bedrohlich klingen sollte. Der Anschein wurde jedoch abrupt zerstört, als zu erkennen war, dass der Bettler sich auf einem Rollbrett vorwärts bewegte.

Jehuda hatte keine Lust auf eine Auseinandersetzung mit einem Krüppel. Sein Blick wanderte nach oben, wo sich das Blau des Himmels langsam in einen dunklen Samtton verwandelte. Ein angenehmes Kribbeln entstand in seinem Nacken und setzte sich den Rücken hinunter bis zu den Oberschenkeln fort.

Worauf freute er sich?

«Schon gut!», murmelte er und verließ die Gasse, in der er sich eigentlich einen Platz zum Schlafen hatte suchen wollen.

Die Gestalt rief hinter ihm her: «Wenn du Hunger hast: Die Mönche von Saint-Pierre sind heute für die Speisung zuständig!»

Jehuda ignorierte den Rat. Er war schließlich kein Bettler!

Er ließ die Sackgasse hinter sich, bog in die Ruelle Tournant ein und betrat dann den Place des Chèvres, auf dem sich ein Brunnen befand. Das Wasser war in der Dämmerung schwarz, aber es roch sauber. Jehuda tauchte die Hände hinein und trank einige Schlucke. Dann wartete er, bis sich die Oberfläche wieder beruhigt hatte, und versuchte, sich in der Spiegelung zu erkennen. Vielleicht würde sein eigener Anblick ihm ein neues Mosaiksteinchen der zersplitterten Erinnerung bescheren. Am Nachmittag hatte genau das nämlich funk-

*tioniert. Sein Spiegelbild hatte ihm die Kette mit dem Anhänger gezeigt, und er hatte sich daran erinnert, dass er früher einmal als wohlhabender Mann gegolten hatte. Wohlhabend und gelehrt war er gewesen. Er konnte Dreiecke berechnen, Winkelhalbierende konstruieren. Er konnte multiplizieren, dividieren sogar!*

*Diesmal jedoch fügte sich nichts Neues hinzu, und Jehuda richtete sich seufzend wieder auf. Eine Magd ging an ihm vorbei und rümpfte angeekelt die Nase.*

*«Glotz nicht!», fuhr er sie an, und sie beeilte sich, den Platz zu verlassen.*

*Er wandte dem Brunnen den Rücken zu, lehnte sich mit den Oberschenkeln gegen seine Umrandung und sah nach oben.*

*Sterne standen in dem samtigen Blau.*

*Wie ein Schlag in die Magengrube traf Jehuda dieser Anblick, und er keuchte auf. Seine Beine wollten plötzlich sein Gewicht nicht mehr tragen, und so ließ er sich mit dem Rücken an der Brunneneinfassung nach unten rutschen. Ein Knie protestierte gegen die Bewegung, aber er bemerkte es kaum. Wie festgesaugt klebte sein Blick am Himmel.*

*Und als sei das Wissen auf ihn herabgefallen, kannte er plötzlich Namen und Bilder.*

*«Der Jäger steht dicht über dem Horizont!», flüsterte er von Ehrfurcht erfüllt. «Und sein Hund ist an seiner Seite vom Anbeginn der Zeiten bis in alle Ewigkeit.» Er streckte die Hand aus; fast schien es ihm, als könne er die leuchtenden Punkte greifen. Er sah den Hundsstern, den hell schillernden Gürtel des Jägers, der gerade noch sichtbar über einem Hausdach im Westen stand. Er sah Rigel, Arktur und all die anderen hellen Sterne, die ihm früher Trost und Begleitung gewesen waren.*

*Seine Hand wanderte von rechts nach links, sprang von Licht zu Licht, und erst, als der Schmerz der Ermüdung seine Schulter entflammte, ließ er sie sinken. Sein Gesicht war tränennass.*

*«Wie sehr ich euch vermisst habe!»*

*Sein Blick wanderte vom Jäger aus in die Höhe, über den kleineren der beiden Hunde. Er stutzte. Unbehagen breitete sich in ihm aus. Etwas war dort oben, das ihm bedrohlich vorkam, aber er wusste nicht, was es war. Unwillkürlich tastete seine Hand nach dem Anhänger und umklammerte ihn. Der Rand der Scheibe schnitt ihm schmerzhaft in die Haut.*

*Im Sternbild des Löwen zögerte er erneut, und als er das Bild der Jungfrau gefunden hatte, war das Unbehagen dumpfer Angst gewichen.*

*Ein einzelner, hellroter Punkt stand dort inmitten der schillernden Pracht.*

*Jehuda legte den Kopf noch weiter in den Nacken. Ein dumpfes Heulen entrang sich seiner Kehle.*

*«Mars!»*

*Der alte Krieger – er blickte auf ihn herab und schien ihn verspotten zu wollen. Noch einmal streckte Jehuda den Arm nach dem Himmel aus. Seine knotigen Finger ballten sich zu einer Faust. Aus dem Dunkel reißen wollte er diesen roten Punkt, seinen Feind!*

*«Es ist deine Schuld!», schrie er ihn an. «Wegen dir! Alles nur wegen dir und deinen elenden Gefährten!»*

*Auf einmal, als hätten Zorn und Verzweiflung einen Schleier in seinem Kopf gelüftet, sah er den hoch gewachsenen Priester vor sich, dem er heute unter dem Stadttor begegnet war.*

*«François!» Er kannte den Mann! Er stemmte sich auf die Beine. Sein Herz jagte, aber diesmal nicht vor Anstrengung, sondern vor Erregung.*

*«Wir waren einmal auf einer Seite, François!», hauchte er. «Aber du hast mich verraten, und das wirst du büßen!»*

*Da war sie: seine Aufgabe. Er war der Racheengel.*

*Gottes Todesbote.*

*Nachdenklich drehte und wendete er diese Bezeichnung*

*im Geist hin und her. Sie schien ihm gleichzeitig fremd und dennoch wieder so richtig.*

*Er war ausgesandt, das Wissen zu hüten. Das Wissen im Kopf dieses Priesters.*

*Jene, die wussten, mussten sterben.*

*François und alle seine Schüler.*

*Mit schwankenden Schritten entfernte sich Jehuda von dem Brunnen. Die Gassen verschluckten ihn.*

Am Tag nach François' Besuch schrieb Anne die für das neue Astrolabium benötigten Koordinaten aus den Tabellen ab. Robert übertrug die Linien auf die Messingplatte, die später die neue Einlegescheibe werden würde. Der Nachmittag war kaum zur Hälfte verstrichen, als es mit solcher Wucht an der Haustür klopfte, dass Anne vor Schreck ihre Feder fallen ließ.

«Du liebe Zeit!» Robert hob den Zirkel von der Messingplatte. «Da hat es aber jemand besonders eilig.»

Anne war schon auf den Beinen, aber Robert winkte sie an ihre Arbeit zurück. «Lass gut sein. Ich muss mir sowieso ein bisschen die Beine vertreten. Ich gehe nachsehen, wer es ist.»

Er ging die Treppe hinunter, und dann hörte Anne ihn überrascht ausrufen: «François!»

Der Priester sagte irgendetwas Schnelles, das sie nicht verstand. Dann war es für einen langen Moment still, bevor endlich Roberts Stimme erklang: «Komm herein.»

Die beiden Männer verschwanden in der Küche, und Annes Neugier war geweckt. Sie schob ihre Arbeit zur Seite und schlich die Treppe hinunter. Dabei überlegte sie, ob sie es mit ihren zwanzig Jahren noch verantworten konnte, wie ein junges Mädchen an der Tür zu lauschen. Die Antwort darauf wurde ihr jedoch abgenommen, denn ihr Vater und François redeten so laut, dass sie die beiden mühelos von der Treppe aus verstehen konnte.

«... der Mörder von Johann», war das Erste, was sie vernahm. François klang atemlos, erschrocken. «Ich habe erfahren, dass er noch am Leben ist.»

«Ich habe es nie genau wissen wollen, aber ich dachte immer, wenn der Stadtbüttel einen Mann überführt, dann droht ihm das Henkersbeil», brummte Robert.

«Ja, aber unser Mörder wurde nicht vom Büttel festgenommen.»

«Sondern?»

Die Antwort ließ auf sich warten. «Von Moïse ben Tibbon. Der Mörder war sein Sohn, Robert.»

Robert hatte die ganze Zeit mit irgendetwas geklappert, vielleicht einem Topf oder einer Pfanne. Jetzt verstummte das Geräusch abrupt.

«Ich habe es selbst eben erst erfahren.» François' Worte waren nur schwer zu verstehen, und Anne musste jetzt doch das Ohr gegen die Tür legen. «Moïse ist gestorben, Robert. Sein Sohn Samuel hat es mir erzählt.»

«Was erzählt?»

«Dass Moïse es nicht übers Herz gebracht hat, seinen Sohn töten zu lassen. Stattdessen hat er ihn eingekerkert, und in diesem Kerker sitzt Jehuda heute noch.»

Stille sickerte unter der Tür hindurch. Dann murmelte Robert: «All die Jahre habe ich darüber nachgedacht, was damals geschehen ist. Nicht zu wissen, was mit Elaine passiert ist, hat mich beinahe wahnsinnig gemacht.»

«Das hast du mir nie erzählt. Ich wusste nicht …»

«Ich konnte nicht.» Sogar durch die Tür hörte Anne, wie erstickt ihr Vater die Worte hervorpresste.

Wieder wurde es still hinter der Tür. Anne stellte sich vor, wie François ihrem Vater die Hand auf den Arm legte.

«Ich muss wissen, was mit Elaine geschah!» Robert klang, als befinde er sich ganz am anderen Ende der Küche. Als François antwortete, zuckte Anne zusammen, denn er schien direkt hinter der Tür zu stehen.

«Nach all der Zeit, Robert? Es wieder aufwühlen?»

«Ja. Um endlich Frieden zu haben. Wo ist der Kerker dieses Jehuda?»

«Du willst allen Ernstes zu ihm?»

«Ja.»

Anne knetete ihre Finger vor Aufregung.

«Das kannst du nicht, Robert. Es würde noch immer über deine Kräfte gehen.» Täuschte sie sich, oder klang François tatsächlich tränenerstickt?

«Wahrscheinlich. Aber du kannst es.»

«Ich? – O nein!»

«Doch. Du musst es tun. Elaine war schließlich deine Schwester!»

«Nein, Robert!»

«Versprich mir, dass du es tust.»

«Nein!»

«Versprich es mir!» Auf einmal brüllte Robert so laut, dass Anne tief erschrak. François' Antwort entging ihr.

Plötzlich näherten sich Schritte der Tür. Hastig sprang Anne die Treppe hinauf, doch sie schaffte es nicht bis ganz oben. Als sich die Küchentür öffnete, warf sie sich herum und tat so, als komme sie gerade herunter.

François musterte sie mit gerunzelter Stirn. Er wirkte auf die altvertraute Art beherrscht, und doch merkte man ihm die Erregung an. Anne konnte förmlich spüren, wie er sich zu einem freundlichen, belanglosen Wort zwingen musste: «Nun, meine Liebe, womit hat dich dein Vater heute Morgen gequält?»

Ahnte er, dass sie gelauscht hatte? Fast schien es so.

Annes Blick fiel auf Robert, der bleich, aber gefasst hinter dem Priester in der Tür stand. Plötzlich hatte sie das Gefühl, François versuche, ihn vor irgendetwas zu schützen. Doch wovor?

«Mit der Konstruktion einer neuen Einlegescheibe», antwortete sie. «Bleibst du zum Abendessen?»

François dachte nach. Alles an ihm signalisierte allerdings den Wunsch zu fliehen.

«Ich habe noch von der Suppe von gestern. Und tausend sternkundliche Fragen dazu.» Damit hatte sie François schon häufig geködert, und es schien auch heute zu wirken. Er folgte ihr, als sie in die Küche ging und sich über den Kessel mit der kalten Suppe beugte. Wie Augen schwammen Möhrenscheiben auf der Brühe, eingegossen in eine Haut aus erstarrtem Fett.

«In Ordnung. Robert?» François sah sich fragend zu dem Astrolabienbauer um, und dieser nickte.

Anne griff nach einem Schürhaken. Sie machte sich daran, das Feuer anzufachen, während die beiden Männer sich an den Tisch setzten.

«Eine neue Einlegscheibe musstest du also konstruieren?» François war bemüht, ein unverfängliches Gespräch in Gang zu bringen, aber Anne ging kommentarlos darauf ein.

«Nein. Ich musste die Listen wälzen. Konstruiert hat Vater die Scheibe selbst.»

Robert lächelte müde. Auch er schien entschlossen, so zu tun, als sei nichts geschehen. «Ich weiß, ich müsste sie allmählich selbst konstruieren lassen. Aber es fällt mir schwer. Es hat so etwas Endgültiges. Als sei ich am Ende zu alt geworden, es selbst zu tun.»

«Anne weiß doch noch überhaupt nichts über den Aufbau des Himmels!», neckte François.

Anne ging nur zu gern auf diese versteckte Aufforderung ein. Ihre Anspannung wurde überlagert von der Freude darüber, dass er sie wie einen seiner Schüler behandelte. «Wie wäre es damit», sagte sie. «Der Himmel besteht aus mehreren Schalen, den so genannten Sphären, in denen sich die Himmelskörper bewegen. In der Mitte dieser Sphären befindet sich die Erde, um die herum alles kreist.»

«Na, immerhin. Und kennst du auch die Reihenfolge der Sphären?»

Anne ließ den Kochlöffel sinken und kniff die Augen zusammen. Schließlich zählte sie auf: «Zuerst der Mond, denn er ist der Erde am nächsten. Dann die Sonne. Danach die fünf Planeten und schließlich die Fixsterne. Du hast mir irgendwann einmal etwas erzählt darüber, dass es über der Sphäre der Fixsterne noch eine mit Wasser geben soll, aber darüber weiß ich gar nichts.»

«Es ist auch nicht wichtig. Jede dieser Sphären dreht sich um die Erde, und zwar jede mit ihrer eigenen Geschwindigkeit. Die der Sonne braucht genau ein Jahr, um einen vollständigen Kreis zu beschreiben, Jupiter dagegen zum Beispiel 12 Jahre.»

«Und sie drehen sich in West-Ost-Richtung.»

«Genau. Ich weiß übrigens, was du jetzt fragen willst.»

Anne lächelte. «Die tägliche Drehung der Sterne von Ost nach West. Wo findet sie ihren Platz in diesem Sphärenmodell?»

«In einer neunten Schale über jener der Fixsterne. Die Schale der Tagesdrehung. Sie dreht sich einmal in vierundzwanzig Stunden um die Erde, und sie nimmt dabei alle acht Sphären unter ihr mit. Wir nehmen an ...» Er unterbrach sich und setzte neu an. «Wir *wissen*, dass Gott das gesamte Universum auf der Basis jenes geometrischen Körpers geschaffen hat, der als einziger perfekt ist. Des Kreises. Und genau da beginnen unsere Probleme.»

Roberts Augen weiteten sich ein wenig. Eine steile Falte erschien zwischen seinen Brauen.

«Welche Probleme?» Anne behielt beide Männer im Auge.

«Die These von der Kreisförmigkeit der Bahnen am Himmel verträgt sich nicht besonders gut mit dem, was Jupiter und die anderen Planeten tatsächlich tun.»

Robert machte François ein Zeichen: *Hör auf!*

«Es gibt einige höchst interessante Schriften von alten griechischen Gelehrten, die sich mit den Anomalien der Planeten beschäftigt haben – wenn du willst, bringe ich dir morgen einige Abschriften vorbei.»

In Roberts Zügen dämmerte Verständnis. Anne hörte ihn sagen: «Sie hat seit einem Monat Jupiters Bahn studiert.»

François wies auf den Kessel über dem Herd, der leise vor sich hinsummte. Anne bemerkte, dass sie den Kochlöffel in der Hand hielt wie eine Waffe. Sie zuckte die Achseln, dann tauchte sie ihn in die Brühe und rührte darin herum. Der Boden des Kessels zischte. Beinahe wäre die Suppe angebrannt.

«Dann hast du die Anomalie mit eigenen Augen gesehen», sagte François.

«Äh … nein. Ich meine, ich habe etwas erkannt, aber ich verstehe es nicht.»

«Erkläre dich!», forderte der Priester.

«Alle Fixsterne stehen an einem festen Platz auf der Innenseite ihrer Sphäre, die wie eine Kugelschale um die Erde herumliegt. Aus diesem Grund ändern sich die Abstände von einem Stern zum anderen niemals. Die Planeten jedoch drehen sich in einer eigenen Sphäre …»

«*Jeder* in einer eigenen!», präzisierte François.

Anne nickte und rieb sich mit dem Daumengelenk über die Stirn. «Jeder in einer eigenen. Darum können sie die Fixsterne überholen. Oder von ihnen überholt werden. Das ist mir alles auch völlig klar. Aber ich habe festgestellt, dass seine Bewegung nicht gleichförmig ist.»

«Wie meinst du das?»

«Jupiter ist nicht immer schneller als die anderen Sterne. Obwohl er es sein sollte, nicht wahr?»

«Sondern?»

«Er bremst ab.»

François lachte auf, aber Anne ignorierte es.

«Er wird von Nacht zu Nacht langsamer. Kann es sein, dass seine Sphäre sich mit unterschiedlicher Geschwindigkeit dreht?»

«Woran hast du das gemerkt?»

«Er steht zurzeit dicht bei Regulus. Vor einigen Wochen war eine deutliche Annäherung der beiden zu beobachten, aber die wurde immer geringer, je länger ich hinsah. Zurzeit sieht es aus, als stünde Jupiter still.» Es kam ihr albern vor, was sie sagte, denn sie wusste, dass nichts am Himmel jemals stillstand. Hatte sie unsauber gemessen? Falsch beobachtet? Einen dummen Denkfehler gemacht? Wenn sie in François' amüsiertes Gesicht schaute, war sie beinahe geneigt, das zu glauben. Sie ließ den Kochlöffel sinken, rannte aus dem Zimmer und holte ihre Wachstafel. Atemlos legte sie sie auf den Tisch. «Hier, ich habe versucht, es aufzuzeichnen.»

Ihre Zeichnung war eine lose aus dem Handgelenk hingeworfene Skizze, ein Teil des Sternbilds Löwe, mit seinem hellsten Stern, Regulus. Sie hatte die Sterne durch kleine, windrosenartige Kreuzchen symbolisiert und Regulus zusätzlich beschriftet. Jupiter war ein kleiner Kreis, und er tauchte mehrfach auf.

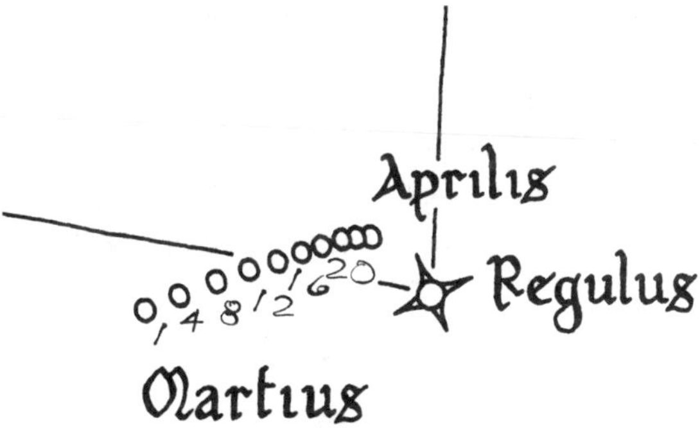


Anne tippte auf den ersten Kreis. Er stand am weitesten links. «Das war die Position, die er am ersten März hatte. Dann die Position vom vierten März – ich habe nicht alle Nächte aufgezeichnet, weil die Abstände sonst zu klein geworden wären. Das ist der achte März, der zwölfte und so weiter. Das hier ist die Position von vorgestern. Bezogen auf Regulus hat er sich da kaum noch bewegt.» Die einzelnen Kreise bildeten eine Linie, die sich Regulus näherte, wobei die einzelnen Abstände zwischen ihnen immer geringer wurden. Bei den letzten sah es so aus, als gingen sie ineinander über. «Könnt ihr mir das erklären?»

«Nein.» François schmunzelte. «Ohnehin hast du unsauber gemessen. Oder gezeichnet. Oder beides.» Er nahm die Tafel, dann holte er aus einem kleinen Griffelkasten, den er immer bei sich trug, einen feinen Stift, löschte einige der Punkte aus und malte Annes Planetenlinie neu. Als er fertig war, vollzog sie einen leichten Bogen zu Regulus hin. «In Wirklichkeit sieht die Bahn so aus. Nicht gerade.»

Anne betrachtete den Bogen. «Aber du kannst mir nicht erklären, warum das so ist?»

«Nein. Weil die Gelehrten noch nach einer Erklärung dafür suchen. Es gibt Ansätze, die so genannte Epizykel-Theorie zum Beispiel, aber das führt im Moment noch ein bisschen zu weit. Ich würde vorschlagen, ich sehe, was ich an Schriften zu diesem Thema finden kann, und wenn du die gelesen hast, sehen wir weiter, ja?»

Anne verspürte leise Enttäuschung angesichts dieser Eröffnung, aber sie hatte schon häufig spannende neue Erkenntnisse aus den Schriften gezogen, die François ihr gegeben hatte.

Sie nickte.

Und in Roberts Gesicht machte die Zustimmung erneutem Missbehagen Platz.

# 8. Kapitel

Gegen Mittag erreichte Galien Montgris und sprang erleichtert vom Pferd.

«Mutter?»

Normalerweise kam Elaine bei seiner Rückkehr sofort an die Tür, um ihn zu begrüßen. Offenbar war sie nicht zu Hause. Galien warf einen fragenden Blick auf Jean, aber der zuckte nur die Achseln.

«Vielleicht ist sie bei einem Bauern.» Auch der Knecht sprang aus dem Sattel. Sein Pferd schüttelte die Mähne und schnaubte leise.

Sie hatten Épernon kurz nach Sonnenaufgang des Vortages zusammen mit Abt Arnaud und der Pariser Delegation verlassen. Galien und Simon hatten die Kirchenmänner und Clothilde sicher nach Montfort geleitet. Danach hatte Galien die Gelegenheit genutzt, auf einem seiner etwas weiter entfernten Höfe nach dem Rechten zu sehen. Der dortige Holde war lange Zeit krank gewesen, und als Galien an diesem Abend dort ankam, musste er feststellen, dass der Mann gestorben war. Seine Frau führte den Hof gemeinsam mit ihrem zehnjährigen Sohn und einem Knecht weiter, und sie war erleichtert gewesen, als Galien ihr versicherte, er wolle sie nicht von seinem Land vertreiben, obwohl sie keinen erbberechtigten Sohn hatte. Am nächsten Morgen hatte er sich auf den Weg nach Hause gemacht.

In diesem Moment wurde die Tür des Wohnhauses geöffnet und eine junge Frau kam heraus. Als ihr Blick auf Galien fiel, verzogen sich ihre vollen Lippen zu einem Lächeln.

Galien erwiderte es. «Basina! Geht es dir gut?»

«Natürlich, Herr. Ich bin nur schwanger, nicht krank. Ich kann meine Arbeit tun wie immer, sorgt Euch nicht.» Basina trug einen leeren Korb und wollte offenbar Feuerholz holen. Jean eilte an ihre Seite. «Ich helfe dir trotzdem.» Er blickte Galien fragend an, und der lachte.

«Tu, was zu tun ist! Aber vergiss die Pferde nicht darüber!»

Jean nahm Basina den Korb ab. «Natürlich nicht, Herr.» Galien sah den beiden nach. Insgeheim beneidete er Jean um die Freude, die er empfinden musste, wenn er seine junge Frau ansah. Er beneidete ihn um die Sehnsucht, die ihm in den Blick gemalt war, sobald er länger als ein paar Stunden von Basina getrennt war. Und er beneidete ihn um die unzähligen kleinen Gesten, mit denen sie Jean zeigte, wie sehr sie ihn liebte.

Er ertappte sich bei der Überlegung, ob Clothilde einen Mann wohl ähnlich sanft behandeln würde. Ein schwaches Kribbeln breitete sich in seinem Magen aus. Clothilde hatte ihn auf eine seltsame Art und Weise in ihren Bann gezogen. Ihre Blicke, das leichte Steifwerden ihrer Schultern, als Simon den Arm um sie gelegt hatte, ihre Verletzlichkeit, der blaue Fleck an ihrem Hals – all das hatte dazu beigetragen, dass tief in Galiens Herzen der Wunsch entstanden war, sie zu beschützen.

Seufzend warf er einen Blick an der Fassade von Montgris hinauf. Obwohl er von adligem Geblüt war und der – wenn auch uneheliche – Sohn eines hoch angesehenen Grafen, war sein Heim keine Burg, sondern ein einfaches Haus, auf einem Hügel erbaut und mit einer Palisade aus Baumstämmen umgeben. Irgendwann, das war sein Plan, würde er eine Wallanlage bauen lassen, eine Mauer errichten und ein festes Haus aus Stein. Einstweilen aber war er mit dem, was er hatte, zufrieden. Das Haus war solide, mit einem dichten Dach und einer guten Feuerstelle. Galien besaß einige Pferde und genug

Land und Vieh, um sich, seine Mutter und die Menschen, die ihm dienten, zu ernähren. Ob Clothilde sich hier wohl fühlen würde? Ihm wurde bewusst, dass er keine Ahnung hatte, ob sie von hoher Geburt war. Plötzlich bekam er Lust, so schnell wie möglich nach Montfort zu reiten und sie zu treffen. Einfach nur mit ihr zu plaudern. In ihrer Nähe zu sein.

Schließlich riss er sich zusammen, klopfte sich den Staub von Stiefeln und Hosenbeinen und betrat sein Haus. Die quadratische Halle empfing ihn, deren Balkenwerk und Fußboden aus guter, dunkler Eiche bestanden. Bunte Teppiche, allesamt Erzeugnisse von Elaines Webstuhl, zierten die Wände, und bestickte Kissen lagen auf Bänken und Lehnstühlen. In dem großen Kamin gegenüber der Eingangstür brannte zu dieser Jahreszeit kein Feuer. Stattdessen stand eine große, kupferne Vase mit einem üppigen Strauß Apfelblüten darin. Galien lächelte. Er mochte es, wenn Elaine sein Haus schmückte. Es gab ihm das Gefühl, hier willkommen zu sein.

«Mutter?» Galiens Stimme hallte zwischen den Deckenbalken wider. Er erhielt keine Antwort, und so durchquerte er die Halle und betrat die Treppe, die sich hinten rechts an der Wand hinauf ins obere Stockwerk emporstreckte. Mit wenigen großen Schritten überwand er die Stufen und klopfte an Elaines Kammertür.

«Mutter, ich bin wieder da!»

«Komm herein.»

Galien trat ein und sah zu, wie Elaine ein Buch, in dem sie offenbar gerade gelesen hatte, zuschlug und sich erhob. Sie strahlte ihn an und kam ihm mit ausgebreiteten Armen entgegen.

«Schön, dass du gesund zu mir zurückgekehrt bist!» Sie war einen guten Kopf kleiner als er, und obwohl sie die fünfzig bereits überschritten hatte, schimmerten in ihren hellbraunen Locken nur wenige graue Haare.

«Es war eine angenehme Reise. Wir haben den Abt und

seine Männer wohlbehalten in Montfort abgeliefert.» Er trat an Elaines Tisch und warf einen neugierigen Blick auf das Buch. Es war recht groß, aber dünn und in dunkelrotes Leder gebunden, das kostbar aussah. Galien konnte auf dem vorderen Deckel keinerlei Beschriftung erkennen. «Hat Alice dir das geliehen?» Er vermutete auf Montfort nicht viele Bücher, aber Simons Gattin, eine Frau aus dem britischen Hochadel, hatte ihn schon mehr als einmal überrascht.

«Nein. Es ist meines.»

Galien schaute seine Mutter fragend an und nahm sich einen Apfel aus einer Schale neben dem Fenster. «Und wovon kannst du dir ein so kostbares Buch leisten?»

Elaine lächelte leicht. «Oh, es befindet sich seit vielen Jahren in meinem Besitz. Ich hatte es bis heute in einem Versteck, aber irgendwie überkam mich vorhin das Bedürfnis, einen Blick darauf zu werfen.»

«Du besitzt ein Buch, und ich weiß es nicht?» Er trat hinzu und schlug es auf. Gutes, helles Pergament lag vor ihm, und obwohl die schwarze Tinte deutlich lesbar war, konnte Galien kein einziges Wort entziffern. Er blätterte einige Seiten weiter, aber das Schriftbild änderte sich nicht. In der Mitte war offenbar eine Seite herausgeschnitten worden. Lediglich ein zweifingerbreiter Rest war von ihr übrig. «Sieh mal, hier fehlt eine Seite.»

«Ich weiß. Sie wurde gestohlen.»

«Warum? Und was ist das überhaupt für eine Sprache? Griechisch?»

«Ja.»

Er wandte sich zu seiner Mutter um. «Du kannst Griechisch?»

Elaine fasste an ihm vorbei und wollte das Buch zuklappen, aber Galien legte eine Hand auf die oberste Seite und verhinderte es. «Warum willst du es vor mir verbergen?»

Eine zarte Röte legte sich über Elaines Wangen. «Will ich

ja gar nicht», sagte sie so leichthin, dass Galien argwöhnisch wurde. «Es ist nur ein alter sternenkundlicher Text. Nichts, was dich interessiert.»

Galien hatte Elaines detailliertes Interesse für die Vorgänge des Himmels nicht geerbt. Dennoch liebte er es, nachts draußen mit ihr herumzuwandern und sich die Bilder erklären zu lassen, die in der samtigen Finsternis erstrahlten. Er mochte es, seiner Mutter zuzuhören, wenn sie ihm die uralten Geschichten erzählte, auf die die Bilder verwiesen. Und ab und zu, wenn der Mond besonders voll und rund am Himmel stand oder gar eine Sternschnuppe vorbeizischte, konnte er die Faszination sogar nachfühlen, die Elaine beim Anblick des Himmels erfüllte. Dennoch hatte er sich niemals dazu aufgerafft, sich mit dem sternenkundlichen Wissen zu befassen, das seine Mutter so gerne an ihn weitergegeben hätte.

«Mutter! Hast du Geheimnisse vor mir?»

Elaine zog das Buch unter Galiens Hand fort; es war eine brüske Geste. «Wie kommst du darauf?» Schwungvoll öffnete sie ihre Truhe, verstaute das Buch darin und schloss den Deckel mit einem Knall. Da Galien ihren Dickkopf kannte, verzichtete er seufzend auf weitere Fragen. Der Apfel fiel ihm ein, den er immer noch in der Hand hielt, und er rieb ihn an seinem Gewand sauber.

Die nächste halbe Stunde berichtete Elaine, was während Galiens Abwesenheit auf dem Hof passiert war, und Galien erzählte von seiner Reise und der Begegnung mit Clothilde. Schließlich trat er ans Fenster und blickte hinaus. «Ich glaube, sie kommt aus derselben Gegend wie du, Mutter.»

Elaine hatte ein leichtes Lächeln auf den Lippen. «Kann es sein, dass du ein bisschen Feuer gefangen hast, mein Sohn?»

Galien fühlte seine Wangen warm werden. Wie immer durchschaute seine Mutter ihn mit Leichtigkeit. Er zuckte betont gleichmütig die Achseln.

Elaine lachte. «Hast du wohl!»

Galien beschloss, das Thema zu wechseln. «Übrigens war Clothilde nicht die einzige Person aus dem Languedoc, die sich in Épernon befand. Einen seltsamen Kerl habe ich auch noch getroffen. Er war auf dem Weg nach Montfort.»

«Aha.» Elaine setzte sich in die Fensterbank und nahm ihren Stickrahmen zur Hand.

«Er will zum Grafen und behauptete, aus deiner Heimatstadt zu kommen. Ich wusste gar nicht, dass Simon Verbindungen dorthin hat.»

«Ich auch nicht. Und diese Frau, stammt sie auch aus Béziers?»

Galien musste einen Augenblick überlegen. «Nein, Maraussan, glaube ich, kann das sein?»

Elaines Kopf zuckte hoch. «Maraussan?» Eine Mischung aus Überraschung und Erschrecken schwang in ihrer Stimme, die Galien aufhorchen ließ.

«Kennst du den Ort?»

Elaine nahm die Sticknadel zwischen die Lippen, schüttelte den Kopf, raffte mit einer Hand ihre Haare zusammen und drehte sie zu einem losen Zopf. Sie nahm die Nadel wieder aus dem Mund. «Es ist nur seltsam, die altvertrauten Namen wieder zu hören.»

«Hältst du es für Zufall, dass die beiden gleichzeitig in Épernon aufgetaucht sind? Sie schienen sich nicht zu kennen.» Galien konnte Elias' bleiches Gesicht nicht aus seinem Gedächtnis verbannen. Deutlich stand es ihm vor Augen und überlagerte Elaines Bild wie eine Spiegelung in einer Glasscheibe.

Elaine schob ihre Nadel durch den Stoff. «Wahrscheinlich.»

Galien schloss die Augen. Elias' Augen verfolgten ihn bis in die Dunkelheit.

«Was hast du? Kopfschmerzen?»

Galiens Lächeln misslang. «Der Kerl hat mich ein bisschen

durcheinander gebracht. Erinnerst du dich noch an die Albträume, die ich als Kind hatte?»

Elaine nickte nur.

«Seit ich diesen Mann getroffen habe, sind sie wieder da. Er sah den Gestalten aus meinen Träumen so ähnlich, er muss sie wieder hervorgelockt haben.»

Elaine ließ die Stickerei sinken. «Wie sah er aus?»

Galien glaubte zu spüren, dass es im Raum kälter geworden war. «Bleich. Sehr schmale Nase. Dunkle Augen mit unglaublich langen, schwarzen Wimpern.»

«Schwarze Haare?»

«Ja.»

Elaine ließ den Stickrahmen los, der in ihren Schoß fiel und von dort auf den Boden. Es kümmerte sie nicht. Sie bedeckte mit beiden Händen ihren Mund. «Jehuda!», flüsterte sie.

«Nein. Er nannte sich Elias. Kennst du ihn?» Eine Gänsehaut überzog Galiens Nacken.

«Elias?» Elaine sann dem Namen nach. «Jehuda müsste inzwischen weiß sein», murmelte sie. Dann schüttelte sie sich und sah Galien in die Augen. «Ich kenne keinen Mann namens Elias.»

Am nächsten Morgen war Galien dabei, Timotheus beim Beschlagen eines Pferdes zu helfen, als Basina um die Ecke des Stalles geeilt kam.

Atemlos blieb sie hinter Galien stehen. «Herr, Ihr habt … Besuch!»

Galien wartete, bis Timotheus ihm zunickte, dann ließ er den Huf des Tieres los und richtete sich auf. «Du solltest nicht mehr rennen», riet er. «Du bekommst ja kaum noch Luft!»

«Die Dame hat mir befohlen, mich zu beeilen.» Basina wedelte mit der Hand in Richtung Gutshaus.

Galien folgte ihrer Geste mit den Augen. «Welche Dame?»

«Ich kenne sie nicht, Herr.»

«Hat sie dir ihren Namen nicht genannt?»

«Nein. Als ich sagte, ich müsse sie Euch ja irgendwie ankündigen, da hat sie mich nur angezischt, ich solle gefälligst meinen Hintern bewegen.»

Galiens Augenbrauen schnellten zusammen. Er griff nach einem Tuch, das er sich unter den Gürtel geklemmt hatte, und wischte sich die schmutzigen Hände ab. «Sag ihr, ich komme gleich.» Als er Basinas missmutiges Gesicht bemerkte, fügte er an: «Nein, geh einfach zurück an deine Arbeit. Ich werde mich beeilen.»

Mit sichtbarer Erleichterung entfernte sich Basina. Galien warf den Lappen auf Timotheus' Amboss, steckte den Kopf in den Stall, wo Jean gerade seinen Braunen striegelte, und rief ihm zu, er möge dem Schmied helfen. Dann umrundete er den Stall und trat auf den Platz vor seinem Haus.

Eine schmale Gestalt in einem bodenlangen Kapuzenmantel stand dort neben einem schlanken, hochbeinigen Grauschimmel und streichelte dem Tier die Blesse. Als sie Galiens Schritte hörte, drehte sie sich um.

Es war Clothilde.

Galiens Herz machte einen Satz. «Meine Magd hat Euch angekündigt», sagte er auf Okzitanisch. «Willkommen auf Montgris.» Basina musste bei der Wiedergabe von Clothildes Befehl übertrieben haben. Diese zarte Frau würde niemals eine solch wüste Rede führen!

Clothilde glühte. Der Ritt hatte ihre Wangen mit einer leichten Röte überzogen, die Galien an die Apfelblüten in seinem Kamin denken ließ. Eine einzelne Haarsträhne hatte sich aus ihrer Frisur gelöst und hing ihr in die Stirn. Sie strich sie mit dem Handrücken fort, aber leicht wie eine Feder fiel sie an ihren alten Platz zurück. «Ich danke Euch.»

«Was führt Euch hierher?» Galien suchte den Hof nach ihrem Gefolge ab, aber da war niemand.

«Falls Ihr meine Begleitung sucht: Ich bin allein hier.» Noch einmal strich Clothilde die Strähne fort. «Mir wurde die Zeit ein wenig lang auf Montfort, und da kam ich auf die Idee, einen Ausritt zu machen.»

«Natürlich.» Galien trat neben ihr Pferd und ließ sich die Zügel geben. Plötzlich fühlte er sich befangen. «Ich sage einem meiner Männer Bescheid, damit sich jemand um Euer Pferd kümmert. Entschuldigt mich für einen Augenblick.» Er band das Tier fest und lief erleichtert zum Stall. Sein Großknecht quittierte den neuen Befehl nur mit einem mürrischen Brummen.

Als Galien zu Clothilde zurückkehrte, fand er sie in Betrachtung des Herrenhauses versunken.

«Es ist kein Schloss», sagte er leise. Ein banges Gefühl kroch in ihm hoch. Was würde sie dazu sagen?

Sie nickte gedankenverloren. «Nein.» Dann besann sie sich und zauberte ein strahlendes Lächeln auf ihr Gesicht. «Aber es sieht gemütlich aus.»

Die Worte *Ich bin sicher, dass Ihr dem Heim eines jeden Mannes Glanz verleiht* lagen schon auf Galiens Zunge, aber er schluckte sie hinunter. Clothilde spürte, dass er sie ansah, und senkte die Lider ein wenig. Als sie den Blick wieder hob, lag um ihre Augen ein weicher Zug.

«Zeigt Ihr mir Euer Anwesen?», fragte sie leise.

Er nickte und bot ihr den Arm. Als sie ihn nahm, streifte sein Ellenbogen ganz kurz ihren Busen.

Erschrocken zuckte er zurück.

# 9. Kapitel

«Erzählt mir mehr über Euch.» Nach ihrem Rundgang über den Hof, durch die Stallungen und Gewerbegebäude betraten sie Elaines Kräutergarten. Vor der kniehohen Mauer blieben sie stehen.

«Über mich? Oh, da gibt es nicht viel zu erzählen. Mein Vater ist ein Gelehrter aus Montpellier. Kennt Ihr die Stadt?»

«Ich war noch nie dort.»

«Sie ist schön. Das Meer ist nicht weit. Mögt Ihr das Meer?»

«Nicht besonders.» Was daran lag, dass seine einzige Begegnung mit dem Meer unter ungünstigen Umständen in Venedig stattgefunden hatte. Vor fünf Jahren hatte ein missglückter Kreuzzug nicht nur für ihn, sondern auch für Simon und etliche andere Ritter mit der schmachvollen Heimkehr nach Montfort geendet, bevor sie überhaupt einen Fuß auf heiligen Boden gesetzt hatten.

«Wie schade!» Clothilde wies auf die schmalen, ordentlichen Kräuterbeete. «Wer kümmert sich darum? Etwa diese tollp… die Magd von eben?»

Galien runzelte die Stirn. «Nein. Meine Mutter.»

«Eure Mutter lebt hier auf Montgris? Ist sie da? Ich würde sie liebend gern kennen lernen!»

«Sie ist in eines der Dörfer im Süden geritten. Eine junge Bäuerin hat sich einen Kessel mit kochendem Wasser über das Bein gekippt.»

«Eure Mutter ist Heilerin?»

«Sie beherrscht die Kräuterkunde, mehr nicht.»

Galien sah, wie Clothildes Oberlippe zitterte. Auf einmal wirkte sie sehr verletzlich. Instinktiv wanderten ihre Finger zu dem blauen Fleck an ihrem Hals. Als sie Galiens Blick bemerkte, ließ sie die Hand rasch sinken und strich damit verlegen über ihr Gewand. «Sie ist bestimmt eine gute Heilerin.»

«Das ist sie.»

«Wann, glaubt Ihr, kommt sie zurück?»

«Falls Ihr von mir sprecht: Ich bin wieder da.» Elaines Stimme erklang hinter ihnen, und Galien wandte sich um. Clothilde brauchte einen Augenblick länger, es sah aus, als müsse sie sich erst sammeln. Dann drehte auch sie sich um, ein strahlendes Lächeln im Gesicht.

«Ihr müsst Galiens Mutter sein!» Sie reichte Elaine beide Hände.

Elaine sah Galien erstaunt an, nahm jedoch Clothildes Finger und hielt sie einen Moment.

«Mutter, das ist Clothilde de Maraussan, der wir im Kloster von Épernon begegnet sind.» Galien trat neben Elaine. «Und das, Clothilde, ist meine Mutter. Sie kommt aus der gleichen Gegend, aus der auch Ihr stammt. Sie war es, die mich Eure Sprache lehrte.»

«Ich bin sehr erfreut!» Clothildes Blick glitt wieselflink über Elaines Gestalt.

«Es ist schön, jemanden aus der alten Heimat zu treffen», erwiderte Elaine. «Es ist lange her, dass ich das Languedoc verlassen habe. Bald dreiunddreißig Jahre.»

Etwas zerfiel in Clothildes Gesicht. Schlagartig hatte sie tiefe Falten um Mund und Nase. «Wie ist Euer Name?», flüsterte sie.

«Elaine. Elaine de Béziers.»

Und in diesem Moment wurde Clothilde totenblass.

Er schreckte aus einem Schlummer auf. Mit einem Ruck fuhr er hoch. Stöhnend griff er sich an die Stirn, hinter der ein rasender Kopfschmerz pochte. Er beugte sich vor und rieb sich den Nacken. Wieder dieser Albtraum!

«Galien?» Elaine stand vor seiner Kammer. «Ist alles in Ordnung?»

Er musste im Schlaf geschrien haben. Galien zwang sich, die Füße auf den Boden zu schwingen. «Ja», rief er durch die geschlossene Tür nach draußen.

«Kann ich reinkommen?»

«Natürlich.»

Als Elaine eintrat, hatte Galien sich aufgesetzt und sah ihr entgegen. Er versuchte ein Lächeln, doch Elaine sagte schlicht: «Du siehst schlecht aus.»

«Ich habe Kopfschmerzen. Können wir einen Nachtspaziergang machen? Oder bist du zu müde?»

Wenig später trafen sie sich angezogen in der Halle und gingen gemeinsam nach draußen. Die Nacht war nicht besonders hell, denn Teile des Himmels waren von Wolken verhangen, und der Mond stand nicht über dem Horizont. Trotzdem blieb Elaine vor der Tür kurz stehen und warf einen stirnrunzelnden Blick nach oben. «Wie eine Perlenkette stehen sie am Himmel», murmelte sie.

Galien folgte ihrem Blick, aber er konnte unter den funkelnden Punkten, die zwischen den Wolken sichtbar waren, keine Perlenkette entdecken.

Elaine hob die Hand und deutete auf einen Ausschnitt des Himmels, in dem nur wenige Sterne leuchteten. «Mars.» Sie schwenkte den Arm ein Stück in Richtung Westen. Hier funkelten Dutzende von Sternen, und Galien hatte keine Ahnung, welchen sie meinte, als sie sagte: «Saturn.» Noch ein Stück wanderte ihr Arm Richtung Westen. «Und Venus.» Die immerhin konnte Galien erkennen, denn ihr Blinken war ihm seit seiner Kindheit vertraut.

Elaine zeigte wieder zu der Stelle, an der sie Saturn ausgemacht hatte. «Kennst du dieses Sternbild?»

Von ihren ungeliebten Lektionen hatte sich Galien zumindest gemerkt, dass sich die Planeten oft in den Sternbildern des Tierkreises bewegten. Er kniff die Augen zusammen und versuchte ein Bild zu entdecken. «Zwillinge?», fragte er unsicher.

Elaine nickte. «Ja. Saturn steht in den Zwillingen, Galien. Er bedroht die beiden Brüder.»

Ihre Worte klangen so unheilschwanger, dass Galien ein Schauer den Rücken hinunterlief. Sonst neigte seine Mutter nicht dazu, im Himmel nach bösen Omen zu suchen.

Er suchte ihren Blick, aber Elaines Gesicht lag im Schatten. «Was meinst du damit?»

«In dem Jahr, als du geboren wurdest, stand er nah bei der Waage.»

Ihre Worte waren keine Antwort auf seine Frage.

«Saturn bedeutet Strafe, Galien. Kronos, der seine Kinder aufgefressen hat ...»

«Du fürchtest ihn.»

«Ja.» Sie fuchtelte gen Himmel. «Sieh doch hin! Er bedroht die Zwillinge. Dich und Simon.»

«Simon und ich sind nur Brüder», erinnerte er sie. «Keine Zwillinge. Halbbrüder.»

«Wie auch immer!» Elaine gab sich einen Ruck und nahm Galiens linken Arm. «Die bösen Zeichen mehren sich.»

Eine Weile wanderten sie schweigend durch die kühle Nachtluft. Ein Fuchs kläffte in weiter Ferne, und einmal rauschte ein großer Vogel durch das Geäst der Bäume, sonst herrschte vollkommene Stille. Galien sog die Luft tief ein. Sie roch nach Erde.

«Elias, der Jehuda ähnelt. Und dann diese Clothilde, die aus der gleichen Gegend stammt wie ich.»

«Was hältst du von ihr?»

Elaine hielt inne, ging dann aber weiter. «Was hältst *du* von ihr?»

«Sie ist sehr hübsch.» Galiens Ohren wurden warm. Den ganzen Abend hatte er darüber nachgegrübelt, warum Clothilde nach ihrem Zusammentreffen mit Elaine so überhastet aufgebrochen war.

Elaine wartete darauf, dass er fortfuhr. Im Gegensatz zu ihrem freundlichen Spott vom Vortag strahlte sie jetzt düstere Besorgnis aus.

«Sie kennt dich, oder?», fragte Galien.

Elaine zuckte die Achseln. «Ich weiß es nicht. Es sah ganz danach aus, nicht?»

«Erzähl mir von diesem Jehuda!»

Elaine brummte unwillig. Dann fragte sie unvermittelt: «Was weißt du eigentlich über mein Leben in Béziers?»

«Nicht viel. Du warst ja immer sehr wortkarg, wenn ich dich danach fragte. Vater erzählte mir einmal, dass du die Stadt verlassen musstest, aber er wusste wohl nicht, warum.» In Galiens Kopf setzten sich mehrere Mosaiksteine zu einem Bild zusammen, das ihm nicht gefiel. Das Buch. Elaines Flucht aus Béziers. Das plötzliche Auftauchen von Elias und Elaines Erschrecken darüber. «Du hast das Buch aber nicht gestohlen, Mutter, oder?»

Elaine quittierte diese Frage mit einem trockenen Lachen. Beschämt senkte Galien die Lider.

«Der Schluss lag nahe, das gebe ich zu», sagte Elaine versöhnlich, «aber nein, ich habe das Buch nicht gestohlen. Allerdings war es tatsächlich der Grund für meine Flucht aus Béziers.»

«Erzählst du mir, was geschehen ist?»

«Lange Jahre habe ich mich bemüht, die Vergangenheit zu vergessen, also zwing mich bitte nicht dazu.»

«Mutter! Es betrifft auch mich. Ich bin es, der Albträume von Menschen hat, die sich plötzlich als sehr lebendig erweisen.»

Elaine biss sich auf die Unterlippe und schwieg. Dann sagte

sie: «Du hast Recht. Du sollst den Teil erfahren, der dich betrifft. Wie gesagt verließ ich Béziers damals nicht aus eigenem Entschluss. Ich wurde fortgeschickt, von einer Gruppe von Gelehrten, die das Buch in Sicherheit bringen wollten. Einer von ihnen war François de Lunel, mein eigener Bruder. Doch die Entscheidung fällte damals ein Jude namens Moïse ben Tibbon. Einer von Moïses Neffen begleitete mich hierher nach Montfort und blieb viele Jahre in meiner Nähe, um mich zu beschützen.»

«Dich? Oder das Buch?»

«Beides. Als kleiner Junge bist du dem Mann einmal begegnet und hast Angst vor ihm gehabt. Danach hast du eine Weile schlecht geträumt, aber es ist irgendwann vorbeigegangen.»

«Jetzt sind die Albträume wieder da.»

«Und deswegen erzähle ich dir ja auch davon. Als ich in Béziers lebte, war ich einem Mann versprochen. Robert. Er war Messingschmied und Astrolabienbauer. Robert und mein Bruder François waren eng befreundet. Als ich die Stadt verließ, verließ ich auch ihn.»

Galien spürte, dass Elaine über diesen Teil der Geschichte nur sehr ungern sprach, und so schwieg er, um sie nicht zu bedrängen.

«Ich hatte vor zurückzukehren, sobald ich das Buch in Sicherheit gebracht hätte. François begleitete mich noch zum Stadttor, mitten in der Nacht.» Sie schien zu erschaudern. Galien rief sich ins Gedächtnis, dass das alles Jahrzehnte zurücklag. «Ich bat François, Robert das auszurichten. Ich wollte wirklich zurückgehen, aber dann begegnete ich Graf Simon, und es dauerte nicht sehr lange …»

«Ihr habt euch ineinander verliebt.»

«Ja. Zunächst hatte ich ein fürchterlich schlechtes Gewissen. Ich redete mir ein, dass ich nur auf Robert wartete. Wenn ihm etwas an mir läge, würde er kommen, um mich zu holen, dachte ich.»

«Aber er kam nie.»

«Ich weiß nicht, ob er mir mein heimliches Verschwinden einfach nicht verzeihen konnte oder ob er die gefährliche Reise scheute. Vielleicht schmerzte ihn der Verlust des Buches auch zu sehr. Jedenfalls kam er nie. Und so wurde ich Graf Simons Geliebte. Und schließlich deine Mutter.»

Galien hing eine Weile seinen eigenen Gedanken nach. «Der Verlust des Buches, sagst du? Dann gehörte es also Robert?»

«Ja.»

«Du hast es doch gestohlen! Du, oder dein Bruder, dieser François.»

Elaine blieb stehen, legte eine Hand an Galiens Wange. «Nein, Galien. So war es nicht.»

Galien drehte den Kopf zur Seite, und sie ließ die Hand sinken.

«Und jetzt muss dieser Elias hier auftauchen, damit du dich entschließt, mir plötzlich deine Vergangenheit zu eröffnen. Wer ist Jehuda, Mutter? Wieso fürchtest du ihn?» Er griff nach ihrer Hand, und sie umklammerte seine Finger. Ihre Haut war kalt.

«Du hast Angst», stellte er fest.

Sie blieb stehen und rührte sich nicht. «Lass uns zurückgehen», bat sie.

# 10. Kapitel

Zwischen Roberts und Madeleines Haus verlief ein Gang, der so schmal war, dass man in ihm mit den Ellenbogen rechts und links die Hauswände berühren konnte. Hier roch es immer ein wenig nach Feuchtigkeit und Schimmel, denn nicht einmal die glühende Nachmittagssonne des südfranzösischen Sommers erreichte den schmalen Durchlass. Der Gang erweiterte sich hinter den Häusern zu einem winzigen Hof, der von einer uralten, brüchigen Ziegelmauer umgeben war. Im Schatten dieser Mauer vergruben Anne und Madeleine die Abfälle beider Haushalte, deswegen hatte Madeleines Katze ihn auch zu ihrem Lieblingsplatz auserkoren. In einem kleinen Verschlag hielt die Tuchhändlerin darüber hinaus eine Hand voll Hühner und eine Gans.

Die Tiere gackerten leise, als sie Anne gewahrten.

Eines der Hühner fixierte sie mit zur Seite gelegtem Kopf. Es sah eigenartig boshaft aus, fand Anne. Sie klopfte gegen die Gitterstäbe, und das Tier flatterte in den hinteren Teil des Käfigs zurück. Das Körnerfutter war fast leer. Anne würde Madeleine sagen müssen, dass sie neues kaufen musste. Sie leerte die Wassernäpfe und füllte sie aus einer mitgebrachten Kanne neu. Dann richtete sie sich wieder auf, streckte sich und blickte dabei an der Hauswand hinauf. Sämtliche Fenster waren verschlossen. Die Läden wirkten wie verkniffene Augen, als wolle das Haus sich dagegen wehren, etwas Schreckliches zu sehen.

Plötzlich fühlte Anne sich unwohl in dem kleinen Hof, der nur einen einzigen Ausgang hatte.

Sie sah über die Schulter, und als habe ein Geist sie mit kalter Hand im Nacken berührt, standen ihr die Haare zu Berge. Langsam hob sie die Hände hinter den Kopf und griff in ihre Locken. Ein Gefühl, als ziele jemand mit einer Armbrust auf sie, begann zwischen ihren Schulterblättern zu prickeln.

Das Huhn war wieder an die Stäbe gekommen. «Pock!», machte es, ein einziges Mal nur, doch es reichte aus, um den Bann zu brechen.

Anne stolperte vorwärts, hinaus aus dem Schatten des Durchgangs, blieb stehen, sah zurück.

Ruhig und verlassen lag der Durchgang da. Die Gans schnatterte lauthals. Es klang wie Gelächter.

Ihr Vater stand in der Küche am Herd und starrte in den Wasserkessel. Als Anne das Haus betrat, warf er ihr einen Blick zu, sagte jedoch nichts. Seine Stirn lag in tiefen Falten, wie immer, wenn er irgendeine gelehrte Frage überdachte.

Anne wies auf den Kessel. «Schaust in den Topf du ununterbrochen ...», zitierte sie. Es war ein Spruch, den ihre Mutter immer aufgesagt hatte. *Mutter!*, schoss es Anne durch den Kopf. *Ob sie Elaine gekannt hat?* Sie stieß Luft durch die geöffneten Lippen. Noch immer hatte sie eine Gänsehaut.

«Was ist los?» Robert hatte sich entschieden, das Wasser nicht mit Blicken zum Sieden zu zwingen. Stattdessen beobachtete er Anne, wie sie sich am Küchenschrank zu schaffen machte.

«Es ist nicht mehr viel Brot da», sagte sie, darum bemüht, ihr inneres Gleichgewicht wiederzufinden. «Ich muss neues kaufen. Außerdem sind Onkel François und ich heute mit Georges verabredet.» Der Gedanke, durch die Gassen der Stadt zu laufen, behagte ihr mit einem Mal gar nicht mehr. Sie schüttelte sich.

Zu ihrer Überraschung zog Robert den Kessel vom Feuer

und stellte ihn auf der Herdumrandung ab. «Ich komme mit zu François. Einen Kräuteraufguss kann ich mir auch später noch kochen.»

Anne forschte in seiner Miene nach dem Grund für das unerwartete Angebot. Hatte er ihr Unbehagen gespürt? Sonst ging er tagsüber nur ungern aus dem Haus. Da sie jedoch froh über seine Begleitung war, dachte sie nicht weiter darüber nach, sondern hakte sich erleichtert bei ihm unter.

Auf dem Weg zu François' Haus hielt Annes ungutes Gefühl an. Aufmerksam beobachtete sie die Menschen ringsumher, die ihren Geschäften nachgingen. Keiner von ihnen erschien ihr gefährlich, und dennoch ... Sie beschleunigte ihre Schritte, um Robert nicht im Gewühl zu verlieren.

Obwohl François in den Diensten von Bischof Reynaud stand, lebte er nicht im Kathedralviertel, sondern bewohnte eine kleine Wohnung dicht bei jenem Teil der Stadtmauer, an den die Sainte-Madeleine grenzte, eine der ältesten Kirchen der Stadt. Das Haus gehörte einem alten Böttchermeister, dessen Werkstatt bis vor einigen Jahren noch außerhalb der Stadtmauern gelegen hatte. Als man beschlossen hatte, das Viertel von Saint-Aphrodise mit einer neuen Maueranlage zu umgeben, hatte der Mann sein Geschäft aufgegeben und lebte seitdem von den Einnahmen, die ihm seine drei Häuser verschafften.

Anne und Robert bogen in die Gasse ein, an deren Ende das Haus thronte wie ein Stopfen in einer Flasche. Anne warf einen Blick in den Himmel. Die Sonne schien durch einen diesigen Schleier, aber dennoch war zu erkennen, dass die Mittagsstunde sich näherte. Sainte-Madeleines Schatten war nicht scharf umrissen wie sonst, aber er lag wie der riesenhafte Zeiger einer monströsen Sonnenuhr über dem Kirchplatz. Seine rechte Kante streifte gerade den Brunnen in der Mitte.

Anne blieb vor dem Böttcherhaus stehen. Ihr Blick wanderte die Holzstiege hinauf, die seitlich am Haus angebracht war. Die Tür im oberen Stockwerk stand offen.

Anne griff nach dem Geländer und erklomm die vierzehn schmalen Stufen, während ihr Vater unten wartete. «Onkel?», rief sie.

François tauchte vor ihr auf. «Nanu?», sagte er verwundert. «Ist dir ein Gespenst begegnet?»

Sah man es ihr an? Offenbar. Sie schüttelte den Kopf. «Natürlich nicht.»

Über ihre Schulter hinweg erblickte François ihren Vater.

«Ich wollte mir nur die Beine vertreten!», rief der hinauf. «Lasst euch von Georges nicht übers Ohr hauen!» Und damit machte er sich auf den Heimweg.

Kurz spielte Anne mit dem Gedanken, ihrem Paten zu erzählen, wie es ihr in dem Gässchen ergangen war, aber sie entschied sich dagegen. Plötzlich kam es ihr albern vor, die Grille einer dummen Frau. Er hatte wirklich genug eigene Sorgen. Ein Blick in sein Gesicht verriet es. Er sah blass aus, übernächtigt und schlecht rasiert. «Bist du krank?», fragte sie.

«Nein.» Er wich zur Seite und ließ sie eintreten. «Nein, nein. Nur überarbeitet. Der Bischof braucht im Moment meine Unterstützung sehr viel mehr als üblich.»

«Was ist denn los? Geht es um den Kreuzzug?» Anne betrat seine Studierstube und ging völlig selbstverständlich zu einem Stehpult, an dem er zu lesen pflegte. Sie warf einen Blick auf die aufgeschlagene Seite.

«Auch. Ja. Aber einerlei», beantwortete François ihre Frage.

*«Ich halte es nicht für die Art verständiger Leute, über etwas zu urteilen, was man nicht kennt, und etwas zu verwerfen, bevor man es nachgeprüft hat. Die Wissenschaft kann nämlich erst durch Erfahrung begriffen werden.»* Der Text des Buches war in sehr einfachem Latein geschrieben, und Anne konnte ihn ohne viel Nachdenken übersetzen. Sie tippte darauf.

François sah schuldbewusst aus.

«Ein interessanter Ansatz!», schmunzelte Anne.

Er zuckte die Achseln, griff nach einem bereitliegenden Beutel und hängte ihn sich über die Schulter. «Wollen wir?»

Anne strich über die Seiten des Buches. «Natürlich.»

Georges' Werkstatt befand sich am anderen Ende von Saint-Aphrodise. Das Viertel grenzte im Norden an die Befestigungsanlagen zwischen Porte Olivier und Saint-André, sodass Anne und François auf dem Weg dorthin ein altes Stadttor durchqueren mussten.

Früher, das wusste Anne aus Erzählungen, hatte auf dem Platz vor der Kirche manchmal ein Viehmarkt stattgefunden, und bei feuchtem Wetter glaubte sie immer den Mist und Urin der Tiere zu riechen, der in die Erde gesickert war. Heute allerdings roch sie nichts. Es war zwar diesig, aber trocken. Von ferne konnte sie die Mühlen unten am Fluss klappern hören.

Es waren viele Menschen unterwegs, und die meisten grüßten François höflich. Anne wartete, bis sie in eine Gegend kamen, in der der Priester weniger bekannt war, bevor sie ihn ansprach.

«Von wem stammt der Text?»

François schob den Beutel höher auf die Schulter. Er schien auf diese Frage gewartet zu haben. «Es ist die Schrift eines Dichters, der vor siebzig Jahren am spanischen Hof gelebt hat.» Er verzog das Gesicht wie ein Junge, den man mit der Hand im Honigtopf erwischt hat. «Moshe Sefardí, so nannte man ihn. Oder Petrus Alfonsi.»

Anne lachte. Ohne darüber nachzudenken, blieb sie stehen und gab ihm einen Kuss auf die Wange.

François blinzelte überrascht. «Wofür war denn der?»

«Dafür, dass du Wasser predigst und Wein trinkst.»

«Still!» Rasch sah er sich um und wirkte erleichtert, dass ihnen niemand Gehör zu schenken schien. Eine alte Frau saß auf den Stufen ihres Hauses und fegte lustlos mit einem viel zu kurzen Besen den Boden vor ihren Füßen.

Anne eilte François hinterher, der nun schneller ging.

«Bereitet dir das Kummer?», fragte sie.

«Was? Dass ich Wasser predige und Wein trinke?» Er überlegte kurz. «Nein. Wenn ich eine Schrift lese, heißt es allerdings noch lange nicht, dass ich ihren Inhalt befürworte.»

«Komm!» Anne warf den Kopf in den Nacken. «Ich kenne dich zu gut, um dir zu glauben, dass du diese Schrift nur liest, um gegen ihren unerhörten Inhalt gewappnet zu sein! Nein, Onkel, du bist dir gar nicht sicher, ob dieser Mann nicht vielleicht Recht hat.»

François hob die Brauen. «Stimmt.» Er sprach leise. «Solange ich denken kann, hat man mir eingebläut, dass alles Streben nach Erkenntnis einzig dem Göttlichen dienen darf. In den Augen meiner Lehrer ist es gefährlich, nach weltlichem Wissen zu streben, Anne. Der, der es tut, läuft Gefahr, über den Rand der Erde hinauszufallen, wie einst Odysseus.»

Anne lachte auf. «Und das, nachdem du mir erst vor kurzem auf anschauliche Weise bewiesen hast, dass die Erde eine Kugel ist.»

François hob die Schultern. «Es ist ein Gleichnis, Anne! Gott schätzt es nicht, wenn wir nach Wissen streben, das uns vielleicht gefährlich werden kann. Sieh dir Adam und Eva an. Sie wollten Erkenntnis, und was haben sie angerichtet?»

«Und doch sehnst du dich danach, dein Wissen zu mehren. Du würdest mir gerne mehr über die Anomalien der Planeten erzählen, auch wenn Vater es nicht möchte. Aber du fürchtest, dass die Erforschung der Planeten zu dem Wissen gehört, das Gott nicht gefällig ist.»

François sah aus, als hätte er Zahnschmerzen. Anne begriff auf einmal, dass sie den Finger in seine tiefste Wunde gelegt hatte. «Vielleicht ist die Mühsal, die wir erleiden, die Strafe für unsere Neugier», murmelte er. «Dafür, dass wir den Kopf über den Rand der Welt hinausstrecken und einen Blick auf Dinge werfen, die Gott uns nicht sehen lassen will.»

«Wir können nicht wissen, was Gott uns sehen lassen will und was nicht.»

«Wir haben die heiligen Schriften. In ihnen weist nichts darauf hin, dass Gott uns sagen möchte: Reckt eure neugierigen Nasen in den Himmel und entreißt ihm auch noch sein letztes Geheimnis!»

Er klang so pathetisch, fast verzweifelt, dass Anne ihr Lachen im Hals stecken blieb. Ihr war nicht klar gewesen, welche Gewissensbisse ihn quälten. Sie war neugierig auf das Dach gestiegen, um herauszufinden, was es mit den Anomalien der Planeten auf sich hatte. Keinen einzigen Gedanken hatte sie daran verschwendet, dass das vielleicht falsch sein könnte. Und auch jetzt konnte sie es nicht glauben.

«Wenn auf meinem Schrank Staub liegt», sagte sie langsam, «dann kann ich das von unten auch nicht sehen. Ich muss dazu auf einen Stuhl steigen. Woher weiß ich, dass das Gott nicht auch missfällt? Ich meine, wenn er gewollt hätte, dass ich dort oben nachschaue, hätte er mir doch längere Beine gegeben?»

François antwortete nicht. Er schürzte die Lippen, rümpfte die Nase. Dann, als sie Saint-Aphrodise und seinen Friedhof längst hinter sich gelassen hatten, lachte er endlich auf.

«Weißt du was?», fragte er. «Manchmal denke ich, du hast ein helleres Köpfchen als dein Vater und ich zusammen.»

Anne war froh, dass seine düstere Stimmung sich verzogen hatte. Sie wollte gerade einen Scherz machen, als sich plötzlich François' Finger mit solcher Kraft in ihren Arm gruben, dass sie erschrocken aufschrie.

«Was ...» Sie folgte seinem Blick, der starr auf eine Menschenmenge vor ihnen gerichtet war. Zwei Händler unterhielten sich dort unter den Vordächern ihrer Läden. Mehrere Kinder spielten mit einem Reifen, und ein Kleinkind hockte mitten in einer Pfütze aus Wischwasser. Und dann war da noch eine Gruppe alter Juden in langen, schwarzen Gewändern, die angeregt miteinander debattierten.

«Wen hast du gesehen?» Urplötzlich glaubte Anne, flüstern zu müssen. Die kalte Hand in ihrem Nacken war wieder da.

François schüttelte sich wie ein Hund. «Niemanden. Ich habe mich offenbar getäuscht.»

Sie erreichten das Geschäft des Werkzeugmachers Georges nur wenig später. Der Mann wohnte und arbeitete in einem kleinen Fachwerkhaus, das eigenartig unfertig aussah, weil die Vorderseite der unteren Etage keine Wände hatte. Anne staunte immer wieder über die gewagte Konstruktion aus Balken und Fenstern, die das Obergeschoss trug. Heute stand nur das rechte Fenster offen. Dessen Laden ließ sich nicht zur Seite öffnen, sondern nach oben. Er wurde von zwei Stecken abgestützt, sodass er eine Art Sonnendach bildete, der den Kunden wohltuenden Schatten spendete. Irgendwie hatte Anne das Gefühl, der Sonnenschutz halte auch die kalte Hand von ihr fern.

«Georges?» Sie beugte sich über die Fensterbank ins Innere des Hauses, die wie eine Art Tresen als Verkaufsfläche diente.

«Komme gleich!»

Im Verkaufsraum waren Dutzende von Geräten und Instrumenten aufgebaut. Anne sah ein Zapfenrad von der Größe eines Kopfes, eine ganze Hand voll verschieden großer Feilen mit dunkelbraunen Griffen aus poliertem Holz, eine Art Töpferscheibe, mit der Edelsteine geschliffen werden konnten, hölzerne Gussformen, eine Drehbank und eine Reihe anderer Dinge, deren Funktionsweise ihr völlig schleierhaft blieb. Ein Vorhang, der den Verkaufsraum von der Werkstatt dahinter abtrennte, wurde zur Seite geschoben, und Georges kam nach vorne. Er hielt ein Tuch in den Händen, mit dem er sich jeden

Finger einzeln abwischte, bevor er zuerst François, dann Anne die Hand gab.

«Pater! Seid mir aufs herzlichste gegrüßt. Und Ihr auch, liebe Anne! Was führt Euch zu mir? Bringt Ihr mir den Theophilus wieder?»

François hob seinen Beutel auf den Tresen. «Jawohl.»

«Und? Was meint Ihr dazu?»

François nahm einen Pergamentstapel aus dem Beutel und begann sorgfältig, die Knoten der beiden Lederschnüre aufzuknüpfen. Georges schien das zu lange zu dauern; kurzerhand nahm er ein Messer und durchtrennte die Schnüre. Erschrocken brachte François seine Finger in Sicherheit.

Der Werkzeugmacher lächelte ihn an. «Verzeiht meine Ungeduld. Wie steht es: Hatten wir Recht mit unserem Verdacht?»

François rieb sich finster die Finger. Dann wandte er sich an seine Patentochter. «Georges hat mir diese Schrift gegeben, Anne», erklärte er, «weil ein Mann zu ihm kam und sie ihm unbedingt abkaufen wollte.»

Georges nickte. «Ein gewisser Lambert.»

«Lambert ist Glashändler, der Geschäfte hier in Béziers und in Carcassonne unterhält. Wir wissen nicht, woher er weiß, dass Georges im Besitz dieses Buches ist, aber er hat so aggressiv darum gefeilscht, dass Georges misstrauisch geworden ist und mich gebeten hat, mir diese Schrift anzusehen. Sie enthält eine Menge wichtiges Wissen für einen Werkzeugmacher, denn sie wurde von einem in jeder Art des Kunsthandwerks äußerst bewanderten Mann geschrieben. Woher habt Ihr sie eigentlich, Georges?»

Der Werkzeugmacher ruckte mit dem Kopf. Seine Hände flatterten hoch, fielen wieder zurück auf den Tresen. «Ihr glaubt aber nicht, dass ich selbst …»

«Natürlich nicht. Seid nicht albern!» Wieder wandte François sich an Anne. «Wir vermuten, dass in diesem Buch geheimes häretisches Wissen verborgen ist und Lambert aus diesem Grund so hinter ihm her ist. Er steht im Verdacht, zu einer Sekte der Katharer zu gehören. Woher also, Georges?»

«Von einem guten Freund aus dem Herzogtum Sachsen. Er arbeitet seit zwei Jahren mit diesem Buch, und er hat mir die wichtigsten Teile kopieren lassen. Glaubt Ihr denn, er ist ein Ketzer, François?»

«So weit im Norden ist die Ketzerei nicht sehr verbreitet. Möglicherweise weiß Euer Freund gar nicht, was er da hat abschreiben lassen, aber ich bin mir auch nicht ganz sicher, ob wir es hier wirklich mit einem Ketzerbuch zu tun haben. Wenn ja, dann sind die Zeichen gut verborgen. Die Häretiker sind schlau; sie verbreiten ihre Irrlehren nicht in offensichtlicher Form, sondern verstecken sie in durchaus nützlichen und wichtigen Schriften. So unterwandern sie jene, die zu den klügsten Köpfen des Landes gehören.»

Georges runzelte die Stirn. «Ich kann nicht sehen, was daran gefährlich sein soll.»

«Hier, nimm diese zwei Worte. Es ist nur eine Winzigkeit, kaum zu sehen.» François tippte auf den Text. «*animique vaccationem* steht hier und nicht etwa *animique vagationem*, wie es heißen müsste. So, wie es hier steht, bedeutet es übersetzt nicht *Umherschweifen der Seele*, sondern *Befreitsein der Seele*.»

Während Anne nicht sofort sah, was das zu bedeuten hatte, schien es Georges sogleich zu begreifen. «Sie glauben, dass ihre Seelen vom Teufel in ihre Körper eingesperrt wurden!», hauchte er. «Ketzerische Teufeleien! In meinem guten Theophilus!»

«Es ist nur einer von mehreren Hinweisen! Die Ketzer gehen subtil vor, Georges, wie Ihr an solchen Feinheiten sehen könnt. Man müsste sich genauer mit der Schrift befassen, um das wahre Ausmaß der Gefahr zu erfassen, die von ihr ausgeht.»

«Was ratet Ihr mir, was soll ich tun?»

«Ihr solltet sie … verbrennen.»

Anne registrierte das winzige Zögern in François' Worten, wurde aber sofort von Georges abgelenkt, der beide Arme in die Höhe warf und zu wehklagen begann.

«Ach! Du liebe Zeit! Du liebe Güte! Diese Schrift enthält mehr Wissen, als ich von meinem Meister gelernt habe, und Ihr könnt sicher sein, dass ich den besten Meister hatte, der jemals gelebt hat! Verbrennen? Das ganze schöne Wissen einfach verbrennen? Es zerreißt mir das Herz, auch nur daran zu denken.»

Mit jedem seiner Worte veränderte sich François' Miene ein wenig mehr. Es waren nur winzige Spuren, ein leichtes Verlagern einer Falte neben seinen Augen, ein Zucken seiner Narbe, ein Beben der Nasenflügel. Und plötzlich begriff Anne, dass jedes Wort des Werkzeugmachers ihn schmerzte.

«Georges!», unterbrach sie dessen Redefluss. «Georges, ich habe heute wenig Zeit. Könnten wir jetzt zu dem Geschäft meines Vaters kommen?»

Georges klappte den Mund hastig zu und sah sie schuldbewusst an. «Verzeiht! Natürlich!»

Sie legte Roberts Feilen auf den Tresen. «Die müssen geschärft werden.» Georges hielt sich eines der Werkzeuge vor die Augen und musterte es. Dabei strich er sich mit der Hand über Mund und Kinn und murmelte Unverständliches.

«Anne!» François' Stimme dicht bei ihrem Ohr war nur ein Hauch. «Wir müssen gehen. Sofort!»

Er grub die Finger in ihre Schulter. Sie zuckte zusammen.

«Warum?» Die Blässe in seinem Gesicht machte ihr Angst. Sie wich zurück und entzog sich seiner Hand. Sie würde einen blauen Fleck bekommen, so fest hatte François zugegriffen!

# 11. Kapitel

Einige Tage nach Simons und Galiens Rückkehr aus Épernon wurde zu einem Festmahl geladen zur Ehre der hohen Gäste. Gleichzeitig war es als Gelegenheit für Abt Arnaud gedacht, Simons Rittern den Kreuzzug zu predigen.

An diesem Abend kam die Abenddämmerung ungewöhnlich früh, und sie brachte Regen mit sich. Galien erschien, wie erbeten, bei Sonnenuntergang auf Montfort. Als er durch das Haupttor in die Vorburg kam, herrschte dort reges Gedränge. Die Männer des Abtes waren damit beschäftigt, die Pferde zu versorgen und ihre Waffen zu reinigen. Einige der Mönche liefen zwischen ihnen hin und her, um Reisepläne zu besprechen oder einfach nur zu plaudern. Simons Pferdeknechte standen ein wenig abseits und beobachteten das Treiben. Die meisten blickten mürrisch drein, denn die Gäste nahmen ihnen den Platz für ihre eigene Arbeit. Sie würden warten müssen, bis die Krieger fertig waren, bevor sie ihre eigenen Pflichten erledigen konnten.

Galien durchquerte die Vorburg, grüßte die Wache am Durchgang zur Hauptburg und blieb stehen. Clothilde unterhielt sich am Eingang zum Wohnturm mit Alice de Montmorency, Simons Frau. Neben ihnen zappelte ungeduldig ein halbwüchsiger Junge herum, Simons Erstgeborener Amaury, der die rotbraunen Haare von seiner Mutter geerbt hatte. Beim Anblick von Clothilde, die in ihrem Kleid aus hellgelber Seide frisch und blühend aussah, wurden Galiens Knie weich.

«Du siehst aus, als hättest du ein Gespenst gesehen und nicht die beiden hübschesten Frauen von Montfort!» Pierres sanfte Stimme ließ ihn lächeln. Er wandte sich um und griff nach den beiden Händen, die der Mönch ihm entgegenstreckte. Ein warmes Gefühl der Freundschaft erfüllte sein Herz und vertrieb für den Moment Clothildes Bild.

«Als hättest du davon Ahnung!», spottete er.

Pierre errötete, und Galien musste laut lachen. «Lass dich nicht aufziehen!» Er klopfte dem Mönch auf den Rücken und sah dann verstohlen wieder zu den beiden Frauen hinüber.

Die Gräfin lachte über einen Scherz, dann beugte sie sich vor und flüsterte Clothilde etwas ins Ohr. Die drehte sich um. Als sie Galien erkannte, hob sie eine Hand vor den Mund und erwiderte das Flüstern. Über ihre Wangen zog sich ein zartrosa Schimmer.

Galien ließ Pierre stehen, ging zu den beiden hinüber und nickte höflich. An seinem Hals flatterte eine einzelne Ader. «Guten Abend, Alice. Ist alles bereitet für das Fest?»

Alice lächelte ihm zu, wie sie es immer tat, wenn sie ihn sah. Ihr Lächeln erschien dann in den Augen, und es war voller Wärme. «Ja, endlich.» In ihren glatten, rotbraunen Haaren waren schon vor Jahren die ersten grauen Strähnen erschienen, was ihre Würde noch erhöht hatte. Sie entstammte als Großnichte des Herzogs von Leicester dem englischen Hochadel, und das war ihr bei jeder Bewegung, jedem Wort anzumerken.

«Wie ich dich kenne, hast du es dir nicht nehmen lassen, die Braten selbst zu kontrollieren.» Galien lachte.

«Du kennst mich gut.» Alice trug bereits ihr Festgewand, ein schmales, dunkelrotes Kleid, das ihre schlanke Figur betonte und ihrer Haut einen frischen Schimmer gab. Wie immer, wenn Galien sie sah, fragte er sich, was sie dazu getrieben hatte, ausgerechnet Simon de Montfort zum Mann zu nehmen.

Zu seinem Bedauern nahm Alice jetzt Clothildes Arm und sagte: «Meine Liebe, wir sollten uns zurückziehen und uns noch etwas ausruhen. Es geziemt sich nicht, dass wir wie ein Paar junger Hühner öffentlich auf den Beginn der Feierlichkeiten lauern.»

Clothilde senkte den Kopf, aber nur, um Galien unter ihren blonden Haaren einen langen Blick zuzuwerfen. Dann raffte sie ihr Kleid und folgte Alice durch das Eingangstor des Wohnturmes.

Galien ließ den Blick auf ihrem Rücken ruhen. Ein leises Lächeln glitt über seine Züge.

«Pass auf, dass dir der Geifer nicht aus dem Maul tropft!» Der harsche Spott riss Galien aus seiner Tagträumerei.

«Simon!» Er deutete eine Verbeugung an.

Der Blick des Grafen ruhte auf der Tür, durch die Clothilde verschwunden war; seine Stirn lag in tiefen Falten. Auf einmal musterte er Galien so intensiv, als sähe er ihn zum ersten Mal im Leben. «Hübsch, die Kleine.»

Galien nickte. «Das ist sie.»

Simon lachte dröhnend. Es wirkte zugleich anzüglich und seltsam befangen. Galien kannte Simon als einen Mann, der gerne einem fremden Rock nachstieg, und der Gedanke, dass er ein Auge auf Clothilde geworfen haben könnte, verursachte ihm Unbehagen. Ein Anflug von Wut stieg in ihm auf, als Simon den Arm um seine Schultern legte und ihn ins Innere des Wohnturmes drängte. «Komm, Bruderherz! Lass uns hören, was die Pfaffen uns zu sagen haben.»

Die Frauen hatten die Halle gewienert, dass man sich in den Holzdielen spiegeln konnte. Frisches Stroh war aufgeschüttet worden, vermischt mit bunten Blumen und aromatischen Kräutern, die die Luft schwängerten. Bis auf Simons tragbaren Hausaltar, den man auf einem Podest an der Stirnseite des Raumes aufgestellt hatte, war der Saal noch völlig leer. Die Feierlichkeit würde mit einem Gottesdienst beginnen.

Während Simon und Galien noch Belanglosigkeiten austauschten, betraten einige Männer die Halle. Es waren Ritter aus Arnauds Gefolge. Simon ging hinüber, um sie zu begrüßen. Nach und nach traten jetzt die Mönche ein, standen in kleinen Gruppen beieinander und unterhielten sich. Pierre und Guy waren unter ihnen. Dann sah Galien drei Männer hereinkommen, die er bereits erwartete. Sie waren die ranghöchsten Ritter aus Simons Gefolge und gleichzeitig dessen beste Freunde: Robert de Mauvoisin, ein schmächtiger Kerl mit roten Haaren, Guy de Lévis, ein breitschultriger, wettergegerbter Hüne und Simons Schwager, Geoffroy de Neauphles, der Guy in der Länge in nichts nachstand, aber schlank und sehnig war.

Ritter und Mönche verteilten sich im Saal, die Mönche ganz vorne, dicht beim Altar, hinter ihnen die ranghöchsten Ritter, dann die niederen, zu denen sich Galien gesellte, und anschließend die Knappen, Diener und Knechte, die noch Platz fanden. Galien erhaschte einen kurzen Blick auf Jean. Schließlich war der Saal zum Bersten voll, und als Alice und Clothilde ihn betraten, mussten die vielen Menschen ihnen eine Gasse bis nach vorne freimachen.

Endlich erschien Abt Arnaud selbst, geleitet von zweien seiner Mönche, die einen Kelch und eine goldene Schale trugen. Auch sie schritten durch die entstandene Gasse nach vorn, erklommen das Podest und stellten die Gerätschaften auf dem Altar ab. Danach wandte sich Arnaud zu der Menge um und begann den Gottesdienst.

Galien betete die ihm bekannten lateinischen Gebete mit und lauschte abwesend dem Gesang der Mönche, von dem er, wie immer, kein einziges Wort verstand. Erst als Arnaud das Wort an die versammelten Menschen richtete, horchte er auf.

«Im Namen unseres Herrn Jesu Christi», begann der Abt und machte eine kurze Pause, um sich der Wachsamkeit aller Anwesenden zu versichern. «Zu seinem Ruhm und seiner

Ehre stehe ich heute hier vor Euch, um Euch die Gräuel zu berichten aus der Provinz Narbonne, wo einst der Glaube blühte. Doch das Volk vergaß die Wahrheit Gottes und schändete die Sakramente Christi. Es verlor den Geschmack an der wahren Weisheit, wanderte durch den dunklen Wald des Irrtums und kam vom rechten Weg ab.» Eine Weile ging es so weiter, und als sich Galien gerade zu langweilen begann, kam Arnaud zum Wesentlichen: «Wenn ihr mich fragt, welcher Art die Verfehlungen dieser Menschen sind, so sage ich Euch: Sie sagen, die Römische Kirche sei eine Räuberhöhle und jene Hure, von der wir in der Offenbarung des Johannes lesen.» Ein Raunen ging durch die Menge, doch übertönte Arnaud es mit erhobener Stimme: «Die Sakramente der Kirche halten sie für so wertlos, dass sie öffentlich lehren, das Wasser der Taufe sei gewöhnliches Wasser, und es bestehe kein Unterschied zwischen der Hostie des heiligen Leibes Christi und alltäglichem Brot.» Das Raunen wurde lauter. «Sie predigen, die heilige Ehe sei Hurerei.»

Bei diesen Worten sah Galien, wie Alice beide Hände an die Wangen hob, als schmerzten sie ihre Ohren. Clothilde stand aufrecht und mit ausdruckslosem Gesicht neben ihr.

«Euch aber, die Ihr hier steht und vom Eifer des rechten Glaubens entflammt seid, Euch kommt die Aufgabe zu, das Blut des Gerechten zu rächen. Gott ruft Euch, um die Gestürzten und die Umstürzenden zu vernichten. Gürtet Euch mit männlicher Tapferkeit gegen diese Pestträger, die gegen den Frieden und die Wahrheit kämpfen, und es sollen Euch die Erzbischöfe und Bischöfe die Vergebung Eurer Sünden gewähren. Wer sich beteiligt an diesem mühevollen Werk, wird für alle Sünden Vergebung erlangen immerdar.» Der Abt endete, indem er beide Arme in den Himmel reckte. Über den Köpfen der Männer verklang seine Stimme. Mit einem kurzen Segen beendete er den Gottesdienst.

Alice durchbrach die lastende Stille durch ein Händeklatschen. Die Türen wurden geöffnet, und Diener trugen Bänke herein, Hocker und Schemel und übermannslange Bretter, die, auf Böcke gelegt, eine riesige Tafel ergaben. Weiße Leintücher wurden über die Tische gebreitet und Blüten darauf verstreut. Sämtliche metallenen und tönernen Becher, die Graf Simon besaß, wurden hereingebracht, gefolgt von dem Essen: Gänse- und Schweinebraten, große Schalen mit gekochtem Gemüse, runde, weiße Brotlaibe und allerlei Pasteten, gefüllt mit Aal, mit Huhn, mit Zwiebeln.

Die Ritter und Mönche verteilten sich an der Tafel, wobei Galien einen Platz in der Mitte erhielt, der seinem Stand durchaus angemessen war.

Simon und Abt Arnaud vertieften sich in ein Gespräch, in dem der Geistliche dem Grafen, jedenfalls soweit es Galien von seinem Platz aus hören konnte, alles noch einmal erläuterte, so wie er in Épernon Galien ins Bild gesetzt hatte.

«Und darum, mein lieber Graf», endete er schließlich zufrieden und schob sich den letzten Bissen Braten in den Mund, «ist es der Wille des Heiligen Vaters, dass Ihr Euch mit Eurem Gefolge an diesem Kreuzzug beteiligt. Übrigens: Guy, hattet Ihr nicht noch ein Schreiben für unseren Grafen?»

Hastig, als wäre er bei einer Unachtsamkeit ertappt worden, sprang Guy de Vaux-de-Cernay auf. «Ja.» Er hielt Pierre in stummer Aufforderung eine geöffnete Hand hin. Pierre nestelte ein zusammengerolltes Schreiben aus den Falten seines Mönchsgewandes und gab es seinem Onkel. Guy trat hinter Simons Stuhl und gab dem Grafen das Schreiben. «Dies ist eine Nachricht des Herzogs von Burgund an Euch.»

Simon legte das erst halb abgenagte Hühnerbein zur Seite, das er während Arnauds Ausführungen in den Händen gehalten hatte, wischte sich die Finger an der Hose ab und nahm das Schreiben in Empfang.

Galien reckte den Hals, um an den Männern vorbei Simons Gesichtsausdruck zu erkennen. Er hatte nur wenig hinuntergebracht, ein paar gekochte Rüben und ein kleines Stück Brot. Simon hatte das Schriftstück gerade entrollt, als es leise und unaufdringlich an der Tür klopfte. Einer der Männer, die zur Bedienung der Gäste bereitstanden, ging nachsehen. Er öffnete die Tür einen Spaltbreit und steckte seinen Kopf nach draußen. Galien konnte nicht hören, was er sagte, aber der Diener nickte, schob die Tür wieder zu und ging leisen Schrittes zu Simon, um ihm etwas ins Ohr zu flüstern.

Der unterbrach seine Lektüre, lauschte und lächelte Arnaud kurz zu. Dann gab er dem Diener einen knappen Befehl.

Der Diener ging zur Tür zurück und bat den Besucher flüsternd herein. Galien erstarrte.

Es war Elias ben Tibbon.

Simon legte das Schreiben des Herzogs auf den Tisch und wandte sich an Arnaud: «Mein lieber Abt, nach dieser Ermunterung erwartet Ihr vermutlich, dass ich mich erhebe und das Kreuz aus Euren Händen in Empfang nehme.»

Arnaud hatte sich zurückgelehnt und die Hände vor dem Bauch gefaltet. Er nickte bedächtig. «Es gereicht Euch zur Ehre, wenn Ihr es tut. Der große Bernard de Clairvaux schreibt: Nam quantum ad istos, nec rationibus convincuntur, quia non intelligunt, nec auctoritatibus corriguntur, quia non recipiunt, nec flectuntur suasionibus, quia subversi sunt.»

Simon spitzte die Lippen und nahm ein Stück Pastete. «Ich bin sicher, Ihr werdet uns diese Worte gerne übersetzen.»

«Natürlich. *Denn was die Irrlehrer betrifft, so werden sie nicht durch Gründe überzeugt, weil sie diese nicht verstehen, noch durch Autoritäten gebessert, weil sie diese nicht anerkennen, noch durch Ratschläge geändert, weil sie verstockt sind.* Und weiter sagte er: *Dennoch ist es ohne Zweifel besser, sie durch das Schwert in die Schranken zu weisen, als ihnen zu erlauben, viele in ihren Irrtum hineinzuziehen.* Das aber, sage ich, ist wahr, und ein jeder Mann, ob von adliger Geburt oder nicht, tut gut daran, dieser Wahrheit zu folgen.»

«Erlaubt Ihr, dass ich mich mit meinen Gefolgsleuten berate?»

«Selbstverständlich.»

Simon erhob sich und beendete damit das Mahl, sodass die Männer ihre Schemel und Stühle zurückschoben und sich in kleinen Gruppen zusammenfanden. Galien sah zu, wie Simon, Mauvoisin, Guy und Geoffroy sich in eine Ecke zurückzogen.

Galien nickte Jean zu, der zusammen mit einigen anderen Niederen in einer Ecke stand, mit ihnen einen Becher teilte und alles neugierig beobachtete. Dann ging er zu Elias hinüber, der nun als Einziger noch an der Tafel saß. «Ihr seid schnell hier eingetroffen.» Diesmal sprach er Okzitanisch, und Elias registrierte es mit hochgezogenen Augenbrauen.

Er machte eine rasche Handbewegung, die wie eine komplizierte Begrüßung aussah. «Galien», sagte er, nun ebenfalls in seiner eigenen Sprache. «Seid gegrüßt. Ihr habt Recht, meine Verabredung in Rambouillet war von schnellem Erfolg gekrönt. Es tut mir Leid, dass ich ausgerechnet in dieses Festmahl geplatzt bin.» Sein bleiches Gesicht sah freundlich aus, aber Galien glaubte, tief hinten in seinen Augen einen Ausdruck von Verärgerung zu erkennen. Simon hatte ihn gekränkt. Es wäre seine Pflicht gewesen, ihn an seinem Tisch willkommen zu heißen – spätestens, nachdem er die Tafel aufgehoben hatte.

«Verzeiht meinem Bruder», entschuldigte Galien ihn. «Es sind wichtige Entscheidungen zu treffen. Sobald er kann, wird er sich um Euch kümmern.»

«Eure Aufmerksamkeit ist mehr, als ich verlangen kann.» Elias neigte den Kopf in einer Geste der Demut, die absolut ehrlich wirkte. «Woher sprecht Ihr meine Sprache?»

«Meine Mutter hat sie mich gelehrt.» Galien war versucht,

Elias geradeheraus zu fragen, ob er wegen Elaines Buch gekommen war. Dann jedoch dachte er an den erschrockenen Ausdruck seiner Mutter, als er ihr das Aussehen des Fremden geschildert hatte. An ihre offensichtliche Angst vor einem Mann namens Jehuda. Er konnte nicht wissen, ob Elias nicht vielleicht von diesem Jehuda geschickt worden war. Sicher war es vorerst besser, den Mund zu halten.

Elias' Blick huschte kurz zu Simon hinüber. «Was meint Ihr, wird sich der Graf dem Kreuzzug gegen die Bonshommes anschließen?»

«Das würde mich auch sehr interessieren!» Abt Arnaud schob sich zwischen Galien und Elias und drängte den kleineren Mann dadurch ein Stück zur Seite. Elias machte bereitwillig Platz.

Galien wich nach links und nahm Elias auf diese Weise wieder in den Gesprächskreis auf. Wenn Arnaud diese Geste verstand, so ließ er sich jedenfalls nichts anmerken. Er ignorierte Elias weiterhin.

Galien beobachtete seinen Bruder. Simon redete gerade auf Mauvoisin ein und fuchtelte dabei mit beiden Händen vor dessen Gesicht herum. «Ja», beantwortete Galien Elias' Frage.

«Ihr seid Euch sehr sicher.» Elias hatte sich offenbar entschieden, Nichtbeachtung mit Nichtbeachtung zu begegnen. Er seinerseits tat, als sei der Abt nicht anwesend.

«Ich kenne ihn.» Galien wies mit dem Kinn auf Simon und seine Männer. Simon hatte jetzt die Stimme erhoben, sodass sie verstehen konnten, was er sagte.

«Innozenz hat dem König gestattet, die eroberten Ländereien selbst belehnen zu dürfen.» Selbst auf die Entfernung war Simon seine Zufriedenheit anzuhören. «Nun hat der Papst auch noch das letzte Privileg aus den Händen gegeben, um endlich dieser ketzerischen Gefahr unten im Süden Herr zu werden.»

«Umso besser für uns!», rief Mauvoisin.

Simon warf den Kopf in den Nacken und lachte.

Galien wandte sich Elias zu. «Seht Ihr.»

Elias öffnete die Lippen, aber Arnaud kam ihm zuvor: «Und Ihr?», fragte er Galien. «Was werdet Ihr tun?»

«Ihr meint, ob ich ebenfalls das Kreuz nehmen werde? Ich denke nein.»

Arnaud hob eine Augenbraue. «Nein? Aber Gott braucht Eure Hilfe! Ihr seid ein Christ, ein Ritter zudem, und der Herr ruft Euch zu den Waffen.»

«Soweit es mich betrifft, habe ich *seinen* Ruf noch nicht gehört, nur den Euren. Abgesehen davon glaube ich, dass der Herr eine andere Aufgabe für mich vorgesehen hat, als Unsch…, als zu töten.»

Arnaud blinzelte mehrfach. «Nun. Nun ja. Es sei. Entschuldigt mich.» Er marschierte davon, und seiner Gestalt war anzusehen, dass er verärgert war.

«Seid Ihr sicher, dass das klug war?» Elias sah dem Abt nach.

Galien zuckte die Achseln. «Ich tue ab und zu Dinge, die nicht klug sind.»

«Wie wohl jeder Mann.» Elias nickte.

Er war Galien dadurch auf Anhieb so sympathisch, dass er beschloss, ihn doch auf Elaines Buch anzusprechen. Doch ihre Aufmerksamkeit wurde von den Ereignissen abgelenkt. Simon durchquerte die Halle, trat vor den Hausaltar, den man nach dem Gottesdienst in eine Ecke gestellt hatte, und winkte Abt Guy an seine Seite. Auf einem Pult neben dem Altar lag eine Bibel. Sie war von Alice mit in die Ehe gebracht worden.

Simon griff nach der Bibel. Der Nagel seines Zeigefingers fuhr über die Seiten, bohrte sich dann zwischen sie. Mit einem Ruck schlug er das Buch auf und drehte es Guy zu. «Übersetzt, was dort steht.»

Wenn Guy sich über den harschen Befehlston ärgerte, so zeigte er es nicht. Er beugte sich über den lateinischen Text. «Gott hat seinen Engeln befohlen, dich auf allen deinen Wegen zu beschützen; sie werden dich auf ihren Händen tragen, damit du deinen Fuß nicht an einem Stein stoßen mögest.»

«Was glaubt Ihr, ist dies ein Zeichen?»

«Wenn Ihr mich fragt, Graf, dann ist das ein sehr deutliches Zeichen dafür, dass Ihr wohlbehalten wieder nach Hause kehren werdet, wenn Ihr Euch zu diesem Zug entschließt.»

Daraufhin drehte sich Simon zu seinen Männern um. «Im Süden warten Ruhm und Ehre auf uns!», rief er.

Lauter Jubel antwortete ihm.

Auf Abt Arnauds Gesicht erschien ein zufriedenes Lächeln.

Simon neigte sanft den Kopf. Dann beugte er das Knie vor dem Abt. «Übergebt mir das Kreuz!»

Langsam, mit einer feierlichen Geste, legte Arnaud Simon die Hand auf den Scheitel. «Denke daran, dass dein Schöpfer deiner nicht bedurfte, als er dich erschuf. Obwohl er deines Dienstes nicht bedarf, erweist er dir nun die Ehre, ihm in wohlgefälliger Weise zu dienen. So schwöre, dass du gegen das Übel der Ketzer vorgehen und jene Völker befrieden wirst im Namen dessen, der ein Gott des Friedens und der Liebe ist.»

«Ich schwöre es!» Simons Stimme hallte in der atemlosen Stille.

«Und schwöre, dass du danach trachten willst, den ketzerischen Unglauben auf jede Art und Weise und mit allen Mitteln zu vernichten.»

«Ich schwöre es.»

«Und schwöre, dass du mit kraftvoller Hand und starkem Arm die Ungläubigen bekämpfen wirst.»

«Ich schwöre es.»

«So nimm das Kreuz und gehe hin als Ritter Christi!»

Nachdem die Worte des Abtes verklungen waren, stand Simon auf, und erneut brandete Jubel auf. Schwerter wurden gezogen und Fäuste in die Luft gereckt, bis Simon dem Ganzen Einhalt gebot.

«Jetzt meine Männer!»

Galien blickte zu Pierre. Der Mönch sah der Szene mit leuchtenden Augen zu. Ihm war anzusehen, dass er in diesem Moment selbst gerne Ritter gewesen wäre.

Galien schloss die Augen. Als er sie wieder öffnete, stand Jean mit roten Wangen neben ihm.

«Wie würdevoll sie aussehen!», murmelte er.

Galien schnaubte, antwortete ihm jedoch nicht. Während Simons Ritter vom Abt das Kreuz empfingen, hatte Simon von einem der Mönche zwei rote Stoffstreifen erhalten und eine Nadel, mit der er sich das Zeichen seiner Mission auf die Schulter heftete.

Da endlich nahm Simon Elias wahr. Mit langen Schritten stiefelte er auf ihn zu. «Edler Herr!», rief er aus. «Verzeiht, dass ich mich Euch erst jetzt zuwenden kann. Mein Haus sei das Eure.»

Elias verneigte sich. «Ihr seid gütig, Graf, und ich beglückwünsche Euch zu Eurem Entschluss.» Er stellte sich vor. «Ich komme wegen des Buches, das sich in der Obhut Eures Vaters befindet. Mein Onkel, der ein weiser und gelehrter Mann ist, schickt mich.»

Simons Blick flackerte. «Wer ist Euer Onkel?»

«Sein Name ist Moïse ben Tibbon.»

«Moïse! Mein Vater hat mir einmal von seiner Begegnung mit ihm erzählt. Aber was soll das für ein Buch sein, von dem Ihr sprecht?» Simon wies auf die Bibel auf dem Altar. «Bis auf ein kleines Stundenbuch, das der Erzbischof von Canterbury meiner Frau und mir zur Hochzeit geschenkt hat, ist dies das einzige Buch, das in diesen Mauern existiert. Wenn Ihr wollt, sei es Euch gestattet, es zu lesen.»

Elias versuchte zu lächeln, doch durch die maskenhafte Starre, die über seine Züge gefallen war, wirkte es überheblich. «Ihr müsst verzeihen, aber dieses Buch ist nicht das richtige.»

Aus den Augenwinkeln bemerkte Galien, dass Clothilde sich zu Abt Arnaud gesellt hatte und auf ihn einredete. Er konnte kein Wort verstehen, aber es war deutlich, dass sie über Elias sprach. Die Miene des Abtes wurde nachdenklich, dann finster. Galien sah auf Elias und Simon, die sich noch immer irritiert anstarrten.

Plötzlich erschien Alice neben Simon. Die Spannung ließ spürbar nach. «Wenn mich nicht alles täuscht, dann befindet sich das Buch, das Ihr sucht, tatsächlich nicht hier», sagte sie.

Elias legte die Hände zusammen und neigte das Haupt. «Nach meiner Kenntnis kam das Buch vor dreißig Jahren durch die Hand einer Frau in den Besitz des Grafen von Montfort. Es geschah aufgrund eines Schwurs des Grafen, meinem Onkel zur Seite zu stehen, wenn er Hilfe bräuchte. Ein einziges Mal nur hat Moïse diese Hilfe in Anspruch genommen. Dabei ging es um das Buch.»

Alice sah ein wenig verwirrt aus, fing sich jedoch rasch. Schneller als alle anderen schien sie zu begreifen, wovon Elias sprach. «Diese Frau, kam sie aus dem Süden hierher?»

Simons Backenmuskeln begannen zu zucken: Der Graf hatte begriffen, dass Alice von Elaine sprach.

Und Elaine war ein rotes Tuch für ihn.

«Alice, was hat das zu bedeuten?»

Elias' Augen weiteten sich. «Die Frau kam aus meiner Heimat, ja. Man sagte mir, sie stehe unter dem Schutz des Grafen von Montfort.»

Galien sah es auf einmal klar vor sich. Das hier würde zu einer Katastrophe führen. Saturn bedrohte die Zwillinge, und er stand für Strafe. Strafe für alte Sünden.

Elias schien zu begreifen, dass er in ein Wespennest gestochen hatte, und entschied sich für den Rückzug. «Ihr müsst verzeihen, Graf.» Er schloss die Augen. «Möglicherweise ist das alles ein bedauerlicher Irrtum.»

Bevor jemand reagieren und die Situation entschärfen konnte, trat Abt Arnaud vor. Er bohrte einen Zeigefinger in Elias' Brust. «Dieses Buch, von dem Ihr sprecht. Was ist es für ein Buch? Stammt es aus dem Süden?»

«Es ist ein völlig unbedeutendes Werk für jene, die kein Interesse an den Vorgängen des Himmels haben.»

Täuschte sich Galien, oder hatte Elias zu schwitzen begonnen? Die bleiche Maske war für einen sehr kurzen Moment verrutscht, und Galien war sicher, dass auch Arnaud es bemerkt hatte.

Simon hatte auf einmal die Hand am Schwertgriff. «So, ein völlig unbedeutendes Werk? Soweit ich weiß, gibt es keine Bücher, die allen Menschen auf Erden unbedeutend erscheinen. Es hat immer mindestens einen gegeben, der es für wichtig genug hielt, um es in feste Deckel zu binden. Und oftmals, viel zu oft, wie ich bemerken musste, ist dieser eine Mensch kein guter Christ gewesen.»

«Was geht hier vor?» Galien spürte, wie Jean nach seinem Arm krallte, doch er war zu sehr vertieft, um seinen Knecht zurechtzuweisen. Er sah eine einzelne Ader an Simons Schläfe pochen. Als Junge hatte er dieses Zeichen zu fürchten gelernt: Es zeigte, wie dicht Simon vor einem Zornesausbruch stand.

Galiens Lippen wurden taub. Seine Gedanken kreisten um das rote Buch seiner Mutter. Und darum, wie es ihm gelingen konnte zu verhindern, dass sie zusammen mit Elias in den Verdacht der Ketzerei geriet. *Häresie.* War das das Geheimnis des Buches, der Grund, weshalb sie damals hatte fliehen müssen? Wie in weiter Ferne sah er Elias heftig den Kopf schütteln. Seine schwarzen Haarsträhnen verfingen sich dabei in seinen langen Wimpern, aber er löste sie nicht wieder.

«... dass Ihr selbst mit jenen Häretikern unter einer Decke

steckt, zu deren Bekämpfung wir hier zusammengekommen sind?», fragte Arnaud, und Galien begriff, dass er in seinem Schreck den Anfang des Satzes verpasst hatte. «Dass Ihr ein elender Spion seid? Aber Ihr seid kein besonders kluger Mann. Ihr habt Euch verraten. Ihr benutztet vorhin das Wort *Bonshommes*, und das auch noch in meiner Gegenwart.»

Ein Raunen ging durch die Menge. Einige der Mönche bekreuzigten sich, Pierre schlug beide Hände vor den Mund. Abt Arnaud jedoch blieb unbewegt. Er trat dicht vor Elias hin und reckte das Kinn. Deutlich sichtbar traten die Sehnen an Elias' Hals hervor.

«Leugnet Ihr, Elias ben Tibbon, dass Ihr die Häretiker als *Bonshommes* bezeichnet habt?»

Elias leckte sich über die Lippen. «Ich ... nein.»

«Ihr nennt die ketzerischen Teufel also bei jenem Namen, mit dem sie sich selbst bezeichnen?»

Endlich straffte sich Elias. Als er den Kopf hob, bebten die Flügel seiner schmalen Nase. «Ja, das habe ich getan. Aber nicht, weil ich einer von ihnen bin, sondern weil es meinem Volk nicht gut ansteht, andere mit Schimpfworten zu belegen, die sich Mächtigere ausgedacht haben.»

«Euer Volk?»

«Ich bin Jude.»

«So, so. Sagt man nicht, im Süden des Landes herrsche eine zügellose Freiheit des Glaubens? Gewährt nicht dieser Teufel, Raymond de Toulouse, all jenen Unterschlupf, die sich weigern, in den Schoß der einzigen und gerechten Kirche einzukehren? Juden, Ketzern, vielleicht Sarazenen gar?»

Das Gemurmel im Saal wurde lauter. Galien sah jetzt immer mehr Hände zu Schwertgriffen wandern. Unauffällig prüfte er den Sitz seiner eigenen Klinge.

Arnaud setzte sein Verhör fort. «Was ist das für ein Buch, von dem Ihr gesprochen habt? Ein ketzerisches Werk? Eine Heidenbibel?»

«Nein, Ihr irrt …» Elias verstummte, als Arnaud die Hand wie zum Schlag erhob.

«Schweigt!», donnerte der Abt. «Nicht nur, dass Ihr es wagt …»

«Halt!» Alices Befehl klang scharf und schneidend, und ihre Stimme ließ alle Umstehenden auf der Stelle verstummen. Alice funkelte Abt Arnaud an. «Nicht nur, dass *Ihr*, ehrwürdiger Vater, hierher kommt und einen Krieg predigt, der sich nicht gegen die ungläubigen Heiden wenden soll, sondern gegen Christenmenschen! Nicht nur, dass *Ihr* es wagt, mir meinen Ehemann zu entreißen! Jetzt erdreistet Ihr Euch auch noch, auf dem Land, das meinem Mann gehört und dessen einziger Richter er ist, Urteile zu fällen? Über einen Menschen, der unter dem Schutz des Grafen von Montfort steht? Soweit ich das sehe, hat sich dieser Mann nichts zuschulden kommen lassen, außer einem Irrtum zum Opfer gefallen zu sein.» Sie wandte sich zu Elias um. «Die Frau, von der Ihr gesprochen habt, lebt in einem Dorf östlich von hier. Wenn sie das Buch aus dem Süden hierher brachte, dann hat sie es noch in ihrem Gewahrsam, denn auf Montfort befindet es sich nicht. Es wird besser sein, Ihr geht jetzt.»

«Ich danke Euch.» Elias verneigte sich vor ihr, dann stumm vor Simon und dem Abt. Auf dem Absatz machte er kehrt, durchquerte die Halle und kam dabei an Galien vorbei. Vor ihm blieb er stehen und vollführte seine komplizierte grüßende Handbewegung. «Vergebt mir meine Dummheit, auch wenn sie unverzeihlich ist.» Er senkte die Stimme, sodass nur noch Galien sie vernehmen konnte. «Elaine ist Eure Mutter, nicht wahr?»

Galien schöpfte Atem. «Ja», antwortete er ebenso leise und hob dann die Stimme. «Wenn Ihr es wünscht, begleite ich Euch.» Sein Blick fiel auf Clothilde, die wenige Schritte neben der Tür stand, die Hände vor dem Leib ineinander verschlungen.

«Dieser Mann ist ein Ketzer!», schrillte Arnauds Stimme plötzlich über die Köpfe der Männer. «Er darf diesen Saal nicht verlassen!»

Und als wäre das der Funke, den es noch gebraucht hatte, um schwelende Glut zu heller Flamme zu entfachen, flogen Dutzende von Schwertern aus ihren Scheiden.

«Diesem Mann wird kein Haar gekrümmt!», rief Simon. Im Gegensatz zu dem Abt klang er ruhig. «Nehmt ihn gefangen!»

Galien entschied sich blitzschnell. Zu aufgeheizt waren die Gemüter, zu laut das Geschrei des Abtes: Es war nicht sicher, ob die Ritter Simons Befehl befolgen würden. Die Gefahr bestand, dass Elias von einer übereifrigen Klinge getötet werden würde, und dann würde er, Galien, niemals erfahren, was der Jude von Elaine wollte. Er zog sein eigenes Schwert.

«Lauft!», sagte er zu Elias. Er bemühte sich, ruhig zu sprechen. «Ich halte sie auf.»

Elias zögerte nur einen einzigen Lidschlag lang, dann hetzte er zur Tür. Galien folgte ihm etwas langsamer, das Schwert erhoben.

«Galien!» Simon klang ungläubig. «Was soll das?»

Mauvoisin und mehrere andere Ritter näherten sich Galien, allerdings ohne ihn anzugreifen. Offensichtlich versuchten sie zu verstehen, was hier geschah.

In der Tür blieb Galien stehen. Er warf einen raschen Blick über die Schulter, um zu sehen, ob Elias in Sicherheit war – und das war sein Fehler. Aus dem Augenwinkel sah er einen hellen Schatten auf sich zusausen. Er wich zurück, aber es war zu spät.

Kalt biss sich eine Klinge in seine Brust. Jemand schrie auf.

Einzelne Gesichter schienen auf Galien zuzurasen. Pierre, dessen Augen angefüllt waren mit Entsetzen. Alice. Bleich und schmal. Simon. Fassungslos.

Ein einzelner spitzer Schrei hing in der Luft.

Clothilde.

Die Kälte breitete sich von Galiens Brust aus bis in seinen Arm. Das Schwert entglitt seinen Fingern, prallte auf den steinernen Fußboden.

«Galien!» Alices Schrei drang nur noch wie durch einen Nebel zu ihm. Clothilde war dicht bei ihm, das konnte er spüren. Sehen konnte er nichts mehr. Schwärze hüllte ihn ein.

Er fühlte noch, wie er in die Knie brach, dann war da nichts mehr.

# 12. Kapitel

Als François Anne vom Tresen des Werkzeugmachers fortziehen wollte, trat ein hünenhafter, dürrer Mann vor und versperrte ihnen den Weg. Er überragte François um gut einen Kopf. Seine Haare hatten einen rötlichen Schimmer, ebenso der volle Bart. Doch die Stimme, mit der er Georges ansprach, war derartig hoch und fistelig, dass Anne an einen Eunuchen erinnert wurde. Der Gedanke vertrieb die Angst, die sie angesichts von François' Blässe überfallen hatte.

«Ich grüße Euch, Georges!», piepste der Hüne. «Wie ich sehe, habt Ihr mein Buch schon bereitgelegt. Woher wusstet Ihr, dass ich heute kommen würde?» Er kratzte sich die schlecht rasierte Wange und ließ dabei seinen Blick über François und Anne wandern. Höflich nickte er beiden zu, beachtete sie dann jedoch nicht weiter.

François war sichtbar hin- und hergerissen zwischen seinem Wunsch zu gehen und seiner Neugierde. Schließlich siegte seine Aversion gegen die Katharer. Noch einmal warf er stirnrunzelnd einen hektischen Blick in die Menge, dann konzentrierte er sich auf den Hünen.

«Lambert!», sagte Georges. «Nein, ich wusste nicht, dass Ihr kommen würdet.» Hilfe suchend blickte er François an.

Misstrauisch geworden, fasste Lambert jetzt ebenfalls den Priester ins Auge. «Ihr verhandelt doch nicht etwa mit diesem Pfaffen um das Buch?» Er ballte die Hände zu Fäusten und schob das Kinn vor, was bei einem Mann von geringerer Statur lächerlich ausgesehen hätte. Anne trat einen Schritt näher an ihren Onkel heran.

«Natürlich nicht!» Georges nahm das Buch vom Tresen und presste es an sich. «Wenn ich vorhätte, es der Kirche in die Hände zu geben, würde ich mit Sicherheit nicht um Geld feilschen.»

«Aber mit mir könnt Ihr das tun, was? Habt Ihr Euch endlich entschlossen, mir das Buch zu verkaufen? Nennt mir Euren Preis, Georges, ich werde ihn bezahlen.»

Georges drehte den Oberkörper zur Seite, und es sah aus, als beschütze er keinen Gegenstand, sondern einen Säugling. «Ja, ich habe mich entschlossen. Ich werde nicht verkaufen. Egal, welchen Preis Ihr mir nennt.»

Anne sah, wie François' Miene sich verfinsterte. Was auch immer er in der Gasse gesehen hatte – im Moment schien es vergessen.

Lambert warf die Hände in die Luft. «Das ist nicht Euer Ernst!»

«O doch!» Und wie um zu zeigen, wie ernst es ihm war, legte Georges das Buch in ein Schränkchen unter der Ladentheke und schloss dessen Tür mit einem lauten Knall. Dann drehte er den kleinen Schlüssel im Schloss zweimal um und steckte ihn in eine Tasche an seinem Gürtel. Herausfordernd sah er erst Lambert, dann François an.

Lambert ließ die Hände sinken. «Wie bedauerlich!», murrte er.

«Anne, komm, wir sollten jetzt wirklich gehen.» François nahm ihren Arm. Aber jetzt wurde Lambert auf Anne aufmerksam.

«Anne?», rief er mit seiner hohen Stimme. «Seid Ihr vielleicht die Tochter des Astrolabienbauers Robert aus der Ruelle des Artisans?»

Bevor François sie davonzerren konnte, nickte Anne.

«Wunderbar!» Wieder wanderten Lamberts Hände in die Luft, aber dann schien ihm bewusst zu werden, wie übertrieben diese Geste aussah. Mit einem unsicheren Grinsen ließ er sie sinken. «Ich wollte Euren Vater schon seit langem aufsuchen und mir eines seiner hochinteressanten Instrumente bauen lassen. Glaubt Ihr, er hat jetzt Zeit für mich?»

«Im Moment wird er beschäftigt sein», antwortete Anne. Sie klang kühler, als sie es beabsichtigt hatte. Hilfe suchend wandte sie sich an François, aber der zuckte nur die Achseln.

«Kommt heute Abend zu uns in die Ruelle des Artisans», bat Anne Lambert. «Dann wird mein Vater Zeit für Euch haben.»

*Zum zweiten Mal seit seiner Freilassung senkte sich die Nacht über das Land, aber dieses Mal fiel es Jehuda schwer, es zu genießen.*

*Der Geruch von Blut machte ihn schwindelig.*

*Schwindelig und verwirrt.*

*Er kauerte in einem Winkel unter der alten Stadtmauer – tagsüber fiel dort kein Sonnenstrahl hin, und es roch dementsprechend feucht und modrig. Moder, das war ein Geruch, den er aus seinem Verlies kannte, und er hatte gehofft, dass er gegen den Schwindel helfen würde. Vergeblich.*

*Der Geruch von Blut war so stark, dass er durch nichts überdeckt werden konnte.*

*Jehuda hob die Hände vor die Augen. In der Finsternis sah er die zähe, schwarze Flüssigkeit, die zwischen seinen Fingern klebte.*

*Was war geschehen?*

*Er konnte sich nicht erinnern.*

*Er wusste noch, dass er den narbengesichtigen Priester gesehen hatte und ihm heimlich gefolgt war. Ihm und der jungen Frau an seiner Seite, deren Namen er nicht kannte. Und er wusste auch noch, dass sie bei einem Mann Halt gemacht hatten, der den Namen Georges trug. Alles Weitere war in einem Nebel verborgen, aus dem einzig und allein ein Gegenstand herausragte.*

*Das Buch.*

*Georges hatte ein Buch besessen, und irgendwie hatte Jehuda das mit zittriger Erregung erfüllt.*

*Er legte den Kopf in den Nacken und stieß einen Schrei aus, der sich hallend an den umliegenden Wänden brach. Beide Arme um den Kopf gelegt, kauerte er sich zusammen.*

*Das Buch lag neben ihm!*

*Er ruckte hoch. Es roch nach Leder und Holz, nach Leim und dem Wissen der Bibliotheken. Ein alter, fast vergessener Geruch. Jehuda streckte eine Hand nach dem Buch aus. Seine Finger zitterten.*

*Er öffnete es. Die Seiten schienen in der Finsternis zu leuchten, und dennoch musste er den Kopf dicht über sie halten, um die Schrift entziffern zu können. Er las die ersten zwei Zeilen und hielt inne.*

*Er konnte lesen!*

*Ein freudiges Kichern perlte durch seine Kehle, wurde aber gleich darauf erstickt, als er begriff, was er da las.*

*Mit dem Aufschrei eines Tieres schleuderte er das Buch gegen die Wand. «Das falsche!»*

*Wimmernd zog er sich in seine Ecke zurück, die Beine vor der Brust umklammert. Sein Unterkiefer bebte jetzt, und Tränen rannen ihm über das Gesicht.*

*Es war das falsche Buch!*

*Das Blut des Werkzeugmachers kitzelte ihn in der Nase, als wolle es seine Unwissenheit verhöhnen.*

*Eine helle Stimme ließ ihn aufhorchen.*

*«Ich danke dir, Bernard, dass du uns trotz der späten Stunde einlässt!»*

*«Ich bitte dich, Madeleine. Wir kennen uns jetzt seit wie vielen Jahren? Glaubst du, ich würde dich und deine Leute mitten in der Nacht draußen stehen lassen, Befehl hin, Befehl her? Warum bist du schon zurück? Wolltest du nicht nach Narbonne?»*

*«Ja, aber der Weg war überschwemmt. Wir mussten unverrichteter Dinge umkehren. Jérome, halt doch das Pferd ruhig, solange ich mich mit der Wache unterhalte!»*

*Ein dumpfes Brummen war die Antwort.*

*«Ach, Madeleine, bevor ich es vergesse.» Das war wieder die Stimme des Wachmanns. «Ihr solltet die Rue Droite meiden, da hat es heute Nachmittag einen Unfall mit einem Abtrittwagen gegeben. Ich glaube, Ihr gelangt außen herum entlang der Stadtmauer besser in die Ruelle des Artisans.»*

*«Danke, Bernard. Jérome, du kannst jetzt weiterfahren.»*

*Schwere Räder setzten sich in Bewegung, und das Quietschen einer eisenbeschlagenen Tür zeigte Jehuda an, dass die Stadtwache das Tor wieder schloss.*

*Er stemmte sich hoch und schlich dem Wagen nach.*

*Der Name der Gasse hatte in ihm etwas zum Klingen gebracht.*

*Ruelle des Artisans.*

*Irgendwo hatte er diesen Namen schon einmal gehört.*

«Vater?» Anne öffnete die Haustür weit. «Vater, Lambert de Carcassonne ist da!»

Sie hieß den hünenhaften Händler eintreten und warf danach, wie stets, einen Blick die Gasse hinauf. Von hier war nur ein kleiner Ausschnitt des Himmels zu sehen, aber zwei oder drei Sterne funkelten hell auf sie herab. Sie nickte ihnen zu und folgte Lambert ins Innere des Hauses.

«Ich komme sofort!»

Sie nahm Lambert den Umhang ab. «Ihr werdet einen angenehmen Abend mit gelehrten Gesprächen verbringen. Ein guter Freund meines Vaters ist auch da. Ihr kennt ihn bereits, es ist der Priester, der heute mit mir zusammen beim Werkzeugmacher war.»

Sie führte Lambert in die Küche, wo François bereits am Tisch saß und eher missmutig vor sich hinstarrte. Als der

Händler den Raum betrat, riss er sich zusammen, stand auf und begrüßte ihn.

«Guten Abend!» Lambert schmunzelte. «Hat man Euch zur geistigen und moralischen Unterstützung dazugeholt, ja?»

Darauf antwortete François nicht.

Robert kam aus dem Obergeschoss herunter, und schnell waren die drei Männer, gefüllte Becher mit Roberts bestem Wein vor sich, in ein Gespräch über Astrolabien vertieft. Recht bald ging sogar auf François' Miene die Sonne auf, als er Lamberts Gelehrtheit bemerkte.

Anne stellte eine Pfanne auf das Feuer und gab Fett hinein.

«Habt Ihr Euch schon entschieden, was für ein Instrument Ihr braucht?», fragte Robert seinen Gast.

«Habt Ihr denn mehrere im Angebot?»

Anne hörte Robert leise kichern. Dann sagte er: «Wartet, ich hole sie.»

Er verschwand in seiner Werkstatt und war gleich darauf mit einem großen, in schwarzen Samt eingeschlagenen Bündel wieder da. Anne konnte sich an dem Anblick der Geräte nie satt sehen, auch wenn sie sie selbst inzwischen wohl tausendmal in den Händen gehalten hatte. Sie legte den Kochlöffel zur Seite und trat an den Küchentisch.

Robert setzte das Bündel vorsichtig ab und hob mit einer großartigen Geste eine erste Lage des Stoffes hoch. «Das erste. Ein französisches Astrolabium! Ich habe es so genannt, weil ich durch die Lektüre der Schrift eines französischen Gelehrten auf die Idee dazu gekommen bin.»

Lambert beugte sich über das Gerät. Erst als Robert ihm zustimmend zunickte, wagte er es, es hochzunehmen. Der Aufhängungsring klirrte leise. «Jemand, den ich kenne?» Vorsichtig strich er mit den Fingerspitzen über die Rete und ihre Sternenzeiger.

«Oh, ich weiß nicht. Es ist ein Gelehrter aus Reims. Gerbert hieß er, und er hat eine Anleitung über den Gebrauch des Astrolabiums geschrieben.»

Lambert schüttelte den Kopf. «Und danach habt Ihr dieses Astrolabium hergestellt?»

«Ungefähr, ja. Aber ich musste noch auf ein paar andere gelehrte Männer zurückgreifen, Hermannus Contractus zum Beispiel und Lupitus Barchionensis. Dennoch erschien es mir gerechtfertigt, mein erstes Astrolabium *französisches Astrolabium* zu nennen. Irgendwie ist es in meinen Augen immer noch Gerberts Gerät.» Robert zog die zweite Lage Stoff von dem Bündel und hielt Lambert das nächste Instrument entgegen. «Gerberts Astrolabium habe ich in mehreren Versionen gebaut, für jeden Geschmack eines.» Das zweite Gerät war gleich aufgebaut wie das erste, nur hatte Robert die Sternenzeiger weniger schlicht gestaltet. Auch waren die Gravuren weniger geradlinig, sondern verschnörkelt und mit Bildern verziert.

«Und Nummer drei. François nennt es spöttisch mein ‹Weibsgerät›.»

Lambert lachte, aber als er die dritte Version des französischen Instruments in den Händen hielt, sah Anne sofort, dass es ihm nicht gefiel. Zu verspielt war es, und die Sternenzeiger verschwanden beinahe unter dem ganzen Zierrat. Es war wirklich eher ein Schmuckstück als ein brauchbares Instrument.

«Nummer vier und fünf waren Auftragsarbeiten für zwei Brüder aus Köln», erläuterte Robert, während er Lambert das dritte Gerät aus der Hand nahm, ihm ein neues hineinlegte und ein weiteres hochhielt. Beide hatten sie auf der Rete keine Schriftzeichen, sondern wunderschöne, bildliche Symbole für die zwölf Tierkreiszeichen.

«Nummer sechs – mein eigenes.» Robert sah Anne an. «Und das meiner Tochter. Mit diesem arbeiten wir.» Das sechste Astrolabium hatte eine sehr schlichte Mater mit lateinischen Zahlen auf dem Rand. Bei ihm hatte Robert die Sternenzeiger der Rete wie kleine, kopflose Blumen gearbeitet, deren Stängel aus zwei spitzen Blättern emporragten.

«Und Nummer sieben. Das sizilianische Astrolabium. Es ähnelt dem vorherigen, allerdings habe ich es mit doppelt so vielen Sternzeigern versehen, was seine Handhabung für Menschen, die in der Sternenkunde noch Neulinge sind, sehr vereinfacht.»

Anne lief rasch zum Herd und zog die Pfanne vom Feuer, weil das Öl in ihr angefangen hatte zu sieden. Sie warf schnell einige Fleischstücke hinein und wartete, bis sie von allen Seiten braun gebraten waren, bevor sie einige Schöpflöffel Wasser aufgoss. Inzwischen erzählte Robert in aller Ausführlichkeit, wie er das sizilianische Astrolabium konstruiert hatte.

«Sieben Stück», warf der Händler ein, ungeachtet der Tatsache, dass er Robert mitten im Satz unterbrach. «Wann werdet Ihr ein achtes entwerfen und bauen?»

Für einen Moment wurde es still in der Küche. Anne hielt inne. Dies war ein wunder Punkt, den es Robert gegenüber besser nicht anzusprechen galt. Seit sie denken konnte, hatte er kein neues Astrolabium konstruiert, und Anne hatte niemals aus ihm herausbekommen, warum nicht. Wenn sie ihn darauf angesprochen hatte, war er ihr entweder ausgewichen oder böse geworden. Irgendwann hatte sie es vorgezogen, lieber gar nicht mehr danach zu fragen.

«Wir werden sehen», brummte Robert.

Lambert schien sein Widerwille zu entgehen. «Ein achtes Instrument! Ich bin schon sehr gespannt, was Ihr Euch ausdenken werdet. Oder habt Ihr schon? Einen Entwurf, meine ich?», fragte er begierig.

Robert räusperte sich. Es klang wie eine Zurechtweisung, aber als er sprach, war seine Stimme freundlich. «Bisher nicht.»

«Warum nicht?»

«Es soll etwas Besonderes sein. Etwas, das ich noch niemals gebaut habe und das auch andere vor mir noch nicht gebaut haben.»

«Ein großes Unterfangen!» Lambert klatschte in die Hände.

«Möglich.»

Anne trat hinter Robert. «Du hast mehr großartige Geräte entworfen als jeder andere Astrolabienbauer im Umkreis von Hunderten von Meilen.»

Ihr Vater wirkte müde. «Das habe ich. Das habe ich wirklich.» Er stützte einen Ellenbogen auf dem Tisch ab und legte die Stirn in die Hand. Anne kehrte an den Herd zurück.

«Und ganz nebenbei hast du eine hübsche Tochter in die Welt gesetzt», neckte sie. Seine Laune war ihr unheimlich.

Lambert lachte laut. Es klang wie das Meckern einer Ziege. «Da hat sie Recht, Robert! Eine wahrhaft hübsche Tochter! Viel zu schade, um sie hier in der Stadt zu behalten, wenn die Kreuzfahrer kommen.»

Wieder herrschte betretenes Schweigen. Anne ließ ihren Blick von einem der drei Männer zum anderen wandern. François saß mit gerunzelter Stirn da, als überlege er, was es auf diese Worte zu erwidern gab. Robert schien mitten in einer Bewegung erstarrt. Lambert wiederum war verblüfft über die Wirkung seiner Worte. Er kratzte sich verlegen an seinem roten Bart. «Verzeiht, ich wollte Euch nicht die gute Laune verderben.»

Anne hatte die Weiber auf dem Markt zwar von dem bevorstehenden Kreuzzug reden hören, aber es war doch ein Gerücht gewesen, eine Schauermär! In den Augen der drei Männer las sie jetzt jedoch, dass offenbar viel mehr an dieser Geschichte war, als sie gedacht hatte.

«Glaubt Ihr tatsächlich, dass es zu einem Kriegszug gegen den Süden kommen wird?» Robert stellte seinen Becher ab, ohne getrunken zu haben.

Lambert dagegen nahm einen tiefen Schluck. «Das ist so

sicher wie das Amen in der Kirche. Sagt bloß, Ihr wisst noch nicht, was geschehen ist? Die Spatzen pfeifen es längst schon von allen Dächern.»

«Was ist geschehen?» Anne versuchte, das Kribbeln, das ihren Hals hinunterlief, zu überdecken, indem sie die Hände gegen ihren Nacken presste.

«König Philipp hat die weltlichen Anführer des Kreuzzugs ernannt. Damit hat Innozenz endlich seinen Willen bekommen.»

François stellte seine Fingernägel auf die Tischplatte, als wolle er den Furchen der Maserung neue hinzufügen. «Ja, es wird einen Kriegszug gegen die Ketzer hier im Süden geben. In der Gegend rund um Paris heben sie das Heer aus.» Lambert spürte ihre Blicke auf sich ruhen und senkte die Lider.

«Krieg», murmelte Robert. «Das ist schlimm, aber uns wird nichts geschehen.»

François sah ihn an. «Wie kommst du darauf?»

«Nun, schließlich will Papst Innozenz gegen die *Bonshommes* zu Felde ziehen, oder nicht?»

«Nenn sie nicht so!» François verzog das Gesicht. «Sie sind Häretiker, Robert! Ketzer.»

«Eben! Aber wir nicht. Wenn Innozenz' Kreuzfahrerheer tatsächlich hierher kommen sollte, dann werden sie uns nichts tun.»

François' Blick zuckte kurz zu Lambert. «Sie werden uns nichts tun, nein. Ebenso, wie sie den unschuldigen Frauen und Kindern nichts getan haben, die in Akkon lebten.»

Anne lief es eisig den Rücken hinunter. Sie nahm die Hand aus dem Nacken. François hatte Dutzende von Beichten abgenommen. Beichten von Kreuzfahrern, die gemeinsam mit König Philipp am dritten Kreuzzug teilgenommen hatten. Beichten von Gräueltaten, die unter dem Schutz des Kreuzes begangen worden waren. Zwar sprach er nie darüber, was die Ritter ihm anvertraut hatten, aber Anne gegenüber hatte er einmal erwähnt, dass er die Taten, zu denen Kreuzfahrer fähig waren, mehr als genau kannte.

Um der drückenden Stimmung für einen Augenblick zu entfliehen, trat Anne an den Herd und sah nach dem Eintopf auf dem Feuer. Er war noch nicht ganz fertig, aber sie nahm ihn dennoch herunter und trug ihn auf. Sie füllte vier Teller und gab jedem der Männer einen. Mit ihrem eigenen in der Hand setzte sie sich.

François roch an dem Essen. «Rindfleisch, meine Liebe?», fragte er.

Anne nickte und beschloss, den Stier bei den Hörnern zu packen. «Ich möchte nicht diejenige sein, die den Rest des Abends verdirbt, aber wenn tatsächlich die Gefahr besteht, dass wir von Kreuzrittern angegriffen werden, würde ich zuvor doch gerne den Grund dafür erfahren.»

«Du erinnerst dich sicher, dass letztes Jahr ein päpstlicher Legat vor den Toren von Toulouse ermordet wurde. Graf Raymond, der seine Ketzer vor der Kirche in Schutz nimmt, soll den Auftrag dazu gegeben haben. Der Zwischenfall hat dazu geführt, dass Innozenz seine Bemühungen, König Philipp zu einem Kreuzzug zu bewegen, verdoppelt hat. Und wie es scheint, hat Philipp seinen Widerstand gegen diese Sache aufgegeben.» François nahm einen Löffel von dem Eintopf und blies darauf.

«Was genau ist es, das den Papst an den *Bonshommes* … an den Ketzern so erbost, dass er sie vernichten will?», fragte Anne. «Ich meine, ich weiß, dass sie bestimmten Essensregeln folgen. Dass sie sich weigern, etwas zu sich zu nehmen, das durch Geburt auf die Welt gekommen ist. Und dass die Frauen bei ihnen einen höheren Stand haben als bei uns. Aber das kann doch nicht der Grund für einen Kreuzzug sein.»

«Ist es auch nicht.» François kaute rasch und schluckte. «Es geht darum, dass diese Leute Lehren verbreiten, die mit denen der Kirche nicht in Einklang stehen.»

«Und die wären?»

«Das lässt sich nicht so einfach sagen, denn sie sind untereinander nicht eins. Es gibt nicht die *eine* katharische Lehre, der sie alle folgen. Es ist sehr schwer zu erklären ...»

«Hervorgegangen», unterbrach Lambert François, «sind sie aus einer alten Bauernbewegung, der der Bogomilen. Ihr Kernstück war die reine, apostolische Lehre. Sie wollten leben wie die Jünger in der Nachfolge Christi, ohne Besitz, auf der Wanderschaft, betend, fastend und arbeitend. Die Bogomilen halten den Teufel für den Schöpfer der Welt und nicht Gott, und das hat die Kirche wohl ziemlich gegen sie ...»

In der äußersten Ecke des Küchenfensters erschien ein rötlicher Schimmer und lenkte Anne für einen Augenblick ab. So leuchtete die Ziegenhaut nur, wenn Madeleine in ihrer Schlafkammer Licht gemacht hatte. Aber Madeleine war erst vor wenigen Tagen abgereist. Sie konnte eigentlich noch nicht zurück sein.

«... solange sie sich nicht hinstellten und diese Meinung in alle Welt hinausposaunten.» François' Stimme holte Annes Aufmerksamkeit zurück in das Gespräch. «Sie galten als Übel, das man nicht liebte, das aber auch nicht als besonders gefährlich angesehen wurde. Die Wende kam erst mit einem gewissen Niketas von Konstantinopel. Er vertrat eine These, die die Mächtigen der Kirche erschrocken aufhorchen ließ.»

Lambert kicherte. «Ja. Er sah den Teufel nicht mehr nur als Weltenschöpfer, der aber dennoch ein Diener Gottes war, sondern er stellte ihn plötzlich als Gottheit neben den allmächtigen Herrn. Darüber hinaus formte er aus den italienischen Gemeinden ein Bistum und zog dann nach Südfrankreich, um hier das Gleiche zu tun.»

«Und damit stellte er sich endgültig gegen die Kirche», murmelte Anne.

François kratzte seine Schüssel aus. «Natürlich. Während die Abtrünnigen bisher wenigstens noch an den einen Gott geglaubt hatten, folgten sie nun einer Lehre, die nicht mehr christlich war. Die Katharer stützen sich auf mythische Schriften, auf apokryphe Texte, die nicht zur Heiligen Schrift gehören. Von ihnen werden sie aber so betrachtet, als gehörten sie dazu.» Sein Blick verdüsterte sich. Mit fester Stimme sagte er: «Es ist gegen die christliche Lehre, etwas zu verkünden, das nicht in der Bibel niedergeschrieben steht.» Seine Stimme kam Anne belegt vor, und doch sprach er mit einer Vehemenz, als müsse er nicht nur sie, sondern auch sich selbst von seinen Worten überzeugen. «Aber wir sollten besser von angenehmeren Dingen sprechen, was meinst du, Anne?»

Der rötliche Schein im Fenster flackerte und erlosch.

Lambert schob seinen Stuhl zurück und streckte die Beine so weit von sich, dass er beinahe Annes Füße berührte. Sie begannen ein gelehrtes Gespräch um ein geometrisches Problem, dem Anne nach einer Weile nicht mehr mit voller Aufmerksamkeit folgte. Sie stand auf und trat an das Fenster. «Ich lüfte ein wenig», murmelte sie, aber die Männer beachteten sie kaum.

Sie beugte sich vor, stieß die Fensterrahmen nach außen und stützte sich auf der Fensterbank ab. Madeleines Haus lag in tiefem Schatten. Nichts rührte sich.

Anne wollte den rötlichen Schein gerade als Täuschung abtun – möglicherweise war jemand mit einer Fackel durch die Gasse gegangen –, als sich ihr plötzlich die Nackenhaare aufrichteten. Genau wie einige Stunden zuvor fühlte sie sich beobachtet. Sie fuhr zurück.

François unterbrach sich mitten im Satz. «Anne? Ist etwas?»

Hastig schloss sie das Fenster und verriegelte es. «Nein, nein. Es ist nur kälter, als ich dachte.» Sie kehrte an den Tisch zurück. Das unheimliche Gefühl verging so schnell, wie es gekommen war. Die Männer nahmen ihre Gespräche wieder auf, aber François schaute Anne noch mehr als einmal forschend an. Ihr Blick dagegen ruhte auf Lamberts Teller. Er hatte nicht einen einzigen Bissen gegessen.

Irgendwann stand der Hüne auf und verabschiedete sich. Als Robert von der Haustür zurückkam, sagte François leise:

«Robert. Dir ist klar, dass dieser Mann ein Katharer ist, nicht wahr?»

Robert blickte auf den vollen Teller. Langsam nickte er.

François stemmte sich an der Tischkante in die Höhe. Es sah mühsam aus. «Wenn die Kreuzfahrer tatsächlich im Süden einfallen, wenn sie Béziers zum Ziel erwählen, darfst du keinen Kontakt zu diesen Menschen haben. Das Konzil von Toulouse hat alle mit der Exkommunikation bedroht, die in Beziehung zu Häretikern stehen.» Er wies auf Anne. «Du bringst sie in große Gefahr, das ist dir hoffentlich klar!»

# 13. Kapitel

Etwas strich über seine Stirn, seine Augen, seine Wangen. Kühles Wasser rann ihm über die Lippen, den Hals hinunter in den Kragen.

Galien schlug die Augen auf. Ein beißender Schmerz fraß sich durch seine rechte Seite, ließ ihn aufstöhnen. Eine Frau beugte sich über ihn. Er erkannte feines, blondes Haar, Federn gleich.

«Clothilde!»

Sie war da.

Alles würde gut werden.

Sein Geist sank zurück in die Finsternis.

Als er das nächste Mal daraus auftauchte, tastete seine Hand nach Clothilde. Er konnte sie nicht finden, dennoch war jemand im Raum, das spürte er. Er wollte sich aufsetzen, aber ein scharfer Schmerz fuhr durch seine Brust und ließ ihn stöhnend zurücksinken. Eine Gestalt, die bis eben am Fenster gestanden hatte, kam zu ihm ans Bett. Galien sah wieder das blonde Haar, aber diesmal konnte er Clothildes Züge nicht erkennen. Wo ihr Gesicht hätte sein müssen, fanden seine Augen nichts als eine helle, weiße Fläche. Ihre Rechte hielt etwas Schimmerndes, etwas Metallisches. Eine Klinge.

Er fühlte, wie er erneut in die Finsternis zu sinken drohte. Er musste sich getäuscht haben.

Clothilde trat einen Schritt näher. Hoch ragte sie über ihm auf. Sie nahm Galiens Hand in ihre Linke.

«Lasst mich», murmelte er. Seine Zunge lag im Mund wie ein Stein. «Weg!»

«Er fiebert!», hörte er die Stimme seiner Mutter sagen, und Clothilde wich zurück. Es war eine seltsame Bewegung, kein Schreiten, sondern beinahe ein Schweben. Sie hob beide Hände seiner Mutter entgegen. Die Klinge war verschwunden.

Eine Erinnerung schoss durch Galiens Kopf. Etwas war geschehen. Er musste etwas verhindern ... etwas sehr Wichtiges ... Mit seiner ganzen Willenskraft stemmte er sich auf die Ellenbogen hoch. «Wo ist Elias?», murmelte er.

«Bleib liegen.» Eine feste Hand drückte ihn zurück auf das Lager. Galien roch Stroh und Salbe.

«Elias! Ist er hier?»

«Nein. Aber er wird kommen.»

Galien starrte gegen die Decke, wo die Holzbalken sich gegeneinander verschoben. Sein Kopf schmerzte von dem starken Fieber, und dennoch begriff er eines ganz deutlich.

*Wenn Elaine Recht hatte und Elias tatsächlich käme, dann würden sie ihn finden.*

Als Galien zum dritten Mal wach wurde, war es in der Stube taghell.

«Elaine! Es scheint ihm besser zu gehen.» Pierre sprang von seinem Schemel auf und trat an Galiens Bett.

«Wo ist Clothilde?», murmelte der. Seine Zunge fühlte sich an wie mit Pelz bezogen.

«Sie kommt nachher», sagte Elaine, die gerade die Kammer betrat. «Pierre ist da. Du hast Fieber gehabt.»

«Fieber», murmelte Galien. Es ging ihm besser. Der Schmerz in seiner Brust war zu einem dumpfen Ziehen verblasst. «Wie lange war ich bewusstlos?»

«Fünf Tage.»

«Hast du mir etwas gegen die Schmerzen gegeben?» Vielleicht waren ja Heilkräuter der Grund gewesen für seine bösen Visionen.

«Natürlich. Du hast eine Schwertwunde davongetragen.

Zum Glück war sie nicht allzu tief. Was bei allen Heiligen ist geschehen?»

Galien suchte Pierres Blick. «Hast du es ihr noch nicht erzählt?»

«Doch. Aber ich begreife es immer noch nicht.» Der Mönch sah aus, als kämpfe er mit den Tränen. «Warum hast du dich auf Elias' Seite geschlagen?»

«Weil er kein Ketzer ist.»

Elaine schnaubte böse. «Ach so! Das weißt du natürlich besser als der Abt!»

Galien fühlte Unmut in sich aufsteigen. «Er ist Jude», brummte er.

Elaine ließ nicht von ihm ab. «Warum, Galien?»

Galien seufzte. «Weil er tatsächlich wegen dir hier ist!»

Elaines Züge fielen ein. Sie nickte langsam. «Als du von ihm erzählt hast, da habe ich versucht, mir einzureden, dass er nur durch einen Zufall so aussieht wie Jehuda vor vielen Jahren.» Sie straffte die Schultern. «Es ist mir nicht gelungen. Oh, hättest du dich nur nicht eingemischt!»

«Du hast gewusst, dass er zu dir wollte?»

«Ja. Irgendwie habe ich es gewusst.»

«Es geht um dieses Buch. Er will, dass du es ihm gibst.»

Elaine senkte den Kopf. Ihre Finger auf der Decke zuckten. Galien nahm sie und hielt sie fest. Sie waren kalt, aber wahrscheinlich hatte er noch immer Fieber.

«Ich kann es ihm nicht geben», flüsterte sie.

Galien schluckte gegen den Pelz auf seiner Zunge an. Sein Gaumen schmerzte. «Nachdem Elias klar geworden war, dass Simon das Buch nicht hat, ist er mit Abt Arnaud aneinander geraten. Der Abt hatte gehört, wie Elias die Ketzer des Südens *Bonshommes* nannte. Das war ihm Anlass genug zu der Vermutung, dass das Buch jenen gehört, gegen die Papst Innozenz zum Kreuzzug aufruft. Jedenfalls hat Arnaud Elias beschuldigt, ein Ketzer zu sein. Und den Befehl gegeben, ihn zu töten.» Er ließ die Ereignisse aus seiner Erinnerung noch einmal vor seinen Augen ablaufen und begriff, dass er sich etwas vormachte. Arnaud hatte nur den Befehl gegeben, Elias nicht entkommen zu lassen. Dass es ein Befehl war, den Juden zu töten, hatte Galien sich eingeredet. Was für eine wackelige Rechtfertigung für seinen impulsiven, dummen Entschluss. «Ich musste ihm helfen. Ist er entkommen?»

«Offenbar. Aber er ist hier nicht aufgetaucht.» Elaines Miene konnte nicht noch mehr zerfallen, und so wirkte sie plötzlich seltsam unbeteiligt. Galien spürte jedoch ihre Anspannung in jedem einzelnen ihrer Fingerglieder.

«Gut. Wahrscheinlich suchen sie ihn. Waren sie noch nicht hier, um nach ihm zu fragen?»

«Doch. Zum Glück war Pierre bei mir und hat mir geholfen, sie wieder loszuwerden.»

So ruhig hatte Pierre in der Ecke gestanden, dass Galien ihn fast vergessen hatte.

«All das ist ganz allein meine Schuld.» Plötzlich schwammen Elaines Augen in Tränen. Pierre wollte etwas erwidern, aber Elaine ließ ihn nicht zu Wort kommen. «In Gottes Augen war es Sünde, was der Graf und ich getan haben, nicht wahr, Pater?» Sie ersparte Pierre die Antwort auf diese Frage und sprach schnell weiter: «Oh, Galien! Kannst du mir jemals verzeihen?»

Galien hob die Hand. «Erzähl mir, was das alles zu bedeuten hat!», bat er.

Sie sprang von seinem Lager auf, als müsse sie ihn fliehen. So rasch war sie aus dem Raum und aus dem Haus, dass die Tür zu Galiens Kammer beinahe gleichzeitig mit der Haustür ins Schloss fiel.

«Galien?» Pierres Stimme klang leise aus der Ecke.

Galien schloss die Augen. Die Wirkung der Medizin schien nachzulassen, und seine Wunde machte sich bemerkbar. «Warum nur, Pierre», flüsterte er, «habe ich plötzlich das Gefühl, dass Gott meinem Leben seine Gunst entzogen hat?»

«Das hat er nicht, Galien. Das glaubst du nur.» Pierre kam an sein Lager und sah auf ihn nieder. Seine großen, dunklen Augen schimmerten feucht. Dann wandte er sich ab, um zu gehen.

In der Tür begegnete er Clothilde. Er ließ sie eintreten und verschwand.

«Wie geht es Euch?» Schüchtern blieb Clothilde neben der Tür stehen.

Galien lehnte sich in die Kissen zurück und schloss die Augen. Der Schmerz in seiner Seite war jetzt sehr unangenehm, aber darunter spürte er etwas anderes. Ein Gefühl von Wärme und Zuneigung. «Es geht. Danke.»

«Eure Mutter hat die Wunde genäht. Sie ist eine gute Heilerin, aber Ihr habt viel Blut verloren.» Clothilde kam näher. «Ich habe Elaine jeden Tag besucht, seitdem Ihr verletzt wurdet. Ich wollte ihr beistehen, und ich hatte Angst um Euch.»

«Ich danke Euch.» Er musterte sie, ihre schüchtern vor dem Leib ineinander geschlungenen Hände. An ihrem Gürtel steckte kein Messer.

«Das müsst Ihr nicht ...» Sie biss sich auf die Unterlippe, ganz leicht nur, sodass ihre Zähne auf dem rosigen Fleisch ruhten wie auf einem Kissen.

Galien versuchte, des Schmerzes in seiner Seite Herr zu werden. Er atmete langsam und tief ein und wieder aus, aber es half nicht besonders. Obwohl er sich wünschte, dass Clothilde an seiner Seite blieb, erschien ihm das Gespräch anstrengend. Er war müde. Und verwirrt.

Sein Körper sackte ein wenig zur Seite, weil Clothilde plötzlich neben ihm auf der Bettkante saß. Er hatte sie nicht näher treten sehen. War er für einen Augenblick ohnmächtig gewesen?

Ihr Geruch stieg ihm in die Nase, Veilchen und etwas anderes, etwas Schweres, Süßes. Er hatte keine Ahnung, was es war. Zart legte sich ihre Hand auf seine. Schlagartig richteten sich alle Härchen an seinem Arm auf, und gleich danach auch die in seinem Nacken. Seine Bauchdecke begann zu kribbeln.

Sie beugte sich über ihn. Ihr Duft drohte ihn zu überwältigen. Um ihn begann sich alles zu drehen. Dann berührten ihre Lippen die seinen. Zaghaft war ihr Kuss, aber als er sich nicht wehrte, wurde er stärker. Ihre Lippen waren seltsam weich und kalt.

Es gelang ihm, einen Arm zu heben und ihren Hinterkopf mit der Hand zu umfangen. Die Wärme in seiner Brust wurde so stark, dass sie schließlich den Schmerz der Wunde überstrahlte.

Endlich ließ sie von ihm ab und richtete sich auf.

Er war außer Atem, und die widersprüchlichsten Gefühle tobten in seinem Inneren. «Wir sollten das nicht tun.»

Sie schleuderte ihre Haare nach hinten. «Warum nicht?» Klang sie heiser?

«Ihr seid nicht diese Sorte Frau.»

Ihr Körper versteifte sich, und ihre Augen waren zu schmalen Schlitzen geworden. «Wie meint Ihr das?»

«Ihr habt das nicht nötig.»

«Aber Ihr vielleicht.» Sie beugte sich wieder über ihn, aber diesmal hielt er sie mit seiner Hand auf. Ein Teil von ihm wollte sie in den Arm nehmen und festhalten, aber ein anderer Teil hatte den Albtraum noch nicht vergessen. Ein unbestimmtes Gefühl von Beklemmung, von Angst erfüllte ihn.

Sie richtete sich wieder auf, saß jetzt sehr aufrecht. Ihre Wangen waren bleich.

Ein gutes Dutzend Atemzüge musterten sie einander schweigend.

Dann stand sie auf. «Wie Ihr wollt.» Auf dem Absatz drehte sie sich um und griff nach der Türklinke.

Ein Schrei fuhr in die entstandene Stille.

«Galien!»

Er kam von Elaine.

Und sie brauchte Hilfe.

Galien richtete sich auf. Der Schmerz war in den letzten Minuten erträglicher geworden, aber kaum berührten seine Füße den Boden, grub er sich mit brutaler Kraft zurück in seinen Leib. Galien griff nach der Wand und stützte sich ab. Ein Würgen krümmte ihn; er zwang sich, sich nicht zu übergeben.

Mit Beinen, die so weich wie Hafergrütze waren, wankte er die Treppe hinunter. Seine Handfläche glitt über die rauen Wände. Er konzentrierte sich darauf, nicht vor Schmerz zu Boden zu gehen.

Und dann war er unten.

Elaine kniete in der Halle, den Kopf eines Mannes im Schoß.

«Elias!»

Der Anblick des blutüberstömten Mannes versetzte Galien in Entsetzen. Rasch stolperte er an Elaines Seite.

«Elaine!», stöhnte Elias. Aus seinem Mundwinkel brach Blut, und er hustete. Eine Wunde an seinem Kopf blutete ebenfalls stark, eine Gesichtshälfte glänzte rot.

«Wir müssen ihn auf den Tisch legen!» Elaine fegte alles, was sich auf der Platte befand, einfach zu Boden. Sie beugte sich vor und griff unter Elias' Schulter. Galien half ihr, so gut er es vermochte. Mit vereinten Kräften hievten sie den beinahe leblosen Mann auf den Tisch.

Mit einem Gurgeln, das Galiens Haare zu Berge stehen ließ, sank dessen Kopf nach hinten.

«Halt ihn fest!» Elaine rannte zu dem Regal, in dem sie ihre Heilkräuter aufbewahrte. Galien legte beide Hände auf Elias' Leib, halb, um ihn vor dem Herunterfallen zu bewahren, halb jedoch auch, um nicht selbst zu stürzen. Um ihn herum drehte sich alles, und bei jedem Atemzug zuckten Blitze durch seinen Körper.

Nach einer halben Ewigkeit war Elaine wieder neben ihm. «Setz dich da hin!» Sie trat einen Lehnstuhl hinter ihn, und er fiel hinein.

«Clothilde!» Elaines Stimme schrillte in Galiens Ohren. «Clothilde, kommt her!»

Für einen Augenblick senkte sich Dunkelheit über Galien. Als es wieder hell wurde, waren Elaine und Clothilde dabei, Elias' blutgetränktes Gewand aufzuschneiden.

Es klatschte hässlich, als der nasse Stoff auf dem Boden aufkam. Clothilde wimmerte leise.

«Reißt Euch zusammen!», fuhr Elaine sie an. «Fasst an, er erstickt sonst!»

Sie presste eine Hand auf die größte der Wunden, die Elias' bleichen Brustkorb zerfurchten, und drehte den Mann auf die Seite. Mit einem explosionsartigen Husten brach ein Blutschwall aus seinem Mund.

«Mutter!» Galien hob die Hand.

In Elias' rechter Seite steckte die Spitze eines Dolches. Einen Fingerbreit ragte die abgebrochene Klinge aus der weißen Haut, und seltsamerweise blutete diese Wunde überhaupt nicht.

«Ich habe es gesehen, Galien!»

«Wird er wieder gesund?», flüsterte Clothilde.

Elaine lachte schrill. «Gesund? Wenn wir Glück haben, lebt er lange genug, um uns zu sagen, wer ihn umgebracht hat.»

«Arnauds Männer.» Galien fühlte, wie ihm schon wieder die Sinne zu schwinden drohten. Er setzte sich anders hin, und es wurde besser.

Elias schlug die Augen auf. «Elaine de Béziers?», keuchte er.

«Ja. Was wollt Ihr von mir? Wer schickt Euch? Jehuda oder Moïse?»

Elias leckte sich über die Lippen, und das Blut auf seinen Zähnen zog im Speichel lange Fäden. «Ich heiße Elias ben Aaron. Mein Vater war Aaron, der Bruder von Moïse ben Tibbon. Mein Onkel schickt mich.» Er sprach Okzitanisch.

Galien hörte Elaine ausatmen. Überdeutlich schwebte Clothildes Miene vor seinem Gesicht. Unter dem Entsetzen über Elias' Verletzungen lag etwas anderes, etwas Lauerndes, ein gieriges Interesse an den Worten des Mannes. Galien versuchte, den Ausdruck zu deuten, aber es gelang ihm nicht.

«Woher weiß ich, dass Ihr die Wahrheit sagt?» Elaine hatte ebenfalls die Sprache gewechselt.

«Roberts Astrolabium. Ich führe es mit mir.» Elias krallte sich in Elaines Oberarm und richtete sich ein Stück auf. «Das Buch. Habt Ihr es noch ... in Eurem Besitz?»

«Ja.»

Erneuter Husten schüttelte Elias. «Zeigt es mir!»

Elaine presste ihre Hände gegeneinander, um ihr Zittern zu unterdrücken. Galien sah, dass Blut an ihnen klebte.

«Ihr müsst Euch beeilen!», flehte Elias. Seine Hand lag noch immer um Elaines Arm.

Sanft machte sie sich los. «Ich muss es holen.» Sie eilte nach oben und war gleich darauf mit dem Buch wieder da. «Hier ist es.»

Diesmal gelang es Elias nicht, sich aufzurichten. «Zeigt es mir!», bat er.

Elaine hob das Buch so an, dass er einen Blick darauf werfen konnte. Elias nickte. Plötzlich lief ein Zucken über seinen gesamten Körper.

Elaine schlug eine Hand vor ihren Mund. Galien quälte sich aus seinem Sessel und trat neben sie. Er legte ihr einen Arm um die Schultern und spürte, dass sie bebte.

Elias schloss die Augen, und als er sie wieder öffnete, waren seine Pupillen unterschiedlich groß.

«Ich sollte ... das Buch ... bringen ...» Elias' Worte kamen jetzt nur noch stoßweise. «Das Astrolab... seht in ... den Satteltaschen ...»

«Wohin muss es gebracht werden?», rief Elaine.

Aber Elias antwortete nicht. Seine Lider flatterten. Dann ruckte er hoch. Seine Hand fuhr ziellos durch die Luft auf der Suche nach Halt. Elaine umklammerte seine gekrümmten Finger. Seine Augen wurden weit, und im nächsten Moment wich jedes Leben aus ihnen. Sein Kopf fiel nach hinten. Vorsichtig ließ Elaine ihn zurück auf den Tisch sinken. «Der Herr sei deiner Seele gnädig!», murmelte sie.

Galien beugte sich über den Leichnam. Mit Daumen, Zeige- und Mittelfinger griff er nach dem abgebrochenen Dolch und zog ihn aus der Wunde. «Diese Schweine!» Er musste sich beherrschen, um nicht auf die Dielen zu erbrechen. «Sie haben ihm im Wald aufgelauert und ihn erstochen.» Er warf die Dolchspitze auf den Tisch, wo sie leise klirrend liegen blieb. Ein Muster aus Blut bedeckte sie, eine Ranke aus schauerlichem Rot.

Elaine legte eine Hand über Elias' Augen und schloss sie sanft. «Wenn er wirklich Moïses Neffe war, dann war er kein Katharer, Galien, so viel ist sicher.»

Galien reagierte nicht. Leiser Hufschlag ließ ihn aufhorchen.

Er ging zum Fenster und warf einen Blick hinaus. Elias' Pferd stand mit hängendem Kopf im Hof, die Zügel bis zu den Ohren hinaufgerutscht, der Sattel leer. Sein Herr würde ihn nie wieder besteigen.

Galien schluckte. «Ich komme gleich wieder.» Er schleppte sich nach draußen. Je länger er sich aufrecht hielt, stellte er fest, desto besser ertrug er den Schmerz. Sein Herz schlug angestrengt.

Das Pferd wich einen Schritt zur Seite, als er sich ihm näherte. Sein Fell war verkrustet, die Sehnen und Adern deutlich zu sehen; es hatte stark geschwitzt und war nicht abgerieben worden. Wahrscheinlich hatte Elias versucht, seinen Häschern zu entkommen. Fünf Tage lang war es ihm gelungen.

«Scht!» Galien hob eine Hand, und das Pferd beäugte sie misstrauisch. «Wie hat dich dein Herr genannt? Tarik? Wahrscheinlich spreche ich es nicht richtig aus, nicht wahr? Aber du wirst dich an meine Stimme gewöhnen müssen, denn dein Herr ist tot.»

Der Hengst hob den Kopf und witterte, als habe er Galiens Worte verstanden. Ein Zucken durchlief seinen Körper vom Hals über die Flanken bis zum Schweif.

Galien griff nach den Zügeln. «So ist es gut.» Er trat neben den Sattel, an dem zwei lederne Beutel befestigt waren. Der Hengst rollte mit den Augen.

«Es ist gut. Ich will dich nur von dem hier befreien.» Galien löste den Sattelgurt, ohne dabei die Zügel loszulassen. Als Sattel und Taschen seitlich an Tarik herunterrutschten, machte das Tier einen Satz. Sein Kopf war hoch in die Luft gereckt, die großen Augen angstvoll verdreht.

«Beim heiligen Alban!» Plötzlich stand Jean hinter Galien. «Ist das nicht der Hengst dieses Mauren?»

«Ja.» Galien gab Jean die Zügel in die Hand. «Sein Herr ist tot. Kümmere dich um ihn, ich komme später nach.»

Jean warf einen prüfenden Blick in Galiens Gesicht. «So, wie Ihr ausseht, solltet Ihr Euch lieber ins Bett legen!»

Galien versuchte ein Lächeln. Die spöttische Erwiderung, die ihm auf der Zunge lag, wollte nicht heraus. «Geh jetzt!», befahl er.

Er sah zu, wie Jean den tänzelnden Hengst fortführte, dann bückte er sich, um die Satteltaschen aufzuheben. Ein Schwindel ließ die Welt aus den Angeln kippen. Nur mit Mühe konnte Galien sich Halt an der Wand verschaffen. Den Sattel ließ er einfach liegen. Jean konnte ihn später holen.

Er nahm die Satteltaschen mit ins Haus.

Elaine stand noch immer an derselben Stelle wie zuvor.

Clothilde hatte sich auf den Stuhl gesetzt, den Elaine Galien hingeschoben hatte. Sie war so bleich, dass Galien fürchtete, sie im nächsten Moment ohnmächtig auf die Dielen sinken zu sehen. Dennoch reckte sie den Hals, als Galien die Taschen aufschnürte.

Die erste enthielt nur einen Umhang und ein Stück Brot. Der Knoten der zweiten wehrte sich gegen alle Versuche, ihn zu lösen, sodass Galien schließlich ein Messer nahm und ihn aufschnitt. Der Beutel enthüllte ein Säckchen aus schwarzem, schimmerndem Samt. Galien sah seine Mutter an.

Sie nickte. «Mach es auf!»

Vorsichtig befühlte Galien das Säckchen. Etwas Schweres, Metallisches befand sich darin. Durch den weichen Stoff hindurch konnte er einen flachen Gegenstand spüren. Vorsichtig zog er die Verschnürung auseinander. Es klirrte leise.

Er schüttelte den Gegenstand, der sich darin befand, auf seine Handfläche. Vor ihnen lag eine große, flache Scheibe, auf der unzählige Verzierungen, lateinische Schriftzeichen und Linien angebracht waren. Mitten durch die Scheibe lief ein Splint, um den herum sie sich drehen ließ.

Elaine trat auf Galien zu. Andächtig starrte sie auf das Instrument, die Hand auf halber Strecke in der Luft erstarrt, als wage sie nicht, es zu berühren.

«Vor dreißig Jahren habe ich es zuletzt gesehen», wisperte sie.

Galien drehte das Gerät herum und sah ein kleines Mondsymbol, eine schmale Sichel, und weitere Schriftzeichen, arabische diesmal. Alles war, so schien es, aus einem schimmernden, goldähnlichen Metall gearbeitet.

In Elaines Augen standen Tränen.

Galien kannte Geräte wie dieses bisher nur aus den Erzählungen seiner Mutter. Er wusste, dass es ein Astrolabium war, und er wusste auch, wozu es gebraucht wurde. Behutsam strich er mit dem Finger über die Oberfläche.

Das Geräusch eines umfallenden Stuhles schreckte ihn auf. Clothilde war aufgesprungen und ging mit unsicheren Schritten nach draußen. Galien wollte ihr nachlaufen, aber seine Kraft reichte nur noch bis ans Fenster. Er sah, wie sie Jean einen scharfen Befehl zubellte. Während der Knecht ihren Schimmel sattelte, stand sie auf dem Hof, die Arme um sich geschlungen. Dann schwang sie sich in den Sattel und galoppierte quer über den Hof und durch das Tor in der Palisade davon. Galien sah ihr nach, bis sie den Weg Richtung Montfort eingeschlagen hatte, dann fiel sein Blick wieder auf das Gerät in seiner Hand.

Die Tränen rannen jetzt über Elaines Wangen und vermischten sich dort mit Elias' Blut. «Roberts Astrolabium», flüsterte sie. «Sein achtes.»

# 14. Kapitel

Sie nahm ihm das Instrument fort und verbarg es in dem Beutel. «Ich erkläre dir alles später. Zuerst müssen wir Elias beerdigen. Er war Jude, nicht wahr? Nach ihren Gebräuchen muss er bis Sonnenuntergang unter der Erde sein, und ich finde, wir sollten ihm diesen Respekt erweisen.»

«Willst du zu Pater Eusebius gehen und um einen Platz neben dem Friedhof bitten?»

Elaine verzog das Gesicht. «Willst du Elias wirklich bei den Selbstmördern beisetzen?»

«Wo sonst? Der Pater wird ihn auf keinen Fall in geweihte Erde senken, wenn er erfährt, dass er Jude ist. Wir könnten es ihm natürlich verschweigen.»

«Der Blutverlust hat dir wohl gehörig den Kopf vernebelt. Glaubst du, es wäre Elias recht, wenn bei seiner Beisetzung ein christlicher Pater christliche Gebete murmelt?»

Galien fuhr sich mit gespreizten Fingern durch die Haare. «Wohl nicht.»

«Wir beerdigen ihn im Garten», entschied Elaine. «Ich hole Jean und Baptiste, damit sie uns helfen.»

Galien war der Gedanke unangenehm, auf seinem eigenen Land ein Grab auszuheben, aber er musste seiner Mutter beipflichten. Elias wäre es nicht recht gewesen, als Christ begraben zu werden. «Es wird ein trauriges Begräbnis, so weit entfernt von seiner Familie.»

Elaines Augen verschleierten sich kurz. «Wie geht es dir?»

«Schmerzen. Aber du wirst mich nicht davon abhalten, mit dir zu gehen.»

«Gut. Warte, bis ich dir ein wenig Bilsenkrautsaft geholt habe. Dann komm mit, aber danach …»

Galien hob beide Hände und brachte sie damit zum Verstummen. «Danach lege ich mich gehorsam ins Bett, versprochen!»

Während Elaine Elias' Leichnam in ein weißes Leintuch wickelte, bestimmte Galien einen Platz im hinteren Teil des Gartens für das Grab. Hier griff der nahe Wald mit seinen Wurzeln nach dem Land, das die Menschen ihm mühsam abgerungen hatten, und eine Hand voll Apfelbäume kämpfte tapfer gegen die Wildnis an. Galien befahl Baptiste und Jean, ein Grab auszuheben, und danach gingen sie zu dritt und holten den Leichnam. Elaine hatte ihn in ein sauberes Leintuch eingeschlagen. Sie senkten Elias in das Grab. Elaine sprach ein paar Worte, die in Galiens Ohren fremd klangen.

«Ein hebräischer Bibelvers», sagte sie. «Das ist alles, was ich für Euch in Eurer eigenen Sprache sprechen kann. Aber ich werde zusammen mit meinem Sohn für Euch beten, und auch dafür, dass diejenigen, die Euch das Leben nahmen, sich einst vor Gott dafür verantworten müssen. Lebt wohl, Elias ben Aaron. Ich werde mich um das Astrolabium kümmern, so wie ich mich in all den Jahren um das Buch gekümmert habe, das verspreche ich Euch.»

Obwohl Galien sich schwach fühlte, blieb er bei dem Grab stehen, während Jean und Baptiste es zuschaufelten.

«Woher kennst du diesen hebräischen Vers?», fragte er.

«Aus einem früheren Leben. Robert hat ihn mir beigebracht.» Ein trauriges Lächeln glitt über Elaines Züge. «Er war einer der tolerantesten Menschen, die ich je kennen gelernt habe. In seinem Haus gingen nicht nur Christen ein und aus, sondern auch Juden und Bonshommes.» Sie hing ihren Gedanken nach. Dann schüttelte sie den Kopf und hakte sich bei Galien ein. «Komm. Du musst ins Bett zurück. Und dann ist es wohl an der Zeit, dass ich dir vieles erzähle, was du noch nicht weißt.»

Der Bilsenkrautsaft hatte Galiens Schmerzen erträglich gemacht, und so wanderten sie langsam durch den Garten in Richtung Haus zurück. Elias' Leiden schienen Elaines Entschlossenheit gefestigt zu haben, sich der Vergangenheit zu stellen.

«Du weißt, dass das Buch ein Grund für meine Flucht aus Béziers war», sagte sie. «Das Astrolabium war ein weiterer. Aber lass mich der Reihe nach erzählen.»

Sie berichtete davon, wie ihr ehemaliger Verlobter Robert eines Tages im Jahr 1177 einen Ritter getroffen hatte, der kurz zuvor aus dem Heiligen Land zurückgekehrt war. Dort hatte er einige Jahre gelebt und mehrere Reisen ins Zweistromland und darüber hinaus bis in die Gebirge von Persien unternommen. Aus Isfahan hatte er eine griechische Handschrift mitgebracht, die ein sternenkundiger Gelehrter auf der Insel Samos verfasst hatte. Der Ritter verkaufte Robert das Buch. Dieser war von seiner Neuerwerbung so angetan, dass er sich fortan in seiner Werkstatt vergrub, kaum noch aß und schlief. Er las und grübelte. Ab und zu stieg er auf die Dachterrasse, betrachtete und vermaß die Bahnen der fünf Planeten. Seine Besessenheit bereitete Elaine Sorgen, sodass sie versuchte herauszufinden, was ihn umtrieb. Aber er wollte es ihr nicht sagen. Sie spürte in ihm eine Art Entsetzen, eine schreckliche Angst, und zwang ihn schließlich, ihr wenigstens zu verraten, was es mit seinen Planetenbeobachtungen auf sich hatte. Er erklärte es ihr, und auf diese Weise erhielt sie Kenntnis von den planetaren Anomalien.

«Es ist ein faszinierendes Rätsel, Galien», sagte Elaine. «Aber ich kann es dir nicht in zwei Sätzen erklären. Im Moment muss es dir reichen zu wissen, dass es diese Anomalien gibt.»

Galien hakte nicht nach. Ohnehin hatte er nicht vor, sich eingehender mit den Gedankenspielen seiner Mutter zu befassen. Ihn interessierte allein, was sie erlebt hatte, und so lauschte er neugierig, als sie weitersprach.

Irgendwann war ihre Sorge über Roberts merkwürdiges Verhalten so groß geworden, dass sie beschloss, etwas zu unternehmen. Sie wartete ab, bis Robert für einige Tage die Stadt verließ, um einen Kunden in Montpellier zu treffen, und entwendete das Buch. Dann brachte sie es zu François, ihrem Bruder, der Priester war und nicht nur Roberts bester Freund, sondern ein Sternenkundiger wie er. Gemeinsam hatten die beiden dem Himmel manches Geheimnis entrissen.

François las das Buch, und auch er reagierte seltsam, wie panisch. Ebenso wie Robert weigerte er sich, Elaine, die des Griechischen nicht mächtig war, Einzelheiten über den Inhalt der Schrift zu verraten, aber immerhin so viel brachte sie aus ihm heraus: Das Buch enthielt sternenkundliches Wissen, das die Macht besaß, die Grundlage des christlichen Glaubens zu erschüttern.

Kurze Zeit später hatten sich die Ereignisse überschlagen. Eines Abends, Robert war noch immer in Montpellier und Elaine hütete sein Haus, klopfte François mitten in der Nacht an der Tür. Elaine ließ ihn ein und bemerkte entsetzt die Wunde, die sein gesamtes Gesicht entstellte. Er stammelte, jemand habe Johann, seinen Schüler, ermordet, und es müsse wegen des Buches geschehen sein. Jemand versuchte offenbar, das Wissen darin aus der Welt zu schaffen.

«Er bat mich ... nein, er flehte mich an, das Buch zu retten», endete Elaine. Ein langer Atemzug entwich durch ihre Lippen. Als sei eine schwere Last von ihrer Seele genommen, atmete sie plötzlich freier.

«Warum ausgerechnet du?», fragte Galien. Die schräg einfallenden Strahlen der untergehenden Sonne vergoldeten Elaines Gesicht, und in diesem Moment sah Galien, wie schön seine Mutter einmal gewesen war.

«François wusste, dass am nächsten Morgen alle Bibliotheken und Gelehrtenwohnungen durchsucht werden würden. Der Bischof hatte das angeordnet, um gegen die häretischen Ketzer vorzugehen, die kurz vorher begonnen hatten, ihre Lehren nicht nur mündlich weiterzugeben, sondern niederzuschreiben. François fürchtete, man könne auch Roberts Haus durchsuchen und das Buch dabei entdecken. Aber der ausschlaggebende Grund war wohl, dass ich des Griechischen nicht mächtig bin.»

«Er wollte einen Hüter für die Schrift, der ihren Inhalt nicht kennt.»

«Ja.»

«Und du bist gegangen.»

«Noch in derselben Nacht, ja. Manchmal liege ich nachts wach und frage mich, ob ich wirklich nur helfen wollte, Galien.»

Er wartete, bis sie weitersprach.

«Ich mochte Robert, ich genoss die Arbeit mit ihm, unsere nächtlichen Sternenbetrachtungen, unsere Studien. Aber die Wahrheit ist wohl, dass ich ihn nicht liebte. Sein Wissen faszinierte mich, aber der Mann, der er war, nun, er zog mich nicht an.»

«Es war eine Flucht», murmelte Galien. «Du hast erst in Vater den Mann gefunden, den du lieben konntest.»

«Um den Preis, dass ich das Studium der Sterne aufgeben musste, aber das war es wert.»

Elaines Leben lag nun vor Galien, aber noch gab es Lücken in dem Bild. «Wo kommt dieser Moïse ins Spiel?», wollte er wissen. «Und Jehuda?»

«Moïse war ein Freund von François und Robert. Ich habe keine Ahnung, wie er von dem Buch erfahren hat, aber es gibt in meinen Augen nur eine Erklärung. François muss es ihm gezeigt haben. Auch Moïse gehörte zum Kreis der Männer, mit denen er Erkenntnisse teilte oder versuchte, sternenkundliche Rätsel zu lösen. Und Jehuda ...» Sie hielt inne.

Galien griff nach ihrer Hand und hielt sie fest.

«Er war Moïses Sohn. Und Johanns Mörder.»

«Er hat dich bedroht!» War das Geheimnis des Buches gefährlich genug, um sie nach dreißig Jahren noch immer zu bedrohen?

«Moïse hat Jehuda einkerkern lassen für den Mord», flüsterte sie.

«Und was ist mit diesem Astrolabium?» Er nahm sich vor, dass dies seine letzte Frage sein würde. So angespannt sah sie jetzt aus, dass er ein fast schmerzhaftes Mitleid mit ihr empfand.

«Moïse und François hielten es für sicherer, das Buch und das Astrolabium zu trennen.»

«Dann enthält es das gleiche Geheimnis wie das Buch?»

«Ich weiß es nicht. Ich fand es zusammen mit dem Buch in Roberts Geheimversteck. Als ich es François zeigte, murmelte er etwas wie *Das hat er nicht gewagt!*. Aber ich kenne das Geheimnis des Gerätes ebenso wenig wie das des Buches.»

«Du sagtest, Robert hätte das Astrolabium gebaut.»

«Ja. Zuvor hatte er sieben andere konstruiert. Es muss sein achtes sein.» Sie senkte den Kopf. «Und vielleicht stürzt es uns alle ins Unglück.» Elaine bückte sich und zupfte einen trockenen Zweig von einem Salbeibusch. Der Geruch kitzelte Galien in der Nase, und ihm wurde schwindlig. Es wurde Zeit, dass er sich endlich wieder hinlegte. Weitere Fragen würden warten müssen. «Eines noch: Wo sind Buch und Astrolabium jetzt?»

«Elias hat sie. Sie sind in Sicherheit.»

«Was hast du nun damit vor?»

«Vielleicht wäre es das Beste, sie dem Mann zurückzugeben, dem sie gehören.» Elaine ließ den Salbeizweig fallen. «Aber darüber machen wir uns Gedanken, wenn du wieder gesund bist. Kommst du?»

Die Nacht war nicht besonders kühl, doch in den Gängen von Montfort zog es so stark, dass die zum Schutz aufgehängten Vorhänge im Luftzug wehten.

In der Finsternis sahen die langen Bahnen aus wie Geister.

Kurz vor Mitternacht öffnete sich eine der Türen im langen Gang des Westflügels. Eine Frau mit schmaler Nase und blonden, fiedrigen Haaren trat heraus. Sie hatte einen dunklen Umhang über ihr Nachtgewand geworfen, den sie vor dem Busen zusammenraffte. Rasch blickte sie nach rechts und links und huschte dann den Gang entlang. Auf den steinernen Stufen der Wendeltreppe waren die Schritte ihrer bloßen Füße kaum zu hören. Eine Etage höher blieb sie vor einer Tür stehen, die der zu ihrem eigenen Gemach ähnelte. Sie blickte auf ihre Hand nieder, in der sich ein flach zusammengefaltetes Stück Pergament befand. Nach einigem Zögern entschied sie sich, es in einer Falte ihres Gewandes zu verbergen.

Vorsichtig schaute sie noch einmal in alle Richtungen, dann klopfte sie.

Ein dumpfes Brummen drang zur Antwort durch die Tür.

«Ich bin es, Clothilde!», sagte sie leise, den Mund so dicht wie möglich am Holz der Tür. «Verzeiht, ehrwürdiger Vater, aber ich muss dringend mit Euch sprechen.»

«Hat das nicht Zeit bis morgen früh?» Arnauds Stimme klang missmutig und schläfrig.

«Nein, ehrwürdiger Vater. Es geht um diesen Ketzer. Elias. Ich weiß, wo er sich aufhält.»

Hinter der Tür erscholl das Geräusch eines Möbels, das verschoben wurde, dann Schritte.

Die Tür schwang einen Spaltbreit auf. Abt Arnaud musterte Clothilde von Kopf bis Fuß. Dann öffnete er die Tür ganz.

«Kommt herein.»

*Das Paradies! Er befand sich im Paradies!*

*Warm und duftend umschmeichelte das Wasser seinen*

*Körper, spülte den Dreck von drei Jahrzehnten von seiner Haut und machte Finger- und Fußnägel weich.*

*Jehuda kratzte an der krallenartigen Verdickung herum, die einmal sein kleiner Fingernagel gewesen war. In den letzten Tagen hatte er jeden Morgen ein Bad genommen. Irgendwann würde er wieder die gepflegten Nägel eines reichen Mannes besitzen! Er bewegte die Finger im warmen Wasser und genoss, wie die Wärme den Schmerz in den Gelenken linderte.*

*Zu seinem Bedauern wurde das Wasser schließlich kalt. Er entstieg dem Zuber, griff nach einem der bereitliegenden Leinentücher und rieb sich trocken. An Ellenbogen und Knien hatte er dicke Hornhautschichten, aber auch sie würden bald verschwinden. Seine Haare hingen noch immer lang und dünn rechts und links seiner Wangen herunter, aber das ließ sich im Moment nicht ändern. Bald würde er einen vernünftigen Bader aufsuchen und sich wieder in einen ansehnlichen Menschen verwandeln. Vorerst jedoch galt es, vorsichtig zu sein.*

*Erst musste er seine Aufgabe erfüllen.*

*Seine Aufgabe. Er presste die Lippen zusammen.*

*Wenn sich dieser Nebel in seinem Geist doch nur lichten würde.*

*Dass dieser Priester sterben musste, wusste er. Und dass alles irgendwie mit der Ruelle des Artisans zusammenhing.*

*Er ließ das Leinentuch achtlos zu Boden fallen und griff nach der Kleidung, die er selbst bereitgelegt hatte. Feiner, grauer Wollstoff, innen mit Seide ausgeschlagen. Ein wohliger Schauer rann über seine Haut, als er das edle Garn befühlte. Obwohl es der erste wirklich warme Tag des Jahres war – das hatte er zumindest die Frauen auf dem Markt sagen hören –, hatte er sich für dieses Gewand entschieden, auch wenn es ein bisschen zu warm sein mochte. Seine Farbe und das Zusammenspiel von Wolle und Seide gefielen ihm zu gut.*

*Was für ein Glücksfall, dass das dämliche Weibsbild erst vor kurzem ihren Gatten verloren hatte und dessen Sachen noch in Schränken und Truhen aufbewahrte!*

*Er streifte sich das seidene Untergewand über, dann die schwarzen Beinlinge und anschließend das Obergewand. Ein schmaler, goldbeschlagener Gürtel vervollständigte das Bild, und zuletzt nahm er die Kette und ließ sie über seinen Kopf gleiten. Die Steine funkelten jetzt hell und bunt in ihren goldenen Fassungen, denn Jehuda hatte sie gleich bei seinem ersten Bad gereinigt. Nachdenklich strich er nun über ihre Rundungen. Ein Rubin, ein Smaragd, ein völlig durchsichtiger Kristall und zwei etwas größere Topase. Keiner von ihnen war geschliffen, sondern sie waren einfach poliert wie Kieselsteine. In ihrer Anordnung bildeten sie einen perfekten Kreis.*

*Jehuda trat vor den mannshohen Spiegel und bewunderte sich.*

*Endlich!*

*Endlich war er wieder am Leben.*

*Er drehte sich einmal im Kreis. Dabei fiel sein Blick auf das Messer, das er neben dem Badezuber auf einem kleinen Tisch abgelegt hatte. Er steckte es in seinen Gürtel, dann öffnete er die Tür der Badestube und ging leichten Schrittes die Treppe hinauf.*

*Das Weib starrte ihn aus weit aufgerissenen Augen an. Er musste überlegen, aber schließlich fiel ihm ihr Name wieder ein. Der Wachmann hatte ihn genannt. Madeleine.*

*Der Knebel in ihrem Mund war mit Speichel voll gesogen. Jehuda wandte angewidert den Blick ab.*

*Reiß dich zusammen!, mahnte er sich selbst.*

*Die Frau wohnte in der Ruelle des Artisans. Vielleicht würde ihm bei einem kleinen Plausch mit ihr einfallen, worin seine Aufgabe bestand.*

*Zu dumm nur, dass sie gar keine Lust auf einen Plausch hatte.*

*Jehuda baute sich vor der Frau auf. Er hatte sie an einen Stuhl gebunden. Ihre Füße waren rechts und links an den Beinen festgezurrt, und obwohl sie lange Röcke trug, wirkte ihre Haltung obszön. Er musste sich beherrschen, um nicht auf ihren Schoß zu starren.*

*Langsam beugte er sich zu ihr herab. «Wie gefallen Euch meine neuen Kleider?»*

*Statt eine vernünftige Antwort zu geben, wurden ihre Augen nur noch weiter.*

*«Oh, du kannst nicht sprechen, mit dem Ding im Mund, nicht wahr?» Er zog sein Messer aus dem goldenen Gürtel. Stirnrunzelnd sah er darauf nieder. Es passte nicht so recht zum Rest seiner neuen Erscheinung. Er würde sich ein neues besorgen müssen. «Wirst du schreien, wenn ich den Knebel löse?»*

*Sie schüttelte den Kopf. Hastig.*

*«Gut. Warte.» Er langte hinter ihren Kopf und schnitt den Knebel durch. Der nasse Stoff klatschte zu Boden. Jehuda unterdrückte ein angeekeltes Stöhnen.*

*«Braves Kind!»*

*«W-was wollt Ihr von mir?»*

*Er lachte leise. «Seltsam, das ist immer die erste Frage, die mir gestellt wird. Der Werkzeugmacher in Saint-Aphrodise hat genau dasselbe gefragt.»*

*«Ist es Geld? Ich habe ein wenig Geld! Es ist in mein Kopfkissen eingenäht.» Madeleine zitterte.*

*«Kein Geld, Dummchen!» Obwohl: Es würde nicht schaden, sich das zu merken. Ein wenig Geld würde vieles einfacher machen. «Auskünfte!»*

*«Was für Auskünfte?»*

*Er legte das Messer an ihren schlanken, weißen Hals. Sie drehte das Kinn zur Seite, aber natürlich konnte sie ihm nicht entkommen. «Wer wohnt nebenan in dem Haus mit der Dachterrasse?»*

*Er wusste, dass er hier schon einmal gewesen war. Irgendwie verband er den Ort mit einem schrecklichen Misserfolg!*

*«Robert. Ein Astrolabienbauer. Und seine Tochter.»*

*Ein Astrolabienbauer? Eine entfernte Erinnerung. Feines, metallisches Klirren. Kühles, glattes Metall zwischen seinen Fingern.*

*Astrolabium.*

*Astrum. Gestirn.*

*Nein! Nicht nur. Astrum bedeutete auch Ruhm. War er früher ein berühmter Mann gewesen?*

*Seine Erregung angesichts des Nachthimmels fiel ihm ein. Mars, der Krieger.*

*Er selbst war der Krieger!*

*Er fuhr sich mit der freien Hand in die Haare und zerrte daran.*

*Wenn er sich nur erinnern könnte!*

Eine gute Woche nach Lamberts Besuch war Anne damit beschäftigt, die ersten Arbeiten an dem Astrolabium auszuführen, das er bestellt hatte. An diesem ersten warmen Apriltag saß sie bei geöffnetem Fenster in der Werkstatt und bohrte die Rete heraus. Stolz hielt sie ihre Arbeit immer wieder in die Höhe. Diese Rete hatte sie selbst konstruiert! Sie hatte Roberts Zeichnungen genommen und mit Hilfe eines Zirkels jeden einzelnen Bogen, jede Sternzeigerposition und jede Verzierung auf das rohe Messing übertragen. Es war eine verantwortungsvolle Aufgabe.

Sie hatte sie gut gemacht.

So zufrieden war ihr Vater mit ihrer Arbeit, dass er sich an diesem Morgen entschlossen hatte, einen Spaziergang zu machen und sie damit allein zu lassen. «Bald kann ich mich ohnehin auf das Altenteil setzen, so wie es aussieht!», hatte er – nur halb im Scherz allerdings – gespottet.

Jetzt genoss Anne die Stille im Haus, sah ab und zu von ihrer Arbeit auf und beobachtete die Staubkörner, die im Licht der Sonnenstrahlen tanzten.

Gegen Mittag ging sie nach unten, um etwas zu trinken. Hunger hatte sie nicht, die Arbeit nahm sie zu sehr gefangen.

Sie wollte mit dem gefüllten Becher gerade wieder nach oben gehen, als es an der Haustür klopfte.

Kurz prüfte sie die Zeit anhand der Schatten, die die Möbel in den Raum warfen. Robert konnte es nicht sein, denn er würde eintreten, ohne zu klopfen. François hingegen klopfte anders, energischer als der fremde Besucher.

Mit dem Becher in der Hand ging Anne zur Tür und öffnete.

Draußen stand ein alter Mann. Er hielt sich leicht gebeugt, sodass sein dürrer Hals eher nach vorne als nach oben aus seinem Rumpf ragte. Der Kopf, der auf diesem Hals saß, wirkte im Gegensatz zu dem dürren Körper zu groß. Wie altes Pergament spannte sich die Haut des Alten über den Schädelknochen, aber in seinen dunklen, von auffällig langen, schneeweißen Wimpern umrahmten Augen brannte Leidenschaft.

«Ja, bitte?» Anne nahm den Becher in die andere Hand. «Kann ich Euch helfen?» Der Mann trug edle Kleidung aus grauer Wolle und Seide, und obwohl seine Haare lang und schütter waren, ging von ihm der frische Geruch nach Seife und Öl aus. Annes Blick fiel auf die goldene Kette um seinen Hals. Sie hatte noch niemals Edelsteine gesehen, die ungeschliffen waren und dennoch einen solch hübschen Glanz aufwiesen.

«Wohnt hier der Astrolabienbauer Robert?» Die Stimme des Alten knarrte, als habe er nicht viel Übung im Sprechen.

«Ja. Was wollt Ihr von ihm?»

«Ich – um ehrlich zu sein, ich weiß nicht genau.» Der Alte stützte sich seitlich am Türrahmen ab. Seine Hand zitterte leicht, und Anne öffnete die Tür weit.

«Kommt erst einmal herein. Kennt mein Vater Euch? Wie heißt Ihr? Seid Ihr ein Kunde von ihm?» Vergeblich kramte sie in ihrem Gedächtnis nach einem Hinweis auf die Identität des Alten. Er war mit Sicherheit kein Bewohner der Bourg de la Madeleine, sonst hätte sie ihn gekannt.

Sie führte den Mann in die Küche und bat ihn, sich zu setzen.

Der Alte kratzte sich an der Stirn und wiegte den großen Kopf hin und her, dass es aussah, als sei er auf einem Weidenrohr befestigt und leichtem Wind ausgesetzt. Er kicherte verhalten. «Ihr müsst verzeihen, mein Gedächtnis lässt mich dieser Tage häufig im Stich. Mein Name ist ... Jérome de Fleury, und, ja, ja, ich bin ein Kunde Eures Vaters. Ich bin hier, um eine Arbeit abzuholen, die er für mich anfertigen sollte.»

Anne streckte sich, um einen weiteren Becher vom obersten Bord herunterzuholen. «Mein Vater hat mir gar nichts davon erzählt. Was war es denn für eine Arbeit, die Ihr bei ihm in Auftrag gegeben habt?» Sie hielt den Becher in die Höhe. «Möchtet Ihr etwas Kräutersud?»

«Gerne.»

Jetzt erst sah Anne, dass der Mann keinen einzigen Zahn mehr im Mund hatte. In der Art, wie er sich vorbeugte und auf sein Getränk wartete, glich er einem Kind, dem süßer Kuchen versprochen worden war. Er umfasste den Becher mit beiden Händen, ohne dabei die Ärmel zurückzuschieben, die ihm ein wenig zu lang über die Handgelenke reichten.

Sie setzte sich dem Mann gegenüber an den Tisch. Er hatte ihre Frage noch nicht beantwortet. «Was war es noch, das mein Vater für Euch bauen sollte?»

Ein sternenkundliches Instrument konnte es nicht sein, denn in diesem Bereich wusste Anne über jeden einzelnen Auftrag Bescheid. Außer dem Astrolabium für Lambert und einer kleinen, tragbaren Armillarsphäre für einen Mann aus dem bischöflichen Palast hatte es in diesem Jahr noch keine

Anfragen gegeben. *Vielleicht möchte er ein Schmuckstück für eine Tochter oder Enkelin,* dachte sie, aber auch das schien ihr nicht wahrscheinlich. Ein Mann, der sich Kleidung und Ketten von der Qualität leisten konnte, wie sie der Alte trug, würde Gold- oder wenigstens Silberschmuck verschenken, keine Messingringe und -broschen.

«Ihr könnt mich schlagen», kicherte Jérome. «Ich weiß es nicht mehr.» Er stöhnte, was wie das Quietschen einer alten, rostigen Angel klang. «Das Alter! Es ist kein Zuckerschlecken, meine Liebe, das könnt Ihr mir glauben. Aber Ihr seid ja zu Eurem Glück noch sehr weit davon entfernt.» Seine Rechte löste sich von dem Becher, den er auch auf der Tischplatte umfangen gehalten hatte, und kroch auf Annes Arm zu.

Seine Fingernägel waren gelblich und verwachsen, die Gelenke knotig und dick.

Anne zog ihre eigene Hand an sich, was die Kralle sofort zum Rückzug veranlasste.

Wieder kicherte der Alte. Verlegen diesmal.

«Es kann eigentlich nur ein kleines Schmuckstück sein», riet Anne eilig, um die peinliche Stille zu beenden. «Sonst wüsste ich davon. Wartet einen Moment, ich gehe und sehe nach. Wenn Ihr heute mit meinem Vater verabredet wart, dann wird er die Arbeit ja fertig haben.» Sie stand auf und ging hinauf in die Werkstatt. Seltsam, dass Robert ihr den Kunden mit keiner Silbe angekündigt hatte! Aber vielleicht hatte er ihn selbst vergessen – er vergaß in letzter Zeit des Öfteren Kleinigkeiten. Oder aber der Alte hatte sich im Tag geirrt, was bei seiner Verwirrung durchaus möglich schien.

Anne zog das Auftragsbuch aus der Schublade unter Roberts Arbeitsplatz und blätterte die Seite mit den letzten Einträgen auf. Rasch wanderte ihr Zeigefinger über die Liste. Heute Morgen, als sie auf dem Markt gewesen war, hatte ein Mann namens Thierry Salvetat zwei schmale Ringe abgeholt, die er vor zwei Wochen für seine Verlobung bestellt hatte.

Anne kannte ihn, er wohnte nur zwei Straßen weiter in der Rue des Traiteurs.

Gestern waren ein kaputter Kessel gebracht worden und ein Satz Becher, deren Ziselierung ausgebessert werden musste. Und ein Safranhändler, der zu Gast im Palais Vicomtal weilte, hatte Robert gebeten, ihm für eine neue Truhe ein möglichst sicheres Schloss samt Schlüssel zu konstruieren. Für diese Arbeit lagen erste Entwürfe auf Roberts Platz. Nichts davon schien auf den Alten zu passen.

«Nichts gefunden?» Plötzlich stand Jérome hinter ihr, so dicht, dass sie seinen Atem im Nacken spüren konnte.

Anne fuhr zusammen. Das Auftragsbuch glitt ihr aus den Händen, sie konnte es gerade noch auffangen. «Bei allen Heiligen!», rief sie aus.

Der Alte wich einen Schritt zurück, und Anne fuhr herum. Plötzlich war ihre Kehle eng. Wie hatte er in den Raum kommen und hinter sie treten können, ohne dass sie ihn gehört hatte?

Wieder kicherte er. Wieder klang es unsicher, aber diesmal passte der Ausdruck in seinen Augen nicht dazu. Der Alte musterte sie ganz genau. Fast glaubte sie, seine tastenden Blicke auf ihrem Gesicht zu spüren. Sie hob eine Hand an die Wange. «Ihr habt mich erschreckt!»

«Verzeiht. Das wollte ich nicht. Wie ich vermute, seid Ihr mit Eurer Suche erfolglos gewesen.» Er streckte die Finger nach dem Auftragsbuch aus, aber Anne presste es gegen ihren Leib.

Beschwichtigend hob er die Hand. Sein Blick glitt über Annes Schulter zur Werkbank und blieb an etwas hängen. Ein Leuchten trat in seine dunklen Augen, und mit zwei raschen Schritten war er an Anne vorbei und stand vor Roberts Arbeitsplatz.

Dort befand sich auf einem eigens dafür angebrachten Brett eine etwa doppelt kopfgroße Armillarsphäre, ein metallenes

Modell des Kosmos, Roberts ganzer Stolz. In einem Gestell steckte eine aus mehreren Messingreifen zusammengefügte Kugel, in deren Mitte eine bemalte Holzkugel die Erde symbolisierte.

Jérome streckte beide Hände nach der Sphäre aus. «Darf ich?» Er klang heiser und aufgeregt wie ein kleines Kind.

«Natürlich.»

Vorsichtig hob der Alte die Himmelskugel aus ihrer Halterung, drehte sie in die eine, dann in die andere Richtung. Mit der ganzen Handfläche fuhr er die waagerecht stehenden Ringe ab. «Äquator», murmelte er dabei, als falle ihm der Name gerade ein. «Wendekreis des Krebses und des Steinbocks. Die beiden Polarkreise. Wunderbar!» Ebenso behutsam, wie er die Sphäre in die Hand genommen hatte, setzte er sie wieder in das Gestell und richtete sie so aus, dass der Winkel ihrer Achse ungefähr 47 Grad zum Horizontkreis betrug.

Anne beobachtete ihn fasziniert. Dieser Mann wusste eine ganze Menge über den Kosmos.

Sein Blick fiel auf eine Zeichnung, die Robert über seinem Arbeitsplatz an die Wand geheftet hatte. Es war eines der gelehrten Probleme, mit denen der Astrolabienbauer sich gerade herumschlug.

Die Zeichnung enthielt die Konstruktionslinien für eine Rete nach einer spanischen Schrift. Mit einem Stück rötlicher Kreide hatte Robert einen Teil der Zeichnung eingefärbt, nämlich die Bahn der Sonne über den Himmel, die so genannte Ekliptik, und sie in zwölf genau gleich große Sektoren eingeteilt, von denen jeder den Namen eines Tierkreiszeichens trug.

Jérome beugte sich über die Werkbank, um die winzige und darüber hinaus mit dünnem Kohlestift aufgetragene Schrift auf der Zeichnung lesen zu können. «Die Ekliptik», murmelte er. «Er hat einen Fehler entdeckt, nicht wahr?»

Anne nickte. Sie war jetzt ebenfalls dicht an die Werkbank

herangetreten, und dabei berührte sie versehentlich den Alten an der Hüfte. Etwas Hartes bohrte sich in ihre Seite. Sie schaute an sich herab. Es war ein Messer.

«Er meint, dass durch die Projektion der Himmelskugel auf die Fläche die Einteilung des Tierkreises nicht regelmäßig sein dürfte. Aber er weiß nicht genau, um wie viel Grad er welches Zeichen verschieben muss, damit es stimmt. Er …» Mitten in ihre Ausführung sickerte ein Gedanke in Annes Bewusstsein und ließ sie stocken …

*… ein seltsam einfaches Messer für einen reichen Mann …*

Sie wunderte sich über sich selbst. Was dachte sie da? Unauffällig rückte sie ein Stück von Jérome ab und schaute auf den Messergriff. Er war aus abgenutztem, dunklem Horn, das Heft aus stumpfem Eisen.

Eine dunkle Substanz klebte zwischen dem Heft und dem Ansatz der Klinge.

An Annes Hals begann eine einzelne Ader zu klopfen.

Übergangslos nahm kalte Panik sie in ihren Griff. Sie spürte, wie ihr das Blut aus den Wangen wich. Hastig schluckte sie. Die dunklen Augen des Alten brannten auf ihrem Gesicht.

Der richtete sich auf. Eines seiner Gelenke knackte hörbar. «Nun», sagte er mit einer Stimme, die in Annes Ohren plötzlich nicht mehr knarzend klang, sondern schnurrend wie die einer Katze. «Ich will Euch nicht länger die Zeit stehlen. Seid so nett und sagt Eurem Vater, dass ich hier war, ja?»

Anne nickte. *Sag etwas!*, schrillte es in ihrem Kopf, aber sie war außerstande dazu.

Der Alte stand noch einen Moment ruhig da und betrachtete sie. Dann senkte er den Kopf zum Gruß, drehte sich um und ging.

Erst als die Haustür mit einem leisen Klicken ins Schloss fiel, gelang es Anne, ihre Starre zu überwinden. Mit zitternden Knien ließ sie sich auf Roberts Schemel sinken.

# 15. Kapitel

François bog in die Ruelle des Artisans ein und grüßte die beiden kleinen Mädchen, die höflich vor ihm knicksten. In diesem Moment öffnete sich Roberts Tür. Heraus trat ein alter Mann. Er blieb vor dem Haus stehen und warf einen langen Blick an der Fassade hinauf, sodass der Priester nicht mehr von ihm sehen konnte als seinen Rücken und den Hinterkopf mit den langen, schneeweißen Haaren.

Eine Ahnung ließ ihn stehen bleiben.

Die Mädchen hüpften davon, aber dafür kam eine Horde Jungs aus einer Seitengasse gerannt. Der erste prallte gegen François und landete verdutzt auf seinem Allerwertesten. Noch während der Junge sich aufrappelte und um eine Ecke davonflitzte, hatte der Alte vor Roberts Tür genug gesehen und wandte sich zum Gehen.

Jetzt konnte François einen Blick in sein Gesicht werfen.

Ein entsetztes Keuchen entrang sich ihm. «Jehuda!» Wie mit kurzen Schlägen hämmerte sich das Bild in sein Bewusstsein. Die kostbare Kleidung. Die dürre Gestalt. Der leicht gebeugte Gang. Das Messer an seinem Gürtel.

*Das Messer an seinem Gürtel.*

François wich zurück, doch es war zu spät. Jehuda hatte ihn entdeckt. Seine Augen wurden weit. «François?»

Seine raue Stimme schickte dem Priester eisige Schauer den Rücken hinunter. «Wieso bist du frei?»

Jehuda war mit wenigen Schritten bei ihm. Krallte die Hand in die Falten von François' Gewand und zog ihn zu sich herab. «Warum war ich *zwei-und-drei-ßig* Jahre eingesperrt?»

François konnte sich nicht rühren. Sein Mund öffnete sich, schloss sich wieder, öffnete sich erneut. Übergangslos stand ihm kalter Schweiß auf der Stirn. *Er ist ein alter Mann!*, sagte er sich. *Ein alter Mann nur! Du kannst einfach weglaufen.* Aber es nützte nichts. Sein Herz jagte und seine Glieder waren wie gebannt. Zu grausam waren die Erinnerungen, die er mit diesem alten Mann verband.

«Guckt mal, die beiden Männer haben sich lieb!» Derselbe Junge, der François kurz zuvor angerempelt hatte, schob seinen Kopf um die Hausecke. Eine kleine Hand folgte seinem verstrubbelten Haarschopf und deutete auf die beiden Männer.

Jehuda lockerte seinen Griff. Sein Kopf ruckte zu dem Kleinen herum. «Verschwinde!», zischte er.

Der Junge gehorchte umgehend.

François' Knie drohten nachzugeben.

«Und du kommst mit.» Jehuda zwang François, sich umzuwenden, und stieß ihn vor sich her, hinaus aus der Ruelle des Artisans und hinein in den schmalen Durchlass zwischen den Häusern von Robert und Madeleine. Mit jedem Schritt drängte er François tiefer in die Schatten, und dem Priester kam es vor, als schlüge die Schwärze der Verdammnis über ihm zusammen. «Was willst du von mir?», japste er.

Eine Klinge sprang an seine Kehle. François spürte, wie seine Blase nachgeben wollte. Ein klägliches Wimmern bahnte sich den Weg ins Freie. «Jehuda! Christus ...»

«Rede mir nicht von Christus!», fuhr der Alte François an.

«Aber er wird dir vergeben, was du getan hast. Du musst nicht weiter mor...» Eine Hand legte sich über François' Mund und drängte den Rest des Satzes zurück in seine Kehle.

Jehuda schien nachzudenken. Seine Hand sank herab, für einen Augenblick verschleierte sich sein Blick. «Christus ...», murmelte er. Dann blinzelte er, als sei ihm plötzlich ein Gedanke gekommen. «Dieser Robert?» Sein Kopf zuckte in Richtung des Hauses des Astrolabienbauers. «Wer ist er?»

François starrte ihn verständnislos an. «Wie ...»

«Das Haus, woher kenne ich es?»

Samuels Worte fielen ihm ein. Hatte der Jude ihm nicht versichert, Jehuda sei ein geistiger Krüppel und könne sich an kaum etwas erinnern? Konnte es sein, dass es wirklich stimmte? Aber was bedeutete dann das Messer an seiner Kehle? Hieß das nicht, dass Jehuda vorhatte weiterzumachen, wo er vor 32 Jahren unterbrochen worden war?

Jehuda drängte François gegen die Mauer. Seine Hand legte sich um den Unterkiefer des Priesters und drückte zu. «Rede schon!» Seine Lippen waren zurückgezogen, entblößten zahnlose Kiefer, zwischen denen Speichel lange Fäden zog.

«Elaine», wisperte François. «Sie hat hier ...»

Die Hand zog sich zurück. Ein unsicheres Flackern erschien in Jehudas Augen. «Elaine?» Er bewegte den Namen zwischen den Kiefern wie einen Schluck Wein. Dann dämmerte Erinnerung in seinen Augen auf. «Elaine! Wo ist sie?» Die Klinge schrammte über François' Kehlkopf.

«Fort. Seit langem schon. Seit dein Vater dich damals ...» Der Rest ging in einem panischen Gurgeln unter, weil Jehudas Messerspitze sich seitlich in François' Haut bohrte.

Unendlich scheinende Augenblicke geschah gar nichts, außer dass Jehudas Blick glasig wurde und sich in die Ferne richtete. «Elaine. Ich erinnere mich an sie.» Ruckartig richtete er die Pupillen schließlich wieder auf François. «Das Buch!»

François legte beide Händen an die Wand in seinem Rücken. «Fort», hauchte er.

«Wohin?» Jehuda schrie. Speichel löste sich aus seinem Kiefer und sprühte in François' Gesicht. Der Alte nahm den Ärmel seiner freien Hand und wischte ihn sachte fort. Ein Lächeln breitete sich auf seinen Zügen aus. «Ich weiß es! Clothilde hat es mir erzählt. Sie lebt in Montfort, in der Nähe von Paris, und das Buch ist bei ihr. Nicht wahr?»

François nickte.

«Und Robert – er ist, er war Elaines Verlobter, stimmt es?»

François nickte erneut.

«Er kennt den Inhalt des Buches.»

Nicken.

«So wie mein Vater.»

«Moïse ist tot.»

«Ach ja! Ich vergaß!» Jehuda kicherte fröhlich. «Also dann wie Samuel.»

«Nein!»

«Wie, nein?» Das Messer ritzte die Haut des Priesters.

«Er weiß nichts! Moïse – dein Vater ließ das Buch fortschaffen, lange bevor Samuel auf die Welt kam.»

«Oha, unser guter Priester ist mutiger geworden in den vergangenen zweiunddreißig Jahren. Als ich dich das letzte Mal gefragt habe, wer das Buch kennt, hattest du es sehr eilig, mir jeden einzelnen Namen zu nennen!» Langsam wanderte die Spitze der Klinge nach unten, zeichnete eine dünne, brennende Spur auf François' Haut. «Moïse hat Samuel doch von dem Inhalt erzählt, oder etwa nicht?»

François kämpfte mit einer drohenden Ohnmacht.

«Hat er oder hat er nicht?» Eisig klangen Jehudas Worte, kein bisschen menschlich.

Nicken.

«Er wird dafür sterben.» Die Spur hatte François' Kragen erreicht, verschwand darin und erreichte das Schlüsselbein. «Genau wie d...»

Mit einem einzigen, verzweifelten Ruck riss François seinen Körper zur Seite. Das Messer schrammte schmerzhaft über seinen Knochen, kreischte dann über Stein. François prallte mit der Schulter auf den Boden. Staub wirbelte auf, drang ihm in Mund und Nase. Er rappelte sich auf Hände und Knie hoch und krabbelte voller Panik ein Stück zur Seite. Noch einmal klirrte das Messer gegen die Mauer. Ein helles Singen zeigte dem Priester, dass es diesen Aufprall nicht überstanden hatte. Die Spitze flog in den Dreck. François kam auf die Füße, stolperte, krachte gegen eine Wand. Hühnerdung wirbelte auf, das aufgeregte Gackern der Vögel vermengte sich mit dem Gebrüll Jehudas. Er spürte, dass der Alte ihn von hinten ansprang, und stieß mit aller Kraft den Kopf zurück, traf auf etwas Hartes. Jehuda heulte auf. Rutschte von seinem Rücken.

François taumelte vorwärts. Hinaus aus dem Durchgang. Quer über die Ruelle des Artisans. Auf den nächsten bevölkerten Platz. Blicke richteten sich neugierig auf ihn, Tuscheln drang an sein Ohr, dann hatte er den Brunnen in der Mitte des Platzes erreicht.

«Geht es Euch gut?» Jemand war bei ihm, beugte sich über ihn, aber in seiner Panik konnte er nicht erkennen, wer es war. Schützend riss er die Arme vor das Gesicht.

Und dann endlich begriff er, dass er in Sicherheit war. Er stemmte sich an der Brunnenumrandung in eine halbwegs aufrechte Position und sog Luft in seine Lungen, bis sie sich anfühlten, als wollten sie gleich platzen.

«Er kam von dort!», rief jemand. «Wahrscheinlich hat man versucht, ihn auszurauben», ein anderer, und dann sagte eine tiefe, Vertrauen einflößende Stimme: «Ängstigt Euch nicht. Der Strolch ist wahrscheinlich längst über alle Berge.»

François ließ die Luft entweichen. Mit einem Mal verging die Panik, aber mit ihr verließ ihn auch alle Kraft. Nur mit Mühe konnte er sich aufrecht halten. Er suchte die Blicke der Umstehenden. «Es geht schon», keuchte er. «Danke.»

Die Menschenmenge zerstreute sich langsam.

François warf einen ängstlichen Blick in die Ruelle des Artisans, aber Jehuda war nirgends zu sehen.

Er war tatsächlich entkommen.

Für den Augenblick wenigstens.

«Samuel!» François pochte mit solcher Kraft gegen das doppelflügelige Tor, dass die Ringe in den Mäulern der Löwenköpfe klackernd hin- und herschwangen. «Samuel! Mach sofort auf!» Er trat einen Schritt zurück und warf einen Blick an der Fassade hinauf, wo eine Reihe von Fenstern dunkel auf die Straße hinausblickte. In einem der Nachbarhäuser wurde ein Licht entzündet. François war sich der Blicke in seinem Rücken nur zu bewusst, aber er ignorierte sie und klopfte noch einmal.

Mit absoluter Lautlosigkeit schwang ein winziges Fenster über dem rechten Löwenkopf auf. «Wer ist da?» Es war Samuel selbst.

«Ich bin es, François. Lass mich endlich rein!» François erwiderte das Starren des neugierigen Nachbarn, und das Gesicht verschwand vom Fenster.

Samuel schloss die Luke, dann öffnete er den rechten Flügel der Tür und ließ François ein. Hastig trat der Priester in den Schutz der hohen Mauern. «Mach zu!», murmelte er atemlos. «Jehuda ist da draußen.»

Samuel stand für einen Moment regungslos, die Augenbrauen zu einem einzigen, dicken Balken zusammengezogen. Gerade als François seine Worte wiederholen wollte, reagierte er endlich. Er schob den offen stehenden Türflügel sanft ins Schloss zurück. Sorgfältig legte er den Riegel vor und kontrollierte zweimal, ob er auch festsaß.

Dann blieb er stehen, ohne sich umzuwenden.

François betrachtete seinen Rücken. «Du wusstest es», sagte er. «Du wusstest es schon, als ich das letzte Mal hier war, nicht wahr?»

«Nein. Ich hatte eine Vermutung, aber ich wusste es nicht.» Jetzt drehte Samuel sich um und sah François ins Gesicht. Er hatte das Kinn herausfordernd vorgestreckt, und schlagartig verließ den Priester jede Lust auf Konfrontation. Die Erleichterung, in Sicherheit zu sein, schlug mit solcher Wucht über ihm zusammen, dass er die Schultern sinken ließ und sich seufzend über Mund und Nase strich.

«Warum hast du mich nicht gewarnt?»

«Komm. In der Halle brennt ein Feuer. Lass uns nicht hier draußen reden.»

Jetzt erst merkte François, dass er noch immer zitterte. Er hatte sich bis zum Einbruch der Dunkelheit auf dem Platz herumgedrückt, immer in der Nähe von möglichst vielen Menschen, die ihm ein Mindestmaß an Schutz vor Jehudas Messer zu bieten schienen. Erst als die Dunkelheit über der Stadt niedergesunken war und die Straßen und Plätze sich geleert hatten, war er, so schnell es ging, zu Samuels Haus geeilt.

Jetzt folgte er dem Juden in die Halle. Den angebotenen Platz lehnte er ab und zog es stattdessen vor, unruhig im Raum auf und ab zu marschieren.

Samuel dagegen ließ sich auf die Kante eines Lehnstuhls sinken, stützte die Ellenbogen auf den Knien ab und verbarg das Gesicht in den Händen.

«Ich warte auf eine Antwort, Samuel!», knurrte François, ohne in seiner Wanderung innezuhalten.

«Ich hielt es für besser.» Samuel sah nicht auf. «Nein. Die Wahrheit ist, ich hatte Angst, du würdest mir die Schuld geben.»

«Ist es denn deine Schuld?»

Der Raum war von Kerzen in silbernen Leuchtern erhellt, und die kleinen Flammen flackerten sanft in einem leichten Luftzug. Samuel sah auf. Sogar in dem sanften Licht sah er erschöpft aus. «Nein», sagte er. «Offenbar hat diese Clothilde dafür gesorgt, dass er freigelassen wurde. Sie hat die Unsicherheit, die nach Vaters Tod unter den Männern entstanden ist, geschickt genutzt. Ich habe den Verantwortlichen dafür bereits zur Rechenschaft gezogen.»

François wollte gar nicht wissen, was mit dem Mann geschehen war. Er biss die Zähne zusammen. «Was sollen wir jetzt tun?» Als Samuel nicht antwortete, tat er es selbst: «Wir müssen den Stadtbüttel benachrichtigen, damit Jehuda wieder eingefangen wird.»

«Auf keinen Fall!»

«Doch, Samuel!» François entblößte die schmale Wunde an seinem Hals. «Er ist gefährlich! Er hat seine Pläne auch nach so langer Zeit nicht aufgegeben.»

«Nein, François!»

«Aber warum nicht?»

«Weil es unangenehme Fragen nach sich ziehen würde.» Samuel hob die Hand, um den Protest des Priesters abzuwehren. «Wenn wir den Büttel benachrichtigen, wird er wissen wollen, wo Jehuda sich die letzten Jahrzehnte befunden hat. Vater hatte jedes Recht der Welt, ihn einzusperren für das, was er getan hat. Aber wenn der Büttel anfängt, Fragen zu stellen, dann wird bald die halbe Stadt von seiner Tat wissen. Und von der Tatsache, dass Jehuda es vorgezogen hat, seinen jüdischen Glauben zu verraten.»

Zögernd ließ François sein Gewand wieder über die Wunde fallen. «Manchmal habe ich das Gefühl, dass Jehudas Familie ihm den Glaubensverrat viel übler genommen hat als den Mord.»

Samuel schüttelte den Kopf. Er sah traurig aus. «Natürlich nicht! Aber wie auch immer: Wenn wir den Büttel ins Spiel bringen, ist der Ruf der ganzen Familie zerstört. Man würde meinen Vater für ein herzloses Monster halten.»

Offiziell hatte Jehuda damals die Stadt verlassen und war auf einer Reise an einem tückischen Fieber gestorben. Außer Moïse, Samuel, François und den wenigen Wächtern, die ihn hüteten, wusste niemand, was tatsächlich mit ihm geschehen war.

Dennoch war François im Moment nichts weniger wichtig als Moïses guter Ruf.

«Er war heute Nachmittag bei Anne!», flüsterte er.

Samuel ruckte hoch. «Weiß sie über das Geheimnis des Buches Bescheid?»

«Nein.»

«Gut.»

Als gäbe es nichts mehr zu sagen, versanken beide Männer in dumpfes Grübeln. Vor François' innerem Auge spielte sich immer und immer wieder Jehudas Angriff ab. Er beschleunigte seine Schritte noch, durchmaß die Halle von Wand zu Wand und kehrte am Ende der Bahn mit einem harten Ruck um. «Sie beschäftigt sich aber mit den Planetenanomalien.»

«Wie weit ist sie? Besteht die Gefahr ...»

«Nein. Jedenfalls nicht in absehbarer Zeit.»

«Gut», wiederholte Samuel. «Ich habe alle verfügbaren Männer bereits mit der Suche nach Jehuda beauftragt. Wir werden ihn bald wieder eingefangen haben.»

«Ich kann nicht einfach die Hände in den Schoß legen, Samuel! Was, wenn *ich* den Büttel benachrichtige?» Vor der Wand blieb François stehen, legte beide Handflächen dagegen, als wolle er sie fortschieben.

«Das kann ich dir nicht erlauben.»

«Wie willst du es verhindern?» Unter dem eigenen Arm hindurch sah François Samuel an.

Der bohrte seinen Blick in den des Priesters. Lange Zeit blinzelte er nicht ein einziges Mal. Um seinen Mund erschien ein harter Zug. «Robert weiß nichts über deine unrühmliche Rolle in der Angelegenheit, nicht wahr? Wenn du den Büttel verständigst, sorge ich dafür, dass er alles erfährt. Alles, François, und damit meine ich nicht nur deine Missionierung Jehudas! Tut mir Leid.»

François regte sich nicht. Er schloss die Augen. «Schon gut.» Dann schlug er, so fest er konnte, gegen die Wand. Der Schmerz raste durch seine Handkanten bis hinauf zum Ellenbogen. «Ich hätte das Buch vernichten sollen, als noch Zeit dazu war!»

Samuel schnaubte. «Es bedeutet Ruhm für den, der es zu nutzen weiß, und das war dir von Anfang an klar! Du hättest es niemals vernichten können. Das redest du dir nur ein.»

Jehudas enttäuschte Stimme wehte durch François' Geist, gedämpft durch zweiunddreißig lange Jahre.

*Wir standen auf einer Seite! Auf einer Seite, François!*

Er wehrte sich gegen die Kälte, die sich in seinem Inneren auszubreiten drohte.

«Nein!», knirschte er.

Er war mit schuld an dem, was geschehen war, aber er war kein Jehuda. «Was soll ich jetzt tun?»

«Sorge dafür, dass Anne für ein paar Tage das Haus nicht verlässt. Ich werde die Zahl meiner Männer noch einmal verdoppeln.»

Was aber war, schoss es François durch den Kopf, wenn Jehuda es gar nicht auf Anne abgesehen hatte, sondern auf ihn? Er hatte ihn damals töten wollen, und es würde ihm wieder einfallen. Die lange Haft hatte seinen Wahnsinn nicht gemildert. Ganz im Gegenteil.

«Bewaffne dich!», riet Samuel, als hätte er die Gedanken des Priesters gelesen.

Halb rennend, halb stolpernd erreichte François seine eigene Wohnung. Sie war düster und leer, und noch nie war sie François so bedrohlich erschienen. Sorgfältig verschloss der Priester die Tür hinter sich, zog die Vorhänge zu und entzündete nur ein einziges Licht, um nicht allzu viele Hinweise darauf zu geben, dass er zu Hause war.

Ein hartes, energisches Klopfen ließ einen solchen Schrecken durch seinen Leib fahren, dass er die eben entzündete Kerze fallen ließ. Dumpf prallte sie auf den Holzfußboden und rollte unter das Regal, wo sie verlosch.

Tiefe Dunkelheit hüllte François ein. Mit einem Mal fiel ihm das Atmen schwer.

«François!», erscholl eine vertraute Stimme.

Es war Patric, der Kammerdiener des Bischofs. François' Knie drohten nachzugeben, und nur mit Mühe fing er sich.

«François, seid Ihr da?»

Kurz erwog er, zu schweigen, so zu tun, als sei er nicht zu Hause, aber schließlich siegte sein Pflichtbewusstsein. Wenn Patric mitten in der Nacht zu ihm kam, dann war sein Anliegen wichtig. Und François würde sich nicht die Gelegenheit entgehen lassen, sich im bischöflichen Palast noch ein bisschen unentbehrlicher zu machen.

*Ruhm!*, flüsterte eine höhnische Stimme in seinem Kopf. *Wie war es noch damit?*

François räusperte sich. «Ja? Ich komme sofort!»

Er tastete sich zur Tür und öffnete.

Von draußen fiel Fackelschein auf sein Gesicht. Patrics Züge lagen nur zur Hälfte im Licht, dennoch konnte François den erstaunten Ausdruck in seinen Augen sehen. «Reynaud braucht Eure Hilfe», sagte der Kammerdiener überflüssigerweise.

François nickte. «Ich komme. Wartet einen Augenblick.»

Er kehrte in sein Studierzimmer zurück und kramte in einer Truhe, bis er den Dolch gefunden hatte, den er seit Jahren schon nicht mehr trug. Vorsichtig prüfte er seine Schneide, fand sie ausreichend scharf. Dann befestigte er die Waffe an seinem Gürtel, richtete sich auf und holte tief Luft.

Auf dem Weg zum Palast erkundigte er sich, wie lange Reynaud seine Dienste wohl benötigen würde.

«Keine Ahnung», war die mürrische Antwort.

Da fasste er einen Entschluss. «In der Ruelle des Artisans wohnt ein Astrolabienbauer», erklärte er dem Kammerdiener. «Geht dorthin und sagt seiner Tochter Anne, sie soll Türen und Fenster geschlossen halten und niemanden einlassen, bis ich zu ihr komme.»

Stirnrunzelnd nahm Patric den Befehl entgegen. François blieb stehen und packte ihn an den Schultern.

«Es ist wichtig!», drängte er. «Versprecht mir, dass Ihr es sofort tut!»

Patric warf einen missmutigen Blick in den halb verhangenen Nachthimmel. Widerwillig nickte er.

# 16. Kapitel

Mitten in der Nacht hatte Galien einen weiteren Albtraum, der damit begann, dass Elias' bleiches Gesicht vor ihm in absoluter Finsternis schwebte, als plötzlich Blut aus seinen Augen und Ohren hervorbrach. Entsetzt fuhr Galien in die Höhe, beide Hände in das Betttuch verkrallt. Die Angst aus seinem Traum ließ sich auch in der Wirklichkeit nicht vertreiben, und so stand er auf, zog sich an und schlich leise aus dem Haus.

Die Nacht umfing ihn kalt und belebend. Er sog sie tief in sich ein. Der Himmel war teilweise von Wolken verhangen, aber hier und da blinzelte ein Stern auf Galien nieder. Er blieb auf dem Hof stehen, legte den Kopf in den Nacken und schaute nach oben. Kassiopeia konnte er erkennen. Die auffälligen, ein leicht zerdrücktes W bildenden fünf hellen Sterne standen dicht über dem nördlichen Horizont und leiteten Galiens Blick weiter zu Cepheus. Er wusste von Elaine, dass dieses zweite Sternbild immer in der Nähe von Kassiopeia stand, aber er hatte seine Form niemals von selbst erkannt. Die Geschichte jedoch, die die beiden Bilder verband, mochte er. Ein königliches Ehepaar waren sie gewesen, und ihre Geschichte erzählte von Hochmut, Opferbereitschaft und Liebe.

Clothilde kam ihm in den Sinn.

Er unterdrückte ein Seufzen.

Man würde sich um sie kümmern müssen. Er konnte sich lebhaft vorstellen, wie sehr sie die Ereignisse des vergangenen Tages mitgenommen haben mussten.

Leises Wiehern und das laute Dröhnen eines Pferdetrittes an der Holzwand rissen Galien aus seinen Überlegungen: Tarik.

Er warf Kassiopeia einen letzten Blick zu und betrat den Pferdestall. Drinnen war es noch dunkler als draußen, aber hier fand er sich blind zurecht. Rechts die drei großen Verschläge für die Reitpferde, links die Unterstände für die Ackergäule. Tarik stand ganz hinten. Durch eine schnell errichtete Holzwand hatte man ihn von den anderen abgetrennt, damit er sich beim Anblick der fremden Pferde nicht zu sehr aufregte. Es würde ohnehin schwer für ihn werden, sich einzugewöhnen.

Der Hengst stand in der Ecke seines Verschlages. Den Kopf hatte er hochgeworfen, und jetzt wieherte er lang und schmerzvoll.

«Du wartest auf deinen Herrn, nicht wahr?» Galien streckte eine Hand über die halbhohe Wand. «Armes Tier. Er wird nicht zurückkommen.» Der Entschluss fiel rasch. Galien öffnete die Tür und betrat Tariks Gefängnis. Der Hengst scharrte mit den Hufen.

Während Galien leise auf ihn einredete, ließ er sich in der Tarik gegenüber liegenden Ecke ins Stroh sinken. Der Hengst stand stocksteif. Irgendwann kehrte Galiens Müdigkeit zurück. Er legte sich auf die Seite, einen Arm unter dem Kopf, den anderen locker vor sich im Stroh.

Er erwachte, weil ihm warmer Atem ins Gesicht blies. Vorsichtig öffnete er die Augen. Tariks Nüstern waren direkt über ihm. Ganz vorsichtig hob er die Hand.

Der Hengst zuckte zurück, blieb jedoch, wo er war. Nach schier endlosen Augenblicken, in denen Galien der Arm einzuschlafen drohte, senkte das Tier den Kopf wieder, und Galien berührte ihn am Maul.

Im nächsten Moment schoss der Hengst zurück in seine Ecke.

«Verzeih!» Galien richtete sich auf, dann bemerkte er, dass nicht die Berührung der Grund für das Scheuen gewesen war. Draußen wurden Geräusche laut.

Stimmen erschollen, Rufe, dann ein leises, bedrohliches Zischen. Galien sprang auf. Er kümmerte sich nicht darum, dass er Tarik damit in Panik versetzte. Alarmiert rannte er aus dem Stall.

Und sah mit an, wie eine Gruppe Bewaffneter in seinen Hof galoppierte. Brandpfeile zogen leuchtende Spuren in den nächtlichen Himmel. Jemand schrie auf.

«Was hat das ...», hörte Galien Jeans Worte. Sie endeten in einem qualvollen Aufschrei. Fackellicht zuckte über den Hof. Galien sah Jean auf dem Rücken liegen, ein Streitross bäumte sich über ihm auf.

Das Geräusch, mit dem seine Hufe den Brustkorb des Knechts trafen, war grausam.

«Verschont das Haus! Arnaud will nur das Buch! Und das Instrument!»

Diese Stimme!

Simon!

Galien erstarrte. Er sah, wie Simon sein Pferd herumwarf und einen Armbrustbolzen in Richtung Haus abfeuerte.

«Haltet ein!» Galien warf sich vorwärts. Die Pferde der beiden vorderen Ritter scheuten.

Simon ritt in Kettenhemd und Helm. Ein weißes Gewand flatterte über seiner Rüstung, das Kreuz darauf flammte rot.

«Simon! Was hat das zu bedeuten?» Galien erhielt keine Antwort. Er wich dem heranreitenden Ritter aus. Er war unbewaffnet, während die Ritter mit Schwertern und Schilden gekommen waren. Galien lief zu der Ecke, an der Pferde- und Schafstall aneinander stießen. Hier standen einige Sensen und andere Erntegeräte bereit für die Arbeit.

Galien griff sich eine dreizinkige Heugabel.

Der Ritter, der versucht hatte, ihn umzureiten, wendete.

Sein Ross tänzelte nervös. Galien konnte den Widerschein des Feuers in seinen Augen sehen.

Er blickte zum Haus. Trotz des eindeutigen Befehls, den Simon gegeben hatte, stand das Dach in Flammen.

«Mutter!» Galien sah einen Schatten am Fenster der Halle. Dann preschte der Ritter auf ihn zu. Galien wich bis an die Hauswand zurück und riss die Heugabel hoch. Das Pferd scheute. Mit einer blitzartigen Bewegung tauchte Galien unter seinen wirbelnden Hufen hindurch und überraschte den Ritter damit. Er griff dem Tier in die Zügel und zerrte es nach unten. Es taumelte zwei Schritte zur Seite.

Der Ritter schrie zornig auf. Sein Schwert fuhr aus der Scheide, aber er konnte nicht nach Galien schlagen, weil er sonst sein Pferd verletzt hätte. Galien ließ geduckt die Heugabel fallen und krallte die Hände um den Steigbügel, den der Angreifer verloren hatte. Mit einem scharfen Ruck an Zügel und Riemen gleichzeitig brachte er das Pferd aus dem Gleichgewicht. Es brach mit der Hinterhand ein. Der Ritter sprang aus dem Sattel.

«Du Bastard!» Er hob das Schwert.

Galien sprang zurück, und die Klinge fuhr nur um Haaresbreite vor seiner Brust vorbei. Er konnte das scharfe Zischen hören, und sein Körper erinnerte ihn schmerzhaft daran, dass seine Wunde noch längst nicht verheilt war. Das Pferd kam auf die Füße, galoppierte mit erhobenem Schweif durch das Haupttor davon.

Galien wich einem zweiten Schlag des Ritters aus. Er strauchelte, fiel jedoch nicht. Mit einem hastigen Griff nahm er die Heugabel wieder in die Hand.

«Was seid Ihr?», rief der Ritter unter seinem Helmvisier hervor. «Ein Edelmann oder ein Bauer?»

Es war Geoffroy de Neauphles. Galien hatte ihn bereits an der Stimme erkannt, bevor der Mann jetzt sein Visier hochklappte.

Galiens Brust hob und senkte sich von der Anstrengung des kurzen Kampfes. Fieberhaft kreisten seine Gedanken um die Frage, warum sie ihn angriffen. Mit welcher Berechtigung sie ihren Kreuzzug hier begannen. Elaine!, begriff er. Durch Elias' Auftritt war sie in den Verdacht geraten, eine Ketzerin zu sein. «Die Frage gebe ich an Euch zurück», keuchte er. «Welcher Edelmann überfällt mitten in der Nacht den Hof eines freien Mannes?»

«Du bist kein freier Mann mehr!»

Galiens Blick zuckte über die Schulter. Simons Pferd stand in einigen Schritt Entfernung hinter ihm, und Simon blickte aus dem Sattel auf ihn herab. Seine Augen waren im flackernden Licht des Feuers nur undeutlich zu erkennen, aber Galien sah, dass er mit sich rang. «Du hast einem Ketzer Unterschlupf gewährt, und der Heilige Vater hat die Kreuzfahrer dazu aufgerufen, all jene zu vernichten, die dem Bösen helfen.»

Galien ließ die Heugabel ein Stück sinken, ohne dabei Geoffroy aus den Augen zu lassen. «Woher willst du das wissen?»

Ein Funkenregen stob vom Dach des Wohnhauses und spiegelte sich in Simons Klinge. «Unwichtig. Ich habe dem Anführer des Kreuzzugs Treue geschworen, und er hat mir den Befehl erteilt, dich zu richten.»

Hinter ihm begann der Dachstuhl zu ächzen, und dann, langsam, als könne er sich nicht entscheiden nachzugeben, sackte er in der Mitte ein. Inzwischen brannte es auch aus mehreren Fenstern.

Simon wandte sich um. «Das Buch!», schrie er seine Männer an. «Rettet dieses Buch!»

Zwei seiner Ritter sprangen aus den Sätteln und rannten zur Tür. Bevor sie sie erreicht hatten, öffnete sie sich jedoch von allein. Elaine trat heraus, gefolgt von einer Wolke aus Qualm, die nach ihr griff, als wolle sie sie ins Feuer zurückziehen. Galien atmete erleichtert auf.

Die beiden Ritter packten seine Mutter bei den Armen. Sie wehrte sich, aber die Männer waren zu stark. Gegen ihren Willen wurde sie vor Simon geschleift und auf die Knie gestoßen.

«Sieh mich an!» Simons Stimme bebte. Ein kurzer Blick streifte Galien, kehrte aber gleich zu Elaine zurück, sie reagierte nicht auf den Befehl.

Einer der Ritter griff in ihre Haare und zerrte ihren Kopf so nach hinten, dass sie Simon anschauen musste. Galien konnte erkennen, dass hasserfüllte Funken aus ihren Augen sprühten.

«Wo ist das Buch?» Simons Pferd erschrak, weil ein weiteres Stück des Wohnhausdaches in sich zusammenfiel. Es machte einen Satz zur Seite, aber Simon zwang es mit harter Hand zurück an seinen Platz. Das Tier verdrehte den Hals, um der scharfen Zäumung zu entgehen.

Elaine antwortete nicht.

Simon hob das Schwert über ihren Kopf. Zögerte. Galien erstarrte.

Im hinteren Teil des Hofes trieben die Ritter Galiens Leute zusammen. Inzwischen brannten der Pferdestall, der Schafstall und auch das Holzdach des Brunnens. Überall tanzten kleine Flammen wie muntere Kobolde. Alles in Galien trieb ihn dazu, nach den Eimern zu greifen und zu retten, was noch zu retten war. Aber er konnte sich nicht bewegen. Neauphles hatte ihm die Schwertspitze auf die Brust gelegt und ihn gezwungen, die Heugabel sinken zu lassen. Er spürte, wie die Kraft aus ihm herauslief, wie seine Finger sich öffneten und das Holz ihm entglitt. Mit dumpfem Klappern prallte das Gerät auf den Boden.

Noch immer schwebte Simons Schwert über Elaine. Galien sah die Klinge zittern.

Das Dach des Schafstalls brach ein. Die Tiere schrien qualvoll auf. Es begann, nach verbranntem Fell und Fleisch zu stinken. Der Geruch des Krieges. Ein Würgen packte Galien. Hilflos musste er mit ansehen, wie zwei Ritter die Tür des Pferdestalles öffneten und die Pferde hinaustrieben. Mit wehenden Schweifen und angstvoll verdrehten Augen rasten die verängstigten Tiere davon, Galiens eigenes Tier vorweg, Tarik dicht auf seinen Fersen. Ihre Hufschläge verklangen auf dem Waldweg.

«Wo ist das Buch?» Simon hob die Klinge noch ein wenig höher, und endlich riss Galien sich aus seiner Erstarrung.

«Lass sie!» Er wollte sich dazwischenwerfen, aber Neauphles verlieh dem Druck seiner Klinge ein wenig mehr Kraft.

«Rede schon, du dummes Weib! Du machst die Lage nur noch schlimmer, wenn du schweigst.» Simons Kiefer mahlten. Mit matter Handbewegung wies Elaine über die Schulter auf das Haus. Die Flammen hatten inzwischen auch das untere Stockwerk erreicht, und als wolle das Gebäude an Elaines Stelle die Antwort geben, sackten in diesem Moment die Mauern nach innen.

«Verbrannt?» Simon senkte das Schwert und sah auf die lodernde Ruine, dann in Elaines bleiches Gesicht. «Das wird dem Abt nicht gefallen.» Erneut hob er die Klinge.

Galien drängte gegen die Waffe auf seiner Brust vorwärts.

Doch dann plötzlich wurden Simons Augen weit. Das Schwert verschwand in seiner Scheide.

Er gab seinen Männern einen Wink.

«Lasst diese Leute in Ruhe!»

Galien glaubte, seinen Ohren nicht zu trauen.

Simon warf einen letzten Blick auf Elaine, dann lenkte er sein Pferd herum. Er trieb es in Galiens Richtung und hielt direkt vor ihm an.

«Lass ihn, Guy!»

Neauphles ließ das Schwert nur zögerlich sinken. «Wir haben den Befehl, ihn zu töten», murrte er.

«Ich weiß.»

«Aber ...»

«Guy!» Scharf wie ein Peitschenknall klang Simons Stimme. «Dieser Mann mag ein Ketzer sein, das kann ich nicht beurteilen. Aber er ist immer noch mein Bruder. Und jetzt halt den Mund!» Er wich Galiens Blicken aus und wandte sich stattdessen an Galiens Leute, die sich angstvoll zu einer kleinen Schar zusammengedrängt hatten.

«Dieser Mann hier. Er ist von heute an nicht mehr euer Herr. Wenn ihr ihm einen Treueeid geleistet habt, so ist er hinfällig, denn ein Eid, den ihr einem Ketzer schwört, verliert seine Gültigkeit. Geht hin und sucht euch einen neuen Herrn!» Galien hörte Basinas leises Schluchzen. Finstere Blicke flogen aus den Augen der Männer in Simons Richtung. «Ihr habt einen Tag Zeit. Wen meine Männer nach dem nächsten Sonnenuntergang noch hier oder im Umkreis von einem Tagesritt antreffen, wird aufgehängt!» Simon winkte die Menschen fort wie lästige Fliegen. «Geht!»

Galien ballte die Hände zu Fäusten. Die Menschen waren zu Fuß. Bis zum nächsten Sonnenuntergang konnten sie niemals die Strecke eines ganzen Tagesrittes hinter sich bringen.

«Das schaffen sie nicht!», sagte er. «Ein Tagesritt ist zu viel!»

Als Antwort versetzte ihm Neauphles eine Ohrfeige, die ihn beinahe von den Füßen holte.

«Guy!» Mit einem Satz sprang Simon aus dem Sattel und gab dem Ritter einen heftigen Stoß vor die Brust. «Wage es noch einmal, und du wirst es bereuen!» Er wartete, bis Neauphles demütig den Kopf gesenkt hatte, dann wandte er sich wieder an Galiens Leute. «Die Distanz wird verkürzt auf einen halben Tagesritt.» Der Graf stieg in den Sattel und sah auf Galien herab. «Und du», sagte er so leise, dass nur Galien es hören konnte. «Du verlässt dieses Land ebenfalls. Ich werde dem Abt sagen, dass du im Kampf entkommen konntest. Mehr kann ich nicht für dich tun.» Sein Blick fiel auf Elaine und verdüsterte sich. «Ich habe geschworen, die Menschen vor Ketzerei und Teufelswerk zu beschützen.»

Galien spürte Hass in sich aufwallen. «Bereitet es dir Genugtuung?», flüsterte er gepresst. «Endlich bekommst du, was dir in deinen Augen schon lange zustand.»

«Ich will Montgris nicht.»

Abrupt wendete Simon sein Pferd und ritt in Richtung Tor. Einer nach dem anderen schwangen sich die Ritter ebenfalls in die Sättel und folgten ihrem Herrn.

Vor dem Tor fielen die Pferde in einen leichten Galopp, und nach wenigen Augenblicken verhallten ihre Hufschläge in der Ferne. Zurück blieb nur das Knacken der erkaltenden Ruine in Galiens Rücken.

*Das Zusammentreffen mit dem Priester hatte die Schleusen in Jehudas Geist geöffnet und die Erinnerung als mächtigen, unaufhaltsamen Strom zurückgebracht.*

*Sein gesamtes Leben stand plötzlich wieder klar und deutlich vor ihm, und einige Ereignisse ragten wie Türme aus dem Ganzen heraus.*

*Johanns Tod.*

*Sein eigener Vater, der ihn in den Kerker werfen ließ.*

*Er glaubte, Moïses Worte wieder zu hören, diese kalten, zornigen Worte: «Es geschieht, um die Welt vor deinem Wahnsinn zu schützen! Und gern verberge ich damit auch mein väterliches Versagen. Ich habe zugelassen, dass du dich vom Glauben unserer Väter abwandtest. Du siehst, wohin das geführt hat …»*

*Durch ein kleines, rundes Dachfenster blickte er in die Nacht hinaus. Roberts Haus lag in tiefem Dunkel, dennoch glaubte Jehuda die Anspannung zu spüren, die seine Bewohner heute ergriffen hatte. Er war ihnen ganz nahe gewesen. Seine Gegenwart hatte sich in den Räumen festgesetzt, und sie würde nun in die Träume der Schlafenden dringen.*

*Er kicherte. Macht! Ein freudiges Kribbeln rann über sein Rückgrat bei dem Gedanken an seine Aufgabe.*

*Er musste dafür sorgen, dass niemand am Leben blieb, der das Geheimnis des Buches kannte.*

*Jetzt galt es, die Reihenfolge seines Vorgehens festzulegen. François war ihm entkommen. Noch immer war Jehuda verblüfft über die Kraft, die der Pfaffe im Angesicht des Todes entwickelt hatte. Es würde ihm allerdings nichts nützen. Er würde an die Reihe kommen.*

*Mit einem kaum hörbarem Scharren wurde im Nachbarhaus der Riegel der Haustür zurückgelegt. Ein schwacher Lichtschein fiel auf die Gasse, dann ein Schatten.*

*Anne schloss die Tür hinter sich, umrundete die Hausecke und erklomm die Stiege zur Dachterrasse. Oben angekommen, löschte sie die Kerze und wartete, bis sich ihre Augen an das schwache Licht der wenigen Sterne gewöhnt hatten.*

*Jehudas Finger tasteten nach dem Griff seines Dolches.*

*Ein Lächeln glitt über seine Lippen.*

*Er würde noch diese Nacht das Werk fortsetzen, bei dem er vor zweiunddreißig Jahren so brutal unterbrochen worden war. Noch wusste er nicht, warum er das alles tat, aber das war egal.*

*Die Antwort darauf würde nicht mehr lange auf sich warten lassen.*

*Und um sie zu beschleunigen, würde er mit Anne beginnen.*

Erst nach einigen Minuten richtete sich Elaine aus ihrer knienden Haltung auf. Mit taumelnden Schritten ging sie auf Galien zu. Er kam ebenfalls auf die Füße. Elaines Gesicht lag in tiefem, undurchdringlichem Schatten. «Hab Dank, Gott! Du lebst.»

Langsam wandte sie den Kopf zu Jean, dessen zerschlagener Körper noch dort lag, wo die Pferdehufe ihn niedergetrampelt hatten. Wie eine weggeworfene Puppe lag der Großknecht da. Basina war neben ihm auf die Knie gesunken und hatte ihren Kopf auf seinen Brustkorb gelegt. Jeans Augen blickten starr in den Himmel. Galien trat neben ihn und schloss sie. Pochender Schmerz zuckte durch seine Wunde, und er hob die Hand und ballte sie vor seinen Augen zur Faust.

«Das wirst du büßen, Simon, das schw...»

Elaines Finger legten sich über Galiens Lippen. «Er konnte nicht anders, Galien.»

Das Feuer vor ihnen beleuchtete ihr Gesicht. Galien sah ihre blauen Lippen, die tiefen Schatten unter ihren Augen. Und plötzlich begriff er, warum sie getaumelt war.

In diesem Moment brach Elaine zusammen. Er fing sie auf und ließ sie in seinen Armen sanft zu Boden gleiten. Dabei verrutschte ihr Gewand ein wenig. Galien stieß einen gequälten Schrei aus.

Mitten in Elaines Brust steckte der Schaft eines Armbrustbolzens.

Für zwei Lidschläge saß Galien erstarrt. «Mutter, es wird wieder gut werden. Ich hole ...» Er wusste nicht, wen er holen sollte. «Du wirst nicht sterben. Du darfst nicht ...» Tränen brachen aus seinen Augen und rannen über seine Wangen.

Elaine wischte sie fort. Doch mit jedem Atemzug wich ein wenig Leben aus ihr.

«Das Buch», hauchte sie kaum hörbar. Ihre Wimpern senkten sich und ruhten einen Moment lang auf ihren Wangen. Dann riss sie die Augen wieder auf. «Clothilde!»

«Was? Was ist mit Clothilde? Mutter!» Die Worte schnitten wie Dolche in Galiens Kehle.

«Robert ...» Sie hustete. «Er soll ...» Mit einem langen, seufzenden Atemzug verlosch Elaines Leben. Ihre Augen wurden starr, ihre Züge zerfielen zu einer weißen Maske des Schmerzes.

Galien zog sie an sich und verbarg das Gesicht an ihrem Hals.

Gegen Morgen, die Sonne war kaum über den Horizont gestiegen, zogen Wolken auf, und es begann zu regnen.

Galien hielt noch immer Elaines Leichnam im Arm. Nun trommelte der Regen auf seinen Rücken, lief aus seinen Haaren in den Kragen, durchtränkte den Verband. Es regnete bis in die dritte Tagesstunde hinein, dann rissen die Wolken auf, und die Sonne schickte lange, glühende Strahlen hinab auf das durchweichte Land.

Galien hob sein Gesicht ihrer Wärme entgegen. Sie trocknete sein Gesicht, auf dem sich Tränen und Regen vermischt hatten. Aber sie drang nicht bis in sein Innerstes vor. Seine Seele war kalt und dunkel. Hätte er gekonnt, so wäre er aufgestanden, wäre losmarschiert und hätte dem nächsten Menschen, der sich ihm in den Weg gestellt hätte, ein Schwert in den Leib gerammt.

Mühsam erhob er sich, hob Elaine auf seine Arme und trug sie zu der Stelle, an der sie Elias begraben hatten. Die Schaufeln steckten noch neben dem locker aufgeschütteten Grabhügel. Galien ließ Elaine in das nasse Gras sinken und begann, ihr Grab auszuheben. Seine Schwertwunde brach wieder auf, und bald war der Verband mit Blut durchtränkt. Nach einer Stunde erinnerte ihn leichter Schwindel an den vor kurzem erst erlittenen Blutverlust. Nach zwei Stunden brannten seine Arme und seine Schultern, aber es war ein willkommener Schmerz, denn er hatte nichts mit Simon zu tun.

Schließlich war das Grab tief genug. Galien kletterte aus der Grube und legte Elaine sanft hinein. Zu beten vermochte er nicht. Bis die Sonne den Zenit überschritten hatte, stand er an dem offenen Grab und starrte blicklos vor sich hin. Erinnerungsfetzen wehten durch seinen Geist.

«… und der da, Galien, der ganz helle, das ist Saturn. Er durchquert gerade den Steinbock. Siehst du seine Hörner?»

«… bei allen Heiligen, Kind! Doch nicht diese, die sind sehr giftig, auch wenn sie viel lustiger aussehen als alle anderen mit ihrem roten Hut und den weißen Tupfen …»

«… eine Schleife nach unten, mein Schatz. Das G hat eine Schleife nach unten. Schau her, wie ich es mache. Sie ragt über die untere Linie hinaus, siehst du?»

Endlich gab er sich einen Ruck und begann, das Grab zuzuschaufeln. Mit starrem Gesicht schaufelte er so lange, bis der Hügel über Elaines unterer Hälfte so hoch geworden war, dass er in sich zusammensackte. Einem schwarzen Wasserfall gleich ergoss sich die Erde über Elaines Kopf. Galien stöhnte auf.

Dann, plötzlich, war jemand bei ihm. Schweigend wurde ihm die Schaufel fortgenommen. Jemand zog ihn ein Stück zur Seite. Baptiste. Ohne ein Wort zu sagen, begann er, ein zweites Grab zu schaufeln. Für Jean. Basina stand ein Stück abseits und sah leise schluchzend zu. Galien ging zu ihr und legte einen Arm um sie. Gemeinsam warteten sie, bis auch Jeans Körper von dunkler Erde bedeckt war.

Danach drückte Galien die zitternde Frau noch einmal kurz an sich und wandte sich ab, um zum Hof zurückzukehren. Er achtete nicht darauf, ob die anderen ihm folgten.

Die Trümmer seines Heims qualmten nicht mehr, der Regen hatte die letzten Funken erlöschen lassen und die Asche mit tiefen, schwarz glänzenden Pfützen durchzogen. Es roch nur noch matt nach Rauch.

Kaum hatte er die Hälfte des Hofes überquert, traf ihn der ignorierte Schwindel mit neuer Wucht und ließ ihn in die Knie brechen. Er hob die Fäuste und schrie seinen Schmerz und seinen Hass gen Himmel.

«Simon!»

Der Name war wie ein scharfer Splitter, ein spitz geschliffener Dorn, der sich tief in seine Seele grub. Und in diesem Moment, als die Dämmerung über die Reste seines Zuhauses fiel und einen Schleier über das Geschehene senkte, erhob sich Galien de Montgris und schwor Rache.

# 17. Kapitel

Wegen der vielen Wolken war die Nacht nicht besonders gut geeignet, um Planetenbeobachtungen durchzuführen, aber Anne musste die Gelegenheit nutzen. Robert war an diesem Abend bei Lambert zum Essen eingeladen. Auf diese Weise konnte Anne sich mit ihrem Vorhaben befassen, ohne ihn erneut zu verärgern.

Sie war nicht sofort nach Einbruch der Dämmerung auf die Dachterrasse gestiegen, denn noch immer spürte sie ein leichtes Unbehagen, wenn sie an ihre sonderbare Begegnung mit dem weißhaarigen Alten dachte. Dass François sie am Nachmittag hatte besuchen wollen und nicht gekommen war, steigerte ihre Unruhe noch. Seit dieser Jérome gegangen war, hatte Anne keinen Menschen mehr zu Gesicht bekommen und sich merkwürdig einsam gefühlt. Doch nun schob sie das Unbehagen von sich und gab der wachsenden Neugier nach. Sie wollte wissen, was dort draußen am Nachthimmel vor sich ging, und so hatte sie sich auf den Weg zur Terrasse gemacht.

Jetzt saß sie auf Roberts Bank, die Zeichnungen der Planetenbahn des Jupiters neben sich. Sie hob das Astrolabium vor ihr Gesicht und maß die Höhe des Planeten über dem Horizont mit Hilfe der Alhidade, des drehbar angebrachten Zeigers auf der Rückseite des Instruments. Weil sie wusste, wie häufig ihre Hände bei dieser Arbeit zitterten, maß sie mehrmals und wählte als Wert ein Mittel der erhaltenen Zahlen. Dann suchte sie Regulus und versuchte, den Abstand zwischen den beiden Lichtpunkten zu schätzen. Da sie nicht gut darin war, hob sie den Arm und streckte ihn vor sich aus, um mit

Hilfe ihres Daumens den Abstand zu messen. Aber wie schon an den Abenden zuvor standen Jupiter und Regulus zu dicht beieinander. Ihr Daumen bedeckte beide, was bedeutete, dass der Abstand zwischen ihnen weniger als zwei Grad betrug.

Sie tastete nach einem Instrument, das sie außer den Wachstafeln und einem Griffel ebenfalls mit nach oben genommen hatte. Es war eine Art Schlüsselbund, ein kleiner Ring, an dem mehrere flache Metallstäbe unterschiedlicher Breite hingen. Anne nahm das Instrument in die Hand, hob es vor die Augen und suchte sich einen der Stäbe heraus. Ihre Finger tasteten über eine kleine Gravierung an seinem Ende. In der Finsternis war es unmöglich, aufgebrachte Bezeichnungen zu erkennen, und darum war jeder Stab mit einem tastbaren Zeichen versehen. Dieses hier sagte ihr, dass der Stab ein halbes Grad messen konnte.

Zu schmal.

Anne ließ ihn zurück zu den anderen fallen und nahm den nächsten, jenen für ein Grad. Ihn hielt sie am ausgestreckten Arm von sich. Er passte genau. An seinem oberen Rand klebte Jupiter wie eine kleine, orange Perle, und an seinem unteren leuchtete Regulus als helles Gegenstück.

«Genau ein Grad», murmelte Anne und ließ das Messinstrument sinken. Sie nahm den Griffel, beugte sich über ihre von François verbesserte Zeichnung und fügte der bogenförmigen Perlenschnur einen weiteren Kreis hinzu. Nachdenklich legte sie die Tafel zur Seite, direkt neben das Messinstrument, und verspürte einen Anflug von Trauer. Das Gerät hatte Georges nach ihren Wünschen angefertigt. Georges, der Werkzeugmacher, dessen Lehrling heute Morgen mit roten Augen Roberts Feilen ungeschärft zurückgebracht hatte, weil sein Herr einem gemeinen Mordanschlag zum Opfer gefallen war. Anne schloss die Augen und sandte ein Bittgebet für den armen Mann gen Himmel.

Mit einem Mal begann sie zu frieren.

Hastig riss sie die Augen wieder auf.

Unten im Haus war etwas mit einem deutlich hörbaren Poltern umgefallen.

Von einem neuen Anfall ihres Unbehagens angetrieben, sprang Anne auf, raffte Zeichnungen und Messinstrument an sich und eilte die Treppe hinunter. Die Haustür war nur angelehnt, und Erleichterung flutete durch Annes Beine und machte sie schwach.

Robert war zurück! Wahrscheinlich hatte er sie auf dem Dach gesehen, sie nicht stören wollen und als Zeichen seiner Rückkehr die Tür für sie offen stehen lassen.

Sie betrat das Haus, riegelte es hinter sich ab und legte ihre Sachen auf die Truhe. Dann hängte sie ihren Mantel auf. «Vater?», rief sie.

Oben in der Werkstatt wurde ein Schemel verschoben.

Anne nahm Wachstafeln und Instrument und ging die Treppe hinauf. Unter der Tür zur Werkstatt hatte sich wieder einmal ein Messingspan verkeilt. Anne ruckte an dem Holz und stieß die Tür dann auf.

Es war nicht Robert, der vor der Armillarsphäre stand und die Rechte wie liebkosend darauf gelegt hatte.

Es war der weißhaarige Alte.

«Was …?» Die wütende Frage blieb ihr im Hals stecken.

Der Alte legte den Kopf zur Seite und betrachtete sie mit solcher Intensität von oben bis unten, dass Anne zurückwich. Dann nahm er die Hand von der Sphäre und kam auf sie zu. Mit einem fast väterlichen Lächeln zog er ihr die Zeichnungen aus der Hand.

Drehte sie um. Betrachtete sie.

Das Lächeln gefror zu einer Maske aus Wut und Irrsinn. Bevor Anne reagieren konnte, fuhr eine krallenartige Faust auf sie zu und traf sie an der Schläfe.

Mit einem grellen Blitz flammte Schmerz in Annes Kopf auf und riss sie hinab in die Dunkelheit.

Das letzte Licht des Tages nutzte Galien, um in den Trümmern des Hauses nach seinem Schwert zu suchen. Er fand es unter einem halb verkohlten, oberschenkeldicken Balken eingeklemmt und brauchte seine ganze verbliebene Kraft, um es hervorzuziehen. Die Lederscheide war schwarz angeschmort, wie zum Zeichen, dass die Klinge, die sie barg, einem Todgeweihten gehörte. Der ehemals silbern schimmernde Griff war bläulich angelaufen, genauso wie die Parierstange. Doch als Galien die Klinge aus ihrer Hülle zog, glänzte sie unversehrt und kalt im letzten Licht des Tages. Er nahm es als Zeichen.

Er gürtete sich das Schwert um, und dann verließ er die Trümmer seines Heimes, ohne sich noch einmal umzuschauen. Mit hängendem Kopf stapfte er durch den Wald, und wo er Menschen sah, die von ihres Tages Arbeit nach Hause kehrten, da wich er ihnen aus und schlug sich wie ein Tier durchs Unterholz.

Burg Montfort war anzusehen, dass sich ihr Herr den Kreuzrittern angeschlossen hatte. Weiße Banner mit einem roten Kreuz wehten von den Zinnen. Die Tore standen zwar nach wie vor offen, waren jetzt aber von je zwei Männern bewacht.

In der Vorburg wurde gearbeitet.

Galien, der im Schatten der Bäume verborgen stehen geblieben war, um sich einen Überblick zu verschaffen, hörte das gleichmäßige Klingen von Hämmern, die auf ihren Amboss trafen. Stimmengewirr wehte der Wind zu ihm, das nach Erregung und Kampflust klang. Ab und zu wieherte ein Pferd, und dann wieder erscholl Gelächter.

Galien lehnte sich gegen einen Baumstamm, kreuzte die Arme vor der Brust und wartete auf die Nacht. Zwei der drei Tore wurden geschlossen, schließlich auch das dritte. Flammenschein flackerte auf, als hätten die Ritter inmitten des Hofes ein Feuer entzündet.

Galien wartete, bis der Mond, der den halben Tag und die halbe Nacht lang als Sichel am Himmel geleuchtet hatte, kurz vor Mitternacht unterging und die dunkelste Zeit der Nacht begann. Dann löste er sich von dem Baumstamm und verließ den Wald. Er ging den Abhang hinunter, überquerte den Burgwall und erklomm den Burghügel. Da er keine andere Möglichkeit hatte, in die befestigte Anlage zu gelangen als durch eines der Tore, trat er vor eines hin und pochte gegen das massive Holz. Der Schlag dröhnte durch die Vorburg und brach sich an den Wänden der Ställe.

Galien ließ den Arm sinken. Sollten sie ihn erschlagen, wenn sie ihn erkannten.

Aber er hatte Glück. Einer von Mauvoisins Männern war als Wache eingeteilt worden. Galien hatte ihn auf dem Festmahl gesehen. Er hatte nie ein Wort mit dem Mann gewechselt, und das kam ihm jetzt zugute.

«Was wollt Ihr?» Der Ritter hob seinen Kopf über die Zinne des Torhauses. Im schwachen Licht der Sterne leuchtete sein Haar hellblond. Galien wusste, dass er am Fuße der Mauer beinahe unsichtbar sein musste.

«Hinein natürlich!», rief er hinauf und legte einen gestrengen, herrischen Ton in seine Stimme. «Ich hatte Mauvoisin gesagt, dass ich erst spät in der Nacht zurückkommen würde, aber offenbar ist das in Eurem Spatzenhirn nicht angekommen!» Er hoffte, die Beleidigung würde den Mann davon abhalten, allzu lange darüber nachzudenken, ob er das Tor tatsächlich öffnen sollte. Er wurde nicht enttäuscht.

«Wartet.» Der helle Schopf verschwand von der Zinne. Galien hörte eilige Schritte auf der Holztreppe im Inneren des Torhauses, dann wurde ein Riegel zurückgeschoben und eine Pforte in dem großen Tor schwang auf.

Galien trat ein.

«Wo ist Euer Pferd?» Der Ritter spähte nach draußen.

«Im Stall, wo es hingehört.» Er machte sich nicht die Mühe,

eine Erklärung abzugeben. Ein Herr erklärte sich nicht. Seine Täuschung wirkte.

«Natürlich.» Der Ritter schloss die Pforte wieder und vergewisserte sich sorgfältig, dass der Riegel vorgelegt war.

Galien nickte ihm zu und ging dann wortlos quer über den Innenhof der Vorburg. Der Mann kehrte auf seinen Wachposten zurück.

Im Durchgang zur Hauptburg blieb Galien einen Augenblick lang stehen. Vor ihm erstreckte sich der gepflasterte Weg, der vom Durchgang zu einem kleinen Platz in der Mitte der Hauptburg führte und von dort aus zum Küchenhaus, zum Haupttor und zum Wohnturm. Ein einzelner Baum, eine alte Linde, um die sich einige Familienlegenden rankten, stand seitlich auf dem Platz. Das Gras unter ihr sah schwarz aus in der Finsternis. Die Burg war voller Menschen. Galien hörte Stimmen aus den gräflichen Ställen, aus dem Gästehaus in der Vorburg und sogar aus der Kapelle. Jemand kam aus dem Küchenhaus und spazierte langsam den gepflasterten Weg entlang, als müsse er sich nach einem ausgiebigen Mahl noch ein wenig die Beine vertreten. Galien wich in die Schatten unter dem Torbogen zurück. Als der Mann an ihm vorbeikam, bemerkte er ihn nicht.

Galien spannte seine Bauchmuskeln, ließ wieder locker und dehnte sie dann, indem er ein Hohlkreuz machte. Bei jeder Bewegung schmerzte die Wunde. Der Hass auf Simon brannte tief in seiner Brust, aber er zeigte ihm keine Vorgehensweise.

Stimmen wurden laut. Ein Mann. Und das unterdrückte Lachen einer Frau.

Galien trat einen Schritt vor. Das Licht einer einzelnen Fackel, die an der Wand zwischen Tor und Küchenhaus angebracht war, blendete ihn, und er zog den Kopf zurück.

«Komm schon. Sie schläft längst!» Zwei Sätze reichten aus, um Galien die Frau erkennen zu lassen. Clothilde!

«Ich weiß nicht. Ich sollte …»

«Bitte! Ich brauche ein wenig Wärme nach all den schrecklichen Dingen, die passiert sind.»

Galien schloss die Augen. Hinter seinen Lidern verschlang Finsternis die Funken, die das Fackellicht hervorgerufen hatte. Seine Hand krampfte sich um den Schwertknauf.

Der Mann an Clothildes Seite war Simon.

Galien sah zu, wie die beiden nebeneinander über den gepflasterten Hof gingen, bei dem Baum kurz stehen blieben, aufeinander einflüsterten und dann in Richtung der gräflichen Ställe verschwanden.

Galien lehnte sich gegen den Torbogen. Keinen einzigen Schritt würde er mehr machen können. Sein Herz hämmerte ganz oben in seiner Kehle, und bittere Galle war plötzlich auf seiner Zunge. Er lockerte das Schwert in der Scheide, und das flüsternde Geräusch, das die Klinge dabei machte, dröhnte in seinen Ohren wie Donnergrollen.

Er wusste nicht, wie viel Zeit vergangen war, bis er sich wieder rühren konnte. Die Ketten, die ihn an den Torbogen gefesselt hatten, glitten nur langsam von ihm ab. Schließlich trat er aus dem Schatten.

Seine Füße trugen ihn zu den gräflichen Ställen.

Sein Mund war jetzt trocken.

Und die Wunde an seiner Seite brannte wie Feuer.

Die Hand, die sich ausstreckte, um die Stalltür zu öffnen, schien nicht die seine zu sein. Selbständig bewegte sie sich, legte sich gegen das raue Holz, drückte dagegen. Die Angeln drehten sich lautlos, und ebenso lautlos glitt Galien in die nach Pferd riechende Finsternis.

Ein Tier neben ihm schnaubte leise, aber sonst blieb es still. Galien lauschte.

Stimmen.

Sie kamen aus dem hinteren Teil des Stalles, von dort, wo

die Sättel und das Zaumzeug in einer eigens dafür vorgesehenen Kammer aufbewahrt wurden. Galiens Füße trugen ihn den Stallgang entlang.

Ein dunkelgrüner Vorhang trennte die Sattelkammer vom Rest des Stalles. Galien blieb so dicht vor dem schweren Stoff stehen, dass er den Staub riechen konnte, der sich darin festgesetzt hatte.

«Was hast du?» Clothildes Stimme.

«Nichts.» Etwas regte sich: Stoff, der über Stoff strich. Galien konnte hören, wie flach Simons Stimme klang.

«Sag nicht, du denkst immer noch an Galien!»

«Und wenn?» Simon schien sich aufzurichten. Stroh knisterte. Dann stöhnte er, es klang lustvoll und gequält zugleich. «Lass das!»

Für längere Zeit wurde es still. Wieder rieb Stoff auf Stoff, dann war es Clothilde, die leise stöhnte. «Ja, das ist gut.»

Erneut knisterte Stroh. Galien schob den Vorhang ein winziges Stück zur Seite. Er sah Simons nackten Rücken, sah Clothildes schmale, helle Hände, die seinen Kopf umfassten und herunterzogen. Sah den tiefen Kuss der beiden. Und zu der Schwertwunde, zu Hass und Trauer gesellte sich ein weiterer Schmerz. Der eines enttäuschten Herzens.

Clothildes Finger verschwanden aus Galiens Blickfeld und Simon zog scharf Luft durch die Zähne.

Galien ließ den Vorhang sinken. Zorn und Bestürzung pulsten hinter seinen Lidern.

Hinter dem Vorhang wurde das Keuchen heftiger, und gerade als Galien glaubte, es nicht mehr auszuhalten, stieß Simon durch zusammengebissene Zähne hervor: «Galien ist nicht tot!»

Galiens halb erhobenes Schwert senkte sich wieder.

Eine hastige Bewegung hinter dem Vorhang.

«Wie? Nicht tot?»

Heftiges Strohrascheln. Es hörte sich an, als stünde Simon

auf. «Ich hatte den Befehl, ihn zu töten, aber ich konnte es nicht.»

Stille sickerte durch den Vorhang. «Er ist immer noch mein Bruder.» Stoff rieb über Haut. Simon zog seine Hose an. Schweigend.

Der Vorhang glitt zur Seite, und Galien brauchte einen Lidschlag, bis er begriff, dass es seine Hand war, die ihn bewegt hatte. Sein Schwert war jetzt hoch erhoben.

Clothildes Schrei schrillte in seinen Ohren.

Simon beachtete sie nicht. Sein Blick ruhte auf Galien, während er sich sein Hemd über die Schultern warf.

«Du verdammter Narr!», murmelte er.

Dann gab er Alarm.

Kopfschmerzen pulsierten hinter Annes Augen, und stöhnend rollte sie sich auf die Seite. Sie tastete über ihre Schläfe, wo der Schlag sie getroffen hatte, zuckte zusammen vor Schmerz, und schließlich richtete sie sich auf.

Dicht vor ihrem Gesicht baumelte der seltsame Anhänger. Und direkt daneben glänzte die Schneide eines Messers.

Sie fuhr zurück.

Das Gesicht des weißhaarigen Alten verschwamm hinter der glänzenden Klinge, und Anne zwang sich, ihren Blick auf ihn zu konzentrieren. «Was wollt Ihr von mir?» Sie klang kläglich, und sie hasste sich dafür. Mit zusammengebissenen Zähnen erhob sie sich.

Der Alte kicherte irre. «Mein Name ist nicht Jérome», erklärte er freundlich. «Ich heiße Jehuda. Jehuda ben Tibbon.»

Mit absoluter Klarheit wusste Anne sofort, wo sie diesen Namen schon einmal gehört hatte. In Roberts Küche. François hatte ihn erwähnt.

«Ihr seid der Mann, der Johann ermordet hat!» Der Wille, stark zu sein, sich nicht unterkriegen zu lassen, wich in den hintersten Winkel ihres Bewusstseins zurück. Wie magisch zog das Messer ihre Blicke an. «Warum?», murmelte sie. Ihre Zunge war schwer.

«Weil er das Geheimnis des Buches kannte.»

«Welches Buch? Ich weiß von keinem Buch!» Ihre Gedanken rasten.

In den Augen des Alten stand grenzenloser Wahnsinn, aber da war auch Berechnung. Plötzlich sah Anne, dass er zustoßen würde. Es war ein winziges, kaum wahrnehmbares Aufblitzen in seiner Iris, und sie reagierte instinktiv.

Sie sprang zurück.

Die Klinge fuhr auf ihren Hals zu, aber Anne riss den Kopf zur Seite. Mit dem Rücken prallte sie gegen die Werkbank. Metall klirrte. Jehuda setzte nach. Panisch langte Anne hinter sich, ihre Finger glitten über etwas Hartes, und sie griff zu.

*Eine Feile!*, flehte sie, während sie die Hände nach vorne riss. Es war keine Feile.

Es war einer der Becher, dessen Ziselierung Robert ausbessern sollte. Schwer lag das Gefäß in Annes Hand, und ohne zu überlegen holte sie aus.

Das Messer schnellte bereits wieder heran. Fuhr schmerzhaft in ihren Unterarm.

Dann traf der ausladende, massive Kelch Jehuda am Kopf!

Er erstarrte, als sei er vor eine Wand geprallt. Taumelte zurück.

Anne setzte nach. Noch einmal holte sie aus, und als sie diesmal zuschlug, tat sie es mit einem zornigen Schrei. Ein nebliger Schleier hatte sich vor ihren Blick gesenkt. Sie spürte mehr als dass sie sah, wie Jehuda zur Tür wankte. Die Tür schwang auf. Sie war allein.

Der Mörder war fort.

Polternd fiel der Becher zu Boden, rollte ein Stück weit, bevor er in einem Haufen Messingspänen liegen blieb. Anne tastete nach einem Halt. Jemand war bei ihr. Sie schrie auf, riss die Hände schützend vor den Hals.

«Schon gut! Anne, ich bin es!» Roberts Stimme klang ganz sanft.

Schluchzend sank Anne gegen ihren Vater. Nur noch undeutlich bekam sie mit, wie François den Raum betrat und lauthals anfing zu fluchen.

# 18. Kapitel

Galiens Sinne waren hellwach. Er sah Simons nackte Brust, die mit rotblonden Haaren bedeckt war. Er spürte den Luftzug, der diese Haare zittern ließ.

Clothildes nackter Bauch hatte eine Gänsehaut.

Galien blickte auf das Schwert in seiner Hand. Er senkte die Waffe. Dann steckte er sie fort und wandte sich ab.

Simons Ruf gellte noch in seinen Ohren. «Alle Männer zu mir!»

Galien verfiel in einen Laufschritt und rannte ins Freie. Neben dem Stall befand sich ein lang gezogenes Lagerhaus, dessen obere Etage über die untere hinausragte. Galien fasste einen der Stützpfeiler ins Auge, in den man dicke, eiserne Haken geschlagen hatte. Normalerweise wurde hier das erbeutete Wild aufgehängt. In dieser Nacht jedoch glänzten die leeren Haken matt im Sternenlicht. Galien sprang, ergriff zwei der Haken und zog sich daran in die Höhe. Er schwang das Bein über die Brüstung des Obergeschosses, als durch den Torbogen zur Vorburg und aus der Kapelle die ersten Männer strömten. Simon stürzte aus dem Stall, das Hemd noch immer offen, die Brust noch immer entblößt. Er schrie seine Männer an, deutete mit ausgestrecktem Arm zum Lagerhaus.

«Er verschwindet über den Wehrgang! Schnappt ihn euch!»

Galien huschte die Brüstung entlang und überquerte den schmalen Spalt zwischen ihr und dem angrenzenden Wehrgang mit einem einzigen Satz. Dann zog er sich über die Zinnen der Mauer. Hier, das wusste er aus der Zeit, als sein Vater noch gelebt und er in der Burg gewohnt hatte, ragte dichtes, dorniges Unterholz bis an die Mauern. Galien hörte Stiefelschritte auf der Treppe zum Wehrgang. Er überlegte nicht lange. Er sprang.

Die Dornen umfingen ihn schmerzhaft, aber die Ranken bremsten seinen Fall, genau wie er es gehofft hatte. Er kämpfte sich aus der Umklammerung des Gebüschs und hechtete in den Schutz der nahen Bäume. Pfeile zischten hinter ihm her, ein Armbrustbolzen hämmerte dicht neben seinem Kopf in einen Stamm, aber sie trafen ihn nicht.

Geduckt jagte er durch den Wald. Es dauerte nicht lange, da wurde Geschrei laut hinter ihm, Hufschläge ertönten. Sie verfolgten ihn!

Hunde bellten.

Er bog im rechten Winkel von seiner eingeschlagenen Richtung ab. Nur wenige hundert Schritte entfernt lag ein Weiher. Der Boden war vom langen Regen des vergangenen Tages so aufgeweicht, dass er seine Spuren dort rasch schlucken würde. Es war seine einzige Chance!

Er sprang über einen umgestürzten Baumstamm, kämpfte sich durch eine Wildsuhle. Einmal stürzte er, seine Hände versanken tief in dem weichen, aufgewühlten Boden.

Dann wurde der Untergrund kurz fest, nur um im nächsten Moment in Morast überzugehen. Der Weiher – Galien konnte ihn riechen. Seine Oberfläche glänzte im Licht der Sterne.

Galien warf sich in das Schilf. Wasser stieg ihm bis zu den Knien, dann höher, über die Oberschenkel, die Hüfte. Eisig drang es in seine Kleidung, die seit dem Regen nie ganz getrocknet war und sich jetzt rasch voll sog. Er wandte sich um. Seine Fußspuren bildeten flache Pfützen, in die Wasser sickerte. In wenigen Sekunden würden sie nicht mehr zu sehen sein. Galien hoffte, dass auch die Hunde nicht in der Lage sein würden, seine Spur zu verfolgen.

Er watete tiefer in das kalte Wasser. Ein Reiher flog auf und verschwand mit rauschendem Flügelschlag in der Nacht. Enten zeterten ihren Zorn über die Störung hinaus, verstummten jedoch, als Galien näher kam. Auch sie mieden ihn und flogen erschrocken auf. Das Wasser stieg Galien bis zur Brust, dann bis zum Hals. Er holte Luft und tauchte unter.

Kalte, tiefschwarze Stille umfing ihn.

Es war schwierig, die Orientierung zu behalten, doch es gelang Galien, unter Wasser bis zu dem Schilfgürtel auf der anderen Seite zu schwimmen. Vorsichtig, um sich nicht durch ein Plätschern zu verraten, tauchte er zwischen den spröden Halmen auf.

Das Gebell der Hunde war ganz nah.

Galien drehte sich auf den Rücken, sodass nur ein kleiner Teil seines Gesichts aus dem Wasser ragte. Atemlos lauschte er auf das Jaulen, das ihm ankündigen würde, dass die Hunde seine Spur aufgenommen hatten.

Es kam nicht.

Stimmen erschollen, Männer diskutierten. Dann wurde das Hundegebell leiser. Verstummte endlich ganz.

Zurück blieb nächtliche, eisige Stille.

Der Reiher kehrte zu seinem Schlafplatz zurück und landete dicht neben Galien. Erst nachdem auch die Enten wieder da waren, hob Galien den Kopf aus dem Wasser. Er wartete, bis nacheinander die nächtlichen Geräusche des Waldes wieder einsetzten. Erst, als sich im Osten der Himmel bereits rötlich zu verfärben begann, verließ er sein Versteck.

Er hatte keine Ahnung, wohin er sich wenden sollte, also trottete er einfach quer durch den Wald.

Irgendwann schließlich ließ er sich auf einer kleinen Lichtung in das hoch stehende Gras sinken, legte sich auf den Rücken und bedeckte die Augen mit dem Unterarm. Mattigkeit strömte durch seine Glieder. Die Wunde an seiner Brust schmerzte und biss. Sollte sie sich entzünden! Sollte der Wundbrand ihn in Fieber tauchen! Ihm war es egal. Er schloss die Augen und schlief ein.

Er erwachte von einer Berührung. Wie von einer Sehne geschossen fuhr er hoch, und sein Schwert war halb aus der Scheide, bevor er erkannte, wer neben ihm kniete.

«Basina!»

Im Licht der ersten Sonnenstrahlen sahen die Züge der jungen Frau aus wie von tiefen Furchen durchzogen. Sie lächelte Galien schüchtern an. Galien schob das Schwert zurück in die Scheide. Jetzt sah er, dass sie alle da waren: die Männer und Frauen, die zu Montgris gehört hatten. Sie standen beklommen um ihn herum.

Galien ging zu Baptiste. Sie reichten sich die Hände. «Warum seid ihr nicht fort? Wenn Simon euch hier findet, wird er euch aufknüpfen lassen!» Trotz seiner gestrengen Worte war Galien froh, seine Männer zu sehen.

«Wir haben gesehen, wie die Ritter Euch gejagt haben», erklärte Baptiste. «Da haben wir beschlossen, hier zu warten. Wir wollen bei Euch bleiben, Herr.»

Basina war in der Zwischenzeit im Unterholz verschwunden. Jetzt kam sie mit einer Hand voll Moos zurück. Schüchtern streckte sie die Hand nach Galiens verletzter Seite aus, hielt jedoch inne, bevor sie ihn berührte. Galien legte die Finger seiner Linken unter ihr Kinn und hob es an. Ihr Blick war dunkel vor Trauer um ihren Mann, aber ganz hinten, hinter der Trauer konnte Galien etwas anderes sehen: Hoffnung. Hoffnung, dass jetzt, da sie ihn gefunden hatten, alles wieder gut werden würde.

Ein scharfer Schmerz fuhr ihm durch das Herz.

Er würde diese Hoffnung nicht erfüllen können.

Während er sich zu einem Lächeln zwang, drehte er sich so, dass sie seine Wunde erreichen konnte. Sie machte sich daran, den verschmutzten, blutverkrusteten Verband zu entfernen.

«Ihr dürft nicht bei mir bleiben, Baptiste», sagte Galien. «Der Graf hegt keinen Groll gegen euch, aber wenn ihr euch mir anschließt, dann wird man auch euch als Ketzer verfolgen.»

«Das ist uns egal!» Baptiste schob das Kinn vor.

Galien wies auf Basina. «Du musst an sie denken!», sagte er. «Sie trägt ein Kind, und ihr Mann wurde getötet. Nein, Baptiste, ich erlaube nicht, dass ihr euch mir anschließt.»

«Aber was wollt Ihr denn tun? Ganz allein? Ohne unsere Hilfe könnt Ihr Montgris nicht wieder aufbauen, selbst, wenn Basina Eure Verletzung heilt.»

Galien wies in den Himmel, wo sich ganz im Westen noch ein paar Sterne gegen die Morgendämmerung behaupteten. «Irgendwo dort oben gibt es einen Stern», sagte er. «Sein Name ist Saturn, und weißt du, wofür er steht?»

Baptiste schüttelte den Kopf.

«Er steht für Finsternis und Tod, Baptiste. Für Strafe. Montgris wird nicht wieder aufgebaut werden. Nicht von mir.» Basina löste die letzte Lage des Verbandes von der Wunde. Ein heftiger Schmerz zuckte durch Galiens Seite, und er zog scharf die Luft durch die Zähne.

Basina fuhr zurück. «Verzeiht, Herr.»

«Schon gut.» Galien warf einen kurzen Blick auf seine Wunde und nahm das Gespräch mit Baptiste wieder auf. «Ich werde den Tod meiner Mutter rächen, aber bevor ich das tun kann, muss ich eine andere Sache erledigen.»

«Rache, Herr?» Baptiste wurde blass. «Am Grafen von Montfort? Dann seid Ihr so gut wie tot.»

«Bin ich das nicht ohnehin schon? Ebendarum muss ich meine zweite Aufgabe zuerst erledigen.»

«Was habt Ihr vor, Herr?»

«Meine Mutter bat mich im Sterben, ihr einen letzten Dienst zu erweisen. Es ist besser, wenn du nicht weißt, wovon ich spreche.» Galien wies auf die kleine Gruppe von Menschen. «Du musst dich um diese Leute kümmern, Baptiste. Versprich mir das.»

Er wartete, während Baptiste sichtbar mit sich rang. Endlich nickte der Mann. Galien biss die Zähne zusammen. Baptiste war gerade zwanzig Jahre alt. Eine große Bürde hatte er ihm aufgeladen, aber es ging nicht anders. Immerhin konnte er es ihm ein bisschen einfacher machen. Er griff nach dem Ring an seinem kleinen Finger und streifte ihn ab.

Baptiste riss die Augen auf, als ihm das Schmuckstück hingehalten wurde. «Was ...?»

«Nimm ihn. Er weist dich als meinen Gefolgsmann aus. Geht nach Fontenay, sucht Guillaume de Montgris und erzählt ihm, was hier geschehen ist. Guillaume war ein Vasall meines Vaters. Wenn er diesen Ring sieht, wird er euch an meiner Stelle aufnehmen.»

«Und Ihr?»

Bevor Galien auf diese Frage antworten konnte, trat Basina einen Schritt zurück. Galien sah sie an. Ihr Bauch zeichnete sich deutlich unter dem Gewand ab. «Fertig, Herr.»

Galien sah an sich herunter. Einen frischen Verband hatte Basina ihm angelegt, und das Moos schien bereits seine Wirkung zu tun. Der Schmerz verlor ein wenig an Kraft, wurde erträglicher. «Ich danke dir!»

Basina lächelte und wandte das Gesicht zur Seite.

«Ich muss noch einmal nach Montgris zurück, danach werde ich diese Gegend verlassen», beantwortete Galien Baptistes Frage.

Der kaute auf seiner Unterlippe herum und fasste endlich einen Entschluss. «Berchar, Lothar!», befahl er. «Holt das Pferd!»

Die beiden wirkten kurz erschrocken, doch gleich darauf nickten sie, wenn auch sichtbar wenig begeistert. Als sie aus dem Unterholz zurückkehrten, führten sie Tarik am Halfter.

«Den haben wir gestern Nacht im Wald gefunden», erklärte Baptiste. «Eigentlich wollten wir ihn behalten, um ihn auf dem nächsten Markt zu verkaufen, aber er gehört Euch. Und ich denke, Ihr werdet ihn nötiger brauchen als wir.»

Galien nahm den groben Strick entgegen, den Lothar ihm hinhielt. Ihm war völlig klar, dass er, wenn er auch nur den Hauch einer Chance haben wollte, Elaines letzten Wunsch zu erfüllen, ein gutes Pferd brauchte.

«Ich danke euch allen», sagte Galien. Mit dem Kinn wies er auf den Ring, den Baptiste noch immer in der Hand hielt. «Geht jetzt, bevor wir noch zusammen entdeckt werden.»

Basina rührte sich nicht, während die Männer enger zusammenrückten.

Galien griff nach den Händen der jungen Frau. Ihre Finger waren starr. «Gott schütze dich!», sagte er. «Dich und dein Kind. Du wirst es aufwachsen sehen, das weiß ich, und es wird Jean Ehre machen.» Er küsste sie väterlich auf die Stirn. «Leb wohl!»

Dann wandte er sich an Baptiste. Der Mann zuckte kurz, es sah aus, als wolle er sich verbeugen, aber dann ließ er es bleiben. Galien umarmte ihn. «Gott schütze dich und euch alle.»

Baptistes Kiefer mahlten. «Ihr seid kein Ketzer», flüsterte er. «Das weiß ich genau!»

Dann drehte er sich um und ging davon. Die anderen folgten ihm, und nur Basina wandte noch einmal den Kopf, bevor sie im Unterholz verschwand.

Galien nahm Tariks Führstrick fester in die Hand.

«Sieht so aus, als wären wir allein, mein Guter.»

Die Worte verhallten auf der Lichtung. Im Westen verloschen die letzten Sterne.

Galien griff in die Mähne des Pferdes, zog sich auf dessen bloßen Rücken und wendete das Tier in Richtung Montgris. Die Gegenwart der anderen Menschen hatte die Schwärze in ihm für einen Moment zurückgedrängt, aber jetzt, da er wieder allein war, kehrte sie zurück. Galien spürte, wie seine Glieder kalt wurden. Ein Eisenring legte sich um seine Brust und machte jeden Atemzug unendlich schwer, als sei sein Herz plötzlich aus Stein. Er legte sich auf Tariks Hals, um so viel Wärme wie möglich von dem Tier zu erhalten.

Über ihm ließ die Sonne ein paar zarte Wolken aufleuchten.

Montgris lag im Morgenlicht wie ein zerschlagenes Spielzeug. Schwarz ragten verkohlte Balken in die Höhe, und die in der Hitze geborstenen Steine wirkten auf Galien wie Ausgeburten der Hölle. Er lenkte Tarik durch das zerstörte Torhaus, hin zur Ruine des Stalles. Nach einigem Suchen fand er einen Sattel, den das Feuer nur ein wenig angekohlt hatte. Zaumzeug würde er sich auf dem Weg nach Süden kaufen müssen. Er sattelte Tarik und wühlte dann eine Weile in den Trümmern des Hauses, bis er die kleine Kiste fand, die früher in seinem Gemach gestanden hatte. Das Silber in ihr würde ihm für recht lange Zeit nützlich sein. Doch nun ließ sich der eigentliche Grund für sein Hiersein nicht mehr aufschieben.

Galien ritt in den hinteren Teil des Gartens. Auf den Grabhügeln schimmerte das Morgenlicht im ersten Frühlingslaub. Galien stieg von Tariks Rücken und trat vor das Grab des Juden hin.

*Elias hat das Buch.*

Das waren Elaines Worte gewesen. Es hatte gedauert, bis Galien ihren Sinn begriffen hatte, aber jetzt war er sich ganz sicher. Er fiel neben dem Grab auf die Knie und begann mit bloßen Händen zu graben.

Tarik trottete einige Schritte zur Seite und blieb unter den überhängenden Ästen eines Apfelbaumes stehen. Er senkte den Kopf und begann zu fressen.

Als Galiens Fingerkuppen von der Kälte des Bodens anfingen zu schmerzen, nahm er die Schaufel. Mit ihrer Hilfe kam er schneller voran. Die Sonne näherte sich bereits dem Zenit, als das Schaufelblatt auf rauen Stoff stieß. Galien warf die Schaufel fort und grub erneut mit den Händen. Mittag war längst vorbei, als er Elias endlich weitestgehend von Erde befreit hatte.

«Herr, vergib mir!» Galien zog seinen Dolch aus dem Gürtel und schnitt Elias' Leichentuch auf. Kein Buch. Mit zitternden Fingern tastete er über die Brust des Toten. Er wagte nicht zu atmen, halb aus Furcht vor dem Leichengeruch, halb in der Angst, der Tote könne hochfahren und sich bitter für die erlittene Störung seiner Totenruhe rächen.

Unter Elias' Gewand war nichts zu fühlen. Galien tastete weiter, und endlich stießen seine Finger gegen etwas Hartes. Elaine hatte das Buch unter der Achsel des Toten festgeklemmt.

Mit zusammengebissenen Zähnen öffnete Galien den Schnitt im Leichentuch so weit, dass er das Buch hervorziehen konnte.

Im Wald jenseits von Montgris schrie eine Krähe. Galien glaubte, Hufgetrappel wahrzunehmen. Er fuhr hoch. Tarik jedoch ließ sich nicht in seiner Mahlzeit stören, und so schrieb Galien das Geräusch schließlich seiner angespannten Phantasie zu und arbeitete weiter.

Das Buch legte er neben sich ab. So weit, so gut.

Aber wo war das Astrolabium?

Galiens Hände fuhren unter den Leib des Toten. Wie Wachs war dessen Fleisch unter seinen Fingern, bis er auf hartes Metall traf. Er brauchte seine gesamte Kraft, um den Beutel mit dem Instrument unter Elias' Körper hervorzuziehen.

«Verzeiht mir!» Rasch schaufelte Galien das Grab wieder zu, und erst, als das erledigt war, sank er schwer atmend und mit kaltem Schweiß auf der Stirn zu Boden.

Erst nach einer Stunde war er so weit zu Kräften gekommen, dass seine Beine ihn wieder tragen wollten.

*Diese Hure! Dieses verdammte Weibsstück!*

*Noch während Jehuda durch die nächtliche Gasse zu Madeleines Haus hinübertaumelte, verfluchte er Anne und die Widerspenstigkeit, mit der sie sich weigerte zu sterben. Blut rann aus einer klaffenden Platzwunde in seinem Haar, lief ihm über Schläfe, Wangen und Hals bis in den Kragen.*

*Gerade noch rechtzeitig, bevor in der Ruelle des Artisans Stimmen laut wurden, warf Jehuda Madeleines Haustür hinter sich zu.*

*Am Rande seines Gesichtsfeldes flimmerte es. Nur mit Mühe schaffte er den Weg ins obere Stockwerk. Madeleine saß noch immer auf ihrem Stuhl, vornübergesunken, mit strähnigem Haar und totenbleicher Haut.*

*Jehuda brach vor ihr in die Knie. Übelkeit stieg in ihm auf, als er die Tuchhändlerin ansah. Ihre Haut war gelblich, wachsweich. Die Lippen aufgerissen und trocken.*

*Madeleine war tot.*

*Jehuda legte den Kopf in den Nacken und stieß ein zorniges Heulen aus. Alles hatte sich gegen ihn verschworen! Er musste fort, konnte hier nicht bleiben. Mühsam rappelte er sich auf, und um nicht der Länge nach hinzufallen, musste er sich Halt an Madeleines Bein verschaffen. Der Stoff ihres Rockes raschelte über ihre Haut wie trockenes Laub.*

*Jehuda übergab sich, dann schlich er nach unten. Seine Hände tasteten nach dem Türriegel. Wie durch eine enge Röhre sah er die Welt, die Dunkelheit am Rand seines Gesichtsfelds rückte näher und näher.*

*Er verließ das Haus, ohne darauf zu achten, ob er vielleicht beobachtet wurde. Sein Blick richtete sich in den Himmel, der jetzt völlig wolkenlos war.*

*Mars blinzelte höhnisch auf ihn nieder.*

*Jehuda wankte davon, um sich einen Platz zum Ausruhen zu suchen.*

In der folgenden Nacht ritt Galien, bis es hell wurde. Dann verbarg er sich unter einem Holunderbusch, dessen Zweige eine kleine Höhle bildeten, in der er vor neugierigen Blicken sicher war. Den Tag über versuchte er zu schlafen, aber es gelang ihm kaum. Sein Magen schmerzte vor Hunger, seine Kehle war ausgedörrt, und seine Seite war erneut in hellem Feuer entflammt.

Als es dunkelte, schwang er sich auf Tariks Rücken und ritt weiter. Bei einem Bach hielt er an und trank, bis sein Magen gefüllt war. Auch wenn sich Düsternis über ihn gesenkt hatte und jede seiner Bewegungen mühsam machte: Er musste bei Kräften bleiben, um Elaines letzten Wunsch zu erfüllen. Also nahm er seinen Dolch und grub sich ein paar Wurzeln aus. Sie schmeckten bitter. Es schien ihm passend.

Robert, der Messingschmied. Dieser Name war alles, was er hatte. Und sein Wohnort. Béziers.

In dieser Nacht hielt Galien Tarik auf einem grasüberwachsenen Hügel an. Von hier hatte er einen guten Blick auf ein kleines Dorf zu seinen Füßen. Hell leuchteten die Feuer hinter den Fenstern, sprachen von Wärme und der Nähe zu anderen Menschen.

Ein scharfer Schmerz fuhr ihm durch das Herz; wie ein Blitz eine dunkle Nacht durchzuckte, zerriss er für einen kleinen Augenblick die Taubheit seiner Seele. Galien glitt von Tariks Rücken und fiel auf die Knie. Er wollte beten, aber es gelang ihm nicht.

In diesem Moment flackerte ein helles Licht auf. Galien blickte hoch, erschrocken, weil seine Augen sahen, was er noch eben nur gefühlt hatte. Grelles, kurz aufflackerndes Leuchten. Einmal. Ein zweites Mal. Wie Sternschnuppen schossen Lichter über den Himmel.

«Meteore!» Elaines Stimme erklang so deutlich, dass Galien sich umwandte. Doch die Nacht blieb kalt und still, und Galien begriff, dass es seine Erinnerungen waren, die er gehört hatte. Als er ein kleiner Junge gewesen war, hatte er sich vor ähnlichen Lichtern gefürchtet. Elaine hatte hinter ihm gestanden.

«Du musst keine Angst haben», hatte sie gesagt und ihm die Hände auf die Schultern gelegt. «Es sind nur kleine Steine, die Gott auf die Erde schleudert. Jedes Jahr um diese Zeit kehren sie wieder.»

«Warum tut er das?», hatte Galien gefragt und war der Bahn der leuchtenden Himmelskörper mit staunenden Augen gefolgt.

«Vielleicht, weil er uns zeigen will, wie groß er ist?»

Galien hatte voller Ehrfurcht genickt. Ja, das Schauspiel war geeignet, Gottes Größe zu demonstrieren. Seine Macht über das armselige Leben der Menschen hier unten auf Erden. So, wie er diese Steine schleuderte, konnte er Tod und Zerstörung schleudern.

*Gott will es.*

Galien lachte auf. Er fühlte, wie ihm Tränen über die Wangen liefen. Da breitete er die Arme aus und bot Gott seine Brust dar.

«Wenn du mich vernichten willst», schrie er, «dann tue es jetzt! Erschlag mich mit diesen Steinen, die du vom Himmel stürzen lässt! Mach all dem endlich ein Ende!»

Aber Gott erschlug ihn nicht. Die Meteore wurden weniger, nur noch ab und zu fuhr einer durch das Dunkel wie eine glühende Krallenspur. Dann versiegten sie ganz.

Tarik stand plötzlich hinter Galien und stieß ihm sein weiches Maul in den Rücken. Mit tränenüberströmtem Gesicht wandte Galien sich um und tastete nach dem Führstrick. Dann schwang er sich auf den Rücken des Pferdes und lenkte es in Richtung Süden.

Anne brauchte einige Tage, bis sie sich von der Angst und der Verletzung am Arm erholt hatte. Während der gesamten Zeit wichen Robert und François nicht von ihrer Seite, hüteten das Haus und achteten darauf, dass sie aß und schlief und zur Ruhe kam.

In einer der folgenden Nächte erwachte Anne in totaler Finsternis. Sie schwang die Füße aus dem Bett und tappte barfuß ans Fenster. Zögernd stieß sie es auf und sog die kalte Luft tief in ihre Lungen.

Die Sterne leuchteten tröstlich auf sie herab. Es war ein Anblick, der ihr aufgewühltes Gemüt beruhigte.

Ihr Blick fiel auf Madeleines Haus. Sie kniff die Augen zusammen, konnte aber nicht erkennen, ob die Haustür einen Spalt weit offen stand. Im ersten Augenblick hatte es so ausgesehen.

Sie lehnte den Kopf gegen den Fensterrahmen und ließ die Erhabenheit des Sternenhimmels in ihre Seele eindringen. Ein greller Blitz zeichnete Häuser und Dächer der Stadt in fahlem Licht nach. Anne konnte nicht verhindern, dass ein Lächeln sich seinen Weg auf ihr Gesicht bahnte.

Meteore.

Sie fielen jedes Jahr im April zu Hunderten, zogen leuchtende Flammenspuren über den Himmel und zeigten den Sternenkundigen damit, dass der Frühling nicht mehr fern war. Zwischen Herkules und Leier erschienen sie und schossen quer über den Nachthimmel, wie um ihn mit ihrem Leuchten für einige Lidschläge zu verzieren.

Plötzlich stand Robert hinter Anne und legte ihr einen Arm um die Schulter. Sie lehnte sich gegen ihn, und als ein weiteres Licht aufflammte, warf sie einen Blick in sein Gesicht. Die Leuchtspuren der Meteore spiegelten sich in seiner Iris wider. Die Sorge hatte sich als dunkle Schatten unter seine Augen gelegt, aber er lächelte.

«Gott ist unser Hüter», sagte er leise. Dann gab er Anne einen Kuss auf den Scheitel. «Alles hat seinen Sinn in seinem großen Plan.»

Anne nickte. Sie spürte, wie ihr Atem sich an den ihres Vaters anpasste. Wohl eine Stunde verging, dann noch eine.

Anne und Robert standen beieinander.

Und im Osten stieg, von weniger achtsamen Augen unbemerkt, Merkur über den Horizont.

# Juli, 1209 n. Chr.

# Buch 2

## *Merkur*

«Der Planet der Ruchlosigkeiten, der Nötigungen, der Lehre des Schrifttums, des Rechnens und der Wissenschaften.»

*Ali ben Ragel, Über die Urteile der Sterne,*
*11. Jahrhundert*

# 1. Kapitel

«Mademoiselle?»

Die Stimme des Stadtbüttels ließ Anne von ihrer Arbeit aufblicken. Anders als andere Besucher pflegte der Mann nicht einfach unten an die Haustür zu klopfen und zu warten, bis ihm jemand öffnete. Er trat meistens einige Schritte zurück, bis er von dem Werkstattfenster aus gut zu sehen war, und rief zu ihr hinauf. Anne war ihm dankbar dafür, denn noch immer hasste sie es, die Tür öffnen zu müssen, ohne zu wissen, wer draußen wartete. Zwar hatte Robert nach Madeleines furchtbarem Tod und Jehudas Überfall auf Anne umgehend eine der Glasscheiben aus der Werkstatt in Augenhöhe in die Haustür einsetzen lassen, aber das geschliffene Material glich eher einer Linse als einer flachen Scheibe und verzerrte die Besucher vor der Tür so grotesk, dass Annes Herzschlag sich beim Durchschauen eher beschleunigte als beruhigte.

Sie legte ihre Arbeit weg, stand auf und trat ans Fenster. Obwohl es fast Mitte Juli war und der südfranzösische Sommer heiß und trocken, zog sie es vor, weder Läden noch Scheiben zu schließen, denn sie brauchte Licht und Luft, und seien sie noch so heiß. Jede Form der Dunkelheit und Enge ließ ihr am ganzen Körper den Schweiß ausbrechen.

«Guten Morgen, Monsieur de Poussan!» Rasch glitt ihr Blick die Gasse auf und ab, doch außer dem Büttel war niemand zu sehen. Keine weißhaarigen Männer, die sich in die Schatten von Häusern oder Mauern drückten.

Seit Madeleine tot war, hatte Anne das Haus nur noch in Begleitung ihres Vaters oder Paten verlassen.

Der Büttel hatte sein Pferd dabei, einen knochigen, etwas gelbstichigen Schimmel, dessen verschiedenfarbige Augen in Béziers schon für manch bösen Spott gesorgt hatten.

«Seid Ihr auf dem Weg zu den Befestigungsanlagen?»

Lucien de Poussan schob den Zügel hoch in seine Armbeuge. «Ja. Aber vorher muss ich Euch eine Mitteilung machen. Wärt Ihr so freundlich, mich einzulassen?»

Anne zögerte. «Vater ist nicht zu Hause», sagte sie.

Poussan nickte nachsichtig. Anne wusste, dass er selbst zwei Töchter hatte und die Angst gut verstehen konnte, die sie seit jenem Tag im Griff hielt. Obwohl die vielen Verbrechen, die er im Laufe seiner Dienstjahre hatte untersuchen müssen, ihm einen fast zynischen Gesichtsausdruck und schmale Lippen beschert hatten, schlummerte unter seiner Oberfläche ein freundliches Wesen. «Ihr müsst Euch nicht mehr fürchten», entgegnete er. «Jehuda ist tot!»

«Woher wisst Ihr das?»

«Lasst mich ein, dann zeige ich es Euch.»

Anne trat vom Fenster zurück und eilte die Treppe nach unten. Obwohl der Büttel einer der wenigen Männer war, dem sie nach Madeleines Tod noch vertrauen konnte, zögerte sie, bevor sie die Hand nach dem Riegel ausstreckte und die Haustür öffnete. Wie an jedem einzelnen Tag seit Jehudas Überfall begann ihr Herz zu jagen.

Poussan stand direkt vor der Tür und war so rasch im Flur, dass Anne den Riegel nach kaum zwei Lidschlägen wieder vorlegen konnte. Tief atmete sie durch.

«Ihr habt sicher schon von dem Lagerhaus gehört, das heute Nacht in der Rue des Moulins abgebrannt ist, nicht wahr?» Poussans Blicke wanderten durch den gesamten Hausflur, als müsse auch er sich vergewissern, dass Anne hier keine Gefahr drohte. Er sah alles, und er merkte sich das meiste von dem, was er sah. Aus diesem Grund war er der beste Büttel, den Béziers seit vielen Jahren gehabt hatte.

Anne nickte. «Vater hat auf dem Markt davon gehört. Es war eines von Madeleines Lagerhäusern, nicht wahr?» Den Namen der Freundin auszusprechen, die in so kurzer Entfernung von ihr einen so grausamen Tod gestorben war, erfüllte Anne noch immer mit einer Mischung aus Trauer und Schuldgefühlen.

Poussan schien zu wissen, was sie dachte, denn er legte vorsichtig eine Hand auf Annes Unterarm und drückte ihn. «Macht Euch keine Vorwürfe», sagte er leise. «Ihr konntet nicht ahnen, dass Madeleine ihre Reise abgebrochen hatte und zurückgekehrt war. Jehuda hielt sie gefangen. Woher solltet Ihr wissen, dass sie sich in ihrem eigenen Haus befand, während Ihr sie in Narbonne wähntet?»

Anne entzog dem Büttel ihren Arm. «Ich weiß ja», murmelte sie. Dennoch war allein der Gedanke an Madeleines langsames Sterben unerträglich. Die Tuchhändlerin war an einen Stuhl gefesselt aufgefunden worden. Jehuda hatte sie verdursten lassen.

Poussan zog einen Gegenstand aus einer seiner Taschen, den er in ein besticktes Tuch eingewickelt hatte. «In dem Lagerhaus befand sich die Leiche eines Mannes. Offensichtlich war er dort eingedrungen und hatte sich häuslich eingerichtet. Eine Öllampe, die er bei sich hatte, muss umgefallen sein, während er schlief. Jedenfalls brannte das Lagerhaus vollständig nieder, und er gleich mit.»

«Habt Ihr ihn identifiziert?»

«Hiermit. Ja.» De Poussan wickelte den Gegenstand aus und hob ihn hoch. Es war der goldene Anhänger mit den fünf ungeschliffenen Steinen.

Anne zuckte zurück, mit solcher Wucht überfiel sie die Erinnerung. Das Feuer hatte den Anhänger geschwärzt, einer der beiden Topase war von der Hitze geborsten, aber es war eindeutig Jehudas Schmuckstück. Langsam streckte Anne die Hand danach aus, und Poussan ließ den Anhänger hineinfallen. Mit leisem Klirren rollte sich die Kette darauf zusammen. Sie tippte mit dem Fingernagel gegen das Metall. Sie hatte dem Büttel nach Madeleines Tod den Anhänger zusammen mit Jehudas Aussehen beschrieben.

«Er lag bei der Leiche. Der Körper des Toten war stark verkohlt, aber man konnte noch erkennen, dass er kostbare, seidene Gewänder getragen hatte, und wir fanden lange, weiße Haare.»

Die Erleichterung rauschte wie schwerer Wein durch Annes Adern. «Er ist wirklich tot!» Sie konnte nicht anders, sie warf den Kopf in den Nacken und lachte auf. «Gut!»

Der Büttel berichtete ihr in Einzelheiten, wie die Leiche entdeckt worden war, wie man sie identifiziert hatte und was nun mit ihr geschehen würde. Gerade als er geendet hatte, kam Robert nach Hause, und Poussan wiederholte alles noch einmal für ihn.

Schließlich verabschiedete er sich und ließ Anne und ihren Vater erfüllt von Erleichterung und Genugtuung zurück.

Noch am selben Nachmittag beschloss Anne, ihre selbst gewählte Kerkerhaft zu beenden und auf dem Markt einzukaufen.

Der erste Mensch, den sie traf, war ausgerechnet Jérome, Madeleines Lagerverwalter. Es kostete sie eine Menge Überwindung, mit ihm zu sprechen und ihm tröstliche Worte zu sagen. Insgeheim machte Anne ihn mit verantwortlich für Madeleines Tod. Hätte er nach ihrer Rückkehr nicht ohne Umschweife die Stadt wieder verlassen, um für ein paar Tage seine Schwester zu besuchen, er hätte Madeleines Tod verhindern können. Zwar hatte er mehr als einmal beteuert, Madeleine selbst hätte ihn zu dem Besuch geradezu gedrängt. Doch Anne war wütend auf Jérome, in ihrem tiefsten Inneren wütend, nicht zuletzt deshalb, weil er eine Entschuldigung hatte, während sie selbst ihre Schuldgefühle durch nichts mildern konnte. Warum schließlich war sie dem rötlichen Schein in ihrem Küchenfenster nicht nachgegangen? Hatte Madeleine zu dem Zeitpunkt schon festgezurrt auf ihrem Stuhl gesessen, die Kehle eng vor Wassermangel, die Zunge geschwollen ... Anne schlug sich mit der flachen Hand gegen die Schläfe, um diese grauenvollen Gedanken zu vertreiben. Dennoch konnte sie Jérome gegenüber Mitleid nur heucheln.

Sie war froh, als er ihre Abwehr endlich spürte und seiner Wege ging.

«Verzeiht.»

Anne hatte nach dem unangenehmen Zusammentreffen die Ruelle des Artisans kaum verlassen, als ihr ein Mann von vielleicht fünfundzwanzig Jahren entgegentrat. Er wirkte ausgezehrt, als habe er eine lange Reise oder einen schweren Kampf hinter sich, und in seinen eisgrauen Augen stand ein Schmerz, der wie ein grelles Feuer loderte.

Anne hob den Korb vor die Brust, schlang den rechten Arm durch seinen Henkel und griff nach seinem Rand. «Ja?» Vorsichtig machte sie einen halben Schritt rückwärts.

Der Mann schien das zu bemerken, denn auch er wich ein wenig zurück. «Verzeiht», wiederholte er leise. «Ich habe Euch erschreckt.» Seine Worte hatten eine ganz leichte fremde Färbung, so, als sei Okzitanisch nicht seine Muttersprache.

«Das habt Ihr nicht. Womit kann ich Euch helfen?»

Vermutlich wollte der Fremde sie nach dem Weg fragen. Sie täuschte sich nicht. Er legte den Kopf zur Seite und schüttelte seine halblangen Haare. Es sah aus, als habe er Wasser im Ohr, das er loswerden wollte. «Ich bin auf der Suche nach einem Mann namens Robert. Er ist Messingschmied und Astrolabienbauer.»

Annes Blick streifte über sein Pferd, ein zierliches, ungewöhnliches Tier, an dessen Sattel ein großer Beutel hing. Dann betrachtete sie die hagere Gestalt des Fremden. Er trug die Kleidung eines Adligen, wenn sie auch schmutzig und zerschlissen war. Lange lederne Stiefel reichten ihm bis zu den Knien, und ein breiter Gürtel hielt seine Gewänder zusammen. Seine Waffe trug er über der Schulter, sodass der Knauf seines Schwertes, der in einem eigenartigen Blauton schillerte, neben seinem Kopf in die Höhe ragte. Eine schmale Narbe zierte seine Lippe, verzerrte die Linie seines Mundes ein kleines bisschen, sodass das Lächeln, zu dem er nur einen Mundwinkel zu benutzen schien, einen Anflug von Bekümmertheit enthielt.

«Wer seid Ihr? Und was wollt Ihr von Robert?» Anne mühte sich, unbeschwert zu klingen. Wie lange, schoss es ihr durch den Kopf, würde sie brauchen, um die Erinnerung an Jehuda gänzlich abzuschütteln und Fremden wieder ohne Angst entgegenzutreten?

«Dann kennt Ihr ihn?»

«Möglicherweise. Aber Ihr habt meine Fragen nicht beantwortet.»

Der Fremde nickte und deutete eine Verbeugung an. «Mein Name ist Galien de Montgris. Robert kennt mich nicht, aber er kannte meine Mutter. Ihr Name war Elaine. In ihrem Auftrag bin ich hier.»

«Elaine?» Anne schob auch noch den zweiten Arm durch den Henkel des Korbes. «Roberts Haus befindet sich hier in der Ruelle des Artisans. Das kleine mit dem flachen Dach und der Stiege, die seitlich daran in die Höhe führt.» Sie sah zu, wie Galiens Blick ihrem ausgestreckten Arm folgte und Unsicherheit sich in seinen Zügen abzeichnete. Fast schien es ihr, als sei dieser Mann ebenso wie sie selbst von unsichtbaren Geistern gejagt, und unvermittelt verspürte sie einen Anflug von Verbundenheit. «Wenn Ihr wollt», bot sie rasch an, «begleite ich Euch. Robert ist mein Vater.»

Er neigte den Kopf. «Ich wollte Euch nicht bei Euren Besorgungen aufhalten. Ihr habt doch sicher Wichtigeres zu tun, als Fremde durch Eure Stadt zu geleiten.»

Anne hob den Korb. «Eigentlich war ich auf dem Weg zum Markt, um ein paar Eier und Gemüse zu kaufen.» Sie wies mit dem Kinn an Galien vorbei, auf den Platz, in den die Gasse mündete.

Galien drehte sich um. «Was haltet Ihr davon, wenn ich Euch begleite? Dann könnt Ihr mich anschließend Eurem Vater vorstellen.»

Anne zögerte. Der Fremde weckte in ihr das Bedürfnis, ihn zu trösten, den Schmerz in seinen Augen zu lindern. «Also gut. Aber beklagt Euch nicht, wenn es langweilig wird. Ich bin bekannt dafür, dass ich stundenlang mit den Marktfrauen um den Preis feilsche.»

Galien lachte. Es klang fröhlich, aber unter der Fröhlichkeit schwang noch etwas anderes mit. Ein Missklang wie von Vorsicht oder Abwehr. «Ihr habt mir Euren Namen noch gar nicht verraten.»

«Ich heiße Anne.»

«Ich freue mich, Euch getroffen zu haben, Anne.» Galien reichte ihr seinen Arm, und sie nahm ihn.

Gemeinsam gingen sie zum Markt, wo Anne bei einer der Bäuerinnen frischen Kohl und ein paar Hände voll Kirschen kaufte. Nachdem sie einen Augenblick mit der Frau geplaudert und so in Erfahrung gebracht hatte, wo es an diesem Tag die frischesten Eier gab, verabschiedete sie sich und wollte weitergehen.

Etwas prallte schmerzhaft gegen ihr Schienbein. Hastig sprang sie ein Stück zurück. «Was soll ...» Ein Bettler auf einem Rollbrett kauerte vor ihr, die gesamte Gestalt und das Gesicht in dicke Lagen schwarzen Stoffs gehüllt.

«Verzeiht!», krächzte er und gab seinem Gefährt einen kraftvollen Stoß, der ihn mit rumpelnden Rädern davonrollen ließ.

Nachdem Anne alle ihre Lebensmittel eingekauft hatte, machte sie sich mit Galien auf den Weg nach Hause.

«Seltsam», sein Mundwinkel zuckte wieder nach oben, «sagtet Ihr nicht, dass Ihr feilscht bis aufs Blut? Ich mag mich ja irren, aber darunter verstehe ich etwas anderes.»

Anne spürte, wie leichte Röte ihre Wangen überzog. «Ich dachte, es wäre besser, mich heute zusammenzureißen.» Dann begann sie zu grinsen. «Aber Ihr könnt mir glauben, es ist mir schwer gefallen.»

Lachend kamen sie vor dem Haus an. Galien machte sein Pferd neben der Tür fest und knotete den Beutel vom Sattel los.

«Bitte wartet hier», sagte Anne, als sie das Haus betraten. «Ich werde meinem Vater Bescheid sagen.»

Robert saß in der Werkstatt über seine Bank gebeugt und schien sie nicht gehört zu haben. Anne trat von hinten an ihn heran und strich ihm über den Rücken. «Woran arbeitest du so konzentriert?»

Er seufzte und fuhr sich mit beiden Händen durch die ohnehin schon zerzausten Haare.

Anne schaute über seine Schulter. Ihre Zeichnung der Jupiterbahn lag vor ihm, aber weiter nichts.

Anne langte über ihn hinweg und schob die Wachstafel zur Seite. «Wir haben Besuch, und ich glaube, er wird dich mehr interessieren als das hier.»

«Ein neuer Kunde? Warum bringst du ihn nicht herauf?» Robert stemmte sich in die Höhe, indem er beide Fäuste auf der Werkbank abstützte. Als er stand, waren seine Knöchel weiß.

«Kein Kunde.» Anne nahm seine Hand und zog ihn mit sich. Sie schob ihn vor sich die Treppe hinunter und vor Galien hin, der noch an genau derselben Stelle stand, an der Anne ihn verlassen hatte.

«Vater, das ist Galien de Montgris, Elaines Sohn.» Anne spähte in Roberts Gesicht, um darin lesen zu können, was ihm durch den Kopf ging. Er sah Galien ausdruckslos an, und mehrere Minuten vergingen in tiefem, unbehaglichem Schweigen.

Galien suchte Annes Blick, aber sie konnte nur mit den Achseln zucken.

Endlich nickte Robert. «Ja. Ihr habt ihre Augen.»

Galien klopfte auf den Beutel über seiner Schulter. «Ich habe Euch einige Dinge mitgebracht, die meiner Mutter gehört haben. Ich glaube, sie sind Euer Eigentum.»

Robert wies auf die Tür zur Küche, und Galien folgte seiner Aufforderung einzutreten. Im Inneren des Raumes sah er sich aufmerksam um.

Anne huschte an ihm vorbei und stellte die zwei Töpfe, die sie am Morgen einfach auf dem Spülstein stehen gelassen hatte, an ihren Platz auf dem Regal. Galiens Mundwinkel zuckte.

«Ich fürchte, wir können Euch nicht das bieten, was Ihr gewohnt seid», sagte Anne, aber zu ihrer Überraschung winkte Galien ab.

«Mein eigenes Heim sah Eurem ganz ähnlich.»

Robert schob Galien den Stuhl hin, auf dem er selbst zu sitzen pflegte. «Elaine ist also tot», sagte er mit ruhiger Stimme.

Es war, als ändere sich die Farbe von Galiens Augen, als würden sie einige Nuancen dunkler. «Ja.»

«Wann starb sie?»

«Vor zwei Monaten.» Galien schien nachzudenken, dann entschied er sich offenbar, etwas, das er sagen wollte, hinunterzuschlucken.

«Und sie hat Euch zu mir geschickt?» Robert fuhr sich mit dem Fingernagel über die Oberlippe. Anne versuchte sich vorzustellen, was in seinem Kopf vorging. Mehr als dreißig Jahre war Elaine fort gewesen, war einfach verschwunden, ohne ihm Lebewohl zu sagen. Irgendwann hatte er es vorgezogen, lieber an ihren Tod zu glauben, statt sich mit der Frage herumzuschlagen, warum sie gegangen war. Anne schauderte, als ihr einfiel, welchen Tod er vor Augen gehabt haben musste, denn er hatte sicher Jehuda dafür verantwortlich gemacht. Sie musste all ihre Kraft zusammennehmen, um nicht einfach den Raum zu verlassen, der sich jetzt mit unerträglicher Spannung gefüllt hatte.

Galien blickte Anne an, als wolle er sie in das Gespräch einbeziehen. «Es muss Euch seltsam vorkommen nach all den Jahren.»

Anne schlang die Arme Halt suchend um den Oberkörper. Dann wandte sie sich um und tauchte ihre Hände in den Wassereimer neben dem Spülstein. Die Kälte des Wassers drang durch ihre Haut und ließ die Gelenke schmerzen.

Galiens Stimme klang in ihren Ohren ausdruckslos. «Sie verließ Béziers damals, ohne Euch Bescheid zu sagen, nicht wahr?»

Ein Moment der Stille trat ein, und Anne vermutete, dass Robert genickt hatte. Sie hob die Hände aus dem Wasser und rieb sich die kalten Tropfen von der Haut.

«Sie wurde fortgeschickt», fuhr Galien fort. «Aber kurz vor ihrem Tod wollte sie, dass Ihr Euer Eigentum zurückerhaltet.»

«Wer hat sie fortgeschickt?» Roberts Stimme klang heiser. Anne trat hinter ihn und legte ihm die Hände auf die Schultern.

«Ihr Bruder. François hieß er, glaube ich. Meine Mutter erzählte mir eine ganze Menge darüber, was geschehen ist, aber ich fürchte ...» Galien brach ab, weil er sah, wie Anne die Stirn runzelte.

Robert war totenbleich geworden. Mit hohler Stimme sagte er: «Mein Eigentum. Ich nehme an, Euer Beutel enthält die Dinge, die Ihr mir bringen wollt. Darf ich sie sehen?» Er beugte sich vor. Gleich darauf jedoch, als Galien ein Buch aus dem Beutel gezogen und ihm hingeschoben hatte, lehnte er sich wieder zurück.

Neugierig sah Anne auf das Buch nieder. Es war nicht sehr dick, aber ziemlich groß. Das dunkelrote Leder roch aromatisch, und die dicken, wulstigen Bünde am Rücken sahen aus wie speckige Würmer. Auf dem Deckel war keine Kennzeichnung und kein Titel zu erkennen. Der Deckel knirschte leise, als Robert ihn mit einem unterdrückten Stöhnen aufschlug.

«Griechisch!», entfuhr es Anne. Sie beherrschte diese Sprache nicht besonders gut und brauchte Stunden, um eine einzige Seite eines griechischen Textes zu entziffern. «Was ist es?»

Robert ließ die Seiten des Buches über seinen Daumen blättern. In der Mitte gab es eine Stockung, und er schlug das Buch an dieser Stelle auf. Eine Seite war offensichtlich herausgeschnitten worden.

So schnell, als fürchte er, die Buchstaben könnten sich zu tödlichen Dämonen manifestieren, schlug Robert das Buch zu. «Es stammt von einem Mann namens Aristarch. Es ist ein sternenkundlicher Text.»

«Kennst du es?» Die Frage war überflüssig. Anne *wusste*, dass er es kannte.

Robert gab keine Antwort, und so tat es Galien an seiner Stelle. «Es hat ihm einmal gehört. Meine Mutter hat es entwendet, aber sie tat es nicht aus Boshaftigkeit, Robert. Es gab Gründe. Wichtige Gründe.»

Robert saß wie zu Stein erstarrt. «François!», murmelte er.

Anne hatte ihn den Namen noch nie in einem solchen Tonfall aussprechen hören. Kalt. Wütend. Und maßlos enttäuscht.

Sie nahm ihrem Vater das Buch aus den Händen, schlug es auf und strich mit der Kuppe ihres Zeigefingers über die fremdartige Schrift, die in so schwarzer Tinte geschrieben war, dass sie beinahe bläulich schimmerte. Wenn sie länger auf die Zeilen blickte, begannen die Zeichen vor ihren Augen zu verschwimmen.

Galiens Stimme riss sie aus ihren Betrachtungen. «Das Buch ist nicht das Einzige, was ich Euch bringen soll. Es gibt da noch etwas.» Er klopfte auf den Beutel, aus dem ein leises, metallisches Klirren drang, das Anne nur zu vertraut war. Galien zog ein kleines Säckchen aus Samt hervor und schob es Robert ebenfalls hin.

Die Form, das metallische Klirren, alles deutete darauf hin, dass es sich bei dem Gegenstand um ein Astrolabium handeln musste. Robert ballte die Hand über dem Säckchen zur Faust, bevor er die Schnur löste und das Instrument herauszog.

Es war ein Astrolabium.

Aber eines, wie es Anne noch nie zuvor zu Gesicht bekommen hatte.

Robert nickte nur. Er hob das Gerät hoch und hielt es sich vor die Augen. Dann drehte und wendete er es, um es von allen Seiten ausgiebig zu betrachten.

Das Astrolabium war leicht angelaufen und wirkte stumpf, aber das tat seiner Schönheit keinen Abbruch. Es war um einiges dicker als die Geräte, die Robert zu bauen pflegte. Auf seiner Vorderseite erkannte Anne den exzentrischen Ring der Ekliptik, die Höhenkreise, die bei diesem Gerät direkt auf die Mater graviert worden waren, und die Sternenzeiger, von denen hier einige in Tierform dargestellt waren. Sie sah einen Vogel mit ausgebreiteten Schwingen und einen Pferdekopf mit einer Art Horn. Die Aufhängung war mit Blumen oder Federn reich verziert. Das Interessanteste an diesem Gerät war allerdings seine Rückseite, das Dorsum. Anders als bei der Vorderseite hatte Robert hier die Beschriftung nicht ins Lateinische übertragen, sondern einfach die feinen, verschnörkelten arabischen Schriftzeichen übernommen. Wie ein filigranes Schmuckband lief die Schrift rings um den äußeren Rand, das sonst glatt und leer war. Dicht bei der verzierten Aufhängung hatte Robert ein kreisförmiges Loch aus dem Metall geschnitten und ihm genau gegenüber ein zweites, größeres, dessen Rand sich mehrfach abgestuft nach unten hin verengte. Um beide Löcher herum waren ebenfalls arabische Schriftzeichen angebracht.

«Mein achtes Astrolabium.»

So fremd klang Roberts Stimme, dass Anne ihn beunruhigt ansah. Ihre Stimme wollte ihr nicht recht gehorchen. «Du hast nie ein achtes Gerät gebaut, denke ich!»

Robert gab sich einen Ruck. Er ließ den Arm sinken und legte das Instrument ab. «Doch. Dieses hier.» Er sah Galien an. «Und das hat sie auch gestohlen, weil François sie darum bat?»

«Nein. Dieses Gerät wurde ihr kurz vor ihrem Tod erst gebracht.» Galien rutschte unbehaglich auf seinem Stuhl herum.

Anne schüttelte den Kopf. Nicht genug, dass ihr Vater ihr niemals von diesem Instrument erzählt hatte; er hatte sie auch noch angelogen. Immer wieder hatte er behauptet, dass er in seinem Leben niemals mehr als sieben Astrolabien konstruiert hatte. Dieses achte hier – er hatte es über Jahre hinweg verleugnet.

*Warum bloß?*

Robert schloss die Augen. Dann rieb er sich mit dem Unterarm über die geschlossenen Lider. Als er ihn sinken ließ, sah er erschöpft aus.

«Schau her», murmelte er, hielt Anne das Astrolabium hin und zeigte auf das größere der beiden Löcher. Er ließ vorne die Rete kreisen, ohne dabei das Astrolabium umzuwenden, und Anne sah, wie zwei der inneren Kreise sich zu drehen begannen. Auf einem von ihnen war ein kleines Sonnensymbol angebracht, auf dem anderen ein winziger Mond. Der Kreis, in dem sie sich beide bewegten, war in zwölf Teile unterteilt, die jedoch keinerlei Beschriftung aufwiesen. «Es zeigt an, in welchem Zeichen Sonne und Mond stehen. Ich bin damals nicht dazu gekommen, die Beschriftung fertig zu machen.»

Anne nahm Robert das Gerät fort und schaute die Vorderseite an. «Ist es eine Spielerei, oder stimmen Rete und diese Anzeige überein?»

Robert streckte die Hand aus und ließ sich das Gerät zurückgeben. «Sie stimmen überein, und mehr noch!» Er hielt Anne die Rückseite hin.

In dem kleineren Kreis nahe der Aufhängung hatte sich etwas verändert. Eben noch war der Boden des Loches tiefschwarz gewesen, jetzt aber war an seiner einen Seite ein schmaler, goldener Streifen erschienen, eine schlanke Sichel. Robert drehte die Rete weiter, und die Sichel wurde dicker, bis sie schließlich einen Halbmond anzeigte, dann einen Dreiviertelmond, und schließlich war das gesamte Loch mit Gold ausgefüllt. Als Robert noch weiter drehte, erschien dort, wo noch eben die goldene Sichel aufgetaucht war, eine schwarze.

«Es zeigt die Mondphasen an!» Die Haut in Annes Genick begann zu kribbeln, wie sie es immer tat, wenn sie eine Entdeckung gemacht hatte. Um ihrer Aufregung Herr zu werden, griff sie nach dem Samtsäckchen und knetete es zwischen den Fingern. «Es ist unglaublich, Vater! Warum hast du mir all die Jahre niemals davon erzählt?» *Und welche Rolle spielt François in alledem?*

Weil Robert nicht auf Annes Frage antworten wollte, wandte sie sich an Galien. «Was genau ist geschehen? Wieso hat Euch Eure Mutter hierher geschickt?»

Galien hatte bislang ruhig dagesessen und zugesehen. Jetzt setzte er sich ein wenig aufrechter hin. «Kurz vor ihrem Tod tauchte ein Mann in Montfort auf und fragte nach meiner Mutter. Er hatte das Instrument bei sich und wollte das Buch abholen.»

«Aber das hat er nicht getan.» Wer hatte diesen Mann geschickt?, dachte Anne. François?

«Nein.» Galiens Blick verdunkelte sich erneut, und Anne

beobachtete fasziniert das Spiel seiner Augen. «Es geschah etwas … er wurde ermordet.»

«Wie?»

«Er geriet in den Verdacht, ein Ketzer zu sein. Leider geschah das genau zu dem Zeitpunkt, als in Montfort das Kreuzfahrerheer ausgehoben wurde. Einer der Ritter hat sich sofort seiner neuen Aufgabe gewidmet.» Galien blinzelte zweimal nacheinander, und das Dunkel in seinen Augen war fort. Dafür verzog sich jetzt sein Gesicht zu einer Maske des Hohns. «Es gelang Elias, sich bis in mein Haus zu schleppen, aber dort starb er an seinen schweren Verletzungen. Meiner Mutter blieb danach nicht mehr sehr viel Zeit.» Sein Kehlkopf ruckte einmal nach oben. Dann schwieg er.

Anne verspürte den Impuls, ihn zu berühren, aber sie wagte es nicht. Stattdessen legte sie das Säckchen auf den Tisch. Galien griff danach. Anne sah, wie sich seine Finger um den weichen Stoff krampften.

«Elias, so hieß der Mann?»

«Ja.» Mit verzerrter Miene fügte er hinzu: «Ich sehe noch immer sein Gesicht vor mir.»

Anne setzte sich. «Sein Gesicht?»

«Ja. Er hatte sehr lange Wimpern und ein ungewöhnlich bleiches, schmales Gesicht.»

Anne richtete sich auf. «Wie lautete sein voller Name?»

«Elias ben Aaron ben Tibbon, warum?»

Anne fühlte, wie ihre Augen sich weiteten. Schlagartig war die Panik wieder da, ließ ihr Herz jagen, ihre Muskeln sich verkrampfen.

Galiens Blick lag ruhig auf ihrem Gesicht, und sie konnte sehen, wie sich das Tageslicht in seiner Iris spiegelte. Er sprach es nicht aus, aber Anne konnte die stumme Frage hören: *Was habt Ihr?*

Sie erhob sich. «Nichts», murmelte sie und strich sich eine Haarsträhne aus dem Gesicht. «Es ist nichts.»

Dann verließ sie die Küche, um wieder Luft zu bekommen.

«Kann ich Euch irgendwie helfen?» Galien trat hinter sie.

Sie wandte sich zu ihm um. Rasch schüttelte sie den Kopf, öffnete die Haustür und verließ das Haus. Galien folgte ihr, auch noch, als sie um das Haus herum und die Stiege hinauf zur Dachterrasse ging.

Die beiden Lavendeltöpfe waren längst abgeerntet. Nur noch bräunliche, raue Stängel und Blätter ragten in die Luft. Trotzdem dufteten die Pflanzen noch immer betörend. Anne bückte sich und pflückte zwei der Stängel ab.

Sie spürte, dass Robert ihnen gefolgt war und ihr Gespräch von der Treppe aus belauschte. Misstraute er Galien? Da er sich nicht näherte, sich nicht schützend neben sie stellte, sondern unten verharrte, sah er vermutlich ähnlich wie sie selbst in Galiens Person keine Gefahr, wohl aber in den Nachrichten, die er brachte.

Galien, der einige Atemzüge auf eine Antwort von Anne gewartet hatte, zog sich einen Schritt zurück. «Ich möchte Euch nicht belästigen.»

«Ihr belästigt mich nicht.» Anne richtete sich wieder auf, hielt die Lavendelstängel unter ihre Nase und roch daran.

«Nein?» Auch Galien zupfte einen kahlen Lavendelzweig ab und drehte ihn unschlüssig zwischen den Fingern.

Anne strich sich ein paar einzelne Haare aus dem Gesicht. «Ich bin unhöflich. Verzeiht. Es ist nur so, dass Euer Auftauchen mir das Gefühl gibt, eine Gefahr kehre zurück, die ich überwunden glaubte.»

Galiens Augen weiteten sich ganz leicht. «Wie das?»

Anne fiel es schwer, seinen langen Blicken standzuhalten, und die Worte, die ihr sonst leicht über die Lippen kamen, wollten ihr plötzlich nicht mehr gehorchen. Sie wusste nicht, ob es an Galiens Gegenwart lag oder an ihrer eigenen

Angst. «Ich ...» Sie verstummte wieder. Plötzlich aber war der Wunsch, sich Galien zu offenbaren, stärker als die Panik. *Du kennst ihn gar nicht!,* warnte eine innere Stimme. *Woher weißt du, dass du ihm vertrauen kannst?* Aber Anne beachtete die Stimme nicht. «Vor einigen Wochen wurde ich überfallen», flüsterte sie. Darüber zu sprechen fiel noch immer schwer, doch Galiens Miene war so ernst und interessiert, dass sie es schaffte. «Von einem Mann, der meine beste Freundin getötet hat. Er hatte ein schmales, bleiches Gesicht und lange Wimpern.» Sie schluckte hart. «Und er hieß Jehuda ben Tibbon.»

Galien dachte nach. «Jehuda. Meine Mutter sprach von einem Mann mit diesem Namen.»

Anne knickte die Lavendelzweige in der Mitte durch und legte die Bruchstücke aufeinander. Dann zerbrach sie das Bündel zum zweiten Mal. Sie nahm die Teile zwischen die Handflächen und zerrieb sie. Ein starker, aromatischer Duft stieg auf.

Galien fuhr sich durch die Haare. «Warum vertraut Ihr mir das an?»

Anne zuckte die Achseln. Sie öffnete die Hände und sah auf den graugrünen Staub darin. «Es ist ein gemeines Gefühl. Als sei mir der Einfluss auf mein eigenes Leben aus den Händen genommen worden. Ich meine, um mich herum geschehen plötzlich Dinge, die ich nicht steuern kann. Das ist beängstigend.»

«Das ist es mit Sicherheit.»

«Dann geht es Euch ähnlich?»

«Seit dem Moment, in dem ich Elias das erste Mal gegenüberstand, spüre ich, wie ich die Kontrolle über mein Leben verliere.» Er lachte kalt und weckte in Anne das dringende Bedürfnis, das Thema zu wechseln.

«Jetzt, da Ihr den letzten Wunsch Eurer Mutter erfüllt habt, was werdet Ihr tun?»

«Ich habe einen feigen Mord zu rächen.» Kälte sprach plötzlich aus seinem Blick, so intensiv, dass Annes Kehle eng wurde. Fort war das Gefühl der Verbundenheit, und sie musste gegen das neuerliche Aufsteigen von Angst ankämpfen.

Sie hörte Robert eine Stufe höher steigen und wieder innehalten.

«Wann werdet Ihr Béziers wieder verlassen?», flüsterte sie.

«Morgen oder übermorgen, denke ich.»

Anne nahm Galien seinen Lavendelzweig aus der Hand, hob ihn vor ihr Gesicht und sah ihn an. «Werdet Ihr Euch verabschieden?» Sie warf den Zweig fort.

Galien schaute seinem Flug nach. Erst als er unten in der Gasse landete, nickte er. «Wenn Ihr es wollt.»

*Der junge Mann wirkte vage vertraut, und Jehuda fragte sich, woran das liegen mochte. Mit zusammengekniffenen Augen sah er zu, wie Anne mit dem Fremden vom Markt zurückkam, wie sie ihn ins Haus bat und die Tür hinter sich zufallen ließ.*

*Auf dem Dachboden der Tuchhändlerin war es schier unerträglich heiß. Kein Vergleich mit der angenehmen, seidigen Kühle des Lagerhauses, in dem er die letzten Wochen verbracht und sich von seinen Kopfverletzungen erholt hatte.*

*Jetzt tastete er nach dem vertrauten Gewicht des Kettenanhängers an seinem Hals und fasste ins Leere. Wieder ergriff ihn Bedauern darüber, dass er das Schmuckstück hatte opfern müssen. Im Kerker war es seine einzige Verbindung zur Vergangenheit gewesen. Seine Hand ballte sich zur Faust und krachte auf das Rollbrett nieder.*

*Es war ein schäbiger Ersatz für die Kette, auch wenn es ihm eine fast perfekte Verkleidung bot. Niemand, dachte er, niemand würde auf die Idee kommen, dass er sich ausgerechnet als Krüppel verkleidet hatte.*

*Auf diese Weise glitten die Blicke der Menschen über ihn hinweg wie über Unrat, den sie nicht wahrnehmen wollten.*

*Aber waren es nicht die Krüppel und Blinden, die Gott dazu dienten, seine Herrlichkeit zu beweisen? So wie Christus sich ihrer bedient hatte, um seine Wunder zu tun, so würde Er sich seiner, Jehudas, bedienen, um die Welt vor dem Wissen zu bewahren.*

*Jehuda richtete den Blick wieder auf Roberts Haus, denn Anne kam plötzlich herausgerannt. Sie stieg auf die Dachterrasse, und der junge Fremde folgte ihr. Zum wiederholten Mal fragte Jehuda sich, warum ihm dieser Ritter so bekannt vorkam.*

# 2. Kapitel

Am nächsten Morgen bat Robert Anne, Lambert mitzuteilen, dass sein Astrolabium endlich fertig war. Durch die Aufregung, die Jehudas Überfall verursacht hatte, waren viele Arbeiten liegen geblieben oder hatten sich verzögert.

Anne, die mit ihrem Vater beim Frühstück saß, ließ ihren Löffel sinken. Sie hatte nicht gut geschlafen. Leichte Kopfschmerzen plagten sie, aber sie schrieb es der drückenden Hitze zu, die seit Tagen über der Stadt lag.

Nachdem Galien am Vortag gegangen war, hatte sie versucht, etwas über das Buch oder das geheimnisvolle achte Astrolabium in Erfahrung zu bringen. Robert jedoch hatte schon nach ihrer ersten zaghaften Frage so in sich gekehrt und gequält ausgesehen, dass sie beschlossen hatte, mit ihren Fragen noch zu warten. Vielleicht war es besser, Robert den Anfang machen zu lassen.

Als sie nun sah, wie übernächtigt und aufgewühlt er wirkte, wurde sie in ihrem Entschluss wankend.

«Vater?», begann sie zögernd.

Er sah sie an. «Ja?»

«Dieses Buch.» Sie verstummte.

Robert schüttelte den Kopf. Er kratzte den letzten Rest Getreidebrei aus seiner Schüssel und leckte den Löffel sorgfältig sauber. «Es stammt von einem Mann, der es aus Isfahan mitgebracht hat. Ich habe es ihm abgekauft, damals ...»

«Und wie kam es in den Besitz dieser Elaine?» Und was hatte François damit zu tun? Etwas ging hier vor sich, das ihr überhaupt nicht behagte.

«Das weiß ich nicht.» Roberts Ton gab Anne zu verstehen, dass er entschlossen war, es noch an diesem Tag herauszufinden. «Wann wirst du zu Lambert aufbrechen?»

Sie unterdrückte einen Anflug von Enttäuschung. Es war überdeutlich, dass er sie loswerden wollte. «Gleich. Ich muss sowieso auf den Markt. Die Milch, die dir die alte Janine verkauft hat, war nicht frisch. Sie ist sauer gewesen heute Morgen.» Anne umrundete den Tisch und gab Robert einen leichten Kuss auf den Scheitel. Bevor sie das Haus verließ, hörte sie, wie er die Stufen zur Werkstatt erklomm.

«Janine, Vater hat dich mit gutem Geld bezahlt, und ich verlange dafür auch gute Ware! Du hast ihn angelogen. Die Milch kann nicht gestern Morgen gemolken worden sein, sonst wäre sie heute noch nicht sauer!» Anne hielt der dicklichen Bauersfrau den Krug vor das Gesicht und löste den Wachsstopfen, mit dem sie ihn verschlossen hatte. Der stechende Geruch von geronnener Milch stieg ihnen in die Nase.

Janine drehte den Kopf zur Seite, um dem Geruch auszuweichen. Sie fuchtelte mit ihrer Hand gen Himmel. «Schau dir doch das Wetter an», klagte sie, «da wird sogar die Milch im Euter sauer. Ich kann doch nichts dafür, dass es so drückend heiß ist; beschwer dich beim Herrgott, nicht bei mir.»

«Janine, ich habe nicht die Absicht, mir deine gotteslästerlichen Lügen anzuhören! Jetzt gib mir einen halben Laib Käse als Ersatz für die saure Milch, oder ich kaufe in Zukunft woanders.»

Janine verdrehte die Augen. Ihre aufgerissenen Lippen bewegten sich lautlos, und Anne konnte sich die Verwünschungen vorstellen, die die Alte vor sich hinmurmelte. Sie musste lächeln, denn sie wusste genau, dass Janine trotz ihres Mundwerks eine eifrige und überaus fromme Christin war. Sie gab Anne ein in ein feuchtes Leintuch eingeschlagenes Käsestück. Anne nahm ihren Milchkrug und nickte der Bäuerin zu.

«Ich danke dir. Wir sehen uns morgen.»

Als sie fortging, bohrten sich Janines finstere Blicke in ihren Rücken. Sie lachte auf.

«Wie mir scheint, habe ich heute einen besseren Eindruck von Eurem Verhandlungsgeschick bekommen.»

Anne drehte sich um. An den Stützpfeiler eines Händlerhauses gelehnt, das sich direkt auf der Ecke des Marktplatzes befand, stand Galien. Er hatte die Arme überkreuzt und schien Anne die ganze Zeit beobachtet zu haben. Sie blieb stehen und spürte, wie ihre Wangen heiß wurden.

«Da Ihr nun wisst, wie gnadenlos ich sein kann, solltet Ihr Euch lieber vorsehen», lächelte sie.

Galien stieß sich von dem Pfeiler ab. Ein Mann, der einen mageren Esel hinter sich herzog, ging zwischen ihnen hindurch, dann überquerte Galien die Fahrrinne, die von der sengenden Hitze der letzten Tage knochenhart gedörrt worden war. Er trat vor Anne hin.

«Guten Morgen.»

Anne neigte den Kopf und hob den Milchkrug höher auf die Hüfte. «Seid Ihr gekommen, um Euch von mir zu verabschieden?»

Galien wies hinter sich in die Gasse neben dem Händlerhaus. «Eigentlich habe ich hier darauf gewartet, dass der Schmied Tarik ein neues Eisen anpasst.»

«Tarik?» Anne spähte in die Gasse. «Ihr habt einen Namen für Euer Pferd?»

«Ich war es nicht, der ihn ihm gegeben hat. Tarik gehörte ursprünglich Elias.»

Die Erwähnung des Namens reichte aus, um die unbeschwerte Stimmung zwischen ihnen zu zerstören. Galien sah auf Milchkrug und Käse in Annes Armen. «Seid Ihr auf dem Weg nach Hause?»

«Ich wollte die Sachen nur kurz abliefern, dann muss ich einen Kunden meines Vaters besuchen.»

Galien streckte die Hand aus, doch kurz vor dem Henkel des Kruges stockte er. «Erlaubt Ihr, dass ich Euch begleite?»

Anne reichte ihm den Krug. «Vielen Dank.» Ein ganz leichtes Flattern entstand in ihrem Magen, und sie wandte den Kopf, damit Galien ihr Lächeln nicht sehen konnte.

«Wo wohnt dieser Glashändler?»

Nachdem die Lebensmittel in der Küche verstaut waren, hatte Galien gezögert, Anne ein zweites Mal anzubieten, sie zu begleiten. Doch dann hatte sie ihn so freundlich angesehen, dass ihm zum ersten Mal seit Elaines Tod innerlich ein kleines bisschen warm geworden war. Die Verkrampfung, die seinen Körper hart und steif gemacht hatte wie einen Panzer, löste sich ein wenig, wenn er Anne ansah. Er ertappte sich dabei, dass er sich wünschte, Anne von den Dämonen befreien zu können, die sie jagten, und nur ganz leise flüsterte hinten in seinem Kopf eine Stimme eine Warnung. Clothilde hatte er auch geglaubt, beschützen zu müssen. Schließlich jedoch hatte er sich ein Herz gefasst und Anne gefragt, ob er mit zu Lambert kommen könne.

Anne hatte lächelnd zugestimmt, und jetzt befanden sie sich auf dem Weg durch eine sehr schmale Gasse im Schatten der Stadtmauer. Anne ließ ihren Blick an den dunklen, alten Steinen hinaufwandern. Auf der Mauerkrone hatte man neue Steine aufgeschichtet, deren Farbe heller war als die der alten. Bei seiner Ankunft in Béziers hatte Galien gesehen, dass rings um die Mauer Gräben ausgehoben und Wälle mit Dornengestrüpp aus den Wäldern verstärkt worden waren. Es war deutlich, dass sich die Bewohner der Stadt auf einen möglichen Angriff des näher rückenden Kreuzheeres vorbereiteten.

«In der Stadt ist die Anspannung deutlich zu spüren.» Galien blieb stehen, um Anne den Vortritt durch einen engen Durchlass an der Stadtmauer zu lassen.

«Kein Wunder, oder? Niemand weiß, wohin sich das Heer der Kreuzritter wenden wird. Vielleicht wird Béziers schon nächsten Monat nicht mehr existieren.» Anne wartete, bis Galien neben ihr war, dann ging sie weiter.

«Ich glaube, Ihr sorgt Euch umsonst. Gehört nicht die Stadt zur Grafschaft von Roger Trencavel?»

«Ja.»

«Der Papst will aber gegen Raymond de Toulouse zu Feld ziehen. Ich glaube, Béziers ist vor dem Heer sicher.»

Anne pustete gegen ihre Locken, die von der Hitze feucht und kraus in ihre Stirn hingen. «Kommt mit.»

Sie blieb vor einer hölzernen Stiege stehen, die von der Gasse aus auf die Zinnen der Stadtmauer führte. Bevor Galien fragen konnte, was sie vorhatte, stieg sie die steilen Stufen hinauf. Auf halber Strecke wandte sie den Kopf, um zu sehen, ob er ihr auch folgte. Er tat es.

Oben machte sie ihm Platz und wies dann auf die Ebene östlich der Stadt. Das Land dort sah aus wie ein großer, bunter Flickenteppich. Gärten und Felder lagen dicht an dicht. Vereinzelte kleine Wäldchen hoben sich dunkel gegen das bereits hoch stehende, gelbe Getreide ab, und die Straße nach Montpellier zog sich entlang einiger kleinerer Hügel, an deren Hängen Wein wuchs. «Wie viele Männer hat das Heer?», fragte Anne.

«Unterwegs habe ich gehört, dass von etwa zwanzigtausend die Rede ist.»

Anne legte die Hand leicht auf der Zinne ab. «Zwanzigtausend Ritter. Könnt Ihr sie sehen?» Sie blickte Galien von der Seite an. «Ich schon», murmelte sie. «Nachts sehe ich sie. In meinen Träumen ist die Ebene schwarz von Menschen.»

Galien zögerte. Dann legte er die Hand auf Annes. Sie zog ihre fort.

Galien sah ihr ernst in die Augen. «Béziers ist vor dem Heer sicher», wiederholte er.

Anne lauschte seinen Worten nach wie einer Beschwörung. Dann nickte sie. «Euer Wort in Gottes Ohr! Jetzt muss ich aber meinen Auftrag erledigen. Lambert wartet seit Wochen auf Nachricht.»

Der Glashändler reagierte erfreut auf Roberts Nachricht und versprach, sein neues Instrument so bald wie möglich abzuholen. Auf dem Rückweg kamen Anne und Galien an der Schmiede vorbei, wo sie sich trennten.

Als Anne das Haus betrat, war Robert nicht da. Sie erledigte einige ungeliebte Pflichten, fegte Küche und Werkstatt und säuberte den Herd, als die Haustür mit einem lauten Krachen gegen die Wand prallte. Schwere, zornige Schritte ertönten, stapften die Treppe hinauf, dann fiel die Werkstatttür ins Schloss.

Robert war zurück. Offensichtlich äußerst schlechter Laune.

Bis zum Abend bekam Anne ihn nicht mehr zu Gesicht. Sie hatte sich gerade entschlossen, in die Werkstatt zu gehen und aus ihm herauszubekommen, was ihn so ärgerte, als es an der Haustür pochte.

Draußen stand Galien.

«Oh.» Anne fühlte, wie Freude in ihr aufstieg.

«Ich bin hier, um mich von Euch zu verabschieden», sagte er mit ernster Miene. «Morgen früh werde ich die Stadt verlassen.»

Schlagartig wich das Strahlen aus Annes Gesicht, und sie spürte, wie ihr Lächeln maskenhaft wurde. «Gut», sagte sie leise und hoffte, dass er merkte, dass sie in Wirklichkeit genau das Gegenteil dachte.

Sie wollte nicht, dass er fortging. Zwar kannte sie ihn noch kaum, aber bereits jetzt hatte sie das Gefühl, dass er ein Mann war, für den sie mehr als Freundschaft würde empfinden können. Sein schiefes, schmales Lächeln, das den Schmerz in seinen Augen niemals ganz vertreiben konnte, seine hagere Gestalt, die langgliedrigen Finger – Anne fühlte bereits jetzt, da er noch vor ihr stand, die Trauer über seinen Verlust.

Galien räusperte sich. «Wollt Ihr … ich meine, ein kleiner Spaziergang …?»

Anne blickte in den Himmel. Es war noch nicht gänzlich dunkel, aber die ersten Sterne waren bereits zu sehen. Der Mond hatte seinen täglichen Lauf über den Himmel zu drei Vierteln beendet, und seine sich rundende Gestalt lugte halb über das gegenüberliegende Hausdach. Die Hitze des Tages war verklungen und hatte einer milden Sommernacht Platz gemacht, in der die Luft noch nach Blüten duftete und in der Erinnerung an die Kraft der Sonne vibrierte.

«Gerne.» Anne warf einen kurzen Blick die Treppe hinauf, aber Robert schien nicht vorzuhaben, in absehbarer Zeit die Werkstatt zu verlassen. Also trat Anne vor die Tür und zog sie hinter sich zu. «Wohin wollen wir gehen?»

«Sagt Ihr es mir, ich kenne mich hier nur schlecht aus.»

«Von der Stadtmauer aus hat man einen guten Blick in den Sternenhimmel. Wenn Ihr wollt, gehen wir dorthin.»

Galiens Augen waren in der zunehmenden Dämmerung verschattet, aber Anne glaubte zu erkennen, dass er sie nachdenklich ansah. «Einverstanden.»

Sie verließen die Ruelle des Artisans, durchquerten das Viertel und kamen zu jenem Teil der Mauer, auf dem sie an diesem Tag bereits einmal gestanden hatten. Während sie schweigend nebeneinander hergingen, zischte eine Sternschnuppe über den schmalen Himmelsausschnitt, den sie zwischen den Häusern sehen konnten. Anne fühlte, wie Galien zusammenzuckte. Sie blieb stehen. «Ihr müsst keine Angst haben, sie können Euch nichts tun.»

Auch Galien verhielt seinen Schritt. Er hatte den Kopf in den Nacken gelegt und schien auf eine weitere Sternschnuppe zu warten.

«Sie fallen um diese Jahreszeit nicht so häufig wie im April oder gar im August.»

«Im April wurde ich Zeuge, wie sie zu Dutzenden fielen.» Galien klang, als sei er in Gedanken ganz bei diesem Erlebnis, und Anne begriff, dass es kurz nach dem Tod seiner Mutter gewesen sein musste. «Meine Mutter hatte mir erzählt, dass es nur Steine sind, die Gott auf die Erde schleudert.» Er zögerte. «Ich bat ihn, mich mit einem von ihnen zu erschlagen.»

«Er hat es nicht getan.» Annes Kehle wurde eng.

Galien riss sich von dem Anblick des Himmels los. Wega funkelte in dem schmalen Ausschnitt, und es sah aus, als blinzele sie ihnen zu. «Nein», sagte er ruhig. «Er hat es nicht getan.»

Vorsichtig streckte Anne die Hand aus und berührte Galien am Unterarm. Durch den Stoff seines Gewandes hindurch konnte sie fühlen, wie verkrampft seine Muskeln waren. Er wandte den Kopf und sah Anne an. Sie ließ ihre Hand nach unten wandern, und gleich darauf berührten sich ihre Finger. Galien fasste zu. Seine Haut war kalt.

«Lasst uns weitergehen!» Sanft zog Anne ihn mit sich fort.

Sie erreichten die Stadtmauer und erklommen sie über dieselbe Stiege wie am Vormittag. Das Schweigen lag schwer zwischen ihnen, wie eine Kraft, die sie auseinander treiben wollte.

Anne fasste sich ein Herz. «Darf ich Euch eine Frage stellen?»

«Natürlich.»

«Ihr …» Anne schluckte. Auf einmal kam ihr die Frage vermessen vor, aber sogleich trat das Schweigen wieder so bedrohlich vor sie hin, dass sie sich doch einen Stoß gab. «Ihr habt Eure Mutter verloren, aber es erscheint mir … ich weiß nicht, wie ich es sagen soll …» Hilflos hob sie die Schultern.

Galien trat an die Brüstung vor und legte die Unterarme

darauf ab. Anne konnte sich vorstellen, wie die vom Tag übrig gebliebene Wärme von den Steinen auf seine kalte Haut abstrahlte. «Sagt es so, wie Ihr es denkt.»

«Ihr erscheint mir so verzweifelt, so zornig, dass es mir schwer fällt zu glauben, der Verlust Eurer Mutter sei der einzige Grund dafür. Ihr müsst entschuldigen, aber ...» Sie wusste erneut nicht weiter. Eltern starben, ebenso wie junge Menschen, wie Kinder. Der Tod war ein allgegenwärtiger Begleiter des Lebens.

«Ihr habt Recht.» Galien rührte sich nicht. Sein Blick hatte sich über die Dächer und die Silhouette von Saint-Nazaire hinweg auf den westlichen Horizont geheftet, wo in diesen Augenblicken Merkur unterging.

«Euch ist mehr widerfahren als der Tod Eurer Mutter.»

«Ja.»

Anne kämpfte gegen den Druck an, der sich auf ihre Brust legte. Es war, als ginge Galiens Erstarrung auf sie über. Sie trat neben ihn und legte eine Hand auf seinen Unterarm. Seine Sehnen waren hart wie Drähte. War es Hass, der unter seiner Haut vibrierte? Angst schnürte Anne die Kehle zu.

«Erzählt es mir!», bat sie leise.

Galien stand noch immer bewegungslos. «Sie wurde ermordet», sagte er endlich. Seine Stimme klang kalt. «Man hat mein Haus niedergebrannt, meine Leute vertrieben und meine Mutter erschossen.»

Annes Augen wurden weit. Schlagartig begriff sie, dass er, als er davon gesprochen hatte, einen feigen Mord rächen zu müssen, nicht Elias gemeint hatte. «Wer hat das getan?»

Galien antwortete nicht. Sein Atem ging schnell, und Anne konnte unter ihren Fingern seine Hände beben spüren. «Kreuzritter», murmelte er endlich und wies mit dem Kinn zum Horizont. «Ihr sagtet, Ihr könntet sie dort draußen sehen. Jetzt sehe ich sie auch. Der Mann, der meine Mutter ermordet hat, befindet sich unter ihnen.»

Annes Augen suchten den Horizont ab. Ein Schwarm Vögel schwang sich in die Luft und zeichnete einen weiten Bogen über den jetzt tiefviolett gefärbten Himmel. Eine einzelne Wolke schob sich vor Wega, und erneut sah es aus, als blinzele der Stern Anne zu. «Darum müsst Ihr fort, nicht wahr?» Ihre Stimme wollte ihr kaum noch gehorchen. «Weil Ihr ihm Rache geschworen habt.»

Galien nickte.

«Warum hat dieser Mann Eure Mutter getötet?»

«Aus Hass, aus Liebe. Ich weiß es nicht!» Als sei in seinem Inneren plötzlich ein Band zersprungen, das er selbst um seine Erinnerungen gelegt hatte, begann Galien zu erzählen. Anne erfuhr, dass ein Mann, den er mit eisiger Kälte in der Stimme Simon nannte, Galiens Hof überfallen hatte.

«Dieser Simon – ist er ...»

Ein scharfer Ruck durchfuhr Galien, und Anne verstummte. Es war eine Warnung, das begriff sie. Eine Warnung, kein einziges weiteres Wort mehr zu sprechen. Sie rückte ein Stück von Galien ab. Übergangslos war er wieder stumm und eisig.

Anne wies in den Himmel, wo sich jetzt mehr und mehr Sternbilder zeigten. «Mit den Sternen stehen sehr viele Geschichten an den Himmel gemalt, Galien. Alte Geschichten. Einige von ihnen erzählen von Rache. Keine von ihnen ist gut ausgegangen.» Sie spürte, wie jedes ihrer Worte Galien weiter von ihr forttrieb. Sie biss sich auf die Lippe. «Ich möchte nicht, dass Ihr fortgeht!»

Der Satz schwang zwischen ihnen wie eine angespannte Bogensehne. Galien wandte den Kopf und sah Anne ins Gesicht. Kurz flackerte etwas in seinen Augen auf, etwas Weiches, Hoffnungsvolles.

«Schwüre können zurückgenommen werden, Galien! Gott kann Euch von Eurem unseligen Versprechen entbinden, wenn Ihr ihn nur darum bittet!» Ihr wurde bewusst, was sie da sagte, wie weit sie sich vorgewagt hatte, und sie entschloss sich, alles in die Waagschale zu werfen. «Ihr wundert Euch, dass ich so rede? Dass ich Euch rate, auf einen Priester als Mittler zu verzichten? Mein Vater hat mich dieses Denken gelehrt, Galien. Er gehörte früher einmal zu jenen Männern, die sich die Anhänger des Peter Valdes nennen. Als ihn mein Pate davon überzeugte, dass es ketzerisch war, was er glaubte, entsagte er der neuen Lehre. Er hatte Treue geschworen, aber der Schwur wurde von ihm genommen, Galien!»

Es war alles falsch! Jeder Satz, den sie sagte, schien Galien zu treffen wie ein Schlag. Er wich einen Schritt zurück. Anne folgte ihm und streckte die Hand nach ihm aus.

Dann, plötzlich, als habe er eine Entscheidung getroffen, griffen seine Hände nach Anne. Seine Finger umschlossen ihren Kopf, und sein Griff war hart. Anne erstarrte. Einen Augenblick lang stand Galien regungslos, aber als er dann seinen Kopf neigte und mit seinen Lippen die ihren berührte, da war sein Kuss überraschend sanft. Danach ließ er sie los.

«Verzeiht.» Er wandte sich zum Gehen. Auf der obersten Stufe drehte er sich noch einmal zu Anne um. «Versprecht mir, dass Ihr gut auf Euch aufpasst!»

Anne nickte benommen. Sie konnte sich nicht rühren. Mit den Fingern betastete sie ihren Mund.

Seine Lippen waren eiskalt gewesen.

# 3. Kapitel

Nachdem Galien gegangen war, stand Anne wohl über eine Stunde lang auf den Zinnen der Stadtmauer und sah zu, wie sich der Himmel von Osten her zuzog. Erst als die Wolken den Zenit erreicht hatten, löste Anne sich von der Brüstung, stieg die Treppe hinunter und machte sich auf den Weg nach Hause. Ihre Augen brannten, und ihr Herz wollte zerspringen. Niemals, dachte sie, niemals würde sie einen schlimmeren Verlust verspüren als in dieser Nacht, da sie Galien verloren hatte, bevor sie ihm überhaupt nahe gekommen war.

Als sie die Haustür öffnete, hörte sie laute Stimmen aus der Werkstatt. Sie hielt inne. Im ersten Moment wollte sie in die Küche flüchten, aber als ein lautstarker Fluch an ihr Ohr drang, überlegte sie es sich anders. Sie blieb stehen und lauschte.

Roberts Stimme erscholl, nicht besonders laut, aber erregt. «Ich habe all die Jahre ein ungutes Gefühl gehabt, und jetzt weiß ich endlich, warum!»

Die Antwort kam so leise, dass Anne sie nicht verstehen konnte, aber immerhin erkannte sie, wen Robert anschrie: Es war François. Sie erklomm die Treppe und blieb vor der Werkstatttür stehen.

«Rede dich nicht raus!», brüllte Robert. «Für einen derartigen Vertrauensbruch gibt es keine Entschuldigung!»

«O doch!» Nun wurde auch François' heisere Stimme lauter. «Und du weißt genau, dass ich Recht habe, Robert! Wenn du dieses Buch gelesen hast, dann begreifst du, warum es fortgebracht werden musste.»

«Sternenkundliche Ausführungen!» Robert schnaubte. Irgendetwas fiel polternd von der Werkbank, und Anne zuckte zusammen. «Sind es die wert, eine Liebe zu zerstören, wie sie zwischen Elaine und mir geherrscht hat?»

Einen Augenblick nur war es still, dann antwortete François: «Es tut mir Leid, dass ich deine Illusionen zerstören muss. Elaine hat dich nicht geliebt, Robert, und tief in dir hast du das all die Jahre gewusst. Sie hat dich bewundert und respektiert für all das, was du ihr beigebracht hast. Aber sie hatte immer Zweifel, dich zu heiraten.»

Anne fragte sich, woher der Priester das so genau wusste. Heiße Wut über seine Brutalität stieg in ihr auf. Sie konnte sich Roberts Miene in diesem Augenblick gut vorstellen. Seinen erschrockenen, verwundeten Blick.

«Das ist eine Lüge!» Anne hörte ihrem Vater an, dass er die Wahrheit längst akzeptiert hatte. Erneut erklang ein Poltern. Robert hatte etwas mit voller Wucht gegen die Wand geschleudert.

«Robert!» François' Stimme klang flehentlich. «Das alles ist viele Jahre her. Ich weiß, dass du mir mein Handeln nicht verzeihen kannst ...»

«Was ich dir nicht verzeihe, François», zischte Robert, «ist, dass du mich all die Jahre im Ungewissen gelassen hast. Ich bin fast verrückt geworden vor Sorge um Elaine, Herrgott! Die wachsende, quälende Gewissheit, dass sie tot sein muss, dass Jehuda ...» Er machte ein Geräusch, als müsse er sich übergeben.

Anne hob die Faust an den Mund, biss sich auf die geballten Finger. Die beiden Männer in der Werkstatt versanken in brütendem Schweigen.

«Wo hast du das Buch?», fragte François endlich.

Robert antwortete nicht.

«Robert, bitte! Hast du es irgendjemandem gezeigt, seit es hier ist? Hat jemand außer dir darin gelesen?»

Stille. Zäh sickerte sie unter der Tür hindurch.

«Verlass auf der Stelle mein Haus!», keuchte Robert.

«Robert!»

«Ich sagte: Verlass mein Haus!», brüllte Robert, und seine Stimme überschlug sich. «Auf der Stelle!»

«Robert, ich flehe dich ...»

«Raus!» Die Werkstatttür wurde aufgerissen, und François stolperte auf den Treppenabsatz. Er war offensichtlich gestoßen worden. Anne wich zurück, um nicht angerempelt zu werden. Keiner der beiden Männer schien sie überhaupt nur wahrzunehmen.

François zog seine Gewänder glatt. «Gut. Aber versprich mir wenigstens, dass du das Buch unter Verschluss halten wirst, Robert. Ich werde morgen wiederkommen, dann hast du dich vielleicht etwas beruhigt und wir können eine Lösung finden. Nur sorg dafür, dass niemand das Buch zu Gesicht bekommt. Und das Astrolabium am besten auch nicht.» Mit diesen Worten stapfte er die Treppe hinunter.

Die Haustür fiel hinter ihm ins Schloss und hinterließ schwere, drückende Stille.

Anne hörte Robert in der Werkstatt seufzen. «Komm nur herein!», sagte er.

Sie schluckte, gehorchte ihm aber. «Was ist geschehen?», hauchte sie.

Robert hatte tatsächlich einige Gegenstände durch das Zimmer geworfen, Anne sah Feilen auf dem Boden liegen und auch die Armillarsphäre, die sie beide seit Jehudas Überfall nicht mehr mit der gleichen Begeisterung betrachten konnten wie zuvor. Jetzt machte sich Robert daran, die Unordnung aufzuräumen. «Was geschehen ist?», brummte er. «François hat mich hintergangen und belogen, das ist geschehen.» Er stellte das Holzgestell der Sphäre an seinen Platz, aber er tat es mit solcher Wucht, dass ein Fuß abbrach. Dann, als habe ihm dieser Akt der Zerstörung sämtlichen Zorn und sämtliche Kraft entzogen, ließ er sich auf seinen Schemel sinken. Mit beiden Händen fuhr er sich in die Haare. «Er hat mir das Buch gestohlen und auch das Astrolabium. Dann hat er Elaine damit fortgeschickt und mich in Angst und Sorge um sie leben lassen. Zweiunddreißig Jahre lang!»

Kurz fragte Anne sich, welchen Grund es hatte, dass er den Diebstahl des Buches zuerst erwähnt hatte und Elaine erst danach. Konnte es sein, dass er François soeben hinausgeworfen hatte, nicht weil er ihm Elaines Flucht übel nahm, sondern weil er so unnachgiebig nach dem Buch gefragt hatte?

«Wie oft haben wir uns darüber unterhalten, dass ich ein achtes Astrolabium bauen sollte, und stets hat er mich darin bestärkt!», sprach Robert weiter. «Dabei wusste er die ganze Zeit, dass ich es längst gebaut hatte! Er hatte es mir gestohlen! Er hat mich belogen!»

«Du hast ihn auch belogen.» Anne spürte, wie eine schmerzhafte Erkenntnis in ihr heraufdämmerte. Die Erkenntnis, dass sie weder ihren Vater noch ihren Paten wirklich kannte. Dass beide Geheimnisse hatten. Dunkle Geheimnisse.

Plötzlich hielt Anne es in seiner Gegenwart nicht mehr aus. Sie fühlte sich matt und schwerfällig vor Trauer um Galien, und die Sorgen und Schmerzen um Robert waren jetzt einfach zu viel. Sie wandte sich ab und verließ die Werkstatt.

In ihrer Kammer verriegelte sie die Tür von innen und ließ sich auf ihr Bett fallen. Mit beiden Händen griff sie nach dem Kissen und vergrub den Kopf darin.

Sie erwachte mitten in der Nacht, weil ein schlechter Traum sie gequält hatte. Kampflärm hatte sie gehört, Schreie und das Stöhnen Sterbender, und mit der sonderbaren Klarheit, die Albträumen oft innewohnte, hatte sie gewusst, dass es Galiens Stöhnen war.

Sie setzte sich auf und lauschte. Im Haus war es still, aber etwas sagte ihr, dass Robert noch nicht schlief. Vorsichtig hob sie die Füße aus dem Bett und schlich zur Werkstatttür. Sie stand noch immer im selben Winkel offen, wie Anne sie bei ihrer Flucht zurückgelassen hatte.

Robert lehnte an seinem Pult und las. Anne konnte aus ihrem Blickwinkel nicht sehen, was er vor sich liegen hatte, aber sie war sich sicher, dass es Galiens Buch sein musste.

Das Buch, nach dem es François so sehr verlangte.

Anne hörte Roberts Murmeln. Er sprach griechische Worte vor sich hin, deren Sinn sie nicht verstand. Dann las er stumm weiter, schaute auf und starrte minutenlang gegen die Wand.

Annes Nackenhaare stellten sich auf. Sie legte die Finger an die Tür, um sie aufzuschieben, als Robert mit der Faust auf das Pult hieb, dass es krachte.

Er ging zu dem Regal und nahm ein frisches Blatt Pergament heraus. Er legte es auf die Werkbank, suchte eine Feder und erstarrte. «... Sonne, Planeten ... die Erde ...» Er zeichnete etwas und schaute dann erneut in das Buch.

Anne hatte plötzlich Angst um ihn.

Dieses Buch – was war sein Geheimnis, dass Männer wegen ihm zu Verrätern wurden? Der Mord an Johann hatte etwas mit dem Buch zu tun gehabt, und war vielleicht auch Jehuda auf der Suche nach ihm gewesen, als er in das Haus eingedrungen war?

Der Gedanke an Jehuda ließ Anne nach Luft schnappen, und sie musste sich mit Gewalt ins Gedächtnis rufen, dass er tot war. Die Angst um Robert jedoch blieb und kämpfte mit dem Bedürfnis, zu ihm zu gehen, ihn zu umarmen und ihm zu sagen, wie sehr sie ihn liebte. Doch sie wagte es nicht.

Sie wandte sich ab, um wieder ins Bett zu gehen, und dabei fiel ihr Blick auf das Astrolabium, das Robert neben sich auf dem Pult liegen hatte.

Sie fröstelte. Mit einem Mal war ihr kalt, und das lag nicht nur an ihren bloßen Füßen. Plötzlich fühlte sie sich allein. Der eigene Vater schien ihr fremd geworden.

Obwohl es bereits weit nach Mitternacht war, war die große Halle in Samuels Haus von Kerzen und Fackeln hell erleuchtet, als François eintrat.

Samuel blickte von einem Schachspiel auf, das er offenbar gegen sich selbst spielte, denn er war allein.

«Es ist hier!», sagte François. Und schloss die Augen.

«Was ist hier?»

Der Priester öffnete die Augen wieder und sah, wie Samuel eine der weißen Figuren verrückte. Er hatte keine Ahnung vom Schachspielen, es war ihm immer als ein unnützer Zeitvertreib erschienen.

«Das Buch.» François holte so tief Luft, dass es wie ein Japsen klang. «Und auch das Astrolabium!»

Samuels Augen weiteten sich ein kleines bisschen, und François glaubte, vor Ungeduld und Angst zerbersten zu müssen. «Das Buch!», wiederholte er. «Elaines Buch!»

«Unmöglich! Elias sollte es ...»

«Elias ist tot!» Die Worte sprudelten jetzt hervor. «Heute Vormittag kam Robert zu mir, um mich zur Rede zu stellen. Er hat erfahren, dass ich es damals gewesen bin, der Elaine fortgeschickt hat. Und er erzählte mir, dass Elaine einen Sohn hat. Der ihm jetzt das Buch und das Astrolab zurückgebracht hat. Beides ist hier in der Stadt!»

«Heute Vormittag?» Samuel sprach, als seien seine Lippen plötzlich steif. «Warum kommst du jetzt erst zu mir?»

François fuhr sich mit der Zunge über die Zähne. Was war das für ein Ausdruck in Samuels Augen? Es wirkte fast wie Misstrauen. Das gleiche Misstrauen, das er selbst empfand? «Weil ich nicht wusste, was ich tun sollte. Immerhin wollte Moïse das Wissen aus dem Buch veröffentlichen.» Stundenlang war er in seinem Studierzimmer herumgewandert und hatte sich den Kopf zerbrochen. Bat er Samuel um Hilfe, lief er Gefahr mitzuhelfen, dass das Wissen verbreitet wurde. Also hatte er sich entschieden, lieber noch einmal mit Robert zu reden, zu versuchen, ihn zur Herausgabe des Buches zu bewegen. Er war kläglich gescheitert, und nun war Samuel seine einzige Rettung. «Was wirst *du* tun?»

«Wenn ich das Buch in Händen halte?» Samuel stand von seinem Schachtisch auf, ging mit schweren Schritten zu einem der Lehnstühle und ließ sich hineinfallen. «Mein Vater hat mich gewarnt», sagte er leise. «Kurz vor seinem Tod noch. Gott hält das Schicksal des Buches in seinen Händen, hat er mir gesagt. Wir können nicht wissen, was er damit vorhat.»

François verflocht die Finger beider Hände ineinander. Ein Fisch durchbrach die Oberfläche des gekachelten Beckens und fiel mit einem lauten Platschen zurück ins Wasser.

«So oder so: Wir müssen es zurück in unsere Obhut holen», sagte Samuel. «Wenn Jehuda erfährt, dass es sich wieder in Roberts Händen ...»

«Jehuda ist tot!» François hielt inne. «Weißt du das noch gar nicht? Der Stadtbüttel hat es mir gestern mitgeteilt.»

«Tot?» Samuels Hand fuhr zum Mund. «Nein. Ich war gestern den ganzen Tag nicht hier. Tot!» Er schüttelte den Kopf. «Wie ist das passiert?»

«Er starb beim Brand eines Lagerhauses, in dem er sich wohl häuslich eingerichtet hatte.»

«Ein Brand? Hast du seine Leiche mit eigenen Augen gesehen?»

Unbehagen ergriff François. «Warum?», flüsterte er. «Der Büttel hat mir seine Kette gezeigt. Man hat sie bei der Leiche gefunden.»

Samuels Wangen schienen einzufallen. Er schüttelte den Kopf. Hielt inne. Schüttelte ihn erneut. «Er ist nicht tot.»

Der Gedanke in François' Kopf ließ sich nicht mehr fortschieben.

*Jehuda war nicht tot!*

«Wir sollten es denken, damit wir ihn nicht mehr verfolgen.» Schwerfällig stand Samuel aus dem Lehnsessel auf. «Ist Robert allein zu Hause?»

«Seine Tochter ist bei ihm.» Eisige Angst griff nach François' Herzen und presste es zu einem kleinen Klumpen zusammen.

Samuel war bereits an der Tür. Noch während er sie aufriss, griff er nach dem Säbel, den er daneben gegen die Wand gelehnt hatte. Er machte sich nicht die Mühe, ihn umzugürten. «Komm!», rief er. «Wir müssen schneller sein!»

Draußen färbte die Dämmerung bereits den Himmel bleiern.

*Elaine!*

*Der junge Ritter sah aus wie Elaine, daher kam er ihm so bekannt vor!*

*Jehuda rief sich die Gestalt des Mannes in Erinnerung, seine langen Stiefel, die Kleidung, das Schwert auf seinem Rücken. Und den Beutel über seiner Schulter. Dessen Form.*

*Das Buch!*

*Es war in dem Beutel gewesen!*

*Jehuda erhob sich aus der Ecke, in die er sich zum Nachdenken gekauert hatte. Sorgfältig klopfte er den Staub von dem dunkelblauen Gewand, das er gegen das verkohlte graue ausgetauscht hatte.*

*Dann griff er nach dem Messer, zog es aus seiner Hülle und hielt es vor sein Gesicht.*

*Es war immer noch das alte, billige Ding, aber einmal würde es ihm noch gute Dienste leisten.*

*Er öffnete die Klappe von Madeleines Dachboden und stieg die steile Leiter hinunter.*

Ein zweites Mal in dieser Nacht erwachte Anne. Laute Stimmen waren zu hören, Poltern und Rufen.

François!

«Anne! Mach auf!»

Er stand vor der Tür und hämmerte dagegen, dass es im gesamten Haus dröhnte.

Sie stand auf, verließ ihre Kammer.

Die Tür zur Werkstatt war geschlossen, ebenso die Tür zu Roberts Kammer. Er schien den Lärm nicht zu hören, offenbar hatte ihn die lange Arbeit sehr erschöpft. Anne eilte die Treppe hinunter und öffnete.

François schob sie zur Seite, und mit ihm drang fahles Dämmerlicht ins Haus ein. «Wo ist Robert?»

«Oben, er schläft. Was …» Anne kam nicht dazu, zu Ende zu sprechen, denn François legte ihr die Hände auf die Schultern und sah sie eindringlich an.

«Ist mit dir alles in Ordnung?»

«Ja. Warum …?»

«Jehuda ist nicht tot!»

Mit einem Mal war Anne das Atmen unmöglich. Panik krallte sich in ihre Brust, ließ ihre Knie weich werden und ihre Kehle eng. Sie riss sich aus François' Griff los und stürmte die Treppe hinauf.

Schob die Werkstatttür auf.

Und stieß einen durchdringenden Schrei aus.

Die Werkstatt war durchwühlt worden. Instrumente, Werkzeug, Bücher, alles lag in einem wilden Durcheinander auf dem Boden, und inmitten dieses Durcheinanders –

Robert.

Ein Blutfaden war aus seinem weißen Haar quer über seine Stirn gelaufen und sickerte zwischen den Augenbrauen hindurch bis an seinen rechten Nasenflügel. Starr blickten seine Augen gegen die Decke, in seiner Kehle klaffte ein tiefer Schnitt, und rings um seinen Körper, einer grausigen Nachzeichnung seiner Umrisse gleich, war der Boden getränkt von zähem, dickflüssigem Dunkelrot.

Als Galien am Morgen durch die Porte Saint-Gilles die Stadt verließ, ging gerade die Sonne auf. Über Nacht hatte es sich deutlich abgekühlt, aber bereits die ersten Sonnenstrahlen sagten ihm, dass ein ähnlich heißer Tag wie der vergangene bevorstand. Galien lenkte Tarik auf den Weg, der von Béziers in Richtung Osten führte.

An diesem Morgen war ihm das Aufstehen so schwer gefallen wie seit Elaines Tod nicht mehr. Er hatte sich von seinem Lager gequält und dann das Frühstück in sich hineingewürgt, krampfhaft bemüht, es bei sich zu behalten. Sein Magen schmerzte und revoltierte, und er verachtete sich für seine Schwäche. Er dachte daran, einfach kehrtzumachen und so lange an Annes Tür zu pochen, bis sie zu ihm herauskam. Noch immer brannte seine Haut dort, wo ihre Hand ihn berührt hatte, und seine Lippen kribbelten von dem Kuss. Gestern Abend hatte er gespürt, wie sie mit ihrer Gegenwart nicht nur die Kälte aus ihm vertreiben konnte, sondern auch den nagenden Hass. An ihrer Seite war er für kurze Zeit zur Ruhe gekommen. Sie hatte versucht, ihn von seinem Weg abzubringen, ihn aufzuhalten, aber er hatte sich verweigern müssen. Wenn er ihr nachgäbe, das hatte er auf der Stadtmauer begriffen, dann würde er jedes letzte bisschen Stärke verlieren, das er noch hatte. Dann würde er zu einem kraftlosen Bündel Elend werden, einem Mann, der diese Bezeichnung nicht mehr verdiente, jemandem, den er selbst verachten musste.

Er würde seine Last nicht abwerfen, nur weil er sich hinter Annes Rücken verbarg. Er würde sie allenfalls auf ihre Schultern laden. Nein, auf keinen Fall durfte er zulassen, dass Gott sie dafür strafte, ihn zu mögen.

Galien ließ die Zügel ein wenig nach. Tarik schüttelte seine Mähne und schnaubte leise. Galien lenkte ihn in das verdorrte Gras neben dem Weg, wo der Boden von der Sonne nicht ganz so hart gebacken war.

Anne schrie und schrie und schrie.

Irgendwann waren Menschen bei ihr, Hände, die nach ihr griffen und die sie abschüttelte, weil sie sie von Roberts Leiche fortziehen wollten. Immer wieder warf sie sich über ihn, besudelte ihre Kleidung, ihre Hände, ihre Lippen mit seinem Blut, bis sie endlich von starken Armen umfangen und fortgetragen wurde.

Sie wurde auf ihr Lager gelegt, sanft niedergedrückt. Man flößte ihr eine Flüssigkeit ein, heiß und bitter, die das Schluchzen verebben ließ. Zurück blieb tiefe, schwarze Leere, die sie nicht zu füllen wusste, die sich in ihrem Inneren ausdehnte, jeden Gedanken, jede Empfindung auslöschte, bis sie nichts weiter war als eine leere Hülle. Eine große, kraftlose Puppe.

Sie ergab sich den Händen, die sie festhielten, ließ den Kopf zurücksinken und schloss die Augen. Dadurch sprang jedoch das Bild wieder in ihr Bewusstsein, das viele Blut, Roberts starrer Blick. Sie riss die Augen wieder auf und keuchte.

«Es ist gut! Alles wird wieder gut.» Die Stimme gehörte jemandem, den sie kannte, aber sie wusste nicht wem. Ein grauer Schleier hatte sich vor ihre Augen gesenkt, ließ alles um sie herum zu unkenntlichen Schlieren verschwimmen.

«Nichts wird wieder gut! Gott hat mich verlassen», schluchzte sie mit Grabesstimme und spürte, wie die Hände von ihr zurückgezogen wurden.

«Das darfst du nicht sagen!» Eine Frauenstimme.

Endlich erkannte Anne, dass es eine Nachbarin war, die sie hielt. Ihr Name fiel ihr nicht ein. Nichts fiel ihr mehr ein, nichts war mehr wichtig.

«Galien!», schluchzte sie.

«Wer ist das? Anne?»

«Hat er Robert ermordet?»

«Wo ist er?»

Die Fragen kamen aus verschiedenen Mündern und hallten in der Leere in Anne wider, bis sie sich anfühlte wie eine große, bronzene Glocke, die von dem Gedröhn der Stimmen anfing zu vibrieren.

«Nein!», wimmerte sie, presste sich die Hände auf die Ohren und rollte sich zusammen wie ein Säugling. «Lasst ihn. Er hat nichts getan.»

Für einen Augenblick entfernten sich die Stimmen von ihr. Jemand hatte das Außen in unendliche Ferne gerückt, sodass Anne gänzlich auf ihr Innen zurückgeworfen war, auf die grauenvolle, brüllende Leere, die sich jetzt ausdehnte und sie verschluckte.

Als sie wieder erwachte, dröhnte ihr Schädel.

«Sie ist wach!», sagte eine Frauenstimme. «Der Beruhigungstrunk hört auf zu wirken, wie es aussieht. Ihr könnt jetzt kommen.»

«Danke.» Ein Wort nur. Eine Stimme, leise, ein wenig heiser.

Sie riss Anne auf die Füße. So schnell war sie aus dem Bett, dass sie strauchelte. Sie stürzte vorwärts, eine Gestalt war vor ihr, groß und hager. Sie krallte ihre Fingernägel in das schmale Gesicht und fauchte wie eine Katze.

«Du hast ihn umgebracht, du Mörder!»

Sie wurde zurückgerissen und auf das Lager geworfen. Das Entsetzen und die Leere verschlangen sie erneut, und sie vergrub schluchzend das Gesicht in den Händen. «Verschwinde aus meinem Haus!», flüsterte sie.

Die Gestalt rührte sich nicht. Als Anne wieder aufsah, hatte sich ihr Blick geklärt.

François stand regungslos vor ihr, eine Handfläche gegen die Wange gepresst, wo Annes Fingernägel ihn getroffen hatten.

Anne beugte sich vornüber und würgte.

«Anne!» François' Stimme klang eindringlich, leise, unendlich traurig. Er kam einen Schritt näher. «Wie kommst du nur auf die Idee, ich wäre es gewesen?»

Anne hob den Kopf. In ihrem Mund war ein saurer Geschmack. «Du warst da, in der Nacht. Das Buch ... ich ...» Ihre Stimme brach.

François setzte sich neben sie auf das Bett. Sie rückte von ihm ab, seine Gegenwart war ihr ekelhaft. Ihre Kehle schmerzte.

«Jehuda ist nicht tot, Anne. Er hat das Buch an sich gebracht. Das Buch und das Astrolabium.»

Und da warf sie sich erneut auf ihn. «Das Buch! Das Buch! Vater ist tot, und alles, woran du denkst, ist dieses elende Buch! Ich hasse dich! Verschwinde auf der Stelle aus meinem Haus, aus meinem Leben ...»

Er stand auf. Mit gesenktem Kopf verließ er Annes Kammer, und sie konnte hören, wie er mit schweren Schritten die Treppe hinunterging. Der Riegel der Haustür quietschte leise. Dann fiel die Tür ins Schloss.

Und hämmerte den einen Satz in Annes Bewusstsein.

Jehuda lebte!

*Gegen Mittag flog die Bodenluke auf, balancierte einen Augenblick lang in der Senkrechten, als könne sie sich nicht entscheiden, ob sie wieder zufallen oder sich ganz öffnen wollte. Sie öffnete sich. Mit einem Krachen landete sie auf dem hölzernen Boden und wirbelte dabei eine Staubwolke in die Luft.*

*Zwei Männer erklommen die Leiter und sprangen rechts und links der Luke aus der Öffnung. Beide trugen sie Kettenhemden und Helme, beide hatten sie die Fäuste am Schwertgriff. Und beide zogen sie nun ihre Waffe.*

*Jehuda hatte sie erwartet.*

*Er wandte sich zu ihnen um und breitete die Arme aus. Der Staub senkte sich langsam, wie kleine Sterne tanzten die grauen Flocken in der heißen Luft. Die beiden Bewaffneten traten auf Jehuda zu.*

*Er lächelte sie an, auch wenn ihm nicht danach zumute war.*

*Seine Aufgabe war noch nicht beendet!*

*Er wollte noch nicht sterben.*

*Aber sein Messer war winzig im Vergleich zu den armlangen Klingen der beiden Schwerter, die nun gegen seine Kehle und auf seine Brust gerichtet wurden.*

*«Wo ist das Buch?», brummte einer der Männer. Unter dem Helm hervor klang seine Stimme gedämpft.*

*Jehuda zuckte die Achseln. «Ich habe es nicht.»*

*Er erhielt einen leichten Schlag mit der Breitseite des Schwertes. «Lügt uns nicht an! Unser Herr weiß, dass der Astrolabienbauer das Buch wieder in seinem Besitz hatte. Nach seinem Tod ist es verschwunden. Wo habt Ihr es?»*

*Noch einmal zuckte Jehuda die Achseln. Eine große Ruhe war über ihn gekommen. Vielleicht war es doch an der Zeit zu sterben. Müde genug war er. Aber er ahnte, dass Gott ihn nicht so einfach zu sich rufen würde, immerhin hatte er seine Aufgabe noch nicht beendet. «Ich habe es nicht.»*

*«Ihr habt den Astrolabienbauer getötet.»*

*«Ja, aber das Buch war schon fort.»*

*Er hatte Robert in seiner Werkstatt gefunden, benommen am Boden liegend, das Blut war ihm aus einer Platzwunde über die Stirn gelaufen. Und das Buch war fort gewesen.*

*Gestohlen!*

*Ein wildes, spöttisches Lachen brach aus Jehudas Mund, jetzt, da ihm klar wurde, was das bedeutete. So nah war er ihm gewesen, und wieder war es ihm durch die Finger geschlüpft. Die Genugtuung, die es ihm verursacht hatte, Robert das Messer an die Kehle zu setzen, hatte das Gefühl des Versagens nur kurz mildern können. Der Schnitt war zu einfach gewesen.*

*So einfach, wie die beiden Bewaffneten es nun mit ihm hatten.*

*«Ihr seid ebenso gescheitert wie ich!», kicherte er. «Sagt Eurem Herrn, dass er das Buch niemals bekommen wird, wenn er sich nicht entschließt, mit mir zusammenzuarbeiten.»*

*Eines der beiden Schwerter senkte sich ein Stück, dann das andere. Vielleicht war es doch noch nicht Zeit zum Sterben.*

*«Geht ihn fragen, was Ihr tun sollt», murmelte Jehuda. «Ich werde hier auf Euch warten.»*

*«O ja. Das werdet Ihr.»*

*Die Schwerter verschwanden in ihren Scheiden. Unsicherheit flackerte in den Augen des rechten Bewaffneten, aber er senkte den Blick zu einem angedeuteten Nicken. «Wir kommen wieder!» Er wandte sich um und ging; sein Begleiter folgte ihm.*

*Die Bodenluke schloss sich, leise diesmal. Laut klang nur das Quietschen des Riegels, der sich vor die Öffnung schob.*

*Jehuda konnte nicht anders: Er lachte. Er lachte laut und so lange, bis er keine Luft mehr bekam.*

*«Du kannst mich wieder einsperren, Samuel», keuchte er. «Aber diesmal bin ich es, der dich in der Hand hat!»*

Den Rest des Tages verbrachte Anne in einem Dämmerzustand, verursacht von dem Beruhigungstrunk, der ihr in regelmäßigen Abständen eingeflößt wurde. Wie durch dicke Wachsstopfen, die man ihr in die Ohren gepfropft hatte, hörte sie die Geräusche im Haus. Weitere Stimmen, lang anhaltendes Poltern, als würde jemand das Durcheinander aufräumen, dann das gleichmäßige, zischende Geräusch eines nassen Besens auf Holzdielen. Roberts Blut, das fortgewaschen wurde. Sie schlief ein, aber es war ein leichter Schlaf, in den die Geräusche im Haus eindrangen. Vor ihr schwebten Roberts Augen, die sich langsam mit Tränen füllten, und während sie das taten, wechselten die Tränen die Farbe. Erst glänzten sie silbrig, dann blutig rot. Die Lider senkten sich, und als sie sich wieder öffneten, war die Iris nicht mehr braun, sondern eisblau.

«Galien!» Anne fuhr aus dem Schlaf hoch. «Vater!», wimmerte sie.

# 4. Kapitel

Galien nutzte eine alte Römerstraße, die Via Domitia, um nach Osten zu gelangen, wo er auf das Kreuzheer zu treffen hoffte. Dieses hatte sich, wie er unterwegs erfuhr, von Lyon aus nach Süden aufgemacht. Die Straße war gut, doch mehr als einmal begegnete Galien Bauern, die ihm versicherten, dass er froh sein könne, in diesen Monaten reisen zu müssen. Im Winter und im Frühjahr, wurde ihm mit aller Deutlichkeit dargelegt, bestand das Land aus einem einzigen Sumpfloch, das man mit Hilfe von Fähren und auf Holz- oder Steinbrücken durchqueren musste. An einigen Stellen wies die Straße noch Teile der alten Befestigungen auf. Ein Stück nordöstlich von Lunel kam er an eine Brücke, die seit vorchristlichen Zeiten bestand und deren Bögen sich Aufsehen erregend über ein flaches Tal schwangen. Der Weg wies noch die römische Pflasterung auf, mit tiefen Spurrillen von Ochsenkarren, die längst zu Staub zerfallen waren.

In einem Gasthaus in Lunel hatte Galien in Erfahrung gebracht, dass das Kreuzheer sich in der Nähe von Saint-Gilles aufhielt.

Er erreichte die Stadt am Tag des heiligen Arnulf von Metz. Sie war ungefähr doppelt so groß wie Béziers und lag nördlich einer weiten, von Seen durchzogenen Ebene.

Galien hörte das Heer lange, bevor er es sah. Die Geräusche, die an die zwanzigtausend Menschen, Ritter, Priester, Knechte, Schmiede, Pilger, Huren und Bettler verursachten, klangen aus der Ferne wie ein tiefes Raunen, das aus der Erde zu entspringen schien. Nur langsam konnte er einzelne Klänge unterscheiden. Das helle Klingen von Schmiedehämmern auf den kleinen, transportablen Ambossen war der erste, den er erkannte. Dann die Geräusche der Pferde: Wiehern, donnerndes Hufgetrappel, wenn die Tiere an den provisorisch aufgerichteten Hürden entlanggaloppierten. Schließlich hörte Galien Gelächter, Rufe, Fluchen; und am Ende war er so nahe, dass er einzelne Wortfetzen erkennen konnte. Eine Frauenstimme schrie, das Essen sei fertig, ein Mann lachte derb über einen anzüglichen Witz, den Galien nicht vernommen hatte.

Der Weg wand sich um einen hoch stehenden Wald, und als Galien ihn umrundet hatte, sah er endlich, was er die ganze Zeit nur gehört hatte.

Saint-Gilles war von Zelten umgeben, Karren und Wagen jeder Größe standen bunt durcheinander. Galien erblickte rote und gelbe Stoffbahnen, über denen lange Banner flatterten, und Hunderte von kleinen, grauen Hügeln, bei denen es sich um einfachere Quartiere handelte, filzartige Matten, die einfach über ein Geflecht aus gebogenen Zweigen geworfen worden waren. Er sah Feuer brennen und Menschen um sie herumsitzen und ihr Mittagsmahl aus einfachen Schüsseln zu sich nehmen. Aber da waren auch gedeckte Tische, zwischen denen Diener herumliefen. Ab und zu schimmerte ein Kettenhemd in der Sonne auf, oder ein Helm fing einen Strahl ein und warf ihn als gleißenden Blitz in den Himmel zurück, wie um mit den Gestirnen zu wetteifern. Inmitten des Getümmels standen mehrere Altäre mit Kreuzen und Kelchen darauf.

Etwas abseits von alldem hatte sich eine Schar Pilger niedergelassen. Auch hier brannte ein Feuer, auch hier wurde gespeist, aber weder gelacht noch geflucht. Galien lenkte seine Schritte auf diese Menschen zu. Tarik führte er am Zügel hinter sich her.

«Oha, junger Herr! Habt Ihr Euch nicht verlaufen? Die Zelte der Ritter sind dort hinten!» Ein Mann von vielleicht vierzig Jahren stand auf, als Galien sich näherte. Er hielt eine Schüssel in der Rechten.

Ein zwiespältiges Gefühl glomm in Galien auf. Einerseits freute er sich, dass man ihn offenbar auch nach der langen Reise, die er hinter sich hatte, noch als Ritter erkannte. Andererseits störte ihn genau das, denn insgeheim hatte er bereits mit seinem Dasein als Herr abgeschlossen. Er sah in die Richtung, die der Mann ihm zeigte. Ein einzelnes Zelt aus dunkelrotem Stoff ragte dort aus allen anderen heraus. Galien nahm an, dass es dem Herzog gehörte. «Wenn Ihr nichts dagegen habt, würde ich mich gerne an Eurem Feuer ein wenig ausruhen», sagte Galien zu dem Mann.

Der nickte fürsorglich. «Natürlich. Wenn es auch eines Feuers nicht unbedingt bedarf in dieser brütenden Hitze. Aber die Frauen haben die Gunst der Stunde genutzt und ein warmes Mahl zubereitet. Wie ist Euer Name?»

«Galien de Montgris. Die Gunst der Stunde?» Galien ergriff die noch immer ausgestreckte Hand des Mannes. Dessen Haut war warm und trocken, und sie schabte rau über Galiens Fingerspitzen.

«Ich bin Serge. Einfach nur Serge. Ja. Die letzten Tage ist das Heer in hohem Tempo gen Süden marschiert. Heute hat man zum ersten Mal seit längerer Zeit ein richtiges Lager errichten lassen. Es heißt, die Zeremonie würde länger dauern, also dachten wir uns, dass wir die Zeit des Wartens genauso gut auch mit Kochen verbringen können.» Serge lud Galien mit einer Geste ein, Platz zu nehmen. Galien band Tarik an einer Zeltstange fest, und sie setzten sich.

«Was für eine Zeremonie?» Galien erhielt eine Schüssel mit dampfendem Brei von einer der Frauen und bedankte sich mit einem freundlichen Lächeln. Sie lächelte zurück, aber es sah schüchtern aus. Rasch entfernte sie sich wieder. Galien sah sie mit zwei anderen Frauen tuscheln. Beide trugen sie graue, schlichte Kleider und ebenfalls graue Schleier über dem Haar.

Eine der beiden wandte sich um, und als Galien ihren Blick erhaschte, zuckte er zusammen. Er erhob sich halb von seinem Sitz, doch die Frau drehte den Kopf so schnell wieder zur Seite, dass er ihr Gesicht nicht genau erkennen konnte.

«Was habt Ihr?» Serge starrte fragend in Richtung der Frauen.

Galien ließ sich wieder fallen. «Nichts. Ich glaubte kurz, eine Eurer Begleiterinnen zu erkennen.» Er hatte gemeint, hellblonde Haare und eine schmale Nase auszumachen, aber nun war er sich nicht mehr sicher. «Ich habe mich wohl geirrt.»

Serge machte sich wieder über sein eigenes Essen her. Er schlang drei Bissen hinunter, dann fragte er: «Habt Ihr noch nicht davon gehört, dass Raymond zu Kreuze kriecht?»

«Nein. In Lunel hieß es nur, das Heer sei hier in Saint-Gilles.»

«Der Anblick des Kreuzheeres hat unserem guten Grafen das Herz in die Hose rutschen lassen», erklärte Serge. «Er hat Abt Arnaud um Vergebung gebeten, und die Kirche scheint gewillt, sie ihm zu gewähren. In Saint-Gilles soll er in einer feierlichen Zeremonie wieder in ihren Schoß aufgenommen werden.» Serge folgte dem Weg, auf dem Galien gekommen war, mit dem Blick. «Woher kommt Ihr denn, dass Ihr noch nichts davon gehört habt? Südlich von Avignon pfeifen es doch die Spatzen von den Dächern.»

«Ich war in Béziers.» Der Brei war ungesalzen und leicht bitter, aber seine Wärme erfüllte Galiens Magen mit einem angenehm schmerzstillenden Gefühl. Ihm war nicht klar gewesen, dass er solchen Hunger gehabt hatte. Ob der Appetit irgendwann auch zurückkehren würde?

«Habt Ihr vor, Euch dem Heer anzuschließen?»

«Nein.»

«Hmhm. Dachte ich mir.» Serge kratzte seine Schüssel leer und leckte sie dann aus. Als er bemerkte, dass Galien ihn dabei beobachtete, grinste er verlegen.

«Ihr seid Pilger, nicht wahr?», fragte Galien.

«Ja. Aus Reims. Ich bin nur ein einfacher Kaufmann, aber ich habe in meinem Leben mehr Geld verdient, als ich jemals werde ausgeben können. Eine Weile», er verzog das Gesicht zu einem selbstironischen Grinsen, «träumte ich davon, einem oder zwei Rittern die Reise ins Heilige Land zu finanzieren, um mein Seelenheil aufzupolieren. Leider fand sich niemand dafür, und da dachte ich mir, es sei vielleicht eine gute Idee, mich selbst einem solchen Unternehmen anzuschließen, bevor der Herr mich – hoffentlich – in sein himmlisches Reich ruft.» Serge verstummte, wischte das Grinsen von seinem Gesicht und seufzte.

«Die Frau, die mir das Essen gab», Galien deutete mit dem Kinn auf sie, «ist sie Euer Weib?»

«Meine Tochter.»

Galien schaute in die Richtung, aus der die Frauen ihn noch immer musterten. Jene, die er für Clothilde gehalten hatte, war nirgends mehr zu sehen, und so wandte Galien sich wieder Serge zu.

«Gefällt sie Euch nicht?» Der Händler schien enttäuscht.

«Doch. Sie ist hübsch.» Galien lächelte.

«Aber Euer Herz gehört einer anderen.»

«Ja.»

Serge winkte einer der Frauen und bat sie, einen Krug Wein zu holen. Als er ihn bekam, nahm er einen langen Zug, reichte Galien den Krug und lehnte sich behaglich zurück. «Ruht Euch noch ein wenig aus. Und dann erzählt mir von Eurer Liebsten. Wie heißt sie? Wo wohnt sie? Und ist sie so hübsch wic meine Tochter?»

Nachdem Galien Serges Neugier befriedigt und sich bei ihm für das Mittagsmahl bedankt hatte, holte er Tarik und ritt weiter.

Ähnlich wie rund um Béziers war das Umland von Saint-

Gilles durchzogen von Feldern und Gärten, von Fischteichen, Weinbergen und Olivenhainen. Die Nadelbäume in dieser Gegend sahen seltsam zerzaust aus und reckten Äste mit handlangen Nadeln in den Himmel.

Die Straße führte von Montpellier kommend über einen kleinen Hügel auf ein unscheinbares Stadttor zu. Es lag in einem Winkel der Stadtmauer, geschützt durch ein derzeit hochgezogenes Gatter aus gekreuzten Holzbohlen. Eine einzelne Taube saß auf einem Mauervorsprung direkt über dem Torbogen und äugte neugierig auf die Menschen hinab. Die Straße war voller Getümmel. Pilger, die ein und aus gingen, Stadtbewohner auf dem Weg zu ihren Feldern oder von dort zurück nach Hause. Ritter, deren Rüstungen von Staub bedeckt waren. Es roch nach Pferden, nach Schweiß und Schlimmerem. Ein Mann ging vorbei und trug ein Brett auf der rechten Schulter, das er mit einem weißen Tuch abgedeckt hatte. Ein strenger Duft stieg Galien in die Nase und ließ ihn die Nase rümpfen. Käse.

Er durchquerte das Tor und fand sich auf einer Straße wieder, die sich nach links in einem weiten Bogen ins Innere der Stadt hineinwand und auf einem kleinen Platz endete. Galien ließ Tarik in einem der Ställe zurück, die man hier eigens für die Kreuzfahrer hastig zusammengezimmert hatte.

Eine schmale, steile Gasse führte von dem Platz fort, und hierhin wandten sich die meisten Menschen, die vor oder hinter Galien die Stadt betreten hatten. Er tat es ihnen gleich.

Das Pflaster unter seinen Füßen war rund und buckelig. Galien kam an einer Gruppe von Rittern vorbei, die scherzend im Schatten eines vorspringenden Daches standen. Er kannte sie nicht, und als sie zur Seite wichen, um ihm Platz zu machen, grüßten sie ihn freundlich.

Die Gasse endete auf einem winzigen Platz, dessen umliegende Häuser so hoch gebaut waren, dass sie nur einen kleinen Ausschnitt des Himmels frei ließen. Einige Hühner rannten hin und her und scharrten in dem festgebackenen Boden nach Körnern. Die vielen Füße um sie herum schienen sie nicht zu stören, nur ab und zu hüpfte eines ein Stück zur Seite, wenn ihm ein Stiefel zu nahe kam.

Galien hielt einen Mann an, an dessen Ärmel ein Kreuz aus Stoffstreifen ihn als Angehörigen des Heeres auswies. «Die Zeremonie», sagte er, «sie findet doch hier statt, oder?»

Der Mann musterte Galien aus braunen Augen. «Gleich hier, hinter dieser Gasse», erklärte er. «In St. Ägidius. Die Geißelung ist für die Stunde vor Sonnenuntergang angesetzt.»

«Eine Geißelung!» Galien schob das Kinn vor. «Was für eine hübsche Idee! Ich danke Euch.» Er ging weiter und war sich nur zu bewusst, dass der Mann ihm nachblickte.

St. Ägidius war die beherrschende Kirche von Saint-Gilles und der große Platz vor ihrem dreifachen, reich verzierten Portal ebenso überfüllt wie der Rest der Stadt. Die Chance, hier auf Simon zu treffen, erschien Galien nicht gerade gering.

Obwohl die Neugierigen bereits in kleinen und großen Gruppen zusammenstanden, gelang es ihm, sich bis zu den Stufen durchzukämpfen, die zum Portal hinaufführten.

Seine Blicke wanderten über die noch recht neu aussehenden Verzierungen, über Figuren und Ornamente.

«Gefällt Euch, was Ihr seht?» Eine helle Kinderstimme riss ihn aus seiner Versenkung. Er blickte sich um.

An seiner Seite war ein Junge von vielleicht zwölf oder dreizehn Jahren aufgetaucht. Er wirkte zerlumpt und schmutzig, aber kein bisschen ehrerbietig oder gar unterwürfig. Er blickte Galien mit einer Offenheit ins Gesicht, als halte er sich für einen Gleichgestellten.

Galien unterdrückte ein Lächeln. Die Augen des Jungen waren silbern und glänzten wie zwei Geldstücke. Eine schmale Narbe zog sich von seiner Nase hinunter bis zum Hals und zeichnete eine helle Spur in seine sonst von der Sonne gebräunte Haut. «Ja. Die Kirche ist noch nicht sehr alt, oder?»

«O doch! Aber das Portal ist recht neu. Zwanzig Jahre hat man daran gearbeitet!» Der Junge klang so stolz, als habe er selbst die Arbeiten beaufsichtigt. «Soll ich Euch einige der Figuren erklären?»

Bevor Galien abwehren konnte, begann der Junge schon mit seinem Vortrag. «Dort in der Mitte seht Ihr eine Darstellung des letzten Abendmahls. Könnt Ihr es erkennen? Jesus und die Jünger. Manchmal stehe ich nachts hier, und im Mondlicht sieht es so aus, als unterhielten sie sich.»

Galien folgte dem Fingerzeig mit dem Blick. Der Junge hatte Recht, es sah wirklich aus, als seien die in Stein gehauenen Figuren lebendig. Sie beugten sich zueinander hin und schienen miteinander zu flüstern.

«Und dort ...»

«Halt», unterbrach Galien den Jungen. «Es ist freundlich von dir, mir alles zeigen zu wollen, aber im Moment interessieren mich die echten Menschen hier auf dem Platz mehr.» Er deutete in die Runde und hielt dabei nach Simon Ausschau.

Das Gesicht des Jungen drückte solche Enttäuschung aus, dass Galien Mitleid empfand. Er wollte gerade seinen Geldbeutel vom Gürtel lösen und eine Münze hinausfischen, als der Junge ihn so beleidigt ansah, dass Galien die Börse rasch wieder fortsteckte.

«Ich bin Johann de Languisel», sagte das Kind hoheitsvoll, «und kein Bettelknabe. Spart Euch Eure Münzen für den Pöbel!» Und mit diesen Worten war er in der Menge verschwunden.

Verblüfft schaute Galien ihm nach.

Dann überlegte er, wie er die Zeit bis zum Beginn der Zeremonie überbrücken sollte. Er bat in einer der Schmieden neben dem Stadttor um einen Schleifstein, setzte sich damit auf einen Strohballen neben Tariks Unterstand und begann, sein Schwert zu schärfen. Immer wieder glitten seine Finger über die blau schimmernde Oberfläche der Parierstange, in deren Schlieren es gelblich und orange zu glitzern schien.

Zu Beginn der letzten Tagesstunde, als die Sonne gerade noch eine Handbreit über den Dächern der Abtei stand, begannen die Glocken der Kirche zu läuten wie zu einem Gottesdienst. Galien erhob sich von dem Strohballen und machte sich zusammen mit den meisten anderen Menschen auf den Weg zu St. Ägidius. Mit Mühe gelang es ihm, einen Platz zu ergattern, von dem aus die Stufen der Kirche zu sehen waren.

Das Volk, das sich schon den ganzen Tag lang auf dem Vorhof versammelt hatte, starrte in den Himmel, als erwarte es von dort ein Zeichen. Das erregte Tuscheln und Murmeln auf dem Platz ebbte ab, und vollkommene Stille senkte sich über die Abtei. Allein das regelmäßige, dröhnende Schlagen der Glocke hallte über die Köpfe der versammelten Menge hin, ergriff Galiens Leib wie der Schlag eines unsichtbaren Riesen und ließ seinen Brustkorb erzittern.

Noch während die Glocke läutete, öffnete sich die Tür eines der umliegenden Gästehäuser. Ritter strömten heraus, ein jeder von ihnen in schimmerndem Kettenhemd und mit dem weißen Rock über der Rüstung. Die aufgenähten roten Kreuze liefen in zwei gebogenen Spitzen aus.

Galien sah etliche bekannte Gesichter. Das rote Haar von Robert de Mauvoisin leuchtete im Sonnenlicht; wie alle anderen auch trug er den Helm unter den Arm geklemmt. In seinen Zügen arbeitete es heftig, als verspüre er eine große Aufregung oder habe gerade einen zornigen Streit hinter sich. Ihm folgten die beiden hünenhaften Gestalten von Guy de Lévis und Geoffroy de Neauphles, und gerade so, als bildeten sie die Vorhut für einen Höheren, trat hinter ihnen Simon ins Freie.

Galiens Fäuste ballten sich. Sein Hass lohte hoch auf.

Aus einem zweiten Gästehaus traten kirchliche Würdenträger, allen voran der Abt von Saint-Gilles, der ein etwas farbloser, mittelgroßer Mann war. Ihm folgten mehrere Männer in bischöflichem und erzbischöflichem Ornat. Galien kannte keinen einzigen von ihnen, aber er hörte neben sich zwei Frauen über sie tuscheln.

Was sie sich erzählten, verstand Galien nicht, denn zwischen den beiden Frauen hindurch fiel sein Blick jetzt auf eine schlanke Gestalt. Trotz der Hitze, die wie ein Schleier über dem Boden flirrte, trug sie einen bodenlangen, grauen Mantel, dessen Kapuze sie über den Kopf gestreift hatte. Ihre Bewegungen brachten etwas in Galien zum Klingen, und sofort dachte er an jenen Tag, als Clothilde zum ersten Mal Montgris besucht hatte. An die Art, wie sie neben ihrem Grauschimmel gestanden hatte, hoch aufgerichtet und ein bisschen unsicher. Diese Gestalt am anderen Ende des Platzes stand genauso da wie Clothilde, sie bewegte sich wie sie.

«... offensichtlich Erfolg gehabt haben.» Das Gespräch der beiden Frauen verstummte, denn nach den Bischöfen, mit ein wenig Abstand, kamen nun zwei Männer in schlichten, grauen Gewändern aus dem Haus, deren Gesichter vor lauter zur Schau getragener Heiligkeit auf Galien leer und einfältig wirkten. Die Gestalt im grauen Mantel verschwand unterdessen zwischen den anderen Menschen, und Galien unterdrückte den Impuls, sich bis zu ihr hindurchzudrängen. Es war viel zu voll dazu, und er wollte auf keinen Fall unnötiges Aufsehen erregen. Bisher hatte Simon ihn nicht entdeckt, und das sollte auch noch eine Weile so bleiben. Unbemerkt würde sich seine Rache am besten umsetzen lassen. Mit angespannten Halsmuskeln verfolgte er also die beiden heiligen Männer mit den Blicken und lauschte, was die beiden Frauen vor ihm von ihnen wussten.

«Sie sind päpstliche Legaten und die Nachfolger dieses Pierre de Castelnau. Milon, das ist der rechte, soll ein gestrenger, harter Mann sein. Alle nennen ihn nur *Magister*. Der andere ist Thédise de Genua. Es heißt, er ist ein Mann von großer Gelehrsamkeit.»

Milon und Thédise überquerten den Platz vor der Kirche und blieben auf der obersten der Stufen zum Portal stehen. Ritter und Kirchenmänner bildeten auf den Stufen einen weiten Kreis, dessen einziger Durchlass den beiden Legaten genau gegenüber am Fuß der Treppe lag.

Galien staunte über die ruhige und präzise Ausführung dieser Zeremonie. Es sah aus, als habe man jede Bewegung vorher dutzendfach geübt.

Als alle Männer ihre Plätze eingenommen hatten, öffnete sich die Tür des letzten, des dritten Gästehauses.

Ein Raunen ging durch die Menge.

Heraus trat ein Mann von etwas mehr als fünfzig Jahren, dessen Haare früher wohl einmal tiefschwarz gewesen waren. Jetzt jedoch waren seine Schläfen ergraut, und auch der Bartschatten, den er trug, hatte einen silbrigen Schimmer. Das Gesicht des Mannes spiegelte eine Mischung unterschiedlichster Gefühle. Galien sah große Anspannung, Angst beinahe, dann Zorn und gleich darauf Scham.

«Raymond de Toulouse!»

Es hätte des von Mund zu Mund weitergegebenen Hinweises aus der Menge nicht bedurft. Galien hätte den Mann auch so erkannt. Er trug ein schlichtes, weißes Hemd, das ihm bis über die Knie reichte. Barfuß und mit vor dem Leib gefalteten Händen schritt Raymond durch die Lücke in dem Kreis der Ritter und durchquerte ihn, indem er auf jede Stufe erst einen und dann den zweiten Fuß setzte. Vor den Legaten blieb er stehen.

Milon trat vor und hob seine Hände.

Das Getuschel der Menge erstarb.

Galien warf einen Blick auf Simon, aber er stand mit dem Rücken zu ihm.

«Raymond, Graf von Toulouse!», rief der Legat mit lauter Stimme. «Du stehst hier, um vor den Augen der hier versammelten Edlen und im Angesicht der höchsten kirchlichen Würdenträger deine Schuld zu bekennen und der Übel bringenden Häresie abzuschwören.»

Raymond neigte den Kopf.

Hinter Milon traten Mönche der Abtei aus der Kirche. Ein jeder von ihnen hielt einen Gegenstand in der Hand, einen Kelch, eine Monstranz und eine goldbeschlagene Kiste, die sie in die Luft reckten.

Das Licht der Sonne spiegelte sich auf dem schimmernden Metall und dem bunten Spiel von Edelsteinen.

«Graf Raymond de Toulouse!», rief Milon zum zweiten Mal. «Schwörst du auf den Leib unseres Herrn Jesus Christus und auf die hier anwesenden heiligen Reliquien, dass du in Zukunft den Befehlen der Heiligen Römischen Kirche gehorchen wirst, und zwar in allen Dingen und jederzeit?»

Raymond regte sich nicht.

Ein Zischen und Raunen ging durch die Menge.

Endlich hob der Graf den Blick und richtete ihn über die Schulter des Legaten hinweg auf die Reliquien. «Ich schwöre beim Leib unseres Herrn Jesus Christus und auf die heiligen Reliquien vor meinen Augen, dass ich in Zukunft den Befehlen der Heiligen Römischen Kirche gehorchen werde. In allem und alle Zeit.»

Die Menge atmete auf. Es klang wie ein einziges, tiefes Seufzen eines großen Tieres.

Milon gab Thédise einen Wink.

Der zweite Legat ging die Stufen hinunter, während sich zwei weitere Mönche hinter den Grafen stellten. Einer von ihnen hielt eine weiße, bestickte Stola. Diese nahm Thédise ihm ab, faltete sie auseinander und legte sie dem wartenden Grafen um die Schultern. Dann griff er nach einem Bündel Ruten, das ihm der zweite Mönch reichte.

Milon wandte sich um. Die Mönche mit den Reliquien traten zur Seite. Das Portal der Kirche wurde geöffnet, und der Legat betrat die Kirche.

Thédise hob das Rutenbündel und schlug damit quer über den Rücken des Grafen. Während beide die restlichen Stufen erklommen und ebenfalls im Inneren der Kirche verschwanden, ließ Thédise das Rutenbündel immer wieder auf Raymonds Rücken niedergehen. Unterdessen stimmten die Kirchenmänner und Ritter einen Lobgesang an. Einer nach dem anderen folgten sie den Legaten und dem Grafen in die Kirche, und als sie alle verschwunden waren, drängte das versammelte Volk nach.

Galien blieb, wo er war. Ein ganz leichter Geruch von Weihrauch quoll aus der Kirche und breitete sich auf dem Platz aus, bis der warme Wind ihn davonwehte. Die Menschen, die nicht mehr in die Kirche passten, fanden sich zu kleinen Gruppen zusammen, um das Geschehene zu besprechen.

Neben Galien stand plötzlich ein Ritter, den er noch nie zuvor gesehen hatte. Er war klein, und seine unteren Vorderzähne fehlten. Auf seinem Gesicht stand ein schadenfrohes Grinsen. «Wetten, dass die den armen Kerl nicht durch das Kirchenschiff nach draußen lassen, wenn dieser ganze Zirkus vorbei ist?»

«Warum denn nicht?» Galien sah zu, wie das Portal von außen von einigen Laienbrüdern geschlossen wurde. Das Bild einer voll gestopften Truhe erschien vor Galien, deren Deckel nur unter Aufbietung aller Kräfte ins Schloss gedrückt werden konnte.

Der Ritter fuhr sich mit dem Fingernagel des kleinen Fingers zwischen die Zähne. «Weil die Kirche noch einen anderen Ausgang hat, und der führt durch die Krypta. Milon wird sich diese günstige Gelegenheit nicht entgehen lassen, den Grafen noch ein bisschen zu demütigen.»

Galien schüttelte leicht den Kopf zum Zeichen, dass er immer noch nicht verstanden hatte.

«In der Krypta befindet sich das Grab von Pierre de Castelnau. Was, glaubt Ihr, hält Raymond wohl davon, wenn er halb nackt an diesem Mann vorbeigehen muss, den er hat töten lassen und den alle hier schon als heiligen Märtyrer verehren?»

Darauf gab Galien keine Antwort, denn die Gestalt mit dem langen grauen Mantel war wieder erschienen, und diesmal ging sie mit kleinen, federnden Schritten die Treppe zur Kirche hinauf.

Plötzlich war sich Galien sicher, dass es Clothilde sein musste.

# 5. Kapitel

Anne brauchte sechs Tage, bis sie die Kraft fand, die Werkstatt zu betreten.

Die ersten vier verbrachte sie im Bett, eingelullt in die matte Schläfrigkeit, die der Beruhigungstrank über sie legte. Am fünften stand sie auf und wanderte etwa eine halbe Stunde im Haus umher, wobei sie einen großen Bogen um die Werkstatttür machte. Dann setzte sie sich in der Küche an den Tisch, um für die restlichen Stunden des Tages vor sich hinzustarren. Ihre Nachbarin, deren Name – Germaine – ihr nun auch wieder eingefallen war, hatte die wenigen Dinge, die Robert am Leib getragen hatte, auf den Tisch gelegt: eine silberne Münze, die erste, die er jemals verdient hatte; ein kleines Messer für seine Mahlzeiten; sein eigenes Astrolabium, matt, weil es lange nicht geputzt worden war, und auf beiden Seiten mit getrocknetem Blut besudelt. Lange saß Anne vor den Gegenständen. Bis auf das Astrolabium rührte sie nichts an. Das Instrument jedoch hob sie an seiner Kette vor die Augen und betrachtete eine Weile sein Pendeln. Dann legte sie es wieder nieder.

Am sechsten Tag schließlich gab sie dem beständigen Drängen von Germaine nach und aß ein paar Löffel der eigens für sie gekochten Suppe. Bis zu diesem Moment hatte sie kein einziges klares Wort gesprochen. Doch nun legte sie den Löffel fort, obwohl die Schüssel noch halb voll war, und sah Germaine an.

«Wo haben sie ihn beerdigt?»

«Auf dem Friedhof von Saint-Jacob natürlich. Er hat ein schönes Grab, dicht bei der Kirchenmauer.» Germaine zog die Schüssel zu sich heran und warf einen missbilligenden Blick hinein. «Du musst mehr essen. Du bist schon viel zu dünn geworden! Wenn du nicht isst, wirst du nie zu Kräften kommen.»

Anne ging nicht darauf ein. «Ist eine Untersuchung eingeleitet worden?»

Germaine nickte. «Ja. Aber willst du meine Meinung hören? Der Büttel war zwar hier und hat festgestellt, dass Robert ermordet wurde, aber er wird seine Untersuchung nicht abschließen.»

Der Anblick ihres toten Vaters stieg vor Annes innerem Auge auf, und ihr wurde schlecht. Blut, nichts als Blut.

«Wie ist er gestorben?», flüsterte sie kaum hörbar. Sie musste es wissen.

Germaine zögerte. Sie war eine ältliche, dicke Frau, deren Busen sich mühsam hob und senkte, als sei sie zu schnell gelaufen. «Bist du sicher, dass du das wissen willst?»

«Alles, was ich gesehen habe, war das viele Blut. Wie, Germaine?»

«Man ... hat ihm die Kehle durchgeschnitten.»

Anne versuchte zu schlucken, aber es ging nicht. Mit einem Mal verdichtete sich die Starre, die sie die ganze Zeit empfunden hatte, wieder zu einem harten, eisernen Ring um ihre Brust, der sich eng und enger zusammenzog und ihr die Luft abschnürte. Anne kämpfte dagegen an, dennoch hatte sie das Gefühl zu ersticken. Ihre Atemzüge klangen keuchend. «Warum wird der Büttel seine Untersuchung nicht abschließen?», gelang es ihr zu fragen.

«Er hat mir gesagt, dass das Heer der Kreuzfahrer in der Gegend gesehen wurde. Der Vizegraf hat Befehl gegeben, die Befestigungen der Stadtmauern noch einmal zu erweitern und dafür alle anderen Aufgaben ruhen zu lassen. Allerdings ...»

*«Was allerdings?»* Der Gedanke, Jehuda könne ungeschoren davonkommen, war wie ein Splitter in Annes Geist. Fast

war sie erstaunt über die Heftigkeit dieses Gefühls und darüber, dass sie kaum Angst um sich selbst hatte, oder davor, dass Jehuda wiederkommen und auch sie töten könnte. Zorn überlagerte alle anderen Empfindungen und ließ sie nur an eines denken: Sie wollte Gerechtigkeit für ihren Vater! Galien fiel ihr ein. War es nicht dasselbe, was er empfand?

Germaine zuckte die Achseln. «Ich kann mir nicht helfen, aber irgendwie hatte ich nicht das Gefühl, dass der Büttel den Mord an deinem Vater wirklich aufklären will.» Sie verschränkte die Arme unter dem Busen. «Wahrscheinlich ein dummer Gedanke.»

Anne kehrte den Blick nach innen und schwieg.

«Es war nicht Pater François!», sagte Germaine endlich.

Anne sah sie an. «Wer kommt denn auf die Idee?»

«Na du! Du hast ihm deine Nägel ins Gesicht geschlagen, als er herkam, um dir zu helfen. Angefaucht hast du ihn wie eine Wahnsinnige und ihn einen Mörder genannt.»

Anne suchte in ihren Erinnerungen nach diesem Augenblick. Sie fand ihn, aber er war verschwommen und blass, wie etwas, das Jahrzehnte zurücklag.

Tränen stiegen ihr in die Augen. «Nein», flüsterte sie. «François hat meinen Vater nicht getötet. Ich weiß, wer es war.»

«François und dieser andere Mann, dieser Samuel, sprachen von jemandem. Er hieß ...» Germaine runzelte die Stirn.

«Jehuda!», ergänzte Anne. Das Wort wollte ihr die Kehle zerreißen. «Er hat Vater getötet und das Buch gestohlen.»

«Dieses Buch!» Germaine klang anklagend. «Alle interessieren sich nur noch für dieses Buch!»

«Wieso, wer noch?»

«Na, Pater François! Nachdem du ihn aus dem Haus geworfen hast, ist er noch einmal hier gewesen. Du hast geschlafen, und ich habe ihm verboten, dich zu wecken. Er hat mich gefragt, ob ich wüsste, wo es ist. Woher soll ich das wissen? Hinterher heißt es noch, ich hätte es gestohlen!»

Anne stemmte sich auf die Füße. Jede Bewegung fiel ihr schwer. Ihr Körper wollte sie zwingen, sich in eine Ecke fallen zu lassen, die Knie vor die Brust zu ziehen, den Kopf darauf abzulegen und sich niemals wieder zu erheben. Aber sie musste in Erfahrung bringen, was geschehen war.

«Was hast du vor?» Germaine sprang auf.

«Nachsehen.» Ohne ein weiteres Wort stieg Anne die Treppe hinauf. Die Stufen erschienen ihr wie ein unüberwindlicher Berg, eine Steigung, die ihr Blut in ihren Ohren rauschen ließ.

Vor der Werkstatttür blieb sie stehen. Sie fürchtete sich vor dem Anblick von Roberts leerem Schemel, aber sie holte Luft und legte eine Hand auf den Riegel der Tür. Dann schob sie ihn zur Seite und trat ein.

Robert lag noch an derselben Stelle wie vor sechs Tagen!

Anne prallte zurück und stieß dabei gegen Germaine.

«Was hast du?»

Anne wischte sich über die Augen, und das Bild ihres toten Vaters verschwand. Was blieb, war das schwere Hämmern ihres Herzens.

«Nichts!», murmelte sie und legte die Hand um die Kehle, um den Brechreiz zu unterdrücken. Als sie die Werkstatt zum zweiten Mal betrat, gelang es ihr, sich umzusehen.

Natürlich war Roberts Leiche längst fort. Germaine hatte nicht nur das Blut vom Boden gewischt, sondern auch die Ecken ausgefegt und alle Metallspäne zu einem ordentlichen Haufen neben der Tür aufgeschichtet.

Anne schenkte ihrer Nachbarin ein kleines, dankbares Lächeln.

«Komm schon», mahnte die. «Was willst du denn hier? Du quälst dich nur unnötig.»

Anne winkte ab. «Nicht unnötig. Kannst du mich bitte für eine Weile allein lassen?»

«Bist du sicher?» Germaine spähte in Annes Gesicht.

Diese nickte nur, den Blick auf Roberts Werkbank gerichtet. Die Werkzeuge lagen in säuberlichen Reihen nebeneinander, aber es war nicht die Ordnung ihres Vaters, die jetzt hier herrschte. Auf grausame Weise machte der Anblick der gleichmäßig ausgerichteten Bohrer und Zirkel Anne ihren Verlust deutlicher als alles andere.

Schließlich seufzte Germaine. «Also gut. Aber ich bleibe im Haus. Wenn du meine Hilfe brauchst, ruf einfach, ja?»

Sie wollte schon gehen, als Anne sie zurückhielt.

«Germaine?»

«Ja?»

Anne zog sie in eine heftige Umarmung. «Danke für alles.»

Die Ältere machte sich los. Sie lächelte, aber es sah traurig aus. «Schon gut.» Dann verließ sie die Werkstatt und schloss die Tür hinter sich.

Die Stille wuchs sich innerhalb eines Lidschlags zu einem dröhnenden Monster aus, das Annes Ohren verstopfte und ihre Beklemmung zurückkehren ließ.

Sie wankte zur Werkbank und stützte sich darauf ab, bis sie sich wieder in der Gewalt hatte. Ihr Blick fiel auf das leere Stehpult.

Hier hatte Robert gestanden, das letzte Mal, als Anne ihn lebend gesehen hatte. Wäre sie doch nur hineingegangen, hätte sie doch nur dem Impuls nachgegeben und ihn umarmt!

Jetzt war es zu spät.

Tränen drängten hinter Annes Lider, aber sie erlaubte ihnen nicht, über ihre Wangen zu rinnen. Rasch wischte sie ihr Gesicht an der Schulter ab und trat vor das Lesepult.

Ihre Finger berührten das Holz der schräg gestellten Fläche, fuhren über die raue Maserung. Ein winziger Splitter stellte sich auf, zu schwach jedoch, um Annes Haut zu verletzen.

Sie wandte sich zu dem Regal um. Zwei Reihen Bücher hatte Robert dort angesammelt. Auch hier stand nichts mehr in der ehemals eingerichteten Ordnung, und so musste Anne die Bücher einzeln abtasten, um sich zu vergewissern, ob noch alle da waren. Sie sah zwei schmale Bündel ungebundener Seiten, auf denen Robert die wichtigsten Stellen einer Schrift des Apollonius von Pamphylia notiert hatte. Solange sie denken konnte, hatte er an dem Rätsel der Dreiteilung eines Winkels gearbeitet und niemals dessen Lösung gefunden. Die Erkenntnisse des Apollonius in den Bereichen der Geometrie und Trigonometrie hatten ihm dabei auch nicht helfen können. Anne nahm die Schriftstücke aus dem Regal und blätterte sie durch, ohne die Schnüre aufzuknüpfen, mit denen sie zusammengehalten wurden. Ihr Blick blieb an einer Zeichnung hängen, die Robert nur flüchtig hingeworfen hatte, dann stellte sie die Schrift wieder an ihren Platz.

Neben den Apollonius-Texten stand ein dickes, in schwarzes Leder gebundenes Buch, dessen Rücken stark mitgenommen aussah. An seinem oberen Rand war er zerbrochen, und die Fäden der Bindung waren zu sehen. Anne lächelte. Drei der sieben Bücher des Conon von Samos, eines *astrologus* aus Alexandria. Die Blessuren waren dem Werk in einem langen Leben der Gelehrsamkeit zugefügt worden.

Neben ihm standen vier kleinere Werke, alle in helles, braunes Leder gehüllt und mit geflochtenen, ebenfalls aus Leder bestehenden Schnüren zugebunden. Roberts eigene Aufzeichnungen, Fragmente von Texten des Aristoxenos, des Eudoxos, Aristoteles und anderen, die er auf seinen Reisen entdeckt und auswendig gelernt hatte, um sie hier in Béziers niederzuschreiben.

Auf dem unteren Regalbrett standen Schriften von Euklid und das *De utilitatibus astrolabii* von Gerbert d'Aurillac. Und endlich, ganz am Rand, als letztes neben der Armillarsphäre, die Germaine als Stütze ins Regal gestellt hatte, ein Buch, das sich von den anderen abhob. Es sah neu und unbenutzt aus. Sein brauner Ledereinband glänzte matt, und die Seiten, die ungleichmäßig beschnitten teilweise über die Buchdeckel hinausragten, wiesen keinerlei Knicke oder Fingerspuren auf. Es war das *Liber abacci* des *Leonardo von Pisa.* Robert war besonders stolz gewesen, eine Abschrift davon in seinen Besitz gebracht zu haben, weil es vor kaum sieben Jahren geschrieben worden war.

Anne wischte sich über die Nase, als ihr klar wurde, dass das Buch jetzt ihr gehörte. Plötzlich spürte sie, wie sich die Klammer um ihren Brustkorb ein wenig lockerte. Sie streckte die Hand nach dem *Liber abacci* aus und zog es aus dem Regal.

«Du sollst nicht ungelesen bleiben», flüsterte sie. «Das verspreche ich dir.» Sie strich sanft über den Einband des Buches, dann stellte sie es an seinen Platz zurück. Ihr Daumen berührte die Armillarsphäre und entlockte dem Kolurbogen ein leises, metallisches Klingen. Dann ließ sie den Blick noch einmal sorgfältig über die Bücher gleiten.

Das eine war nicht darunter.

Anne suchte die gesamte Werkstatt ab. Sie kroch unter die Werkbänke, tastete zwischen Möbeln und der Wand, schaute hinter Roberts Werkzeugtruhe, und schließlich suchte sie sogar in der Kammer ihres Vaters, in der Küche und im gesamten restlichen Haus.

Germaine blinzelte verwundert, als Anne begann, mit einem Schürhaken in der kalten Asche des Herdes zu stochern. «Was suchst du denn?»

«Das Buch natürlich.»

«In der Asche wirst du es kaum finden! Und wenn es da war, dann ist es futsch, denn ich habe in der Zwischenzeit mehrmals Feuer angemacht.»

Anne hielt inne und streckte den Rücken. Es war nicht das Buch, das sie in der Asche erhofft hatte, sondern das Astrolabium. Robert wäre niemals so dumm gewesen, ein Buch im Herd zu verbergen, aber auch für ein Astrolabium wär es kein sicheres Versteck gewesen. Zwar würde das Messing wahrscheinlich einem normalen Herdfeuer standhalten, aber die Lötungen und Verbindungen der einzelnen Teile würden unweigerlich zerstört werden. Dieses Risiko wäre Robert auf keinen Fall eingegangen. Anne legte eine Hand an die Wange und fühlte gleich darauf die Dreckspur, die ihre Finger auf ihrer Haut hinterließen. Mit dem Ellenbogen wischte sie sie fort. «Nein, natürlich nicht.»

Germaine kam auf Anne zu und beugte sich zu ihr vor. «Er wurde deswegen ermordet, oder?»

Diesmal zuckte Anne nicht zusammen. «Möglich wäre es. Es sieht so aus, als sei es verschwunden.» Ihr kam ein Gedanke.

Rasch machte sie kehrt und ging zurück in die Werkstatt.

Sie öffnete Roberts Werkzeugkiste und räumte sie leer. Dutzende von Feilen landeten auf dem Fußboden, eine Drahtsäge, eine starke Metallschere und all die anderen Dinge, die Robert nicht tagtäglich benutzt hatte. Auf dem Grund der Truhe tasteten ihre Finger nach einem kleinen Hebel, der ganz versteckt in einer Ecke angebracht war. Sie fand ihn, drückte ihn nieder, und mit einem leisen Schnappen sprang ein Fach im Boden der Truhe auf. Anne schaute hinein.

Für das Buch war das Fach zu klein, darum war sie zuerst gar nicht auf die Idee gekommen, dort zu suchen. Aber das Astrolabium – es würde leicht hineinpassen. Ihr Blick fiel jedoch zuerst auf einige Blätter Pergament, von denen keines größer war als ihre beiden Handflächen zusammen.

Anne nahm sie heraus. Sie waren leicht, als bestünden sie aus billigem Material. Unter ihnen kam noch etwas zum Vorschein. Eine Wachstafel. Und der dunkelblaue Samtbeutel, in dem Galien das Astrolabium gebracht hatte.

Annes Finger zitterten, als sie die Hand nach dem Beutel ausstreckte. Unter dem weichen Samt fühlte sie hartes Metall, und das typische Klingen des Aufhängungsringes ertönte.

Anne nahm den Beutel hoch und schüttelte das Astrolabium heraus. Es war jenes, das Galien zusammen mit dem Buch hergebracht hatte. Anne betrachtete lange die dicht an dicht gesetzten lateinischen Schriftzeichen auf seiner Vorderseite. Irgendwann begannen die eng stehenden Höhenkreise vor ihrem Blick zu verschwimmen. Seufzend schob sie das Instrument zurück in den Beutel und befestigte ihn an ihrem Gürtel. Dann wandte sie sich den Pergamenten zu. Der Faden, mit dem sie zusammengebunden waren, lag eng um die Blätter, und sein Knoten war so fest, dass sie ihn mit den Fingernägeln nicht aufbekam. Sie griff nach einer der feineren Feilen auf dem Fußboden und trennte den Faden einfach auf.

Die Pergamente waren übersät mit Zeichnungen, die meisten mit dünnen, kaum sichtbaren Kohlestrichen hingeworfen. Es war schwer, etwas zu erkennen. Anne hob die Seiten vor

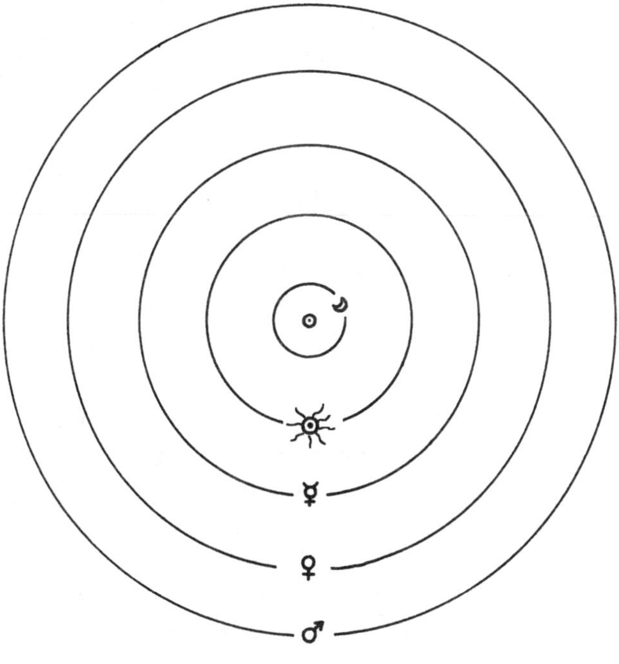

das Gesicht, sodass das Sonnenlicht durch das Werkstattfenster darauf fiel. Sie sah konzentrische Kreise, große und kleinere.

Anne legte die Zeichnungen auf den Boden und fuhr mit dem Zeigefinger über die Linien, wobei sie sehr genau darauf achtete, dass sie die empfindlichen Kohlestriche nicht verwischte. Zeichen fielen ihr auf, ein winziger, sichelförmiger Mond in der Mitte, und dann von innen nach außen: Sonne, Merkur, Venus und Mars.

Sie seufzte.

Ein Himmelsmodell. Warum hatte Robert eine Skizze des Universums angefertigt?

Sie legte die Pergamente fort und nahm stattdessen die Wachstafel zur Hand. Ein einziger Blick genügte, um sie erkennen zu lassen, was sie enthielt.

Ihre eigene Zeichnung der Jupiterbahn!

Die Tage seit Roberts Tod hatte François unter Daueranspannung verbracht. Mit reiner Willenskraft und Selbstbeherrschung erfüllte er die tausend Aufgaben, mit denen Reynaud de Montpeyroux, der Bischof von Béziers, ihn überhäufte. Es verging keine Minute, in der er nicht an Anne dachte – und an Roberts gewaltsamen Tod.

Jehuda war am Leben! Und er war irgendwo dort draußen. Zum wiederholten Mal ließ François die Feder sinken, rieb sich die Stirn und starrte unruhig aus dem Fenster des bischöflichen Palastes.

«Was habt Ihr?» Reynaud war ein Mann mittleren Alters, dessen Gesicht von der Sonne des Südens ledrig gegerbt worden war. In seinen dunkelbraunen Augen tanzten silbrige Funken wie die Reflexe des Mondes auf einer Wasseroberfläche. Er galt als geduldiger, friedvoller Mann, aber das heranrückende Heer, die drohende Kriegsgefahr und die Anwesenheit des Vizegrafen in der Stadt hatten ihn nervös und reizbar gemacht.

François konnte ihm ansehen, dass er sich beherrschen musste, um nicht die Geduld mit ihm zu verlieren.

«Nichts, Exzellenz.» Hastig schrieb François den letzten Teil des Satzes nieder, den der Bischof ihm soeben diktiert hatte.

«Seid Ihr sicher? Ihr wirkt unkonzentriert, und das schon seit Tagen. Worum sorgt Ihr Euch?» Reynaud ließ das Federmesser sinken, mit dem er beim Diktieren zu spielen pflegte, und stellte es mit der Spitze auf seinem Pult ab.

«Um meine Patentochter, Exzellenz.»

«Diese Anne? Deren Vater vor kurzem ermordet wurde?»

François nickte. Ein dicker Tintentropfen bildete sich am Ende seiner Feder. Rasch tauchte er sie in das Schreibfass, um keinen Flecken zu hinterlassen. «Der Mörder läuft noch frei herum, und ich habe Angst, dass er auch ihr etwas antun wird.»

«Wie kommt Ihr darauf? Ich meine, war es nicht ein Raubmord? Man hat mir erzählt, es sei um ein wertvolles Buch gegangen, das der Mörder gestohlen haben soll.»

Die Tatsache, dass der Bischof diese Einzelheiten kannte, jagte François einen tiefen Schrecken ein. Wusste Reynaud auch um den Inhalt des Buches? Unauffällig forschte François in der Miene seines Gegenübers, aber er fand nichts, was seine Befürchtung zu bestätigen vermochte.

«Und ist nicht Poussan mit der Aufklärung des Mordes beauftragt worden?», forschte Reynaud weiter. «Er ist ein fähiger Mann, François. Ihr solltet Euch um Anne nicht sorgen. Poussan wird den Mörder fangen. Und jetzt schreibt weiter!»

Nach drei weiteren Sätzen beendete der Bischof sein Diktat. François fügte die üblichen Schlussformeln hinzu, dann gab er Reynaud die Feder, damit dieser sein Zeichen ans Ende setzen konnte. Nachdem er die Tinte mit Sand getrocknet hatte, rollte François das Schreiben zusammen, versiegelte es und gab es einem Boten. Erst als das erledigt war, nahm er sich die Zeit, über Reynauds Worte nachzudenken.

Selbstverständlich war der Stadtbüttel beauftragt, den Mord an Robert zu untersuchen. Es war schließlich seine Aufgabe. Aber François *wusste*, dass Poussan zu keinem Ergebnis kommen würde.

Weil Samuel ihn bestochen hatte.

François schloss die Augen. Als er die Lider wieder hob, stand Reynaud vor ihm und spähte ihm ins Gesicht. «Ihr solltet nach Hause gehen!», riet der Bischof. «Ihr gefallt mir nicht. Wahrscheinlich habe ich Eure Kräfte über Gebühr beansprucht. Ruht Euch aus und kommt morgen früh wieder her!»

Dankbar nahm François die Entlassung an. So schnell er konnte, verließ er die Gemächer des Bischofs, den Palast und das Kathedralviertel.

Er eilte durch die belebtesten Gassen, aber nicht zu seinem eigenen Haus, sondern zu dem Roberts. Als er jedoch vor der Tür stand, zögerte er. Zu gut war ihm Annes Reaktion in Erinnerung, der Hass, mit dem sie auf ihn losgegangen war. Seither hatte er keine Gelegenheit mehr gehabt, sie zu treffen. Das einzige Mal, das er im Haus gewesen war, hatte sie geschlafen. Wahrscheinlich dachte sie, er weiche ihr aus.

Noch bevor er sich darüber klar werden konnte, ob er stark genug war, ihr erneut gegenüberzutreten, öffnete sich die Haustür und Germaine kam ihm entgegen. François hatte sie gut bezahlt dafür, dass sie sich um Anne kümmerte. Außerdem sollte sie dafür sorgen, dass Anne nicht allein das Haus verließ.

Die Alte hob die Augenbrauen. «Wie lange steht Ihr hier schon herum?»

«Kurz. Wie geht es Anne?»

«Besser. Sie ist seit gestern auf.» Germaine schniefte.

«Hat sie nach mir gefragt?»

«Nein. Ihr solltet lieber gehen.»

François nickte langsam. Er schärfte Germaine noch einmal ein, gut auf Anne aufzupassen, bevor er sich auf den Heimweg machte.

# 6. Kapitel

Galien verließ den Stall, um für Tarik frisches Wasser zu holen. Der Morgen war kühl, die Sonne hatte gerade ihre ersten Strahlen über den Horizont gesandt. Dennoch lag das Versprechen eines weiteren heißen Tages schon jetzt in der Luft. Galien ging zum Brunnen neben dem Stall, griff sich einen der herumstehenden Eimer und wollte ihn gerade ins Wasser tauchen, als ihn eine sanfte Stimme herumfahren ließ.

«Galien?»

Es war Pater Pierre.

«Dem Herrn sei Dank und Lobpreis! Galien, du bist es tatsächlich. Du lebst!» Der Mönch hatte die ohnehin großen Augen so weit aufgerissen, dass es aussah, als wollten sie ihm im nächsten Moment aus dem Gesicht fallen. Tiefe, dunkle Schatten lagen unter Pierres Augen, und seine Bewegungen wirkten müde, als er Galien an sich zog und heftig umarmte. «Als du nach dem Tod deiner Mutter so plötzlich verschwandest, hatte ich Angst, du würdest irgendeine Dummheit machen.»

Galien befreite sich aus der Umarmung und lächelte ihn an. Er freute sich, den alten Spielgefährten wiederzusehen. «Du hast doch nicht gedacht, ich hätte mich umgebracht?»

In Pierres Gesicht zuckte es, und es sah aus, als wolle der Mönch in Tränen ausbrechen. «Doch.» Pierre senkte den Blick. Als er Galien wieder ansah, schimmerten tatsächlich Tränen hinter seinen Lidern. «Nein.»

Galien schluckte. Er wusste nicht, was er sagen sollte.

Pierre streckte die Hände aus und bot sie ihm dar wie ein

Geschenk. «Wir hätten versucht, es zu verhindern, Galien. Onkel Guy und ich hätten versucht, den Überfall auf Montgris zu verhindern, aber ich fürchte, wir hätten es nicht gekonnt.»

Galien nickte.

«Versucht hätten wir es, das musst du mir glauben!»

Galien presste die Lippen zusammen. «Ich weiß, Pierre.» Das Wissen, dass es *nicht* stimmte, saß wie ein Stachel in seiner Seele. Von Serge hatte Galien erfahren, dass Pierre zum Chronisten des Kreuzzugs ernannt worden war. Der Mönch übte diese Aufgabe mit wahrem Feuereifer aus, denn in seinen Augen diente das Heer einer gerechten, gottgefälligen Sache. Nichts auf der Welt hätte ihn dazu gebracht, sich gegen Abt Arnaud zu stellen. Etwas in Galien wollte dem Freund das an den Kopf schleudern, wollte ihn packen und schütteln dafür, dass sie sich plötzlich auf verschiedenen Seiten befanden. Aber er riss sich zusammen. Pierre war, was er war, ebenso wie er selbst.

«Warum bist du hier?», fragte der Mönch.

Galien antwortete nicht.

Jetzt wich auch noch das letzte bisschen Farbe aus Pierres Wangen. «Du hast Rache geschworen, Galien? Darum bist du hier! Hier, wo Simon ist.»

Galien schüttelte den Kopf. «Nein.» Was machte eine kleine Lüge noch aus?

«Lügst du mich an?»

Galien antwortete nicht. Er wollte etwas sagen, wollte den Schmerz aus den Augen des früheren Freundes wischen, aber es war ihm nicht möglich. Ja, er hatte geschworen, Elaine zu rächen. Simon war hier. Er konnte nicht mehr zurück.

Er sah in Pierres Augen und wusste, dass sein Hass auf Simon stärker brannte als die Scham darüber, den Mönch erneut zu verletzen.

«Es tut mir Leid», murmelte er nur.

Pierre musste weiter, und Galien kehrte erleichtert in den Pferdestall zurück.

Er tränkte Tarik und begab sich wieder nach draußen, um sich auf den Strohballen zu setzen, auf dem er am Abend zuvor sein Schwert geschliffen hatte. Während er seine Gedanken darauf richtete, wie es ihm gelingen mochte, in Simons Nähe zu kommen, beobachtete er das Treiben auf dem Hof. Zwei weitere Mönche überquerten den Platz mit eiligen Schritten und wehenden Gewändern. Ihre entblößten Beine waren bleich und dünn. Eine Magd kam an den Brunnen und blieb in ehrfürchtiger Entfernung von einem Ritter stehen, der sein Pferd tränkte.

Die Tür zum Gästehaus der Ritter ging auf, und heraus kam eine vertraute Gestalt.

Simon.

Galien sprang auf.

Simons Augen wurden weit, als er seinen Bruder sah.

«Was machst du denn hier?»

Galien ignorierte die Frage. Elaine tauchte vor seinem inneren Auge auf, ihr leerer Blick, und er glaubte zu sehen, wie Simon eine Armbrust hob. Er ging auf ihn zu. Zog das Schwert aus der Scheide.

Erst da fiel ihm auf, dass Simon unbewaffnet war. Er trug nur seine einfachen Gewänder. Dolch, Rüstung und Schwert musste er bei seinem Nachtlager gelassen haben.

Galiens Kinn wies über seine Schulter. «Geh, und hol deine Waffen!»

Simon lachte auf, unsicher. «Du liebe Zeit, wie überaus ritterlich! Galien, ich ...»

«Hol deine Waffen!»

Langsam begriff Simon, dass Galien ihn nicht würde entkommen lassen. «Du willst mich zu einem Zweikampf herausfordern?»

«Warum nicht?»

Simon nickte. «Es ist dein gutes Recht. Warte hier auf mich.»

Er ging so dicht an Galien vorbei, dass er ihn beinahe anrempelte. Galien trat einen Schritt zur Seite und ließ ihn durch. Seine Schwertspitze wies zu Boden.

In diesem Moment schlugen Hass und Verzweiflung über ihm zusammen. Ohne dass er es verhindern konnte, stürzte er nach vorne und rammte seine Schulter in Simons Rücken. Der strauchelte, brach auf ein Knie nieder.

Galien hob das Schwert.

Und erstarrte, weil der Zorn so schlagartig wich, wie er gekommen war. Langsam wandte Simon den Kopf, um seinem Blick zu begegnen.

Mit einem verzweifelten Aufschrei ließ Galien das Schwert zu Boden sinken, und Simon erhob sich schwerfällig.

«Alarm!», schrie eine helle Stimme. «Ein Mordanschlag auf den Grafen von Montfort!»

Bevor Galien begriff, was geschah, wimmelte der enge Durchgang zwischen Stall und Gästehaus von Menschen. Galien wich zwei Schritte zurück, doch hinter ihm befand sich festes Mauerwerk. Er sah nach oben. Die Dachkanten waren zu weit entfernt, er konnte sie nicht erreichen. Das Schwert in seinen Händen wog plötzlich schwer, als Robert de Mauvoisin sich an Simon vorbeidrängte und mit finsterem Staunen in den Augen vor Galien hintrat.

«Er hat versucht, den Grafen zu ermorden!» Dieselbe Stimme wie eben schrillte in Galiens Ohren. Obwohl er sie längst erkannt hatte, musste er sich mit eigenen Augen überzeugen. Langsam hob er den Blick zu einem der Fenster des Gästehauses.

Da war sie. Sie neigte sich über die Brüstung und wies mit ausgestrecktem Zeigefinger auf ihn.

Clothilde.

Mauvoisin warf einen Blick auf Simons leere Hände, dann auf Galiens Klinge. Der Ausdruck in seinen Augen war undeutbar.

Hinter ihm erschienen Bewaffnete.

Mauvoisin streckte die Hand nach Galiens Waffe aus.

Widerstandslos ließ Galien sich festnehmen.

Simon bestand darauf, Galien selbst zu der Mönchszelle zu führen, die ihm bis auf weiteres als Kerker dienen würde. Während Mauvoisin und ein anderer Ritter vor der Tür warteten, ließ sich Simon ein Schwert geben, begleitete Galien ins Innere der Zelle und stieß die Tür hinter sich mit dem Fuß zu.

Galien drehte sich zu ihm um. «Was hast du vor?»

Simon zuckte die Achseln. «Vielleicht will ich dich fragen, was um alles in der Welt in dich gefahren ist.» Er sah bestürzt aus, bleich und eingefallen seine Wangen.

Galien blickte sich in der Zelle um. Ein schmales Lager mit einer dünnen, offenbar grasgefüllten Matratze und ein schlichtes Holzkreuz bildeten das einzige Mobiliar. Ein winziges Fenster weit oben unter der Decke ließ nur wenig Licht herein. Dadurch war die Luft hier drinnen kühl. Die Tür bestand aus massivem Holz und hatte eine eingelassene Klappe. Alles in allem, dachte er, sah es hier nicht viel anders aus als in einem richtigen Kerker. «Du hast meine Mutter ermordet. Es war deine Waffe, die sie getötet hat!» Galien setzte sich auf die Matratze. Sie war ungleichmäßig gestopft worden, und eine harte Beule drückte gegen sein Gesäß.

Simon antwortete nicht, aber Galien sah in seinen Augen, dass er mit dieser Anklage gerechnet hatte. Er wies auf das Schwert in Simons Hand. «Hast du Angst, dass ich dich mit bloßen Händen ermorde?»

Die Schwertspitze traf leise klirrend auf den steinernen Fußboden der Zelle.

«Was hast du jetzt vor?» Galien fühlte sich leer und müde. Zu Tode erschöpft.

«Ich werde dich wegen versuchten Mordes anklagen müssen.»

«Dann werde ich dich anklagen, meine Mutter getötet zu haben.»

«Und wenn?» Simon schien in Gedanken noch mit dem Schwert beschäftigt. Schließlich stellte er es neben der Tür auf die Spitze und lehnte den Griff gegen die Wand. Er musste es sorgfältig ausbalancieren, damit es nicht umfiel, und er tat es mit langsamen Bewegungen, die Galien zeigten, dass er im Stillen das eben Gesagte überdenken musste. Als er damit fertig war, drehte er sich wieder zu Galien um. «Es würde dir nichts nützen. Elaine starb bei einem Angriff des Kreuzheeres auf Montgris, das der höchste geistliche Führer des Kreuzzuges offiziell zur Ketzerburg erklärt hatte.» Ein trauriger Ausdruck erschien in Simons Gesicht. «Du weißt, dass ich deine Mutter nie mochte, Galien. Für das, was sie meiner Mutter angetan hat, habe ich sie verabscheut. Dennoch tut mir ihr Tod Leid, das musst du mir glauben.»

Galien schnaubte. «Lügen! Du hast sie ohne Skrupel erschossen.»

«Weil ich es tun musste.»

«Was gibt dir die Sicherheit, dass ich nicht versuche, dich mit diesen Händen zu erwürgen, sobald du mir den Rücken zukehrst?»

«Fast wünschte ich, du würdest es versuchen, du verdammter Narr.» Simon legte die Hand auf den Schwertgriff. Die Klinge rutschte zur Seite, und er fing sie auf. «Weißt du, dass ich mir früher oft vorgestellt habe, dich hierauf aufzuspießen? Früher, Galien! Als ich noch jung war. Du glaubst, ich hasse dich, aber das stimmt nicht. Denk drüber nach, denn in Wahrheit habe ich dir einen Ausweg angeboten.»

In Galiens Ohren hatte es zu rauschen begonnen. Für einen ganz kurzen Moment spielte er mit dem Gedanken, aufzuspringen und sich auf Simon – in die Klinge – zu stürzen. Aber dann fielen ihm Pierres Worte ein, seine Sorge, er könne sich nach Elaines Tod etwas angetan haben. Nein, wenn er sich umbrachte, war nichts gewonnen.

«Einen Ausweg! Du klagst mich an, weil du zu feige bist, mich zu töten», sagte er und zwang sich, ruhig zu klingen. «Es wird mit einem Wergeld enden, Simon.»

«Nicht, wenn es mir gelingt, die Richter davon zu überzeugen, dass du als Feind des heiligen Kreuzheeres handeltest, als du mich angegriffen hast. Du hast den Heeresfrieden gebrochen, Galien, und weißt du, was das bedeutet?»

Galien wusste es.

Im besten Falle Verstümmelung oder Brandmarkung.

Im schlimmsten Fall die Todesstrafe.

# 7. Kapitel

Am Morgen nach ihrer Durchsuchung der Werkstatt erwachte Anne mit einem pelzigen Geschmack im Mund.

Sofort vergewisserte sie sich, dass sich das Astrolabium, Roberts Skizzen und ihre Wachstafel noch unter ihrer Matratze befanden, wo sie sie am Abend zuvor versteckt hatte.

Anne nahm ihre eigenen Zeichnungen zur Hand und betrachtete sie nachdenklich. Dass Robert das Astrolabium vor fremden Augen hatte verbergen wollen, kam ihr sinnvoll vor. Immerhin hatte Galien es gemeinsam mit dem geheimnisvollen Buch gebracht. Dass er seine eigenen Skizzen versteckt hatte, einfache, hingeworfene Abbildungen des Himmelsaufbaus, schien ihr schon seltsamer. Warum aber hatte er auch noch ihre Wachstafel versteckt? Ihre eigene, zuerst fehlerhafte und überaus laienhafte Dokumentation der Jupiterbewegung?

Anne dachte daran, wie unrecht es ihrem Vater gewesen war, dass sie sich mit den Planetenanomalien beschäftigte. Bisher hatte sie geglaubt, das läge daran, dass es ihn zu sehr an den Verlust von Elaine erinnerte. Konnte es vielleicht einen ganz anderen Grund gehabt haben? War es möglich, dass ihre dummen, kleinen Aufzeichnungen etwas mit dem Inhalt des Buches zu tun hatten? Dass sie unabsichtlich in etwas gestochert hatte, das mit all den Toten zusammenhing?

Madeleine.

Robert.

Elaine.

Vielleicht sogar Georges?

Anne grub grübelnd die Zähne in die Unterlippe. Je mehr

sie darüber nachdachte, desto deutlicher traten die Zusammenhänge vor ihr Auge. Die Morde – sie hatten miteinander zu tun.

Und mit dem Buch, das seit Roberts Tod verschwunden war.

Anne steckte die Wachstafel wieder unter die Matratze und griff erneut nach den Pergamentskizzen.

Die Zeichnungen darauf waren eindeutig Modelle des Universums, wie Robert sie bereits hundertfach gezeichnet hatte. Nichts Besonderes also. Warum bei allen Heiligen hatte er sie zusammen mit dem Astrolabium versteckt? Seufzend verstaute Anne auch die Pergamente wieder und ging nach unten in die Küche.

Germaine richtete sich auf. «Anne! Du bist schon wach?»

Annes Blick wanderte über das provisorische Lager vor ihrem Herd, über die vom Schlaf zerzausten Haare der älteren Frau und die unzähligen Müdigkeitsfältchen um ihre Augen. In diesem Moment fasste sie einen Entschluss.

«Geh nach Hause», bat sie Germaine. «Mir geht es besser, und du hast genug andere Dinge zu tun.»

Sie würde von diesem Augenblick an ihr Leben wieder aufnehmen, egal, ob der Stadtbüttel Jehuda gefasst hatte oder nicht! Und wenn der irre Alte auch hinter ihr her war, dann würde sie sich gegen ihn wehren, wie sie es bereits einmal getan hatte. Sie würde von diesem Moment an nicht mehr zulassen, dass Jehuda – oder irgendein anderer Mensch – über ihr Leben entschied.

Germaine jedoch schien nicht gewillt, ihr so einfach nachzugeben. «Das geht nicht.»

«Warum nicht?»

«Weil Pater François mich gebeten hat, auf dich aufzupassen.»

Ein ungläubiges Lachen stieg in Annes Kehle auf. «Bitte?» War er wirklich so feige? Er hielt es für möglich, dass Jehuda an den Ort seines Verbrechens zurückkehrte, um sie zu töten, und beauftragte eine alte Frau mit ihrem Schutz? Zu dem Zorn in ihrer Brust gesellte sich ein neues Gefühl. Es war Verachtung.

Sie brauchte François nicht!

Sie brauchte niemanden.

Von nun an würde sie sich allein durchbeißen.

«Ich komme zurecht», sagte sie zu Germaine. «Bitte geh jetzt.»

Sie schob die protestierende Frau auf die Gasse hinaus, drückte die Tür ins Schloss und lehnte die Stirn gegen das Holz. Sie atmete durch, dann ging sie hinauf in die Werkstatt.

Die Zeit des Müßiggangs war vorbei. Sie hatte eine Menge Arbeit zu erledigen.

Ab heute war sie die Astrolabienbauerin aus der Ruelle des Artisans.

Ab heute war es ihre Aufgabe, Messinghimmel zu schmieden.

Doch die Stille im Haus brauchte nicht lange, um Anne kleinzubekommen. Vielleicht eine Stunde lang kämpfte sie gegen die Bedrückung an, aber dann gab sie auf. Es war heller Tag, die Gassen und Straßen der Stadt voll und lebendig. Sie brauchte Kraft zum Nachdenken – und frische Luft.

Während sie grübelnd durch die Stadt ging, die heute sehr viel mehr als sonst einem Ameisenhaufen ähnelte, lenkte sie ihre Schritte zum Friedhof von Saint-Jacob.

Die Kirche lag im Schatten einiger alter, staubiger Bäume. Ein paar Vögel zwitscherten in den Zweigen, aber ihre Stimmen verstärkten eher noch den Eindruck der Stille, die hier herrschte. Der Lärm der Stadt, das aufgeregte Gebrüll der Bauleute, das ängstliche Getuschel der Menschen, die sich auf das heranrückende Heer vorbereiteten, all das blieb draußen zurück, als Anne die Pforte durchquerte und zwischen die hohen Grabsteine trat. Es war, als habe Gott selbst eine Glocke der Ruhe und des Friedens über diesen Ort gesenkt.

Germaine hatte gesagt, Robert sei nahe der Kirchenmauer begraben. Es gab dort nur ein einziges frisches Grab. Zwischen all den steinernen Gruften und Sarkophagen wirkte es kahl und ärmlich. Anne presste die Hand auf den Bauch. War bis zu diesem Moment die Trauer in ihr erdrückend und lähmend gewesen, so veränderte sie sich nun, wurde grell und schmerzhaft wie eine frische Wunde.

Anne sank neben dem Grabhügel in die Knie. Sie wollte weinen, aber sie konnte es nicht. Mit beiden Händen fuhr sie sich an die Schläfen und in die Haare, und am liebsten hätte sie sich jedes einzelne davon ausgerissen, nur damit dieser grauenvolle Schmerz in ihrem Inneren von einem anderen überstrahlt wurde. Wie sollte sie nur ohne Robert weitermachen?

Eine Hand legte sich auf ihren Scheitel, riss sie aus ihren quälenden Gedanken. Sie drehte sich um und stand auf.

Vor ihr stand ein Priester von Saint-Jacob.

«Gott kennt Euren Schmerz!», sagte er leise.

Anne schnappte nach Luft, weil plötzlicher Zorn in ihr aufwallte und auf die Zunge drängte. «Gott hat ihn mir fortgenommen!», zischte sie.

Der Priester schüttelte bekümmert den Kopf. «Nein. Das hat ein Mensch getan.»

«Natürlich. Verzeiht.» Anne besann sich. «Habt Ihr das Begräbnis geleitet?»

«Ja.» Dem Mann war anzusehen, dass er ihre Abwesenheit dabei nicht billigte. «Es war eine sehr schöne Zeremonie.»

«Davon bin ich überzeugt.» Annes Kiefer schmerzten von der Leere der Worte. Sie wollte aufschreien oder einfach nur laufen.

Doch es gab zu viel zu tun.

Offenbar hatte der Priester den gleichen Gedanken gehabt,

denn jetzt lächelte er. «Werdet Ihr Euch um einen passenden Grabschmuck kümmern, sobald es Zeit dafür ist?»

«Natürlich.»

«Eurem Vater gebührt ein ansprechendes Grabmal, vielleicht eine hübsche Bronzeplatte?»

Als Anne jetzt einatmete, schmerzten ihre Rippen. Wie lange hatte sie nicht mehr wirklich tief Luft geholt?

«Und um die Stolgebühren müsst Ihr Euch auch noch kümmern», sprach der Priester weiter. «Soweit ich weiß, wurde das Begräbnis noch nicht bezahlt.»

«Ich verstehe.» Annes Kopf summte. Sie musste hier weg. «Ich habe noch etwas Wichtiges zu erledigen. Sobald ich damit fertig bin, komme ich zu Euch, und wir regeln alles zu Eurer Zufriedenheit, einverstanden?»

«Ihr solltet Euch beeilen, denn niemand weiß, wohin sich das königliche Heer wenden wird. Und Ihr wollt doch nicht das Seelenheil Eures Vaters dadurch riskieren, dass Ihr sein Begräbnis nicht bezahlt, oder?»

«Auf keinen Fall.» Anne tastete nach der Kirchenmauer, um sich Halt zu verschaffen. «Verzeiht!» Sie drängte sich an dem Priester vorbei und rannte quer über den Friedhof. Das Tor wollte sich unter ihren fliegenden Händen nicht öffnen, und sie hämmerte verzweifelt auf den Riegel ein.

Als sie ihn endlich gelöst hatte und die kleine Pforte auf sie zuschwang, brach Anne in unterdrücktes Schluchzen aus. Sie schaute nach rechts, dann nach links, unfähig zu entscheiden, wohin sie sich wenden sollte.

Schließlich übernahmen ihre Füße die Entscheidung für sie.

François' Wohnung lag nicht weit von hier.

Am nächsten Morgen, François hätte eigentlich in den Bischofspalast gehen sollen, fühlte er sich so matt, dass er einen Nachbarsjungen zu sich rief. Er drückte ihm eine kleine

Münze in die Hand, damit er ihn bei Bischof Reynaud entschuldigte.

Nachdem der Junge davongeflitzt war, quälte François sich an das Fenster seiner Studierstube und öffnete es. Er lehnte sich gegen die Brüstung und starrte auf die Gasse hinaus.

Irgendwo dort draußen war er.

Jehuda.

Und niemand jagte ihn!

François ließ die Faust gegen den Fensterrahmen krachen. Dicht an seinem Ohr vibrierte die straff gespannte Ziegenhaut sachte. Er war dabei gewesen, als Samuel Poussan den Befehl gegeben hatte, die Untersuchung von Roberts Tod ganz nach unten auf die Liste seiner zu erledigenden Aufgaben zu schieben. Der Büttel hatte zunächst ungläubig aufgelacht, aber Samuels Geldkatze hatte ihn schnell überzeugt.

Von Poussans Seite aus würde Roberts Tod unaufgeklärt bleiben.

Und die Erinnerung an Moïse ben Tibbon von allen Schatten freigehalten.

Noch einmal schlug François gegen das Fenster. Diesmal vibrierte nicht nur die Ziegenhaut, sondern der gesamte Rahmen. Warum nur brauchte Samuel so lange? Er hatte Dutzende von Männern, und Jehuda war ein alter, kränklicher Mann!

Am liebsten hätte François sich selbst aufgemacht und jeden einzelnen Keller, jeden Dachboden und jeden Schuppen Béziers nach Jehuda durchkämmt. Stattdessen hockte er hier in seiner Stube und war kaum fähig, sich zu bewegen.

Er hasste sich selbst.

Für seine Ohnmacht.

Für seine Verstrickung in all das.

Für jeden Moment der Unehrlichkeit gegenüber seinem besten Freund. Und Anne gegenüber.

Das Buch!

Er stöhnte auf. Wenn er es doch nur vernichtet hätte damals!

«Scheint ja fesselnd zu sein, die Straße vor deinem Haus!»

Die Stimme ließ ihn heftig zusammenfahren. Mit jagendem Herzen fuhr er herum.

«Jehuda!»

Der Alte lächelte sanft. «Das Schloss an deiner Tür ist nicht besonders teuer gewesen, oder? Es war leicht zu öffnen.»

Schlagartig brach François Schweiß aus allen Poren. «Was willst du?» Seine Hände tasteten über die Fensterbank, aber dort befand sich nichts, was sich als Waffe benutzen ließe.

Amüsiert folgte Jehuda seinen Bewegungen. «Oh, keine Sorge! Heute bist du nicht an der Reihe mit dem Sterben.»

«Samuel …» François' Stimme krächzte. «Er wird dich zur Strecke bringen.»

«Hmhm. Selbstverständlich.» Jehuda durchquerte den Raum mit hinter dem Rücken verschränkten Armen. Fast sah es aus, als sei er bei einem Freund zu Besuch. Er kam an dem Pult vorbei, auf dem noch immer Petrus Alfonsis Buch lag, und las im Vorbeigehen einige Worte. Ebenso wie Anne quittierte er sie mit einem wissenden Lächeln.

François spürte, wie seine Eingeweide sich senkten. In einem verzweifelten Versuch, gegen die eigene Schwäche anzukommen, stieß er sich von der Fensterbank ab. «Du hast das Buch, was also willst du hier, wenn du nicht beabsichtigst, mich zu töten?»

Das Lächeln auf dem Gesicht des anderen erstarb. «Ich habe das Buch nicht.» Mit zwei schnellen Schritten stand Jehuda vor François und krallte seine Hand in dessen Kehle. «Wo ist es?»

François wimmerte. Der Griff lockerte sich ein wenig, sodass er sprechen konnte. «Was soll das heißen, du hast das Buch nicht? Du hast Robert umgebracht, um es in die Finger zu bekommen.»

«Falsch! Er musste sterben, weil er das Geheimnis des Buches kannte. Alle, die es kennen, müssen zum Schweigen gebracht werden, erinnerst du dich?»

Verzweiflung und Entsetzen konnten nicht noch schlimmer werden, und so wurde François plötzlich ruhiger, als festige sich etwas in ihm. Wenn er schon sterben sollte, hier und jetzt, dann würde er es wenigstens wie ein Mann tun. Aufrecht und als Buße für seine schrecklichen Verfehlungen. Mit einem Ruck befreite er sich aus Jehudas Griff. «Das sind alles deine Worte!»

Jehuda lächelte mild. «So? Wenn du meinst.» Dann besann er sich auf die jüngere Vergangenheit. «Als ich Roberts Haus betrat, fiel mir als Erstes die eigenartige Stille auf. Ich hatte den Guten eine ganze Weile beobachtet und wusste, dass er jede Nacht bis kurz vor Morgengrauen in seiner Werkstatt arbeitete. Aber in dieser Nacht schien das nicht der Fall zu sein.» Wie ein guter Freund, der eine interessante Anekdote erzählte, wanderte Jehuda im Raum auf und ab. Er wirkte auf François so entspannt, dass der Priester sich zwingen musste, wachsam zu bleiben.

«Trotzdem ging ich nach oben in die Werkstatt, und da fand ich ihn. Er lag am Boden.»

«Er war schon tot?»

Jehuda lachte leise. «Nein. Natürlich nicht. Aber er war ohnmächtig. Und das Buch war fort.»

«Unmöglich!»

Jehuda hielt inne, so abrupt, dass es aussah, als sei er von einem Augenblick auf den anderen zu Stein erstarrt. Seinen Kopf hielt er leicht gesenkt, die langen Haare verdeckten sein Gesicht. Lediglich seine Hände auf dem Rücken öffneten sich und ballten sich wieder zu Fäusten. «Dennoch war es so. Ich habe das Buch nicht, François!»

«Und darum bist du hier. Du glaubst, ich hätte es.»

«Und?» Jehudas Kinn ruckte hoch. Sein Blick bohrte sich in den des Priesters.

Der war jetzt völlig ruhig. «Ich habe es nicht.»

«Du weißt, wo es ist!»

Kurz überlegte François. Wenn Jehuda es nicht hatte, gab es nicht viele andere Möglichkeiten. Er zuckte die Achseln. «Vielleicht.»

Jehudas Hände lösten sich von seinem Rücken und griffen nach dem Messer, aber François schüttelte den Kopf. «O nein, mein Lieber! Über die Angst vor dem Tod bin ich hinaus.»

Zögernd ließ Jehuda den Messergriff wieder los. «Was verlangst du?»

«Wofür? Dass ich dir sage, wo das Buch sein könnte? Dass ich dir einen Menschen ausliefere, wie damals?», spuckte François. «Ich bitte dich!»

«Was verlangst du?»

«Annes Leben!»

Ein Staunen erschien auf Jehudas Gesicht. «Annes Leben? Nicht dein eigenes?»

François schüttelte den Kopf. Jehuda trat dicht vor ihn hin. Endlose Atemzüge lang musterte er den Priester eindringlich. «Kennt sie den Inhalt des Buches?»

«Nein. Sie kann nur wenig Griechisch.»

«Aber sie forscht über Planetenanomalien.»

«Sie wird den Grund dafür nicht allein herausfinden. Nicht ohne mich.»

Jehuda hob die Augenbrauen. «Nein», überlegte er. «Wahrscheinlich nicht.» Entschlossen fügte er hinzu: «Also gut!»

«Schwöre es, bei den Sternen und allem, was dir heilig ist! Bei Jesus Christus, Jehuda!»

Jehuda wich einen Schritt zurück.

Den Blick jedoch wandte er erst ab, als es an der Tür klopfte. Eine Stimme erscholl: «Onkel? Bist du da?»

Es war Anne.

«Schwöre es!», flüsterte François.

«Also, gut! Ich schwöre es. Jetzt öffne ihr!»

«Anne!»

François starrte ihr bestürzt ins Gesicht und streckte beide Hände nach ihr aus. «Komm her! Arme Kleine!» Er zog sie an sich, sodass ihr Kopf an seiner Schulter lag. Anne klammerte sich an ihn. Wildes Schluchzen schüttelte sie, und sie konnte sich kaum noch auf den Beinen halten. François führte sie mit sanfter Bestimmtheit ins Innere seiner Wohnung, durch den Vorhang bis in seine Studierstube. Er wollte sie auf einen Lehnstuhl drücken, aber sie ließ ihn nicht los, sodass er schließlich einfach stehen blieb, Anne festhielt und wartete, bis sie sich beruhigt hatte.

Endlich entspannte sie sich, und er schob sie ein Stück von sich fort, um sie zu mustern. «Du liebe Zeit! Germaine hatte mir versprochen, sich um dich zu kümmern.»

Anne zog die Nase hoch und wischte sich mit dem Handrücken darüber. «Das hat sie auch. Ich wollte ... ich musste ...» Sie atmete schwer und verstummte. «Ich war bei seinem Grab», stieß sie dann hervor.

«Bei allen Heiligen, Anne!» François drückte sie in den Lehnstuhl. Eilig sah er sich im Raum um. Seine Lider flatterten. «Was mache ich nur mit dir?»

«Hast du etwas zu trinken?»

François schien starr. Erneut zuckten seine Blicke umher, wie ein Tier in der Falle wirkte er. Stirnrunzelnd sah Anne sich um, aber die Stube wirkte wie immer. Ruhig hing der Vorhang zur Eingangstür an seinen eisernen Ringen, und ebenso jener, der nach hinten in François' Schlafkammer führte.

Der Priester nahm einen irdenen Becher aus seinem Regal und verschwand nach draußen. Keine zwei Lidschläge später war er wieder da und balancierte den Becher mit beiden Händen. «Ist wohl ein bisschen voll geworden.» Sein Lächeln wirkte gezwungen, und sie erwiderte es nicht.

Sie trank, und ein wenig ließ der Schmerz in ihrer Kehle nach. «Es tut mir Leid», murmelte sie.

«Was denn?» François zog sich einen Schemel heran und setzte sich.

Sie deutete auf die Schrammen in seinem Gesicht. «Dass ich dir das angetan habe.»

François tastete nach der Wunde. Sie war längst verheilt, der Schorf abgefallen, und helle, rosige Haut war an ihrer Stelle zum Vorschein gekommen. «Ach, das habe ich längst vergessen.»

Anne sah ihn von unten herauf an. Jetzt würde er sie fragen, wie sie auf die Idee gekommen war, er könne die Schuld an Roberts Tod tragen. Und dann würde sie nicht mehr wissen, was sie sagen sollte. Die Scham über ihr Verhalten überlagerte alle anderen Emotionen.

Aber François schien verstummt.

Anne wischte sich durch die verschwitzten Haare. Dann löste sie ihre Gürteltasche und öffnete sie. Roberts Skizzen und die Wachstafel lagen darin. «Das hier habe ich in Vaters Geheimfach gefunden.»

Die Pergamente knisterten leise, als sie entrollt wurden.

François' Blick zuckte über Annes Schulter. Sie drehte sich um, aber dort stand niemand. «Ich kann mir nicht erklären, was es damit auf sich hat.»

Nachdem er sehr kurz auf den Samtbeutel an Annes Gürtel gestarrt hatte, nahm er die Pergamente und besah sie sich. Seine Augenbrauen wanderten in die Höhe, sonst blieb sein Gesicht regungslos. «Nun, ich schon», sagte er. «Komm her.» Er winkte sie an das Pult.

Sie fühlte sich schwindelig. Als sie neben François trat, hielt sie sich am Rand des Pultes fest.

Er zeichnete eine der Skizzen mit dem Finger nach. «Das ist eine Zeichnung des Universums. Hier, dieser Kreis in der Mitte symbolisiert die Erde. Außen herum verlaufen die Bahnen von Mond, Sonne und einigen Planeten. Siehst du, er hat die entsprechenden Symbole eingezeichnet.»

Anne ließ ihren Blick von dieser Skizze zu der zweiten wandern. Sie sah der ersten auf den ersten Blick sehr ähnlich, aber bei genauerem Hinsehen war zu erkennen, dass auf dieser Zeichnung die Symbole von Sonne, Merkur und Venus ausgetauscht worden waren. «Das ist mir schon klar. Aber warum zeichnet er das mehrfach? Was bedeuten diese kleinen Veränderungen? Und warum versteckt er die Pergamente?»

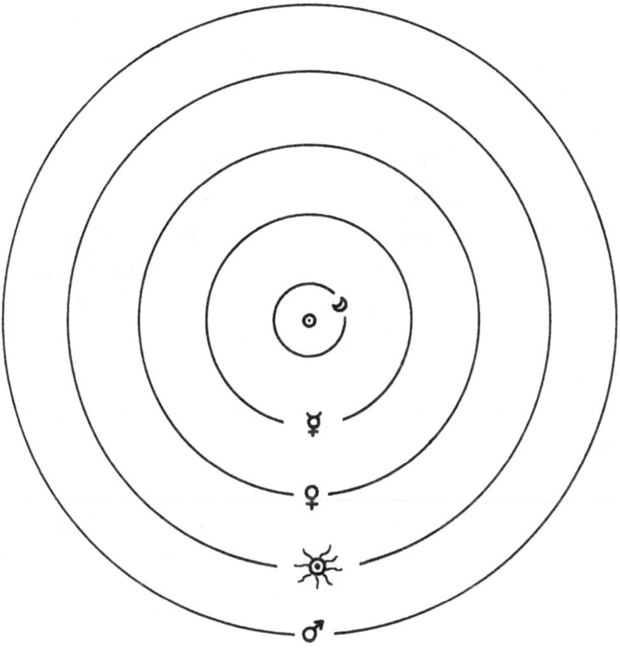

«Das», erklärte François und nahm die zweite Zeichnung zur Hand, «ist ein Modell des Universums, wie Ptolemäus von Alexandrien es sieht. In einer seiner Schriften – von denen ich dir ja schon erzählt habe, nicht wahr? – tauscht er die Reihenfolge der Himmelskörper aus. Bei ihm stehen Merkur und Venus unter der Sonne.»

«Hmhm.» Anne nahm ihm die Seite aus der Hand und

schob sie von sich. Sie tippte auf die dritte und letzte, auf die bereits vertrauten Kreise und Bahnen.

Plötzlich stutzte sie. Etwas an dieser dritten Zeichnung brachte eine Saite in ihr zum Klingen. «Was …» Sie beugte sich vor und wies auf das Pergament. Kreise, Symbole. Mond, Merkur, Venus, all die anderen Planeten. Ihr wurde erneut schwindelig.

François griff nach ihrem Arm und presste ihn so stark, dass sie fast aufgeschrien hätte. Warnend legte er einen Finger an die Lippen. Sein Blick wanderte zu dem Vorhang vor seiner Schlafkammer.

«Ich …»

Anne konnte nicht zu Ende sprechen. Mühsam versuchte sie, den Schwindel fortzublinzeln, der sie schwanken ließ.

«Anne!», rief François, und seine Stimme klang überlaut in ihren Ohren. «Du bist totenbleich! Kind, wann hast du das letzte Mal etwas Vernünftiges gegessen?»

«Heute Morgen.» Anne hielt sich die Augen zu, weil ihr Magen anfing zu revoltieren, aber dadurch wurde der Schwindel noch schlimmer, und rasch nahm sie die Hand wieder fort.

«Und was?»

«Germaines Suppe. Drei oder vier Löffel.» Durch die Übelkeit und das Zittern hindurch, das nun ihren Körper erfasste, versuchte Anne zu begreifen, was geschah. Zu absurd kam ihr die Wendung vor, die das Gespräch genommen hatte, aber ihr war zu schlecht, um sich gegen François zu wehren.

«Du bist völlig entkräftet, Kind. Komm, ich bringe dich lieber nach Hause!» Er packte ihren Arm, zog sie an sich und stützte sie, während er sie aus dem Studierzimmer und schließlich aus seiner Wohnung führte. Mit einem leisen Klicken fiel die Tür hinter ihnen ins Schloss. Erst als sie die Gasse schon fast verlassen hatten, fiel Anne auf, dass sie dic Pergamente ihres Vaters vergessen hatte.

Sie blieb stehen.

«Anne, bitte!» François wollte sie am Arm fassen, aber sie entzog sich ihm. Er wirkte gehetzt.

«Was hast du?», fragte sie.

Sein Blick huschte über ihre Schulter zurück zu seinem Haus. Jemand stand am Fenster seiner Studierstube, aber er wich so rasch in den Schatten zurück, dass Anne ihn nicht erkennen konnte.

# 8. Kapitel

Galien wusste nicht, wie viele Stunden er in der Zelle verbracht hatte, als die Sichtklappe in der Tür geöffnet wurde. Er hatte sich so gut es ging auf der klumpigen Matratze ausgestreckt, die Augen mit dem Unterarm bedeckt und versucht zu schlafen. Jetzt nahm er den Arm fort und wandte den Kopf zur Tür.

«Galien?»

Es war Clothilde.

Galien machte sich nicht die Mühe, sich zu erheben. Er dachte an die Geräusche, die sie mit Simon im Heu verursacht hatte. «Was wollt Ihr?»

«Oh! Noch immer so stolz?» Sie klang flach. Er wusste nicht, was er erwartet hatte. «Nun, die Überheblichkeit wird dir schon noch vergehen, wenn es Simon gelingt, dich des Friedensbruchs anklagen zu lassen.»

Offenbar waren sie zu einer vertraulichen Anrede übergegangen. Er beschloss, sich anzupassen.

«Was – willst – du – von – mir?»

Es dauerte einen Moment, dann fragte Clothilde: «Deine Mutter hat dir nie etwas erzählt, nicht wahr?»

«Was erzählt?» Was wusste Clothilde über Elaine? Immerhin stammte sie aus derselben Stadt wie Elias …

Elias!

Mit einem Mal sah er Elias' schmales Gesicht vor sich, die schlanke, fast messerscharfe Nase. Beides besaß Clothilde ebenso!

Er setzte sich auf. «Du gehörst zur Familie der Tibbons!»

«Du weißt nichts von mir! Gar nichts, Galien de Montgris. Aber es stimmt! Mein Vater ist Jehuda ben Tibbon.»

«Hat er dich nach Montfort geschickt?» Galien dachte an Elias' Auftrag. «Vielleicht wegen des Buches?»

«Auch. Ja. Aber ich bin noch aus einem anderen Grund hier.»

«Ach ja? Und aus welchem?»

«Um Rache zu nehmen, Galien. Genugtuung zu erlangen!»

«Rache? An wem? An mir? Hast du mich deshalb draußen auf dem Platz verraten?» Er hörte den Widerwillen in seiner eigenen Stimme, hörte den anklagenden Ton, sogar ein bisschen Selbstmitleid. Bevor er sie mit Simon im Stroh erwischt hatte, hatte er gedacht, dass sie ihn mochte, wenigstens einen Teil der Zuneigung erwiderte, die er für sie empfunden hatte. Und jetzt stellte er fest, dass der Schmerz darüber, dass sie es nicht tat, beinahe genauso groß war wie der Schmerz über Elaines Tod. Es schien ihm falsch, und er hasste sich dafür, dass er so fühlte. «Woran gibst du mir die Schuld, Clothilde?»

«Du bist Elaines Sohn.»

Galien hörte sie atmen. Jedes Luftholen klang schwerfällig, fast wie ein Schluchzen.

Da sie keine Anstalten machte, sich zu erklären, meinte Galien: «Du hast Abt Arnaud verraten, dass Elias kurz vor seinem Tod in meinem Haus Zuflucht gesucht hat, nicht wahr?» Seltsamerweise fühlte er keinen Hass auf sie. Nur noch Müdigkeit.

«Und wenn?»

«Dann bist du schuld daran, dass Montgris zerstört wurde. Du bist die Einzige, die dafür in Frage kommt. Außer Elaine und mir hatte niemand Elias gesehen. Nur du.»

«Und Jean.»

«Jean hätte mich im Leben nicht verraten.»

Ein leises Klirren von Armreifen erscholl. «Natürlich

nicht!» Clothildes Stimme klang mitfühlend, so, als sei er ein dummer, kleiner Junge. «Aber abgesehen davon: Schuld an der Zerstörung von Montgris bist du ganz allein. Schließlich hast du dich entschlossen, dich auf die Seite der Ketzer zu stellen, und dich damit angreifbar gemacht.»

«Ich habe mich nicht auf die Seite der Ketzer gestellt. Elias war unschuldig.» *Ebenso wie er selbst.* Er schob den Gedanken von sich.

«Das sagst du! Abt Arnaud war da anderer Meinung.»

«Ja. Auch dafür hast du gesorgt, nicht wahr?»

Sie kicherte leise, aber es klang nicht fröhlich. «Ein wenig.»

«Warum, Clothilde?» Er wollte plötzlich nur noch, das sie ging. Er wollte allein sein.

«Wegen meiner Mutter.»

Galien legte sich wieder hin, winkelte ein Bein an und wartete.

Doch Clothilde fragte bloß: «Wo ist das Buch?»

Galien seufzte. Er erhob sich und trat an die Tür. Der Gang vor der Zelle lag im Halbschatten, und so konnte er nicht viel erkennen. Clothildes Kopf und Schultern lagen im Schatten, ihr Gesicht war nichts weiter als ein blasser Fleck. Sie rang ihre Hände, verflocht die Finger und löste sie wieder, strich den Rock glatt und krampfte gleich darauf die Fäuste in den Stoff.

«Solange ich denken kann», sagte sie mit leiser Stimme, «trug ich das Gefühl in mir, dass ich auf einem falschen Platz stand, dass ich auf keinen Fall die Tochter eines einfachen Bauern war. Ich konnte lesen, Galien! Lesen und sogar ein bisschen schreiben. Meine Mutter hatte es mir beigebracht, bevor sie zu diesem Bauerntölpel zog, den ich meinen Vater nennen sollte. Erst auf seinem Sterbebett erzählte er mir endlich die Wahrheit.»

«Dass du Jehudas Tochter bist.»

«Genau. Ich verließ den alten Trottel noch am selben Tag.»

«Du hast den sterbenden Mann zurückgelassen, der dich aufgezogen hatte?» Es fiel Galien schwer, sich das vorzustellen.

«Er war ein Trottel! Ich begann meinen echten Vater zu suchen, und ich fand ihn. Sie hatten ihn seit zweiunddreißig Jahren eingesperrt, Galien. Zweiunddreißig lange Jahre!»

«Ja, weil er versucht hat, meine Mutter zu töten!» *Falsch!*, korrigierte er sich selbst. *Weil er einen jungen Mann tatsächlich getötet hatte!*

«Nein, weil er andere Ziele verfolgte als seine Familie!», widersprach Clothilde. «Sie wollten das Buch, genauso wie er, aber er wollte es aus einem ganz anderen Grund als sie. Und darum warfen sie ihn in dieses Loch, in dem ich ihn dann endlich fand.»

«Und er hat dir seine Beweggründe genauso dargelegt wie die ihren, ja?»

«Er war verwirrt. Manchmal konnte er sich kaum an seinen eigenen Namen erinnern. Aber an anderen Tagen, Galien, erzählte er mir alles ganz genau. Dass er seine Gründe dafür hatte, diesen Johann zu töten. Und Elaine. Gute Gründe, Galien!»

«Die du kennst und billigst.» Er dachte an ihr erstes Zusammentreffen, und ihm kam ein Gedanke. «Du bist niemals mit Gefolge gereist. Den Überfall hast du dir ausgedacht, um zu verschleiern, dass du nicht mehr besaßt als eben eine einfache Bauerstochter. Was war mit dem blauen Fleck an deinem Hals?»

Ihre Hand tastete über die längst wieder weiße Haut an ihrer Kehle. «Ein Reitunfall. Er kam mir gelegen.»

Galien hatte sich noch nie in seinem Leben so dämlich gefühlt. Wie oft hatte er sich ausgemalt, was er mit den Kerlen tun wollte, die sie überfallen hatten! Er schloss die Augen, suchte nach einem Funken Zorn in seinem Innersten, aber er fand nichts als Kälte. «Warum das alles, Clothilde? Warum musste Elaine sterben? Nur wegen des Buches?»

«Nein. Ich hatte meinem Vater versprochen, ihm das Buch zu beschaffen. Was ich ihm nicht verraten hatte, war, dass ich plante, sein Werk zu Ende zu führen und Elaine für ihn zu töten. Damals war er daran gescheitert, und jetzt ist er ein verwirrter, schwacher Mann. Aber ich konnte ihm diese Aufgabe abnehmen, und das schwor ich zu tun, bevor ich nach Montfort aufbrach. Ich wollte Elaine töten – für meinen Vater, aber auch für mich selbst. Ich nahm mir vor, sie ebenso leiden zu lassen, wie sie meine Mutter hatte leiden lassen. Ich wusste nur noch nicht, wie ich das anstellen sollte. Und dann stellte Simon mir dich vor, Galien. Ich war wie vom Donner gerührt. Irgendwie hatte ich das Gefühl, dass wir zusammengehören. Ich mochte dich, Galien, sehr sogar. Aber als ich dann erfahren habe, dass du ausgerechnet Elaines Sohn bist … Es war, als hätte mich Gott mit einem Blitz getroffen, Galien. Er hatte uns zusammengeführt und mir damit das Werkzeug für meine Rache in die Hand gegeben. Ich hatte keine Wahl: Wenn ich meinen Schwur einhalten wollte, musste ich Elaine das fortnehmen, was sie auf der Welt am meisten liebte.»

«Mich!» Galien spürte, wie sein Magen sich umdrehte.

«Ja. Darum erzählte ich Arnaud von Elias' Flucht nach Montgris. Ich hoffte, dass die Ritter dich töten würden.»

«Stattdessen haben sie Elaine getötet.»

«Ja. Die Rache für meine Mutter ist fehlgeschlagen, aber wenigstens das stumme Versprechen gegenüber meinem Vater habe ich eingelöst.»

«Deine Mutter ist also tot?» Galien öffnete die Augen wieder.

«Sie starb, als ich noch ein Kind war.»

«Und warum machst du Elaine dafür verantwortlich?» Bei Clothildes Geburt musste Elaine schon viele Jahre von Béziers fort gewesen sein. Sosehr Galien sich auch den Kopf zerbrach, er fand keine Verbindung zwischen seiner Mutter und dieser halb wahnsinnigen Frau dort draußen vor seinem Verlies.

Clothilde schob ihr Gesicht ganz dicht an die Luke. Galien konnte die scharfen Linien sehen, die sich um Mund und Nase in ihre Haut gegraben hatten. «Sie war schuld, und das ist alles, was zählt», flüsterte sie.

Galien hielt die Luft an. Finger berührten ihn, eine kühle Hand legte sich auf seine Wange.

Er zuckte zurück. «Elaine ist tot. Warum verfolgst du mich weiter?» *Weil sie das Buch noch nicht hatte!* Doch ihre nächsten Worte ließen ihn ungläubig die Augen aufreißen.

«Ich liebe dich, Galien», flüsterte sie.

Ein Lachen stieg in seiner Kehle auf, an dem er fast erstickte. «Das ist nicht dein Ernst!»

Ihre Hand zuckte zurück, als habe sie sich verbrannt, und sie stieß sich den Ellenbogen am Rahmen der Sichtluke. «Es gibt eine andere, oder?»

Galien schnaubte.

Clothildes Blick nagelte ihn fest. «Gibt es eine andere, Galien?»

Er verspürte einen Anflug von Grausamkeit. «Ja.»

«Wie heißt sie?»

«Anne. Und sie ist ein guter Mensch.»

Da warf sich Clothilde herum und floh, ohne die Sichtluke wieder zu schließen.

Galien hörte ihre Schritte durch den Gang hallen, und das Echo klang lange nach.

Nachdem François Anne nach Hause geleitet und selbst überwacht hatte, dass sie ein wenig Brot und Käse aß, holte er wieder Germaine ins Haus. Dann kehrte er in seine eigene Wohnung zurück.

Er wusste, was geschehen war, bevor er die Tür auch nur

berührte. Ein Bild flammte vor seinem inneren Auge auf – die Erinnerung daran, wie er vor vielen Jahren nach Hause zurückgekehrt war und seine Studierstube verwüstet vorgefunden hatte.

Genauso war es auch diesmal.

Bücher, Möbel, Tintenfässer, Federn und Federmesser – alles lag in wildem Durcheinander in der Mitte des Raumes. Tinte hatte Pergamente besudelt, mit dicken, schwarzen Flecken, die in ihm den Eindruck von getrocknetem Blut hervorriefen.

Jehuda war fort.

Mit schwerfälligen Bewegungen hob François die Schrift des Petrus Alfonsi auf und wog sie in der Hand. Der Rücken war gebrochen, das Buch lag in seinem Arm wie ein zerschmetterter Vogel. Vorsichtig legte François es auf die einzige freie Fläche, die Jehuda nicht zerstört hatte, die Fensterbank. Dann fiel sein Blick auf zwei einzelne kleine Blätter.

Roberts Skizzen.

Er bückte sich, hob sie auf und sah sie an. Es waren die beiden harmlosen. Die dritte, gefährliche, hatte er in sein eigenes Gewand geschoben, bevor er Anne nach Hause gebracht hatte.

Er zog sie jetzt hervor, warf jedoch keinen Blick darauf. Ihr Inhalt war ihm nur zu vertraut.

Das Schreibpult lag auf der Seite, die schräge Platte war zerborsten, als habe jemand in höchster Wut auf sie eingetreten. Behutsam legte François die beiden Pergamente auf die Seitenfläche, das dritte drapierte er obenauf.

Anne begann etwas zu ahnen, das hatte er in ihren Augen gesehen. Beinahe hätte sie eine verbotene Frage gestellt, und wenn sie das getan hätte, wäre der Wahnsinn über Jehuda gekommen wie ein Blitz. Nichts hätte ihn dann dazu bringen können, seinen Schwur zu halten. Er hätte Anne auf der Stelle getötet!

François beglückwünschte sich zu der eigenen Geistesgegenwart. Er nahm alle drei Pergamente wieder hoch, faltete sie zusammen und verstaute sie in seiner Gürteltasche. Noch während er die Schnalle zuzog, fiel sein Blick auf eine Mauernische, in der eigentlich sein Waschgeschirr stand. Schüssel und Krug lagen zerbrochen zwischen den übrigen Trümmern, aber Jehuda hatte etwas anderes in der Nische hinterlassen.

François trat darauf zu und streckte die Hand danach aus.

Es war Annes Wachstafel mit der Jupiterschleife.

Eine breite Schramme war quer durch die Zeichnung gezogen worden, wie mit einem Fingernagel.

Nachdem Clothilde davongerauscht war, kehrte Galien auf sein Lager zurück.

Es war längst dunkel, als vor der Zelle erneut Schritte laut wurden und jemand vor der Tür stehen blieb.

«Wer ist Anne?», fragte Robert de Mauvoisin.

Galien sprang auf die Füße. «Was?»

«Wer ist Anne?»

Eine eisige Hand griff nach Galiens Herz. «Eine Frau aus Béziers. Woher wisst Ihr von ihr?»

«Ihr habt ihr das Buch dieses Juden gebracht, nicht wahr?»

Galien rang nach Luft. «Woher …?»

«Simon. Sein Schwanz befindet sich in den zarten Klauen einer gewissen Blondine.»

«Clothilde!»

«Genau.»

Galien stöhnte.

«Was hat es mit diesem Buch auf sich, Galien?» Mauvoisin klang drängend. «Clothilde scheint es unbedingt haben zu wollen.»

«Es ist nur …» Was war es? Ein Pfand? Ein weiteres Mittel zur Rache? «Ich weiß es nicht.» Hilflos hob er die Schultern.

«Das Heer wird morgen in Richtung Béziers marschieren.

Eigentlich bin ich nur hier, um Euch das zu sagen. Außerdem hat Simon es geschafft, Milon davon zu überzeugen, dass Ihr ein Friedensbrecher seid. Morgen früh soll über Eure Strafe entschieden werden.»

Galien griff nach den Gitterstäben der noch immer geöffneten Luke. «Der Marsch auf Béziers. Hatte Simon etwas zu tun mit dieser Entscheidung?»

«Ich weiß es nicht genau. Er berät mit, bevor Entschlüsse gefasst werden, aber ob er so viel Einfluss hat, kann ich nicht sagen. Auf jeden Fall hat er Arnaud vorgeschlagen, sich in diese Richtung zu wenden. Aber ich glaube, den Ausschlag für die Entscheidung hat am Ende eher die Tatsache gegeben, dass Trencavel sich dort verschanzt haben soll.»

«Ihr müsst mich hier rauslassen. Ich muss ...»

«Das geht nicht. Wenn Euch jemand zur Flucht verhilft, wird der Verdacht auf Simon fallen. Man weiß, dass Ihr sein Bruder seid. Ich habe Simon die Treue geschworen, und ich kann nichts tun, was ihm schaden würde. Aber Ihr wisst, dass er Euch einen Ausweg gelassen hat.»

Galien schob sein Gesicht so dicht an die Klappe wie möglich, aber er konnte Mauvoisins Gesicht nicht erkennen.

«Ja», murmelte er. «Einen Ausweg. Ich weiß.» Er rückte von der Luke ab. «Einen Ausweg, den ich nicht annehmen kann», sagte er mit fester Stimme.

Mauvoisin schnaubte. «Natürlich nicht! Ihr seid ein elender, träumerischer Narr, Galien! Wollt Ihr Euch lieber töten lassen, als Eurem Bruder die Treue zu schwören?»

Galien blieb ihm eine Antwort schuldig. Er war sich nicht sicher, wie er dazu stand. Indem Simon ihn des Mordversuchs anklagte, gab er ihm die Gelegenheit, öffentlich zu bereuen, Simon unter Tränen um Vergebung zu bitten und dann als sein Gefolgsmann mit neuen Ehren ausgestattet zu werden. Es war der übliche Weg, der nur einem Edelmann offen stand. Der Weg, den auch Raymond de Toulouse gewählt hatte.

«Eines muss Euch klar sein», sagte Mauvoisin schließlich. «Wenn sie Euch morgen früh töten, dann habt Ihr keine Möglichkeit mehr, Eure Anne vielleicht noch zu retten, bevor das Heer die Stadt erreicht.»

«Seid Ihr hier, um auf mich einzuwirken?»

«Ich versuche nur, Euch zu helfen.» Der Ritter klang nicht gekränkt.

«Ich begebe mich nicht in Simons Gewalt! Niemals.»

«Ihr scheint vergessen zu haben, dass Ihr Euch bereits in seiner Gewalt befindet.» Mauvoisin schloss die Luke. «Überlegt Euch gut, was Ihr tut.»

Es dämmerte bereits, als François vor Samuels Tor stand und mit beiden Fäusten darauf einhämmerte.

Wie die Male zuvor wurde die Luke im rechten Türflügel geöffnet, aber diesmal spähte nicht Samuel heraus, sondern einer seiner Diener.

«Der Herr ist nicht zu sprechen», sagte er.

«Ich muss zu ihm!» François war gerannt, und sein Atem machte das Sprechen mühsam.

«Es tut mir Leid. Ich darf Euch nicht einlassen.» Die Luke wollte sich schon wieder schließen, aber François presste die Hand dagegen.

«Halt! Eines nur: Sagt mir, wie genau Euer Befehl lautet! Dürft Ihr nur *mich* nicht einlassen oder gar keinen Besucher?»

Der Diener antwortete nicht, sondern sah François stattdessen mit einer Mischung aus Schuldbewusstsein und Mitleid an.

«Ich verstehe.» François nahm die Hand fort.

Die Luke fiel mit einem leisen Knall zu.

Die Nacht verging quälend langsam. Galien starrte in die Dunkelheit und versuchte Klarheit in sein Denken zu bringen.

Welche Möglichkeiten blieben ihm?

Er konnte sich morgen früh der Anklage Simons stellen, sich verteidigen und hoffen, dass Milon sich eine milde Strafe ausdachte. Er würde ein Auge verlieren. Vielleicht beide. Er konnte ebenso gut mit einer Gegenanklage reagieren und Simon den Mord an seiner Mutter vorwerfen, aber das würde ihm nichts nützen. Elaine war vom päpstlichen Legaten zur Ketzerin erklärt worden. Außerdem hatte Galien keine Zeugen, die seine Ehrenhaftigkeit beeiden konnten, während für Simon wahrscheinlich eine ganze Hand voll Männer schwören würde. Dieser Weg führte also in eine Sackgasse.

*Anne* ... Er zerbiss einen Fluch, schloss die Augen und begann zu beten. Aber wo er früher in den heiligen Worten Trost gefunden hatte, erschienen sie ihm plötzlich nur noch als Hülsen. Lateinische Worte, die er kaum verstand und deren Sinn ihm falsch und fremd vorkam. Vielleicht sollte er um eine Beichte bitten.

Er atmete tief durch. Auch das kam ihm nicht richtig vor, denn trotz allem war er sich keines schweren Vergehens bewusst. Keines jedenfalls, dass verwerflich genug war, um ihn so tief in den Staub zu stoßen.

Was, wenn er es Raymond de Toulouse nachmachte und um Vergebung bat? Simon wäre dann verpflichtet, ihm zu verzeihen. Er würde Montgris wiedererhalten, aber zu welchem Preis? Bis an sein Lebensende würde er sich dafür verachten, dass er sich Simon untergeordnet hatte.

Die Ausweglosigkeit seiner Situation trieb Galien auf die Füße. Er begann, in der Zelle auf und ab zu gehen. Drei Schritte in die eine Richtung, dann vier in die andere.

Irgendwann schälten sich die Umrisse der Dinge aus dem Dunkel. Galien blieb stehen. Für die Morgendämmerung war es noch zu früh. Er hob das Gesicht zu dem kleinen, vergitterten Fenster unter der Decke. Der Mond war in ihm erschienen und warf sein helles Licht genau vor Galiens Füße. Das eiserne

Fensterkreuz bildete einen klar umrissenen Schatten auf dem steinernen Fußboden.

In Galiens Herz zerbarst etwas. Er sank auf die Knie, und auf einmal spülten sämtliche Tränen, die er seit Elaines Tod zurückgehalten hatte, den Schmerz nach oben. Er weinte.

Kraftlos fiel er vornüber auf alle viere. Dann hob er den Kopf und stieß einen ohnmächtigen Schrei aus. «Was habe ich getan, Herr, dass du mich so strafst?»

Die Klappe in der Tür wurde geöffnet, aber Galien reagierte nicht darauf. Er krümmte sich auf dem Fußboden zusammen. Die Tür wurde geöffnet, dann trat jemand neben ihn. Galien sah nackte Füße in ledernen Sandalen.

Pierre.

Der Mönch sank neben ihm auf die Knie und begann, jene Worte zu sprechen, in denen Galien seit dem Tod seiner Mutter keinen Funken Trost mehr gefunden hatte.

*«Pater noster, qui es in caelis …»*

Galien hob den Kopf. Pierre reichte ihm die Hände, ohne in seinem Gebet innezuhalten. Schließlich verstummte er.

«Erzähl mir alles!», sagte er leise.

Und Galien begann, sein Leben vor ihm auszubreiten, so, als wolle er es ein letztes Mal betrachten. Er erzählte, wie sein Vater in ihm den Wunsch geweckt hatte, ein freier Mann zu sein. Von der Freude, mit der er Montgris empfangen hatte, weil es ihm diese Freiheit ermöglichte. Von Clothilde erzählte er und von Anne. Anne, deren Heimat durch das Kreuzheer bedroht wurde.

«Du liebst sie, nicht wahr?», fragte Pierre, nachdem er geendet hatte.

Galien horchte in sich hinein. «Ja», antwortete er schlicht.

«Liebt sie dich auch?»

«Ich weiß nicht.» Er rief sich ihre Gestalt ins Gedächtnis, die Art, wie sie versucht hatte, ihn von seinem tödlichen Weg abzubringen. «Möglich.»

«Dann tue alles, was nötig ist, um sie zu retten!»

«Ich *kann* Simon nicht die Treue schwören, Pierre!» Galien entzog dem Mönch seine Hände. «Ich wäre danach nicht mehr der Mann, den sie kennen gelernt hat.»

«Galien! Es nützt Anne gar nichts, wenn du hier in Saint-Gilles den Tod findest – oder auch nur das Augenlicht verlierst.»

«Also krieche ich besser zum Abt und winsele um Gnade wie ein Köter?» Galien schnaubte, und das Geräusch hallte von den Wänden wider.

«Gnade, Galien, können wir nur von Gott erwarten», erwiderte Pierre. Er klang jetzt kühler. «Du solltest einmal darüber nachdenken, warum du Simon nicht die Treue schwören willst. Es hat nämlich nichts mit Ehre zu tun, wie du glaubst, mein Lieber. Sondern mit deinem elenden, völlig fehlgeleiteten Stolz!» Er erhob sich und sah auf Galien nieder. «Denk einmal darüber nach.»

Dann wandte er sich um und verließ die Zelle.

Der Klang der zufallenden Tür ließ Galiens Brustkorb erzittern. Er sank erneut in sich zusammen.

Irgendwann schlief er ein und erwachte wieder, weil ihm kalt war. Er öffnete die Augen, und sein Blick fiel auf seine Hand, die neben seinem Gesicht auf den Steinen lag.

Das Fensterkreuz lag wie ein schwarzes Zeichen auf seiner hellen Haut.

Er setzte sich auf, darauf bedacht, die Hand nicht aus dem Mondlicht zu ziehen. Nachdenklich starrte er auf den Schatten.

Und dann wusste er, was er zu tun hatte.

# Buch 3

## *Mars*

«Ein Planet von natürlicher Bosheit. Er ist töricht und unbesonnen, und er bringt das schnelle Unglück.»

*Ali ben Ragel, Über die Urteile der Sterne,*
*11. Jahrhundert*

# 1. Kapitel

Die Gärten waren fort. Ebenso die Felder, die Weinberge und die Wiesen. Einzig die Wälder waren noch da, und sie erhoben sich dunkel gen Himmel, einer düsteren Mahnung gleich.

Auch im Inneren der Mauern war nichts mehr wie zuvor. Der Wehrgang, auf dem Anne mit Galien gestanden hatte, war mit Hilfe hölzerner Gerüste verbreitert worden. Zimmerleute hatten alles verfügbare Holz herbeigeschafft, handspannenbreite Balken, fingerdicke Bohlen, und aus ihnen ein großes Podest hergestellt, auf dem jetzt eine Hand voll Männer eine *trebuca* aufbauten, eine beinahe zierlich wirkende Kriegsmaschine, die Steine von der Größe eines Männerkopfes über 200 Schritte weit in die Ebene hinunterschleudern konnte. Gerade erklomm ein Junge die Leiter zum Podest und brachte den Konstrukteuren zwei oberschenkeldicke Seilrollen.

Seine schwer beladenen Schritte auf der Leiter ließen jenen Teil des Wehrgangs zittern, auf den Anne sich gestohlen hatte. Sie legte beide Handflächen flach auf die steinernen Zinnen und blickte in die Ebene hinunter.

Zu ihren Füßen lagerte ein Ungeheuer mit tausend Beinen, Köpfen und Zähnen.

Das Kreuzheer.

Anne ließ ihren Blick über die Ansammlung von Zelten, Menschen und Tieren wandern und ballte beide Hände zu Fäusten.

An die 20 000 Menschen lagerten vor den Toren Béziers. Hunderte von Rittern in Rüstungen, deren Wappen, vom langen Marsch verstaubt und schmutzig, noch immer gut zu erkennen waren. Anne sah französische Banner und sächsische. Sie sah Banner aus der Gascogne, aus der Provence und dem Languedoc. Ein jedes hatte sie sich im Laufe der letzten Tage von Guy de Lespignian erklären lassen. Lespignian war Hauptmann der Stadtwache und kümmerte sich mit seinen Männern um die Verteidigung der Mauern zwischen der Porte Saint-Gilles und der Porte Saint-Saturnin. Und er war der Vater von Charles, jenem Charles, der Anne das hellblaue Tüchlein geschenkt hatte.

Vor zwei Tagen hatte François ihr nicht gesagt, wer sein Besucher gewesen war, den sie am Fenster gesehen hatte. Erst in der darauf folgenden Nacht war Anne klar geworden, wie sehr die Entkräftung ihr Urteilsvermögen geschwächt hatte.

Der Mann an seinem Fenster konnte niemand anderes als Jehuda gewesen sein! Darum hatte François sie so schnell fortgeschafft.

Roberts Tod war Jehuda nicht genug, er wollte mehr. In einem Anflug von Panik hatte Anne das Haus verlassen, aber natürlich war die Angst draußen im Finsteren nicht abgeklungen. Im Gegenteil! Nur in der Nähe der Wachsoldaten, die auch nachts im Schein von Fackeln an den Mauern arbeiteten, hatte Anne ein bisschen Ruhe gefunden. So unauffällig wie möglich hatte sie sich in ihrer Nähe herumgedrückt.

Natürlich war sie trotzdem entdeckt worden.

Jemand hatte sie erkannt und zu Charles de Lespignian gebracht, dem Sohn des Hauptmanns. Erfüllt von Angst und Verzweiflung hatte Anne sich ihm anvertraut. Sie hatte Charles von Jehuda erzählt, von der Vorgeschichte von Roberts Tod. Charles hatte gewusst, was zu tun war. Er hatte ihr geholfen, sich die Haare kurz zu schneiden, und er hatte ihr Männerkleidung in ihrer Größe beschafft. Zusammen mit seinem Vater und mit Marie, seiner Mutter, hatte er verbreitet, Anne sei sein sechzehnjähriger Vetter, der aus einem der umliegenden Dörfer in den Schutz der Stadtmauern geflüchtet war und nun helfen wollte, die Befestigungsanlagen auf den bevorstehenden Angriff der Kreuzritter vorzubereiten.

Jetzt, hier, auf der Zinne der Befestigungsmauer, nutzte Anne die Gelegenheit, ihren schmerzenden Rücken für einen Augenblick von der schweren Arbeit auszuruhen, um das Heereslager zu betrachten.

Inmitten des Gewimmels standen zwanzig Zelte von dunklem Purpur, in denen die Erzbischöfe untergebracht waren, die das Heer begleiteten. Anne sah Mönche durch die Reihen der Soldaten schreiten, hauptsächlich Zisterzienser, und einige hoch gestellte Äbte. Sie sah etwas abseits das Lager der Pilger, grau und bescheiden, und als krassen Gegensatz dazu die Unterkünfte der *ribauds*: laut und schrill, voller Gelächter und Waffengeklirr.

Es waren diese Männer, Söldner großenteils, Hasardeure und Spießgesellen, von denen die größte Bedrohung ausging. Sie schlossen sich jedem beliebigen Heer an, verkauften ihre Kampfkraft für eine Hand voll Goldstücke und raubten und plünderten, was ihnen unter die Finger kam. Ausgerechnet sie hatten ihr Lager am dichtesten bei der Stadtmauer aufgeschlagen.

Jemand trat von hinten an Anne heran und blieb in einigem Abstand stehen.

Es war Guy de Lespignian.

Sein Gesicht wirkte ernst und starr, aber in den goldfarbenen Augen, die von dichten, buschigen Brauen beschattet wurden, flackerte es. «Die Zimmerleute unten an der Ecke könnten eine helfende Hand gebrauchen», sagte er. Er ließ seine Blicke forschend an Annes Gestalt auf und ab wandern. Sein Gesicht war bis auf die Augen ausdruckslos, doch in seinem Blick las sie die Sorge, sie könne sich verraten. Am vergangenen Abend war ihr einer der schweren Balken aus den Händen gerutscht und so schmerzhaft auf den Fuß geprallt, dass sie aufgeschrien hatte.

Sie nickte, konnte sich jedoch noch nicht von dem Heer abwenden. In ihrem Magen rumorten Angst und Unruhe. Es war der erste Krieg, den sie hautnah miterleben musste, und sie fühlte sich, als habe sie etwas Falsches gegessen.

Lespignian nahm sacht Annes Arm. «Ihr seht sehr müde aus. Wollt Ihr nicht nachsehen, ob meine Frau Hilfe gebrauchen kann?»

Anne hielt seinem Blick stand. Ein Lächeln stahl sich in seine Mundwinkel.

Sie nickte. «Ich danke Euch.»

Die Straßen der Stadt flirrten von einer seltsamen Mischung aus Anspannung, Trotz und Angst. Anne sah Menschen in Gruppen zusammenstehen und leise flüstern. Sie sah Männer, die vor ihren Häusern auf der Straße saßen und ihre Schwerter schliffen. Sie sah kleine Kinder, die mit Stöcken aufeinander losgingen und Krieg spielten, bis ihre Mütter sie dafür mit Ohrfeigen straften.

Sie stieg von der Befestigungsmauer und wünschte sich, sie hätte niemals einen Blick auf das Heer dort draußen geworfen. In diesem Augenblick vermisste sie Robert mehr als jemals zuvor. Zwar hätte auch er sie nicht vor der bevorstehenden Schlacht in Sicherheit bringen können, aber an seiner Seite hätte sie sich wenigstens ein kleines bisschen besser gefühlt. Jener Moment fiel ihr ein, als sie mit ihrem Vater dem Fallen der Frühjahrsmeteore zugesehen hatte. Beide hatten sie geahnt, welche Gefahr ihnen von Jehuda drohte, aber gemeinsam hatten sie die Angst und das Unbehagen aushalten können, weil Zuversicht sie erfüllt hatte.

Zuversicht, die mit Robert gestorben war.

Anne machte sich auf den Weg zu Marie, aber in einer der breiteren Gassen des Viertels stockte ihr Schritt plötzlich, weil hinter ihr Geschrei laut wurde.

Aus einer Quergasse kam ein Junge gerannt, atemlos, mit hochrotem Kopf unter wirr abstehenden, schweißnassen

Haaren. Er blieb kurz stehen, seine Blicke zuckten von rechts nach links, dann nach hinten, von wo sich das Geschrei näherte. Angst zeichnete sich in seinem Gesicht ab, als er Anne erblickte, aber dann schien er zu begreifen, dass nicht sie es war, von der ihm Gefahr drohte. Er entschied sich für den Weg nach rechts; den Weg, der ihn direkt an Anne vorbeiführte.

Sie machte ihm Platz, und genau in dem Moment, in dem er ihr einen dankbaren Blick zuwarf, kamen seine Verfolger aus der Gasse. Es war eine Gruppe äußerst aufgebrachter Menschen, drei Männer, eine Frau. Sie blieben an der gleichen Stelle stehen wie der Junge zuvor. Anne hörte zornige Flüche und Verwünschungen.

«Dieser elende Ketzer!»

«Du Satansanhänger!»

«Katharer, abgefeimter! Wegen deinesgleichen wird es hier bald zum Krieg kommen.»

Nur wenige Augenblicke später waren sie in derselben Gasse verschwunden wie der Junge. Schritte erklangen, Sohlen klatschten auf sonnenverbrannte Erde, und dann ertönte ein Schrei.

«Da ist er!»

Etwas krachte. Der Junge schrie auf.

Anne hob die Hand vor den Mund. Schon wollte sie hinter den Menschen hereilen, um dem Jungen beizustehen, als sich eine Hand auf ihren Arm legte.

«Bleibt hier!» Es war Guy de Lespignian. Er hatte zwei seiner Männer dabei, und bevor Anne auch nur nicken konnte, schickte er die beiden hinter der aufgebrachten Menge her und folgte ihnen selbst mit gezogenem Schwert.

Anne rührte sich nicht von der Stelle. Noch einmal erscholl ein dumpfer Schlag, noch einmal schrie der Junge. Dann war die Stimme des Hauptmanns zu hören, die die Erwachsenen in scharfem Ton zum Einhalten aufforderte.

«Die Menschen sind am Rande ihrer Kraft», sagte eine vertraute Stimme neben Anne. Sie wandte sich um. Neben ihr stand Lambert de Carcassonne und blickte mit ernstem Gesicht in die Richtung, in der Junge, Pöbel und die Wachmänner verschwunden waren. Sein Blick streifte Anne, aber offenbar erkannte er sie in ihrer Verkleidung nicht.

Die drei Männer und die Frau kamen aus der Gasse und gingen mit verschlossenen Gesichtern an Anne und Lambert vorbei.

Anne trat ihnen in den Weg. «Was hat er getan?», fragte sie und konnte einen vorwurfsvollen Ton nicht ganz vermeiden.

«Was er getan hat?», keifte die Frau. Speichel sprühte Anne entgegen. «Seinetwegen wird unsere Stadt von diesem Heer dort draußen angegriffen! Er ist schuld, wenn wir hier alle krepieren!»

Lambert schob sich vor Anne. «Natürlich! Ein kleiner Junge ist dafür verantwortlich, dass ein ganzes Heer von seinem Weg nach Toulouse abkommt und hierher zieht.»

«Nicht er allein, aber seinesgleichen», mischte sich einer der Männer ein. «Er hat in der Kirche das Vaterunser nach dem Ritus der Ketzer gebetet.»

Anne wusste, dass die Bonshommes einige Worte des Vaterunsers verändert hatten, aber sie hatte keine Ahnung, was sie anders machten als die Christen. Lambert hingegen nickte verstehend. «Das ist in letzter Zeit öfter vorgekommen, nicht wahr?»

Anne sah ihn fragend an, also erklärte er: «In der christlichen Form lautet die vierte Bitte *panis quotidianus*, unser täglich Brot. Die Bonshommes hingegen glauben, dass Gott kein irdisches, also essbares Brot gibt, sondern nur geistiges, also beten sie stattdessen *panem supersubstantialem*. Es ist in letzter Zeit öfter vorgekommen, dass vorlaute Bengel glaubten, ausprobieren zu müssen, was geschieht, wenn sie in einer Kirche genau diese Worte sprechen. Nun, zumindest dieser wird die nächsten Tage oft daran denken, dass er es wohl besser gelassen hätte.»

Die Frau sah Lambert giftig an. «Er kann froh sein, dass wir gute Christen sind. Den mageren Hals hätte man ihm umdrehen sollen für diesen Frevel!»

«Er wird begriffen haben, dass das Volk zurzeit leicht zu reizen ist.» Lespignian kam aus der Gasse, gesellte sich zu ihnen und lächelte die Frau schmal an. «Ihr solltet jetzt nach Hause gehen.» Er ließ keinen Zweifel daran, dass er es ernst meinte.

Die Frau wollte noch eine giftige Bemerkung loswerden, aber sie entschied sich dagegen. Sie klappte den Mund zu und folgte den Männern.

Anne stieß Luft durch die Nase. «Sie haben Angst», stellte sie fest.

«Natürlich haben sie Angst», sagte Lespignian. «Das wird der Junge jetzt auch begriffen haben. Meine Männer sind noch bei ihm. Lasst uns nachsehen, wie es ihm geht.»

Der Junge saß mit weit von sich gestreckten Beinen gegen eine Hauswand gelehnt da und starrte vor sich hin. Einer der Wachmänner kniete neben ihm und hielt seine Hand. Die magere Brust des Jungen hob und senkte sich heftig. Eine breite Platzwunde zierte seine Stirn dicht unter dem Haaransatz, und das Blut rann ihm daraus zwischen seinen Augenbrauen hindurch und seitlich an der Nase hinab bis zum Mundwinkel.

«Bei allen Engeln des Himmels!» Lambert blieb wie angewurzelt stehen.

Mit beiden Händen stützte Anne sich an der Hauswand ab und musste mehrmals tief Luft holen, um die aufsteigende Übelkeit zurückzudrängen. Blut, schon wieder Blut.

«Geht es?» Lespignian schaute besorgt auf sie nieder. Sie straffte sich. Nickte.

Verscheuchte die blutigen Erinnerungen.

«Ich habe einem der Priester von Sainte-Madeleine Bescheid gegeben», erklärte der Hauptmann. «Dort hinten kommt er schon. Er kann sich sicher auch um Euch kümmern.»

Anne schüttelte den Kopf. «Nicht nötig …» Sie verstummte, als sie erkannte, wer der Priester war. Die hoch gewachsene, hagere Gestalt hätte sie unter Tausenden von Menschen heraus erkannt.

François!

François, den sie nicht über ihre Tarnung informiert hatte.

Anne stahl sich einige Schritte zur Seite, aber sie konnte nicht mehr entkommen. François hatte sie längst entdeckt.

Sein Blick glitt über sie hinweg, und kurz flackerte die absurde Hoffnung in ihr auf, er würde sie in ihrem Aufzug nicht erkennen. Natürlich hoffte sie vergebens. Mit einem Ruck kehrte sein Blick zu ihr zurück, seine Augen weiteten sich, aber er hatte sich gut in der Gewalt.

Er kniete neben dem Jungen nieder, untersuchte dessen Kopfverletzung und erhob sich wieder, den Blick unverwandt auf Anne geheftet.

«Ich kann für dieses Kind nichts tun», sagte er. «Aber neben der Kirche wohnt ein recht guter Heiler, der ab und zu für die Mönche von Saint-André arbeitet. Sagt ihm, ich schicke Euch, dann wird er den Jungen kostenlos behandeln.»

Lespignian blickte verwirrt zwischen Anne und dem Priester hin und her. Dann jedoch siegten Pflichtbewusstsein und Respekt vor der Kirche. Er schenkte Anne noch ein stirnrunzelndes Lächeln und gab seinen Männern den Befehl, den Jungen zu dem Heiler zu schaffen.

Als die Männer fort waren, räusperte sich François.

«Anne! Gott sei Dank, du lebst!»

Sie hob das Kinn.

François' ohnehin schmales Gesicht sah inzwischen aus wie ein Totenschädel. Bleich leuchtete die Haut seiner Wangen, und dicke, schwarze Balken lagen unter seinen Augen. «Ich dachte, er hätte dich getötet!» Er breitete die Arme aus, und ohne darüber nachzudenken, warf Anne sich hinein. Tief sog sie den vertrauten Geruch seiner Kleidung ein.

«Ich hatte Angst», flüsterte sie. «Es tut mir Leid, dass ich dir solche Sorgen bereitet habe.» Ihr wurde bewusst, dass sie für alle Welt gut sichtbar herumstanden, und machte sich aus der Umarmung los, um sich vorsichtig umzuschauen.

Außer Lambert war jedoch niemand in der Nähe. Der Glashändler stand mit fahlem Gesicht in eine Ecke gelehnt, die Augen weit aufgerissen, Schweiß auf der Stirn. Er wirkte so mit sich selbst beschäftigt, dass er sie nicht wahrnahm. Gerade als Anne sich von François aus der Gasse führen ließ, sah sie, wie der Händler die Hand vor den Mund presste und sich würgend übergab.

«Er ist fort.» François wischte sich über die Augen.

«Wo ist er? Er war in deiner Schlafkammer, als ich von Vaters Grab kam, nicht wahr?»

«Ja.»

Anne griff nach François' Hand. Es war ihr egal, dass es die Geste eines kleinen Mädchens war. Sie fühlte sich schutzlos. Der Gedanke, dass Jehuda sich ihrem Paten genähert hatte, war schwer zu ertragen. «Aber du lebst noch.»

«Zum Glück.»

«Warum das?»

«Er ist noch immer auf der Suche nach dem Buch.» François warf einen Blick über die Schulter und sah zu, wie auch Lambert aus der Gasse kam und in die entgegengesetzte Richtung davonwankte. Der Anblick des misshandelten Jungen schien dem Mann stark zugesetzt zu haben, jedenfalls ging er wie ein Betrunkener, sich an den Hauswänden abstützend und irgendwie gehetzt wirkend. François runzelte die Stirn. «Jehuda hat das Buch nicht, Anne!»

«Er glaubt, du weißt, wo es ist.» Andernfalls wäre François nicht mehr am Leben. «Warum hat er nicht ...» Sie dachte an Madeleine. «Ich meine, warum hat er das, was du weißt, nicht aus dir herausgeholt?»

«Er hat es versucht.» François rollte seinen Ärmel hoch und zeigte ihr Handrücken und Unterarm. Beide waren übersät mit tiefen, dicht an dicht liegenden Schnitten. «Es ist ihm nicht gelungen.»

Anne presste die Hände vor den Mund. «Bei Gott!» Darum war er so bleich. Sie wagte sich nicht vorzustellen, wo noch er ähnliche Schnitte hatte.

«Es ist nicht so schlimm.» François senkte grübelnd den Kopf. «Jedenfalls ist es eine gerechte Strafe.»

«Strafe wofür?»

«Unwichtig.»

«Wo ist Jehuda jetzt?»

«Samuel hat ihn am Ende doch noch gefasst. Seine Männer haben ihn davon abgehalten, das hier», François hielt den zerschnittenen Arm hoch, «auch mit meinem Hals zu machen. Es ist endlich vorbei, Anne! Komm, wir gehen zu mir nach Hause.»

François' Wohnung war fast vollständig leer. Nur drei Stühle umringten einen Tisch, und ein Schreibpult, das ganz offensichtlich neu war, stand in einer Ecke der Studierstube. Sämtliche Bücher und Schriftrollen lagen zu Stapeln aufgeschichtet an den Wänden.

«Die Möbel sind das Letzte, was Jehuda zum Opfer gefallen ist», sagte François mit schiefem Grinsen, als Anne sich verwundert einmal um ihre eigene Achse drehte. «Das Pult und die Stühle hat mir der Schreiner von nebenan geliehen, bis er Zeit findet, mir neue Möbel zu bauen.» Er ging an den Herd, auf dem unter einem Tuch ein Teller mit Fleisch und Käse stand, und stellte ihn auf den Tisch. Dann lud er Anne mit einer Geste ein, sich zu setzen.

Sie war in der Zwischenzeit ans Fenster getreten. Unten lief eine größere Menschenmenge durch die Gasse, verschwand um die Ecke, nur um gleich darauf wieder zurückzukommen. Die Menschen wirkten aufgeregt. Aus der Ferne waren die Geräusche des Heeres zu hören.

Anne wandte sich ab und setzte sich. «Was hast du die letzten beiden Tage gemacht?», fragte sie und nahm ein Stück Fleisch in Empfang.

François sah auf seine verletzte Hand, und sie schalt sich eine Närrin. Wahrscheinlich hatte er im Bett gelegen und sich von dem Blutverlust erholt! Aber seine Antwort überraschte sie. «Bischof Reynaud hat mich schon vor einigen Wochen gebeten, eine Liste mit den Namen all jener zu erstellen, die sich offen zum Ketzertum bekennen. Ich habe sie gestern fertig gestellt. Es war eine gute Gelegenheit, mich abzulenken.»

Abzulenken wovon?, fragte sich Anne. Von seinen Schmerzen oder von der Befürchtung, sie könne irgendwo mit einer aufgeschlitzten Kehle in der Ecke liegen? Mit einem Mal schämte sie sich heftig dafür, dass sie ihn im Ungewissen gelassen hatte. Laut fragte sie: «Und? Wie viele sind es?»

«Ungefähr zweihundert Familien. Vielleicht insgesamt tausend Leute.»

«Tausend von mehr als zwanzigtausend.» Anne schauderte. «Wegen ihnen wird Béziers vielleicht bald vernichtet.»

«Oh, ich glaube nicht, dass uns viel geschehen wird.»

«Warum nicht?» Das Fleisch war zäh, und Anne schluckte den Bissen, den sie im Mund hatte, ganz hinunter.

«Weil der Bischof sich entschlossen hat zu verhandeln. Er wird noch heute zur Heeresleitung gehen und versuchen, eine Einigung zu erreichen. Vizegraf Trencavel hat die Stadt längst verlassen, und Arnaud Amaury wird Reynaud anhören.»

«Woher weißt du das so genau?»

«Weil ich zu der Abordnung gehören werde, die den Bischof begleiten soll.» Er bot Anne noch ein Stück Fleisch an, aber sie lehnte ab. «Der Palastbote muss jeden Moment hier auftauchen, um mir Bescheid zu geben, dass es losgeht. Ich überlege nur, was wir in der Zwischenzeit mit dir machen.»

Anne saugte an ihren Zähnen, zwischen denen sich eine Faser festgesetzt hatte. Schmerzhaft bohrte sie sich in das weiche Zahnfleisch. «Ich werde zu Lespignian gehen und ihm sagen, dass ich seine Hilfe nicht mehr benötige. Und dann, denke ich, gehe ich nach Hause.»

François stand auf und räumte den Teller fort. Sorgfältig bedeckte er ihn wieder mit dem Tuch. Eine einzelne Fliege setzte sich auf den hellen Stoff und begann, ihre Flügel zu putzen.

In diesem Moment klopfte es. «Pater?», rief ein Mann. «Pater, es ist so weit!»

François scheuchte die Fliege fort. «Ich habe eine bessere Idee», sagte er. «Reynaud will auch eine Hand voll Bürger mitnehmen, gewissermaßen als Beweis dafür, dass die meisten Stadtbewohner gute, ehrliche Christen sind. Ich denke, wir nehmen dich am besten mit.»

Er ging, dem Boten zu öffnen. «Ich komme sofort», sagte er. Dann sah er Anne fragend an.

«Gut.» Sie war sich nicht ganz sicher, ob sie seine Idee wirklich begrüßte. Die Vorstellung, sich dem Ungeheuer dort draußen ohne schützende Mauern und Gräben nähern zu müssen, behagte Anne nicht besonders. Aber bevor sie sich weigern konnte, kam ihr ein Gedanke.

War es möglich, dass François' beruhigende Worte nicht ehrlich gewesen waren? Dass er vorhatte, sie aus der Stadt zu schaffen, für den Fall, dass es doch zu einem Angriff kommen sollte?

Es blieb keine Zeit, ihn zu fragen, also willigte sie ein.

Er war bereits halb aus der Tür, als ihm etwas einfiel. «Moment!», hielt er den Boten auf und machte kehrt.

Aus einem Buch auf der Fensterbank zog er etwas heraus. Eine Wachstafel, die neben dem Buch lag, nahm er ebenfalls an sich und übergab beides Anne. Sie sah, dass es sich um Roberts Skizzen handelte.

«Das solltest du wieder an dich nehmen», sagte François, und diese Worte machten Anne klarer als alle Ankündigungen, dass er glaubte, sie würde nicht wieder mit in die Stadt zurückkehren.

Reynaud de Montpeyroux, der Bischof von Béziers, war ein Mann mittleren Alters, der für seinen hohen Stand viel zu braun gebrannt aussah. Als François vor ihn hintrat, richtete er ein paar dunkelbraune Augen auf den Priester, in denen es freundlich funkelte.

«Exzellenz, das ist meine Patentochter Anne, von der ich Euch erzählte.» François wies auf Anne, und der Bischof musterte sie ausgiebig. Ihre kurzen Haare und die Hosen, die sie trug, ließ er unkommentiert. «Ich bitte darum, sie in Eure Abordnung aufzunehmen. Sie ist eine gute Christin, auch wenn die Umstände sie in etwas ungewöhnliche Kleidung gezwängt haben.»

«Ihr hättet sie gerne aus der Stadt.» Reynaud lächelte Anne zu. «Nun, ich kann Euch beruhigen. Wir werden heute noch dafür sorgen, dass die Gefahr von Béziers abgewendet wird. Ich grüße Euch, Anne, Tochter des Astrolabienbauers! Ich freue mich, Euch in meinem Gefolge zu haben, und bitte darum, dass Ihr Euch zu den anderen gesellt, die dort hinten auf unseren Aufbruch warten.»

Eine Gruppe von vielleicht zwanzig Leuten stand im Innenhof des bischöflichen Palastes und harrte gespannt des Abmarsches. Einige Palmen, die man in große, irdene Töpfe gepflanzt hatte, spendeten ihnen schwachen Schatten, dennoch flirrte die Sonne zwischen den aufgeheizten Mauern. Anne sah zwei weitere Frauen, beide hoch stehende Persönlichkeiten in kostbaren Röcken und Mänteln. Ein Mann aus der Zunft der Glashändler war dabei, und sie fragte sich, ob er wohl ein

Freund Lamberts war. Zwei jüngere Männer kannte Anne aus der Ruelle des Artisans. Den Rest der Gruppe hatte sie noch nie zuvor gesehen.

Etwas abseits, unter dem Schutz eines aufgespannten Sonnensegels, standen mehrere Priester in vollem kirchlichen Ornat. Gegen sie wirkte François in seiner schlichten Alltagskleidung farblos und blass.

Anne ging zu der Gruppe der Bürger. Sie nickte den beiden Frauen zu und ignorierte deren erst erstaunte und dann missbilligende Blicke, als sie erkannten, dass eine verkleidete Frau vor ihnen stand. Es würde besser sein, dachte Anne, sich zu den jungen Männern zu gesellen, schließlich hatte sie es zwei Tage lang geschafft, für einen Jüngling gehalten zu werden. Lächelnd trat sie neben die beiden.

Und dann gefror ihre Miene.

Zwischen dem Glashändler und seinem Begleiter, einem dicklichen Kerl mit Händen wie Schaufelblättern, drängte sich eine allzu bekannte Gestalt hindurch und trat vor Anne hin.

«Meine Liebe! Wie schön, Euch zu sehen! Wie schön, dass Ihr wohlauf seid!» Zwei knotige Hände wurden ihr gereicht, und Anne nahm sie wie betäubt.

Die Haut der Finger war heiß und trocken.

Die langen weißen Haare waren einer teuren Frisur zum Opfer gefallen.

Vor Anne stand Jehuda ben Tibbon.

# 2. Kapitel

Als im Heerlager das Gerücht laut wurde, der Bischof der Stadt würde mit einer Abordnung kommen, war Galien gerade dabei, Tariks Hufe zu säubern. Aufgeregte Rufe erschollen und Galien richtete sich auf. Von seinem Standpunkt aus konnte er nicht viel sehen, aber er hörte die Männer sprechen.

«Sie schicken eine Abordnung!»

«Ob sie sich ergeben wollen?»

«Hoffentlich nicht, dann entgeht uns ja der ganze Spaß!» Ein großer, ungeschlachter Soldat, dem die Haare fettig über den Kragen fielen, hatte das Kreuz einfach auf seinen verbeulten, stumpf angelaufenen Harnisch gepinselt. Beim Anblick der blutroten Farbe auf dem fleckigen, fast schwarzen Metall sah Galien unwillkürlich an sich selbst hinab.

Da ein Angriff nicht unmittelbar bevorzustehen schien, hatte er an diesem Morgen darauf verzichtet, sein Kettenhemd anzulegen, und nur den Waffenrock über seine Kleidung gestreift. Das Kreuz prangte auf dem weißen Stoff, den er sich erst am Morgen von einer Dienerin hatte waschen lassen. Er hob die Rechte, strich über die beiden roten Balken und seufzte.

Nach der langen Nacht in seinem Gefängnis in Saint-Gilles hatte man ihn abgeholt, um ihn vor Abt Arnaud zu führen. Galien erinnerte sich nicht gerne an die darauf folgenden Stunden. Noch bevor der Abt ein Wort der Anklage gegen ihn richten konnte, hatte er sich aller ihm zur Last gelegten Vergehen schuldig bekannt und war auf die Knie gesunken. Er hatte um Vergebung gefleht, nicht bei Simon, sondern bei dem Abt. Arnaud war nichts anderes übrig geblieben, als ihm zu gewähren, worum er bat, denn das hatte er auch bei Graf Raymond getan.

Galien erinnerte sich noch gut an das verblüffte Raunen, das durch die versammelte Menge gegangen war, als er darüber hinaus auch noch gebeten hatte, das Kreuz nehmen zu dürfen.

Aus Simons Gesicht hatte die reine Verblüffung gesprochen. «Du kannst nicht als Ritter an diesem Kreuzzug teilnehmen!», schrie er. «Du besitzt nichts, um dich zu finanzieren.»

«Mein Pferd.» Galien wies mit dem Kinn auf sein Schwertgehenk, das neben Abt Arnaud auf dem Tisch lag. «Und meine Waffen.»

Simon stand auf, die geballten Fäuste auf den Tisch abgestützt. «Das wird nicht reichen. Wovon willst du leben? Aber wenn du dich endlich bereit erklärst, in mein Gefolge einzutreten, werde ich für deinen Unterhalt aufkommen.»

Galien lächelte fein. «Nein.» Sein Blick wanderte auf der Suche nach einem Gesicht über die versammelte Menge. Er fand es und wies auf den Mann. «Dieser Händler, Serge, hat sich bereit erklärt, die Kosten des Kreuzzuges für mich zu bezahlen.»

Die Ritter blickten fragend in die Richtung des Händlers. Der wirkte nur für die Dauer eines Lidschlags verblüfft, dann nickte er heftig. «Natürlich! Natürlich!»

Galien wandte sich an Arnaud. «Ich bin bereit, Euch Gehorsam zu schwören. Nehmt mich als freien Mann oder tut mit mir, was Ihr für richtig haltet.»

Aus dem Augenwinkel sah er, wie sich die Überraschung auf Simons Miene in Respekt verwandelte.

Galien war nach Béziers zurückgekehrt. Gott hatte es so gewollt.

Jetzt unterdrückte Galien sein Missfallen über die Worte des ungepflegten Ritters. Er hielt dem herausfordernden Blick des Mannes stand und wandte seinen Kopf dann wieder den Geschehnissen vor dem Stadttor zu.

Abt Arnaud hatte sein Zelt genau in der Mitte des Lagers aufgeschlagen. Um es zu erreichen, musste die städtische Abordnung durch enge Zeltreihen und wie zum Spalier aufgestellte Ritter marschieren. Galien konnte sich vorstellen, wie unbehaglich den Männern zumute sein musste, als sich hinter ihnen die Reihen schlossen und sie sich von Kreuzfahrern umringt sahen.

Es war nur ein kleiner Zug, aber alle Beteiligten blickten ernst und würdevoll geradeaus. Voran ritt ein hoher kirchlicher Würdenträger auf einem weißen Pferd, dem zwei einfache Priester folgten.

«Bischof Reynaud!», erklärte Serge, der neben Galien aufgetaucht war.

Den beiden Priestern folgten einige weitere Reiter, offenbar Angehörige des ansässigen Adels, denn sie trugen schimmernde Rüstungen und farbig verziertes Zaumzeug. Hinter ihnen marschierte eine kleinere Gruppe von Bürgern.

Galien kniff die Augen zusammen.

«Täusche ich mich, oder sind Frauen dabei?»

Serge zuckte die Achseln. «Möglich wäre es.»

Galien klopfte Tarik gegen die Schulter. «Ich werde sehen, dass ich näher herankomme. Vielleicht kann ich in Erfahrung bringen, was sie verhandeln.»

Serge blies Luft durch die Nase. «Wenn ich nicht wüsste, was oder vielmehr wer Euch umtreibt, mein Lieber, wäre ich schon längst auf die Idee gekommen, dass Ihr diese Stadt lieber unangetastet lassen wollt!»

Als die Abordnung durch die ersten Ausläufer des Lagers marschierte, musterte Anne die bunt zusammengewürfelte Schar der *ribauds*. Viele von ihnen standen am Wegesrand, die Waffen griffbereit am Gürtel oder sogar in der Hand. Sie beobachteten den Bischof und seine Leute genau. Ab und zu flog eine hämische Bemerkung herüber, die meisten jedoch verstand Anne nicht, da sie in den unterschiedlichsten Sprachen gerufen wurden.

Reynaud würdigte die Söldner keines einzigen Blickes. Stur geradeaus blickend ritt er an ihrem Lager vorbei, eine kleine Anhöhe hinauf, deren Weinstöcke allesamt in die Erde getrampelt worden waren. Anne sah einige zerquetschte Reben im Schmutz liegen, nach säuerlicher Verwesung stinkend. Dicke Fliegen und etliche Wespen hatten sich auf den Früchten niedergelassen und taten sich unter lautem Summen gütlich.

Ein kantiger Kloß bildete sich in Annes Kehle. Sie konnte sich kaum gegen das Bild wehren, das sich vor ihr inneres Auge schob: die gleichen Fliegen, fett und blau glänzend, saßen nicht auf faulendem Obst, sondern auf menschlichen Leichen. Sie schüttelte den Kopf, aber die Bilder ließen sich nicht so einfach verscheuchen.

«Kein schöner Anblick, nicht wahr?» Jehuda ging neben ihr her, aufrecht und mit einem Lächeln auf den Lippen, als sei es die angenehmste Pflicht der Welt, die er zu erledigen hatte. Nur ein winziges Stück ragte die Spitze seines Messers aus dem Ärmel jenes Armes, mit dem er sich wie ein alter Freund bei François untergehakt hatte.

«Wie bist du wieder freigekommen?» Aus der Art, wie François die Worte durch die Kehle presste, sprach Angst.

Jehuda kicherte. «Oh, ich war nie gefangen. Jedenfalls nicht, nachdem Clothilde mich befreit hat.»

«Aber Samuel hat mir gesagt …» François verstummte.

Hinter Annes Stirn rotierte es. Samuel habe ihn davor bewahrt, zur Gänze aufgeschlitzt zu werden, hatte François gesagt. Er hatte mit angesehen, wie Samuel Jehuda gefangen gesetzt hatte. Log Jehuda, wenn er behauptete, er sei nie eingefangen worden? Oder steckte Samuel mit ihm unter einer Decke?

Die Zelte der Ritter standen ähnlich eng beieinander wie die der *ribauds*. Allerdings wehten hier weitaus mehr Banner an den in den Boden gerammten Lanzen oder den Zeltstangen, und es liefen eine Menge Bedienstete umher, die sich um die Pflege der Waffen oder das Essen kümmerten.

Abt Arnauds Zelt befand sich genau in der Mitte eines Runds aus sieben anderen. Seine rötlich-violette Farbe war bereits von der südländischen Sonne ausgebleicht worden.

Vor dem Zelteingang hatte man einen langen Tisch aufgebockt und ein weißes Tuch darüber gebreitet. Waffen lagen darauf, und einige Becher standen daneben.

Eine Hand voll Männer, allesamt Ritter in voller Rüstung ohne Helme, flankierten einen kahlköpfigen Mönch mit Doppelkinn, der der Abordnung mit unbeweglicher Miene entgegensah.

Einer der Ritter fiel Anne ins Auge, ein hoch gewachsener, etwa vierzigjähriger Mann mit rötlich-blonden Haaren und ebensolchem Bart. Sehr kurz fing sie seinen Blick ein, wich ihm jedoch aus. Dabei begegnete sie den Augen einer jungen Frau, die sich in einigem Abstand von Arnauds Entourage in der Menge befand.

Sie war schmal. Fiedrige, blonde Haare fielen ihr in Gesicht und Stirn. Anne glaubte für einen Moment, sie müsse ihr irgendwo schon einmal begegnet sein. Da ertönte ein unterdrückter Schrei, und es dauerte einen Augenblick, bis Anne begriff, dass er von der Frau stammte.

Sie hatte beide Hände vor den Mund geschlagen. «Vater?», hauchte sie.

Galien erreichte die Versammlung vor Arnauds Zelt gerade noch rechtzeitig. Der Bischof der Stadt präsentierte dem Abt eine Liste mit den Namen jener Familien, die angeblich dem ketzerischen Glauben anhingen.

Galiens Blick tastete über die Gruppe von Bürgern, die ein

wenig abseits stand und dabei leicht verunsichert und verloren wirkte. Es waren tatsächlich zwei Frauen unter ihnen. Hinter ihnen, dicht zusammengedrängt, als müssten sie aneinander Schutz suchen, befanden sich drei Männer, einer schon fast im Greisenalter, ein weiterer mochte um die vierzig sein und trug eine große, offenbar alte Narbe mitten im Gesicht. Der Alte stützte sich schwer auf den Arm des Jüngeren, und Galien runzelte die Stirn. Warum hatte man dem armen Kerl zugemutet, sich der Abordnung anzuschließen? Der dritte der Männer war noch sehr jung, keine zwanzig. Galiens Blick glitt über das glatte Gesicht und die kurzen, lockigen Haare. Er wollte schon weitergehen, als er begriff.

Diese Wangenknochen, die Augen!

«Anne!», entfuhr es ihm.

Sie schrak zusammen. «Galien!» Anne duckte sich, als erwarte sie, von einem der Würdenträger zurechtgewiesen zu werden, aber außer ihren beiden Begleitern beachtete sie keiner. Der Greis zischte ihr etwas zu.

Sie funkelte ihn an, mit einer Wut im Blick, die Galien alarmierte. Plötzlich glaubte er zu spüren, dass der Greis und der andere Mann nicht aus Zuneigung so eng beieinander standen. Anne raunte dem Greis etwas zu, und ohne auf seine Erwiderung zu warten, kam sie zu Galien herüber.

«Was macht Ihr denn hier?» Ihr Blick fiel auf das Kreuz an seiner Schulter, und übergangslos wich die Überraschung dem Verstehen. «Oh», machte sie.

Sie streckte die Hand aus, als wolle sie das Kreuz berühren, dann ließ sie den Arm sinken.

«Warum, Galien?», fragte sie sehr leise.

Ohne ihm Gelegenheit zu geben, sich ihr zu erklären, wandte sie sich auf dem Absatz um und kehrte zu ihren Leuten zurück. Traurig sah sie in seine Richtung, als sie sich bei dem Vierzigjährigen unterhakte.

Anne war unfähig, einen klaren Gedanken zu fassen. Blicklos starrte sie vor sich hin. Warum hatte Galien seine Meinung so abrupt geändert? Hatte er ihr nicht versichert, Béziers sei nicht in Gefahr? Und nun stand er selbst vor den Toren der Stadt, gerüstet dafür, gegen sie zu kämpfen.

Ein Schluchzen stieg in ihre Kehle. François beugte sich vor und sah sie an.

Ein Tränenschleier legte sich über ihren Blick. Und sie hatte Galien auch noch berichten müssen, dass ihr Vater früher einmal Peter Valdes gefolgt war! François hatte ihr oft genug erzählt, wie die Männer in der Nähe von Paris zu Rittern erzogen wurden – wie sie auf den christlichen Glauben eingeschworen wurden und darauf, ihn mit dem Schwert gegen alle Irrlehren zu verteidigen. Wie hatte sie nur so naiv sein können zu glauben, Galien sei anders?

Die Stimmen der beiden verhandelnden Kirchenmänner verschwammen zu einem monotonen Hintergrundgeräusch.

Anne blinzelte gegen ihre Tränen an.

Endlich schien die Verhandlung zu Ende zu sein. Wie aus einem schlechten Traum erwachte Anne. Was hatte man vereinbart? Sie forschte nach Antworten in den Gesichtern der anderen, aber sie sah nur schweigende, düstere Mienen.

«Wir kehren zurück in die Stadt», sagte François mit müder Stimme. Er nahm Annes Arm, und gerade, als sie sich den anderen anschließen wollten, fiel ihr erneut die Frau mit den blonden Federhaaren auf. Ihr hellblauer Blick schien sich in Annes Gesicht zu brennen, jedoch nur kurz, dann wandte die Fremde sich ab.

Kurz bevor sie das Lager verließen, warf Anne einen Blick zurück, und sie sah, wie die blonde Frau zu Abt Arnaud trat, sich über ihn beugte und ihm etwas ins Ohr flüsterte.

«Wer war dieser Ritter?»

Jehuda stellte die gleiche Frage, die auch François auf der

Zunge brannte, Anne aber schien einen Punkt erreicht zu haben, an dem ihr alles egal war, auch ihr Leben.

«Fahrt zur Hölle!», knirschte sie.

«Wer, Anne?» Gegen den Widerstand einer inneren Stimme, die ihm zukreischte *Nicht, er wird dich töten!*, streckte François die Hand aus und legte sie auf Annes Arm. Jehudas Messer presste sich stärker gegen seine Rippen. Wenn François es zuließ, dass es Jehuda gelang, Anne zurück in die Stadt zu begleiten, dann war alles aus. Der Alte brauchte nichts weiter zu tun, als seine Klinge gegen Anne zu richten, und François würde ihm alles erzählen, was er wusste.

Jehuda hatte das längst begriffen.

«Er ist Elaines Sohn», murmelte Anne. Ihre Lider waren halb nach unten gesunken, und es sah aus, als halte sie sich nur noch mit Mühe aufrecht. «Er hat Vater das Buch und das Astrolabium gebracht.»

«Welches Astrol...» Jehuda verstummte, denn auf einmal erscholl ein lauter Ruf.

«Halt!» Es war Abt Arnauds Stimme.

Die Abordnung kam zum Stillstand. Reynaud war der Erste, der sich umwandte. «Ja?»

Arnaud drängte sich durch die Menge der Ritter, die nur widerwillig Platz machte. Die Frau mit den blonden Haaren folgte ihm auf dem Fuße, und bevor sie oder der Abt etwas sagen konnten, trat auch Galien heran.

François tat einen Schritt in seine Richtung. Mit beiden Händen wies er auf Anne. «Helft mir, sie zu ret...», stieß er hervor. Jehudas Messer schnitt das letzte Wort mit einem scharfen, schmerzhaften Ruck ab. François klappte nach vorne. Anne schrie auf, aber er fasste sich und richtete sich wieder auf. Schweiß tropfte von seiner Stirn.

Galien sah verwirrt aus.

«Die da meine ich!» Die blonde Frau neben dem Abt streckte die Hand aus und wies auf Anne.

Galiens Blick zuckte zu ihr, dann flammte bestürztes Begreifen in seiner Miene auf. «Moment!» Er hob die Hand und verhinderte auf diese Weise, dass die Blonde weitersprach. Mit Schritten, die so vorsichtig waren, als ginge er über rohe Eier, trat er vor Anne hin. Es sah aus, als wolle er sich schützend vor sie stellen.

*Falsch!,* schrillte es in François' Kopf. *Nicht vor dem Abt sollt Ihr sie beschützen, sondern vor Jehuda!* Aber bevor er es aussprechen konnte, bohrte sich die Klinge ein zweites Mal zwischen seine Rippen.

Diesmal sah Galien es. Seine Augen wurden weit.

Anne stand starr.

«Ich kenne diese Frau!», scholl die Stimme der blonden Frau über die versammelte Menge. «Sie ist eine Ketzerin!»

Der rotblonde Ritter, der Anne bereits vorher aufgefallen war, war plötzlich auch da. «Clothilde, ist das wahr?» Seine Stimme war tief und ruhig. Sie ähnelte irgendwie der von Galien.

«Seht in dem Beutel an ihrem Gürtel nach!», rief die blonde Frau. «Dort findet Ihr ein Instrument, das kein guter Christenmensch bei sich tragen würde!»

Annes Hand zuckte zu dem Beutel.

Galien stöhnte auf. «Simon ... das ...»

«Schweig!», herrschte der Ritter ihn an. «Deine Stellung im Heer ist aufs äußerste gefährdet, und das weißt du auch!» Er langte nach dem Beutel und riss ihn einfach von Annes Gürtel. Von dem Ruck wurde sie nach vorne gerissen, schaffte es jedoch, auf den Füßen zu bleiben. Der Ritter zerrte den Beutel auf und schüttelte das Astrolabium heraus. Triumphierend hielt er es hoch.

Ein Heulen ging durch die Menge.

«Gehört das Gerät Euch?», fragte der Ritter Anne.

François, gegen den sie getaumelt war, legte eine Hand auf

ihre Schulter. Anne spürte ihr Gewicht, schwer und kalt lag es auf ihrem Schlüsselbein.

«Ja.» Das Wort fiel wie ein Stein vor die Füße der Kreuzritter.

François trat neben Anne. Seine Rechte lag noch immer auf ihrer Schulter, aber die Linke presste er jetzt gegen seine Seite. Blutrot streckte er sie Galien entgegen. «Rettet sie!», flüsterte er.

«... streitet Ihr das ab?» Die Stimme des Ritters, den Galien Simon genannt hatte, klang schneidend. Anne hatte nicht mitbekommen, was er gesagt hatte. Sie schüttelte den Kopf, hob hilflos die Schultern.

In diesem Moment hatte Galien einen Entschluss gefasst. Er fuhr Simon in die Parade. «Es stimmt», sagte er mit lauter, weithin hörbarer Stimme. «Dieses Instrument stammt aus Isfahan, einem Land, in dem die muslimischen Heiden beheimatet sind.»

Anne wurde schlecht. Galiens Miene war steinern. «Es stimmt», wiederholte er mit flacher Stimme. «Aber es stimmt auch, dass viele der gelehrtesten christlichen Würdenträger ein solches Gerät ihr Eigen nennen und nichts Heidnisches oder Ketzerisches daran finden.» Er nahm Annes Arm und entzog sie François' Griff. «Doch lasst uns diese Frau zur Sicherheit gefangen nehmen als unsere Geisel, damit die Väter der Stadt sich überlegen können, wie sie auf unseren Friedensvorschlag reagieren wollen.»

Simon trat vor und packte Annes Oberarm. «Ich weiß nicht, was du vorhast», zischte er Galien zu, «aber sieh dich vor!»

Ein Stöhnen wollte Annes Lippen entweichen, doch sie biss die Zähne zusammen, so fest sie konnte.

«Zum Zeichen unseres guten Willens», hörte sie Reynaud sagen, «nehmt diese Frau in Euren Gewahrsam. Sie sei Eure Geisel, bis die Stadt entschieden hat, was mit den Ketzern geschieht.»

Simon hielt Anne das Astrolabium hin. «Nehmt es wieder an Euch», brummte er. «Ich will mein Seelenheil nicht gefährden, indem ich es länger als nötig berühre!»

Anne nahm es entgegen.

«Simon, lass mich sie …»

Diesmal war es Anne, die Galien das Wort abschnitt. «Bemüht Euch nicht!», sagte sie kalt. Und mit steinernem Blick folgte sie Simon aus der Menge.

«Clothilde!» Die Zeltbahn fauchte, als Galien sie zur Seite schleuderte.

«Sie ist nicht hier!» Pierres sanfte Stimme ließ ihn in seinem rasenden Zorn innehalten.

«Wo ist sie?»

Statt ihm zu antworten, trat der Mönch Galien in den Weg und legte ihm eine Hand auf den Arm. «Beruhige dich erst einmal! Was ist geschehen?» Diesmal konnten Pierres Worte Galien nicht besänftigen. Nichts auf der Welt würde ihn jemals wieder besänftigen, nichts außer Annes Vergebung.

«Anne ist hier im Lager. Simon und Arnaud haben sie wegen Ketzerei verhaften lassen, und Clothilde hat sie dazu angestiftet.» Alles, was er hatte tun können, war, ihr böses Spiel mitzumachen. Denn er hatte Anne aus der Reichweite dieses Messers holen müssen. Er hatte keine Ahnung, was sich da vor seinen Augen abgespielt hatte, aber er hatte das Blut an der Hand des Mannes mit der Narbe gesehen.

«Arnaud ist ein weiser Mann, Galien. Er braucht keine Frau, die ihm sagt, was er zu tun hat. Wenn er Anne als Ketzerin verhaftet hat, dann wird sie eine sein, sowenig dir das auch behagen mag!» Es lag eine Schärfe in Pierres Stimme, die Galien in ihr noch nie gehört hatte.

«Sie ist nichts weiter als ein Opfer von Clothildes undurchschaubaren Intrigen! Und ich will jetzt endlich wissen, was in diesem blonden Köpfchen vor sich geht!» Seine Hände verkrampften sich, als habe er bereits Clothildes Hals zwischen ihnen.

Pierre sah es. Sein Blick wurde traurig. «Diese Anne», meinte er, nun wieder mit der altvertrauten, sanften Stimme, «sie hat dir den Kopf verdreht. Als du wegen ihr das Kreuz genommen hast, hast du deine Seele verkauft für sie – und jetzt willst du auch noch dein Leben für sie fortwerfen?»

«Ich habe nicht vor, mein Leben fortzuwerfen!»

«Aber genau das tust du, wenn du sie verteidigst. Du standest bereits einmal im Verdacht, Ketzern Hilfe und Zuflucht zu bieten. Was glaubst du, wird passieren, wenn du dich jetzt auf Annes Seite schlägst?»

Galien spürte, wie seine Wut neu aufflammte. «Und wenn schon!»

«Bei allen Heiligen, Galien!» Der Mönch führte ihn zu einem dreibeinigen, lederbespannten Schemel in der Mitte des Zeltes, als sei er dessen Eigentümer und nicht Clothilde. «Wie kommst du darauf, dass ausgerechnet Clothilde Arnaud dazu angestiftet hat, Anne festzunehmen?»

«Sie war die Einzige im Lager, die wissen konnte, was in Annes blauem Samtbeutel ist.»

«Ah!» Pierre verschränkte die Arme vor der Brust.

«Abgesehen davon habe ich gesehen, wie sie mit dem Abt getuschelt hat.»

Pierre ließ die Arme wieder fallen. Der Blick seiner hellbraunen Augen war sanft, und Galien wusste, dass er tatsächlich verstand, was in ihm vorging. Bei aller Missbilligung, mit der er Galiens Kreuznahme mit angesehen hatte, verstand er ihn doch, und was wichtiger war: Er fühlte mit ihm.

«Anne glaubt, ich hätte sie verraten.» Galien wurde schlecht bei der Erinnerung an das eben Geschehene. Der Blick, den Anne ihm zugeworfen hatte – wie sollte er weiterleben, wenn sie ihn verachtete?

Er zwang sich, so ruhig wie möglich zu fragen: «Weißt du, wo Clothilde ist?»

«Ich vermute, in Simons Zelt.»

Galien wollte schon davonstürmen, als Pierre ihn zurückhielt. Seine Hand auf Galiens Unterarm war weich und warm wie die einer Frau.

«Galien: Bitte zügele deinen Zorn, damit nicht noch ein Unglück geschieht!»

Galien entriss seinen Arm Pierres Griff, aber der Mönch fasste nach.

«Galien!»

Er wartete, bis Galien tief Luft holte und den Kopf senkte. «Schon gut.»

«Dann geh», sagte er.

Simon hatte sein Zelt etwas außerhalb des inneren Lagerzirkels aufbauen lassen. Hier wuchsen alte, silberstämmige Bäume, deren Blätterdach wohltuenden Schatten spendeten. Als Galien sich näherte, sah er, dass Simon zusammen mit ein paar Männern vor einem der Zelte saß und sich mit ihnen besprach. Er ignorierte sie und auch die Tatsache, dass Simon bei seinem Näherkommen fragend aufsah.

Mit verschlossener Miene stiefelte Galien auf Simons Zelt zu. «Clothilde!»

Sie steckte ihre Nase heraus. «Was ist? Ah, Galien!»

Mit einem langen Schritt war er bei ihr, und ehe er es sich versah, hatte er den Unterarm quer über ihrer Kehle liegen und drängte sie rückwärts gegen die Zeltbahn. «Was soll das? Warum hast du dem Abt von Annes Astrolabium erzählt?» Er spuckte ihr die Fragen mit solcher Abscheu ins Gesicht, dass der Ausdruck von Überraschung und Spott in ihren Augen sich plötzlich in Erschrecken wandelte.

Ganz kurz sah Galien wieder die Verletzlichkeit aufblitzen, die ihn bei ihrer ersten Begegnung mit solcher Zärtlichkeit erfüllt hatte. Er holte Luft, und es klang wie ein Keuchen.

«Galien ... ich ...» Sie hustete, weil seine Kraft ihr den Atem abschnürte.

Im nächsten Moment wurde er gepackt und zur Seite geschleudert. «Lass sie sofort los!»

Er wirbelte herum. Vor ihm stand Simon, die Hände zu Fäusten geballt, und die Zähne gebleckt, als wolle er Galien wie ein Hund an die Kehle gehen.

Galiens Hand zuckte zum Schwert. Er zögerte, und nur, weil er sich nicht entscheiden konnte, in welchen Leib er seine Klinge zuerst rammen sollte, stieß er das Schwert zurück in die Scheide.

«Ich will eine Antwort, Simon!», presste er zwischen den Zähnen hervor.

Simon ließ die Fäuste sinken. Seine Männer standen in einiger Entfernung, bereit einzugreifen, falls ihr Herr in Gefahr geraten sollte.

Galien reckte das Kinn herausfordernd in Clothildes Richtung.

Die musterte ihn lange, bevor sie reagierte. «Ich habe es getan, weil ich es als Pilgerin in diesem Kreuzzug für meine christliche Pflicht erachtet habe.»

«Rede keinen Unsinn!», fauchte Galien sie an. «Du bist alles andere als eine Pilgerin.» Er warf einen Blick auf Simon. «Du bist nichts weiter als eine ...» Mühsam nur beherrschte er sich.

Simons Lippen bebten, und mit einem Mal sah Galien einen Ausdruck in seinen Augen, den er nicht deuten konnte. Er bemerkte, wie der Blick seines Halbbruders über Clothildes Züge wanderte, sich sehnsüchtig an ihnen festsaugte, auf der Suche nach etwas, von dem nur Simon wusste, was es war.

Clothilde lachte. «Nur weil *du* dich entschieden hast, mich zurückzuweisen, müssen das nicht alle Männer tun.» Aus den

Augenwinkeln sah sie, wie ein Schatten über Simons Miene fiel, und war klug genug, es dabei zu belassen. «Um deine Frage jedoch ausführlich zu beantworten: Ich sah, wie diese Anne mit dir sprach, und dabei erkannte ich den blauen Samtbeutel an ihrem Gürtel. Jenen Beutel, Galien, den dieser jüdische Ketzer nach Montgris gebracht hat. Zusammen mit dem Buch.»

Galien begriff, dass er sich beherrschen musste. Clothilde schien nunmehr endlich bereit, einige seiner Fragen zu beantworten. Ihre Überheblichkeit jedoch drehte ihm den Magen um, und so kostete es ihn Mühe, ihr zu entgegnen: «Allerdings nützt es dir gar nichts, Anne in Gefangenschaft zu wissen. Du bist dem Buch dadurch keinen einzigen Schritt näher gekommen.»

Wieder lachte Clothilde. «Noch nicht.»

Galien ignorierte ihren Hohn. «Dieser weißhaarige Greis …»

«Mein Vater! Er ist frei, ist das nicht schön? Und ich muss ihm nicht die Nachricht überbringen, dass das Buch beim Brand von Montgris zerstört worden ist. Als ich den blauen Samtbeutel sah, war mir klar, dass du nicht nur das Astrolabium zu Anne gebracht haben kannst. Das Buch ist hier, Galien, nicht wahr? Ich habe gleich bei deinem Verschwinden vermutet, dass du dich auf den Weg zu Robert gemacht hattest. Das Kreuzheer bot mir eine bequeme und sichere Möglichkeit, dir zu folgen, und der gute Simon hier …» Sie tätschelte Simons Hand, und er entzog sich ihr mit einem schmerzlichen Ausdruck, «… hatte einen guten Grund, mir das Mitreisen zu ermöglichen.»

Er hat es nicht freiwillig getan, dachte Galien. Womit hatte Clothilde ihn erpresst? Mit der Tatsache, dass er Arnauds Befehl nicht ausgeführt und ihn, Galien, am Leben gelassen hatte? Es war das Wahrscheinlichste. Wieder sah er diesen seltsamen, sehnsüchtigen Ausdruck in Simons Augen.

«Woher weißt du von Robert?»

«Meine Mutter und deine waren Freundinnen.»

Es fiel Galien schwer, das zu glauben, und offenbar sah Clothilde ihm das an. «Ich sagte dir ja bereits, dass meine Mutter eine gebildete Frau war. Sie *waren* Freundinnen, Galien! Sie kannten sich aus der Zeit, als sie beide noch Kinder waren, und verbrachten so viel Zeit miteinander, wie Schwestern es tun. Meine Mutter war ein Jahr jünger als Elaine und himmelte sie an. Für ihre Klugheit und ihre Bildung. Was Elaine allerdings nicht daran hinderte, meine Mutter in den Tod zu treiben.»

«Natürlich.»

«So war es!» Clothildes Mund verzerrte sich bei diesen Worten, sodass Galien ihr Zahnfleisch sehen konnte. Sie ähnelte einer angreifenden Katze, sogar ihre Haare schienen sich gesträubt zu haben. «Und zwar deswegen!» Sie bückte sich und hob ihr Gewand ein Stück an. Etwa eine Handbreit des Saumes war aufgetrennt, und aus dem Loch zog Clothilde ein zusammengefaltetes Pergament und schleuderte es Galien vor die Brust.

Er fing es auf, entfaltete es. Offenbar war es ein Ausschnitt aus einem größeren Dokument. Galien sah einige Zeilen griechischen Texts, die mittendurch zerschnitten worden waren, außerdem einige ineinander gefügte Kreise. Er hatte keine Ahnung, was sie zu bedeuten hatten, aber eines begriff er sofort: Dies war die fehlende Seite aus Elaines Buch! Die Schnittkante passte exakt.

Clothilde ballte beide Hände zu Fäusten. Sie wirkte kleinmädchenhaft dadurch, schützens- und bedauernswert. Galien sah, wie der schmerzliche Ausdruck von Simons Gesicht schmolz, wie er die Hände nach Clothilde ausstreckte und sie an sich ziehen wollte. Sie machte sich los. Ihr Blick war starr, als sie flüsterte: «Sie hat sich in ihrem Gemach aufgehängt. Ich habe sie gefunden, und sie atmete noch. Hast du einmal gehört, wie jemand erstickt, Galien? Das gequälte Keuchen, die Zunge, die blau und dick aus dem Mund quillt? Ich habe versucht, sie zu retten, ich wollte sie festhalten, hochhalten, aber ich war zu klein. Ich konnte nichts tun!»

Der letzte Satz verklang in einem lang gezogenen Wehelaut. Clothilde krümmte sich und sank an Simons Brust. Eine Hand hatte sie noch immer zur Faust geballt, und mit ihr schlug sie jetzt auf seinen Harnisch ein. Er hielt sie fest und wartete, bis der Schmerz abebbte.

Sein Blick lag dabei auf dem Gesicht seines Halbbruders. «Sie war damals noch keine sechs Jahre alt, Galien.»

Galien spürte, wie die Anspannung aus seinen Schultern wich, die Wut und der Hass aus ihm herausflossen. Seine Halsmuskeln schmerzten. «Das wusste ich nicht.»

Clothilde machte sich aus Simons Umarmung los und trat zu Galien. Sie zupfte ihm das Pergament aus den Fingern, faltete es wieder zusammen, steckte es jedoch nicht fort.

Simon trat neben sie. Sie stellte sich auf die Zehenspitzen und gab ihm einen sanften Kuss auf die Lippen, der Simon erbeben ließ. «Es ist noch immer deine Pflicht, ihn zu töten», sagte sie leise.

Simons Blick begegnete über ihrer Schulter dem von Galien, und der Schmerz in ihm war jetzt mit Händen greifbar. Es kostete ihn sichtbare Anstrengung, sich einen Schritt von ihr zu entfernen. Zu Galien sagte er: «Geh jetzt lieber. Du findest Anne in einem Zelt am östlichen Lagerrand.»

# 3. Kapitel

Die Männer, die Anne nach ihrer Gefangennahme in ein Zelt abseits des Lagers brachten, waren einfache Soldaten. Sie stießen sie durch den zur Seite gebundenen Eingang und folgten ihr, um sie zu durchsuchen und zu fesseln.

Ihr Anführer war ein kleiner Kerl mit schlechten Zähnen, dessen weiche, blonde Haare im Kontrast zu seinem pickligen Gesicht standen. Seine Hände tasteten Anne ab, und sie biss die Zähne zusammen, als er ihr als Erstes das Messer wegnahm und auf einen kleinen Tisch an der Rückseite des Zeltes legte.

Den Samtbeutel mit dem Astrolabium betrachtete er unschlüssig. Dann löste er ihn von ihrem Gürtel. Kurz flackerte Neugier in seinem Blick auf, und er hatte die Finger schon an der Verschnürung, als er sich eines Besseren besann.

«Teufelszeug!», murmelte er, warf den Beutel zu dem Messer und rieb sich die Finger, als habe er sich verbrannt.

Anne mühte sich um eine feste Stimme. «Kein Teufelszeug. Ihr habt doch gehört, dass das Instrument auch unter Kirchenmännern anerkannt ist.»

«Das soll der Abt entscheiden», brummte der Hauptmann und setzte seine Durchsuchung fort. «Und was ist dadrin?» Er zeigte auf Annes Gürteltasche.

«Ein paar Kleinigkeiten.»

Der Hauptmann löste die Tasche und öffnete sie. Kurzerhand schüttete er seinen Inhalt auf den Tisch und schob ihn mit dem Zeigefinger auseinander.

«Ein Flusskiesel. Eine Feder.» Er sah auf. «Ihr könnt schreiben?» Mit vorgeschobener Lippe betrachtete er die anderen Gegenstände. «Ein paar Pergamente. Was steht darin?»

«Es sind nur ein paar Zeichnungen.»

«Wozu dienen die?» Der Hauptmann faltete eines der Pergamente auseinander und studierte die Skizze. «Nun», murmelte er unsicher. «Für mich sieht das nicht aus wie eine Ketzerschrift. Aber auch darüber wird der Abt entscheiden, sobald er Zeit hat, sich um Euch zu kümmern.» Er schob alle Gegenstände zu einem unordentlichen Haufen zusammen.

Dann musterte er Anne vom Kopf bis zu den Füßen. «Der Abt hat mir befohlen, dafür zu sorgen, dass Ihr nicht fliehen könnt, solange die Zimmerleute einen Käfig für Euch bauen. Werdet Ihr Euch wehren?» Er zog einige Lederriemen hinter seinem Gürtel hervor und hielt sie hoch.

In Anne sträubte sich alles bei dem Gedanken, gefesselt zu werden, aber sie verbarg ihre Angst. Wortlos reichte sie dem Mann ihre gekreuzten Handgelenke und ließ sich binden.

Eine Stunde später, die Schatten des Tages streckten sich bereits, war sie dicht davor, in Tränen auszubrechen, so sehr schmerzten sie die Schultergelenke und die Finger.

Der Hauptmann hatte sich nicht damit begnügt, Annes Hände und Füße zu fesseln, sondern hatte sie zusätzlich in stehender Position an die mittlere Zeltstange gebunden, die Arme über den Kopf erhoben. Keinen Fingerbreit konnte sie sich bewegen.

Immer wieder öffnete und schloss sie die Hände, aber es nützte nichts. Ihr Fleisch war taub, ihr Kopf dröhnte von der Anstrengung. Um sich von dem eigenen Elend abzulenken, versuchte sie, an andere Dinge zu denken. Galien! Aber auch der Gedanke an ihn war so schmerzhaft, dass sie ihn schnell von sich schob. Wie hatte sie nur so dumm sein können, zu glauben, er würde auch nur einen Bruchteil dessen für sie empfinden, was sie für ihn … Sie senkte den Kopf und streckte ihre schmerzenden Nackenmuskeln.

Und was war mit François?

Anne hatte keine Ahnung, ob der Priester noch am Leben war. Hatte Jehuda ihn dafür büßen lassen, dass er Anne dem Kreuzheer ausgeliefert hatte, um sie aus seiner Gewalt zu befreien? Oder hatte er gar einen neuen Versuch unternommen, aus François herauszupressen, wo sich das Buch befand?

Während durch den zurückgebundenen Zelteingang die Schatten der Dämmerung hereinkrochen und die beiden Wachen gegen andere ausgetauscht wurden, verlor Anne den Kampf gegen die Ohnmacht. Für einen kurzen Moment sank ihr Geist in tiefe Finsternis, schreckte jedoch sogleich wieder daraus auf.

Die ruckartige Bewegung ließ ihre Schultergelenke knirschen. Sie unterdrückte einen Schmerzensschrei. Dann bewegte sie ihre Schultern vor und zurück, immer wieder vor und zurück. Und während sie zusah, wie das letzte Tageslicht draußen schwand, bemühte sie sich krampfhaft, nicht vor Verzweiflung aufzuschluchzen.

«Habt Ihr ihr zu trinken gegeben in den letzten Stunden?»

Eine helle Stimme schnitt durch den Nebel, der sich in Annes Kopf ausgebreitet hatte. Sofort fühlte sich ihre Zunge dick und pelzig an.

Die gemurmelte Antwort verstand sie nicht, aber als eine schlanke Gestalt durch den geöffneten Zelteingang trat und eine brennende Fackel in den Boden rammte, hob sie den Kopf.

Es war die Frau mit den blonden Federhaaren.

In der Hand hielt sie einen Becher mit Wasser.

Anne presste die Lippen zusammen, um nicht vor lauter Verlangen danach aufzustöhnen. Obwohl die Nacht bereits einige Stunden alt war, war es noch immer heiß. Der Wassermangel hatte Annes Gedanken zäh gemacht, klebrig wie alten Honig.

Die blonde Frau trat vor sie hin und sah sie mitleidig an. «Armes Ding! Komm, trink erst einmal.» Sie setzte den Becher an Annes Lippen und wartete, bis er bis auf den letzten Tropfen geleert war.

«Mehr? Ich bringe dir gleich mehr, aber wir müssen vorsichtig sein. Zu viel ist nicht gut, du wirst es nur wieder erbrechen.»

«Ich danke Euch.» Anne rieb ihr Kinn gegen die Schulter. Eine tiefe Dankbarkeit für diese Frau erfüllte sie, auch wenn ihr bewusst war, dass sie ihre Verhaftung überhaupt erst herbeigeführt hatte. «Wer seid Ihr?»

«Clothilde. Und du bist Anne, nicht wahr?»

Anne nickte. «Und keine Ketzerin!»

Clothilde lächelte fein. Sie sah hübsch aus, dachte Anne. In kostbaren Stoff gekleidet, wenn ihre Gewänder auch von einfachem, praktischem Schnitt waren. Das dunkle Grün schmeichelte ihrem blassen Teint und ließ die weichen Haare im Licht der Fackel schimmern. «Natürlich nicht. Bischof Reynaud wäre nicht so dumm, ausgerechnet eine Ketzerin in seine Abordnung aufzunehmen, nicht wahr?»

Anne schüttelte den Kopf. «Aber warum klagen sie mich dann an?»

Clothilde kam ein Stück näher. Sie klang verschwörerisch, als sie schnurrte: «Wegen deines Instruments. Das wollen sie haben. Und das Buch, das man dir vor kurzem gebracht hat.»

Annes Blick zuckte zu dem Tisch, auf dem ihre gesamten Habseligkeiten lagen. «Das Buch habe ich nicht mehr. Es wurde gestohlen.»

«Gestohlen?» Clothilde zog den Kopf zurück. Sie hatte den

Tisch entdeckt und ging mit langsamen Schritten darauf zu. «Wie bedauerlich. Weißt du, wer es hat?»

«Nein.» Anne folgte Clothildes Händen mit dem Blick. Auf einmal verspürte sie einen scharfen Widerwillen bei dem Gedanken, dass die schlanken Finger dieser Frau Roberts Astrolabium berühren könnten. Kurz schwebten sie über dem Instrument, doch dann, als habe Clothilde es sich plötzlich anders überlegt, griff sie nach dem Pergament.

«Was haben wir denn da?»

«Nur eine Skizze.»

Clothilde faltete die Zeichnung auseinander. Ihre Augen wurden weit und die Haut um ihre Nase bleich.

Mit einem Ruck stieß sie das zusammengefaltete Blatt Anne vor die Nase. «Was ist das?» Mit einem Mal klang ihre Stimme scharf.

«Ich sagte es Euch doch schon, eine Skizze.»

Clothilde sog Luft ein. Täuschte Anne sich, oder hatten ihre Hände angefangen zu zittern? «Kennst du den Sinn dieser Zeichnung?»

«Ja. Es ist eine Zeichnung des Universums, wie Ptolemäus von Alexandrien es beschrieben hat.»

«So.» Noch einmal betrachtete Clothilde die Skizze. «Das Universum. Ptolemäus. Hm.»

Anne leckte sich über die aufgesprungenen Lippen. Der eine Becher mit Wasser hatte ihren Durst eher noch schlimmer werden lassen. «Bitte», flüsterte sie. «Könnt Ihr mir noch etwas zu trinken bringen?»

Clothilde schien sie nicht gehört zu haben. Ihr Gesicht näherte sich dem von Anne. Anne konnte den Duft nach Lavendel riechen, der aus Clothildes Haaren aufstieg. «Und du hast wirklich keine Ahnung, wo sich dieses Buch befindet?»

Kurz wandte Clothilde den Kopf, weil draußen Männerstimmen laut wurden. Anne hörte, wie jemand brummte:

«Das Messer bleibt hier!», dann wurde sie abgelenkt, weil Clothilde ihr Kinn in die Hand nahm und den Blick in ihren senkte. «Denk am besten noch einmal nach!»

«Lass sie los!»

Clothildes Arm fiel herunter, und sie fuhr herum.

Anne hob den Kopf.

Im Zelteingang stand Galien, sein Gesicht durch die Fackel von schräg unten beleuchtet und dennoch finster.

In Clothildes Miene erschien ein Funkeln. «Oha, mein Kreuzritter!» Sie trat einen Schritt zurück.

«Sieh zu, dass du verschwindest, denn sonst könnte es gut sein, dass ich die Beherrschung verliere.» Galien trat an Annes Seite. Er hatte ebenfalls einen Becher mit Wasser dabei, und den setzte er ihr jetzt an die Lippen.

«Trinkt langsam», bat er leise.

Sie mühte sich, dem Ratschlag nachzukommen, aber es gelang ihr nicht. Sie verschluckte sich und musste husten. Galien legte ihr eine Hand auf den Rücken. Seine Berührung war warm und tröstlich.

«Du solltest ihm nicht trauen!», hörte sie Clothilde sagen. «Er gehört zu jenen, die dich gefangen gesetzt haben, schon vergessen? Er ist ebenfalls hinter dem Buch her. Er …»

Mit einer harschen Geste schnitt Galien ihr das Wort ab. «Verschwinde!» An Anne gewandt sagte er: «Wozu hätte ich Euch das Buch dann bringen sollen?» Er richtete seinen kalten Blick auf Clothilde und starrte sie so lange an, bis sie endlich grimmig nickte und verschwand.

Eine völlig unverständliche, bodenlose Erleichterung griff nach Anne und ließ sie aufseufzen. Dann jedoch fing sie sich.

«Warum seid Ihr hier?», fragte sie.

Galiens Gesicht wirkte undurchdringlich, nur in seinen Augen schimmerte etwas mit großer Intensität. «Euretwegen natürlich.» Er deutete zum Zeltausgang. «Und wegen ihr. Ich dachte mir, dass sie zu Euch kommen und versuchen würde herauszufinden, wo das Buch ist. Sie besitzt eine Seite daraus, und offenbar will sie es ganz in ihren Besitz bringen.» Er begann sie zu umrunden, den Blick auf den Riemen geheftet, mit dem man ihr die Arme hochgebunden hatte.

«Warum habt Ihr das Kreuz genommen?»

Er griff nach dem Riemen und zerrte daran. Das Leder knirschte leise, und ein scharfer Ruck fuhr Anne schmerzhaft durch die Schultern. Sie stöhnte.

«Verzeiht. Das ist eine lange Geschichte.»

Anne atmete tief ein. «Und sie hängt mit dem Buch zusammen?»

«Nein.» Wieder zog er an dem Riemen. Erfolglos. «Verdammt! Sie haben mir mein Messer genommen. Ich kann nichts für Euch tun.»

Anne ignorierte ihn. «Was meint Ihr mit nein?»

Als erwarte er, Clothilde würde zurückkehren, zuckte sein Blick zum Zelteingang. Statt zu antworten hockte er sich in Annes Nähe auf den Boden, lehnte sich gegen eine der Stangen und zog ein Bein vor die Brust.

Es fiel Galien unendlich schwer, Annes Blick standzuhalten. Sie glaubte noch immer, dass er sie verraten hatte; begriff nicht, dass er hier war, um eine günstige Gelegenheit abzupassen, sie zu befreien.

Sie wartete auf eine Erklärung.

Und er wusste nicht, was er sagen sollte. Jeder Satz, den er im Kopf drehte und wendete, klang falsch. Nach einer Entschuldigung, nach Selbstmitleid. Also schwieg er.

Anne musterte ihn noch eine Weile stumm, und irgendwann sank ihr der Kopf auf die Brust.

Galien glaubte den Schmerz zu fühlen, der von ihren Schultern in ihren Brustkorb und ihren Leib strahlen musste. Elias hatte er damals mit dem Schwert verteidigt, als die Kreuzritter ihn festnehmen wollten. Warum nicht Anne? Er hätte sie mit der Klinge vor dem verborgenen Messer retten können, statt Clothildes Intrige zu folgen und Anne dadurch vom Regen in die Traufe zu befördern.

Irgendwann ging er, um ihr einen weiteren Becher Wasser zu holen, und als er zurückkam, hielt die Wache ihn auf.

«Hier. Flöß ihr das ein, das wird ihr ein bisschen Kraft zurückgeben.» Er stieß Galien einen Schlauch vor die Brust, der säuerlich nach Wein roch.

Dankbar nahm Galien ihn an.

«Ich würde dir gerne dein Messer zurückgeben», sagte der Mann leise. «Aber ich habe meine Befehle.»

«Kannst du es ihr nicht wenigstens ein bisschen bequemer machen?»

Der Mann zuckte die Achseln. «Tut mir Leid.»

Galien nickte ihm zu und betrat das Zelt.

Anne hob den Kopf, als er ihr den Becher hinhielt. «Langsam.»

Sie trank erst das Wasser, dann einige Schlucke Wein. «Danke. Warum seid Ihr denn noch hier?»

Er antwortete nicht, sondern sah sie nur an. Wie viel von seinem Innersten war ein offenes Geheimnis für sie?

«Woher weiß diese Clothilde von dem Buch und dem Astrolabium?»

Kopfschüttelnd antwortete er: «Nicht von mir, falls es das ist, was Ihr fürchtet.»

«Ich fürchte Euch nicht.»

«Ich habe Euch nicht verraten. Ich kam nur der Bitte dieses Mannes an Eurer Seite nach.»

«Er ist mein Pate. Er war der beste Freund meines Vaters.»

«Wieso *war*?»

«Mein Vater ist tot.»

Galien erschrak. Was konnte er darauf sagen? Elaine hatte immer die richtigen Worte gewusst. Schweigend zerrte er ein weiteres Mal an ihren Fesseln. «Das tut mir Leid», murmelte er endlich.

Anne sah ihn an, zog die blasse Unterlippe zwischen die Zähne. Dann nickte sie leicht.

Er setzte sich zurück an seinen Platz und begann zu erzählen, was er über Clothilde wusste, über sie, ihre tote Mutter und den Hass, der sie umtrieb.

# 4. Kapitel

Als Anne erwachte, stand Galien am Zeltausgang.

Ferner Lärm war zu hören. Waffengeklirr. Schreie – waren es wirklich Schreie?

Anne hob den Kopf. Die Nacht war fast vorüber, schon fiel bleigraues Licht durch die Zeltöffnung und ließ das Kreuz auf Galiens Waffenrock blutrot aufleuchten.

Eine leichte Veränderung seiner Haltung zeigte, dass er ihr Erwachen bemerkt hatte. Er drehte sich jedoch nicht zu ihr um.

«Etwas geschieht», sagte er. «Es klingt, als habe die Schlacht um die Stadt begonnen.» Er wechselte einige geflüsterte Sätze mit dem Wachmann, die Anne nicht verstand.

«Die Ritter rühren sich nicht», erklärte er dann. «Wahrscheinlich habe ich mich geirrt.»

Doch einem näher kommenden Sturm gleich wurde der Waffenlärm langsam lauter. Vor dem Zelt kam Unruhe auf. Anne vernahm Rufe, verwirrt, fragend.

«Sie haben keine Ahnung, was geschehen ist», meinte eine Stimme dicht vor dem Zelteingang. «Es geht das Gerücht, die Stadtbewohner hätten einen Ausfall versucht.»

Jemand lief hinter dem Zelt vorbei. Anne hörte Hufschläge, das helle Sirren von Schwertern, die aus der Scheide gezogen wurden.

Dann ein Ruf. «Die *ribauds* dringen in die Stadt ein!»

Jemand begann, mit dem Schwertknauf auf seinen Schild einzuschlagen, um auf diese Weise Alarm zu geben. Der Ton wurde von anderen aufgegriffen, wuchs zu einem hämmernden Dröhnen an, in dem die Befehle kaum zu verstehen waren.

«Zu den Waffen!»

«Gott will es!»

Annes Ohren gellten.

In ihrem Kopf entstand eine große, entsetzte Leere, in der ein einziger Gedanke wie eine riesige Bronzeglocke dröhnte.

Sie hatten Béziers angegriffen!

War bis zu diesem Augenblick die Zeit qualvoll langsam verstrichen, überschlugen sich jetzt die Ereignisse.

Galien rief jemandem etwas zu, dann kam er zu ihr, griff nach dem Lederriemen über ihrem Kopf und zog erneut daran. Anne half ihm, indem sie sich mit ihrem ganzen Gewicht fallen ließ. Alles, was sie erreichten, war ein brutaler Schmerz, der durch ihren Körper schoss. Rote Schleier wallten vor ihren Augen.

Galien umfasste ihre Taille und stellte sie wieder auf die Beine. «Geht es?»

Er ließ sie erst los, nachdem sie genickt hatte. Sie fühlte Tränen des Schmerzes in ihren Augenwinkeln und legte den Kopf in den Nacken, um ihrer Herr zu werden.

«Die Heeresleitung hat zu den Waffen gerufen.» Galien schloss die Faust um den Riemen. «Unsere beiden Wachen sind weg, aber es wird nicht viel Zeit bleiben.» Diesmal hängte er sich mit seinem ganzen Gewicht an den Riemen, aber alles, was er erntete, war ein leises Ächzen des Leders.

«Werden sie die Stadt niederbrennen?»

«Wenn es stimmt, dass die *ribauds* den Angriff führen, mit ziemlicher Sicherheit. Sie führen diesen Krieg nicht zu Gottes Ehren. Ihnen geht es lediglich um Kriegsbeute, und es ist ihnen egal, ob es sich dabei um Gold oder Frauen handelt.» Als werde ihm schlagartig klar, wie gnadenlos seine Worte klingen mussten, klappte er den Mund zu. Sein Blick hing nachdenklich an Annes Fesseln. «Ich muss etwas suchen, mit dem ich Euch losschneiden kann.»

Er rannte aus dem Zelt, und es kam Anne wie eine halbe Ewigkeit vor, bis er mit einem Messer wiederkam. «Es ist nur ein einfaches Fleischmesser. Hoffentlich geht es damit!» Konzentriert machte er sich daran, die Lederriemen durchzusäbeln. «Meine Güte, wann ist das zum letzten Mal geschliffen worden?»

«Ich muss in die Stadt!»

«Warum um Gottes willen?» Er säbelte ohne Unterbrechung weiter. Anne spürte seine Lippen an ihren Haaren.

«François. Ich muss ihn unbedingt finden!»

«Auf keinen Fall. Das ist viel zu gefährlich.»

«Er hat mich vor Jehuda gerettet, Galien! Ich kann ihn nicht einfach im Stich lassen.»

Galien schüttelte den Kopf.

«Er weiß, was in dem Buch steht! Es wäre auch zu Clothildes …»

«Clothilde interessiert mich nicht!»

Anne schloss die Augen. Grelle Bilder flackerten durch ihr Gehirn. François mit Jehudas Messer in der Brust. François, der unter den Schwertern der Angreifer fiel.

Anne öffnete die Augen wieder, als der erste Lederriemen riss. «Er ist der Einzige, der weiß, warum mein Vater ermordet wurde.»

Sie spürte Galiens Atem im Nacken. «Euer Vater ist … ermordet worden?»

Anne nickte stumm. Tränen drängten jetzt mit Macht gegen ihre Lider. Sie schluckte, als Galien einen Schritt zur Seite machte, um ihr ins Gesicht zu sehen.

Er blickte sie einige Atemzüge lang einfach nur an, dann war er wieder hinter ihr und sein Mund an ihrem Ohr.

«Bewegt Euch nicht», murmelte er.

Anne stand so still, wie sie vermochte, während Galien

seine Arbeit an dem zweiten Riemen fortsetzte. Keine zwei Atemzüge später riss der zweite Lederriemen mit einem hörbaren Peitschen. Annes Arme fielen nach unten wie tot. Heißer Schmerz raste durch ihren Körper. Sie ging in die Knie, die Zähne fest zusammengepresst, um nicht vor Schmerz zu stöhnen oder gar aufzuschreien.

«Ich halte Euch!» Galien hielt sie umfangen, bis sie sich wieder einigermaßen in der Gewalt hatte. «Geht es?»

Sie nickte. Auf ihrer Unterlippe schmeckte sie Blut. Vorsichtig ließ Galien sie los.

«Wir müssen zu den Pferdekoppeln. Tarik steht dort. Glaubt Ihr, Ihr schafft das?»

Sie nickte erneut. Der Schmerz raubte ihr beinahe das Bewusstsein, aber alles, was sie wollte, war, von hier zu verschwinden.

«Ungefähr zwanzig Schritte von hier entfernt befindet sich ein niedriges Gebüsch. Der Pferch ist dahinter. Tarik steht gesattelt in dem Verschlag ganz vorne. Lauft zu ihm und wartet dort auf mich.»

«Ihr habt das hier geplant!», rief Anne entgeistert. «Die Sachen ...» Sie deutete auf den Tisch.

«Ich nehme sie mit. Geht jetzt!» Doch dann hob Galien eine Hand. «Halt!», zischte er.

Stimmen wurden vor dem Zelt laut.

«Schnell, hierher! Sie kommen.» Galien bückte sich, schob eine Hand unter die rückwärtige Zeltwand und hob sie hoch, soweit es ging. Anne ließ sich auf alle viere fallen, wobei ein neuer Schmerz aufflammte, in ihrem Rücken diesmal. Es fühlte sich an, als hätten sich die beiden großen Muskeln rechts und links ihrer Wirbelsäule in Steine verwandelt, die ihr glühend heiß unter der Haut saßen. Hastig robbte sie unter der Zeltwand hindurch.

Und dann lief sie, so schnell ihre schwachen Beine sie tragen wollten.

Der Pferch schien mehr als zwanzig Schritte entfernt. Kurz hatte Anne den Eindruck, er rücke mit jedem Augenblick ein Stück weiter von ihr fort, aber dann war sie plötzlich an dem Gatter, zog sich daran hoch und fiel auf der anderen Seite kraftlos nieder.

Jemand schrie etwas.

Jemand war neben ihr. Sie wurde auf die Füße gerissen, dann war da ein Pferd, mit Sattel und Zaumzeug. Im nächsten Moment fand sie sich auf seinem Rücken wieder.

Galien sprang hinter sie, das Tier bäumte sich auf, dass Anne der Magen in die Kehle ruckte. Ein Gittertor. Ein krachendes Geräusch.

Tarik galoppierte mit ihnen fort.

Erneut klangen Stimmen auf, wütende Schreie, einmal trat ihnen jemand in den Weg, sprang jedoch im letzten Moment hastig zur Seite.

Der Hengst streckte sich, und der Wind biss Anne ins Gesicht.

Sie waren entkommen.

Die Bücherstapel verschwammen vor François' Augen und mit ihnen die Klarheit in seinem Kopf. Seine Welt bestand aus Nebel, Nebel und dem wühlenden Schmerz in seiner Seite.

Er konnte sich nicht bewegen, seine Arme und Beine waren wie gelähmt, aber vielleicht musste das auch so sein. Hatte er sich jemals in seinem Leben bewegt? Es war auch egal.

Alles, was zählte, war der Schmerz.

Jemand war bei ihm, eine sanfte Stimme wisperte in sein Ohr, und er konnte den warmen Atem wie eine Liebkosung an seiner Wange spüren. Tröstlich schien er ihm. «Damals, als Johann starb, wo war das Buch da?»

Eine gute Frage. François freute sich, sie für die sanfte Stimme beantworten zu dürfen. «In einem Geheimfach in meinem Regal. Du hast es übersehen!» Es war, als habe sein Geist sich geteilt. Eine Hälfte verspürte Hohn bei seinen Worten, Spott für das Versagen seines Gegenübers. Die andere Hälfte erschrak über die Intensität dieses Gefühls. Wie konnte er die Stimme verhöhnen, die so sanft mit ihm sprach?

«Wie bedauerlich! Wenn ich es gefunden hätte, wäre uns allen viel erspart geblieben, nicht wahr? Wann hast du dich entschieden, gegen mich zu arbeiten?»

François dachte nach. Er sollte diese sanfte Stimme verraten haben? Nein, das konnte nicht sein! «Habe ich nicht!», ächzte er.

Der Schmerz in seiner Seite entflammte mit greller Intensität, und er schrie.

«Mein lieber François! Deine Wunde sieht übel aus, du verlierst eine Menge Blut. Meinst du nicht, du solltest aufhören, mich anzulügen? Du hattest das Buch bei dir, später, als du auf dem Weg zu Elaine warst. Wir waren uns doch einig, dass es vernichtet werden muss. Warum hast du es nicht zerstört?»

Der Nebel lichtete sich ein wenig und enthüllte eine Erinnerung. François sah sich durch die nächtlichen Straßen eilen. Das Buch wog schwer in seinen Armen. Der Brunnen war plötzlich vor ihm, als habe er sich direkt aus der Finsternis materialisiert. François blieb stehen. Schwarzes Wasser funkelte und reflektierte das Licht der Sterne. Er hob das Buch, hielt es über den Brunnenrand.

Bedauern durchflutete ihn mit solcher Macht, dass er aufschrie.

Er konnte es nicht vernichten. Das Wissen war zu wertvoll. Zu groß schien die Macht, die es demjenigen verlieh, der es zu nutzen wusste. Er ließ die Arme sinken. Das Buch kam auf den Brunnenrand zu liegen.

Nein, er würde es nicht vernichten. Er würde dafür sorgen, dass das Wissen in Sicherheit gebracht wurde. Verbergen würde er es. Für lange Zeit. Wenn er es richtig anging, dann hätte das dieselbe Wirkung wie die Vernichtung des Buches: Das Sterben würde aufhören. Johann würde der Letzte gewesen sein, der wegen des Buches gestorben war.

Ein Lächeln glitt über François' Miene.

Ja, das war die Lösung!

«Warum?» Die sanfte Stimme war schärfer geworden. François versuchte zu begreifen, aus welchem Grund. Was hatte er falsch gemacht, womit hatte er sie verärgert?

«Es war zu wertvoll, um es zu vernichten!», flüsterte er.

«Es ist Teufelei!», kreischte die Stimme. «Es muss aus der Welt geschafft werden. Und mit ihm all jene, die von ihm wissen, weil ihre Seelen sonst der ewigen Verdammnis anheim fallen!»

Der Teil von François' Geist, der noch klar denken konnte, wehrte sich gegen diese Worte. «Du glaubst nicht an die ewige Verdammnis», sagte er.

Er erhielt einen harten Schlag für diesen Frevel. Finsternis schlug über ihm zusammen, rote Flammen leckten nach seinem Fleisch und brannten es von den Knochen. So höllisch waren die Qualen, dass er den Kopf in den Nacken warf und sein Leiden hinausbrüllte. «Du hast Recht!», heulte er schließlich. «Ich kann es spüren, das Feuer der Hölle! Es verzehrt mich, Jehuda! O bitte, mach dem ein Ende! Rette meine unsterbliche Seele!»

«Gleich, mein Lieber.» Da war sie wieder, die sanfte Stimme. Seine Rettung. «Sag mir erst noch, wo das Buch ist.»

Aus den Augenwinkeln konnte François die roten und schwarzen Flammen zurückkehren sehen. Er bäumte sich auf, aber es nützte nichts. Wimmernd versuchte er sich zusammenzurollen, aber es ging nicht.

«Wo ist das Buch, François?» Die Stimme hallte in seinem Kopf wie in einem leeren Eimer.

«Lambert hat es!», schluchzte er. «Bitte! Erlöse mich, Herr!»

Die Flammen fauchten heran, aber bevor sie ihn einhüllten, fraß sich ein weiterer Schmerz durch seinen Leib und explodierte zu grellem Leuchten.

Und dann war endlich Frieden.

# 5. Kapitel

Die Schlacht entlang der Stadtmauern sorgte dafür, dass sie nur halbherzig verfolgt wurden. So gelang es Galien recht leicht, ihre Häscher abzuschütteln, indem er in einen der undurchdringlichen Wälder ritt, sich bis zu einen ausgetretenen Pfad durchschlug und auf diesem in vollem Galopp dahinjagte.

Schließlich erreichten sie eine kleine Lichtung. Galien zügelte Tarik und brachte ihn zum Stehen. Das helle Fell des Hengstes war feucht von dem scharfen Ritt, aber das Tier atmete kaum schneller als sonst. Galien klopfte ihm den schlanken Hals. «Guter Junge.» Dann ließ er sich zu Boden gleiten und hob Anne aus dem Sattel.

Sie stand jetzt sicherer auf ihren eigenen Beinen, aber sie war blass und sah krank aus. Bei ihrem Anblick kam es Galien vor, als schwanke der Boden unter ihm. Es gelang ihm nicht, die Hände von ihrer Taille zu nehmen, und als habe der Moment auch sie gebannt, stand sie einfach nur vor ihm, die Finger auf seinen Schultern, und sah ihm mitten ins Gesicht.

«Ihr habt Euch gegen Euren Herrn gestellt», sagte sie mit leiser Stimme.

«Ich diene keinem Herrn und schon gar nicht in diesem Heer.»

Sie ließ die Arme sinken. Ganz leicht zitterten ihre Lippen dabei und zeigten Galien, wie viel Schmerz sie empfinden musste. Sie wies auf das Kreuz auf seinem Waffenrock. «Ihr habt für diesen Krieg Treue geschworen, wem auch immer. Indem Ihr mich befreit habt, habt Ihr diesen Eid gebrochen.»

Galiens Gedanken wanderten zu seiner Nacht in der Zelle

von Saint-Gilles zurück, zu dem Kreuz aus Mondschatten, das Gott über seine Hand gelegt hatte, zu der Zuversicht, die ihn erfüllt hatte. Dem sicheren Wissen davon, welchen Weg Gott für ihn vorgesehen hatte. Er war nicht hier, um irgendwelche armen Menschen zu bekämpfen, deren Glaube nicht mit dem der geltenden Doktrin übereinstimmte. Er war hier, weil Gott ihm eine andere Aufgabe zugeteilt hatte, und beim Blick in Annes Augen wusste er ganz genau, was für eine Aufgabe das war.

Gott hatte Großes vor mit dieser zierlichen, dunkelhaarigen Frau, und seine Aufgabe bestand darin, ihr zur Seite zu stehen.

*Das* war Gottes Wille.

Das war etwas, an das Galien glauben konnte.

Er lächelte leicht, weil sein Herz sich plötzlich anfühlte wie ein Vogel, der nach langer Gefangenschaft den Himmel zurückerlangt. «Nein», sagte er nur.

«Nein!» Anne verdrehte die Augen. «Immer nur nein! Ihr seid mir ein Rätsel, Galien de Montgris!» Sie bemerkte, dass der Riss in ihrer Lippe noch immer leicht blutete, und drückte den Handrücken gegen die kleine Wunde. Dann spähte sie zwischen den Baumstämmen hindurch, als könne sie von hier aus die Mauern der Stadt erkennen. «Die Stadt brennt, aber im Moment nur in der Nähe der Porte Saint-Saturnin. Wenn wir einen Bogen schlagen, können wir von der anderen Seite aus in François' Viertel gelangen.»

«Glaubt Ihr wirklich, dass er sich in seinem Haus befindet?» Galien hatte gedacht, dass Anne seit ihrer Flucht aus dem Zelt nicht viel von der Umgebung mitbekommen hatte, aber offenbar hatte sie genau gesehen, was mit ihrer Stadt geschah. Béziers lag auf einem Hügel, dessen Hänge nach Osten hin sanft bis in die Ebene abfielen, in der das Heer lagerte. Bevor sie in den Wald geprescht waren, hatte sich ihnen ein gutes Bild der Stadt geboten. Rauchsäulen stiegen von mehreren Stellen auf, Flammen schlugen aus einzelnen Gebäuden, aber die Zerstörung konzentrierte sich im Moment tatsächlich noch auf die Viertel, die dem Lager der Kreuzfahrer am nächsten waren.

«Ich muss es glauben.»

«Und wie wollt Ihr in die Stadt kommen? Sie befindet sich immerhin im Belagerungszustand!»

«Darüber mache ich mir Gedanken, wenn es so weit ist. Ich danke Euch dafür, dass Ihr mich befreit habt.» Sie wartete, und als er keine Anstalten machte, auf sein Pferd zu steigen, fügte sie hinzu: «Wollt Ihr nicht zu Eurem Heer zurück?»

«Nein.»

Sie verzog den Mund, aber ihre Augen begannen zu leuchten. Sachte tippte sie gegen das rote Kreuz auf seiner Brust. «Ich glaube, das solltet Ihr lieber ablegen, wenn Ihr nicht zur Zielscheibe eines Pfeils werden wollt.»

Sie verließen die Lichtung und folgten dem Wildwechsel in Richtung Süd-Westen bis zum Waldrand. Direkt vor ihnen wand sich eine Straße auf die Stadtmauern zu, dahinter rollte träge der Fluss durch die Landschaft.

«Die Straße schlägt weiter südlich einen Bogen und führt nach Narbonne», überlegte Anne. «Unten am Fluss befindet sich ein Pfad, der bis fast an die Alte Brücke führt. Vielleicht können wir von dort aus in die Stadt gelangen.» Sie verließ das Unterholz, bevor Galien protestieren konnte. Er folgte ihr, nachdem er sich vorsichtig nach allen Seiten umgeblickt hatte. Tarik führte er am Zügel hinter sich her.

Die Straße war ausgedörrt von der Hitze der letzten Tage, und sie mussten über tiefe, harte Spurrillen steigen. Dahinter senkte sich eine frisch gemähte Wiese bis hinunter an den Fluss. Der Duft von Heu kitzelte Galien in der Nase und ließ eine Erinnerung an seine Kindheit aufblitzen. Damals hatte er mit Pierre oft in den Heuschobern Verstecken gespielt …

«Halt!»

Direkt vor Anne trat ein Mann aus der Hecke, die sich auf der Hälfte des Weges neben dem Pfad hinzog. Galien sah zuerst das gezogene Schwert, dann das vertraute Wappen auf dem Waffenrock.

«Mauvoisin!»

Der Ritter wirkte nicht sehr froh, ausgerechnet Galien hier zu treffen. Er warf einen Blick über seine Schulter, wo außer Guy de Lévis noch ein weiterer Mann aus der Hecke hervortrat.

«Simon! Was machst du hier?» Galien griff nach seinem Schwert, das er an Tariks Sattel hatte hängen lassen, als er Anne in ihrem Zelt aufgesucht hatte. Er hatte es halb gezogen, doch Simon legte seine Hand auf Mauvoisins Arm und drückte dessen Klinge zu Boden. «Lass gut sein.»

Galien sah zwischen Anne und seinem Halbbruder hin und her.

Simon seufzte. «Als die *ribauds* in die Stadt eingefallen sind, hat Nevers mir den Befehl gegeben, achtzig Männer zu nehmen und die Brücke zu sichern, für den Fall, dass jemand versuchen sollte, auf diesem Weg zu flüchten.» Er deutete um sich, und Galien zollte der Tatsache Anerkennung, wie gut er seine Männer in den Büschen ringsherum verborgen hatte. Die Brücke war von hier aus gut einzusehen. Sie lag verlassen da, lockend, wie der Weg in eine Falle. Das Tor oberhalb war verschlossen.

Auf diesem Weg würden sie nicht weiterkommen. Galien durchdachte seine Möglichkeiten. Er hatte keine Chance, sich allein im Kampf gegen die Ritter durchzusetzen. Fürsorglich stellte er sich zwischen Anne und Simon.

Über das Gesicht des Grafen huschte ein Schatten. «Anne, die Tochter des Messingschmieds. Ihr seid also wieder frei.» Er klang resigniert. Anne wich Galien zur Seite und stellte sich ungeschützt neben Galien.

«Ja. Ich weiß nicht, wer Ihr seid, aber ich bitte Euch: Lasst uns durch, wir müssen unbedingt in die Stadt.»

«Die Stadt brennt.»

«Ich weiß, aber es ist wichtig.» Sie zögerte.

Galien berührte sie am Arm. Jeder einzelne seiner Muskeln war angespannt, sodass es sich anfühlte, als könne er aus dem Stand über den Fluss springen. Simons Blick brannte in seinem Gesicht. «Du weißt», sagte der Graf ruhig, «dass du deinen heiligen Eid brichst, wenn du das Heer jetzt verlässt?»

Galien nickte. «Ich kann es dir nicht erklären, aber ich weiß, dass Gott genau das mit mir vorgehabt hat.»

Simon schnaubte, doch in seinem Blick erschien ein Funke von Unsicherheit. «Du weißt auch, dass ich dich gefangen setzen kann, wenn du dich jetzt gegen uns stellst.»

Ja, Galien wusste, dass er den Schutz des Heiligen Vaters verlor, wenn er sich vom Heer lossagte. Dass er seinem Bruder hier die Gelegenheit gab, das zu Ende zu führen, was er in Montgris nicht geschafft hatte: ihn zu töten.

Aber er ahnte auch, dass Simon das nicht tun würde. Fast empfand er Mitleid mit ihm. Verblüfft lauschte er in sich hinein. Hier stand der Mörder seiner Mutter, sagte er sich. Der Mann, dem er blutige Rache geschworen hatte.

Simon schien den gleichen Gedanken zu haben. «Noch vor kurzem hättest du jede Gelegenheit genutzt, um mir deine Klinge in die Kehle zu rammen», sagte er.

Galien schüttelte den Kopf. «In Saint-Gilles habe ich dich nicht getötet, obwohl ich es gekonnt hätte. So, wie du mich in Montgris verschont hast. Vielleicht habe ich in meinem Verlies begriffen, dass Rache uns nicht weiterbringt.» Jedenfalls wollte er im Augenblick nichts weniger, als Simon zu töten.

«Es ist ein Unterschied, dich in Friedenszeiten zu hassen, wo es ausreicht, den Hass durch Worte auszudrücken», murmelte Simon.

Galien nickte. «Fürs Töten reicht der Hass nicht?»

Simon zuckte die Achseln. «Bei dir?»

«Im Moment nicht.» Galien sah Mauvoisin und Lévis an. «Abgesehen davon würde ich auch diesmal nicht weit kommen, oder?»

Simon antwortete nicht, sondern wandte sich an Anne. «Es ist Euer Verdienst», sagte er ihr, «wenn Galien seinen Racheschwur vergessen hat. Ihr müsst ihm kostbar sein.» Der Neid in seiner Stimme war für alle hörbar.

Anne sah Galiens Kehlkopf auf und ab rucken.

«Irgendwann wird Clothilde erneut von dir verlangen, mich zu töten, und was dann?»

Ein spöttisches Lachen verzerrte Simons Gesicht. «Jeder denkt, sie hätte mich nur am Schwanz gepackt! Aber das ist es nicht.»

«Sie besitzt Euer Herz!» So viel Schmerz war in seinen Augen zu sehen, dass Anne sofort begriff: Dieser Ritter liebte die zierliche, eisenharte Frau. Und es war sein Schicksal, dass er offenbar Galien nicht genug hasste, um sich ihrer Liebe zu versichern.

Simon stieß sein Schwert mit solcher Kraft in die Scheide, dass das Leder mit einem dumpfen Knirschen protestierte. «So ist es.»

Anne biss sich auf die Lippe. «Der Grund», sagte sie, «warum wir in die Stadt müssen, ist dieses Buch.» Sie setzte alles auf eine Karte, das wusste sie. In Simons Augen musste das Buch noch immer eine ketzerische Gefahr darstellen. Dennoch glaubte sie zu wissen, wie er reagieren würde. «Nur wenn wir es in die Finger bekommen, erhalten wir Antworten auf unsere brennendsten Fragen. Wir könnten auch Clothilde helfen.» Der letzte Satz hing in der Luft wie eine flehentliche Bitte.

Simon jedoch schien sie kaum gehört zu haben. «Ja», murmelte er vor sich hin. «Mein Herz. Vermutlich. Aber auch noch etwas anderes. Mehr, als du dir jemals vorstellen kannst, Galien. Sei froh, dass du dir keine Gedanken um Land und Macht machen musst. Diese Dinge sind erstrebenswert, aber wenn du sie erst hast, schlagen sie dich in eiserne Ketten. Du solltest jetzt gehen.»

Bevor Anne wusste, wie ihr geschah, legte sich Galiens Hand auf ihren Oberarm. «Kommt», bat er leise.

Und sie folgte ihm.

Weit kamen sie allerdings nicht. Der Mann, den Galien mit Mauvoisin angeredet hatte, stellte sich ihnen in den Weg, das Gesicht schmal und dunkel vor Ernsthaftigkeit.

«Euch ist klar, dass es ihrer Worte nicht bedurft hätte, oder?», fragte er Galien und wies dabei in Annes Richtung.

Galien antwortete nicht sofort. In seiner Miene arbeitete es. Er sah auf Simon, der sich inzwischen abgewandt hatte. Endlich nickte Galien. «Ich weiß. Er hat mein Leben einmal verschont.»

«Heute hat er es ein zweites Mal getan. Geht jetzt. Und denkt darüber nach.»

In diesem Moment erscholl ein Ruf von jenseits des Flusses.

«Graf! Das Tor öffnet sich!»

Und tatsächlich. Die Porte du Pont war ein Stück weit aufgeschwungen. Der Spalt gähnte menschenleer, gerade so, als lauere jemand dahinter, um sicherzugehen, dass er das Tor gefahrlos durchschreiten konnte.

*Bleibt, wo Ihr seid!*, dachte Anne verzweifelt. *Ihr lauft in eine Falle!* Aber natürlich hörten die Menschen ihre stummen Gedanken nicht. Ein einzelner Mann streckte seinen Kopf durch den Spalt.

Im nächsten Augenblick hämmerte dicht neben seiner Wange ein Pfeil in das Holz des Tores. Und dann geschah alles in rasender Geschwindigkeit.

Der Mann zog den Kopf zurück, aber anstatt das Tor wieder zu verschließen, schwang er es weiter auf.

Anne glaubte ihren Augen nicht zu trauen.

Geschrei wurde laut, einem wilden Heulen nicht ganz unähnlich. Dicker, blauer Qualm stieg hinter der Stadtmauer in die Höhe. Und Menschen drängten durch die Porte du Pont aus der Stadt.

«Sie fliehen das Feuer!» Obwohl Galiens Ruf nicht laut war, gellte er in Annes Ohren. Sie spürte, dass er nach ihrer Hand griff. Im nächsten Moment zerrte er sie mit sich, herunter von dem Pfad, auf die Wiese dahinter.

«Steigt auf!»

Halb zog sich Anne in Tariks Sattel, halb wurde sie hochgeschleudert. Galien sprang hinter sie und gab dem Hengst die Sporen.

«Was habt Ihr vor?» In Annes Ohren klingelte es. Kampflärm erhob sich. Wildes Gebrüll, das Sirren von Pfeilen.

Unter den Fliehenden gab es die ersten Toten. Und im nächsten Moment streifte etwas ihre Wange.

Ihr Herz stolperte. Pfeile. Man schoss auf sie!

«Sie haben keine Ahnung, dass wir nicht zum Heer gehören!», rief Galien, während er Tarik noch einmal zu höherer Geschwindigkeit antrieb.

Vor Annes Augen verwischte die Landschaft zu einem Schleier. Sie sah einen riesigen Schatten auf sich zustürzen. Ein Baum. Ein heftiger Ruck durchfuhr sie, als Tarik mit einem schrillen Wiehern auskeilte. Dann flog sie durch die Luft.

Dornige Zweige fingen sie auf, legten sich um sie wie die Arme einer fürsorglichen, aber widerborstigen Amme, zerkratzten ihr Gesicht, Hände, Beine. Noch einmal wieherte Tarik. Galien schrie unterdrückt auf.

Im nächsten Augenblick war er bei ihr, wollte ihr aus dem Gestrüpp helfen, aber sie hatte sich bereits selbst befreit. Erstaunt protestierte sie, als er sie mitten im Unterholz niederdrückte.

«Still. Und bewegt Euch nicht.»

«Was …»

«Scht.» Wie im Zelt brachte er den Mund dicht an ihr Ohr. «Die Pfeile kamen nicht von der Mauer, sondern von Simons Rittern. Sie wissen nicht, dass mein Bruder uns verschont hat.»

«Simon ist Euer …»

Galiens Hand legte sich auf Annes Mund und drängte alle Fragen, die sich auf ihrer Zunge tummelten, mit Gewalt in ihren Hals zurück. «Still. Ich erkläre es Euch nachher. Der Ritter ist uns gefolgt.»

Und dann presste er Anne tiefer in die weiche, nach Laub duftende Erde.

«Er scheint uns nicht weiter zu suchen.»

Wohl eine halbe Stunde war vergangen, als Galien sich endlich aufrichtete und durch das Unterholz in Richtung Waldrand spähte.

«Wahrscheinlich hat er Befehl erhalten, sich lieber um die anderen zu kümmern.»

Annes Haare richteten sich auf, weil ihr klar wurde, was er mit *kümmern* meinte. Auch sie setzte sich auf, schob ein paar Zweige zur Seite und spähte in Richtung Brücke.

Ein unterdrückter Schreckenslaut entfuhr ihr. Das Bild, das sich ihr bot, war beherrscht von zwei grellen Farben.

Gelb, wie die Flammen, die inzwischen aus Dutzenden von Dächern leckten.

Und Rot, wie das Blut, das alles zu bedecken schien. Die Brücke, die Mauern, die Erde, sogar das Gras war nicht mehr grün, sondern hatte eine düstere, dunkelrote Färbung angenommen. Überall lagen – zerschmetterten Puppen nicht unähnlich – Leichen, Männer, Frauen, Kinder. Anne schlug sich beide Hände vor den Mund.

Galien erhob sich und bot ihr seinen Arm. Sie griff danach und ließ sich auf die Füße ziehen. Ihre Schultern schmerzten noch immer von der Nacht in Fesseln, aber viel schlimmer war jetzt der Schmerz in ihrer Brust.

Sie konnte den Blick nicht von der Stadt wenden. Das Schlachtfeld lag verwaist bis auf eine Hand voll Krähen, die Vorboten eines großen Schwarms, die zwischen den Leichen herumhüpften und begannen, an ihnen herumzupicken.

«Wo sind die Ritter?» Sie flüsterte, als fürchte sie, die Männer könnten im nächsten Moment aus der Erde zu ihren Füßen wachsen. Es war unheimlich, dass jene, die noch eben alles Land verheert hatten, plötzlich einfach verschwunden waren. Wie Dämonen.

«In der Stadt.» Galien entfernte sich kurz, und als er zurückkam, hatte er Tarik am Zügel. Einer der ihnen nachgeschickten Pfeile hatte das Tier an der Hinterhand getroffen. Darum hatte er gebockt und so schrill gewiehert. Die Wunde war jedoch nur oberflächlich, und das Blut trocknete bereits.

Galien hielt die Zügel, während sie sich in den Sattel zog. Dann stieg er hinter ihr auf, und langsamen Schrittes ritten sie auf die brennende Stadt zu.

# 6. Kapitel

Wie sie es geplant hatten, betraten sie die Stadt durch die Porte du Pont. Der Weg war an dieser Stelle besonders steil, führte in mehreren Serpentinen den Hang hinauf, dann durch das Tor und direkt dahinter in eine Gasse, die so abschüssig war, dass Tarik beinahe den Halt verlor.

Galien sprang aus dem Sattel und zog sein Schwert. «Ihr könnt sitzen bleiben. Wohin müssen wir?»

Anne hatte erwartet, dass sich das Leichenmeer von draußen hier drinnen fortsetzen würde, aber zu ihrer grenzenlosen Erleichterung war dem nicht so. Die Gasse und auch der Platz, den sie gleich darauf erreichten, waren völlig leer. Weder waren irgendwo Ritter oder gar *ribauds* zu sehen, noch zeigte sich auch nur der Zipfel eines Stadtbewohners. Der ferne Kampflärm ließ das Geprassel der unzähligen Feuer und die eigenartige Stille, die über dem Viertel lag, noch bedrohlicher wirken.

Anne wies quer über den Platz. «Diese Straße teilt die Stadt von Nord nach Süd. Auf ihr kommen wir am schnellsten in François' Viertel.»

«Glaubt Ihr etwa, dass Jehuda ihn nach Hause gebracht hat?»

Anne fuhr sich mit der Zunge in die Wange. «Er kann überall sein. Aber François' Haus ist unser einziger Anhaltspunkt.»

«Gut.» Mit einem leisen Schnalzen trieb Galien Tarik an.

Sie überquerten den Platz. Auch hier war keine Menschenseele zu sehen.

«Wo sind sie alle?» Galiens Blicke huschten über Hausfassaden, in den Himmel, zurück zu Boden und wieder über die Häuser.

«Wahrscheinlich im Kathedralviertel.» Links von ihnen war zwischen zwei Häusern eine hoch aufragende Mauer zu erkennen. In einiger Entfernung erschollen Schreie. «Es ist noch einmal mit Verteidigungsanlagen umgeben, und bei den Vorbereitungen auf die Schlacht hieß es, alle Bewohner von Lespignian müssten sich dorthin in Sicherheit bringen, falls die Außenmauern fallen sollten.»

«Und die Bewohner der anderen Viertel?»

Das Geschrei wurde lauter. Einzelne Stimmen waren auszumachen. Kinderkreischen, tiefes Gebrüll, wie von kämpfenden Männern. «In den Kirchen hauptsächlich. In ...» Sie schrie auf, denn mit einem Mal befanden sie sich mitten in der Schlacht.

Tarik scheute, und Galien hatte Mühe, ihn zu bändigen. Bevor Anne von seinem Rücken geschleudert wurde, gelang es ihr abzuspringen.

Sie hatten eine Querstraße erreicht, die das Viertel Nissan mit dem Kathedralviertel verband. Eine Frau rannte dicht vor ihnen über die Straße, einen kleinen Jungen an der Hand hinter sich herziehend, einen Säugling auf dem Arm. In etwas größerer Entfernung sah Anne zwei Stadtbewohner mit einer Gruppe von *ribauds* kämpfen. Die Männer hatten keine Chance. Sie fielen einer nach dem anderen unter den Schwertstreichen der Söldner.

Flammen schlugen aus einem Haus an der Ecke. Dicke, schwarze Rauchwolken stiegen in den Himmel wie mahnende Zeigefinger. An einem der oberen Fenster stand eine alte Frau und schrie um Hilfe.

Galien nahm Zügel und Schwert in eine Hand, packte Anne am Arm und zog sie seitlich in eine Gasse, gerade in dem Moment, als vorne eine Gruppe Berittener um eine Ecke galoppiert kam.

«Aufhören!», hörte Anne einen der Kreuzritter brüllen. «Das ist ein Befehl!»

Sie bekam nicht mit, ob der Befehl gehört worden war oder irgendeine Wirkung zeitigte.

«Wo lang?» Galiens Gesicht war dicht neben ihr, und sie schüttelte die Benommenheit ab. Abseits der Hauptstraße war das Gewirr der Gassen eng und unübersichtlich.

Anne nahm Galiens Hand. «Kommt.» Sie zog ihn mit sich fort.

Kampfgetöse, Feuersbrünste, die schrillen Schreie der Stadtbewohner und das tiefere Gebrüll von Rittern und *ribauds* vermischten sich in Annes Wahrnehmung zu einem wahrhaft höllischen Hintergrundlärm. Einmal mussten sie zurückweichen und eine andere Gasse wählen, weil vor ihnen ein Haus brennend zusammengebrochen war. Ein anderes Mal entkamen sie nur knapp den Armbrustbolzen eines einzelnen *ribauds*, der, als er sie sah, sofort auf sie anlegte und schoss.

Kurz bevor sie das Viertel Lespignian verließen, blieb Annes Blick an zwei Leichen hängen. Wie zu Stein erstarrt hielt sie inne. Ihre Augen wurden weit. Galien, der noch immer ihre Hand hielt, wollte sie schon mit sich fortzerren, als sie den freien Arm hob und auf einen der Hauseingänge deutete.

«Charles!»

Galiens warnenden Ruf ignorierend, machte sie sich los und rannte zu dem Haus hinüber.

Im Eingang lagen zwei Körper, einer halb gegen den Türrahmen gesunken, der andere wie schützend über den ersten geworfen. Gemeinsam waren sie mit einem rot gefiederten Pfeil an das Holz genagelt.

Anne sank vor den beiden Toten auf die Knie. Marie, die aufrecht sitzende Leiche, starrte blicklos in eine Ferne, die Anne nicht sehen konnte. Ein Blutsfaden, dünn wie ein Haar, war aus ihrem Mundwinkel gesickert und auf der schneeweißen Haut angetrocknet.

Charles' Gesicht war nicht zu erkennen, denn sein Kopf lag vornübergesunken, seine Stirn berührte die Türschwelle. Seine Haare flossen um den Hinterkopf wie ein Wasserfall. Mit zitternden Händen strich Anne sie zur Seite. Seine Haut war wachsbleich, einzig ein fingerlanger Riss zeichnete seine Wange.

«Wer ist das?» Galien war hinter sie getreten, ohne dass sie ihn gehört hatte. Er berührte sie an der Schulter, und da erst merkte sie, dass nicht nur ihre Hände zitterten. Ihr gesamter Körper wurde von einem lautlosen Beben geschüttelt.

«Charles de Lespignian», murmelte sie. «Vor ein paar Wochen hat er um meine Hand angehalten.»

Ohne ein weiteres Wort ließ Galien seine Hand von ihrer Schulter unter ihre Achsel wandern und zog sie hoch. Tarik stand dicht hinter ihm. Seine Ohren spielten unruhig, und immer wieder, wenn ein Schrei ertönte oder ein anderes lautes Geräusch aufklang, zuckte sein Kopf in die Höhe.

Sie stolperte hinter Galien her, quer über den Marktplatz in der Mitte der Stadt. Auch hier lagen Leichen, viele von ihnen durch Schwertstreiche niedergemäht, manche mit Pfeilen oder Armbrustbolzen im Leib. Anne sah, dass Galiens Miene sich beim Anblick von so viel Zerstörung und Tod zu einer bleichen Maske verhärtet hatte. Sie nahm seine Hand, und er warf ihr einen stummen Blick zu. In seinen Augen stand wieder jener Ausdruck von Trauer, den sie bei ihrem allerersten Treffen wahrgenommen hatte. Sie hasste sich dafür, dass sie ihn dazu gebracht hatte, mit ihr in die Stadt einzudringen, aber jetzt war nicht der Zeitpunkt für Selbstvorwürfe.

«Anne?» Eine helle Stimme kreischte Annes Namen. Eine Frau taumelte hinter den Trümmern eines brennenden Ochsenkarrens hervor und streckte beide Hände nach ihr aus.

«Anne, Gott sei Dank!» Sie kam näher und brach direkt vor Galien zusammen. Mit einem Arm fing er sie auf.

Es war Janine, die Marktfrau.

Sie blutete aus mehreren Wunden an Armen und Hals, und noch während sie versuchte, sich in Galiens Armen aufzurichten und Anne zu berühren, wich das Leben aus ihr. Ihr Kopf fiel nach hinten.

Galien ließ sie sanft zu Boden gleiten.

Der Tod der Bäuerin öffnete eine Schleuse in Anne. Wo sie beim Anblick von Charles' Leiche nur dumpfes Entsetzen und Bedauern hatte fühlen können, verspürte sie nun beißende Trauer um die alte Frau. Tränen schossen ihr in die Augen und rannen über ihr Gesicht.

Sie wies schluchzend auf einen Bogengang. «Dort ... geht es nach ... Sainte-Madeleine. François' Haus ist das letzte ... in der Gasse direkt neben ... der Kirche.»

Und dann eilte sie Galien voraus.

*Gott hatte Gefallen an ihm!*

*Dessen war er sich ganz sicher, seit dieser verlogene Priester sein Messer gespürt hatte.*

*Er hatte dessen unsterbliche Seele gerettet, und dafür hatte Gott ihm zwei seiner Engel gesandt. Sie waren bei ihm, und sie schützten ihn.*

*Jehuda warf den beiden hoch gewachsenen Gestalten in ihren weißen Gewändern am anderen Ende des Raumes verstohlene Blicke zu. Groß waren sie, groß und Ehrfurcht gebietend. Und wunderschön.*

*Mit ruhiger Stimme hatte der eine von ihnen mit ihm gesprochen, hatte ihn aufgehoben, als er von der Last seiner Aufgabe niedergedrückt mit dem blutigen Messer in der Hand vor dem Priester niedergesunken war. Der Engel hatte ihm das Messer aus der Hand genommen, ganz sanft, dann hatte er ihn fortgeführt und ihm zu trinken gegeben.*

*Sie hatten ihn mit sich fortgenommen und in den Vorhof des Paradieses gebracht. Hier saß er jetzt, in weichen Kissen, mit einem Weinbecher in der Hand. Irgendwo plätscherte Wasser, und ab und an erklang ein leises Klatschen, als springe ein Fisch in die Luft und falle zurück in sein kühles Element.*

*Weitere Engel kamen, wuschen ihn und hüllten ihn in neue, saubere Gewänder. Sie brachten ihm Obst und Fleisch und gesüßten Tee. Gerade, als Jehuda erfüllt von warmer, wunderbarer Müdigkeit einzuschlafen drohte, trat einer der beiden Engel vor ihn hin.*

*«Jehuda!» Seine Stimme war freundlich.*

*Er musste blinzeln, um wieder munter zu werden. «Ja, Herr?» Seine Zunge war schwer von dem Wein und der Erschöpfung.*

*Der Engel ging vor ihm in die Knie!*

*«Gleich kannst du schlafen, aber vorher musst du mir eine Frage beantworten, Jehuda!»*

*«Natürlich, Herr!» Was konnte er dem Engel Gottes sagen, das der nicht längst wusste? Jehuda setzte sich aufrechter hin. Er wurde geprüft!, schoss es ihm durch den Kopf. Nur so konnte es sein.*

*Er würde sich würdig erweisen.*

*«Wo ist das Buch, Jehuda?»*

*Es war eine Prüfung! Jehuda frohlockte. Er würde sie bestehen. «Ein Mann namens Lambert hat es, Herr.»*

*«Hat François dir das gesagt?»*

*«Ja, Herr.»*

*«Weißt du, wer dieser Lambert ist?»*

*«Er ist Glashändler, Herr.»*

*«Glashändler.» Der Engel erhob sich. «Es gibt einen Glashändler namens Lambert in der Stadt. Ich kenne ihn, er besitzt einiges Wissen über den Himmel.»*

*«Glaubst du, er ist unser Mann?», fragte der zweite Engel, der sich die ganze Zeit im Hintergrund gehalten hatte.*

*Jehuda blinzelte erneut. Die Müdigkeit füllte seinen Leib jetzt mit solcher Schwäche, dass sein Oberkörper schwankte. Gewaltsam riss er die Augen auf und sah, wie der erste Engel auf ihn niederblickte.*

*«Lambert hat nicht nur Geschäfte in Béziers unterhalten. Seine Familie lebt in Carcassonne. Wenn er entkommen konnte, dann müssen wir ihn dort suchen.»*

*Der Engel beugte sich über Jehuda. Jehuda roch den betörenden Duft, der von ihm aufstieg, und als der Engel ihn an der Schulter berührte, war es wie eine Liebkosung.*

*«Schlaf jetzt!», sagte der Engel freundlich.*

*Und von tiefem Frieden erfüllt schlief Jehuda ein.*

So schnell eilte Anne durch die Gassen, dass Galien in den Sattel springen musste, um ihr zu folgen.

Ebenso wie in Lespignian war auch das Viertel rund um die Kirche von Sainte-Madeleine beunruhigend leer und still. Nur ab und zu begegneten sie Stadtbewohnern, die versuchten, ihre Habe zu retten oder vor den plündernden *ribauds* zu fliehen.

Sainte-Madeleine brannte.

Hoch schlugen die Flammen aus dem Dachstuhl der alten Kirche. Die Fenster waren von der Hitze geborsten, und der Qualm drang durch die Öffnungen ins Freie wie die Arme eines gierigen schwarzen Ungeheuers.

Die Luft vibrierte von vielstimmigem Schreien und Brüllen, und es dauerte einen schrecklich langen Augenblick, bis Galien begriff, woher die Schreie kamen.

«Aus der Kirche!» Anne war schneller als er. Bevor er sie daran hindern konnte, rannte sie quer über den Platz, hin zu dem großen Portal, unter dem Qualm hervorquoll.

«Anne!» Galien schrie ihren Namen. Tarik scheute vor den Flammen und bäumte sich auf. Galien musste sich auf seinen Hals legen, um nicht abgeworfen zu werden. Er hatte sein

Schwert jetzt wieder in der Rechten und hielt mit der Linken die Zügel. Der Hengst kam mit allen vier Füßen wieder auf die Erde. Er tänzelte zur Seite, den Kopf weit zurückgerissen. Ein Schaudern lief über seinen Körper, unter dem Sattel und Galiens Schenkeln entlang.

Inzwischen hatte Anne das Portal erreicht. Mit fliegenden Händen tastete sie über einen massiven Balken, der den Ausgang verschloss. Galien konnte jetzt das Hämmern von Fäusten hören, die von innen gegen das Holz donnerten, und die Schreie, die sich über das Brüllen der Flammen erhoben.

«Holt uns raus!»

«Anne!», schrie Galien.

Sie hörte ihn nicht. Mit aller Kraft warf sie sich nach hinten, um den schweren Balken aus seiner eisernen Halterung zu ziehen, aber sie war viel zu schwach dazu.

«Galien!», kreischte sie. «Helft mir!»

Er zwang Tariks Kopf herum und stieß dem Hengst die Fersen in die Flanken, um ihn zu zwingen, sich dem Feuer zu nähern. Erneut brach das Tier zur Seite aus.

Und dann sah Galien die *ribauds*.

Aus einer Gasse seitlich des Kirchenschiffs kamen sie gerannt – fünf Kerle mit Schwertern und Armbrüsten bewaffnet, und sie bemerkten Anne sofort.

«Schnappt sie euch!»

Galien rammte Tarik seine Unterschenkel mit solcher Wucht in den Leib, dass der Hengst zornig aufschrie. Er machte einen Satz vorwärts. Mit angelegten Ohren und weit aufgerissenen Augen stürmte er über den Platz.

Mitten in die Gruppe der *ribauds*.

Die hatten den Hufschlag des heranrasenden Pferdes vernommen und sich umgewandt. Galien sah Erstaunen in den Augen des Vorderen; im nächsten Moment prallte Tarik mit dem Mann zusammen.

Es gab einen Ruck. Der Hengst stieg auf die Hinterbeine.

Dann hörte Galien ein dumpfes Krachen, und der *ribaud* flog in hohem Bogen nach hinten. Mit einem satten Laut landete er auf der Erde und blieb reglos liegen.

Ohne Zeit zu verlieren, hob Galien sein Schwert und ließ es auf seinen zweiten Gegner niedersausen. Er traf die Klinge des anderen. Der Aufprall fuhr ihm den Arm hinauf und bis in die Zähne.

Zornig warf er sich herum.

Und erhaschte dabei einen Blick auf Anne, die sich von dem verschlossenen Portal abgewandt hatte und dem Kampf erschrocken zusah.

«Verschwindet!», schrie Galien ihr zu, während er Tarik herumwirbeln ließ und auf einen weiteren *ribaud* einschlug. Diesmal durchbrach seine Klinge die Deckung des Gegners und traf ihn seitlich am Kopf. Tarik wich einige Schritte zurück, und das gab Galien genug Luft, um hinzuzusetzen: «Ich kann sie nicht alle fünf aufhalten! Wir treffen uns bei François!»

Im nächsten Moment stieß Tarik ein schrilles Wiehern aus und brach in der Hinterhand ein.

François' Wohnung war ganz nahe! Dort würde sie sicher sein vor dem Feuer, vor dem tausendfachen Tod, vor den *ribauds*.

Annes Handflächen schmerzten, ein langer Riss an ihrem Unterarm blutete, und ihr Atem ging stoßweise vor Entsetzen und Übelkeit.

Das Schreien der Menschen im Inneren der Kirche hatte nicht nachgelassen. Im Gegenteil: Jetzt steigerte es sich noch einmal zu einem vielstimmigen, panischen Kreischen.

Anne schlug beide Hände vor das Gesicht.

Ein anderes Geräusch überlagerte das Kreischen, eine Art Stöhnen, dumpf und klagend.

Ihre Nackenhaare richteten sich auf.

Fort!, schrie es in ihr. Fort von hier! Ohne es wirklich zu wollen, wich sie rückwärts.

Es war das Dach der Kirche, das dieses entsetzliche Stöhnen von sich gab. Ein Knistern wurde laut, dann ein Krachen. Noch einmal steigerte sich das Geschrei der Menschen im Inneren der Kirche, dann verstummten sie schlagartig, und das Ächzen des Gebälks wurde ohrenbetäubend.

Und langsam, als habe Gott der Zeit ihre Geschwindigkeit genommen, sackte das Kirchendach nach innen.

Anne hörte nicht, wie die massive Balkenkonstruktion auf die Fliesen des Kirchenschiffs krachte, sie hörte nicht das Knirschen, mit dem die Wände nach innen brachen, oder das Poltern der Säulen, die umfielen. Alles, was sie hörte, war das Rauschen ihres eigenen Blutes in den Ohren, und ihr Entsetzen wurde so übermächtig, dass sie zu taumeln begann.

Sie fand Halt an einer Mauer. Mühsam rang sie nach Atem, um die Kontrolle über ihren Körper wiederzuerlangen, und schließlich gelang es ihr. Das Dröhnen in ihren Ohren ließ nach.

Etwas wollte sie zwingen, den Blick auf die zerstörte Kirche zu heften, aber sie wehrte sich dagegen. Sie stieß sich von der Mauer ab und gab dem Impuls nach, der sie forttrieb.

Fort von dieser Stätte des Grauens.

Zu François.

In die Sicherheit seiner Gelehrtenwohnung.

Sie erreichte die Gasse, an deren Ende das Böttcherhaus stand. Mit letztem Atem hetzte sie die steile Stiege hinauf, durch den kleinen Vorraum und durch den Vorhang ins Innere der Studierstube.

Sie wollte schreien, aber es war, als sei sie stumm geworden. Entsetzen und Verzweiflung und Trauer verdichteten sich in ihrer Brust zu einem einzigen quälenden Knoten.

Vor ihr, an einen Deckenbalken gebunden, mit über den Kopf gezwungenen Armen hing François.

Unter ihm hatte sich ein See aus dunkelrotem, klebrigem Blut gebildet und wurde langsam immer größer.

Galien verlor das Gleichgewicht, als Tarik einknickte, und er rettete sich, indem er aus dem Sattel sprang. Er kam einigermaßen sicher auf beide Beine zu stehen, aber mit hoch erhobenem Schweif raste der Hengst davon. Aus den Augenwinkeln nur sah Galien noch, dass er aus einer tiefen Schwertwunde am Rücken blutete.

Nun, da er auf Augenhöhe mit ihnen war, glaubten die *ribauds*, in ihm einen einfachen Gegner zu haben. Galien sah Verblüffung in den Augen des ersten Angreifers, als er dessen Streich mit einer schnellen und geschickten Bewegung seines Schwertes parierte.

Hinter ihm sank die brennende Kirche in sich zusammen, und fast empfand er es als Barmherzigkeit, als endlich das Geschrei und Gewimmer der Menschen darin abebbte. Er wehrte einen weiteren Angriff ab und wich gegen eine Hauswand zurück, um Deckung zu haben.

Sein Glück war, dass sich die drei übrig gebliebenen Söldner in ihrem Eifer, ihn zu töten, gegenseitig behinderten, und so schaffte es Galien schließlich, einem von ihnen die Klinge in den Leib zu rammen. Den Moment jedoch, den er brauchte, um das Schwert wieder frei zu bekommen, nutzte einer der anderen zu einem Hieb nach seinem Kopf. Galien prallte zurück. Die Spitze der Waffe fuhr leicht wie eine Vogelschwinge über seine Wange. Galien verlor das Gleichgewicht, taumelte rückwärts. Verlor sein Schwert.

«Haltet ein!»

Der Ruf durchschnitt die Luft und ließ die *ribauds* erstarren. Beinahe im gleichen Moment flogen Pfeile heran. Galien sah einen seiner Gegner fallen. Die anderen beiden wandten sich um.

Aus einer der Gassen waren zwei Kreuzritter getreten. Beide trugen sie Bögen, die sie jedoch jetzt fallen ließen, um zu den Schwertern zu greifen. Die *ribauds* entschieden sich dafür, sich nicht auf einen Kampf mit den gut ausgebildeten

Kriegern einzulassen. Sie ließen ihre Waffen fallen und gaben Fersengeld.

Galien kam auf die Füße, noch bevor seine beiden Angreifer außer Sichtweite waren. Eine behandschuhte Hand wurde ihm gereicht und zog ihn in die Höhe.

«Geht es?» Der Ritter musterte Galien am Nasenschutz seines Helmes vorbei. Galien kannte ihn nicht.

Er nickte. Sein Blick suchte den Kampfplatz ab, fand den Mann, den er niedergestreckt hatte, und zog sein Schwert aus der Leiche. «Ich danke Euch!»

Der Ritter warf einen langen, stummen Blick auf die Trümmer der Kirche, dann gab er seinem Begleiter einen Wink. «Versucht, so viele Männer wie möglich zusammenzubekommen. Vielleicht können wir wenigstens ein paar retten.» Er wandte sich an Galien. «Sagt den anderen Bewohnern der Stadt, dass der Abt nicht gutheißt, was hier geschieht.»

Galien sah auf seine blutige Klinge. «Das tue ich.» Kurz nahm er das Schwert in die Linke, schüttelte den rechten Arm aus. Dann ließ er die Ritter einfach stehen und rannte los, in die Gasse, in der Anne verschwunden war.

Anne bemerkte nicht, wer es war, der hinter sie trat, und es war ihr auch egal. Ihre Lider brannten, ihr Herz, ihr gesamter Körper, aber sie konnte nicht weinen.

Starr stand sie da und ließ es zu, dass Galien den Arm um sie legte und ihren Kopf an seine Schulter zwang. Als sie auf diese Weise aus dem Bann des grauenvollen Anblicks befreit war, drang ein gequältes Stöhnen aus ihrer Kehle. Es hörte sich an wie von einem Tier.

«Nehmt ihn ab!», hauchte sie. «Nehmt ihn runter! Sofort!»

Zögernd nur ließ Galien sie los. Er sah auf sie herab, dann gab er ihr sein Schwert. «Haltet das.»

Er trat hinter den Leichnam und schaute an ihm hoch. Der

Mann war mit einfachen Stricken gebunden worden. Galien zog sich einen Stuhl heran, stieg darauf und nahm das Fleischmesser, das er als Ersatz für seinen Dolch eingesteckt hatte. Einen Arm legte er dem Toten unter den Achseln um den Leib, dann schnitt er den Strick durch. Schwer fiel François ihm entgegen.

Er musste vom Stuhl springen, um den Körper nicht fallen zu lassen. Das Möbel rutschte mit einem dumpfen Schrammen zur Seite. Galien taumelte, aber er landete auf beiden Füßen. Ebenso sachte wie die alte Marktfrau ließ er den Priester zu Boden gleiten.

Ein lang gezogenes Stöhnen beantwortete seine Bemühungen.

Annes Kopf ruckte hoch. «Er ist nicht tot!» Sie kniete neben Galien, bevor der den Sinn ihrer Worte begreifen konnte. «Onkel?»

Tatsächlich bebte die Hand des Priesters – und bewegte sich. Er schlug die Augen auf. «Anne!» Seine Stimme hatte nichts Menschliches mehr.

Anne schluchzte auf. «Ich bin hier!»

Ein Lächeln glitt über das Gesicht des Priesters. So schmerzerfüllt und gleichzeitig so friedlich war es, dass sich Galiens Herz zusammenkrampfte.

«Verzeih mir!», raunte der Sterbende. «Ich habe so vieles falsch gemacht.»

«Nein!» Anne senkte den Kopf über den Mann. Ihre kurz geschnittenen Haare verhüllten ihr Gesicht nur unzureichend. Galien sah, dass sie nicht weinte.

«Das Buch …» François bäumte sich auf und sank dann zurück zu Boden. Blut sickerte aus der Wunde an seiner Seite, die Galien schon im Heerlager gesehen hatte, und auch aus einem langen Schnitt in seiner Bauchdecke. Es war ein Wunder, dass er noch lebte. «… mein halbes Leben habe ich versucht, herauszufinden, was das Richtige ist. Ich bin gescheitert. Ich habe schwere Schuld auf mich geladen, und darum hat Gott mich gestraft.»

«Welche Schuld?»

«Ich habe Jehuda die Namen derer genannt, die er schließlich ermordete.»

Anne glaubte ihren Ohren nicht zu trauen. «Was …?», hauchte sie, aber François schüttelte den Kopf. Er hatte nicht mehr viel Zeit.

«Du musst … meinen Weg zu Ende gehen.»

Anne nickte. «Wie kann ich das tun?» Galien erschrak über die Ruhe, die sie plötzlich ausstrahlte.

Der Priester gab ein Geräusch von sich, das wie ein Husten klang. «Du weißt fast alles, was … nötig ist. Ich habe keine Zeit mehr, es dich zu lehren. Du musst entscheiden … was mit dem Buch geschehen soll.» Er tastete nach Annes Hand und richtete den Blick auf den dunkelblauen Samtbeutel an ihrem Gürtel. «Versprich es mir!»

Anne versprach es, und übergangslos verschwand der Schmerz aus seinen Zügen.

«Was hat es mit dem Astrolabium auf sich?», rief Anne.

François zuckte. «Es ist ein Zeichen. Geht jetzt. Rettet das Buch.»

«Sagt uns, wo es ist!» Galien sprang auf.

François' Züge fielen ein. «Lambert …»

Er hatte nicht mehr die Zeit, den Satz zu Ende zu sprechen. In Annes Armen starb er.

# 7. Kapitel

«Wir müssen hier weg!»

Anne wusste nicht, wie lange sie mit François' Leichnam im Arm auf dem Boden gesessen hatte, als Galiens Stimme zu ihr durchdrang.

Sie ließ zu, dass Galien den Toten aus ihren Armen zog und vorsichtig bettete. Sie ließ ebenfalls zu, dass er sie aufhob und auf die Füße stellte.

Vor dem Haus erklangen Stimmen und Waffengeklirr.

«Die *ribauds* kommen zurück», mahnte Galien leise. «Wir müssen hier weg.»

Anne schüttelte den Kopf. Alles, was sie jetzt noch wollte, war, dorthin zu gehen, wo ihr Vater und François waren.

Galien schüttelte sie. «Ihr habt eine Aufgabe!», drängte er. «Ihr müsst seinen letzten Wunsch erfüllen!» Er vergewisserte sich, dass sie aus eigener Kraft stehen bleiben konnte, und lief zum Fenster. Nachdem er einen kurzen Blick hinausgeworfen hatte, war er wieder neben ihr. Das Schwert lag in seiner Hand.

«Kommt.»

Er zog sie zum Fenster.

Draußen auf der Treppe wurden schwere Schritte laut. «Sie sind dadrinnen!», hörte Anne eine Stimme auf Französisch sagen.

Galien hatte bereits ein Bein aus dem Fenster geschwungen. «Ich springe zuerst», sagte er. «Ihr folgt mir.»

Anne nickte benommen.

Galien griff unter ihr Kinn und sah sie eindringlich an.

Erst, als er sich sicher schien, dass sie ihm auch folgen würde, sprang er.

«Los!» Er winkte, und Anne kletterte über die Fensterbank.

Zwar sah sie sich schon unten in der Gasse sterben, aber sie sprang und kam unversehrt auf. Galien musste sie kaum halten. Neben ihr hämmerte ein Armbrustbolzen in die Erde.

«Weg hier!» Galien riss sie am Arm mit sich fort.

Sie rannten die Gasse entlang. Ein weiterer Bolzen bohrte sich neben seiner Schulter in eine Hauswand. Schreie verfolgten sie, schnelle Schritte.

Galien hetzte um eine Ecke, in eine weitere Gasse und hinaus auf einen Platz. Feuer brannten hier an allen Ecken, und inmitten der Trümmer, die überall herumlagen, hatte sich ein Pferdegespann mit den Zügeln verheddert.

Die Tiere wieherten angstvoll, warfen sich immer und immer wieder gegen die Fesseln, die sie an Ort und Stelle hielten. Anne sah Blut aus ihren Mäulern tropfen.

Galien riss an den Zügeln. Nach dem zweiten Versuch hatte er sie befreit. «Auf den Wagen!», schrie er.

Anne gehorchte.

Die Pferde, froh, endlich dem Feuer entkommen zu können, machten einen großen Satz. Die Deichsel des Wagens knirschte bedrohlich, hielt jedoch. Mit einem wütenden Poltern rumpelten die beiden Räder des Karrens über ein paar Holzbohlen. Galien gelang es im allerletzten Moment, auf den Bock aufzuspringen.

In vollem Galopp jagte das Gespann quer über den Platz und in die Rue Droite hinein. Anne wurde nach hinten geschleudert.

«Geht es?» Galien stand auf dem Kutschbock, die Zügel in der linken, das Schwert noch immer in der anderen Hand. Er warf einen Blick auf die Klinge, dann schleuderte er sie hinter sich auf die Ladefläche.

An der nächsten Ecke mussten die Pferde ihren Lauf verlangsamen. Ein brutaler Ruck fuhr durch den Karren, als das eine Rad eine Mauer berührte und einen langen Kratzer in der Wand hinterließ. Anne fühlte sich, als würden alle ihre Knochen durcheinander gewirbelt, aber was noch schlimmer war: Hinter ihnen näherten sich jetzt Reiter!

«Galien!», rief sie, aber er hatte keine Zeit, auf sie zu achten. Der Karren schoss an einer Einmündung vorbei.

Und plötzlich waren die Reiter neben ihm.

Anne schrie.

Einer der *ribauds* beugte sich zur Seite, griff Galien in die Zügel, verfehlte sie aber. Da stieß er sich kurzerhand von seinem Pferd ab. Flog durch die Luft. Und krachte gegen Galien auf dem Kutschbock.

Galien verlor das Gleichgewicht, und mit einem zweikehligen Schrei fielen beide Männer nach hinten auf die Ladefläche. Die Pferde, der bremsenden Kraft der Zügel beraubt, beschleunigten ihr panisches Tempo noch einmal.

Galien prallte mit dem Rücken auf und rollte hastig zur Seite. Das Schwert seines Gegners verfehlte sein Gesicht nur um wenige Fingerbreit. Seine Hand fand sein eigenes Schwert, aber bevor er es ergreifen und hochreißen konnte, war der *ribaud* über ihm.

Anne presste sich gegen den Kutschbock, um der weit ausholenden Klinge des Gesetzlosen zu entgehen. Die Zügel lagen zusammengerollt im Fußraum, und mit jedem weit ausholenden Sprung der Pferde rutschten sie ein Stück fort.

Anne überlegte nicht lange. Sie hechtete vor und erwischte sie gerade noch bevor sie ganz vom Bock fielen. Mit ihrem ganzen Gewicht stemmte sie sich gegen die Kraft der Pferde, aber das Leder war glitschig. Es rutschte ihr durch die Finger. Hastig schlang sie es um beide Handgelenke, und jetzt ging es besser. Wenigstens brachte sie die Pferde dazu, ihren Galopp ein kleines bisschen zu verlangsamen.

Was allerdings dazu führte, dass die anderen *ribauds* plötzlich direkt neben ihr ritten.

Galien bekam sein Schwert zu fassen, und in dem Moment, in dem er es hochriss, krallten sich die Hände des Gesetzlosen um seinen Hals.

Schmerzhaft wurde sein Hinterkopf auf den Karrenboden geschlagen.

Er schwang die Klinge nach außen und riss sie vor sich. Die Schneide fraß sich in die ungeschützte Seite des Mannes über ihm. Dessen Augen wurden erst weit vor Überraschung, dann schrie er gepeinigt auf. Fuhr hoch. Und Galien trat ihn vom Karren.

Im selben Moment war er wieder auf den Beinen.

«Achtung!», gellte Annes Schrei in seinen Ohren.

Ein dunkler Schatten schoss direkt auf ihn zu.

Ein halb eingestürzter Wehrgang!

Noch während Anne fieberhaft überlegte, wie sie die neben sich reitenden *ribauds* loswerden konnte, tauchte vor ihr die alte Stadtmauer auf. Rechts schossen die rauchenden Trümmer Sainte-Madeleines durch ihr Blickfeld.

Der verbreiterte Wehrgang zu ihrer Linken war teilweise zusammengebrochen, und eine *trebuca* hatte den Halt verloren und war quer über die Straße gekippt. Auf dieses Hindernis raste der Karren ungebremst zu.

Anne schrie auf. Hinter ihr hatte Galien den *ribaud* besiegt und vom Karren gestoßen, und genau in diesem Moment kam er auf die Füße.

Sie konnte die Pferde nicht mehr halten. In ihrer Panik bemerkten sie die Blockade zu spät, stutzten und sprangen dann.

«Achtung!» Zu mehr war keine Zeit. Anne warf sich auf dem Kutschbock zur Seite. Der Karren holperte über die

Trümmer der *trebuca* und hob ab, als auch die Pferde sprangen. Der Arm des Wurfgeräts schoss heran, war über Anne, als der Karren unter ihm hindurchkrachte.

«Galien!» Während sie sich erneut in die Zügel warf, wandte sie den Kopf.

Galien stand noch. Der schwere Holzbalken hatte ihn nicht von der Ladefläche gefegt, aber Anne hatte keine Ahnung, wie er das geschafft hatte.

Er taumelte nur kurz, kam dann nach vorne geklettert und half ihr mit den Zügeln. Langsam gewannen sie die Kontrolle über die durchgegangenen Pferde zurück.

«Ihr seid genial!», rief Galien, noch bevor sie das weit offen stehende Stadttor erreicht hatten und auf die Rue des Moulins hinausfuhren. «Die Kerle sind weg!»

Anne sah sich um. Die *ribauds* hatten tatsächlich die Verfolgung aufgegeben – ob wegen des halsbrecherischen Sprungs mitten durch die *trebuca* oder einfach nur, weil ihre Opfer die Stadt verlassen hatten, war ihr egal.

Galien stand auf und brachte die Pferde endgültig unter Kontrolle. Schwer atmend und mit rosafarbenem Schweiß bedeckt blieben sie schließlich stehen.

Galien wandte sich zu Anne um. «Seid Ihr unverletzt?»

Sie nickte. Äußerlich war sie es. Vorsichtig wischte sie ihm das Blut vom Gesicht, das aus einer kleinen Wunde sickerte.

«Wie seid Ihr auf die Idee gekommen, durch die Trümmer zu springen?» Eine Art kriegerische Euphorie schien ihn erfasst zu haben. Er lachte laut auf.

Anne deutete auf die Pferde. «Es war ihre Idee.» Sie fühlte, wie ihr Brustkorb sich hob und senkte in dem Versuch, nach all der Anstrengung wieder Luft in die Lungen zu bekommen. Das erinnerte sie daran, dass sie noch lebte, und vielleicht war auch ein wenig von Galiens Euphorie auf sie übergegangen: Es fühlte sich gut an.

«Wie seid Ihr dem *trebuca*-Arm entkommen? Ich hatte

Euch schon mit eingeschlagenem Schädel in der Gasse liegen sehen.»

Wieder lachte er auf. Er schien berauscht. «Ich bin drüber weggesprungen!»

Sie fuhren die Straße nach Murviel entlang, immer in Sichtweite des Flusses. Der Weg war voller Menschen: Flüchtlingen, die den Angreifern entkommen waren und nun versuchten, so viel Abstand wie möglich zwischen sich und ihre brennende Stadt zu bringen.

Viele von ihnen waren zu Fuß unterwegs, nur wenige hatten ein paar Habseligkeiten retten können, und in allen Gesichtern standen Trauer und Hoffnungslosigkeit. Kaum jemand sah auf, wenn Anne und Galien an ihm vorbeifuhren, nur einmal erzählte ihnen eine ältere Frau, dass die meisten der Flüchtlinge auf dem Weg nach Carcassonne seien.

«Jeder, der entkommen konnte, sucht neue Mauern, die ihn schützen können», sagte sie. «Und Carcassonne hat die höchsten.»

Anne saß neben Galien auf dem Kutschbock, die Hände in den Schoß gelegt und den Blick in die Ferne gerichtet, wo die Hügel in einem diesigen Schleier aus Hitze verschwammen. Die Sonne brannte auf das Land nieder, genau so, wie sie es all die Tage zuvor getan hatte. Es kümmerte sie nicht, was heute hier unten geschehen war.

Ab und zu warf Galien einen vorsichtigen Seitenblick auf Anne. Er sah sie an den roten Striemen herumreiben, die ihre Handgelenke dort zierten, wo sich die Zügel in ihre Haut geschnitten hatten. Sie massierte sich den Handballen, dann die schmutzigen Handflächen. Schließlich ließ sie die Hände sinken, verschränkte sie im Schoß und schaute einfach nur schweigend darauf nieder.

Irgendwann verließ Galien den Weg nach Murviel und lenkte den Karren zu einer Brücke am Fluss hinunter. Gemeinsam mit vielen anderen Menschen überquerten sie das Bauwerk. Die Schritte der Pferde und das Holpern der Räder klangen dumpf auf den Holzbohlen. Galien sah einen alten Mann auf zwei Krücken gestützt seines Weges humpeln, und er hielt neben ihm an und bat ihn, auf die Ladefläche zu steigen.

Statt eine Antwort zu geben, hob der Alte eine seiner Krücken und schlug damit nach Galien. Der musste ausweichen, um nicht getroffen zu werden. «Französische Hurensöhne!», keifte der Alte. «Bluthunde! Gott möge Euch strafen für das, was Ihr dem Süden antut!»

Unverrichteter Dinge trieb Galien seine Pferde wieder an. Er biss die Zähne zusammen, weil ihm klar wurde, dass jeder der Menschen hier von seinen eigenen Dämonen gehetzt wurde. Wie eine unsichtbare Armee schwebten die Geister über ihnen, drückten sie nieder, warteten darauf, dass sie erschöpft zu Boden sanken und in den Schlaf fielen, nur um sie dann mit neu erwachter Wucht heimzusuchen.

Nach einer Weile hielt Galien die Gegenwart dieser Menschen nicht mehr aus. Er lenkte den Karren vom Weg herunter und nach rechts in einen kleinen Wald, der versprach, sie wenigstens vor der sengenden Sonne, wenn schon nicht vor den Dämonen zu schützen. Er fand einen Wildwechsel, dem er vielleicht eine Stunde lang folgte, bis der Wald abrupt zu Ende war. Vor ihnen erhob sich eine lang gezogene, flache Hügelkette, übersät mit einzelnen steinernen Hütten, in denen sonst Schäfer Zuflucht vor dem Wetter fanden. Weder die Schäfer noch ihre Herden waren zu sehen.

Galien trieb die Pferde einen der Hügel hinauf, und als er auf der anderen Seite den Abstieg beginnen wollte, legte Anne ihm eine Hand auf den Arm.

«Bitte haltet an.»

Sie sprang zu Boden, kaum dass der Karren zum Stillstand gekommen war. Ein paar Schritte ging sie den Weg zurück und blieb dann stehen. Ein leichter Wind spielte in ihren kurzen

Locken, und sie schlang die Arme eng um ihren Körper. Lange Zeit stand sie schweigend dort und starrte zurück zur Stadt.

Als sie keine Anstalten machte, wieder aufzusteigen, wickelte Galien die Zügel um eine Verstrebung des Karrens, stieg vom Bock und trat neben sie. Er hatte sie ansprechen wollen, aber sie schien so tief in ihre Gedanken versunken, dass er es bleiben ließ. Der Wind trocknete den Schweiß an Hals und Brust. Ein einsames Schaf blökte irgendwo in den Hügeln hinter ihnen, und eine Krähe krächzte, es klang seltsam wütend.

Béziers war in der flirrenden Hitze kaum noch zu erkennen. Die schwarze Rauchsäule, die den Standort der Stadt markierte, war das einzige sichtbare Zeichen der vergangenen Katastrophe.

Anne rührte sich noch immer nicht. Wie um Halt zu finden, stand sie mit leicht gespreizten Beinen. Die zu weiten Männergewänder wehten um ihren Leib und ließen sie klein und zerbrechlich aussehen. Ihre Lider waren gerötet, aber sie weinte nicht. Mit starrem, bleichem Gesicht stand sie einfach nur da, bis Galien ihr eine Hand auf die Schulter legte. «Wir sollten weiterfahren.» Sanft zog er sie vom Anblick der Rauchsäule fort und geleitete sie zum Karren zurück. Die Pferde hatten gegen den Widerstand der festgebundenen Zügel ihre Köpfe frei bekommen und grasten friedlich. Anne kletterte auf den Wagen, er folgte ihr, und dann setzten sie sich, schweigend noch immer, in Bewegung.

Sie rasteten in einer der Schäferhütten.

Galien versuchte, für Anne aus dem wenigen Stroh, das er finden konnte, ein Lager zu bauen. Sie war dankbar für seine Fürsorge, aber sie konnte sich nicht hinlegen. Als er sie darum bat, schüttelte sie nur schweigend den Kopf. Wenn sie das tat, dann würde sie nie wieder aufstehen.

Alles tat ihr weh, das Atmen, jede Bewegung, sogar das Reden. Also schwieg sie. Ihre Gedanken drehten sich unablässig, und wenn sie einmal die Augen zumachte, sah sie abwechselnd brennende Körper und François' blutüberströmte Leiche. Bilder, die sich wie mit Säure hinter ihre Lider gefressen hatten, sodass sie sie mit einem Ruck wieder öffnete.

Galien war bei ihr, und sie war froh über seine ruhige Gegenwart. Irgendwann jedoch hielt sie seine besorgten Blicke nicht mehr aus.

Sie trat ins Freie.

Draußen war es inzwischen völlig dunkel geworden. Der Tag hatte sich abgekühlt, ein prächtiger Sternenhimmel wölbte sich über dem Land. Zwischen den Hügeln heulte ein Hund, und ein zweiter antwortete aus größerer Entfernung.

Der Anblick des funkelnden Himmels traf sie wie mit einer Keule, und sie musste sich an der Stallwand abstützen. Nur mühsam unterdrückte sie ein Stöhnen.

Sie bedeckte beide Augen mit den Händen und kämpfte darum, aufrecht stehen zu bleiben.

Galien trat hinter sie, und diesmal ließ sie es zu, dass er den Arm um sie legte und sie an sich zog. Es gelang ihr, die Hände von den Augen zu nehmen und ihn anzusehen. Auch in sein Gesicht hatte sich das Grauen eingezeichnet, bildete tiefe Linien und Schatten unter seinen Augen. Aber er schien von größerer Kraft zu zehren als sie.

Er blickte in den Himmel. «Ich bin bei Euch», erinnerte er Anne.

Sie biss sich auf die Lippen. Noch einmal sah sie nach oben, und wieder schlug die Erinnerung an das Erlebte über ihr zusammen und raubte ihr den Atem.

«Alles hat er mir genommen», flüsterte sie.

Galien schwieg.

«Meinen Vater. Meinen Onkel. Madeleine. Charles.» Sie holte tief Luft. «Sogar die Sterne.» Schlecht wurde ihr bei ihrem Anblick. Es war alles ihre eigene Schuld! Niemals hätte sie sich mit Jupiter und seinen Anomalien beschäftigen dürfen. Sie hätte auf ihren Vater hören müssen, dann würde er heute noch leben!

Eine Fledermaus schoss über den Himmel und verdeckte mit ihrem kleinen Körper die Sterne. Anne sah ihr nach. Ihre Hände tasteten nach der Tasche an ihrem Gürtel. Die Pergamente knisterten unter ihren Fingern.

Es klang lüstern in Annes Ohren. Rasch zog sie die Hände fort. Dann jedoch überkam es sie. Sie riss die Pergamente und auch die Wachstafel aus der Tasche und schleuderte sie von sich. Mit einem lang gezogenen, qualvollen Schrei sank sie in die Knie und bedeckte den Kopf mit den Armen.

Galien kniete neben ihr.

Und hielt sie fest.

Mit einem Ruck fuhr sie hoch.

Sie lag auf dem Lager, das Galien ihr bereitet hatte, und eine staubige, muffige Decke war über sie ausgebreitet. Das Gewebe roch nach Schaf.

Galien war nicht da. Anne setzte sich auf und sah ihn draußen vor dem Eingang stehen. Es dämmerte bereits, und fahles Morgenlicht füllte die Hütte mit bleiernem Grau.

Annes Blick fiel auf einen dreibeinigen Schemel neben der Tür. Die Pergamente lagen darauf, beschwert von der Wachstafel. Galien hatte sie aufgehoben. Und offenbar hatte er Anne auch in die Hütte gebracht.

Sie konnte sich nicht daran erinnern.

Eine Weile lang starrte sie unschlüssig auf die Pergamente, dann hielt sie dem Drang nicht mehr stand, der sich in ihrem Inneren aufbaute. Sie lehnte sich zu dem Schemel hinüber und langte nach ihnen.

Galien schien sie gehört zu haben. Er wendete den Kopf, sah sie kurz an und nickte ihr zu. «Der Frühtau hat sie ein bisschen feucht werden lassen, aber soweit ich sehen konnte, ist noch alles zu lesen.»

Die gegerbte Tierhaut war kühl und glitschig unter Annes Fingern. Sie faltete eines der Pergamente auseinander, und ihr Herz tat einen erleichterten Sprung, als sie sah, dass Galien Recht hatte. Die Kohlestriche waren ein wenig verwischt, aber noch deutlich erkennbar.

Es war Roberts dritte Zeichnung, jene Skizze, bei deren Betrachtung François Anne so plötzlich und geistesgegenwärtig aus Jehudas Nähe geschafft hatte. In Annes Erinnerung war dieser Moment verschwommen, wegen des Schwindels, den sie damals verspürt hatte. Das Einzige, woran sie sich deutlich erinnern konnte, war dieses Gefühl, das Gefühl einer inneren Schwingung, wie sie es nur verspürte, wenn sich eine Erkenntnis ankündigte.

In jenem Moment war sie der Antwort ganz nahe gewesen!

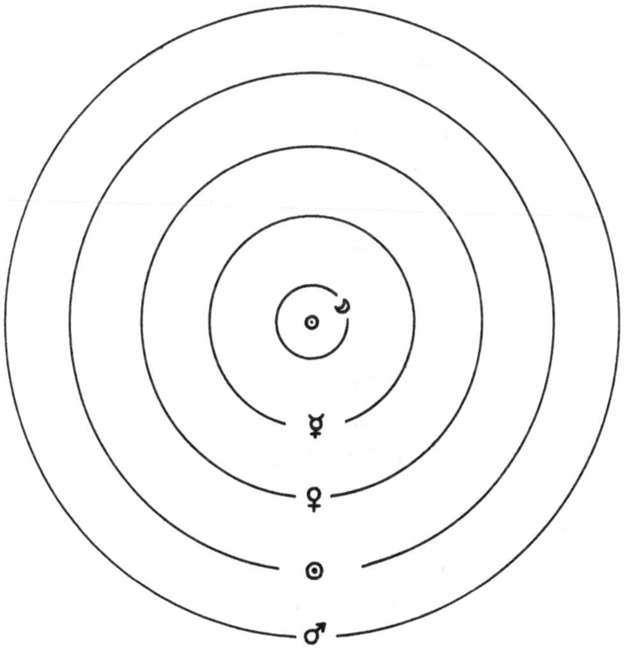

Anne warf den Kopf in den Nacken und schloss die Augen. Das Pergament lag kühl und leicht in ihrer Hand. Alles, was sie tun musste, war, es zu studieren, um die Erkenntnis von jenem Tag wiederzuerlangen. Sie festzuhalten.

Furcht ergriff sie, und dennoch öffnete sie die Augen wieder und richtete sie auf die Zeichnung.

Das Modell der Welt. Ein Kreis in der Mitte als Erde, darum die verschiedenen Bahnen der Himmelskörper. Von innen nach außen verfolgte Anne die eingezeichneten Symbole. Mond. Merkur. Venus. Sie stutzte. Ganz außen: Mars.

Sie beugte sich dichter über die Skizze. Dann nahm sie eines der beiden anderen Pergamente zur Hand. Jenes, das den Aufbau des Himmels nach Ptolemäus zeigte.

In der Mitte die Erde. Dann Mond, Merkur, Venus, die Sonne und die restlichen Planeten.

Noch einmal sah Anne auf Roberts dritte Zeichnung, und da wusste sie plötzlich wieder, was ihr schon in François' Stube ins Auge gesprungen war: Auf der dritten Zeichnung fehlte die Sonne. Genauer: Der Kreis, der die Bahn der Sonne um die Erde kennzeichnete, war da, auch ein Himmelskörper an der entsprechenden Stelle, aber nicht die Strahlen, die die Sonne symbolisierten.

Anne klemmte die Zunge zwischen die Zähne.

Ein Geräusch an der Tür ließ sie aufblicken.

Galien betrat den Stall, sah, was sie tat, und runzelte leicht die Stirn.

Sie hielt ihm die Zeichnung hin. «Die Sonne wurde weggeschabt.»

Er ging neben ihr in die Hocke. «Und?» Wachsam sah er aus.

Anne stellte sich vor, wie Robert das Himmelsmodell erst gezeichnet und dann das Messer zur Hand genommen hatte. Das schabende Geräusch schien direkt in ihrem Kopf zu entstehen. Sie hatte es oft gehört, denn häufig hatte sie die Arbeit des Pergamentsäuberns übernehmen müssen, während Robert hinter ihr stand und ungeduldig auf neues Schreibmaterial wartete. Beinahe meinte sie, seinen vertrauten Geruch in der Nase zu haben, und die Trauer darüber, ihn für immer verloren zu haben, war so scharf und schmerzhaft, dass sie das Pergament in ihren Schoß sinken ließ. Sie saß noch immer auf dem Lager, die Beine lang ausgestreckt, aber jetzt winkelte sie sie an und legte ihr Kinn auf die Knie.

Galien griff nach ihrer Hand, hob sie mitsamt dem Pergament in die Höhe. «Ihr werdet keine Ruhe finden, solange Ihr nicht wisst, warum das alles geschah.»

Anne öffnete den Mund. Die Ahnung, dem Geheimnis ganz nahe gekommen zu sein, ließ ihren Atem stocken. «Ich weiß nicht, ob ich es kann.»

«Ihr könnt es. Findet heraus, was Ihr herausfinden müsst. Und dann machen wir dem allem ein Ende.» Er tippte auf die Zeichnung. «Was bedeutet es, dass die Sonne fortgeschabt wurde?»

«Ich weiß es nicht!» Anne scheuchte ihn mit einer schroffen Handbewegung von sich, aber als er tatsächlich ein Stück zurückwich, schämte sie sich. Sie presste die Lippen zusammen und stand auf. Mit einem entschuldigenden Blick in Galiens Gesicht ging sie vor die Tür.

Der Himmel hatte inzwischen eine rosige Färbung angenommen, und im Osten, wo Béziers lag, waren die Wolken in blutiges Rot getaucht.

Im aufsteigenden Tageslicht war die raue Stelle, wo Robert auf dem Pergament geschabt hatte, deutlich zu sehen.

Plötzlich fiel Anne noch etwas auf.

Sie hob das Pergament gegen das Licht.

Es gab zwei Löcher. Zwei Einstichstellen. Zwei Zirkelansätze.

Sie kehrte zurück in die Hütte, nahm sich die andere Zeichnung und trug auch sie nach draußen.

Im Gegenlicht prüfte sie, was sie bereits ahnte. Ein Loch in der Tierhaut, genau in der Mitte des Kreises, der die Erde symbolisierte.

Noch einmal nahm Anne das dritte Pergament zur Hand. Eindeutig zwei Löcher. Eines war, wie bei der ersten Zeichnung, der Mittelpunkt der Erde. Das andere befand sich genau in der Mitte zwischen Erde und dem unvollständigen Sonnensymbol.

«Was habt Ihr herausgefunden?», fragte Galien vorsichtig, so, als habe Annes harsche Geste von eben ihn verletzt.

Sie hob die Linke vor den Mund und rieb sich mit den Knöcheln über die Lippen. Kopfschüttelnd setzte sie ihre Überlegungen fort.

Die Nacht, in der Robert gestorben war.

Anne hatte ihn dabei beobachtet, wie er über das Buch gebeugt am Pult gesessen hatte. Es waren diese Pergamente gewesen, die er in jener Nacht gezeichnet hatte.

Obwohl sie sie bei François vergessen hatte, obwohl Jehuda die gesamte Studierstube auf den Kopf gestellt hatte, waren sie ihm nicht zwischen die Finger geraten. Bedeutete das, dass François sie vor seinen Augen verborgen hatte? Wenn ja, dann hieß das nichts anderes, als dass ihr Pate den Zusammenhang erkannt hatte, der diese Skizzen mit dem Buch verband.

Wieder hielt Anne das Pergament ins Gegenlicht und sah auf die zwei haarfeinen Einstichstellen.

Zwei.

Warum zwei?

Sie ließ den Arm sinken und stieß einen Seufzer aus. Ihre Augen lagen wie schwere, trockene Steine in ihren Höhlen. Galien hatte Recht. Wenn sie nicht versuchte, Antworten auf die vielen Fragen zu finden, die in ihr tobten, würde sie niemals zur Ruhe kommen. Gleichzeitig jedoch scheute sie davor zurück, diese Fragen laut auszusprechen. Zu viele Tote hatte es wegen ihrer Neugierde bereits gegeben. Bei allem Schmerz und aller Verzweiflung: Sie wollte nicht die Nächste sein.

«Anne?» Galien räusperte sich leise.

Sie nickte. Dann fuhr sie sich mit dem Unterarm über die Stirn. «Wir müssen nach Carcassonne.»

Mit ausgestreckten Armen legte Galien ihr die Hände auf ihre Schultern und drehte sie zu sich um. «Lambert suchen?»

Anne holte Luft. Vor lauter Angst war ihr schlecht. Es würde noch eine ganze Weile dauern, bis sie ihre Zuversicht zurückerlangt hatte. «Wir werden sehen», sagte sie leise.

# 8. Kapitel

Kurz vor Carcassonne fanden sie Unterschlupf bei einem Weinbauern, dessen Hof ein gutes Stück abseits aller großen Straßen und Wege lag.

Ihr Karren war kurz hinter Capestang entzweigebrochen, sodass sie auf den Rücken ihrer Pferde weitergereist waren. Es fiel Anne nicht leicht, ihr Tier ohne Zaumzeug und Sattel unter Kontrolle zu halten, und die Tatsache, dass das Wetter in den vergangenen Tagen immer drückender geworden war und sich Mückenschwärme auf sie stürzten, machte es nicht einfacher.

Kurz bevor die Straße nach Carcassonne einen Bogen machte und einen kleineren Fluss überquerte, ging Anne das Pferd durch. Sie schaffte es, auf seinem Rücken zu bleiben, aber als Galien sie schließlich eingeholt hatte und es zum Stehen brachte, befanden sie sich ein gutes Stück abseits ihres Weges in einem kleinen Gehölz. Das Gelände rechter Hand schien ihnen einfacher zu begehen, und so folgten sie nicht dem Pfad, den sie gekommen waren, sondern ritten in Richtung Nordwesten weiter, bis sie an eine hoch aufragende, weiß gekalkte Mauer gelangten.

An ihr ritten sie entlang und erreichten schließlich ein übermannshohes, schmiedeeisernes Tor, durch dessen Gitterstäbe sie auf einen gepflegten Hof schauen konnten.

Zwei staubige Hunde kamen angerannt. Ihnen folgte ein Mann mittleren Alters, dessen magere Gestalt von einer großen ledernen Schürze halb verdeckt wurde.

«Was wollt Ihr?», rief er aus sicherer Entfernung. Er trug

keinerlei Waffen, hielt aber einen Stock wie zum Schutz vor die Brust.

«Wir sind Flüchtlinge aus Béziers und auf dem Weg nach Carcassonne!», rief Galien dem Mann zu und hoffte, dass ihm sein nordfranzösischer Akzent inzwischen nicht mehr anzuhören war. «Wir brauchen ein wenig Futter für unsere Pferde und einen Platz, an dem wir uns ausruhen können.»

Mit misstrauischer Miene kam der Mann an das Tor. Seine Blicke glitten erst über Galien, das Schwert auf seinem Rücken und das Messer in seinem Gürtel, dann über Anne, ihre Männerkleidung und das kurz geschnittene, staubige Haar. «So, wie es aussieht, braucht Ihr mehr als das, oder?» Er stellte den Stock in eine Ecke und öffnete das Tor. Die beiden Hunde hieß er mit einem knappen Befehl ruhig sein, und sie legten sich gehorsam in die Sonne. Der kleinere von beiden klopfte schüchtern mit dem Schwanz in den Staub, als sie durch das Tor ritten.

Der Besitzer wartete, bis sie abgestiegen waren, dann stellte er sich ihnen als Jean de Maussac vor und hieß sie willkommen. «Dort oben», er wies eine leichte Steigung hinauf, die zu einem lang gestreckten, steinernen Gebäude führte, «bewahren wir unsere Wagen auf. Seitlich von der großen Tür ist eine kleine Wohnung. Normalerweise lebt dort unser Großknecht, aber er hat es vorgezogen, seine Familie zwischen den Mauern von Carcassonne in Sicherheit zu bringen. Wenn Ihr wollt, könnt Ihr dort ein oder zwei Nächte bleiben. Meine Frau wird Euch etwas zu essen bringen, und ich sorge dafür, dass man sich um Eure Pferde kümmert.»

Galien stellte sich selbst und Anne vor, aber bevor Jean sich aufmachen konnte, um sich um das Versprochene zu kümmern, hielt er ihn auf. «Wir können Euch nicht für Eure Gastfreundschaft bezahlen», erklärte er. «Aber ich werde für Euch arbeiten, wenn Ihr wollt.»

Jean blickte an Galiens hagerer Gestalt auf und ab. «Ihr

seht mir eher so aus, als bräuchtet Ihr eine Menge Ruhe und gutes Essen. Sorgt Euch nicht! Gott wird uns die Hilfe dereinst lohnen. Jetzt kümmert Euch lieber um Euer Weib, sie scheint mir am Ende ihrer Kräfte zu sein. Die Wohnung steht offen. Ruht Euch aus, meine Frau kommt gleich zu Euch.»

Der Hof, den sie zögerlich betraten, war riesig, umgeben von Häusern und Ställen, von Wagenschuppen und Lagerhäusern. Inmitten dieser Ansammlung von Gebäuden standen zwei alte Akazienbäume und warfen wohltuenden Schatten auf die von der Sonne staubig gebrannte Erde. Blumen wuchsen in sorgfältig gepflegten Beeten. Efeu rankte an einigen Hauswänden in die Höhe, und Büsche mit großen, orangefarbenen Blüten, die Galien noch nie zuvor gesehen hatte, verströmten einen betörenden Duft.

Die Wohnung des Großknechtes war klein, aber mit guten Möbeln aus dunklem Holz eingerichtet, einem steinernen Spülstein, zwei Betten mit grasgefüllten Matratzen und einem langen Tisch mit Stühlen der unterschiedlichsten Art. Galien blieb in der Tür stehen.

Anne warf ihm einen Blick zu. «Was?» Sie sah zu Tode erschöpft aus, und trotzdem hatten ihre Bewegungen langsam wieder an Zielstrebigkeit gewonnen, seit sie die Schäferhütte verlassen hatten. Bald, da war Galien sich inzwischen fast sicher, würde sie stark genug sein, sich dem Geheimnis des Buches zu stellen. Alles, was er hoffen konnte, war, dass seine eigene Kraft ausreichen würde, ihr beizustehen. Elias hatte er nicht retten können, seine eigene Mutter nicht und auch nicht Jean, Basina und all die anderen.

Für Anne, das schwor er sich, würde er stark sein, egal, was es ihn kosten würde.

Plötzlich wusste er, dass sie Jehuda nicht zum letzten Mal begegnet waren.

«Was habt Ihr?», fragte Anne zum zweiten Mal.

Er verscheuchte seine düsteren Gedanken. «Nichts», entgegnete er.

Die Frau des Weinbauern war eine kleine, zierliche, aber äußerst energische Person, die Anne umsorgte wie eine Mutter. Sie brachte ihnen Brot und Fleisch und frisches Obst, dazu klares Wasser und dunklen, schweren Wein, den sie zu verdünnen riet. Dann maß sie Anne mit abschätzendem Blick, verschwand dann kurzerhand und kehrte mit einem ihrer eigenen Kleider zurück, das sie ihr förmlich aufdrängte. Sie sorgte dafür, dass zwei ihrer Mägde im Wagenschuppen einen Waschzuber mit Wasser füllten, und sie achtete eigens darauf, dass Anne sich auch wirklich hineinsetzte und ein wenig entspannte.

Als sie Anne auch noch eigenhändig in eines der beiden Betten stecken wollte, wehrte diese ab. «Ihr seid sehr gütig, und ich kann Euch das niemals vergelten.» Die Frau verstand die unausgesprochene Bitte, in Ruhe gelassen zu werden, und zog sich mit einem freundlichen Lächeln zurück.

Anne betrachtete das Bett. Saubere, verlockende weiße Laken waren darauf ausgebreitet. Dennoch kam es ihr nicht richtig vor, sich hineinzulegen.

Galien stand draußen vor der Tür und starrte in den sich langsam verdunkelnden Abendhimmel. Seit sie hier waren, hatte sich ein Schatten über ihn gesenkt. Jetzt hörte Anne ihn leise vor sich hinmurmeln.

Sie riss sich vom Anblick des verführerischen Betts los und ging zu ihm. Er hatte sich gegen die Hauswand gelehnt, die Beine an den Knöcheln überkreuzt und die Arme vor der Brust verschränkt.

«Was habt Ihr?»

Er schluckte schwer. «Jean war auch der Name meines eigenen Großknechts», sagte er leise.

Anne hörte die Wehmut in seiner Stimme.

«Er wurde ermordet, als die Kreuzritter mein Heim überfielen. Er hatte eine junge Frau, sie trug sein Kind. Ich frage mich, was aus ihr geworden ist.»

«Die Ritter haben sie vertrieben?»

«Ja. Sie und alle meine anderen Leute. Alles, was ich tun konnte, war, ihnen ein Pfand zu geben, das sie als meine Gefolgsleute auswies.» Bei diesen Worten drehte er an seinem Ringfinger, als habe sich dort einmal ein Schmuckstück befunden.

Einer der letzten Sonnenstrahlen fing sich im Laub der Akazien. Anne sah Tränen in Galiens Augen schimmern, und ohne darüber nachzudenken, schlang sie die Arme um seinen Leib. Er erstarrte kurz, aber dann umfing er ihre Schulter und zog sie an sich.

Eine ganze Weile standen sie schweigend aneinander geklammert. Wärme strömte von Galiens Haut in Annes Körper und vertrieb die Angst. Sie hob den Blick und begegnete seinem.

Eine einzelne Träne hing an seinen Wimpern, und Anne wischte sie fort.

Sie zitterte ein wenig, als er den Kopf senkte, aber als seine Lippen die ihren trafen, da war es gut.

Anne erwachte mitten in der Nacht, weil ihr warm war. An der Hüfte und der Taille, wo Galiens Haut sie berührte, schwitzte sie leicht, aber sie rückte nicht von ihm ab, sondern genoss die Wärme seines Körpers. Sehen konnte sie ihn nicht, denn es war stockfinster im Raum, aber sie spürte seinen tiefen, gleichmäßigen Atem, der sacht an ihrem Hals entlangstrich.

Anne blieb eine ganze Weile liegen und ließ sich von der Dunkelheit umfangen wie von einer schützenden Decke. Ein kleines Dachfenster, das mit einem fast undurchsichtigen Stück Haut verschlossen war, füllte sich mit silbrigem Schimmer und verwandelte die Finsternis in Grau.

Der Mond war aufgegangen.

Vorsichtig löste Anne sich von Galien und stieg aus dem Bett. Er grunzte leise, erwachte jedoch nicht, sondern drehte sich stattdessen auf die andere Seite. Kurz tastete seine Hand um sich, als suche er nach einem verloren gegangenen Halt, aber dann atmete er ruhig und gleichmäßig weiter.

Anne fand ihre Gewänder neben dem Bett und streifte sie über. Auf den Gürtel verzichtete sie und schlich auf bloßen Füßen hinaus ins Freie.

Die Nacht war klar und warm, erfüllt vom Licht eines abnehmenden Halbmondes, der etwas mehr als zehn Grad über dem nordöstlichen Horizont stand. Seine Helligkeit überstrahlte die meisten Sterne des Bildes der Zwillinge, sodass Anne mit ihrer Hilfe nicht herausfinden konnte, zu welcher Nachtstunde es sie nach draußen getrieben hatte. Sie wandte sich um, aber den Blick auf den westlichen Horizont versperrte ihr eines der Gebäude. Hier kam sie also auch nicht weiter.

Sie zögerte kurz, aber dann entschied sie sich, ihr Astrolabium zu holen, das sie mit ihrem Gürtel zusammen neben dem Bett liegen gelassen hatte. Galien hatte sich wieder auf die linke Seite gedreht, wie zuvor. Sein rechter Arm lag quer über dem Lager, und seine Finger zuckten leicht. Anne widerstand der Versuchung, über seine nackte Schulter zu streichen, und nahm stattdessen den blauen Samtbeutel an sich.

Das Instrument darin klirrte leise.

Draußen nahm Anne das Gerät aus seiner Hülle. In den alten Bäumen unten am Abhang schwirrten winzige, schwarze Schatten umher. Völlig lautlos drehten sie ihre Runden im Silberlicht des Mondes: Fledermäuse.

So wie nach Roberts Tod betrachtete Anne das Instrument jetzt lange und eindringlich. Diesmal jedoch tat sie es nicht aus Verzweiflung und um ihren eigenen traurigen Gedanken zu entfliehen, sondern um es zu begreifen. Um es zu benutzen.

Das achte Astrolabium war der einzige Gegenstand, der sie noch mit ihrer Vergangenheit verband.

Es war ein wenig anders konstruiert als jenes, mit dem sie zu Hause gearbeitet hatte, denn es hatte keine Alhidade zum Messen der Höhe eines Sterns. Die Rete allerdings, ihre wichtigsten Sternenzeiger und auch die Konstruktion der Höhenkreise unter der Rete waren Anne vertraut. Sie zählte die Kreislinien zwischen Zenit und Himmelspol, die Almukantaraten, und stellte fest, dass das Instrument für die Arbeit in dieser Gegend zu gebrauchen war. Mit dem Fingernagel kratzte sie über eine der lateinischen Gravuren auf der Vorderseite des Astrolabiums. Wahrscheinlich hatte Robert beim Nachbau des Originalinstrument aus Isfahan die Almukantaraten für das eigene Klima angelegt. Er hatte schon immer dazu geneigt, Nachbauten von Instrumenten für seine eigenen Zwecke zu verändern.

Ein leises Lächeln glitt über Annes Gesicht.

Sie fand zwei durchlöcherte Vorsprünge auf der Rete, und als sie das Gerät vors Gesicht hob, stellte sie fest, dass die beiden Vorsprünge sich tatsächlich als Abseh-Einrichtung eigneten. Langsam richtete Anne das Instrument so aus, dass sie den hellsten Stern im Bild des Adlers durch die beiden Löcher sehen konnte. Dann las sie den auf diese Weise erhaltenen Wert am Instrument ab. Altair stand knapp 40 Grad über dem Horizont. Sie wusste genug über den nächtlichen Himmel, um keine weiteren Messungen durchführen zu müssen. Um diese Jahreszeit war es ungefähr zwei Stunden nach Mitternacht, wenn Altair in dieser Höhe stand.

«Was machst du da?» Galien tauchte hinter ihr auf.

Sie hielt ihm das Astrolabium hin. «Ich habe die Nachtstunde bestimmt.»

«Damit.» Galien nahm das Instrument nicht.

Anne lächelte. «Ja. Damit.»

«Meine Mutter hat mir einmal erklärt, wie so ein Ding funktioniert.»

«Ihr … du siehst nicht so aus, als interessiere es dich besonders.»

Galien wiegte den Kopf. «Es sieht sehr kompliziert aus.»

«Schwertkämpfe sind auch kompliziert. Wie lange hast du geübt, um sie zu beherrschen?»

Galien stemmte die Hände in die Hüften und verzog das Gesicht. «Jahre!»

«Eben. Die Jahre, die du darauf verwendet hast, deine Muskeln zu kräftigen, habe ich lieber hierauf verwendet.» Sie tippte sich gegen die Schläfe und grinste Galien spöttisch an.

Er runzelte die Stirn, aber dann lachte er. «Dann ergänzen wir uns ja gut.» Die Unbeschwertheit, mit der er diese Worte ausgesprochen hatte, verschwand in der Dunkelheit der Nacht. Mit einem Mal fühlte Anne sich peinlich berührt.

Sie räusperte sich. «Willst du wissen, wie es funktioniert?»

«Wenn du es loswerden willst.»

Ihre Befangenheit ignorierend, schlug Anne spielerisch mit dem Handrücken nach ihm. «Nun schau her.» Sie zeigte Galien die beiden löchrigen Erhebungen. «Hast du schon mal mit einer Armbrust geschossen?»

«Hm.»

«Mit diesen beiden Löchern hier zielst du wie bei einer Armbrust. Siehst du den hellen Stern dort? Halte das Instrument so vor deine Augen, dass du durch beide Löcher schauen kannst. Gut. Und jetzt dreh hier, bis der Stern in ihnen erscheint.»

Galien brauchte eine Weile, bis es ihm gelang, weil das Astrolabium sich ständig zur Seite wegdrehen wollte. Anne schmunzelte.

«Das geht am Anfang jedem so. Gut. Der Stern heißt Altair. Schau, hier auf dem äußeren Rand kannst du jetzt ablesen, wie hoch er am Himmel steht. Es sind im Moment etwa 40 Grad. Dann musst du noch einige Einstellungen vornehmen und kannst hier», sie tippte auf einen kleinen Vorsprung unten auf dem Astrolabium, «die Nachtstunde ablesen.»

«Und wozu muss ich die wissen?»

Anne lächelte erneut. «Musst du nicht, weil du ein Ritter bist. Aber wenn du ein Mönch wärst, müsstest du eine Stunde nach Mitternacht aufstehen und die Vigilien feiern.»

«Gut. So weit habe ich das begriffen.»

Anne spürte, dass Galien noch etwas hinzufügen wollte, sich aber offensichtlich nicht traute.

«Aber?», fragte sie.

«Nun ja, es interessiert mich schon, was es mit diesem Geheimnis auf sich hat. Mit dem Buch, meine ich, und mit dem Astrolabium.» Galien zuckte die Achseln.

«Ich weiß es doch auch nicht.»

«Aber du weißt, worum es geht, oder etwa nicht? Diese Pergamente und die Wachstafel, sie stammen doch von dir.»

Anne zog die Lippen zwischen die Zähne. Sie war sich nicht sicher, ob sie dieses Thema vertiefen wollte. In der Schäferhütte hatte sie es gemieden, aber jetzt, hier und in Galiens Gegenwart, fühlte sie sich stärker. Tief holte sie Luft.

«Alles hängt irgendwie mit der Bewegung der Planeten zusammen», flüsterte sie.

«Die Planeten.» Die Art und Weise, wie Galien die Worte wiederholte, ließ Anne erkennen, dass er genauso wenig wie Madeleine wusste, was das Besondere an den Planeten war. Wie damals ihrer Freundin erklärte sie es nun auch ihm, und sie zeigte ihm auf der Wachstafel die seltsame Schleife, die Jupiter zu Beginn des Jahres im Himmel beschrieben hatte.

«Ich weiß auch noch nicht besonders viel darüber, aber François hat mir verraten, dass die Gelehrten selbst noch nicht damit zurechtkommen. Es gibt Theorien, diese Schleifen zu erklären, aber sie sind wohl kompliziert und unbefriedigend.»

«Und du glaubst, dass in dem Buch eine bessere niedergeschrieben ist?» Skeptisch sah Galien Anne an.

«Möglich. Ich weiß es eben nicht. Und falls du dich fragst, was an einer neuen Theorie so gefährlich sein soll, dass dafür Menschen ...» Sie unterbrach sich, setzte neu an: «... ich weiß es auch nicht!»

«Aber du hast einen Verdacht.» Er nickte leicht, und Anne musste erneut lächeln. Es war ein gutes Gefühl, auf Galiens Art und Weise verstanden zu werden.

«Ja.»

«Erklärst du sie mir?»

Sie überlegte. «Vielleicht den Anfang davon», sagte sie.

Galien mühte sich sehr, Annes Worten zu folgen. Sie berichtete ihm von den Bewegungen der Sterne über dem Himmel. Im Osten gingen sie auf, erklärte sie, und im Westen wieder unter, genau wie die Sonne es tat.

Sie beschrieb ihm, wie die Gelehrten sich den Aufbau des Himmels vorstellten, wie die verschiedenen Kugelschalen um die Erde lagen, und die Reihenfolge der Himmelskörper in diesen Kugelschalen.

Dann sagte sie etwas, das ihn völlig irritierte.

«Eigentlich jedoch bewegen sich die Sterne – und auch die Planeten – gar nicht von Ost nach West über den Himmel, sondern von West nach Ost.»

Galien sah in den Himmel. Der Mond war inzwischen ein ganzes Stück weiter nach Westen gewandert und schien Annes Worte Lügen zu strafen. «Wie das?» Galien war zu dem Schluss gekommen, dass es besser war, keine von Annes Aussagen anzuzweifeln.

«Es ist der ganze Himmel, der sich einmal am Tag in Ost-West-Richtung um die Erde dreht, aber Sonne, Mond und alle Sterne und Planeten in ihren einzelnen Schalen drehen sich eigentlich in die andere Richtung. Du bemerkst das nur, wenn du einen einzelnen Stern in mehreren Nächten nacheinander zu genau derselben Nachtstunde betrachtest. In jeder Nacht steht er ein Stück weiter östlich als in der Nacht zuvor.»

«Darum auch die Bestimmung der Nachtstunde mit dem Astrolab!» Galien fühlte Befriedigung über diese Erkenntnis in sich aufsteigen.

Anne lachte leise. «Genau. Mönche und Sternenkundige, Galien.» Sie zeigte auf Altair. «Du musst es dir so vorstellen: Jede einzelne Sphäre dreht sich mit ihrer eigenen Geschwindigkeit von West nach Ost.» Sie demonstrierte es ihm, indem sie seine linke Hand zur Faust ballte und ihre eigene rechte wie eine Schale darum legte. Dann drehte sie ihre Hand so, dass ihre Handgelenke sich berührten. «Siehst du? Die Drehung von Ost nach West jedoch führt der gesamte Himmel aus. Die Gelehrten denken sich das so: Ganz außen um die letzte Schale liegt noch eine weitere.» Sie legte ihre linke Hand um ihre rechte. Als sie die linke jetzt drehte, drehten sich der Knoten aus Galiens Faust und ihrer rechten mit ihr. «Sie nennen das die Tagesdrehung.»

Ihr schien ein Gedanke zu kommen. Noch einmal vollführte sie die Bewegung, aber Galien konnte ihr nicht mehr folgen, darum entzog er ihr seine Faust und verschränkte seine Finger mit den ihren. «Worüber grübelst du?», fragte er, nachdem sie etliche Augenblicke lang schweigend über seine Schulter in den Himmel gestarrt hatte.

Sie zuckte die Achseln. «Kompliziertes Zeug!» Dann schauderte sie zusammen. «Lass uns lieber wieder hineingehen. Ich friere.»

Am nächsten Morgen erwachte Anne erneut vor Galien. Sonnenlicht fiel in schrägen, goldenen Bahnen durch das Dachfenster und zeichnete kleine Kreise auf seinen nackten Körper neben ihr.

Dünn war er, sichtbar zeichneten sich die Rippen unter seiner hellen Haut ab, aber die Muskeln an Brust und Armen schienen hart. Sachte strich Anne über eine von ihnen.

Galien erschauderte.

Eine offenbar gerade erst verheilte Wunde zog sich von seiner unteren Rippe bis zur Hüfte. Das Fleisch auf ihr war rosig und neu.

Als Anne aufblickte, bemerkte sie, dass er erwacht war. Er schaute sie an, und ein Lächeln wurde in seinen Augen sichtbar, nicht jedoch in seinen Mundwinkeln.

«Wer war das?», fragte Anne und deutete auf die Narbe.

«Simon.»

«Dein eigener Bruder?»

Galien bettete den Kopf auf seinen angewinkelten Arm und fuhr mit der Hand über die Narbe. «Einer seiner Männer.»

«Willst du mir die Geschichte erzählen?»

«Vielleicht später einmal.»

Anne verspürte Enttäuschung, und offenbar sah Galien ihr das an, denn er nahm die Hand von der Narbe und legte sie unter ihr Kinn.

«He!», sagte er. «Es ist eine traurige Geschichte, und davon hast du in der letzten Zeit genug eigene erlebt, oder?»

Auf einmal verspürte sie das Bedürfnis zu weinen, aber es gelang ihr nicht. Sie wandte sich von Galien ab und setzte sich auf die Bettkante. Eine Weile saß sie so da und lauschte in sich hinein. Die vergangene Nacht hatte ihr Innerstes mit Wärme angefüllt, aber Trauer und Schrecken waren dadurch nicht besiegt.

Anne schluckte. Dann stand sie auf und begann, sich anzuziehen. Einem Impuls folgend nahm sie die Pergamente aus ihrer Tasche und betrachtete die beiden Einstichstellen des Zirkels. Im hellen Sonnenlicht waren die unscharfen Kohlestriche der Zeichnung gut zu erkennen.

Anne kniff die Augen zusammen.

Dicht bei der Bahn des unvollständigen Sonnensymbols befand sich ein kleines Stück gebogener Linie, matt nur, schlecht erkennbar, als sei es ebenfalls fortgeschabt worden und als habe der Zeichner an dieser Stelle nicht sehr gründlich gearbeitet.

Anne ließ sich auf die Bettkante fallen und legte das Pergament neben sich. Mit Daumen und Zeigefinger maß sie die Entfernung vom Zirkeleinstich zu dem Kreissegment ab. Dann sah sie zu Galien. Er beobachtete schweigend, wie sie ihr Obergewand umschlug und ein Stück Garn aus dem Saum zerrte.

Sie legte sein eines Ende auf die Zirkeleinstichstelle und hielt es mit dem Daumen fest. Mit der anderen Hand maß sie die Entfernung bis zu dem Kreissegment und machte an dieser Stelle eine Schlaufe in den Faden.

Anne fügte ihre Feder in die Schlaufe, platzierte sie auf dem Kreissegment, und vorsichtig schlug sie einen Kreis um das kleine Loch.

Sie legte Feder und Faden fort und hob das Pergament an. Lange Zeit studierte sie die Zeichnung, wiegte dabei den Kopf und nickte schließlich.

«Und?», fragte Galien.

Anne zeigte ihm ihr Werk. «Der Kreis geht genau durch die Erde.»

«Stimmt. Und was bedeutet das?»

Statt ihm eine Antwort zu geben, schaute Anne auf den schmalen Goldring an ihrer linken Hand. Er war mit einem feinen Rankenmuster verziert.

Sie griff danach und drehte ihn um den Finger.

«Ein goldener Lorbeer für meine gelehrte Tochter!» Roberts Worte klangen so deutlich in ihrem Kopf, dass sie beinahe zusammenzuckte. Ganz kurz fühlte es sich an, als sei er dicht bei ihr, als habe er ihr die Hände von hinten auf die Schultern gelegt, wie er es häufig getan hatte, wenn sie an der

Werkbank saß. Sie tastete über ihr Schlüsselbein nach hinten, aber natürlich waren dort keine Hände. Galien hatte sich gegen die Wand gelehnt und die Hände hinter dem Nacken verschränkt. Jetzt lächelte er leicht.

Anne ließ ihren Blick zurück zu dem Ring wandern. Sie griff zum zweiten Mal danach. Er ließ sich nur schwer abziehen, doch sie schaffte es. Auf der flachen Hand hielt sie ihn Galien entgegen.

«Wofür bekomme ich den?» Er löste die Hände und nahm den Ring.

«Als Pfand.» Sie lächelte matt. «Wofür, das musst du selbst entscheiden.»

Er zögerte, doch dann nahm er den Ring und schob ihn über seinen kleinen Finger.

Anne faltete das Pergament wieder zusammen, und sie fühlte sich dabei, als sei eine wichtige Entscheidung gefallen.

Sie würde Lambert suchen.

Sie erreichten Carcassonne am dritten Tag im August, einem Montag.

«Die Stadt brennt!» Anne brachte ihr Pferd zum Stehen und wies mit ausgestrecktem Arm zum Horizont. Eine schwarze Rauchwolke war dort zu sehen, aber anders als in Béziers strebte sie nicht gerade in den Himmel, sondern verbreiterte sich in einiger Höhe zu einem Pilz. Es war Wind aufgekommen in den letzten Tagen, doch die Hitze über dem Land war dadurch kein bisschen erträglicher geworden.

Die Wärme und der leichte Anflug von Glück, die Anne in der Nacht in der Gästewohnung empfunden hatte, waren nicht vergangen, aber sie waren jetzt wieder hinter einen Schleier aus Traurigkeit zurückgewichen. Ein wenig half es ihr, sich besser zu fühlen, wenn sie nur an diese Nacht dachte, aber in diesem Augenblick, da sie den Rauch über Carcassonne sah, fühlte sie sich schwer und müde.

Galien kniff die Augen gegen das grelle Sonnenlicht zusammen, dann schüttelte er den Kopf. «Wir sind noch zu weit entfernt, um etwas erkennen zu können.»

Schweigend ritten sie weiter, bis sie nahe genug waren, um das Ausmaß der Zerstörung sehen zu können.

Sie hatten richtig vermutet. Carcassonne brannte, aber es war nur ein kleiner Teil der Stadt, der in Flammen stand.

Die Stadt war auf einer Hochebene erbaut, deren Hänge zu einem gewundenen Fluss hin abrupt, Richtung Osten jedoch flacher abfielen. Sie waren locker bebaut mit kleinen Kirchen, festen Häusern, Hütten und einer Menge Gebäude, die aussahen wie Speicher. Dazwischen befanden sich Gärten, Weinstöcke, aber auch Weideflächen, allerdings sämtlich ohne Tiere. Über allem thronte die eigentliche Stadt – die Cité hatte der Bauer von Maussac sie genannt und ihnen erzählt, dass ihre mächtige Befestigung viele Jahrhunderte alt war. Im Inneren dieser Befestigung, hatten sie erfahren, lagen das Schloss des Vizegrafen, der Bischofspalast, eine große Kirche, die ebenso wie jene in Béziers Saint-Nazaire geweiht war, und Dutzende von Häusern reicher Adliger und Kaufleute.

Zwischen der Cité und den Siedlungen jedoch sah Anne zwei befestigte Vororte, einer im Süden der Hochebene, der andere im Norden auf ihren Hängen. Aus seinen Gassen stieg der Rauch auf.

«Sie haben einen Teil erobert», murmelte Galien. «Aber die eigentliche Stadt ist unversehrt.»

Anne ließ ihren Blick über das Heer schweifen, das von ihrem Standpunkt aus rechts neben der Stadt lagerte. Auf ihrem Weg hierher hatte sie sich vorgestellt, wie die Kreuzritter die Cité einkreisen, wie sie ihren Belagerungsring um die Befestigung der Stadt legen würden, sodass ein Entkommen unmöglich wäre. Sie hatte sich getäuscht. Es gab keinen durchgängigen Belagerungsring, nur einzelne Truppen, die sich an den großen Ausfallstraßen postiert hatten und sie blockierten.

Anne wies auf eine von ihnen. «Das Heer sieht kleiner aus als vor Béziers.»

«Das liegt wahrscheinlich daran, dass es auf dem Marsch hierher versprengt worden ist. Für den Vorort war es aber groß genug.»

«Was machen wir jetzt?»

«Es sieht so aus, als sei das Viertel heute gefallen. Wahrscheinlich werden sie morgen früh versuchen, das andere zu erobern. Wir haben also den Abend und die Nacht über Zeit, Lambert zu finden – falls wir eingelassen werden.»

Anne beobachtete, wie seine Blicke über die gesamte Anlage zuckten und schließlich an einem Tor hängen blieben, das in den unversehrten Vorort führte. Ohne ein weiteres Wort langte sie zu ihm hinüber und nahm seine Hand. So fest sie konnte, drückte sie sie.

Er deutete auf das Tor, das von einer Barbakane, einer ringförmig vorgebauten Mauer, zusätzlich geschützt wurde. Das Torhaus war nur klein, aber es besaß drei schmale, bedrohlich wirkende Schießscharten.

«Der Hauptteil des Heeres befindet sich auf dem östlichen Hang. Der Wald dort hinten wird von den Rittern nur notdürftig bewacht. Wenn wir da die Belagerungslinien überwinden, müssten wir ungeschoren bis zur Stadtmauer kommen. Bete, dass sie uns von dort keine Pfeile entgegenschicken.» Er zog seine Hand aus der ihren und trieb sein Pferd in einen langsamen Schritt.

Anne folgte ihm.

Je näher sie der Stadt kamen, umso düsterer ragten die Mauern vor ihnen auf. Anne nahm Bewegungen auf den Zinnen der Barbakane wahr, und ab und an funkelte die Sonne auf einem Helm oder einem Schild. Jeden Augenblick konnte ein Pfeil oder ein Armbrustbolzen ihrem Weg ein Ende setzen, und die Möglichkeit, auf diese Weise zu sterben, ließ jede Handbreit von Annes Haut kribbeln.

Carcassonne war bereits teilweise erobert worden. Wie konnten sie auch nur hoffen, dass ihnen das Tor geöffnet werden würde?

«Sie haben jeden Flüchtling aufgenommen, der um Einlass gebeten hat», presste Galien zwischen den Zähnen hervor. Seine Hände lagen auf dem Widerrist seines Pferdes, aber ab und an zuckten seine Finger, und Anne erriet, dass er am liebsten zu seinem Schwert gegriffen hätte.

Als sie nahe genug heran waren, dass sie Einzelheiten erkennen konnten, sah Anne die Armbrüste, die aus den Schießscharten auf sie niederwiesen.

«Galien!» Ihr Mund war trocken.

«Ich habe sie gesehen.» Er hielt sein Pferd an und winkte zu den verborgenen Schützen hinauf. «Wir sind aus Béziers», rief er, «und wir suchen den Schutz der Bürger von Carcassonne.»

Er erhielt keine Antwort.

Anne schluckte gegen die Enge in ihrer Kehle an, dann kam ihr ein Gedanke. Charles hatte ihr häufiger davon erzählt, dass Teile seiner weitläufigen Verwandtschaft in einem Vorort von Carcassonne lebten, der den Namen Saint-Michel trug. Sie hatte keine Ahnung, ob dies Saint-Michel war, aber sie musste es einfach versuchen – und hoffen, dass der Name Lespignian hier einen ähnlich guten Klang hatte wie in ihrer Heimatstadt.

«Mein Name ist Anne!», rief sie mit einem Kieksen in der Stimme. «Ich bin die Verlobte von Charles de Lespignian!»

«Lespignian?» Die Erwiderung klang hohl durch die dicken Mauern, hinter der ihr Gegenüber verborgen war.

«Ja.» Anne hob einen Arm und bedeckte die Stirn damit. Zu ihrer grenzenlosen Erleichterung verschwanden die Armbrüste aus den Schießscharten.

Galien saß schweigend auf seinem Pferd. Wenn es ihn störte, dass Anne sich als Charles' Verlobte bezeichnet hatte, so ließ er es sich nicht anmerken. Seine Miene war ausdruckslos, aber aufmerksam.

Ein Kopf erschien neben dem Torhaus über den Mauerzinnen. Schwarze, verschwitzte Haare und ein hochrotes Gesicht. «Wer ist der Mann an Eurer Seite?»

«Galien ... mein Bruder.» Gerade noch rechtzeitig war Anne eingefallen, dass es vielleicht nicht klug war, Galien mit seinem nordfranzösischen Namen vorzustellen.

«Ihr tragt die Waffe eines Ritters!»

«Ja.» Hilfe suchend blickte Galien Anne an.

Fieberhaft suchte sie nach dem Namen eines hoch gestellten Adligen, in dessen Dienst sie Galien stellen konnte, aber eine weitere Lüge war gar nicht mehr nötig. «Was ist mit Lespignian?», rief der Schwarzhaarige in die Tiefe.

«Charles ist tot», erwiderte Anne wahrheitsgemäß. «Und Marie, seine Mutter, ebenfalls. Guy habe ich seit dem Fall von Béziers nicht mehr gesehen.»

Die Nennung von zwei weiteren Namen aus der Familie Lespignian schien auszureichen, um sie zu legitimieren. «Wartet! Ich lasse das Tor öffnen.»

Der Kopf verschwand hinter der Mauer. Es dauerte einige Minuten, dann wurde eine winzige Pforte in dem Tor der Barbakane geöffnet. Der Mann mit den schwarzen Haaren und den roten Wangen erschien selbst, um sie einzulassen.

«Ich trauere mit Euch», sagte er zu Anne. «Euer Verlobter war ein guter Mann.»

«Kanntet Ihr ihn?» Selbst Anne musste sich ein wenig bücken, um unter der niedrigen Tür hindurchzupassen. Galien hatte seine liebe Mühe, die beiden Pferde hindurchzubugsieren.

«Nicht persönlich. Ich bin einmal seinem Vater begegnet, aber der Name Lespignian ist in Carcassonne nicht ganz unbekannt.»

Anne neigte das Kinn. «Ich danke Euch, dass Ihr uns Einlass gewährt habt. Wie ist Euer Name?»

«Verzeiht. Ich bin Guiraud de Razès, der älteste Sohn des Burgvogts.» Guiraud blickte Galien an und nickte ihm zu.

Galien lächelte schwach zum Zeichen seines Dankes. «Wir sind auf der Suche nach einem Mann namens Lambert. Einem Glashändler. Kennt Ihr ihn?»

«Natürlich. In Carcassonne kennt jeder den Glashändler Lambert. Er ist einer der reichsten Männer der Stadt.»

«Wisst Ihr, ob er hier ist?»

Guiraud zuckte die Achseln. «Keine Ahnung. Sein Haus befindet sich in der Cité, dicht beim Palast. Ihr könnt es kaum verfehlen, es ist bunt wie die Schwanzfedern eines Kampfhahns. Werdet Ihr bei Lambert zu Gast sein, solange Ihr in der Stadt weilt?»

Anne verzog die Lippen. Wohl kaum, hätte sie fast geantwortet, aber sie ließ es bleiben. «Ich glaube nicht.»

«In Saint-Michel gibt es einen Gastwirt namens Alphonse. Ihr findet ihn gleich bei der Porte du Razès. Sagt ihm, dass ich Euch schicke. Wahrscheinlich hat er kein Bett mehr für Euch frei, aber einen Platz in seinen Ställen wird er Euch auf jeden Fall anbieten können.»

Anne nahm die Zügel ihres Pferdes aus Galiens Händen. «Ein wenig wie die Heilige Familie.» Noch einmal nickte sie Guiraud ihren Dank zu, dann durchquerten sie die Barbakane, ließen sich von zweien von Guirauds Männern das eigentliche Stadttor öffnen und befanden sich im nächsten Moment in den engen Gassen von Carcassonne.

Die Cité war eng und winkelig. An vielen Stellen standen die Häuser hier dichter als in Béziers. Vielleicht, dachte Anne, kam ihr das aber auch nur so vor, denn die Stadt war völlig überfüllt.

Menschen lagerten an allen Ecken, in allen Gassen. In der sommerlichen Hitze war der Gestank, der über allem lag, kaum auszuhalten, und noch bevor sie die eigentliche Cité überhaupt erreicht hatten, traten Galien und Anne abgerissene Gestalten in den Weg, bettelten um etwas zu essen oder einfach nur um Wasser.

«Wasser!» Galiens Mund war verkniffen. «Das wird das große Problem werden. Arnaud braucht die Stadt gar nicht anzugreifen. Er muss nur abwarten.»

«Ich versuche, Lambert ausfindig zu machen, und dann verschwinden wir so schnell es geht wieder, ja?»

Sie mussten ihre Pferde führen, denn zum Reiten war es viel zu eng. Ein kleiner Junge kam aus einem der Häuser gerannt, prallte zurück, kurz bevor er mit Galien zusammenstieß, und blieb mit schuldbewusstem Blick und auf dem Rücken verschränkten Händen stehen. Eine Frau eilte herbei, packte das Kind am Kragen und gab ihm eine Ohrfeige. «Verzeiht, Herr!», sagte sie hastig.

Galien lächelte ihr zu.

«Sie erkennen dich noch immer als Herr.» Anne sah zu, wie die Frau den Jungen wieder ins Haus zerrte. Bevor die Tür hinter den beiden zufiel, hatte das Kind noch eine zweite Ohrfeige eingefangen.

Galien runzelte die Stirn, sagte aber nichts dazu. Sie kamen zur eigentlichen Stadtmauer, die die Cité vom Vorort trennte. Anders als in Béziers hatte man diese Mauern nicht erhöht, als die Kunde vom herannahenden Heer laut geworden war. Es war auch nicht nötig gewesen, denn die Befestigungen von Carcassonne waren das Höchste und Stärkste, was Anne jemals zu Gesicht bekommen hatte. Allerdings waren die Zinnen mit hölzernen Aufbauten versehen worden, die über die Mauern nach außen ragten. Von hier, erklärte Galien Anne, würden die Verteidiger die Kreuzritter mit heißem Wasser, Öl und anderen Widerwärtigkeiten begießen, sobald auch der zweite Vorort gefallen war.

Wie Guiraud gesagt hatte, war Lamberts Haus kaum zu übersehen. Seine schwarzen Fachwerkbalken, die auf hellem

Gestein aufgesetzt waren und ein weit überragendes Obergeschoss sowie ein steiles, strohgedecktes Dach trugen, waren mit Schnitzereien verziert, von denen man die schönsten mit Farbe angemalt hatte. Anne sah Szenen aus der Bibel und aus alten Geschichten des Landes. Sämtliche Fenster waren mit echtem Glas versehen, einige davon mit runden Scheiben, deren konkave Wölbungen im Licht der Sonne bunt schimmerten.

Sie sprang zu Boden und stand unschlüssig vor der breiten, zweiflügligen Tür des Hauses. Bis auf einen Klopfer aus Messing in der Form einer Schlange mit einem Apfel im Maul hatte die Tür keinerlei Verzierungen. Anne ließ den Klopfer auf die Messingplatte prallen und lauschte dem Dröhnen nach, das sich in der Stille des Hauses ausbreitete.

Ein junges Mädchen, offenbar eine Dienstmagd, öffnete die Tür einen Spalt und spähte heraus. «Bitte?»

«Wir sind auf der Suche nach Lambert, dem Glashändler.» Anne wies auf sich und auf Galien, der mit beiden Pferden ein Stück hinter ihr stand.

Die Blicke des Mädchens huschten über Galien, dann über die Pferde. «Der Herr ist nicht zu Hause.»

«Dann erwartet Ihr ihn aber?» Hoffnung keimte in Anne auf. Bald würde sie zu Antworten kommen!

«Nein. Wir wissen nicht, wo er sich befindet. Er war in Béziers. Die Stadt wurde überfallen, habt Ihr davon …»

«Haben wir!» Galien drängte Anne sanft zur Seite und legte eine Hand gegen die Tür, wie um sie weiter aufzuschieben.

Die Magd zog missbilligend die Nase kraus.

«Dann war dein Herr nicht hier, seit Béziers abgebrannt ist?»

Kopfschütteln.

«Und du hast keine Ahnung, wo er sich aufhalten könnte?»

Erneutes Kopfschütteln, diesmal jedoch weitaus weniger

überzeugt. Galien drückte gegen die Tür. «Aber du hast eine Vermutung!»

Anne krampfte die Hände um den Samtbeutel mit dem Astrolabium, um sie ruhig zu halten. Mit einem Mal konnte sie nur noch an das Buch denken. Vielleicht war es in der Stadt. Vielleicht war es ganz nah!

«Nun, wenn er in der Stadt ist, dann könnte es sein, dass er sich in der Kirche aufhält.» Rasch warf die Magd zwei Blicke hinter sich, als erwarte sie, für ihre Plauderei gestraft zu werden.

«Welche Kirche?»

Sainte-Madeleine fiel Anne ein, aber diesmal gelang es ihr, die Erinnerungen im Zaum zu halten.

«Das kann ich Euch nicht sagen.» Die Magd wollte die Tür schließen, aber Galien hielt dagegen.

«Verzeih», sagte er sanft. «Es ist sehr wichtig für uns.»

«Das mag sein.» Ihr Blick hing wie festgesaugt an dem Schwert über Galiens Schulter. «Aber ich kann Euch nicht helfen.»

«Weil dein Herr ein Katharer ist!» Anne drängte Galien zur Seite. «Lambert würde nicht in eine richtige Kirche gehen. Er glaubt an die Lehren der Bonshommes. Wo ist die Kirche der Gläubigen?»

Das Mädchen schien nachzudenken. Sie hatte die Unterlippe zwischen die Zähne gezogen und kaute darauf herum. Die Geste ließ sie sehr jung aussehen. «Ich kann Euch nicht helfen, tut mir Leid.»

Und mit einem leisen Klicken fiel die Tür ins Schloss zurück.

«Du bleibst hier und ruhst dich aus!» Galien stand breitbeinig über Anne und hatte die Hände in die Hüften gestemmt. Alphonse, der Wirt, hatte ihnen tatsächlich einen Winkel in seinem Stall leer geräumt, nachdem Anne erwähnt hatte, wer sie schickte. Jetzt saß sie zwischen Strohgarben und prall gefüllten Getreidesäcken und debattierte mit Galien, wie sie weiter vorgehen sollten.

Anne lehnte sich gegen die kühle Wand in ihrem Rücken und streckte ihre von den langen Ritten der letzten Tage schmerzenden Glieder. Wütend funkelte sie Galien an. «Glaub bloß nicht, dass ich herumsitze, während du die ganze Arbeit machst! Es gibt mit Sicherheit Dutzende von Ketzerkirchen hier in der Stadt. Wir sind schneller, wenn wir zu zweit suchen.»

Dem hatte Galien nichts zu entgegnen, denn natürlich hatte sie Recht. Trotzdem behagte es ihm nicht, dass sie vorhatte, in der bereits einbrechenden Dunkelheit allein durch die überfüllte Stadt zu wandern. Neben all den Flüchtlingen, die Carcassonne aufgenommen hatte, trieb sich auch allerlei Gesindel herum, und er wagte nicht, sich vorzustellen, was sie mit einer Frau taten, die allein unterwegs war.

«Wir bleiben zusammen!», knurrte er.

Anne schüttelte eigensinnig den Kopf.

Er holte tief Luft. Dann schluckte er die scharfe Entgegnung hinunter, die er auf der Zunge hatte, und zog sein Messer. Mit einer ruppigen Bewegung hielt er es Anne vor die Nase. Sie zuckte zusammen, und fast bekam er ein schlechtes Gewissen. «So ein Ding besitzt nicht nur Jehuda, Anne! Meinst du, ich habe dich die ganze Zeit begleitet und dir geholfen, hierher zu kommen, um jetzt zuzulassen, dass dir irgendein Spießgeselle in einer finsteren Ecke die Kehle aufschlitzt? Weil er glaubt, dadrin», er tippte mit dem Messer gegen den Samtbeutel mit dem Astrolabium, «befände sich Gold?»

Hastig leckte Anne sich über die Lippen. «Steck das Messer weg!», murmelte sie. Obwohl ihre Stimme versöhnlich klang, funkelten ihre Augen noch immer wütend.

Aber Galiens drastische Argumentation hatte Wirkung gezeigt.

Sie fügte sich seinem Wunsch.

Die Glocke von Saint-Nazaire läutete zur Laudes, als Anne mit schmerzenden Füßen an einem Brunnen stehen blieb und mit der hohlen Hand ein wenig Wasser schöpfte. Obwohl die Nacht fast um war und der Himmel sich bereits hell zu färben begann, war das Wasser noch warm, denn die Sonne hatte den ganzen vergangenen Tag über direkt auf seine Oberfläche geschienen. Anne sah zu, wie zwei streunende Hunde mit ihren langen Zungen ebenfalls ihren Durst stillten, und wartete, bis Galien sein Gespräch mit zwei jungen Männern beendet hatte, die er nach der Kirche gefragt hatte. Beim Anblick der schmutzigen Hunde und der unzähligen Menschen, die auch in der Nacht in den Gassen hockten und lagen, fielen Anne Galiens düstere Worte ein. Wie lange würde es dauern, bis in der Stadt Seuchen ausbrachen?

Sie zwang sich, sich nicht die Probleme der Stadtbewohner zu Eigen zu machen, und richtete stattdessen den Blick in den Himmel. Außer Saturn stand kein einziger der Planeten über dem Horizont, und er war über einem der Hausdächer gerade noch so auszumachen. Bald würde auch er untergehen.

«Entweder sie wissen nichts, oder sie wollen uns nichts sagen.» Galien trat zu Anne und tauchte beide Hände in das Wasser. «Das wundert mich nicht. Die Leute sind vorsichtig.»

«Ein Kreuzheer steht vor ihren Stadttoren.» Anne senkte den Blick aus dem Himmel zu Galien. Im nächsten Moment erstarrte sie.

Eine junge Frau eilte über den Platz, ohne sie zu bemerken. Sie hatte ein hellrotes Tuch wie einen Schleier über Haare und die untere Hälfte des Gesichtes gelegt, und dennoch erkannte Anne sie. Es war Lamberts Magd.

«Galien!» Leise machte Anne ihn aufmerksam, und während der letzte Schlag von Saint-Nazaire in der heißen Luft zwischen den Gassen verklang, nickte er grimmig.

«Los, hinterher!»

Das Mädchen verschwand in einer Gasse, die so schmal war, dass Anne rechts und links die Hauswände mit den Händen berühren konnte. Sie führte im Schatten der Hauptmauer entlang und endete vor einem Haus, zu dessen Tür drei steinerne Stufen hinaufführten. Anne sah gerade noch, wie das Mädchen durch die Tür schlüpfte und im Inneren des Hauses verschwand.

Galiens Blick streifte über die ein gutes Dutzend Hauseingänge, die rechts und links von der Gasse abgingen. Sämtliche Fenster der umliegenden Häuser waren mit Läden verschlossen. Locker legte sich seine Hand um den Schwertgriff.

Anne lief die Stufen hinauf und klopfte.

Es war Lambert selbst, der ihr öffnete.

Seine Augen weiteten sich, als er sah, wen er vor sich hatte. Er keuchte auf. «Anne! Bei allen Engeln!» Dann ruckte sein Blick zu Galien.

«Kommt herein!»

# 9. Kapitel

Das Innere des Hauses war erfüllt von einer eigenartigen Stimmung, die Anne nicht sofort einzuordnen wusste. Angst war dabei, aber auch etwas anderes, wie Hoffnung. Anne schauderte.

Ungefähr zwanzig Menschen saßen in dem großen Raum, der als Halle und Speisesaal diente. Anne sah Männer vor dem großen Kamin stehen, die Waffen kampfbereit am Gürtel und die Mienen voller Entschlossenheit. Sie sah Frauen mit kleineren und größeren Kindern, die die Blicke angstvoll auf die Neuankömmlinge richteten, und alte Weiber, in einer Ecke zusammengekauert und in leise Gebete versunken.

Es roch nach überreifem Obst und nach Urin.

Die Fensterläden des Hauses waren ebenso verschlossen wie die aller anderen, und auch wenn das zumindest die Sommersonne aussperrte, war es trotzdem drückend heiß im Inneren des Raumes.

«Kommt. Gehen wir nach hinten.» Lambert wies auf eine Tür rechts neben dem Kamin. Einer der Männer betrachtete sie mit einer Mischung aus Neugier und Misstrauen, rührte sich jedoch nicht vom Fleck. Seine Finger spielten mit einem kleinen, äußerst scharf wirkenden Dolch.

Lambert führte sie einen schmalen, kurzen Gang entlang und in einen weiteren Raum, der von einer großen Feuerstelle dominiert wurde. Der Fußboden war hier, anders als vorne, nicht mit Holzbohlen bedeckt, sondern bloß und nackt. Anne spürte seine Unebenheiten durch die Sohlen ihrer Schuhe. Rechts neben dem Herd stand ein hohes Regal mit Geschirr und Töpfen, einem Schemel davor. Seitlich daneben war eine Falltür in die Erde eingelassen, und links ging eine weitere Tür ab – wahrscheinlich in eine Vorratskammer. Sie war nur angelehnt, und Anne konnte in dem Raum dahinter Fliegen summen hören.

Lambert legte einen soliden Riegel vor die Tür, durch die sie gekommen waren, blieb dann vor dem Herd stehen und knetete seine Hände. «Dann habt Ihr mich also doch noch gefunden.»

«Ihr habt Vaters Buch?»

Lambert nickte. «Ja.» Er wies mit dem Kinn auf die Falltür.

«Warum?» Anne wich einen Schritt zurück. Galien stand hinter ihr, und er legte ihr die Hand auf die Hüfte, wie um sie zu stützen.

«Ich dachte, es sei ...» Lambert brach ab und warf die Hände in die Höhe. «Es war ... Herrgott-im-Himmel!» Er stützte sich auf der Herdumrandung ab und beugte sich vornüber. Es sah aus, als wolle er sich, wie damals angesichts des verprügelten Jungen, übergeben. Dann jedoch fing er sich und wandte sich mit einem Ruck zu Anne um. «Theophilus' Buch konnte ich nicht bekommen. Ich kehrte noch einmal zu Georges zurück, um ihn vielleicht doch noch umzustimmen. Sein Lehrjunge erzählte mir, dass er ermordet worden war. Das Buch wurde gestohlen.»

«Roberts Buch war ein Ersatz für den Theophilus!» Anne glaubte zu verstehen. Sie erinnerte sich noch gut an das Gespräch, das sie mit François vor dem Laden des Werkzeugmachers geführt hatte, an die Diskussion darüber, ob es sich bei dem Werk um ein häretisches Buch handelte, das Geheimlehren enthielt.

Lambert nickte. «Euer Vater erzählte mir von dem Buch und auch davon, dass François es für äußerst gefährlich hielt. Ich dachte, vielleicht ist dies eine der Schriften, die uns Bonshommes hilft, uns gegen die Übermacht der Kirche …» Wieder hob er die Arme. Diesmal sah es verzweifelt aus.

Anne sah die Menschen vorne in der Halle vor sich, die Hoffnung, die sie ausgestrahlt hatten. Hoffnung auf Erlösung. Das war es gewesen, was sie in ihren Augen gesehen hatte. Die Hoffnung auf eine Erlösung, für die sie erst den Tod erleiden mussten. Und das war es auch, was Lambert zu finden hoffte.

In Roberts Buch!

Sie konnte nicht anders, sie lachte auf, und es war ein kurzes, böses Lachen. «Ihr seid ein elender Narr!», knurrte sie. «Habt Ihr inzwischen begriffen, dass das Buch keine katharischen Lehren enthält?»

«Sternenkunde», flüsterte Lambert. «Nichts als Sternenkunde. Warum nur hält François es für so gefährlich?»

«François ist tot.» Es bereitete Anne ein perverses Vergnügen, die Worte auszusprechen und zuzusehen, wie sich Verstehen in Lamberts Miene abzeichnete. Tränen schossen in seine Augen. «Das Buch *ist* gefährlich. Es hat meinen Vater das Leben gekostet. Und François auch.»

«Ich habe Euren Vater nicht …»

«Ich weiß! Aber Ihr habt mit ihm gerungen um das Buch, nicht wahr? Ihr habt ihm irgendetwas über den Schädel geschlagen, sodass er bewusstlos wurde und Ihr das Buch an Euch nehmen konntet. Darum habt Ihr so entsetzt reagiert, als Ihr den verletzten Jungen gesehen habt! Seine Wunde, das Blut, das ihm über Stirn und Nase rann – es hat Euch an meinen Vater erinnert, nicht wahr?» Mit jeden Wort, das aus Anne hervorsprudelte, sah sie die Zusammenhänge klarer. «Stimmt es?», schrie sie.

Lambert wankte gegen die Herdummauerung zurück und sank darauf nieder. Seine Schultern sackten nach vorn. «Ja», hauchte er.

«Und als dann Jehuda kam, fand er meinen Vater reglos am

Boden liegen, und er musste ihm nur noch das Messer an die Kehle setzen …» Die Klarheit zerbarst zu einem riesenhaften Scherbenhaufen. Lautlose Tränen rannen Anne die Wangen hinunter. Sie hatte beide Hände zu Fäusten geballt und gegen den Glashändler erhoben, aber ihre Füße waren wie am Boden festgenagelt. Sie konnte sich nicht mehr rühren. Ihr Herz schlug bis in die Kehle, und ihre Schultern zitterten unkontrolliert.

Galien legte beide Hände auf ihre Schultern, drehte sie zu sich um und nahm sie in den Arm. Sie war hart wie ein Brett. Ihre Brust wollte sich in schmerzhaftem Schluchzen zusammenziehen, aber es ging nicht. Sie fühlte sich, als müsse sie ersticken.

Über ihren Kopf hinweg sagte Galien: «Wo ist das Buch?»

«Im Keller. Auf der großen Truhe in der Ecke.»

Galien führte Anne zu dem Schemel vor dem Regal und drückte sie darauf nieder. Dann ging er vor ihr in die Knie, um ihr ins Gesicht blicken zu können. «Ich hole das Buch und wir verschwinden von hier, ja?» Er wartete, bis Anne sich ein wenig gefangen und genickt hatte, dann ließ er sie los.

Er öffnete die Luke und tastete mit dem Fuß nach der Leiter darin.

Im nächsten Moment war er in der Tiefe verschwunden. Schritte ertönten. Annes Kopf ruckte voller Schrecken nach oben. Die Tür zur Vorratskammer öffnete sich.

Heraus traten zwei Männer.

Einer von ihnen war Samuel ben Tibbon.

Die Leiter führte Galien mehr als sechs Ellen tief in die Erde, in einen Lagerraum, der vielleicht zehn mal zehn Schritte im Quadrat maß. Eine einzelne Fackel steckte in einem eisernen Leuchter an der Wand und verströmte ein unruhiges, düsteres Licht. Es zuckte über Regale, Kisten mit Getreide und eingelagertem Gemüse, über Flaschen und Krüge, allesamt mit Wachsstopfen versiegelt.

Ein leichter, warmer Luftzug wehte über Galiens Gesicht und zeigte ihm, dass der Leiter gegenüber ein Ausgang sein musste, der irgendwo weiter hinten ins Freie führte.

Die Truhe stand im hinteren Teil des Raumes, und dorthin fiel nur wenig Licht. Dennoch erkannte Galien, dass dort kein Buch lag. Instinktiv fuhr seine Hand zu dem Schwert auf seinem Rücken, aber es war längst zu spät.

«Sucht Ihr etwa das hier?» Die sanfte Stimme füllte den Raum mit ihrem Säuseln.

Aus dem Gang trat eine hagere, leicht gebeugte Gestalt ins Licht der Fackel, und sie hielt Galien das Buch entgegen.

Es war Jehuda.

Galien zog das Schwert, aber noch bevor er es auf den Alten gerichtet hatte, ertönte von oben ein leiser, verzweifelter Schrei.

Anne.

Jehuda lachte leise. «Oh», sagte er, als habe er alle Zeit der Welt, «Ihr glaubt doch nicht, dass ich Euch und Eurer hübschen Waffe ohne Rückendeckung gegenübertrete. Lasst das Schwert fallen, oder Anne stirbt.»

Der letzte Satz kam so kalt, dass Galien gehorchte. Mit einem dumpfen Aufprall landete seine Klinge auf dem harten Boden.

Galien tauchte als Erster wieder aus der Bodenluke auf, gefolgt von jenem Mann, dessen Stimme Anne bis ans Ende der Welt in den Schlaf verfolgen würde.

Sie würgte. «Jehuda!»

Er neigte vor ihr den Kopf wie zu einem spöttischen Gruß. Im nächsten Moment stand er neben Lambert und legte ihm sein Messer an die Kehle. «Ihr seid ein Narr, Galien de Montgris! Habt Ihr allen Ernstes geglaubt, Samuel würde Eurer geliebten Anne etwas antun? O nein, für die schmutzigen Dinge bin ich zuständig in unserer Familie, nicht wahr, Samuel?»

Samuels Miene war versteinert.

«Womit hat er Euch in der Hand?», fragte Galien. Er hatte die Augen zusammengekniffen, wie um alles schärfer zu sehen.

Samuel blickte zu Lambert.

Galien nickte, aber Jehuda lachte nur noch lauter. «Es war nicht nötig, ihn hierzu zu zwingen! Samuel ist genauso hinter diesem Buch her wie alle anderen in diesem Raum. Vielleicht mit Ausnahme von Euch, lieber Galien.»

Unten in dem Keller erklangen leise Schritte. Was würde als Nächstes aus diesem Loch hervorkriechen? Anne machte einen Schritt in Galiens Richtung, doch Jehudas Kreischen hielt sie auf.

«O nein!» Er presste das Messer stärker an die Kehle des Glashändlers, und der keuchte gepeinigt auf.

Anne dachte an die Menschen vorne in der Halle, aber die Wände des Hauses waren dick und solide. Unwahrscheinlich, dass Jehudas Geschrei dort zu hören war – und selbst wenn: Der Riegel, den Lambert vor die Tür gelegt hatte, war Hindernis genug. Aus dieser Richtung würde keine Rettung kommen.

«Ihr haltet Euch von dem Ritter fern!», zischte Jehuda Anne an. Er deutete auf die Herdummauerung an seiner Seite. «Am besten, Ihr kommt hier neben mich. Wir sind doch ein hübscher Anblick zusammen, was, Galien?» Jehuda wartete, bis Anne seiner Aufforderung nachgekommen war und neben ihm saß. Ohne das Messer von Lamberts Hals zu nehmen oder das Buch, das er sich unter den Arm geklemmt hatte, fallen zu lassen, tätschelte er Annes Knie. Die Bewegung wirkte seltsam verkrampft und gleichzeitig heiter.

Die Schritte im Keller hatten inzwischen die Leiter erreicht, und als habe er begriffen, wer es war, der sich dort näherte, stöhnte Galien auf.

Im nächsten Moment sah Anne, warum.

Ein blonder Haarschopf schob sich aus der Luke. Eine

schmale, blasse Frau kletterte in die Küche, ließ ihren Blick über die Szene schweifen und lächelte Galien dann an. In der Hand hielt sie sein Schwert.

«Sei gegrüßt, mein Kreuzritter», schnurrte sie und lehnte die Klinge gegen das Regal.

Galien knirschte mit den Zähnen. «Clothilde», sagte er.

Von allen Menschen, die sich in der engen Küche befanden, schien einzig und allein Jehuda die Situation zu genießen. Er sah zu, wie Clothilde zu Galien ging, sich auf die Zehenspitzen stellte und ihm einen sanften Kuss auf den Mund drückte. Er wartete, bis sie sich an Lamberts Seite ebenfalls eine Stelle auf der Herdummauerung gesucht hatte und mit verschränkten Armen darauf Platz nahm.

«Nun», meinte er dann fröhlich. «Da wir ja jetzt endlich alle zusammen sind, wird es wohl Zeit, der Sache endlich ein Ende zu bereiten. Clothilde, dir gebührt die Ehre, den Anfang zu machen. Es tut mir Leid, dass du so lange warten musstest, aber wir wollten doch nicht ohne Anne und Galien anfangen, nicht wahr?» Er reichte Clothilde das Buch und legte den nun von seiner Last befreiten Arm schwer auf Annes Oberschenkel. Sein Daumen streichelte Annes Haut, und durch den Stoff ihres Gewandes hindurch spürte sie, wie kalt seine Finger waren.

Clothilde nahm das Buch in Empfang, legte es auf ihren Beinen ab und schlug es auf. Wie von selbst öffnete es sich an der Stelle, an der die Seite fehlte. Clothilde klemmte die Zungenspitze in den Mundwinkel, beugte sich vor und zog ein klein zusammengefaltetes Pergament aus dem Saum ihres Gewandes. Sie glättete es und hielt das Blatt an die Schnittkante der fehlenden Seite. Es passte ganz genau.

Anne sah, wie sie bebend Atem holte. Mit gepresster Stimme erklärte sie: «Meine Mutter erhielt diese Zeichnung von Elaine, und ...»

«Sie hat sie meiner Mutter gestohlen!», rief Galien. «Elaine ...»

Eine brutale Ohrfeige krachte in Annes Gesicht und riss sie zu Boden. «Schnauze!», gellte Jehudas Stimme, «oder dieses Messer ritzt zur Abwechslung mal ihr hübsches Gesicht.» Mit großen Augen glotzte er auf Anne nieder, die sich den Kiefer hielt und versuchte, die Benommenheit in ihrem Kopf abzuschütteln. «Hinsetzen! Sofort!»

Sie kam auf die Beine und setzte sich wieder. Als er ihr diesmal die Hand auf den Schenkel legte, drückte er fest und schmerzhaft zu.

In Galiens Blick flackerten Zorn und Hilflosigkeit. Sein Schwert stand unerreichbar weit entfernt.

«Deine Mutter war der Grund, warum du mir im Verlies versprochen hast, das Buch zu besorgen», nahm Jehuda Clothildes Worte wieder auf.

«Ja, denn diese Zeichnung hat sie umgebracht!» Kleinmädchenhaft kam die Stimme aus Clothildes Mund. «Ich muss endlich erfahren, warum!»

Jehudas Reaktion überraschte alle im Raum. Fünf Augenpaare richteten sich auf ihn, als er den Kopf in den Nacken warf und so schallend auflachte, dass ein paar Teller auf dem Regal zu klirren begannen. «Das war der Grund? Diese Zeichnung? Was für ein dämliches Weibsstück!»

Clothilde öffnete den Mund. Es sah aus, als werde ihre Nase noch ein kleines bisschen spitzer und blasser. «Ich dachte, du hast sie geliebt!»

Jehuda hörte abrupt auf zu lachen. «Sie war eine dumme Gans!», schnappte er. «Gerade gut genug, um mir meine einsamen Stunden zu versüßen, aber meinem Geist war sie in keiner Weise gewachsen. Im Gegensatz zu Elaine übrigens.» Er beugte sich zu Anne hinüber. «Oder zu dir, meine Liebe. Nicht wahr? Du hast längst herausgefunden, was die Zeichnung bedeutet, auch wenn du das Buch noch nicht gelesen hast.» Sie konnte seinen Atem riechen, und ihr wurde übel.

Galien tat einen Schritt nach vorn, doch Jehuda hob warnend sein Messer. Er legte es an Lamberts Kehle.

«Und wenn?», fragte Anne. «Werdet Ihr mir dafür die Kehle aufschlitzen wie meinem Vater oder Georges? Oder François?»

«Georges!» Jehuda hob erstaunt die Augenbrauen. «Das habt Ihr auch herausgefunden? Ihr seid wirklich ein helles Köpfchen.»

«Lambert hat ...» Anne kam nicht dazu, zu Ende zu sprechen, denn Clothilde stieß ein lang gezogenes, gepeinigtes Stöhnen aus, fegte das Buch von ihrem Schoß, als sei es plötzlich heiß geworden, und sprang auf die Füße.

«Eine Lüge!», keuchte sie. «Eine elende, gottverdammte Lüge!» Schwer atmend deutete sie auf Jehuda. «Du hast sie geliebt! Eigens wegen dir ist sie von Montfort nach Maraussan gekommen, um dir wenigstens eine Seite jenes Buches zu bringen, das Elaine dir gestohlen hatte!»

«Nein!» Jehudas Stimme klang wie Donnergrollen. «Sie kam, weil sie von mir wissen wollte, was die Zeichnung zu bedeuten hatte. *Terra movetur,* habe ich ihr gesagt. Immer wieder, *terra movetur*. Aber sie war zu dämlich, es zu begreifen!»

Terra movetur!

Anne streckte die Hand nach Clothilde aus. «War Eure Mutter eine gottesfürchtige Frau?»

Clothilde wurde jetzt von wildem Schluchzen geschüttelt. «Ja!», wimmerte sie. «Ja! Ja! Ja!»

«Das kann sie nicht gewesen sein», ätzte Jehuda. «Sonst hätte sie sich nicht umgebracht. Das Feuer der Hölle brennt ihr längst das Fleisch von den Knochen!»

Zorn auf Jehuda stieg in Anne auf, heißer und schmerzhafter als jemals zuvor. Er hatte ihr den Vater genommen, den Onkel, vielleicht ihren Seelenfrieden. Aber diese schonungslosen Worte gegenüber seiner eigenen Tochter führten ihr vor Augen, dass er wirklich zutiefst hassenswert war. Sie schlug seine Hand von ihrem Oberschenkel, ohne an die Konsequenzen zu denken, und kam auf die Füße.

Jehuda sprang auf.

Das Messer bohrte sich in Lamberts Kinn, und der Glashändler warf sich mit einem Jaulen zur Seite, um der beißenden Klinge zu entkommen.

Im gleichen Augenblick hechtete Galien nach seinem Schwert. Annes Kopf flog herum. Jehuda kreischte auf und warf sich auf Galien.

Ein brutaler Schlag traf Galien mitten im Flug, bremste seinen Schwung und ließ ihn gegen die noch immer offen stehende Falltür prallen. Er kam hart auf, ein dumpfer Schmerz fraß sich durch seine Schulter, und dann landete ein schweres Gewicht auf ihm.

Er brauchte einen Augenblick, bis sich seine Sinne so weit klärten, dass er begriff, was geschehen war. Es war Clothilde, die über ihm lag. Mit einem Ächzen schob er sie von sich, stemmte sich auf die Knie.

Clothilde rollte herum. Ihre Augen waren weit aufgerissen, ebenso ihr Mund, und ihre Zunge zuckte über ihre Lippe wie ein lebendiges Wesen.

Auf ihrer Brust breitete sich ein rasch größer werdender Blutfleck aus.

Noch war ein kleiner Funke Leben in ihrem Blick. Sie sah Galien an, hob die Hand und wollte ihn an der Wange berühren, aber dazu reichte ihre Kraft nicht mehr. Mitten in der Bewegung erstarrte sie. Ihr Arm fiel zu Boden zurück. Sie war tot.

Eine Erschütterung ließ den Boden unter Annes Füßen schwanken und raubte ihr auch noch das letzte bisschen Übersicht.

Sie hörte Galien fluchen, Jehuda heulen, ein lautes Krachen und Scheppern und dazwischen Samuels Stimme, die schrie: «Lauft! Ich halte ihn auf!»

«Anne!» Galien sprang auf die Füße. «Los, runter in den Keller!»

Sie zögerte. Samuel und Jehuda waren gegen das Regal geprallt und rangen davor miteinander. Teller und Becher fielen zu Boden, zersprangen dort zu Tausenden von Scherben, die unter den Stiefeln der Kämpfenden knirschten und barsten.

«Los!» Eine unmenschliche, heisere Stimme war dicht bei ihr, ein blutverschmierter Mund. Lambert. «Der Keller hat einen Ausgang in die Vorstadt. Ihr müsst Euch beeilen.» Er taumelte in Richtung der Luke, brach in die Knie.

«Anne!» Galien stand bei der Falltür, sein Schwert in der Hand. Clothildes Blut hatte einen Streifen auf seine Wange gezeichnet. «Komm endlich!»

Der Bann löste sich, Anne hechtete zum Herd, griff sich das Buch.

Galien, der den Arm ausgestreckt hatte, um sie zur Luke zu drängen, erstarrte plötzlich. Ein leises Stöhnen entrang sich seiner Kehle, und Anne sah, wie sich Jehudas Hände um Samuels Hals krallten.

«Runter!», rief Galien Anne zu. «Schnell!» Und dann stürzte er Samuel zu Hilfe. Er erreichte die beiden Kämpfenden in dem Moment, als Jehuda den Kopf seines Bruders gegen das Regal schlug. Galien krachte gegen den Wahnsinnigen, riss ihn von Samuel weg, und gemeinsam rollten sie über den Fußboden. Jehudas Messer blitzte auf. Annes Hände fuhren zu ihrem Mund, aber Galien entkam der Attacke durch einen raschen Ruck zur Seite. Die Klinge prallte funkenstiebend gegen die Herdummauerung.

«Anne! Verschwinde!» Gepresst klang Galiens Stimme, und noch immer zögerte Anne. Sie sah Jehuda auf die Füße kommen, das Messer von einer Hand in die andere wechselnd, und sie sah, wie sich Galien ebenfalls in die Höhe stemmte. Sein Schwert ließ das Messer des Alten lächerlich aussehen, und doch ließ das Grauen, das Anne angesichts Jehudas empfand, nicht nach.

Galien hob das Schwert und legte seine Spitze gegen Jehudas Brust. «Lasst die Waffe fallen.» Mit dem Kinn und einem energischen Blick wies er Anne den Weg zur Luke.

Sie tastete nach der obersten Sprosse der Leiter und sprang dann einfach in die kühle Düsternis.

Sie kam hart auf, strauchelte, fiel jedoch nicht.

Kaum zwei Atemzüge später landete Galien neben ihr und riss die Fackel aus ihrer Halterung.

«Was ist mit Jehuda?», fragte sie.

«Samuel kümmert sich um ihn. Wir müssen das Buch aus der Stadt schaffen, bevor die Kreuzritter sie einnehmen. Los, da rein!» Er schob sie in Richtung Gang.

Anne warf einen Blick zurück. Die Fackel brannte nur noch schwach, aber dennoch fraß sich ein weiteres Bild in ihr Gehirn.

Lamberts blutbesudelter Arm, der leblos über den oberen Rand der Leiter baumelte.

# 10. Kapitel

Der Gang war länger, als Galien gedacht hatte. Sie mussten mehr als zwanzig Schritte laufen, bevor sie an eine Abzweigung kamen. Der Luftzug, den er schon im Keller gespürt hatte, kam von links, und so zog er Anne dorthin mit sich.

Die Fackel in seiner Hand zischte leise. Ihr Licht war nur noch schwach. Lange würde es nicht mehr brennen.

Hinter ihnen in der Küche erscholl ein dumpfer Schrei. Es war nicht möglich zu erkennen, wer ihn ausgestoßen hatte, und Galien hielt inne. Stille flutete durch den Gang.

Ein dumpfer Aufprall ertönte, wie von jemandem, der durch die Luke gesprungen war. Dann waren schnelle Schritte zu hören.

Anne presste die Hände auf den Mund. Ihre Augen blickten Galien weit und ängstlich an, und er konnte alles Grauen der letzten Tage und Wochen in ihrem Blick sehen.

Die Schritte näherten sich ihnen.

Was war in der Küche geschehen?

Galien umfasste das Schwert fester.

Die Fackel in seiner Hand verlosch mit einem Zucken.

Und dann verstummten auch die Schritte.

Die Finsternis umhüllte Anne mit solcher Dichte, dass es sich anfühlte, als strecke sie Finger nach ihr aus, um sie abzutasten. Es dauerte eine Weile, bis sie begriff, dass es ein Luftzug war, den sie spürte.

«Ganz ruhig!», war Galiens Stimme dicht an ihrem Ohr. «Ich bin bei dir.»

Angestrengt lauschte Anne nach den Schritten, aber sie waren fort. Die Stille lastete schwer auf ihren Ohren, machte sie beinahe taub.

Vor ihnen tauchte ein Lichtschein auf, rötlich und unruhig, wie von einer brennenden Fackel.

Der Gang mündete in einen weiteren Raum, der so groß war, dass sie von ihrem Standort aus nur einen Teil davon überblicken konnten.

Galien hieß Anne, stehen zu bleiben. Sein Atem ging schnell, aber flach, sodass er kaum zu hören war. «Bleib hier!», flüsterte er. «Ich sehe erst nach, ob die Luft rein ist.»

In ihrer Phantasie sprang Jehuda aus der Finsternis hinter ihnen, aber Anne nickte entschlossen. Sie wollte raus hier, und sie würde sich verdammt nochmal zusammenreißen!

Mit langsamen, tastenden Schritten und gezogenem Schwert trat Galien in den Kellerraum hinaus. Genau in diesem Moment bebte die Erde zum zweiten Mal. Feiner Sand rieselte von der Decke des Ganges auf Anne nieder. Sie musste husten.

Galien spreizte die Beine, um nicht hinzufallen. Sein Schwert wies in leichtem Winkel aufwärts, aber es nutzte ihm nichts.

Ein Schatten war plötzlich über ihm.

Anne hörte wütendes, irres Gebrüll. Eine Klinge blitzte auf, dann schrie Galien vor Schmerz und ging in die Knie.

Das Nächste, was Anne hörte, war Jehudas Kichern.

*Er war beinahe am Ziel!*

*Elaine war tot. Robert. François. Clothilde. Dieser lästige Galien.*

*Fehlte nur noch Anne. Und da stand sie, direkt vor ihm, mit dem Buch unter dem Arm, und dem Wissen um das wunderbare, schreckliche Geheimnis in ihrem hübschen, klugen Kopf.*

*«Komm ruhig, meine Liebe!», flüsterte er. «Du kannst sowieso nicht mehr davonlaufen.»*

*Die Erde schwankte, und es schien, als schleudere Gott seinen Zorn auf ihn nieder. Er hob den Blick zur Decke. Staub rieselte auf ihn herab, brannte in Augen und Nase.*

*Gott war zornig auf ihn.*

*Zornig, weil er Samuel und diesen Idioten von seinem Diener für Seine Engel gehalten hatte. Aber er hatte seinen Irrtum noch rechtzeitig bemerkt! Er hatte den Diener getötet, und das hatte Samuel genügend Kraft geraubt. Von diesem Augenblick an hatte er getan, was* er, *Jehuda, ihm befahl! Er hatte Clothilde suchen lassen, und er hatte sie alle zusammen nach Carcassonne geschafft, wo sie Lambert gestellt hatten.*

*Gott hatte Jehuda gezeigt, dass Anne auf dem Weg zu ihm war, und so hatte er sich beherrscht und den Glashändler nicht sofort getötet. Lange hatte er allerdings nicht warten müssen …*

*Die Erde bebte erneut und riss Jehuda aus seinen Gedanken. Anne trat vor ihn hin. Auch ihr Blick wanderte beunruhigt zur Decke, und es amüsierte ihn ein bisschen. Sie hatte Angst, verschüttet zu werden, und das, obwohl sie doch ohnehin gleich sterben würde.*

*Er streckte die Hand aus. «Gib mir das Buch!»*

*Ihr Blick hing an Galien. Der Kerl war noch immer am Leben! Er hatte ihn nicht richtig getroffen, nicht in den Bauch, so wie er es geplant hatte, sondern nur in den Oberschenkel. Aber es war einerlei. Das Blut sprudelte in einem munteren Strahl aus seiner verletzten Ader, und an seinen bleichen Zügen war deutlich zu erkennen, dass er nicht mehr lange durchhalten würde.*

*«Was habt Ihr mit Samuel gemacht?», fragte er mit zusammengebissenen Zähnen.*

*Jehuda lachte auf. «Was sorgt Ihr Euch um den?» Aber tief in seinem Innersten fühlte er die Niederlage, die er erlitten hatte. Am Ende hatte sich Samuel gegen ihn gestellt! Er hatte Galien zusammen mit Anne fortgeschickt, um das Buch in Sicherheit zu bringen, und in seinen Augen hatte Jehuda gesehen, dass er diesmal nicht entkommen würde. Samuel hatte sich gegen ihn gewandt. Wie François. Wie sein eigener Vater.*

*Er hatte sein Messer noch immer in der Hand gehabt. Und er hatte es gegen den eigenen Bruder gerichtet.*

*Jehuda wandte sich Anne zu.*

*Waren das Tränen in ihren Augen? Er erzitterte. Mit schwerfälligen Bewegungen reichte sie ihm das Buch, aber er konnte es nicht nehmen.*

«Du warst einmal ein kluger, sanftmütiger Mann!», *säuselte eine Stimme in seinem Kopf.* Elaine. *Er stöhnte auf.*

*«Du wolltest mich nicht!», stieß er hervor, und an Annes erschrockenem Blick erkannte er, dass er laut geschrien hatte.*

«Ich mochte dich, Jehuda. Aber ich liebte dich nicht, das ist richtig.»

«Aber ich liebte dich!» *Die Stimme seines Vaters.*

*«Warum hast du mich dann eingesperrt? Zwei-und-dreißig lange Jahre?» Das Messer lag schwer in Jehudas Hand.*

«Es war zu deinem Besten.» *François.*

*Jehuda presste die Hände an den Schädel. Alle waren sie da, um ihn zu quälen! Der Messergriff drückte schmerzhaft gegen seine Schläfe. «Lasst mich! Geht weg! Alle!» Er hob den Blick. François stand vor ihm, unversehrt, groß und schimmernd. «Du wolltest es doch auch verhindern!», schluchzte er. «Das Buch! Du wollest es ebenfalls vernichtet wissen.»*

«Das Buch, ja. Aber niemals das Leben so vieler Menschen! Das war meine schwerste Verfehlung. Dass ich zu spät begriffen habe, worauf es hinausläuft.»

*«Das Wissen muss vernichtet werden!» Jehuda warf den Kopf in den Nacken und brüllte die Worte so laut, dass seine Kehle schmerzte.*

*«Vielleicht. Aber du wirst es nicht sein, der das tut!» Samuel. Seine Stimme war anders, weniger verweht und unscharf. Es klang, als stünde Samuel hinter ihm.*

*Jehuda fuhr herum. «Nein!» Sein Schrei brach sich in dem Kellerraum.*

*Etwas fraß sich mit gnadenloser Kälte in seine Brust.*

*Und dann hüllten die Feuer der Hölle ihn ein.*

Anne sah nicht, wie Samuel ein Schwert in Jehudas Leib stieß, sie hörte es nur. Sie flog zu Galien, der noch immer auf den Knien lag, den Oberkörper vornübergebeugt und auf dem auf die Spitze gestellten Schwert abgestützt.

Eine grauenvoll große Blutlache hatte sich unter seinem Leib gebildet, und als er jetzt aufsah, war sein Gesicht bleich und eingefallen.

«Anne.» Er lächelte leicht. Sein Körper schwankte, dann fiel er vornüber.

Anne fing ihn auf. «Nein, Galien!» Sie presste die Hand auf die Wunde an seinem Oberschenkel, aber es nützte nicht viel. Das Blut pulsierte ihr durch die Finger.

Sanft wurde sie fortgezogen. Nur undeutlich nahm sie wahr, dass es Samuel war, der sich neben Galien hinkniete, ihm den Gürtel löste und um das Bein zusammenzog. Die Blutung nahm ab.

Anne sandte ein Stoßgebet zum Himmel. «Wir müssen fort hier!» Wieder bebte der Boden. «Was ist das?»

«Die Mineure der Kreuzritter haben angefangen, die Mauern mit Rammböcken anzugreifen. Wir sind ganz in der Nähe der äußeren Umfriedung.» Samuel stand auf und zog Galien auf die Füße. Jetzt erst sah Anne, dass er einen provisorischen Verband um den Hals liegen hatte, durch den an der Seite ein wenig Blut sickerte.

Sie deutete darauf.

Samuel tastete mit der freien Hand darüber. «Er hat gedacht, er hätte mir die Kehle aufgeschlitzt.» Er sah Galien an. «Geht es?»

Galien nickte mit zusammengebissenen Zähnen.

Samuel nahm ihm das Schwert ab und steckte es in die Scheide. «Dann los!»

Sie durchquerten den Kellerraum und kamen zu einem weiteren Gang, der sich in einer lang gezogenen Kurve durch die Dunkelheit zog. Anne ging mit der Fackel aus dem Keller voran und leuchtete.

Die Erschütterungen erfolgten jetzt in immer kürzeren Abständen, dann auf einmal gab es einen Schlag, als sei die Erde selbst aus einem langen Schlaf erwacht. Mit einem tiefen Stöhnen hob sich der Boden und senkte sich gleich darauf wieder. Erneut rieselte Sand herunter und ließ sie husten.

Anne prallte gegen die Tunnelwand. Galien schrie gepresst auf, als er hinfiel.

Samuel half ihm wieder auf die Füße, aber er konnte nicht mehr weiter. Sein Gesicht sah jetzt aus wie altes Pergament, gelblich und brüchig.

Anne kroch an seine Seite. «Halt durch!», bat sie. «Wir sind bestimmt bald da.»

Galien schüttelte den Kopf. Sein Blick wanderte über Annes Schultern hinauf zu Samuel, der ihn ernst erwiderte.

«Was?», schrie Anne.

«Die Mauer muss eingestürzt sein. Wahrscheinlich sind die Kreuzritter jetzt im Inneren der Vorstadt. Der Gang führt direkt hinaus in den Graben davor. Wir können ihn nicht weitergehen, wenn wir nicht von den Angreifern erschossen werden wollen.»

«Gibt es noch einen anderen Ausgang?», fragte Galien. Er hatte den Kopf gegen die Tunnelwand gelegt. Seine Lider flatterten.

«Ja.»

Wilde Hoffnung keimte in Anne auf, bis sie sah, dass Samuels Miene nicht weniger ernst war als zuvor.

«Aber man kann ihn nur über eine lange Leiter erreichen.»

Annes Augen weiteten sich. «Galien kann nicht klettern!»

«Nein.» Samuel hatte die Hand auf seinen Schwertknauf gelegt. Stumm hielt er Galiens Blick stand. «Es tut mir Leid.»

Galien schluckte. Dann wies er mit dem Kinn auf Anne. «Rettet sie!»

«Nein!» Anne griff nach Galiens Arm. «Wir lassen dich hier nicht zurück!»

Sie spürte Samuels Hand auf ihrer Schulter, den sanften Druck, den er ausübte, aber sie weigerte sich, ihm nachzugeben. «Nein, Galien!»

Er presste die Lippen zusammen. «Du hast François ein Versprechen gegeben, vergiss das nicht! Du musst das Buch bewahren und das Wissen darin.»

«Nein!»

Galien richtete sich ein wenig auf und küsste Anne auf die Stirn. Dann überlegte er es sich anders und küsste sie auf den Mund. Seine Lippen waren eisig und sehr blass.

«Geht!», sagte er zu Samuel.

Der verstärkte seinen Griff auf Annes Schulter, und als sie immer noch nicht reagierte, zog er sie hoch und zerrte sie mit sich.

Anne wehrte sich. Sie trat um sich, warf sich gegen seinen Halt, aber es nützte nichts. Samuel zog sie um eine Ecke, und Galien war ihren Blicken entschwunden.

# 11. Kapitel

Irgendwann gab Anne ihren Widerstand gegen Samuel auf. Sie sah nicht, wohin sie ihre Füße setzte, und als sie den Tunnel verließen, erkannte sie nicht, wo sie waren. Brandgeruch lag in der Luft, aber auch das nahm sie nur am Rande wahr.

Sie ließ sich von Samuel zu einem Haus führen, das in maurischem Stil erbaut war. Hinter seinen dicken Mauern war vom Lärm der Schlacht kaum noch etwas zu hören. Wasser plätscherte in einem lang gezogenen Becken und erfüllte die Luft mit einem kühlen Schleier.

Samuel schob Anne in einen Lehnsessel und legte ihr das Buch auf den Schoß. Sie reagierte nicht. Die herausgeschnittene Seite ragte über die Deckel hinaus. Er griff danach und zog sie ganz hervor. Lange studierte er die Zeichnung, während er sich über Kinn und Hals strich.

Dann warf er sie auf einen Beistelltisch und begann, im Zimmer auf und ab zu wandern.

Sehr viel später beugte er sich über Anne. «Ihr wisst, was es mit diesem Buch auf sich hat, nicht wahr?»

Statt zu antworten, tasteten ihre Hände nach dem Samtbeutel an ihrem Gürtel. Sie löste ihn und warf ihn und das Buch Samuel vor die Füße. «Fahrt zur Hölle!»

Samuel hob beides auf, legte es ebenfalls auf den Tisch. Wieder nahm er seine Wanderung auf.

Ein Diener kam herein, stellte Kerzenleuchter hin und zündete die Lichter an. Samuel wartete, bis er fort war, dann löste er die Verschnürung des Samtbeutels und schüttelte das Astrolabium heraus.

Beim Klang des Aufhängungsrings begannen Tränen über Annes Gesicht zu rinnen.

Nachdem Annes Schreie in dem Tunnel verhallt waren und die Stille sich wie Wachs in seine Ohren fügte, legte Galien den Kopf gegen die Wand und wartete.

Irgendwann verlor er das Bewusstsein, erwachte jedoch wieder, weil ihm unendlich kalt war. Sein Bein schmerzte nicht mehr, sondern war jetzt so eigenartig taub, dass er kaum noch Kraft darin hatte. In seinen Ohren summte es.

Mit einer letzten Willensanstrengung setzte er sich in Bewegung.

Simon de Montfort stand auf einem der Wälle, die die Vorstadt Saint-Michel umschlossen, und sah auf den breiten Graben zu seinen Füßen hinab.

Das Heer hatte am Vortag mit Leichtigkeit den anderen Vorort eingenommen und niedergebrannt, sodass man sich entschlossen hatte, dies an diesem Tag mit dem zweiten ebenfalls zu versuchen. Er hatte seinen Männern den Befehl gegeben, sich bereitzumachen, als der Himmel gerade begonnen hatte, sich aufzuhellen, und bei Sonnenaufgang hatten sie angegriffen. Inzwischen war es fast Mittag, und es sah nicht so aus, als würden sie heute noch Erfolg haben.

Der Graben vor dem äußeren Mauerring war voller Kriegsgerät. Steinschleudern warfen in regelmäßigem Rhythmus kopfgroße Felsbrocken gegen die Mauern. Ein riesiges, mit Ochsenhaut bezogenes Fahrgestell, eine so genannte *Katze*, war bis an den Fuß der Verteidigungsanlagen gerollt worden. In seinem Schutz hatten die Mineure sich unter den Mauern hindurchgegraben und so ein Stück von ihr zum Einsturz gebracht. Die Bresche war jedoch schmal, und die Stadtbewohner verteidigten sie mit einer Verbissenheit, die an Wahnsinn grenzte.

Oben auf den Wällen ritten Simons Männer auf und ab, die Schwerter gezogen und auf einen günstigen Augenblick wartend, an dem sie die Stadt erstürmen konnten, während unten im Graben die einfachen Soldaten immer wieder mit Rammböcken und Leitern gegen die Befestigung vordrangen. Das Holz der dreieckigen Konstruktion der Katze hatte im Hagel der Brandpfeile Feuer gefangen, aber es war den Angreifern gelungen, es wieder zu löschen.

Mit zusammengekniffenen Augen sah Simon zu, wie auf den Zinnen und den davor gebauten Hurden große Bottiche mit heißem Wasser herbeigeschafft wurden. Er winkte Robert de Mauvoisin zu sich heran.

«Gib Befehl, dass wir uns von dem Abschnitt zurückziehen.»

De Mauvoisin bestätigte und ritt in eiligem Galopp davon.

Simon seufzte. Es dauerte zu lange. Die Situation gefiel ihm gar nicht.

«Es dauert zu lange, nicht wahr?»

Pierres Stimme ließ Simon die Stirn runzeln. «Was machst du hier? Es ist zu gefährlich für einen Mönch!»

«Wie soll ich deine Heldentaten niederschreiben, wenn ich nicht dabei war?»

Simon schnaubte. «Unsinn! Sieh zu, dass du fortkommst, bevor du noch einen Pfeil einfängst.»

«Die Pf...» Pierre stockte mitten im Wort. Mit ausgestrecktem Arm wies er in den Graben, dorthin, wo die Schlacht etwas weniger stark tobte als direkt vor ihnen.

Simon folgte seinem Fingerzeig mit dem Blick.

Ein Mann war zwischen den Kämpfenden aufgetaucht, und er schien schwer verletzt zu sein.

Pierre riss die Hände vor den Mund. «Galien!»

Simon riss sein Pferd herum und gab ihm die Sporen.

Der Kampflärm schlug über Galien zusammen wie ein dumpfes, tosendes Brausen. Er bemerkte es kaum.

Sein Gesichtsfeld hatte sich auf einen schmalen Korridor verengt, der an den Rändern von Finsternis bedroht wurde, und obwohl die Taubheit nicht aus seinem Bein gewichen war, fuhr ihm jetzt jeder Schritt schmerzhaft bis hinauf in die Hüfte.

Er sah einen Schatten über sich, aber er konnte nicht erkennen, was es war. Seine Kraft versiegte, und er brach in die Knie.

Auf einmal war jemand bei ihm. Hob ihn auf. Seine Sinne schwanden. Das Letzte, was er wahrnahm, war eine vertraute Stimme, die sagte: «Bei allen Heiligen, wie oft soll ich dein Leben noch retten?»

Seine Lippen formten ein einzelnes Wort, bevor er in der Finsternis einer Ohnmacht versank.

«Simon!»

«Der Vizegraf hat sich ergeben!»

Die Kunde eilte durch Carcassonne wie ein Lauffeuer, wurde von Mund zu Mund weitergegeben – mit unterdrücktem Schluchzen oder aber mit unverhohlener Erleichterung, weil der Stadt das Schicksal Béziers erspart geblieben war.

Anne stand am Fenster von Samuels Haus, als dieser kam, um ihr die gute Neuigkeit mitzuteilen. Seit sie Galien in den einstürzenden Tunneln unter der Stadt zurückgelassen hatten, waren fast zwei Wochen vergangen.

Samuel reichte Anne ein paar Aprikosen, und sie biss eine zur Hälfte durch. Sie schmeckte ihr nicht, aber seit vierzehn Tagen schmeckte ihr gar nichts mehr. Wenigstens hatte die bleierne Müdigkeit, die sie umfangen hatte, ein wenig nachgelassen, sodass sie sich wieder bewegen konnte. Vor zwei Tagen hatte sie damit angefangen, das Buch zu lesen, und es war ihr zumindest ein kleiner Trost.

Sie ging zu dem Schreibpult, das Samuel für sie hatte aufstellen lassen, und nahm die Zeichnung, die sie kurz vor seinem Eintreten angefertigt hatte. Er warf einen Blick darauf.

Es war eine sorgfältige, nur leicht veränderte Ausführung jener dritten Skizze, die Robert vor scheinbar so unendlich langer Zeit gemacht hatte. Die Erde hatte Anne durch eine leichte Schraffur dunkel gefärbt und ebenso die Symbole von Sonne und Mond.

Samuel tippte auf das Sonnensymbol. «Ihr habt es eingefügt.»

«Ja. Es wird dadurch besser verständlich.»

Mit einem seiner Fingernägel zeichnete er den zusätzlichen Kreis durch Sonne und Erde nach, den sie geschlagen hatte, genauso, wie sie es auf dem Hof von Jean de Maussac schon einmal getan hatte. «Seid Ihr fertig mit Eurer Lektüre des Buches?»

«Nein. Mein Griechisch ist sehr schlecht. Es dauert lange, bis ich verstehe.»

«Ihr habt viel Zeit.»

«Ja. Das habe ich wohl.»

Samuel legte den Kopf schräg und betrachtete auch noch den anderen Teil von Annes Zeichnung, eine nunmehr vollständige Abbildung der Schleife des Jupiters. «Es gibt noch sehr viel zu tun.» Mit einem Lächeln legte er das Pergament auf Annes Pult. «Aber dafür ist später noch Gelegenheit. Jetzt habe ich eine weitere gute Nachricht für Euch.»

Er trat vor Anne hin und hielt ihr die geschlossene Faust hin. Dann öffnete er die Finger. Auf seiner Handfläche lag ein schmaler, mit einem Rankenmuster verzierter Ring.

Erschrocken blickte Anne auf. Sie sah das Strahlen in Samuels Gesicht, und in diesem Moment begriff sie. Ihr Atem stockte.

«Wo ist er?»

«Im Lager draußen vor Saint-Vincent. Bei seinem Bruder Simon. Er ist noch schwach, aber er lebt.»

Den letzten Satz hörte Anne nur noch von ferne, so schnell trugen ihre Füße sie aus dem Haus.

Sie rannte durch die Cité, durch das Haupttor und außen um die Ruinen herum bis zum Lager der Kreuzfahrer.

Atemlos hielt sie zwischen den ersten Zelten an und sprach einen einfachen Soldaten an. «Wo ist das Zelt von Simon de Montfort?»

«Der Graf wohnt nicht mehr hier im Lager, sondern …»

«Wo hat er gewohnt?»

«Dahinten. Das gelbe.»

Sie rannte weiter, ohne dem Mann zu danken. Die Zeltbahn rauschte zur Seite, als sie ins Innere stürzte.

«Galien!»

Er saß aufrecht in einem Haufen Kissen, die man ihm in den Rücken gestopft hatte. Sein Gesicht war noch immer spitz und bleich, aber er sah nicht mehr so todgeweiht aus wie vor zwei Wochen.

«Anne!» Er stöhnte gequält auf, als sie sich in seine Arme warf, aber er lachte dabei.

Und Anne lag in seinen Armen, lachte und weinte gleichzeitig und beschloss ein für alle Mal, ihn niemals in ihrem Leben wieder loszulassen.

«Wie bist du entkommen?» Anne saß auf der Kante von Galiens Bett und hielt seine Hand.

«Durch den Tunnel. Ich habe mich einfach den Gang entlanggeschleppt und bin in den Graben gestolpert.»

«Aber die Schlacht …»

«Gott hat die Hand über mich gehalten. Ich kam ausgerechnet an der Stelle heraus, wo Simon mit seinen Männern angriff. Er erkannte mich, und er rettete mir das Leben.»

«Er sprengte mit seinem Pferd den Wall hinunter», ließ sich eine Stimme vom Zelteingang vernehmen.

Anne wandte sich um. Dort stand ein Mönch mit großen, sanften Augen und einem strahlenden Lächeln auf dem Gesicht. Er trat an Galiens Lager. «Der Graf sprang aus dem Sattel und befahl einem seiner Knappen, mit ihm zu kommen. Obwohl die Verteidiger von oben mit Pfeilen und Steinen schossen, rettete er Galien aus dem Graben. Er hat sein Leben für dich eingesetzt, Galien.»

Galien nickte nur. «Ich war viele Tage bewusstlos, Anne, sonst hätte ich schon früher versucht, dich ausfindig zu machen. Erst vorgestern konnte ich jemanden auf die Suche nach dir schicken.»

«Er hat im Schlaf Euren Namen gerufen», warf der Mönch ein. «Immer wieder.»

Die Zeltbahn wurde ein zweites Mal zur Seite geschoben. Samuel ben Tibbon trat ein. «Ich musste mich erst davon überzeugen, dass er es wirklich ist, Anne. Ich wollte keine falschen Hoffnungen in Euch wecken.»

Anne streckte ihre Hand Samuel entgegen. «Ich danke Euch.»

«Was hast du in den vergangenen zwei Wochen gemacht?», wollte Galien wissen.

«Abgesehen davon, dass ich wie blind und taub durch Samuels Halle gestreift bin? Ich habe das Buch gelesen.»

«Dann weißt du jetzt, warum das alles geschehen ist?»

«Im Grunde wusste ich es schon vorher. Aber das Buch hat meine Vermutung bestätigt.»

«Du wusstest es schon vorher?» Galien griff mit beiden Händen nach seinem verletzten Bein und bettete es bequemer.

*«Terra movetur.»* Anne blickte besorgt auf Galiens Bein. «Die Erde bewegt sich.»

Galien zog die Augenbrauen zusammen. «Wie das?»

«Um das zu erklären, müssen wir ein wenig weiter ausholen.» Samuel zog sich einen mit Leder bezogenen Sitz heran, ließ sich darauf nieder und sah zu Pierre auf. «Das, was wir jetzt besprechen, ist nicht besonders gut geeignet für die Ohren eines Kirchenmannes, Pater. Seid Ihr sicher, dass Ihr bleiben wollt?»

«Das Wissen aus diesem Buch hat bereits zu einem verzweifelten Selbstmord geführt», fügte Anne hinzu.

Pierre hob das Kinn. «Umso mehr Grund für mich zu bleiben.» Er wechselte einen Blick mit Galien, der ihn spöttisch angrinste.

«Gut. Also.» Samuel schlug die Beine übereinander. «Wir sind bisher alle davon ausgegangen, dass sich die Erde im Zentrum des Universums befindet und die Himmelskörper sich auf kreisrunden Bahnen um sie herum bewegen. So lehrt es jeder sternenkundige Magister, sei es in Rom, Ravenna, Paris oder wo auch immer. Aber es gibt noch andere Theorien, wie das Universum aufgebaut sein könnte, und einige davon decken sich nicht mit dieser Ansicht. Meine Familie arbeitet seit vielen Jahren daran, Schriften der alten Griechen, die hier vernichtet wurden, aus dem Arabischen zurückzuübersetzen, und dabei stießen wir auf Dinge, die uns haben schaudern und ehrfürchtig erstarren lassen. Ein Mann namens Philolaus zum Beispiel hat vor vielen hundert Jahren geglaubt, dass sich Sonne und Sterne gemeinsam um ein großes Feuer in der Mitte des Universums drehen.» Er machte eine bedeutungsvolle Pause. «Und mit ihnen auch die Erde.»

Galien schüttelte den Kopf. «Unmöglich! Die Erde steht still, wie kann es sonst sein …»

Samuel hob eine Hand und unterbrach ihn mit einem Lächeln. «Alles der Reihe nach», sagte er freundlich. «Also: Philolaus glaubte, die Erde bewege sich. Und er war nicht der Einzige. Heraklit nahm an, sie drehe sich in vierundzwanzig Stunden einmal um ihre eigene Achse, und ich weiß, was Ihr jetzt sagen wollt, Galien. Doch hebt Euch Euren Einspruch für nachher auf. Ich bin sicher, Anne wird ihm weise begegnen. Derselbe Heraklit vertrat aber noch eine andere These, nämlich die, dass Venus und Mars sich aufgrund der seltsamen Bahnen, die sie in den Himmel zeichnen, nicht um die Erde drehen können, sondern um die Sonne kreisen müssen. Die Sonne wiederum dreht sich um die Erde. Habt Ihr Euch schon mit den Bahnen dieser beiden Planeten beschäftigt, Anne?»

«Nein. Ich bin noch nicht sehr weit gekommen mit meinen Beobachtungen. Alles, was ich mit eigenen Augen angesehen habe, war die Annäherung von Jupiter an Regulus im April. Ich weiß, dass er eine Schleife zieht und sich wieder von dem Stern entfernt, aber nicht einmal das konnte ich mit eigenen Augen sehen.»

«Nun, die Tatsache, dass wir Schleifenbewegungen bei Venus und Mars ebenso beobachten wie bei Jupiter und den anderen Planeten, könnte uns auf eine Idee bringen, nicht wahr?»

Es war Galien, der auf Samuels Frage antwortete: «Dass sich nicht nur Venus und Mars um die Sonne drehen, sondern auch die anderen Planeten. Ist es das, was dieser Aristarch in seinem Buch schreibt? Ich sehe nicht, was daran so weltbewegend sein soll, dass es sich lohnt, dafür zu m...»

«Oh», unterbrach Samuel ihn erneut. «Aristarch erklärt die Schleifenbewegungen. Aber er kommt zu einem etwas anderen Schluss als Ihr. Anne?»

Anne setzte sich ein wenig anders hin. «Terra movetur», lächelte sie. «Die Erde bewegt sich. Auch sie, sagt Aristarch, dreht sich um die Sonne, die sich im Zentrum des Universums befindet.»

«Aber das kann doch nicht sein!» Endlich kam Galien zu Wort. «Wenn die Erde sich durch das Universum bewegt, warum merken wir dann nichts davon? Ich meine: Fällt nicht ein Stein genau an der Stelle zu Boden zurück, an der ich ihn in die Luft geworfen habe? Wenn die Erde um die Sonne kreisen würde, wäre das doch nicht der Fall!»

Anne lächelte. «Weißt du noch, wie wir aus Béziers geflohen sind?», fragte sie leise. «Als die Pferde mir durchgegangen sind und der Karren durch die *trebuca* geschossen ist?»

Galien brummte seine Bestätigung.

«Du bist hochgesprungen. Aber wo bist du aufgekommen?»

Galien dachte nach. «An der gleichen Stelle», murmelte er. «Beim Absprung habe ich mir das Schienbein an einer Verstrebung gestoßen und beim Aufkommen noch einmal.»

Anne strich sich eine Haarsträhne aus den Augen. «Und das, obwohl sich der Karren bewegt hat.»

«Stimmt! Trotzdem verstehe ich nicht, warum das so schrecklich sein soll. Ich meine, was geht es mich an, ob die Erde sich um die Sonne dreht oder umgekehrt? Solange der Boden unter meinen Füßen fest bleibt, kann mir das doch egal sein. Das soll der Grund dafür gewesen sein, dass sich Clothildes Mutter einen Strick genommen hat?»

«Pater, habt Ihr einen Griffel bei Euch?» Samuel lehnte sich hintenüber, um den Mönch ansehen zu können, der das Gespräch schweigend mit angehört hatte.

Pierre nestelte einen eisernen Griffel aus einem Beutel an seinem Gürtel und gab ihn Samuel. Der nahm ihn, beugte sich vor und begann, eine Zeichnung in den hart gebackenen Zeltboden zu ritzen. Es war Roberts dritte Skizze.

«Die Erde, die Bahnen von Mond, Sonne und Planeten. Und hier, und das ist das Besondere an dieser Zeichnung, ein zusätzlicher Kreis durch die beiden Symbole von Sonne und Erde. Diese Zeichnung zeigt an, wie sich das Bild unseres Universums wandelt. Erde und Sonne tauschen die Plätze. Die Erde bewegt sich. Um die Sonne.» Samuel tippte auf den letzten Kreis. «Das war die Zeichnung, die Clothildes Mutter aus dem Buch geschnitten hat. Ich weiß nicht, *wie* sie erkannte, dass es die entscheidende Seite war, aber irgendwie *hat* sie es erkannt.»

«Clothilde behauptete, ihre Mutter sei gebildet gewesen», warf Galien ein.

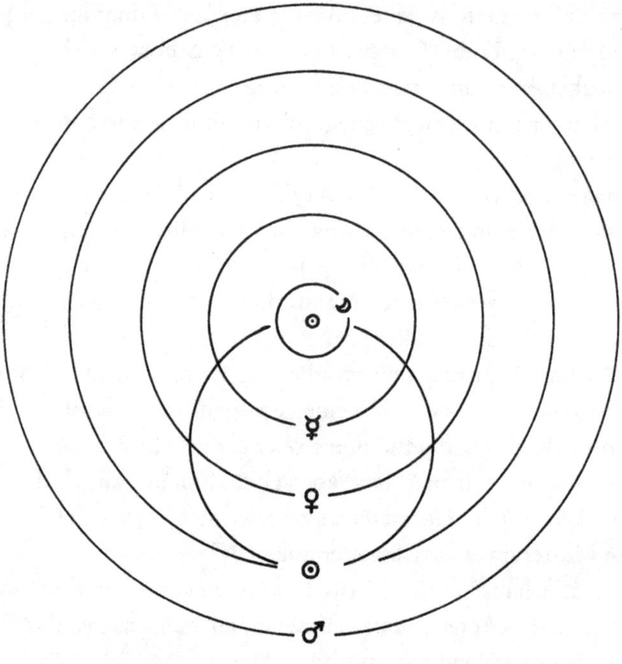


«Sie war sehr gebildet.» Der Gedanke an die Einsamkeit, die Clothildes Mutter empfunden haben musste, machte Anne traurig. «Sie hatte verstanden, dass sie etwas Besonderes in den Händen hielt, wusste aber nicht, was. Also ging sie zu jenem Mann, von dem sie glaubte, er könne ihr eine Antwort geben. Zu Jehuda. Und der warf ihr bloß diesen Satz an den Kopf. *Terra movetur.* Ihr Schicksal war zu verstehen, was er damit gemeint hatte.»

«Kein Grund, sich umzubringen!», beharrte Galien.

«Nicht?» Anne sah ihn scharf an. «Worauf beruht deine Zuversicht, Galien?»

Er sah sie irritiert an. «Wie meinst du das?»

«Woher wusstest du, dass Gott dich an meiner Seite haben wollte? Dass er es billigen würde, dass du deinen ritterlichen Eid brichst und wegen mir das Heer verlässt?»

«Ich spürte, dass er bei mir war. Ich wusste es einfach.»

«Er *war* bei dir. Gott war auch bei Clothildes Mutter. Ihr ganzes Leben lang wusste sie, dass er auf sie herabschaute, denn mit ihrer kleinen, armseligen Existenz befand sie sich ja im Mittelpunkt. Im Mittelpunkt seiner Aufmerksamkeit. Im Mittelpunkt ...»

«... des Universums!» Verstehen leuchtete in Galiens Augen auf.

«Genau. Und plötzlich traf sie die Erkenntnis wie ein Blitz: Sie befand sich nicht im Zentrum des Universums! Sie befand sich auf einer Kreisbahn um die Sonne, verloren weit außerhalb des Zentrums. Auf einmal war sie allein, Galien! Sie fühlte sich von Gott verlassen.»

«Sie muss wirklich sehr klug gewesen sein», mischte sich Pierre ein und wies auf Samuels Zeichnung, «wenn sie das alles aufgrund dieser paar Striche und eines Satzes erkannt hat.»

«Sie starb erst einige Jahre später», erläuterte Galien. «Vielleicht brauchte sie für die Erkenntnis so lange. Oder sie fand jemanden, der ihr alles erklären konnte.»

«Ja, mich!»

Alle Blicke schossen zu Samuel.

«Ihr kanntet Clothildes Mutter?», fragte Anne.

«Ja! Jetzt erinnere ich mich! Ich lernte sie kurz vor ihrem Tod kennen, als sie zu meinem Vater kam, um ein letztes Mal um Gnade für Jehuda zu bitten. Ich war noch sehr jung damals, vierzehn, glaube ich. Gerade alt genug, um mit dem Studium der Sterne zu beginnen. Mein Vater hat mich unterrichtet. Ich bin ihr auf einem Flur unseres Hauses begegnet, während ich die lateinischen Namen der Sternbilder auswendig lernte. Mein Gebrabbel stockte bei *Gemini*, und sie fügte hinzu: *Cancer*. Darüber kamen wir ins Gespräch, während sie darauf wartete, dass mein Vater Zeit für sie hatte. Sie wusste nicht viel mehr über den Sternenhimmel als ich, der ich gerade erst mit dem Studium begonnen hatte. Irgendwann im Laufe dieses Gespräches zeigte sie mir eine Zeichnung.» Samuel verstummte.

«Die Zeichnung aus Elaines Buch», vermutete Anne.

Samuel nickte. «Das ist mir soeben klar geworden. Ja.»

«Und Ihr erkanntet, was die Zeichnung bedeutete?» Jetzt war es Galien, der fragte.

«Wenige Tage zuvor hatte mein Vater mir vom Aufbau des Universums erzählt, von den neun Sphären mit der Erde in der Mitte. Aber er hatte angedeutet, dass dies nicht die einzige Möglichkeit sei, sich das Universum vorzustellen.»

«Ihr kanntet die Theorie von der Sonne als Mittelpunkt damals schon!», rief Anne.

«Ja. In Ansätzen. Und ich sah, dass die Zeichnung, die mir Clothildes Mutter zeigte, genau dieses andere Weltenmodell enthielt. Ich erklärte es ihr. Ich hatte ja keine Ahnung von der Bedeutung dieses Wissens. Ich war erst vierzehn!» Samuel rieb sich das Gesicht.

Anne schloss für einen Moment die Augen. «Es war nicht Eure Schuld. Das Buch hat Clothildes Mutter umgebracht. Das Wissen darin. So sah es jedenfalls Clothilde.»

«Aber meine Mutter war unschuldig.» Galien sah erleichtert aus. «Clothildes Mutter stahl ihr die Seite aus dem Buch. Elaine konnte nichts dafür.»

«Nein.» Anne nahm seine Hand, und er drückte ihre Finger. «Auf ihre Art war Clothilde vielleicht ebenso verrückt wie Jehuda. Sie brauchte jemanden, dem sie die Schuld an dem schrecklichen Tod ihrer Mutter geben konnte. Und sie suchte sich erst Elaine und dann dich.»

«Und am Ende hat sie mich …» Galien verstummte, und Anne konnte nur raten, was er hatte sagen wollen. Es war ein Gedanke, der ihr selbst auch schon gekommen war. Am Ende hatte sich Clothilde entschieden, Galien zu lieben. So sehr, dass sie ihr Leben für das seine gegeben hatte.

Galien schüttelte energisch den Kopf. «Trotzdem verstehe ich nicht, warum ein Buch so viel Blutvergießen hervorbringt. Es ist doch nur ein Buch! Gut, es enthält eine Theorie, die viele Menschen von Gott entfernen könnte, aber deswegen morden?»

«Jehuda war verrückt!», sagte Anne leise. «Er verlor den Verstand, als sein Vater ihn für so lange Zeit in den Kerker werfen ließ.»

«Verrückt war er», erklärte Samuel. «Aber ich bin mir nicht sicher, ob er es durch die Kerkerhaft wurde. Mein Vater glaubte, dass es seine Konversion zum christlichen Glauben war, die ihm den Verstand geraubt hat. Möglicherweise verstärkte sie seinen Wahnsinn auch, aber ich glaube heute, dass er schon lange vorher begonnen hatte, den Boden unter den Füßen zu verlieren.» Er sah traurig aus. «Er wurde als Jude geboren, in eine Familie mit einer langen jüdischen Tradition hinein. Aber diese Familie schätzte ihn nicht. Sein eigener Vater respektierte ihn nicht, ja, er verachtete ihn vielleicht sogar. Der einzige Mensch, der Freundschaft für Jehuda empfand, möglicherweise so etwas wie Seelenverwandtschaft, war ausgerechnet ein katholischer Priester.»

«François!», entfuhr es Anne.

«François, ja. Vater hat mir einmal erzählt, wie François alles darangesetzt hat, Jehuda zum Christentum zu bekehren. Bei allen anderen Mitgliedern der Familie hat er das nicht gewagt, aber Jehuda war ein Außenseiter. François glaubte sich in der Lage, Jehudas unsterbliche Seele zu retten.» Samuel lachte bitter.

«Was ihm gelang.»

«Ja. Und letztendlich hat das vielleicht Jehudas Wahnsinn befeuert. Er redete sich ein, Gott habe ihn beauftragt, das Wissen aus dem Buch von der Erde zu tilgen. Jedenfalls war das wohl zum Schluss seine Motivation. Anfangs mordete Jehuda nicht, weil er die Welt vor Zweifeln bewahren wollte. Am Anfang wollte er, wie mein Vater, das Wissen aus dem Buch an die Öffentlichkeit bringen. Er wollte den Ruhm, der daraus resultieren würde. Er wollte derjenige sein, der die Welt vom Kopf auf die Füße stellte. Darum ermordete er Johann, und darum war er auch hinter Elaine her. Beide kannten den Inhalt, beide konnten ihm zuvorkommen.»

«Dass die beiden den Inhalt des Buches kannten, wusste er von François, nicht wahr?» Anne schluckte.

Samuel nickte. «Ich muss gestehen, auch ich war auf den Ruhm aus, den eine Veröffentlichung des Wissens mit sich bringen wird. Deswegen ließ ich Jehuda gewähren, statt ihn aufzuhalten. Kurze Zeit half ich ihm sogar. Ich glaubte, ihn kontrollieren zu können, und darin irrte ich. Wenn Ihr also jemanden verurteilen wollt, dann verurteilt mich, nicht François.»

«Aber auch er hat gemeinsame Sache gemacht mit Jehuda?» Die Worte kratzten in Annes Hals.

«Es tut mir Leid.»

Galien umfasste ihre Hand wie zum Schutz vor dem, was nun folgen würde.

«Er nannte Jehuda die Namen der Eingeweihten, das ist richtig. Aber er tat es nicht, damit Jehuda sie töten konnte, Anne!» Samuel war sein Erschrecken über die Tatsache anzusehen, dass Anne François so eine Tat zutraute. «So dürft Ihr niemals über François denken! Er wollte zusammen mit Jehuda einen Weg finden, wie das Wissen aus dem Buch am besten verwaltet werden sollte. Er war sich damals unschlüssig. Seine Position als Priester ließ ihn vor jenen Konsequenzen zurückschrecken, die Clothildes Mutter in den Selbstmord trieben. Er war Priester, aber daneben war François immer auch Gelehrter. Ein wissbegieriger Mann, Anne. Als Gelehrter musste François so empfinden wie Jehuda oder auch Moïse. Er wollte das Wissen ins Licht rücken, sichtbar für alle. Genau in dieser Zeit begann Jehuda, sich dem Christentum zuzuwenden.

Darin sah François wohl die Möglichkeit, sein Dilemma zu lösen. Er hoffte in ihm einen Verbündeten zu finden, der die gleichen Gedanken hegte wie er selbst. Er setzte alles daran, Jehuda zu bekehren, und als es ihm gelungen war, nannte er ihm die Namen der Wissenden. Er wusste nicht, dass Jehuda längst dem Wahnsinn anheim gefallen war. Und erst, als Johann sterben musste, sah er, welch schrecklichen Fehler er gemacht hatte. François war nicht halb so verblendet wie ich, Anne. Ich half Jehuda noch, nachdem ich wusste, welch schreckliche Taten er begangen hatte. Dafür wird mich Gott eines Tages zur Rechenschaft ziehen.» Samuel verstummte.

Anne wusste nicht, wie sie die übergroße Last der Verantwortung von Samuels Schultern nehmen konnte. Also brachte sie das Gespräch wieder auf ihr gelehrtes Thema zurück. Sie verspürte eine eigenartige Unzufriedenheit mit Aristarchs Theorie.

«Ich habe das Buch noch nicht ganz gelesen, aber es stimmt doch, dass Aristarch mehr tut, als seine These nur zu behaupten, oder?»

Samuel sah auf. «Ja. Er argumentiert. Und er argumentiert gut. Jeder Gelehrte, der diese Schrift zu lesen bekommt, wird nicht mehr anders können, als zu begreifen, dass er Recht hat. Wie weit habt Ihr gelesen?»

«Bis zu der Stelle mit dem Sonnendurchmesser. Aristarch schreibt, er habe herausgefunden, dass das Verhältnis von Sonnen- zu Erddurchmesser dreiundvierzig zu sechs beträgt.»

«Wisst Ihr, was das bedeutet?»

«Ja. Das Volumen der Sonne ist mehr als dreihundertmal so groß wie das der Erde.»

«Und?»

«Nun ja. Ich verstehe nicht viel von solchen Dingen, aber ich weiß, dass es die Fliegen sind, die um die Kuh kreisen, und nicht die Kühe um die Fliegen.»

Samuel lachte leise. «Ein guter Vergleich! In der Tat argumentiert Aristarch ganz ähnlich. Aber er geht noch weiter. Er führt lange, unglaublich kluge Berechnungen zum Großen Jahr durch, also zu jenem Zeitraum, der vergehen muss, bis alle Himmelskörper wieder im gleichen Sternbild stehen wie zu Beginn des Zyklus. Und er stützt sich auf eines der größten Probleme, das die Gelehrten mit unserer Vorstellung vom Aufbau des Himmels haben. Auf die Tagesdrehung.»

«Die Tagesdrehung.» Anne lächelte Galien an, und in diesem Moment stieg die Erinnerung an die Nacht in Jeans Bett stark und wärmend in ihr auf. «Erinnerst du dich?»

Er nickte mit glänzenden Augen, und Anne rieselte ein wohliger Schauer über den Rücken.

Samuel wandte sich an Pierre: «In unserem Sphärenmodell des Himmels liegt ganz außen um das gesamte Universum eine Art letzter Schale, die alles, was sich in ihr befindet, mit sich nimmt. Aus diesem Grund drehen sich Sonne, Mond, Planeten und Sterne in vierundzwanzig Stunden von Ost nach West.»

Anne unterdrückte ein Lächeln, als sie sah, wie Pierre verwirrt blinzelte, aber Samuel schien es nicht zu bemerken. «Der These nach dreht sich eine Sphäre umso langsamer, je weiter außen sie sich befindet. Nur die Tagesdrehung läuft dem zuwider. Obwohl ihre Sphäre die äußerste ist, dreht sie sich am schnellsten.» Er nickte Anne zu. «Dieser Widerspruch würde durch Aristarchs Theorie aufgelöst.»

Anne brauchte einen Augenblick, um sich seine Worte zu vergegenwärtigen. «Stimmt. Und mit ihm auch das Problem der komplizierten Planetenbewegungen. Wenn es andersherum ist, als wir glauben, wenn sich die Planeten mit ihren unterschiedlichen Geschwindigkeiten um die Sonne statt um die Erde drehen, dann erklärt das, warum sie ab und zu rückwärts zu laufen scheinen.» Noch hatte sie keine wirkliche Vorstellung von diesem Vorgang, aber sie spürte, dass es so sein musste.

Trotzdem war ihr Unbehagen bei der Sache nicht gänzlich

verschwunden. Sie nahm sich vor, sich noch intensiver mit dem Buch zu befassen, als sie es in den letzten zwei Wochen getan hatte.

Sie wollte gerade den Mund aufmachen, als nun auch noch Simon das Zelt betrat. Er trug ein kostbares Gewand aus einem schimmernden Stoff, dessen Herkunft Madeleine sofort hätte bestimmen können. Seine Haare und sein Bart glänzten frisch gewaschen und geschnitten.

Er wirkte äußerst zufrieden, und Pierre, der ihn fragend gemustert hatte, begann zu strahlen. «Haben sie ...?»

«Sie diskutieren noch», meinte Simon. «Ich hielt es für höflicher, ihnen dabei nicht auf den Füßen zu stehen. Auf alle Fälle haben Nevers und auch der Herzog von Burgund die Würde abgelehnt.»

«Sie werden dich wählen!» Pierres sanfte Stimme bebte vor Aufregung.

«Arnaud hat zwei Bischöfe und vier Ritter zu sich gerufen. Sie reden seit zwei Stunden, aber ich glaube, du hast Recht. Sie werden sich für mich entscheiden.»

«Man wird sich für immer an deinen Namen erinnern!», rief Pierre.

«An deinen doch auch», lachte Simon. «Immerhin bist du mein Chronist.»

Galien hatte das Gespräch verfolgt. «Arnaud braucht jemanden, der die Herrschaft über die eroberten Gebiete übernimmt», erklärte er Anne. «Und es sieht so aus, als sei dieser jemand Simon.»

«Meinen Glückwunsch!» Anne neigte den Kopf vor Simon, aber der lachte.

«Nicht so voreilig! Noch ist keine Entscheidung gefallen. Eigentlich bin ich auch aus einem anderen Grund hier.» Es fiel ein Schatten über sein Gesicht, und Pierre sah mit einem Ruck zu Galien.

«Arnaud weiß, dass ich gerne Vizegraf werden würde, aber

er konnte sich nicht beherrschen, mir ein paar deutliche Worte über dich zu sagen, Galien.»

«Über mich?» Galien setzte sich auf.

«Ja. Er weiß, dass du den geleisteten Eid gebrochen hast, und verlangt von mir, dich zur Rechenschaft zu ziehen. Das, oder dafür zu sorgen, dass du deine Pflicht erfüllst!»

«O Simon!», sagte Pierre betroffen. «Er kann nicht mehr kämpfen! Sein Bein!»

«Sein Bein heilt gut, und so Leid es mir tut, Arnaud besteht darauf, dass er spätestens nächste Woche ins Heer zurückkommt. Von den vierzig Tagen, die du ableisten musst, sind erst sechsundzwanzig um, und er wird dir die restlichen nicht erlassen.» Ein breites Grinsen entstand auf seinem Gesicht. «Was er allerdings nicht weiß, ist, dass du wohl dummerweise heute Abend noch von einem schlimmen Fieber ergriffen werden wirst, das erst in zwei Wochen wieder abklingen wird.»

Galien sah betreten zu Boden. «Ich danke dir.» Ein lastendes Schweigen entstand, das erst von Pierre gebrochen wurde.

Der Mönch legte Galien eine Hand auf die Schulter. «Siehst du endlich, dass Simon niemals dein Feind war?»

«Meinen Feinden jedenfalls schenke ich nicht dreimal ihr Leben!» Offensichtlich war auch Simon die Situation unangenehm, denn er durchkreuzte sie mit einem dröhnenden Lachen.

Zögernd stimmte Galien ein, und auch Pierre lachte befreit auf.

«Gott hat deinen Racheschwur längst von dir genommen», beschwor er Galien. «Spürst du das?»

«Ja.» Galien entzog dem Mönch seine Schulter, ohne dabei seinen Halbbruder aus den Augen zu lassen. «Du weißt, dass Clothilde tot ist, nicht wahr?»

Simon nickte. An seiner Schläfe zuckte ein einzelner Muskel.

Galien biss die Zähne zusammen, dann nickte auch er. Simon hatte seine Mutter getötet, dafür war Clothilde, die Frau, die der Graf mehr zu lieben schien, als gut für ihn war, wegen Galien gestorben. Irgendwie schien nun alles ausgeglichen.

«Sobald mein starkes Fieber abgeklungen ist», sagte Galien ruhig, «werden Anne und ich das Heer verlassen. Dann bist du mich endlich los.»

«Wohin wollt ihr gehen?» Simon machte einen Schritt rückwärts, schon halb auf dem Weg zurück zu Arnaud.

Mit einer Geste gab Galien die Frage an Anne weiter. Doch es war Samuel ben Moïse, der antwortete.

«Am Ende wollte François das Buch vor den Augen der Welt verbergen. Vielleicht sollten wir diesem Wunsch nachkommen, was meint Ihr?»

«Er hat es schon einmal verbergen lassen.» Anne dachte an Elaine. Bedauern ergriff sie, dass sie diese Frau niemals kennen gelernt hatte.

«Ja. Und er hat eine Frau dafür ausgewählt. Es erscheint mir ein guter Gedanke, das wieder zu tun.»

«Wohin soll ich es bringen?»

«Das wird Gott Euch zeigen.» Samuel wandte sich an Galien. «Werdet Ihr dafür sorgen, dass ihr bei dieser Aufgabe nichts geschieht?»

Galien lächelte. «So gut ich kann. Wenn Ihr dafür sorgt, dass wir nicht in Pierres Chronik auftauchen. Nur dann wird die Welt uns und das Buch vergessen können.»

«Versprochen. Dann werde ich anfangen, Eure Reise vorzubereiten.» Samuel erhob sich und klopfte sein Gewand zurecht.

«Eines noch!», sagte Anne.

Samuel blieb stehen, die Zeltbahn bereits in der Hand. «Ja?»

«Das Astrolabium. Was hat es damit auf sich?»

«Oh.» Samuel kam wieder näher. Er streckte die Hand nach dem Instrument aus, und Anne gab ihm den Beutel. Mit angehaltenem Atem sah sie zu, wie er das Astrolabium herausschüttelte und in die Höhe hielt. «Ein wunderbares Instrument, versehen mit einer Mechanik, die dem neuesten Stand der Technik in Isfahan entspricht. Und doch ist es nicht die Mechanik, die dieses Astrolabium so besonders macht.» Er nahm das Astrolabium zwischen beide Handflächen und drehte diese gegeneinander.

Ein leises Knacken ertönte, und das Instrument zerfiel in zwei Teile. Vorsichtig legte Samuel beide neben die Scheibe. Dann griff er nach der kompliziert aussehenden Mechanik in ihrem Inneren. Anne staunte. Sie sah kleine Rädchen, mit Zähnen versehen, die ineinander griffen wie winzige Finger.

Samuel bemerkte ihr Staunen und lächelte sie an. «Faszinierend, nicht? Aber es wird noch besser. Seht her.» Er hob die Mechanik an, und das, was darunter zum Vorschein kam, ließ Annes Atem stocken. Ihre Finger zitterten, als sie das Instrument von Samuel entgegennahm.

Wieder waren da Zahnräder und winzige Messingscheiben, insgesamt drei an der Zahl. In ihre gemeinsame Mitte hatte Robert einen Kreis gesetzt und ihn mit einer so feinen Gravur versehen, dass Anne das Instrument dicht vor die Nase halten musste, um sie zu erkennen. Es waren dünne, geschwungene Linien, Strahlen gleich. Ein Sonnensymbol. Die innere Scheibe, die um dieses Symbol herumlief, trug auf ihrem Rand einen zweiten gravierten Kreis, und ähnlich wie die Strahlen aus der Sonne wuchsen aus diesem Kreis winzige Stängel mit Blüten und Blättern. Anne hatte keinen Zweifel, dass Robert damit die Erde hatte kennzeichnen wollen.

Die zweite Scheibe wiederum trug einen Kreis, der mit dem Symbol für Jupiter gekennzeichnet war, während der dritte, äußere mit kleinen, stilisierten Sternen versehen war.

Andächtig und mit klopfendem Herzen bewegte Anne eines

der Zahnräder und versetzte damit die gesamte Konstruktion in Drehung.

Die Erde wanderte um die Sonne!

Ebenso wie Jupiter, dessen Geschwindigkeit jedoch sehr viel geringer war als die der Erde. Und ganz außen, noch langsamer, drehten sich die Sterne auf ihrer weit entfernten Bahn. Die Erde umkreiste die Sonne, überholte Jupiter und entfernte sich von ihm.

Anne ließ sie Kreise laufen, wieder und wieder, und Tränen traten ihr in die Augen, als sie sah, wie sich alles zusammenfügte. Ganz deutlich war auf diese Weise zu erkennen, wie der Planet seine Position vor den Sternen veränderte, wie er *Schleifen* lief!

Mit feuchtem Blick blinzelte Anne.

«Es ist ein Modell!», hauchte sie.

«Euer Vater hatte nicht genug Zeit, sich auf mehr als einen der Planeten zu konzentrieren», antwortete Samuel. «Dennoch zeigt dieses Instrument auf der Fläche einer Hand, was Aristarch in seinem Buch schreibt. Andere Himmelsschmiede werden das Modell verfeinern. So sehr verfeinern, dass man am Ende mit ihm die Schleifenbewegung der Planeten vorhersagen kann.»

Anne erzitterte. Mit einem Mal glaubte sie Roberts Hand auf ihrer Schulter zu spüren, die sie leiten würde. François fiel ihr ein. Die Antwort, die er kurz vor seinem Tod auf ihre Frage nach dem Astrolabium gegeben hatte.

*Es ist ein Zeichen,* hatte er gesagt.

Noch einmal drehte Anne an dem filigranen Kunstwerk. Die eingravierten Symbole, die winzigen Kreise zogen ihre perfekten Bahnen.

«Gebaut von einem Menschen!» Sie sah auf.

Samuel war fort.

Der Vorhang vor dem Zelteingang schwang leicht hin und her.

Anne blickte wieder auf das Himmelsmodell in ihrer Hand. Verschwunden war alles Unbehagen, das sie noch eben über Aristarchs Buch empfunden hatte. Wenn ein *Mensch* in der Lage war, ein solches Modell des Himmels zu schaffen, das in all seiner Perfektion funktionierte, warum sollte dann nicht Gott, der große *Schöpfer*, in der Lage sein, ein solches Modell in Wirklichkeit zu erschaffen? Auch die Erde war darin so sorgsam aufgehoben!

Anne warf den Kopf in den Nacken und lachte leise.

Roberts achtes Astrolabium: Es war wirklich ein Zeichen!

# Epilog

***Sevilla, Herbst 1254 n. Chr.***

Die Zimmerflucht, in der sie seit über vier Monaten wohnten, besaß übermannshohe Fenster und einen faszinierenden Fußboden, den geschickte Handwerker mit spiegelnden, bunten Fliesen ausgelegt hatten. Obwohl der Sommer längst vorbei war, lag drückende Hitze über der Stadt, und die unzähligen Springbrunnen vor den Zimmern und draußen auf den weitläufigen Terrassen vermochten sie nur unzureichend zu vertreiben.

Anne lehnte sich an eine der geschwungenen Säulen und ließ ihren Blick über den Garten wandern, der sich vor ihren Räumen bis zu einer großen, dunkelrot bemalten Mauer erstreckte und mit Palmen, Akazien und Mandel- und Olivenbäumen in tönernen Gefäßen bepflanzt war. Das Laub der Bäume sah grau aus vor Erschöpfung nach dem langen, heißen Sommer, aber Dutzende von kleinen Vögeln schienen sich an der Hitze nicht zu stören. Sie hüpften und flatterten durch die Äste und auf den mit feinem, grauem Kies ausgelegten Wegen herum.

Hinter der roten Mauer ragten einige Türme und Minarette in die Höhe. Sie erinnerten Anne stets daran, wie wenig Zeit erst vergangen war, seit König Ferdinand Sevilla aus der Hand der Mauren befreit – sie korrigierte sich: es *erobert* hatte. Nur wenige der Zinnen, die sie von ihrem Standort aus erkennen konnte, trugen nicht die an Zähne erinnernde Bekrönung, mit denen die Araber fast alle ihre Gebäude verziert hatten. Ein einzelner, aus grauem Stein errichteter Turm stand zwischen all den filigranen, bunten Häusern und Moscheen und gemahnte sie immer wieder an ihre Heimatstadt Béziers.

Nach der Einnahme Carcassonnes war sie lange nicht zu Hause gewesen. Der Krieg, mit dem das Kreuzheer die gesamte Region überzogen hatte, breitete sich wie ein Feuer aus, verheerte Dutzende von Städten. In der Nähe von Albi fielen Castres und Lombers, dann Pamiers, Mirepoix, Saverdun, Limoux und viele andere. Simon war tatsächlich zum Vizegrafen ernannt worden, und Galien zog es vor, die Gegend, in der sein Bruder herrschte, zu meiden. Eroberte Städte und Gebiete fielen wieder ab, wurden erneut angegriffen, belagert, zerstört. Minerve fiel, Castelnaudary wurde belagert, und am Ende unterwarf sich auch Toulouse den Angreifern. Während dieser Belagerung traf ein von den Zinnen geschleuderter Stein Simon am Kopf, und er starb an der Verletzung.

Erst im Jahr 1222, vier Jahre nach Simons Tod, kehrten Anne und Galien nach Béziers zurück. Natürlich hatte das Haus ihres Vaters den verheerenden Brand der Stadt nicht überstanden, und dort, wo der Astrolabienbauer gelebt hatte, erhob sich in der Ruelle des Artisans jetzt ein Gasthaus. Der Wirt war ein Fremder, aber seine Frau stammte aus der Stadt. Sie hatte das Massaker überlebt und erinnerte sich noch an Robert. Mit ihrer Hilfe gelang es Anne, einige wenige Habseligkeiten ihres Vaters ausfindig zu machen. Die Armillarsphäre fand sich in der Nachbarschaft bei jenem Schneider, der mit ihr gemeinsam zur Abordnung von Bischof Reynaud gehört hatte. Nachdem sie das kostbare Stück lange betrachtet hatte, ließ sie es dem Mann. Eines der Astrolabien gehörte inzwischen Samuel ben Tibbon. Er hatte es auf dem Markt gefunden, als eines von Robert erkannt und gekauft. Als er Anne sah, schloss er sie voller Freude in die Arme. In seinem Haus lebten sie und Galien lange Zeit. Anne half Samuel dabei, Texte von Aristoteles ins Lateinische zu übersetzen, nachdem Samuel ihre Kenntnisse des Griechischen erweitert und ihr Arabisch beigebracht hatte. Über das achte Astrolabium und auch das Buch, das sich noch immer in ihrem Besitz befand, verlor Samuel all die Jahre kein einziges Wort. Es schien, als habe er die Erinnerung daran aus seinem Gedächtnis verbannt. Er starb 1232, nicht ohne zuvor Anne zu helfen, ein altes Versprechen einzulösen. Er besorgte ihr eine Abschrift des Liber abacci von Leonardo von Pisa, sodass sie es endlich doch noch lesen konnte. Dieses Buch befand sich noch heute in Annes Besitz.

«Großmutter! Der König hat jetzt Zeit!»

Die atemlos hervorgestoßenen Worte und das Krachen der Tür, die gegen die Wand flog, rissen Anne aus ihren Erinnerungen. Eine junge Frau von siebzehn Jahren kam in das Gemach gestürmt. Vor Eifer glühten ihre Wangen, und einige ihrer langen, hellbraunen Locken waren unordentlich aus der Frisur gerutscht.

Anne stieß sich von der Säule ab und wandte sich um. «Elaine! Wie oft soll ich dir noch sagen, dass du nicht so rennen sollst?» Sie kehrte an den Tisch zurück, an dem sie bis eben gearbeitet hatte, und Elaine trat neben sie.

Gemeinsam blickten sie auf das Instrument. Es war ein Astrolabium mit Mondmechanik, und es ähnelte jenem, das Robert so viele Jahre zuvor gebaut hatte. Nur das Himmelsmodell enthielt es nicht.

Elaine schnalzte mit der Zunge. «Es ist schön geworden. Der König wird sich freuen. Hat er es schon zu Gesicht bekommen?»

Anne nahm das Instrument hoch. Ihre Finger schmerzten von der anstrengenden Arbeit, aber das störte sie nicht. Sie konnte von Glück sagen, dass ihr trotz ihres hohen Alters von inzwischen weit über sechzig Jahren Roberts Schicksal der knotigen Gelenke erspart geblieben war.

«Nein», antwortete sie. «Ich habe es ihm nicht erlaubt. Aber jetzt ist es fertig, und da er dich offenbar nach mir geschickt hat, kann ich es ihm gleich bringen.» Sie blies einen letzten

Messingkrümel fort. Ja, sie war zufrieden mit sich. Dieses Instrument war eine würdige Krönung ihres Schaffens.

Ihr letztes Astrolabium.

Sie wollte schon zur Tür gehen, um den König nicht warten zu lassen, als ihr Blick aus einem der mannshohen Fenster fiel.

Zwischen den Mandelbäumen waren zwei Gestalten aufgetaucht, eine hoch gewachsene, schlanke und eine kleine, drahtige.

Galien. Und einer der Söhne des königlichen Stallmeisters.

Anne konnte nicht hören, was sie miteinander beredeten, aber sie sah das Kind vor Lachen den Kopf in den Nacken werfen und dann wie einen Blitz davonflitzen. Galien blieb stehen und warf einen Blick an der Palastfassade hinauf.

Er sah Anne und winkte ihr zu. Sein Haar war längst grau, aber es fiel ihm noch immer dicht und lockig über die Ohren und in die Stirn. Seine eisgrauen Augen hatten in all den Jahren, die er an Annes Seite verbracht hatte, nichts von ihrem Glanz verloren.

Anne winkte zurück. Dann wies sie hinter sich, um ihm zu bedeuten, dass sie zum König kommen sollten. Er verstand, nickte ihr zu und machte sich daran, die Treppe zum Palast zu erklimmen. Nach all den Jahren, die seit den Ereignissen in Carcassonne vergangen waren, zog er das Bein noch immer leicht nach.

Auf dem Gang vor den königlichen Gemächern trafen sie sich.

Alfons X., der schon jetzt, da er seit kaum zwei Jahren König von Kastilien war, wegen seiner großen Belesenheit den Beinamen «der Weise» trug, bewohnte eine weitläufige Zimmerflucht. Anne hatte ihn darin ein- oder zweimal aufsuchen dürfen, und ein jedes Mal hatte sie sich erschlagen gefühlt von der Fülle an Büchern und Schriftrollen, die der König dort hortete.

Es hieß hinter vorgehaltener Hand, seine Bibliothek könne sich mit jenen von Rom messen, und manchmal war Anne gewillt, dem Glauben zu schenken.

Das Erste, was beim Betreten der königlichen Gemächer auffiel, war der Geruch nach Tierhaut und Staub. Der Geruch von Gelehrsamkeit. Anne sog ihn tief ein, und sie sah, wie Galien sie lächelnd beobachtete. Sie griff nach seiner Hand und drückte sie.

Der König war ein eher kleiner Mann, aber er wirkte nicht schwächlich. Im Gegenteil: Er ritt viel und trainierte den Schwertkampf mit einem solchen Eifer, dass Galien manchmal den Kopf darüber schüttelte. Direkt vor seiner Thronbesteigung hatte er an einigen Feldzügen und Missionen teilgenommen, bei denen er fast alle Muslime aus dem christlichen Andalusien vertrieben hatte.

Von all dem Kämpfertum war jedoch nichts zu spüren, nun, da er Anne entgegengeeilt kam.

«Anne, endlich!» Er hatte nur einen leichten spanischen Akzent. «Kommt nur, kommt nur! Ich höre, mein Astrolabium ist so gut wie fertig? Wo ist es?»

Anne zog das Instrument aus den Falten ihres Gewandes. «Hier, mein König.»

Er streckte die Hände danach aus, nahm es jedoch nicht sofort, sondern starrte darauf wie ein kleiner Junge, der fürchtet, sein Geschenk könne ihm im letzten Moment noch entzogen werden.

Anne lachte.

Sie legte das Astrolabium in seine Hände, und das Klirren des Aufhängungsringes sandte einen wohligen Schauer über ihren Rücken. Er vermischte sich mit leisem Bedauern.

*Ihr letztes ...*

Sie spürte Galiens Blicke und lächelte ihm zu.

Alfons betrachtete die Arbeit schweigend. Seine Wangen begannen zu glühen und seine Augen leuchteten. «Ja! Es sieht genauso aus wie das andere. Es enthält kein Himmelsmodell, sagtet Ihr?»

«Nein. Wie Ihr es befohlen habt.»

«Gut!» Alfons ließ das Astrolabium sinken und deutete auf einige Lehnstühle, die um einen kleinen Tisch herumstanden. Auf dem Tisch warteten eine Karaffe mit dunklem Wein und eine Schale Obst auf Gäste. «Setzt Euch. Wir müssen reden.»

Anne kam der Aufforderung nach und wartete, bis auch Galien es getan hatte. Auf einem Pult vor den Regalen lag aufgeschlagen das rote Buch.

Aristarchs Buch.

Elaines.

Roberts.

Und ihres.

«Habt Ihr es zu Ende gelesen?», fragte sie.

«Ja.» Alfons goss eigenhändig drei Becher voll und reichte zwei davon Anne. Sie gab einen an Galien weiter. Der Wein schmeckte süß. «Beeindruckend, dieser Aristarch. Aber auch beängstigend, nicht wahr? Die Vorstellung, dass wir mitsamt unserer Erde um die Sonne rasen ...» Er schüttelte den Kopf.

«Werdet Ihr mir meine Bitte erfüllen?» Gespannt beugte Anne sich vor. In den Jahren seit Roberts Tod hatte sie sich einen Ruf als Messingschmiedin erworben, der weit über die Grenzen des französischen Königreichs hinausreichte. Sie war auf Alfons' Bitten nach Sevilla gekommen, um ihm ein Astrolabium zu bauen. Als sie seine Gelehrsamkeit bemerkt hatte, war rasch der Entschluss in ihr gereift, ihn zum Hüter des Buches und des Astrolabiums zu machen. Sie war alt geworden, und ebenso Galien. Zwar hatten sie zwei Söhne bekommen, aber beide waren bereits tot. Ihre einzige Erbin war Elaine, der jedoch, ähnlich wie Galien, jedes Verständnis für die Vorgänge des Himmels abging.

«Nun, ich teile Eure Meinung, dass die Zeiten schlecht sind, um Aristarchs Wissen einer größeren Gruppe von Menschen bekannt zu machen. Wenn wir den Berichten Glauben schenken können, die meine Leute mir jede Woche bringen, dann brennen in allen Königreichen die Scheiterhaufen. Die Menschen werden wegen geringerer Lehren verbrannt.» Alfons schlug leise mit dem Becher gegen seine Zähne. «Ja. Ich denke, es wird das Beste sein, Buch und Astrolab weiterhin vor den Augen der Welt verborgen zu halten.»

Anne atmete erleichtert auf. Sie mochte diesen König, und sie vertraute ihm auf seltsame Weise. Er würde wissen, was mit Buch und Astrolabium zu geschehen hatte. Mit einem Mal fühlte sie sich, als sei eine große Last von ihr genommen.

«Nun!» Übergangslos warf Alfons die Nachdenklichkeit ab, stellte seinen Becher fort und stand auf. Er ging zu dem Pult und klappte das Buch zu. Das Geräusch hatte etwas eigenartig Endgültiges.

Anne wurde bei aller Erleichterung die Kehle eng.

Sie sah zu, wie Alfons das Buch betrachtete, es dann nahm und auf das oberste Brett eines hohen Regals stellte. Der Samtbeutel mit dem Astrolab lag bereits dort. «Nun», wiederholte der König. «Bleibt nur noch, Euch für Eure Arbeit zu bezahlen, nicht wahr?»

Keine halbe Stunde später stand Anne neben Galien auf den Stufen des Palastes und blickte auf die Mandelbäume hinunter. Die Geldbörse in ihrer Hand wog schwer. Schwer genug, um ihnen für den Rest des Lebens ein Auskommen zu bescheren.

«Und jetzt?» Galien sah sie fragend an.

Anne lächelte. «Wie oft hast du mich das eigentlich in unserem Leben schon gefragt?»

Er lächelte zurück und reichte ihr seinen Arm. «Komm, Himmelsschmiedin. Zeit für uns, uns auszuruhen.»

## *Was mit der Schrift des Aristarch geschah*

*Alfons der Weise ist bekannt dafür, Astronomie und Kosmologie in seinem Reich in besonderer Weise gefördert zu haben. Unter seiner Herrschaft sind die berühmten* Libros del saber de astronomía *entstanden, ein sechzehnbändiges Werk über astronomische Instrumente, und auch die* Tablas alfonsíes, *weltbekannte Planetentafeln, werden ihm zugeschrieben.*

*Alfons hat zeit seines Lebens das Geheimnis der Schrift von Aristarch gehütet. Das Wissen um das heliozentrische Weltbild war im Mittelalter unterschwellig immer präsent, aber erst Männer wie Kopernikus brachten es tatsächlich an die Öffentlichkeit. Was mit der Schrift des Aristarch geschah und auch mit dem achten Astrolabium, weiß niemand. Vielleicht existieren beide noch, irgendwo in einem geheimen Versteck, von dem wir keine Ahnung haben …*

# Dramatis Personae

**Anne de Béziers** – Tochter des Astrolabienbauers Robert
**Robert de Béziers** – Astrolabienbauer
**François de Lunel** – Priester und Gelehrter; Annes Pate
**Elaine** – François' Schwester; ehemalige Verlobte von Robert – und Galiens Mutter
**Jehuda ben Tibbon** – 32 Jahre saß er im Kerker
**Moïse ben Tibbon** – Jehudas Vater, der ihn einsperren ließ
**Samuel ben Tibbon*** – jüdischer Gelehrter und *astrologus*; Bruder von Jehuda
**Clothilde** – Tochter von Jehuda ben Tibbon
**Madeleine** – Annes Freundin, Tuchhändlerin
**Charles de Lespignian** – Annes Verehrer, Soldat der Stadtwache von Béziers
**Galien de Montgris** – unehelicher Sohn des vierten Grafen von Montfort; Halbbruder von Simon
**Simon de Montfort*** – der fünfte Graf von Montfort; Halbbruder von Galien
**Pierre de Vaux-de-Cernay*** – Mönch; Chronist des Albigenserkreuzzugs
**Arnaud Amaury*** – Abt von Cîteaux; päpstlicher Gesandter und geistlicher Leiter des Kreuzzugs
**Robert de Mauvoisin*** und **Guy de Lévis*** – zwei Getreue Simons
**Raymond de Toulouse*** – Graf von Toulouse; sein Verhalten löste den Albigenserkreuzzug aus
**Lambert de Carcassonne** – ein katharischer Glashändler
**Georges** – ein Werkzeugmacher

Historische Persönlichkeiten sind mit einem * gekennzeichnet.

## *Statt eines Nachworts: Ein paar Worte zur Entstehung des Romans*

Die Idee der Existenz eines Buches von Aristarch basiert auf einer zum ersten Mal 1913 in Oxford erschienenen wissenschaftlichen Arbeit von Sir Thomas Heath, in der ich folgenden Satz las: «(...) Archimedes tells us that Aristarchus wrote a book of hypotheses, one of which was that the sun and the fixed stars remain unmoved and that the earth revolves round the sun in the circumference of a circle.»

Bei weiteren Recherchen stellte ich sehr schnell fest, dass Kopernikus in seiner revolutionären Veröffentlichung *De revolutionibus orbium coelestium libri sex* selbst auf die Theorien von Aristarch hinwies. Die Vorstellung, die Erfindung des heliozentrischen Weltbilds sei allein Kopernikus' kreativer Akt gewesen, stammt aus unserer heutigen Zeit, ist aber ebenso falsch wie die gängige Vorstellung, im Mittelalter habe «man» geglaubt, die Erde sei eine Scheibe.

Schon im 2. Jahrhundert nach Christus schreibt zum Beispiel Ptolemäus von Alexandrien in seinem berühmten «Almagest»: «... dürfte man mit gutem Grunde annehmen, dass die Erdoberfläche kugelförmig sei ...», und er lässt dieser Behauptung eine lange Begründung folgen.

Eine Diskussion, die ich auf meiner Lesereise für die «Jägerin der Zeit» über genau diese Frage geführt habe, brachte mich dazu, den vorliegenden Roman zu beginnen. Die erste Szene, die ich dabei im Kopf hatte, war eine, in der François Anne mit Hilfe einer Obstschale die Kugelgestalt der Erde beweist. Leider musste die Szene aus dramaturgischen Gründen weichen, sie ist jedoch im Internet einsehbar. Sie basiert übrigens auf der oben erwähnten Begründung von Ptolemäus. Von ihr aus baute sich der Roman, Idee für Idee und Szene für Szene, weiter auf.

Wenn es bereits in der Antike Schriften gegeben hat, die das heliozentrische Weltbild andachten, so meine Idee, dann könnte eine dieser Schriften durchaus im Mittelalter noch existent gewesen sein. Und was würde das für eine Welt bedeuten, in der Institutionen wie die Inquisition gerade erst in den Kinderschuhen steckten? Eine Welt, die vielleicht aber durch kritische Beobachter, frühe «Protestanten», erste Risse zu bekommen drohte? Die Katharer mogelten sich auf diese Weise quasi selbst in die Geschichte.

Über die Katharer kam dann Simon de Montfort hinzu, eine historische Figur, die mir immer wieder schwerwiegende Probleme bereitete, weil sie sich einfach nicht meinem schriftstellerischen Willen fügen wollte. Gerne hätte ich ihn zum Schurken gemacht, aber er schien das nicht zu wollen und warf mir halsstarrig mehrmals ganze Teile des Romans über den Haufen. Bis ich ihn dann endlich in der vorliegenden Form «im Griff» hatte. Damit scheint er zufrieden zu sein.

Samuel ben Tibbon dagegen gesellte sich zu der Geschichte, weil es nicht anders ging. Ein historischer Roman, der sich mit astronomischer Forschung im frühen 13. Jahrhundert befasst und dem Albigenserkreuzzug dazu, kommt um die Familie ben Tibbon nicht herum. Mit ihren Übersetzungen großer antiker Schriften aus dem Arabischen erst ins Hebräische und später auch ins Lateinische hat sie der Entstehung der modernen Wissenschaften einen frühen, kaum zu überschätzenden Dienst erwiesen.

Nachdem ich Annes Vater Robert erfunden hatte, kam mir recht bald die Idee, ihn eine Skizze anfertigen zu lassen, die das Thema des heliozentrischen Weltbildes zusammenfasst, und hierbei half mir – wie übrigens bei allen anderen astronomischen Szenen des Romans – wieder einmal auf unschätzbare und geduldige Weise Martin Brunold, seines Zeichens ein moderner Astrolabienbauer und *astrologus*. Er erklärte mir, wie eine solche Skizze aussehen müsste, und dies verschaffte mir einen der aufregendsten Augenblicke bei der gesamten Arbeit an diesem Roman. Wenige Tage nach meinem Gespräch mit Martin erhielt ich einen Brief von ihm, dem er die Kopie eines Buchumschlags aus seiner eigenen Bibliothek beigelegt hatte. Offenbar hatte ein besorgter Vorbesitzer für seinen wertvollen Schatz aus einem alten Pergament einen Umschlag gebastelt. Und auf diesem Pergament, das aus dem 13. oder 14. Jahrhundert zu stammen scheint, prangte eine Skizze, die unserer «erfundenen» Zeichnung Roberts sehr ähnlich sieht.

Die Idee, dass Robert ein mechanisches Modell des Sonnensystems gebaut haben könnte, ist nicht ganz weit hergeholt, denn genau das wurde ab dem 13. Jahrhundert immer wieder versucht, und zwar sowohl für das geozentrische als auch für das heliozentrische Weltbild. Berühmte Beispiele hierfür sind die Äquatorien des Campanus von Novara oder das Astrarium des Giovanni de Dondi. Rein fiktiv und eine Idee meinerseits ist allerdings das Detail, ein solches Modell könne klein genug sein, um in ein Astrolabium zu passen. Dondis Astrarium zum Beispiel reicht mir bis fast ans Kinn!

Wie immer habe ich aus dramaturgischen Gründen einige kleinere Änderungen an der Historie vornehmen müssen: Die Szene mit der Prophezeiung aus der Bibel, die Simon dazu bringt, das Kreuz zu nehmen, habe ich leicht verfälscht. In Wahrheit fand dieses Ereignis nicht in Simons Halle statt, sondern in der Kirche von Rochefort.

Außerdem habe ich die Geißelung Raymonds etwas dichter an den Überfall von Béziers gerückt.

Astronomisch und technisch habe ich an folgenden Stellen ein klein wenig «geschummelt»: Der Sternschnuppenschauer, den Galien und Anne beobachten, die Lyriden, ist in der Regel sehr schwach. Ich habe ihnen für das Jahr 1209 n. Chr. eine größere Intensität angedichtet. Und in der Nacht, in der Anne und Robert in dem Roman ebendiese Lyriden beobachten, trat Merkur erst nach Sonnenaufgang über den Horizont, hätte also auch von achtsamen Augen nicht bemerkt werden können.

Ferner ist das Ablesen der Nachtstunde auf dem achten Astrolabium, das sich an das real existierende von Muhammad ben Abi-Bakr von Isfahan anlehnt, um einiges komplizierter, als Anne es Galien erklärt, und die Bibliothek, die Robert besitzt, ist um einiges zu gewaltig für einen einzelnen Mann in dieser Zeit. Mir gefiel jedoch die Vorstellung, all diese Bücher in seinen Regalen stehen zu sehen.

Söhlde, Januar 2006

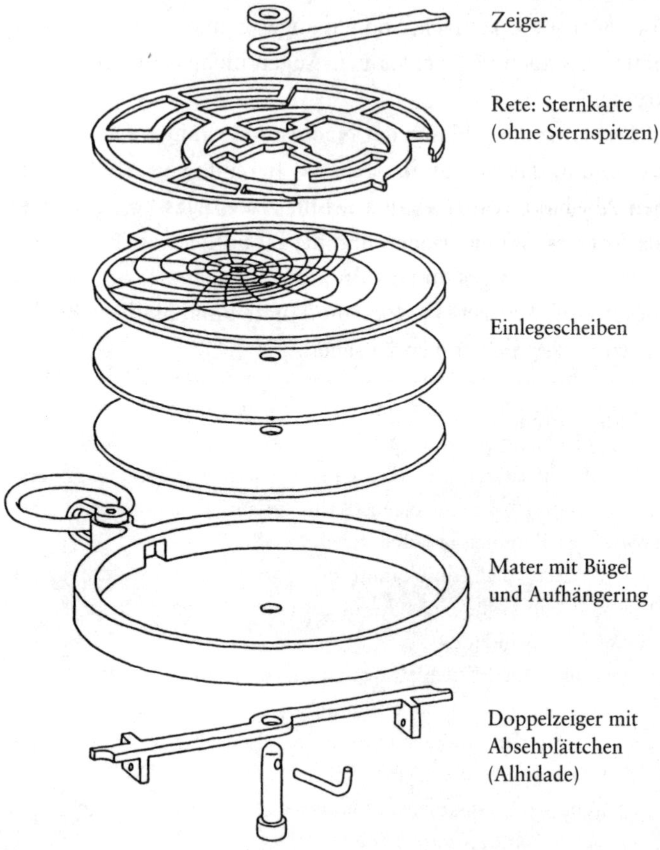


*Aufbau eines Astrolabiums*

# GLOSSAR

**Astrolabium** – astronomisches Instrument zum Messen der Höhe von Sternen und der Sonne über dem Horizont; es diente unter anderem auch als Zeitmesser. Aufgebaut war es wie folgt (s. Abb. gegenüberliegende Seite): Auf einer kreisförmigen, dickeren Messingscheibe (dem Dorsum) wurde ein dickerer Rand aufgelötet (der Limbus). Beides zusammen bildete die so genannte Mater. Auf ihr, innerhalb des Limbus liegend, war drehbar eine zweite, durchbrochene Scheibe angebracht, die Rete. Auf ihr waren wichtige Sterne abgebildet, meist in Form von kleinen Spitzen. Eine Gravur entweder auf der Mater oder auf eigens dafür hergestellten Einlegescheiben bildete das Himmelsgewölbe zweidimensional ab. Es bestand aus Höhenkreisen, den Almukantaraten. Der Ablesezeiger, mit dessen Hilfe man die Höhe eines Sterns über dem Horizont herausfinden konnte, hieß Alhidade.

**Astrologus** – Im Mittelalter waren die Bezeichnungen Astronomie und Astrologie noch nicht getrennt. Das Wort *astrologus* bezeichnet also einen Sternenkundigen im weitesten Sinne, es kann sowohl *Sternendeuter* als auch *Sternenforscher* bedeuten.

**Barbakane** – eine ringförmige Mauer, die z. B. vor einem Stadttor für zusätzlichen Schutz sorgte

**Bogomilen** – erstmals im 10. Jahrhundert bezeugte Anhänger der häretischen Lehre eines Priesters mit Namen Bogumil; ein wesentliches Merkmal seiner Lehre war ein ausgeprägter Dualismus, also die Vorstellung von einer von zwei gegensätzlichen und gegeneinander wirkenden Prinzipien (Gott *und* Satan) regierten Welt

**Bonshommes** – «gute Menschen»; Bezeichnung der Katharer für sich selbst

**Epizykel** – «Nebenkreis»; die Epizykeltheorie ist eine astronomische Theorie, nach der sich ein Planet gleichförmig und auf Kreisbahnen bewegt. Um die beobachtete Ungleichheit der Planetenbewegung, ihre zeitweise Verlangsamung oder sogar Rückläufigkeit zu erklären, nahm man an, dass sich der Planet nicht direkt auf seiner Kreisbahn bewegt, sondern auf einem weiteren Kreis, dem Epizykel, dessen Mittelpunkt auf der eigentlichen Kreisbahn lag. Erst Kepler gelang es, diese These zu widerlegen.

**exzentrische Kreise** – ineinander liegende Kreise, die jedoch nicht den gleichen Mittelpunkt haben; im Gegensatz dazu: konzentrische Kreise

**Hurde** – hölzerner Wehrgang entlang der Zinnen, der über die Mauer nach außen ragt. Durch Löcher im Boden konnte man Angreifer bekämpfen, die bis an den Fuß der Mauer gelangt waren.

**Klimate** – In der Antike wurde die Erdkugel in sieben Breitenzonen eingeteilt, die so genannten geographischen Klimate. Nach dieser Einteilung liegt zum Beispiel Rom im fünften Klima, nämlich bei 42° Nord. Diese Einteilung zeigt sich zum Beispiel auf den Einlegescheiben der Astrolabien.

**Kolurbogen** – jene Bögen einer Armillarsphäre, die senkrecht auf dem Äquatorring stehen und von Pol zu Pol führen. Sie tragen Wende- und Polarkreise und halten die Armillarsphäre zusammen.

**Regulus** – «der kleine König», der hellste Stern des Sternbildes Löwe, heute auch alpha Leonis genannt

**Rete** – Teil eines Astrolabiums (s. dort)

**Ribaud** – altfranzösische Bezeichnung für die Söldner im Heer der Kreuzritter

**Trebuca** – okzitanische Bezeichnung für eine Kriegsmaschine, die unter dem französischen Namen *Trebuchet* bekannt geworden ist. Bekannt seit Pythagoras, ist dieses Gerät vor allem für Carcassonne und Montségur verbürgt.

**Wergeld** – (von germ. *wer* = «Mann») Buße, die bei der Tötung eines Menschen zu entrichten war. Die Höhe des Wergeldes variierte je nach Stellung des Getöteten. In seiner ursprünglichen Form diente das Wergeld nicht als Strafe für den Täter, sondern als eine Art «Schadensersatz», der eher eine Genugtuungsfunktion für die Familie des Opfers hatte und somit dem Prinzip «Auge um Auge» entgegenwirkte.

**zirkumpolare Sterne** – Sterne, deren Bahnen den Horizont nicht schneiden, die dementsprechend nicht auf- und untergehen

# Danksagung

Wie immer waren viele Personen am Gelingen dieses Buches beteiligt, und da es schwer fällt, Menschen nach ihrer Wichtigkeit zu kategorisieren, hier mein Dank an euch alle in der Reihenfolge, in der ihr für das Buch «ins Spiel» gekommen seid:

– Stefan, mein Mann, der diesen Roman von der ersten Idee bis zum letzten Satz begleitet hat. Danke dir, Schatz, fürs Kinderhüten und fürs Anhören meiner Monologe beim sonntäglichen Frühstück!
– Martin Brunold, mein persönlicher *astrologus*. Dir gebührt es wieder einmal, dass die Astronomie in diesem Buch die Hauptrolle spielt. Danke dafür, dass du bereitwillig all dein Wissen mit mir teilst, mir sogar Modelle baust, wenn ich es gar nicht kapiere, dass du erneut jede Frage beantwortet hast, auch wenn ich sie zum dritten Mal gestellt habe. Wie viel von dir steckt in Robert?
– Silke Schlawin, meine Lektorin. Danke dir für jedes «Das geht so noch nicht. Da müssen wir nochmal dran.».
– Michael Gaeb, mein Agent. Danke fürs Dasein und für jedes «Du schaffst das!», das du trotz Babystress für mich übrig hattest.
– Christine Keck. Danke für die Hilfe bei den Recherchen zu Simon de Montfort. Vielleicht ist er doch ein bisschen so geworden, wie Sie ihn sich vorstellen.
– Mme Hüe und Mme de Carnas. Danke für die wertvolle Hilfe, die Sie mir bei den Recherchen vor Ort geleistet haben, und für den wunderbaren Urlaub, den meine Familie und ich auf Ihrem Hof verbringen durften.
– Titus Müller. Danke für die, wieder einmal, große Geduld und den kritischen Blick, mit dem du das Manuskript gelesen, den Finger auf Schwachstellen gelegt und mich am Ende aus vielen meiner Autorenängste herausgeredet hast.

– Und schließlich ein Dankeschön an meine Familie und alle, die mich das letzte Jahr ausgehalten haben und die nicht böse waren, wenn ich wieder einmal ein Telefonat oder gar eine Verabredung vergaß, weil Anne und Galien meine Aufmerksamkeit vom echten Leben abgezogen haben.

Söhlde, Januar 2006

Kathrin Lange

# JÄGERIN DER ZEIT

Historischer Roman

rororo, 528 Seiten
€ 8,90 / sFr 16,50
ISBN 3-499-23940-X

Eine Zeitenwende bedroht das Abendland.

Sophia wächst als Findelkind in einem Kloster bei Reims auf. Die Äbtissin Alexandra behandelt sie wie eine Tochter, und mit Gero, dem Erben des benachbarten Lehens, verbindet Sophia eine zarte Freundschaft. Als Alexandra jedoch von Kaiserin Theophanu erfährt, dass man ihr nach dem Leben trachtet, muss sie fliehen. Sophia folgt ihr und gerät damit, ohne es zu ahnen, ebenfalls ins Visier eines gefährlichen byzantinischen Geheimbunds. Dieser schreckt vor nichts zurück, um den wahren Grund für eine Kalenderreform zu verschleiern – ein Grund, den Theophanu kennt und dessen Bekanntgabe die mittelalterliche Welt aus den Angeln heben würde. Wird es Sophia gelingen, das verschollene Manuskript eines antiken Astronomen zu finden, von dessen Inhalt das Wohl des Christentums abzuhängen scheint?

Ein packender historischer Roman über Astronomie in den dunkelsten Jahren des Mittelalters.